Den Teufel im Leibe

Robert-André Andréa de Nerciat

Den Teufel
im Leibe

Deutsche Übersetzung
von Georg Cordesmühl

Herausgegeben und mit einem Vorwort
versehen von Eberhard Wesemann

Robert-André Andréa de Nerciat: Den Teufel im Leibe
© Gustav Kiepenheuer Verlag GmbH, Leipzig 1986
Titel der Originalausgabe: Le diable au corps
Deutsche Übersetzung von Georg Cordesmühl
Herausgegeben und mit einem Vorwort versehen
von Eberhard Wesemann

Lizenzausgabe für area verlag gmbh, Erftstadt
Alle Rechte vorbehalten

Einbandgestaltung: rheinConcept, Wesseling
Einbandabbildungen:
Sammlung Hans-Jürgen Döpp, Frankfurt/Main
Bildmotive:
Henri Monnier, o. T., 1830
Deveria et. al., »Lithographies Romantiques«, 1835
Anonymus, 1780
Mihaly Zichy, »Liebe«, 1895
Satz und Layout: Andreas Paqué, Ramstein
Druck und Bindung: Oldenbourg Taschenbuch GmbH,
Hürderstraße 4, 85551 Kirchheim

Printed in Czech Republic 2004
3-89996-277-X

Inhalt

Den Teufel im Leibe

Vorwort

Der Teufel im Leibe des 18. Jahrhunderts

> Wer Geschichte schreiben will,
> habe das Herz, die Wahrheit
> nackt zu zeigen. *J. G. Herder*

Nicht wenige denken, kommt die Rede auf die Sitten des 18. Jahrhunderts, an irgendeinen galanten Chevalier zu Füßen einer angebeteten Dame oder an einen hübschen jungen Baptiste oder Fürchtegott, der schüchtern bis in die Spitzen seines im Haarbeutel versteckten Haares, angetan mit Schnallenschuhen und einem breitschößigen, veilchenblauen Leibrock den Eltern seiner Herzliebsten in der Visitenstube seinen Antrittsbesuch macht und als Präambulum vor dem Verlöbnis um seine Philippine herumkaressieren muss, bis das Mamsellchen verschämt seine Einwilligung flüstert. Vor solchen Szenen, wie sie spätere Zeiten operettenhaft verklärt vorgeführt haben, kommt Rührung auf, doch das Zeitalter und die Sitten der höheren Stände besonders in Frankreich waren anders. Und Schriftsteller, die offen und ungeschminkt die Zustände geschildert haben, wurden als Pornografen bezeichnet. Solcher Vorwurf ist in der Vergangenheit, wie Eduard Fuchs in seiner »Sittengeschichte« (München 1912) schrieb, sogar Autoren von authentischen Memoiren (z. B. Casanova) gemacht worden von »Geschichtsschilderern, denen die korrupten Zustände im Zeitalter des Absolutismus nicht in ihre Konstruktionen passten und denen es immer eine bequeme Zuflucht war, auch die tatsächlichen Mitteilungen, die sich in diesen Memoiren finden, kurzerhand auf das Konto der spekulativen Fantasie des betreffenden Verfassers zu buchen und auf diese Weise beiseite zu schieben«.

Selbstverständlich und nicht zu leugnen ist, dass diese Verfasser auch ihre unbändige Freude an der Liebe und ihrer Darstellung hatten. »Wenn man ihm vorwerfe«, vermerkt Casanova in seinen Memoiren, »seine zu deutlichen Beschreibungen der Liebe erhitzten die Fantasie des Lesers, so habe er das eben gewollt; der Le-

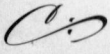

ser sei sein Freund, und er bereite ihm ein billiges Vergnügen.« Ähnliche Bemerkungen finden sich auch im vorliegenden Roman von Nerciat.

Nun gehört »Den Teufel im Leibe« (1803 postum vollständig erschienen) zwar nicht zu den Memoiren, dennoch ist der Text kein simples Produkt von Sexualträumen eines alternden Mannes.

Der Chevalier de Nerciat war ein Kind des 18. Jahrhunderts, er war überdies Franzose und hatte die Erfahrungen seiner besten Mannesjahre während der Herrschaft Ludwigs XV. gemacht. Und wenn man dies in Betracht zieht und seine Person nicht als Silhouette, als Schattenbild aus seiner Zeit herausschneidet, auch einmal einige Details dieses Säkulums der »vollendeten Sündhaftigkeit«, wie es Fichte bezeichnet, anführt, dann wird man den Roman auch mit etwas mehr Distanz, auch als ein Sittendokument von historischer Wahrhaftigkeit und nicht nur als feile Cochonnerie betrachten.

Über das Leben des André-Robert Andréa de Nerciat gibt es an Fakten nicht sehr viel zu berichten, wohl aber viel zu vermuten. Die Familie Andréa de Nerciat soll aus Italien stammen, und Zweige derselben fanden sich dann in Frankreich, im dortigen Languedoc und in der Bourgogne, wo auch unser Autor am 17. April 1739

in Dijon (der Leser wird diese Stadt in der Geschichte des Cascaret-Belamour wieder finden) geboren wurde und wo sein Vater Advokat am Parlament war. In Dijon soll der Advokatensohn mit großem Erfolg sehr gründliche Studien getrieben haben, dann unternahm er Reisen nach Deutschland und Italien. Seine Weltanschauung durch Welt-Anschauen zu bilden, gehörte dazumal zu einem »honnête homme«, zu einem gebildeten Menschen der besseren Gesellschaft. »Ich merkte«, schrieb Casanova, »dass jemand, der sich bilden will, erst lesen, dann aber reisen sollte, um das Gelernte zu berichtigen. Falsches zu wissen, ist schlimmer als nichts wissen, und Montaigne hat Recht, wenn er sagt, man müsse gut wissen.« Dass für die Franzosen, und nicht allein für diese, die Bildungsreise oftmals im »Sündenpfuhl« Paris endigte, soll man allerdings auch nicht verschweigen.

Ab 1758 wird Nerciat, so drückt es der französische Dichter Guillaume Apollinaire aus, zu »dieser lebenssprühenden, frivolen und ein wenig zweideutigen Persönlichkeit, die in einem vergessenen Tanzschritt quer durch die letzten Jahre des 18. Jahrhunderts, quer durch ganz Europa, sogar quer durch das Paris der Revolution bis an die Schwelle des 19. Jahrhunderts zu tanzen scheint, das er, Nerciat, nicht kennen ler-

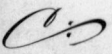

nen sollte, der selber der typischste Vertreter jener internationalen Franzosen war, deren Anstand und Gunst die zwei Welten unter der Herrschaft Ludwig des Vielgeliebten und Ludwigs XVI. gesittet macht«.

Stationen seines Lebens waren Dänemark (1758–1764), wo er als Capitaine in militärischen Diensten stand, danach der Hof von Versailles. Hier gehörte er als Oberstleutnant bis 1775 zur Compagnie de Gendarmerie de la Garde du Roi, zur Leibgarde des viel liebenden Ludwig. Dass es da allerhand zu beobachten und zu erleben gab, versteht sich. In diesen siebziger Jahren beginnt er zu schreiben. Es entstehen in der Folge Gedichte, Theaterstücke, Erzählungen, Romane, später auch noch eine komische Oper. Seine Vorliebe für das Theater, für die Oper ist im vorliegenden Roman unübersehbar. Ab 1780 steht er für zwei Jahre als subalterner Beamter in den Diensten des hessischen Landgrafen Friedrich II., dem allberüchtigten Menschenhändler-Fürsten in Kassel, dann in denen des Prinzen Karl-Emanuel von Hessen-Rotenburg. Von dieser Zeit ab wird Nerciats Biografie für uns noch undurchsichtiger. So soll er bald Offizier gewesen sein, bald in der Geheimdiplomatie gestanden haben. Als Stationen werden Holland und Böhmen genannt. Undurchsichtig

ist auch seine Stellung während der Französischen Revolution. Von einigen wird behauptet, er wäre Geheimagent der Französischen Republik gewesen, andere sprechen von ihm als einem Unterhändler des Herzogs von Braunschweig, dem Führer der antirevolutionären europäischen Koalition, und wieder andere sind der Meinung, er wäre beides, nämlich Doppelagent, gewesen. Fest steht, dass Nerciat in den neunziger Jahren an den königlichen Hof von Neapel kommt, wo Karoline, die jüngere Schwester der guillotinierten Marie-Antoinette, herrschte und ein an Ausschweifung in Europa einzigartiges Leben führte. Von dieser »Neuen Messalina«, wie Maria-Theresias »zweitprächtigste« Tochter vielfach genannt wurde, wurde er gut aufgenommen, erhielt von ihr sogar eine Pension. 1798 beauftragt diese ihn mit einer geheimen Mission zum Papst nach Rom, wo er jedoch beim Einrücken der französischen Armee unter General Berthier festgenommen und in der Engelsburg inhaftiert wurde. Als Nerciat in den ersten Januartagen des neuen Jahrhunderts schwer krank entlassen wird und nach Neapel zurückkehrt, stirbt er.

Es war wohl der berühmte Talleyrand, der gesagt haben soll: »Nur wer sie [die Sonne des Ancien Régime, E. W.] erlebt habe, kenne die Süße des Daseins.« Wer sich an dieser Sonne gewärmt

hatte, daran gibt es keinen Zweifel. Aber als der Sonnenkönig, um im Bild zu bleiben, 1715 starb, stand die Sonne dieses Systems schon im Untergang, was die Farben des aristokratischen Lebens zwar leuchtender machte, aber auch die Schatten länger werden ließ. Es begann die Spätzeit einer übersättigten Gesellschaft und ihrer Kultur, die in Fäulnis überging, der orgiastische Tanz auf dem Vulkan, umgeben von einem raffiniert kultivierten äußeren Glanz. Mit den Nachfolgern des in puncto Moral von Madame de Maintenon streng beherrschten Ludwig XIV. änderte sich der Lebensstil der höfischen Gesellschaft. Man wollte sich, angestachelt von einer Art »Schwindsuchtsinnlichkeit«, um jeden Preis ausleben. Das Jahrhundert »atmet Wollust«, schreiben etwas nostalgisch die Gebrüder Goncourt (L'Amour au Dixhuitième siècle, Paris 1893), »sie ist die Luft, von der es sich nährt und die es belebt. Sie ist seine Atmosphäre und sein Atem, sein Element, seine Inspiration, sein Leben und sein Genie. Sie zirkuliert in seinem Herzen, seinen Adern und seinem Kopf. Sie gibt seinem Geschmack, seinen Gewohnheiten, seinen Sitten und seinen Werken einen eigenen Reiz. Die Wollust geht aus dem innersten Wesen dieser Zeit hervor, sie redet aus ihrem Mund. Sie fliegt über diese Welt dahin, nimmt sie in Besitz.

Sie ist ihre Fee, ihre Muse, das Bestimmende ihrer Moden, der Stil ihrer Kunst.«

Der neue kulturelle Luxus und die damit einhergehende Sittenverwilderung des Adels setzt mit den Saturnalien des Regenten Philippe d'Orléans (1715–1723) ein und erreicht unter Ludwig XV. einen bis dahin nie gekannten Gipfelpunkt. Versailles und vor allem Paris werden das Sündenbabel Europas, wo, so drückt es der zeitgenössische Romancier Crébillon fils aus, »Liebe die Hauptbeschäftigung der Höflinge« wurde, wobei mit Liebe aber hier nicht etwa Herzensgefühle gemeint sind – das galt als banal, altfränkisch und bürgerlich –, sondern das Gesellschaftsspiel der Sinne, die Jagd nach wollüstigen Sensationen. Die Kulisse zu diesem Gesellschaftsspiel lieferte die Kunst des Rokoko, die jetzt, abseits der barocken Prunkpaläste des alten Königs und der Väter und abseits jeglicher Öffentlichkeit, kostbare Zweitwohnungen baut, »kleine«, zierlich wirkende Lustschlösschen, die ihre fürstlichen Bewohner Solitude, Monrepos, Sanssouci, Bellevue oder auch Bagatelle nannten, oder »petitemaison« heißende Lusthäuschen, wie das des Tréfonciers im Roman, in denen man inmitten der intimen und luxuriösen Interieurs der Salons, der Boudoirs und Kabinette sich ungestört seinen privaten Vergnügungen hingeben konnte.

Extravagant, dekorativ, luxuriös und verführerisch feminin wie die Wohnstätten war auch die Mode. Die Haute Couture des Rokoko setzte rigoros die Schere an, um besonders die weiblichen Reize hervorzuheben. Monsieur trug Seidenröcke, Kniehosen, Hemden mit Spitzenjabots und Spitzenmanschetten, Rock und Weste mit Goldpailletten oder Silberstickereien verziert. Madame hatte die geschnürte Wespentaille, die die körperliche Zerbrechlichkeit betonen sollte. Um dies noch zu verstärken, diente die riesige Krinoline, genannt »Panier« (eigtl. Hühnerkorb), über die man die reich mit Spitzen, Girlanden, Blumen und anderen kostbaren Accessoires geschmückte Robe zog. Blickfang jedoch war das große Dekolleté mit kleinen wegweisenden Schleifchen, die sinnigerweise »postillons d'amour« hießen. So stimulierend der Oberbau von Madame, der Unterbau war trotz des überdimensionalen Reifrockes nicht weniger aufreizend. Da die Dame in diesem Jahrhundert unter den Kleidern und einem Hemd nackt war, waren von der Trägerin in verschiedenen Situationen und Positionen aufschlussreiche Einblicke gewährt.

Zum mondänen Leben, das man führte, gehörten die galanten Manieren; ihre Formen hatte man aus dem vorhergehenden Jahrhundert über-

nommen, sie waren aber zum leeren Theaterspiel
geworden. Das wahre Stück jedoch, das man
sich aufführte, wurde hinter den Kulissen gespielt. Schon ein kurzer indiskreter Blick hinter
diese Kulissen deckt einen Abgrund kruder Zü-
gellosigkeit auf.

Das Tagewerk dieser Herrschaften, die isoliert in
ihren Kreisen lebten und deren einzige Berührung mit dem Volk der Griff unter die Röcke der
Zofen und der an den Hosenlatz der Lakaien
war, bestand aus Müßiggang; die Langeweile
vertrieb nur das Glücksspiel, bei dem Vermögen
verspielt wurden, das Theater und die Liebe, die,
je weiter das Jahrhundert vorrückte, immer zü-
gellosere Formen annahm. Irgendwie ahnten sie,
dass ihre Zeit bald vorbei sein würde, »deshalb
bereitete man sich«, sagte einmal eine Madame
de la Verrue, »sicherheitshalber bereits auf Erden
das Paradies.« – »Nach uns die Sintflut!«, soll ein
Ausspruch der Pompadour gewesen sein, und
die Devise der Duchesse de Chartres lautete:
»Kurz und gut!«, was sie auch praktizierte, denn
ihre Abenteuer mit einem Leierspieler, von dem
sie die Syphilis bekam, und ihren Liebhabern
Melfort und L'Aigle, den schönsten Männern
des Rokoko, waren in aller Munde, und die Herzogin starb 1759, nachdem sie sich noch unter

pikanten Umständen den später berüchtigten Duc d'Orléans (Égalitè) hatte zeugen lassen, mit 32 Jahren.

Bestes Beispiel für ein Leben voller sexueller Ausschweifung lieferte aber der Herrscher selbst, Ludwig der Vielgeliebte. Neben seinen »maitresses en titres«, wie die offiziellen Nebenfrauen der französischen Könige hießen, der Madame de Prie, den vier Schwestern de Mailly (selbstverständlich nacheinander), Madame de Chateauroux, Madame de Pompadour, der Dubarry, führte er noch ein Privatbordell im ehemaligen »parc aux cerfs« (Hirschgarten), für das sein Kammerdiener Lebel die schönsten unschuldigen Töchter des Volkes Seiner Allerchristlichsten Majestät einkaufte, auf dass sich sein Herr als »wahrer Landesvater« beweise. Zur Organisation größerer Orgien war ein »Intendant des Menus-Plaisirs« angestellt, ein gewisser La Ferté.

Nicht genug damit, wollte der König, allerdings weniger aus Sorge um die Moral seines Volkes, sich auch noch an den Ausschweifungen seiner Untertanen delektieren. Also mussten die Kommissare der Pariser Polizei ausschwärmen, um das Liebesleben der Pariser in allen pikanten Einzelheiten zu observieren und zu rapportieren. Diese Polizeiberichte sind während der Revolution im Jahre 1791 unter dem Titel »La Police de

Paris dévoilée« von Pierre Manuel herausgegeben worden und stellen seitdem eines der wichtigsten und aufschlussreichsten Sittendokumente dieser Zeit dar. Neben diesem Zeugnis existiert noch ein zweibändiges Aktenwerk, das über die Aufführung von Geistlichen in Pariser Bordellen berichtet. Diese Aktensammlung, die in der Bastille nach deren Erstürmung 1789 gefunden und veröffentlicht worden ist, umfasst etwa 190 Berichte für den Zeitraum vom 10. April 1755 bis zum 7. Juni 1766. Ein weiteres wichtiges und authentisches Werk, das eine »chronique scandaleuse« jener Zeit bietet, soll an dieser Stelle nicht unerwähnt bleiben, die Zeitschrift »Espion anglais« (1771–1779) von Pidanzat de Mairobert (1727–1779).

Den intimen und offiziellen Lastern des Königs eiferte der gesamte Hofadel, und wer auch immer zu dieser Prominenz irgendwie dazugehören wollte, nach. Daran änderte sich auch nichts nach der Thronbesteigung Ludwigs XVI., der das Leben seines Großvaters nicht führen wollte und wohl auch nicht konnte, dafür jedoch seine führende Hofkamarilla, an deren Spitze sein jüngster Bruder, der »Charlot« genannte Comte d'Artois (der spätere König Karl X.), stand. Was den Eifer bei dieser Sache anging, standen die Damen den Herren in keiner Weise

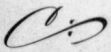

nach. Aus weiblicher Koketterie wurde hemmungslose, kalt berechnende Verführung zur Befriedigung eines immer neuen und stärkeren Nervenkitzels. War man anfangs noch bestrebt, die Zuchtlosigkeit mit Eleganz zu verkleiden, so wurde doch bald auch die Etikette fallen gelassen und durch obszönste Unterhaltung ersetzt. Wenn also Nerciat im Roman die Marquise und die Comtesse drastische und vulgäre Ausdrücke gebrauchen lässt, so ist ihm das nicht als Erfindung anzukreiden, »s'encanailler« (sich gemein, sich liederlich geben) gehörte zum Umgangston, wie er ab 1770 bei entsprechenden Gelegenheiten Mode und üblich war.

Die Genusssucht der Vornehmen kannte bald keine Grenzen mehr, und wie bei süchtigen Glücksspielern wurden die Karten immer schneller und nervöser gemischt, immer in der Hoffnung, größere und stärkere Trümpfe stechen zu lassen. Der feminisierte Kavalier aus den eigenen Kreisen genügte den Damen schon bald nicht mehr – Nerciat findet auch hierzu entsprechende Bemerkungen –, und so ist es an der Tagesordnung und gehört zum erwähnten »s'encanailler«, sich blutvollere Zerstreuung und den Liebesgenuss auf und von der Straße zu beschaffen. So erzählt beispielsweise der Comte de Tilly in seinen Memoiren (Vgl. Alexander Graf von Tilly, Me-

moiren, Wien-Prag-Leipzig, o. J.) die Anekdote,
wie er abends auf einer Pariser Straße von einer
jungen Frau in deren Absteigequartier in der Rue
d'Orangerie geschleppt wird und wie er diesen
»Strichvogel«, so drückt er sich aus, anlässlich eines Soupers beim Prince de Montbarrey wieder-
trifft und sie als Hofdame erkennt. Oder der Bericht Casanovas (Casanova, Memoiren, Leipzig
1984) über seinen vom Prince de Monaco insze-
nierten Besuch bei der Duchesse de Ruffec, wo
er schreibt: »Leser, wenn ich ganz wahrheitsgetreu wäre, würde das Porträt, das ich von dieser
geilen Megäre entwerfen müsste, dich entsetzen.
Stelle dir ein mit roter Schminke bemaltes Gesicht vor, auf dem sich sechzig Winter angesam-
melt haben, eine mit Finnen bedeckte Haut, ein
hohlwangiges, fleischloses Gesicht, eine ekel-
hafte Physiognomie, die von der Ausschweifung
mit dem Brandmal der Hässlichkeit gestempelt
war. Die Herzogin lag wollüstig auf einem Sofa
ausgestreckt und rief bei meinem Erscheinen mit
rasender Freude: ›Ah, aha! Das ist ein hübscher
Junge! … Setz dich hierher, mein Junge!‹ Ich gehorchte respektvoll, aber ein Pestgeruch von Mo-
schus, der mich an einen Leichnam erinnerte,
hätte mich beinahe ohnmächtig gemacht. Die in-
fame Herzogin hatte sich aufgerichtet und zeigte
einen gänzlich entblößten scheußlichen Busen,

vor dem der Tapferste Angst bekommen hätte;
Schönheitspflästerchen verbargen die zahlreichen Pickel ... Sobald wir allein sind, streckt das
geschminkte Gerippe seine dürren Arme aus, ehe
ich Zeit hatte, mich zu besinnen, und presst
seine feuchten Lippen auf meine Wange ... eine
ihrer Leichenhände verirrt sich in der unanständigsten Weise, und sie sagt: ›Lass doch mal sehen, mein Hühnchen – hast du denn auch einen
schönen ...?‹« An dieser Stelle entflieht der Berichterstatter.

Das Vergnügungszentrum von Paris war das
Palais-Royal, das den Herzögen von Orleans gehörte und das in sich Garten mit Promenaden,
Arkaden, Läden, Theater, Cafés und Spielstätten
vereinigte und wo sich das Nachtleben der
Hauptstadt konzentrierte. Die Promenade auf
der »Allée des Soupirs« (Seufzerallee) war in
ganz Europa berühmt, weil sich dort die schönsten Mädchen und Frauen aus allen Ständen
prostituierten, auch Personen aus dem Hochadel
wurden dort angetroffen. So berichtet der
»Espion anglais«: »Monseigneur le Comte d'Artois, der an diesen modernen Saturnalien Vergnügen findet, trägt viel zur Vermehrung des Vergnügens und des Zulaufes bei. Er begibt sich fast
jeden Abend dorthin.« (Vgl. Octave Ucanne,
L'espion anglais, dt., Zürich 1982). Aufmerk-

same Leser werden auf den ersten Seiten des Romans feststellen, dass die Marquise dort »einiges zu erledigen« hoffte. Doch nicht allein dort verkehren die adligen Wüstlinge beiderlei Geschlechts, auch das Bordell galt als eine Art »Paradies«. Von einem Chevalier de Forges berichtet die »chronique scandaleuse«, dass er immer den Wunsch hegte, dort seinen Tod zu finden. Er hatte sein ganzes Leben mit Freudenmädchen verbracht, er wollte es auch mit ihnen und bei ihnen beschließen. Der Zufall sollte ihm diesen Wunsch erfüllen. Wie man sehen wird, führt Nerciat dies unter Verwendung eines anderen Namens an. Der berühmteste »Eroscenter« dieser Art war der der Madame Gourdan, sowohl was die »raffinierte« Einrichtung dieses Etablissements als auch was die exklusive Kundschaft aus Hochadel und europäischer Aristokratie betraf. Pidanzat de Mairobert entwirft in seinem »Espion anglais« ein genaues Bild dieses Freudenhauses. Es bestand aus dem »Serail« genannten Versammlungsort, wie man ihn in allen Häusern dieser Art findet. Man begegnet dort immer einem Dutzend gefallener Mädchen, denen schon der »weiche Gaumen von der Syphilis zerfressen ist«. In die »Piscine«, dem Baderaum, wurden die Novizinnen gebracht, »die man fortgesetzt in den Provinzen, auf den Dörfern und in

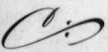

Paris für Madame Gourdan aushebt. Ehe man
ein solches Mädchen einem Liebhaber zuführt,
reinigt man es an diesem Orte, da er erschreckt
zurückweichen würde, sähe er sie, wie sie ihr
Dorf oder ihre elende Wohnung verlassen hat.«
Der weiteren Präparation diente das »Cabinet de
Toilette«. Die »Salle de Bal« (eigtl. Ballhaus) genannte Abteilung war ein Raum mit einer Tür,
durch die man »in ein Zimmer des Nachbarhau-
ses gelangte, und zwar durch einen Schrank.
Niemand konnte drüben von dieser Verbindung
etwas ahnen. Das Zimmer gehörte einem Bilder-
und Kuriositätenhändler, den jedermann besuchen konnte, ohne irgendwelches Aufsehen zu
erregen, da das Haus mit seiner breiten Einfahrt
einen höchst anständigen Eindruck machte und
zudem in einer anderen Straße lag. Demnach
konnte niemand Verdacht gegen die Personen
schöpfen, die es betraten. Der Kaufmann stand
selbstverständlich im Einverständnis mit seiner
Nachbarin, und mit seiner Hilfe gelangten die
Prälaten, die vornehmen Damen, die in dieser
oder jener Hinsicht die Dienste der Madame
Gourdan benötigten, zu ihr. Mithilfe dieser verstohlenen Einrichtung änderte man nach
Wunsch das Aussehen an diesem Orte … Die
Frauen konnten ihren Rang und Titel unter der
Mütze einer Köchin verbergen und erhielten von

diesen kraftstrotzenden, groben Bauernburschen einen recht geilen Schwanz zur Benützung. Die auf rustikal verkleideten reichen und verwöhnten Damen trugen ihre Bauernkleider, um die lüsternen Bauernburschen nicht abzuschrecken durch ihre feine Herkunft.« Die »Infirmerie« (Krankenstube) war die Abteilung für Impotente, deren Lust durch entsprechende Stimulantien, wie Flagellation mit parfümierten Stechginsterruten oder etwa durch »Pastilles à la Richelieu«, kurzfristig aufgeputscht wurden. Aber auch die Damen profitierten von der »Infirmerie«, denn die Gourdan vertrieb von hier aus die »redingotes d'Angleterre« (Überzieher) oder die Godemichés genannten Liebeströster. Die »Chambre de la question« (Verhörkammer) war eine Art Peepshow für Voyeure, wo unter anderem von jungen Burschen und Mädchen so genannte Tableaux vivants (Lebende Bilder) aufgeführt wurden, um den entnervten und schlappschwänzigen Männlichkeiten auf die Sprünge zu helfen.

Letztendlich existierte noch der »Salon de Vulcan«, in dem sich ein Vergewaltigungsstuhl befand, der nach seinem Erfinder Fronsac (Monsieur de Fronsac war ein Sohn des Duc de Richelieu, derselbe, der die Pastillen …) hieß. Dieser hohe Herr hatte den Stuhl so konstruiert, dass, wenn sich widerspenstige Mädchen in den Stuhl

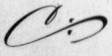

setzten, er nach hinten klappte, die Beine des Opfers spreizte und sie fesselte (Rétif de la Bretonne beschreibt dieses mörderische Gerät genau in seiner »Anti-Justine«). Die so allseits geschätzte Madame Gourdan war allerdings nicht nur Puffmutter, sondern auch Kupplerin, die Orgien organisierte.

Neben dem Bordell der Gourdan gab es noch das der Madame Justine Pâris im Hôtel du Roule (Casanova hatte es 1750 besucht und gibt eine ausführliche Schilderung).

Als extravagantes, besondere Kraft und Schönheit ausstrahlendes Personal seines Romans lässt Nerciat die beiden Neger Zamor und Zinga auftreten. Auch dies ist nicht der Fantasie des Autors entsprungen, denn in Paris existierte ein Negerbordell in der Rue Neuve de Montmorency, dessen Mädchen »man wie Sklavinnen verkaufte«, heißt es in einer 1790 mit dem Titel »Les bordels de Paris« veröffentlichten Schrift.

Eine weitere »Spezialität« war das Bordell der Richard, das vorwiegend als Hospiz für Geistliche eingerichtet war. Da deren Kundschaft im vorliegenden Roman eine sehr aktive Rolle zugewiesen bekommen hat, sei noch einiges zum Klerus bemerkt.

Neben den kleinadligen Chevaliers, die in allen Damenboudoirs, in allen Alkoven und Bordellen zu Hause waren, steht noch jene »entartete Rasse« (J. A. Dulaure, Histoire physique, civile et morale de Paris, Paris 1821) »von tonsurierten Pfäfflein, die weder der Kirche noch dem Staate dienen, ausschließlich dem Müßiggang leben und den Kopf voller Frivolitätten haben«. (Louis-Sebastien Mercier, Le Tableau de Paris, Amsterdam 1787), und eben noch die Mönche, denen Pierre Manuel in den Polizeiberichten ein eigenes Kapitel eingeräumt hat, aus dem hier nur einige Beispiele zitiert werden sollen, die für sich sprechen.

14. Dezember 1762. Laurent Dilly, Bettelmönch (Kapuziner, E. W.) aus der Rue St.-Honoré, bei der Boyerie, wo er sang: Tirez-moi par mon cordon! (Zieh mich an meinem Schellenzipfel!). Bericht des Guardian, Pater Gregoire, Kommissar Sirebaud.

30. Juni 1763. Noël-Clément Berthe, genannt Bruder Paul (Franziskaner strengster Observanz), bei der Leblanc, welche ihn geißelte. Kommissar Mutel.

26. Oktober 1765. Ich, der Unterzeichnete Honoré Regnard, 53 Jahre alt, Kanonikus des heiligen Augustinerordens, Prokurator des Hauses Sainte-Cathérine, bestätige, dass der Inspektor Marais mich bei der St. Louis, Rue du Figuier, gefunden hat, zu welcher ich gestern aus

eigenem Antriebe gegangen bin, um mich mit der Félix zu vergnügen. Ich ließ diese sich ausziehen und berührte sie mit der unter dem Mantel verborgenen Hand. Und heute spielte ich mit der Félix und ihrer Freundin Julie, die mir meine geistlichen Kleider auszogen und mich als Frau kleideten und schminkten. Der Inspektor hat mich in diesem Zustand überrascht. Ich erkläre, dass ich seit mehreren Jahren diese Fantasie habe, welche ich bis heute nicht befriedigen konnte. Als Beweis der Glaubwürdigkeit unterzeichne ich die vorliegende Erklärung, welche die genaue Wahrheit enthält, mit meinem Namen Honoré Regnard. Kommissar Mutel, Inspektor Marais.

Die zur »Noblesse« gehörenden oberen Stände beuteten zwar auch Volk und Bürger in sexueller Hinsicht aus, doch letztendlich wollte man auch zur Befriedigung seiner Lüste unter sich, in seiner Sphäre bleiben. Zu diesem Zwecke wurden geheime Liebesorden ins Leben gerufen. Die berühmtesten waren der »Ordre de la Félicité« (Orden der Glückseligkeit), der »Ordre hermaphrodite« (Orden der Hermaphroditen), die »Secte Anandryne« der Tribaden und die von Nerciat erwähnte Gesellschaft der »Aphrodites«, über die er auch einen dokumentarischen Roman glei-

chen Namens geschrieben hatte. Dass die Mitglieder dieses Klubs »noms de plaisir« Deckna-
men trugen (die Herren solche aus dem Mineral-
bereich, die Damen aus der Flora), erfahren wir
aus dem Roman.

Doch auch der erotische Massenkonsum
reichte manchen dieser erlauchten Herrschaften
noch nicht aus. Die Leidenschaft steigerte sich
bis zu dem düsteren und grausamen Kapitel von
sadistischen Gräueltaten. Als Vertreter dieser
Spezies von Gewalttätern, die das Ancien Régime selbstverständlich nicht verfolgte, nennen
die Gebrüder Goncourt (Die Frau im 18. Jahrhundert, Leipzig 1907) den Marquis de Louvois
oder den Comte de Frise, die ihre Geliebten fol-
terten, andere Scheusale dieser Art führt Jules
Michelet (Histoire de France, Paris 1879) mit
dem Comte de Charolais und seinem Bruder,
dem Duc de Bourgogne, an, und auch der schon
mehrmals erwähnte Duc de Richelieu soll seine
Sinne erst gefühlt haben, wenn er seine Opfer
vor Scham und Entsetzen schluchzen sah. Diese
Herren hatten den Teufel nicht nur im abge-
schlafften Leibe, sie hatten ihn auch im Kopfe.
Und der Marquis de Sade hat in seiner »Juliette«
nicht übertrieben, wenn er Saint-Fond, einen fik-
tiven Minister Ludwigs XV., sagen lässt: »Der
Politiker müsste ein Narr sein, der nicht das

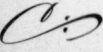

Land für seine Vergnügungen bezahlen ließe. Was geht uns das Elend des Volkes an, wenn nur unsere Leidenschaften befriedigt werden! Wenn ich wüsste, dass Gold in den Adern der Menschen fließen würde, dann würde ich einen nach dem anderen zur Ader lassen, um mich mit diesem Blut zu füttern.«

Die geheimen Sitten des »Galanten Jahrhunderts« sind kaum von Schriftstellern ins Bild gebracht worden, nur sehr wenige fanden den Mut zur Darstellung der »nackten« Wahrheit. Nerciat gehörte zu ihnen. Auch kannte er durch seinen Lebenslauf die französischen Verhältnisse und die der aristokratischen »Internationale«. Und es ist bei ihm nicht so wie bei zahlreichen anderen, dass nur die »Vorgänge« zählen, denn da ist noch sein Lachen, seine Ironie, sein Spott, auch seine Selbstironie in und zwischen den Zeilen.

Er, der »sehr ehrenwerte Doktor Cazzone« (Dieser wie auch alle anderen Namen, der im Roman agierenden Personen, gehören der sexuellen Sphäre an und wurden nicht übersetzt.), »außerordentliches Mitglied und ständiger Sekretär der fröhlichen und allerunanständigsten (das Attribut ›phallo-coiro-pygo-glottono-mique‹ übersetze, wer will!) Fakultät« (dieses Pseudonym verwendet der Verfasser Nerciat) wollte ganz gewisslich Bericht geben »von einer Verdor-

benheit, der in der Hauptstadt (Paris um 1770, E. W.) zu entgehen zu den größten Kunststücken gehört, besonders wenn man die Neigung dazu hat und die Mittel besitzt, sie zu befriedigen« (so Nerciat, gewiss selbstkritisch, in seinem Roman »Monrose« 1791), aber sich auch einen Jux machen, auf dass die Mieder und die Hosenknöpfe seiner Leser platzen. Das Vorwort-Gedicht zu seinem Roman »Félicia ou Mes fredaines« (1775) könnte auch als Motto über »Den Teufel im Leibe« stehen:

> Meine liebe Geschichte,
> dies wird dir bald passieren:
> Zwar fehlt's dir am Gewichte –
> dennoch wirst du florieren!
> Man wird dich gern studieren,
> ohne bei diesem Berichte zu resignieren.
> Der Liederlichste wird beim Gerichte dich
>   denunzieren –
> der Weiseste mit lachendem Gesichte sich
>   amüsieren.

Eberhard Wesemann

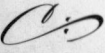

Zu dieser Ausgabe

Die vorliegende Ausgabe beruht auf der ersten
deutschen Übersetzung von Georg Cordesmühl
(Pseudonym), die wahrscheinlich 1905/1906
im Wiener Verlag in 500 Exemplaren erschienen
ist (nach: Paul Englisch, Geschichte der erotischen Literatur, Stuttgart 1927). Diese deutsche
Übertragung (eine zweite von Heinrich Conrad
erschien etwas später unter dem Titel »Pandämo-
nium«), die den französischen Konversationston
so trefflich wiedergegeben hat, ist nach der französischen Originalausgabe (Paris 1803) durch-
gesehen worden, wobei sich einige Lücken zeigten, die der Herausgeber ergänzen musste. Trotz
der ansonsten nur zu lobenden Übertragung
von Georg Cordesmühl war ein Manko festzustellen, das der Herausgeber auszugleichen hatte
und das mit dem mangelnden Wortschatz der
deutschen Sprache in sexualibus zu tun hat. Die

größtenteils aus dem Gassenjargon entnommenen sexuellen Bezeichnungen sind vom Herausgeber durch Begriffe ersetzt worden, die der iro-
nischen Grundhaltung des Autors diesen Dingen gegenüber gerecht werden.

Weggelassen wurde das Vorwort der Originalausgabe, worin Nerciat glauben zu machen
sucht, dass ein gewisser Doktor Cazzone aus
Mailand das Werk verfasst habe, das er, Nerciat,
dann in ein gutes Französisch gebracht und herausgegeben habe. Diese Eulenspiegelei bot ihm
jedoch die Möglichkeit, den Text in Stil und Inhalt spöttisch-ironisch zu kommentieren.

Da Nerciat sich in seinem Vorwort vorwiegend und sehr ausführlich über Raubdrucke
(1785 und 1793) seines unvollständigen Manu-
skriptes beklagt und über jene herzieht, war es
für diese Neuausgabe sachlich entbehrlich und
wurde fortgelassen.

Der Herausgeber

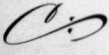

Personen

DIE MARQUISE: Stolze Brünette mit schwarzen lebhaften Augen; vornehme Haltung; etwas männlicher Klang in der Stimme; schöne Formen; kurzes, krauses und dichtes Haar.

COMTESSE DE MOTTE-EN-FEU: Himmlischer, pikanter kleiner Racker; trägt die Nase sehr hoch; feurige Blondine; niedliche Einzelheiten; schöne, aber etwas müde Züge; langes, glattes goldschimmerndes Haar.

VICOMTE DE MOLENGIN: Hübscher netter Dummkopf; ausgesprochener Stutzer; Spötter; zwar riesigen Schlauch, der aber zu nichts zu gebrauchen ist.

PHILIPPINE: Blond, charmant; durchtriebenes Kammerkätzchen; selbstbewusst, frisch; Teint wie Hebe; Haar leicht und weich.

BRICON: Hausierer und Spion zugleich; dicker untersetzter Possenreißer; gerissen; stechendes Auge; lächelt wie Priapos; Haare wie Samson; Liebeskolben immerzu steif.

ABBÉ BOUJARON: Neapolitanischer Geistlicher; sehr männliche Züge; Verbrecherphysiognomie; stark wie ein Mönch; kundig in den Lastern sämtlicher Länder und Völker; äußerlich pariserischer Schliff; krauses, ins Rötliche spielendes Haar; Ständer etwas spitz zulaufend wie ein Trommelstock.

JOUJOU: Leibhusar der Marquise; Lustknabe von fünfzehn Jahren; voll höchster natürlicher Anmut und im Besitz aller Reize der ersten Jugend, aber von bedenklicher Unschuld.

TRÉFONCIER: Deutscher Prälat; angenehme, aber etwas weibische Züge; Nase wie ein Faun; kaustisch lächelnder, mit sehr schönen Zähnen besetzter Mund; lüsterner Blick; frische, lebhafte Farbe, aber künstlich etwas unterstützt; geckenhaftes Wesen; Haltung eines Höflings; ebenmäßiger Wuchs; elegante Beine und hübsche Füße; von dem, was dem schönen Geschlecht am meisten Spaß macht, ist nicht zu viel und nicht zu wenig vorhanden; hat ausgefallene Neigungen; ausschweifend wie ein Offizier; pfaffenmäßige Einfälle.

NICOLE: Im gleichen Verhältnis wie Philippine zur Marquise stehend; eine kräftig gebaute Schönheit von etwas männlichem Wesen,

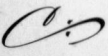

aber nichtsdestoweniger anziehend; große, brennend schwarze Augen; niedrige Stirn; dichte ebenholzfarbene Augenbrauen; dunkler, aber lebhaft gefärbter Teint; Brüste erstaunlich fest und von bläulichen Adern durchzogen; Füße und Hände klein im Verhältnis zu ihrem Körper; Reize von seltener Frische; weicher Venusberg, von schwarzen Haaren dicht umbuscht.

HECTOR, CASCARET, BELAMOUR: Ein und dieselbe Person; ein von der Natur bevorzugtes Wesen, das alles in sich vereinigt, was beiden Geschlechtern gefällt; reizende aschblonde Haare; Haut wie Milch und Blut; große, schöne, lebhafte und zärtliche blaue Augen; Nase vollkommen; reizender Mund mit einer Kette schöner weißer Zähne; von mittlerer, aber makelloser Statur; Adonis von vorn, Ganymed von hinten; hat etwas an sich, das alle Welt bezaubert; kann keinem etwas abschlagen.

SCHWEIZER: Groß, stark, breit; Dummkopf; pünktlich in seiner Pflichterfüllung; grob und Trinker wie alle derartigen Individuen.

EIN ESEL: In der Einbildung der Marquise ein Reittier; gelehriges Tier von schönem Dunkelgrau mit schwarzen Streifen; Blesse; kleine Hufe; im Übrigen mit allem versehen, was einen Esel interessant machen kann.

Der Schauplatz ist zunächst am Morgen im Schlafzimmer der Marquise, einem reizenden Raum, den man einen Tempel der Liebe und der Ausschweifung nennen könnte. Alles darin ist von ausgesuchtem Raffinement; die geringste Verzierung entspricht dem Geschmack der hier wohnenden Gottheit und ist geeignet, Verlangen zu wecken. Das Bett ist der Thron der Venus; dicht daneben befindet sich ein bequemes kleines Ankleidezimmer, und wir werden sehen, wie eine der Hauptpersonen hieraus Vorteil zu ziehen weiß. Am Nachmittag wechselt der Schauplatz in ein kleines Gartenzimmer, einem lauschigen, kleinen Winkel, wie für Ausübung gewisser Torheiten geschaffen; schlüpfrige Dekorationen, die keinem Rätsel aufgeben; alles ganz ungezwungen; kostbare Möbel von erlesenem Geschmack und für alle Einfälle der Marquise sehr geeignet.

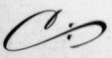

Erster Teil

Das Erwachen

$\mathscr{B}$ei der Marquise ist es noch nicht Tag. Sie wird munter und zieht den Bettvorhang auf. Médor, ihr Schoßhündchen, macht ihr seine Aufwartung. Sie deckt sich auf und lässt sich, bevor sie schellt, von dem klugen Tierchen ein Weilchen Röslein pflücken.

PHILIPPINE: Lieber Gott, Madame, welcher böse Geist macht Sie heute schon so früh munter? Es ist kaum zehn Uhr.

MARQUISE *gähnt:* Guten Morgen, Philippine! Ich habe sehr schlecht geschlafen … den ganzen Tag über werde ich scheußlich aussehen und die Leute mit meiner Laune in Verzweiflung bringen.

PHILIPPINE: Oh, umso schlimmer für die Laune! Aber scheußlich aussehen – ich bin völlig des Gegenteils sicher. Sie sehen jetzt schon zum Entzücken aus.

MARQUISE: Trotzdem, ich habe wirklich sehr schlecht geschlafen!

PHILIPPINE: Ich dachte nun gerade, Madame müssten eine sehr gute Nacht gehabt haben.

MARQUISE: Oh, Philippine, rede mir nicht davon! Ich bin außer mir! Mein Abenteuer ist die verdrießlichste Sache von der Welt.

PHILIPPINE: Wieso? Ein so schöner Kavalier wie der ist mir überhaupt noch nicht vor Augen gekommen. Und Sie strahlten ja förmlich, als Sie ihn gestern Abend mitbrachten.

MARQUISE *kühl:* Was für Wetter ist?

PHILIPPINE: Es ist kalt, sonst aber herrliches Wetter.

MARQUISE: Umso besser; ich habe einiges in der Gegend des Palais-Royal* zu tun und fürchtete schon, ich würde gar nicht ein bisschen in den Alleen bummeln können.

PHILIPPINE: Hier, einige Billetts, Madame, und ein leidlich schweres Körbchen von Monsieur Patineau mit einem großmächtigen Schreiben dabei.

---

* Vgl. Vorwort

MARQUISE: Von Patineau! Das wird interessant! Da bin ich neugierig! *Lächelt.* Das enthält Geld, Philippine! ... Das merk ich am Gewicht!

PHILIPPINE: Geld, Madame! Diese Generalpächter sind doch die besten Freunde.

MARQUISE: Dieser freilich versteht nicht, sehr zartfühlend zu schenken, aber er ist äußerst spendabel und doch ein guter Kerl!

PHILIPPINE *für sich:* Ja, ein gutes, dummes Luder! *Laut.* Trennen wir die Lappen auf! *Sie tut es.* Das ist ja verpackt wie der Schatz eines Pilgers!

MARQUISE *nachdem sie gelesen:* Dieser Brief kündet mir dreihundert Louis an, aber auch einen entsetzlich langweiligen Besuch für heute Nachmittag. Das wird wieder lange dauern! ... *Es pocht leise an die Tür.* Sieh nach, wer da ist!

PHILIPPINE: Einer von den Leuten, der einheizen will!

MARQUISE: Mag hereinkommen, soll sich aber sputen!

Das Feuer brennt, der Domestik hat sich entfernt, die Marquise und Philippine sind wieder allein.

MARQUISE: Wo sind die anderen Billetts?

PHILIPPINE: Auf Ihrem Bett, Madame.

MARQUISE: Schön, schön!

PHILIPPINE *die Louisdors auseinander schiebend:*
Madame, sehen Sie nur, was für eine schöne
Münzensammlung!

MARQUISE *geringschätzig:* Weg damit! Zähl nach
und tu das Geld in mein Briefkästchen! Du,
hör mal! Sechzig Louis muss ich Dupeville
abliefern; leg die für sich – und dann noch
weitere vierzig für einige Einkäufe, die ich bei
der Couplet machen will.

PHILIPPINE *zählend:* Apropos die Couplet, sie
kam gestern persönlich her – oder habe ich
Ihnen das schon gesagt, Madame? Wie sie
vorgab, handelte es sich um eine Angelegenheit von allergrößter Wichtigkeit für Sie, und
darum schickte ich sie …

MARQUISE: Ja, ja, sie machte mich bei dem großen Musketier ausfindig, und ich gab ihr
meine Zusage für morgen. Allerdings, hätte
ich ahnen können, Patineau würde auch den
guten Einfall haben, hätte ich mich gehütet,
eine Sache anzunehmen, die mich vielleicht
kompromittieren kann.

PHILIPPINE *immer noch zählend:* Dann lassen Sie
die Finger davon, Madame – ich will für Sie
hingehen.

MARQUISE: Das will noch überlegt sein, es handelt sich nämlich um einen fremden, jungen

Prinzen. Wenn der jung ist, Philippine ... *Sie
lächelt.*

PHILIPPINE *zählend:* Und vielleicht auch noch
hübsch, ungewöhnlich hübsch! Madame, eine
innere Stimme sagt mir, lassen Sie auf alle
Fälle alles, wie es ist. – Es fehlen zehn Louis.

MARQUISE: Eine innere Stimme sagt mir das
auch. Philippine, stecke das Geld weg! Ein
Billett von Limefort! Mein verehrtester Chevalier, Sie tun Unrecht daran zu schreiben; nicht
einmal sprechen dürfen Sie! Sie müssen sich
lediglich auf das Mienenspiel verlegen, denn
darin sind Sie unerreicht! Alles Übrige steht
Ihnen nicht ... Ah! Sieh da, etwas von Molengin! *Ohne das Billett zu öffnen.* Weißt du,
Kind, trotzdem die Leute sich über den armen
Vicomte so grenzenlos den Mund zerreißen,
habe ich die Laune, ganz erpicht auf ihn zu
sein; ich glaube, nächstens werde ich mich
noch zu Dummheiten durch ihn fortreißen
lassen.

PHILIPPINE *kühl:* Das glaube ich nun eben nicht,
Madame.

MARQUISE: Warum nicht? Als intimer Freund des
Marquis kann Molengin sich sehr leicht Zutritt
bei mir verschaffen. Er ist schön! Zum Malen
gewachsen! Zärtlich, sehr amüsant. Die Gelegenheit für ihn ist jeden Augenblick da.

PHILIPPINE: Er würde sie doch nicht ausnützen, Madame. Dafür bürge ich.

MARQUISE: Das begreife ich nicht. Alle Welt scheint ihn für eine Null zu halten. Das reizt meine Neugier; darüber will ich Klarheit haben.

PHILIPPINE: Monsieur de Molengin, Madame, verdient seinen Ruf zu Recht. Sie dürfen es mir glauben … Und was die Sache selbst anbetrifft …

MARQUISE *interessiert:* Haha! Du weißt etwas, wie mir scheint. Aber sag selbst, dem Augenschein nach muss Molengin einem doch gefallen?

PHILIPPINE *unwillig:* Ja, aber, ihm kommt er nicht, und das ist eine Gemeinheit, Madame.

MARQUISE *heiter:* Philippines Ärger ist köstlich. – Also, er konnte nicht bei dir, nicht wahr? Rasch, erzähl mir das Abenteuer. Ach ja! Er soll sich auch bei mir blamieren! Das ist mal was Neues, das muss ich erleben!

PHILIPPINE: Es wird Sie Ihr Leben lang anekeln, Madame. Aber wir verlieren die Zeit mit Possen. Ich habe Ihnen sehr viel wichtigere Dinge mitzuteilen; bitte, hören Sie mich an.

MARQUISE: Worum handelt es sich?

PHILIPPINE: Wer brachte diesen Monsieur de Molengin, von dem wir eben sprachen, heute

Nacht mit hierher? Der Marquis! Na, der war schön voll – der andere hatte nur einen leidlichen Hieb weg!

MARQUISE: Da haben wir's! Mein lieber Gemahl verdirbt die Leute, die sich am allerwenigsten zu seinen Ausschweifungen eignen; weiter …

PHILIPPINE: Also, Madame, die Herrschaften wollten geradewegs auf Ihr Zimmer los, und Sie waren doch nicht allein.

MARQUISE: Jagst du mir aber einen Schrecken ein!

PHILIPPINE: Ich hatte noch viel mehr Angst als Sie! Glauben Sie mir, unserm Herrn war der Schimmel so wild wie möglich! Er wollte durchaus mit Ihnen schlafen. Ich war glücklicherweise auf dem Posten und habe mich mit Händen und Füßen dagegen gesträubt, aber Monsieur de Molengin – ich begriff seine Gründe dafür zwar nicht so recht – fand das Ungestüm des Marquis die berechtigtste Sache von der Welt! Ich aber bestand darauf, dass es sich für Monsieur ganz und gar nicht schicke, Sie in Ihrem Schlummer zu stören und sich in so wenig appetitlicher Verfassung vor Ihnen präsentieren zu wollen, denn sie stanken beide nach Wein, und Monsieur le Marquis ließen von Zeit zu Zeit einen …

MARQUISE: Pfui! Allein schon von der Beschreibung wird mir übel.

PHILIPPINE: Kurz und gut, ich brachte sie von ihrem Vorhaben ab, aber viel gekostet hat es mich!

MARQUISE: Wieso das, liebe Philippine?

PHILIPPINE: Monsieur le Marquis verschwur sich hoch und heilig, allein wolle er heute Nacht nicht schlafen. Sein Freund seinerseits sagte, er hätte keine Lust, noch bis ans äußerste Ende von Paris nach Hause zu laufen.

MARQUISE: So, so! Die Herrschaften wollten mir offenbar den Gefallen erweisen, alle beide bei mir zu schlafen.

PHILIPPINE: Ich glaube, in Bezug auf das, was Ihnen drohte, weiß der Marquis, bis zu welchem Punkt es mit seinem teuren Vicomte nichts auf sich hat. Sonst, so betrunken wie er war, hätte er gegen nichts Einspruch erheben können. Sie hätten die beiden wahrscheinlich an Ihrer Seite gehabt, oder vielmehr, Sie wären gezwungen gewesen, Ihnen Platz zu machen.

MARQUISE: Das wäre ganz bestimmt nicht passiert! Eine Frau wie ich sollte zwei Trunkenbolden Platz machen! Mein Bett ist ungeheuer groß. Man hätte sich eingerichtet, so gut es ging. Aber schließlich – es war ja ein anderer da … Und nachher?

PHILIPPINE: Also schön, Madame, da sie nicht zu Ihnen hereinkonnten, sagten der Marquis zu Monsieur de Molengin: »Mon cher, zur Entschädigung wollen wir alle beide bei Philippine schlafen.« Monsieur de Molengin fiel dem Marquis darauf um den Hals, der sich dabei beinah übergeben hätte.

MARQUISE: Dieser Zärtlichkeitsausbruch ist rührend! Wahrhaftig!

PHILIPPINE: Ich meinerseits befand mich in schöner Verlegenheit. Sie hatten mir aufgetragen, punkt fünf Uhr bei Ihnen zu erscheinen und Ihren glücklichen Bettgenossen herauszulassen. Es war aber höchstens drei Uhr und einige Minuten drüber. Ich sagte mir, gehst du mit den beiden, kannst du die Zeit verpassen; sie sind dann nicht mehr betrunken und werden dich zurückhalten oder dir folgen.

MARQUISE: Ganz richtig gefolgert; wie hast du dich aus der Affäre gezogen?

PHILIPPINE: Meiner Seel, Madame, ich zeigte mich willfährig, und da ich bis zu der bewussten Stunde nichts mehr bei Ihnen zu tun hatte, ließ ich die beiden mit mir kommen. Nach einigem Sträuben, wie ich es für schicklich hielt, gestattete ich den beiden, sich neben mich zu legen.

MARQUISE: Potztausend, welche Überwindung!

PHILIPPINE: Hören Sie mich zu Ende, Madame! Sie werden zugeben, dass ich keinen großen Vorteil von diesen sonst so günstigen Aussichten gehabt habe. »Ganz nach deinem Belieben, lieber Molengin«, sagte der Herr und stieß zum letzten Mal auf. Dann kehrte er uns den Rücken und schnarchte bald wie eine Orgelpfeife.

MARQUISE: Ich sehe, jetzt kommt der interessantere Teil deiner Geschichte.

PHILIPPINE: Anstatt artig zu sein, begann der Vicomte mich zu zwicken; und da, als ich mich wehrte, entdeckte ich, wohlgemerkt, ohne dass ich danach gesucht hätte – seinen ... seinen ...

MARQUISE: Seinen Schweif! Du weißt doch, ich liebe keine Umschreibungen.

PHILIPPINE *lächelte:* Also, sein Ding. Aber Madame, was für ein Gerät! Seit ich, dank Ihrer gütigen Unterweisungen, Vergnügen daran finde, so was zu sehen und zu behandeln, ist mir etwas Ähnliches noch nie vor Augen gekommen.

MARQUISE *voll Interesse:* Oh, oh! Also, wie ist dies Wunder beschaffen?

PHILIPPINE: Stellen Sie sich vor, Madame – ein Ding von neun, zehn Zoll – vielleicht sogar einen Fuß lang.

MARQUISE *feurig:* Oh, was ist dieser Molengin für ein Glückspilz! Talentiert! Jung! Schön! Reich! Alles hat er, und einen fußlangen Schweif!

PHILIPPINE *seufzend:* Ach, Madame, deswegen brauchen Sie ihn noch nicht zu beglückwünschen! Solch ein Geschenk, um den Preis, wie die Natur es Monsieur de Molengin beschert hat, ist nicht sehr zu beneiden!

MARQUISE: Was soll das heißen? Höchstens, wenn er nicht aufstehen würde.

PHILIPPINE: Sie haben es erraten, Madame! Anfangs imponiert so was! Das zittert in der Hand einer Frau wie die Wünschelrute in der des Hexenmeisters; aber was das Steifwerden, sobald Sie was von ihm haben wollen ...

MARQUISE: Wird er schlapp und geht nicht rein?

PHILIPPINE: Das ist die traurige Wahrheit!

MARQUISE: Monsieur de Molengin, Monsieur de Molengin, ich bin geheilt! Aber schließlich mit etwas »Geduld und Spucke« ... gibt es denn kein Mittel ...?

PHILIPPINE: Erlauben Madame, Ihnen nichts zu verhehlen. Also, ich gestehe ganz offen, wenn ein Frauenzimmer aus dem Stoff, wie ich nun einmal gemacht bin, mit zwei netten Männern im Bett liegt, und ihm obendrein der Kopf brennt bei dem Gedanken an das Vergnügen, das Sie eben genießen – dann ist einem stark danach zu Sinn, auch eine Ablöschung zu kriegen. Der Vicomte brachte mich mit seinem Fingerspiel in Hitze, und so war ich unter dem Vorwand, mir durch ein wenig Entgegenkommen die mir hartnäckig von ihm geraubte Ruhe zu erkaufen, mit dem denkbar besten Willen bereit …

MARQUISE: Oh, das glaube ich! Na und!

PHILIPPINE: Na und, Madame? – Nichts!

MARQUISE: Dieser gemeine Kerl! In der Tat, ich bedaure dich von Herzen!

PHILIPPINE: Mir kochte das Blut allmählich bis zum Überschäumen, diese schlaffe Wurst nur zwei Zoll hereinzubringen, und so fühlte ich mich zu meinem Kummer, angespuckt zu werden, ohne ge…

MARQUISE: Ohne gepfählt zu sein! Lern doch endlich, mit der Sprache herauszukommen, und stolpere nicht über jedes Wort wie Klosterpensionsmädchen! Du bist wirklich zu bedauern, mein Herz! Und mein Mann, war der nicht munter geworden?

PHILIPPINE: Zwei- oder dreimal hatte er seine Lage verändert, und die, die er zuletzt eingenommen, brachte mich stark in Versuchung. Er lag auf dem Rücken und machte, wie Sie es nennen, »den Obelisken«. Ich dachte daran,

Monsieur de Molengin den Schimpf anzutun, mich rittlings auf seinen Freund heraufzusetzen und mich ihm an den Hals zu werfen, aber die Furcht vor einem etwaigen Rülps und ein Rest von Schamhaftigkeit … ich hielt an mich.

MARQUISE: Kleine Närrin, die du bist! Da gerade hättest du dein Verlangen stillen müssen! Ich für mein Teil, packt es mich – und du weißt, das geschieht oft –, und wenn die ganze Welt zusähe, ich könnte mich nicht beherrschen! Nur kleine Geister haben Skrupel. Ich bin ganz sicher, in wenigen Jahren ist es allgemein üblich, dass eine Frau sich ebenso ungeniert ein Stößchen ausbittet wie jetzt eine Prise Tabak. Jedes natürliche Bedürfnis ist ein Tyrann! Und welches fordert mit solchem Ungestüm wie das, von dem wir eben sprechen! Oder mag man bei Heißhunger etwa fasten? Warum also befriedigt man sich nicht mit ebenso viel Hingabe, wenn es sich um ein verzehrendes Verlangen handelt, um ein bezauberndes Vergnügen, das man zudem noch mit dem Wesen, das es uns gewährt, teilt?

PHILIPPINE: Teuerste Herrin! Sie reden wie mit Engelszungen, und was noch mehr, gehen auch gleich mit gutem Beispiel voran! Aber ich bin mit meiner Geschichte noch nicht zu

Ende. Molengin war eingeschlafen. Ich hätte es auch gern getan, aber es war nicht möglich.

MARQUISE: Ich verstehe, mein Mann war sicher aufgewacht.

PHILIPPINE: Ach, er war sogar sehr munter geworden, da war es nun meine Pflicht, ihn rasch müde zu machen, um hernach ganz gewiss zu sein, dass er schliefe. Das war unbedingt vonnöten.

MARQUISE *verschmitzt:* Zweifelsohne, und deine Liebe zu mir war groß genug, nach besten Kräften eine Pflicht zu erfüllen, von der meine Sicherheit abhing. Das sehe ich ein, und dass mein teurer Gatte danach wie ein Toter schlafen würde! Ich halte dich nämlich für eine stürmische Einwiegerin, liebe Philippine!

PHILIPPINE: Sie machen sich über mich lustig, aber das schadet nichts. Zwei Minuten vor fünf verließ ich das Bett so vorsichtig wie möglich und kam, Ihren Betthupferl zu wecken. Er hatte sich bald angekleidet, und ich ließ ihn, wie es sich gehörte, durch die Gartenpforte hinaus.

MARQUISE: Fünf Uhr, sagst du, war es, als du ihn hinausließest?

PHILIPPINE: Ja, Madame.

MARQUISE: Bist du sicher?

PHILIPPINE: Auf den Schlag fünf! Ganz gewiss.

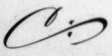

MARQUISE: Um fünf aber, wenn ich nicht irre, war es noch nicht hell.

PHILIPPINE: Ich weiß es ganz bestimmt, Madame.

MARQUISE: Aber nein, du scherzest! Derjenige war noch vor kaum zwei Stunden da.

PHILIPPINE: Welcher, Madame?

MARQUISE: Der, den ich mitgebracht und der hier geschlafen! Der halsstarrigste und vielleicht unhöflichste Kavalier, der jemals von der Garonne hergekommen ist …

PHILIPPINE: Derselbe, den ich gestern mit Madame zurückkommen sah und der hier in diesem Bett bei Ihnen geschlafen, ist von mir hinausgelassen worden. Von allen Türmen schlug es eben fünf.

MARQUISE *ärgerlich:* Und ich versichere dir, es ist noch nicht zwei Stunden her, dass ich gebürstet bin und dass ich sehr wohl gesehen, wie es oben am Fensterkreuz – dessen Laden übrigens ausgebessert werden muss – hell wurde.

PHILIPPINE: Das wird ein angenehmer Traum gewesen sein, Madame. Glauben Sie mir auf mein Wort, was jenen Monsieur anbetrifft, so hat er seit fünf Uhr nicht mehr das Vergnügen gehabt, Ihnen dienen zu können.

MARQUISE *sehr aufgebracht:* Diese Hartnäckigkeit, mit der du mir widersprichst, wird mich noch außer mir bringen! Glaube es mir auf mein Wort, Mädchen: Es war später! Es war Tag, als dieser brutale Kerl mich mit seinem verzweifelten Gerammle aufweckte! Als ich ihn – ich weiß nicht mal weshalb – aus Gefälligkeit noch einmal heranließ! Als er, ohne nur Atem zu holen, gleich zum zweiten Mal wieder loslegte! Als ich mich darüber ärgerte! Als er dem gar keine Rechnung trug! Als ich mich dagegen wehrte; als ich, nicht stark genug und schließlich über jeden Begriff gutmütig, diesen zweiten Aufmerksamkeitsbeweis duldete, der mir überdies gar keinen Spaß machte, weil ich in diesem Augenblick sehr wenig zu dergleichen aufgelegt war.

PHILIPPINE: In all dem liegt etwas Übernatürliches. Wie dem auch sei, aber ich muss Ihnen noch ein kleines Malheur vermelden.

MARQUISE: Du erschreckst mich!

PHILIPPINE: Monsieur de Molengin schlief nicht mehr – oder vielleicht hatte ich ihn auch durch mein Aufstehen aufgeweckt –, kurz und gut, er hatte sich seinerseits erhoben und war mir, ohne dass ich eine Ahnung davon gehabt, nachgeschlichen. So sah er denn, wie ich jemand aus dem Garten ließ. »Philippine«, sagte er beim Zurückkommen zu mir, »es steht völlig bei deiner schönen Herrin, wenn ich reinen Mund halten soll! Versichere sie dessen meinerseits!«

MARQUISE: Hier geht ja alles verkehrt! Wo ist sein Brief? *Sie liest. Nachdem Sie gelesen.* In der Tat, sein Schweigen hat seinen Preis! Ich sehe, ich muss mich ihm erkenntlich erweisen, um ihn mir andererseits wieder zum Schuldner zu machen! Ha! Auf gut Glück! Aber das muss man sagen, dieser erbärmliche Mensch hat mich recht ins Malheur gebracht!

PHILIPPINE: Madame, haben Sie die Gnade, mir zu erzählen, wo Sie diesen neuen Anbeter geangelt haben.

MARQUISE: Durch einen sonderbaren Zufall, bei dieser deutschen Baronin, die bei sich spielen lässt.

PHILIPPINE: Oh, ich weiß, was Sie sagen wollen.

MARQUISE: Seit einiger Zeit gehe ich ziemlich regelmäßig in diese Spielhölle, und ich tue Unrecht daran, denn ich verliere dort unglaublich. Gestern, unter anderem, spielte ich mit so ausgesprochenem Pech, obwohl es nur um niedrige Einsätze ging, dass ich in noch nicht einer Stunde hundert Louis verloren hatte und ich – ohne Dupeville, der ganz gegen seine Gewohnheit gewann, mir sechzig Louis vorgestreckt hätte – mit Schulden von der Partie aufgestanden wäre. Ich machte mich rund um den Tisch von Schulden frei, und das Wenige, was mir blieb, kam auch nicht wieder heraus.

PHILIPPINE: Pech im Spiel, Glück in der Liebe! Sehen Sie, wie Recht das Sprichwort hat!

MARQUISE: Man erhob sich von dem Tisch, und das Pharao begann von neuem. Mein Wagen war noch nicht gekommen. Ich sah neben dem Kamin die dicke Präsidentin de Conbanal in Unterhaltung mit einem Unbekannten. Da ich mich in Bezug auf die Sitten dieser Dame sehr genau auskenne und sie bekannt dafür ist, sich lediglich über einen einzigen Gegenstand unterhalten zu können, hielt ich mich etwas abseits, aber die verdrehte alte Schraube zwang mich, mich ihr zu nähern, indem sie zu mir sagte: »Liebe Marquise, kommen Sie mal her, ich bin mit diesem Monsieur über einen Punkt, in dem Sie maßgebend sind, in Streit.« Darauf wendet sie sich an ihren Nachbarn und fügt leise hinzu: »Vor der Marquise brauchen wir kein Blatt vor den Mund zu nehmen, sie gehört zu uns, sie ist ›La Fougère‹.«*

PHILIPPINE: Gehört zu uns. »La Fougère«, was hat das zu bedeuten, Madame?

---

* la fougère: frz., Farnkraut

MARQUISE: Darüber werde ich dir eines Tages Aufschluss geben. Einstweilen magst du wissen, dass »La Fougère« mein Name in einem gewissen Orden ist … Oh, für alles Geld der Welt wollte ich meine Zugehörigkeit dazu nicht missen! Der menschliche Geist kann sich nichts ähnlich Köstliches vorstellen! Höre! Binnen kurzem werde ich dich auch darin aufnehmen lassen, und du wirst mir ewig dafür dankbar sein.

PHILIPPINE: Wie, Madame, ein armes Kammermädchen wie mich wollten Sie in eine Gesellschaft, der Sie angehören, aufnehmen lassen?

MARQUISE: Was du dir nicht denkst! Es handelt sich bei uns anderen … aber nein, ich will nichts vor einer Uneingeweihten ausplaudern.

PHILIPPINE: Welch schönes Geheimnis! Ich sehe, Sie sind Freimaurerin!

MARQUISE: Warum nicht gar? Meiner Seel, hier handelt es sich um ganz andere Arbeiten! Gib dich einstweilen mit dem Wissen zufrieden, dass in unserer glücklichen Gemeinschaft lediglich äußere Reize und Begabung für die Liebe den Rangunterschied unter den Mitgliedern bestimmen. Ich würde mich gar nicht wundern, stündest du, die ich vorgeschlagen hätte, binnen kurzem höher als ich selber. Diese Haltung, diese einzigartige Frische …

PHILIPPINE *etwas verwirrt:* Spotten Sie doch nicht über mich, teure Herrin!

MARQUISE: Ich schwöre dir, auf der Welt kenne ich nichts so Pikantes, nichts so Gefährliches … das weißt du auch gar wohl, kleine Spitzbübin du! Wie oft, wenn ich noch so heftiges Verlangen nach meinen Freunden empfand, hast du mich nicht zur Untreue an ihnen verleitet! Geh, du bist ganz glücklich über meine große Erschöpfung heute Morgen! Anderseits muss ich dir eingestehen, du bist imstande, mir bisweilen den Kopf zu verdrehen … *Sie legt eine Hand unter Philippines Busentuch und versucht, ihr mit der anderen die Röcke aufzuheben.*

PHILIPPINE *sie niederhaltend:* Na, na! Madame! Ein andermal! Wir haben wohl was Wichtigeres zu verhandeln!

MARQUISE *lässt von ihr ab:* Zunächst muss ich dir meine Geschichte zu Ende erzählen. Du verstehst also, die Präsidentin, der Kavalier, mit dem sie sich unterhalten hatte, und ich erkannten uns alle drei als »Bundesgenossen«.

PHILIPPINE: Ganz wohl, und infolgedessen war dieser Kavalier Ihnen bekannt. Jedoch anfangs sagten Sie …

MARQUISE: O nein! Kennt man sich, hat man lediglich Lust, sich zu kennen. Es gibt vielleicht

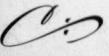

... tausend ... über ganz Frankreich zerstreut oder anderswo. Man muss sich die Zeichen geben, muss gemeinsam gearbeitet, sich bei denselben Versammlungen getroffen haben.

PHILIPPINE: Das ist wie bei den Freimaurern. Geben Sie das nicht zu?

MARQUISE: Still! All deine prickelnde Neugier wird mich nicht dazu bringen, hier Geheimnisse preiszugeben ... Indessen verspreche ich dir, dich zu gegebener Zeit und am gegebenen Orte einzuweihen. Sobald also eine bezeichnende Gebärde mich von der Zugehörigkeit des Fremden überzeugt hatte, fragte ich die Präsidentin, was das für eine wichtige Streitfrage sei, in der man meiner Entscheidung bedürfe. »Ich behaupte«, antwortete sie, »dass es keinen de Tircis mehr gibt.«

PHILIPPINE: Was soll das bedeuten, Madame?

MARQUISE: Ich habe dasselbe gefragt, und in dem Glauben, man wolle mir damit zu verstehen geben, die Schäferliebe sei zu unsrer Zeit arg in Misskredit gekommen, stellte ich mich aufseiten der Präsidentin. Sie lachte mir ins Gesicht, und Monsieur tat ungefähr das Gleiche.

PHILIPPINE: Das, zum Beispiel, war nicht anständig.

MARQUISE: Ich war ihnen aufgesessen. Sie hatten sich einen Kalauer mit mir erlaubt. »Das ist es nicht«, antwortete die unverschämte Person darauf; »Tiresix, verstehen Sie, Marquise, Sie Dummköpfchen, Sie! Glauben Sie, dass es viele von der Art gibt?« Ich war noch immer geneigt, der Präsidentin beizustimmen, als Monsieur mit etwas gascognischer Aussprache antwortete: »Ha, meine Dame, ich will mir nicht die Freiheit nehmen, Sie Lügen zu strafen über das, was Ihre Pariser Bespringer können, aber das kann ich Ihnen auf mein Wort versichern, bei mir daheim ist der kleinste Edelmann einer, wo sechsmal kann, ja sieben-, acht-, neunmal!«

PHILIPPINE: Donner und Doria! Was die Gascogner für Staatskerle sein müssen!

MARQUISE: Wie es nur wenige gibt. – Wir waren beinahe starr. Eben wollten wir unsere Einwendungen machen, als einer der Spieler, mit dem die Präsidentin ein paar Louis auf Halbpart gesetzt, sie abrief, um den Gewinn einer glücklichen Taille mit ihr zu teilen. Also befand ich mich mit dem Aufschneider allein. »Gehörten wir nicht der nämlichen Gemeinschaft an«, sagte ich mit etwas erheuchelter Verwirrung zu ihm, »würde ich Sie ersuchen, unserem Gespräch eine andere Wendung zu geben.«

PHILIPPINE: Indessen, das war doch gerade nach Ihrem Geschmack.

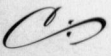

MARQUISE: Sicher! Aber vor jemand, den man nicht kennt? Merke dir das übrigens, Philippine, was für ein Stück eine Frau auch sein mag, muss sie sich doch so lange in Achtung zu setzen wissen, bis es ihr selbst einfällt, die Röcke aufzuheben.

PHILIPPINE: Ich denke ganz genauso.

MARQUISE: Kommen wir aber auf diesen Monsieur zurück! Nach einigen Plänkeleien verbiss ich mich hartnäckig auf das, wodurch ich meinen Prahlhans am meisten zu ärgern und zu erbosen hoffte; mit einem Wort, ich sagte ihm rundheraus, ich glaube kaum an die Sechsmals, geschweige denn an die von Sieben-, Acht-, Neun- und noch Mehrmals, selbst wenn sie aus der Umgegend der Garonne stammten. »Hören Sie, Madame«, antwortete mir mein mutwilliger Gegner rasch und mit einer so heftigen Bewegung dabei, dass ich fast erschrak. »Ihre Zweifel beleidigen meine Ehre, und wenn ich mich jetzt auf mein Recht als Mitbruder beriefe, und es Ihnen nicht unangenehm wäre, möchte ich es übernehmen, Ihnen den Beweis zu erbringen.«

PHILIPPINE: Na aber, solche Impertinenz, gleich mit dem Riegel ins Haus zu fallen!

MARQUISE: Ganz und gar nicht! Eines unserer

Hauptstatuten heißt eine derartige Herausforderung geradezu gut.

PHILIPPINE: Dann hab ich nichts weiter zu sagen! Darf man wissen, was Sie ihm antworteten?

MARQUISE: Zunächst lehnte ich ab.

PHILIPPINE: Also hatte der Gascogner doch das Unglück, Ihnen zu missfallen?

MARQUISE: Durchaus nicht.

PHILIPPINE: Und Sie waren doch so wenig mit ihm zufrieden! Sagen Sie doch, warum er Ihnen dann so missfallen konnte?

MARQUISE: »Madame«, sagte er mit einer Zuversicht, die großen Eindruck auf mich machte, »obschon ich aus der Gascogne bin, ein Aufschneider bin ich darum doch nicht! Und ich will Sie zu nichts veranlassen, wo der Vorteil bloß auf meiner Seite wäre, selbst in dem Fall, dass ich Sie getäuscht haben sollte! Hier in diesem Geldbeutel befinden sich hundert Louis; eben habe ich sie gewonnen. Aber unter folgender Bedingung will ich sie Ihnen opfern: Madame la Marquise mögen die Liebenswürdigkeit haben und sechs oder sieben Stunden einer Nacht mit mir verbringen! Nach dem ersten Gunstbeweis, den ich von Madame erhalten habe, hab ich fünfzig Louis verloren!« Beachte diese Abmachungen ganz genau, Philippine!

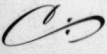

PHILIPPINE: Werfen Sie nur nichts durcheinander, Madame; ich behalte alles ganz vorzüglich! Also fünfzig Louis, der erste Gunstbeweis; das heißt …

MARQUISE: Die erste Runde.

PHILIPPINE: Gut!

MARQUISE: »Nach dem zweiten, Madame, werden Sie weitere dreißig gewonnen haben!«

PHILIPPINE: Sehr gut! Das macht schon achtzig Louis!

MARQUISE: Richtig. »Nach dem dritten Mal werden Madame weitere zwanzig gewonnen haben.«

PHILIPPINE: Jetzt gehören Ihnen schon hundert.

MARQUISE: Das versteht sich! »Nach dem vierten Mal werden Madame nichts weiter zugewonnen haben.«

PHILIPPINE: Gratis? Aber die hundert Louis gehören doch noch Ihnen, Madame!

MARQUISE: Zweifelsohne. »Nach dem fünften Mal«, sagte er, »werde ich zwanzig Goldstücke zurückgewonnen haben.«

PHILIPPINE: Oh, oh! Jetzt haben Sie bloß noch achtzig!

MARQUISE: Richtig gezählt. »Nach dem sechsten Mal werde ich noch weitere dreißig Louis zurückbekommen.«

PHILIPPINE *erstaunt:* Das ist etwas! Bleiben Madame nur noch fünfzig!

MARQUISE: Nicht mehr. »Beim siebenten Mal wird Ihr ergebenster Diener weitere fünfzig zurückgewonnen haben, das heißt wir sind quitt.«

PHILIPPINE: Quitt!

MARQUISE: Das ist klar!

PHILIPPINE: Na und, Madame?

MARQUISE: Na und! Schlecht abgeschnitten beim Spiel! Verschuldet wie ich bin, lasse ich mich vom Geldteufel verblenden … außerdem ist der junge Mann gut gebaut.

PHILIPPINE: Das schien mir auch so!

MARQUISE: Ich hatte bemerkt, seine Beine waren schön, ein gewisses gesundes Aussehen …

PHILIPPINE: Breite Schultern! Rosiges Ohr! Alles, wie es sein soll! …

MARQUISE: Meiner Seel, ich ließ mich ohne Ziererei auf diese Wette ein, bei der ich, ohne Gefahr, irgendetwas zu verlieren, bedeutend gewinnen konnte.

PHILIPPINE: Das ist ein ausgezeichneter Handel.

MARQUISE: Die Präsidentin traf uns beisammen, und wir machten ihr Mitteilung; sie wollte gleich, ich sollte Halbpart mit ihr machen.

PHILIPPINE: Das ist ihr zuzutrauen, bei Gott!

MARQUISE: Bald darauf wurde mir mein Wagen gemeldet. Ich kehrte, meinen Wettpartner an der Seite, nach Hause zurück, und dann, wie du gesehen, legten wir uns zu Bett.

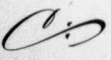

PHILIPPINE: Ich glaube bemerkt zu haben, dass das beiderseits unter großem Wetteifer geschah.

MARQUISE: Das stelle ich nicht in Abrede! Oh, ich hatte achtzig Louis im Handumdrehen gewonnen … aber ganz redlich gewonnen!

PHILIPPINE: Das glaube ich Ihnen aufs Wort.

MARQUISE: Kaum dass wir zehn Minuten miteinander geplaudert hatten, waren die hundert Louis mein Eigentum.

PHILIPPINE: Wetter, wie er rangeht, dieser Gascogner!

MARQUISE: Ich muss gestehen, seit langem bin ich nicht so gut beschlagen worden. Mein Draufgänger hat zwar kein sehr galantes Benehmen, ist auch nicht sehr hitzig, seine Art und Weise ist etwas altfränkisch, aber – mein Gott! Er ist doch ein Prachtjunge, der was versteht, ungezwungen, gewandt, wird einem nicht lästig, schwitzt nicht, riecht nicht, ist feurig …

PHILIPPINE *voll Erregung:* Wie ein Gott! … Nein, Madame, Sie werden mich nie dazu bringen, von diesem Menschen schlecht zu denken.

MARQUISE: Der Tausend! Mit denkbar größtem Eifer und Hingabe waren wir jetzt bei Numero vier angelangt. Stelle dir vor, dass ich meinem Ritter den glühenden Säbel zweimal mit Eiswasser abgespült hatte, aber ich glaube, dieser Teufel wird nie schlapp.

PHILIPPINE: Ein gefundenes Fressen, Madame.

MARQUISE: Wie es sich gehört, legte ich mich zum fünften Stoß zurecht und kriegte ihn auch für meine zwanzig Louis. Und dabei keine Spur von Schwindel, weder hüben noch drüben! Indessen beim sechsten Mal wurde mir doch etwas flau.

PHILIPPINE: Waren Sie schon müde?

MARQUISE: Nein! Von so wenig werde ich nicht gleich matt, aber da es kaum zwei Stunden her war, seit wir angefangen, wurde ich unruhig bei dem Gedanken, ich könnte mit meiner Wette reinfallen. Doch galt es, keine Gemeinheit zu begehen. Ich ging also jetzt richtig ran und bearbeitete meinen Kerl derartig …

PHILIPPINE: Oh, ich zittere! Bitte, fahren Sie fort.

MARQUISE: Jeder andere hätte sich bei diesem Ansturm zu Schanden geritten; zweimal brachte ich ihn durch mein Rucksen zum Rausziehen, aber was nützte das! Das bedeutete keinerlei Zeitverlust für ihn. Gleich wieder fädelte er ein, und weit entfernt, dass es jetzt schlechter gegangen wäre – im Gegenteil –, statt dass ich ihm einen Strich durch die Rechnung gemacht hätte, gab das meinem Drillmeister doppelte Kraft.

PHILIPPINE: Jetzt flunkern Sie aber! Das ist doch nicht gut möglich!

MARQUISE: Aber richtig! Jetzt waren dreißig Louis verloren! Weiß Gott, wie viel mir daran lag, ihm plötzlich eine kalte Dusche zu geben! »Also, na, mein lieber Sechsmal«, sagte ich, mich wieder hinlegend, »ich bitte um Gnade, ich bin erschöpft, bin wie zermalmt, es war unklug von mir, etwas, dessen du dir so absolut sicher, in Zweifel zu ziehen. Lass uns jetzt schlafen, du bist mir nichts schuldig. Eine Überanstrengung könnte dir schaden, und das würde ich mir mein Leben lang nicht verzeihen.«

PHILIPPINE: Woher kam Ihnen diese Großmut, Madame?

MARQUISE: Kleines Schäfchen! Merkst du nicht, dass das nur ein Mittel sein sollte, den Ehrgeiz des Gascogners anzustacheln. Er konnte die günstige Gelegenheit ergreifen und höflich sagen: »Schönste Marquise, Ihre Gunst ist mir ein zu unschätzbares Gut, als dass ich mich der durch einen Missbrauch meiner Kraft berauben möchte. Ich verliere die fünfzig Louis mit dem größten Vergnügen von der Welt!« Oder doch was Ähnliches. Aber nichts dergleichen. Als ob dieser verdammte Draufgänger Angst hätte, ich könnte mich, nach-

dem ich geschlafen, am Ende einer siebenten
Umarmung entziehen, ums Teufelholen wollte
er die ganze Nummer wiederholen, ehe er
mich ein Auge zutun ließ.

PHILIPPINE: Und zwingt Sie also, sich das auch
noch gefallen zu lassen.

MARQUISE: Was half es! Aber jetzt zeigte ich
mich so verdrießlich wie nur möglich. Ich fing
an zu jammern, als ob ich Schmerzen hätte,
und sagte wie vernichtet zu ihm: »Sie töten
mich, mein Lieber, ich bin das Opfer Ihres
Ehrgeizes und Ihrer Todesangst, etwas zu verlieren … Sie schulden mir nichts … Noch einmal, hören Sie endlich auf … ich gebe Ihnen,
wenn die Reihe an mir ist, fünfzig Louis, nur
damit Sie mich zufrieden lassen!«, und Ähnliches, was ihm glatt eingehen sollte.

PHILIPPINE: Holla, Madame, wie unklug von Ihnen! Wenn er Sie nun beim Wort genommen
hätte! Bedenken Sie, ein Gascogner!

MARQUISE: Ich hatte es kaum gesagt, so bereute
ich es schon. Das war, als ob man gegen einen Felsen geschlagen hätte. Wie ein Postgaul
trabte er weiter und ohne mir eine Sekunde
Ruhe zu gönnen, und so – ich muss gestehen,
auch jetzt noch machte sein heftiges Zustoßen
großen Eindruck auf mich – vollbrachte er
sein siebentes Heldenstück.

PHILIPPINE: Schau an! Und ohne zu schummeln?

MARQUISE: Bei Gott, nein! Und um mich in gar keinem Zweifel zu lassen, hitziger als die Male vorher, ja er gab sich ordentlich Mühe, mir das Übermaß seiner Ergebenheit recht vor Augen zu führen.

PHILIPPINE: Der Kerl lässt nicht locker! – Also haben Madame gar nichts gewonnen?

MARQUISE *mit Humor:* Nicht einen Deut!

PHILIPPINE: Und haben Madame … ihm vorgeschlagen, er solle Ihnen Revanche geben?

MARQUISE: Das gerade nicht! Warum fragst du?

PHILIPPINE: Es ist vielleicht unklug, sich für geschlagen bekennen; das Waffenglück ist unbeständig. *Sie senkt die Augen.* Wenn Madame es durchaus ablehnen, sich erneut der Gefahr auszusetzen, so wäre ich so frei, mich zu erbieten … vorausgesetzt, dass Madame mich dessen würdig erachten!

MARQUISE *sie umarmend:* Bravo, Philippine! An so viel hohem Mut erkenne ich meine Schülerin, und ich prophezeie dir, du wirst außerordentlich viel Ehre mit unserem herrlichen Orden einlegen.

PHILIPPINE: Ich weiß nur noch nicht recht, was dazu nötig ist, aber Madame wollen mir gütigst die Versicherung gestatten, dass ich mir gewiss die größte Mühe geben werde.

MARQUISE: Man wird nichts Schweres von dir verlangen. Ich habe es dir schon angedeutet. Du bist wie geschaffen für unsere Vergnügungen. Deine Zierpuppen von Tanten, denen ich dich nur mit Mühe entreißen konnte, mit ihrer Frömmelei und ihren dummen Anstandsbegriffen, hätten schließlich das glücklichste Naturell verdorben. Aus dir eine Betschwester oder wenigstens doch das Weib irgendeines Tölpels von Handwerker machen zu wollen! Meiner Treu, das wäre ein schönes Vorhaben! Überlassen wir dies tugendsame Geschäft den Hässlichen, den Langweiligen! Aber ein niedliches Frauenzimmer wie du, und so, wie du nun einmal geschaffen bist, gehört dem Vergnügen! Immer aufs Ganze! Sieh, das muss unsere Devise sein, wenigstens lautet meine so, und ich wünsche, es möchte auch die deine sein! Ohne Zweifel behagen dir die süßen Gewohnheiten, die ich dir beigebracht habe. Ich wenigstens bin durch mein System außerordentlich glücklich geworden! Zum Henker mit den Vorurteilen! Geben wir uns ihm aus vollen Herzen hin!

PHILIPPINE: Eine entzückende Moral, Madame! Ich fürchte jedoch sehr, so anziehend Ihr System auch sein mag, es führt Sie doch zu weit. Entschuldigen Sie, wenn ich mir die Freiheit nehme, das zu sagen, aber Sie überlassen sich Ihren losen Einfällen zu sehr! So stark Ihre körperliche Konstitution, so dauerhaft Ihre Schönheit auch sein mag, Sie riskieren doch, sich allzu schnell aufzubrauchen. Außerdem sind Sie nicht immer vorsichtig, und ich zittere manchmal, Monsieur le Marquis möchten schließlich …

MARQUISE: Mein Mann! Dieser Liederlich! Mit welchem Recht will er sich über mein Benehmen aufhalten? Es ist hundertmal besser als seines! Mein Herkommen ist es ebenso! Ich bin reich! Er verreckte beinahe vor Hunger auf dem Pariser Pflaster, als ich die Dummheit beging, mich in seine hübsche Fratze zu vergaffen. Ich wollte mich ihm hingeben, und mit gemeiner Berechnung missbrauchte er meine Vertrauensseligkeit und machte mir ein Kind. Es ging nicht anders, man musste uns verheiraten. Und worauf hat er mich nicht gehetzt! Weshalb hat er mich in die schlechteste Gesellschaft gebracht! Warum unterwies er mich in den ärgsten Raffinements der Ausschweifung und mischte mich unter den Schwarm seiner Orgiengenossen und hat mir selbst den Geschmack an so was beigebracht! … Na, deswegen will ich ihn ja nicht weiter tadeln! Hätte er nur das getan, wäre er mir zweifelsohne lieb und wert geblieben, aber seine öffentlichen, anstößigen Schimpfereien, seine unsinnige Verschwendung, und dass dieser herzlose Mensch sich überall in Misskredit bringt … Bitte, von dem sprich mir nicht mehr!

PHILIPPINE: Indessen ist es ganz gut, Sie zu erinnern, dass er – leider allerdings – Machtbefugnisse über Sie besitzt, die er einmal missbrauchen könnte, wenn Sie es sich allzu sehr anmerken lassen, dass er für Sie Luft ist.

MARQUISE: Du hast ganz recht! Und für deine gute Absicht, mich zu warnen, danke ich dir von Herzen. Ich war auch wirklich närrisch! Oh, mein lieber Marquis, hätte ich das Unglück voraussehen können, meine Eltern so bald verlieren zu müssen, ganz gewiss wäre ich niemals Ihre Frau geworden. Muss man gerade den heiraten, der einem im Kopfe steckt oder dem man sich hingegeben? Hat meine Schwester als Stiftsfräulein es nicht verstanden, ganz heimlich zwei Kinder in die Welt zu setzen? Und der? Und die? Und die anderen, die sich durch eine Vernunftheirat sehr gut versorgt haben, nachdem sie sich vorher des Gegenstandes ihrer Neigung sehr gründlich angenommen!

PHILIPPINE: Wissen Sie, Madame, dass Monsieur

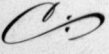

le Marquis immer die Absicht hat, mir eine
Einrichtung zu schenken und dreißig Louis
pro Monat auszusetzen?

MARQUISE: Wenn ich ihn für einen Ehrenmann
hielte, würde ich dir sagen: »Nimm an!« Aber
du würdest sicherlich unglücklich werden;
lohnt sich das wohl wegen jemand, wie er einer ist?

PHILIPPINE: Einer der Hauptgründe für mich,
seine Anerbietungen auszuschlagen, war der,
dass seine Freigebigkeit nur auf Kosten von
Madame geschehen könnte! ... Aber, höre ich
da nicht ein Geräusch?

MARQUISE: Sieh nach, was es gibt!

PHILIPPINE *die einen Augenblick im Nebenzimmer
verweilt:* Madame, da ist ein Blumenhändler,
der sagt, Sie hätten ihm selber den Auftrag gegeben, heute Morgen vorzusprechen.

MARQUISE: Das ist wahr! Aber er kommt so zeitig! Die kleine Comtesse de Motte-en-feu
machte mich vor der Tür von Vaux-Hall auf
den jungen Menschen aufmerksam. Sie sagt,
er sei sehr amüsant. Er soll hereinkommen!

PHILIPPINE: Soll ich mich dann zurückziehen,
Madame?

MARQUISE: Wie dumm! Nein, sicher nicht! Es ist
mir sogar angenehm, wenn du hier bleibst.

PHILIPPINE *freundlich:* Bitte, Monsieur! Treten Sie

ein! *Diener meldet den Händler an.* Monsieur
Bricon, Madame! *Er lächelt.*

MARQUISE: Sieh doch einer den albernen Tropf!
Immer hat er was zu lachen! *Der Diener
bleibt, um das Hereinkommen Bricons zu beobachten, und tut so, als bringe er etwas in Ordnung.* Er da! Was macht er da! *Der Diener entfernt sich; die Marquise sagt zu Philippine.*
Diesen großen Schafskopf muss ich abschaf-
fen! Seine prächtige Gestalt gefällt mir ja,
aber er ist doch zu dumm!

Einkäufe

Bricon, in der einen Hand sehr schöne Blumen
und unter dem Arm ein kleines Kästchen haltend, nähert sich schüchtern und ehrerbietig zugleich.

BRICON: Ich bitte tausendmal um Vergebung,
Madame la Marquise, sollte ich etwas zu früh
da sein, allein aus Furcht, Ihren Aufträgen
nicht pünktlich nachkommen zu können,
habe ich mich so beeilt.

MARQUISE *sanft:* Das schadet nichts, mein Lieber, ich bin ja munter. *Leise zu Philippine.* Der
Schlingel ist gar nicht übel.

PHILIPPINE *halblaut:* Teufel auch, der Junge ist herrlich frisch und wohl gebaut.

MARQUISE: Für die Jahreszeit haben Sie da ja sehr schöne Blumen.

BRICON: Madame, ich habe mich ganz in den Dienst alles Schönen gestellt, und die Natur schafft mir zuliebe Wunder.

MARQUISE *leise zu Philippine:* Der ist nicht auf den Kopf gefallen. *Laut und indem sie Blumen auswählt.* Was kosten die, die ich in den Händen halte?

BRICON: Ganz nach Belieben, Madame! Gewöhnlich verkaufe ich Blumen nur an Kavaliere; es würde sich nicht für mich schicken, von Madame einen Preis zu fordern.

MARQUISE: Wieso denn nicht! Aber sieh, wie viel Lebensart er hat. Geben Sie ihm sechs Francs, Philippine!

PHILIPPINE: Sehr wohl, Madame.

MARQUISE: Wenn Sie allen Damen derartig entgegenkommen, können Sie nicht reich werden.

BRICON: Es ist wahr, der Blumenhandel wirft nicht viel ab, aber ich führe noch andere Kleinigkeiten, die mir das wieder einbringen.

MARQUISE: Was sind das für Kleinigkeiten?

BRICON: Parfüms, Stickereien aus Marseille, Naschwerk, Schächtelchen, Uhrgehänge, Haarbänder und …

MARQUISE: Aber die Comtesse hat mir von all dem nichts gesagt.

BRICON: Madame, das kommt daher, dass ich meine Kundschaft um strengste Diskretion bitte, andernfalls würden die Kaufleute mir Prozesse anhängen.

MARQUISE: Das glaube ich wohl! *Leise zu Philippine.* Er hat einzigartige Augen!

PHILIPPINE *halblaut:* Auf mein Wort! Dieser Schlauberger hat mehr als ein Eisen im Feuer!

BRICON: Ich handle mit vollständig abgerichteten Hunden, Zeisigen, Papageien, Wickelschwanzaffen …

MARQUISE: Wickelschwanzaffen! Bringen Sie mir morgen einen her.

BRICON: Ich werde es nicht verfehlen, Madame. Ich verkaufe Fächer, Operngläser … Mit einem Wort, ich mache mich so nützlich wie möglich, und ich bin als sehr uneigennützig bekannt. Bei gewissen Dingen setze ich zu oder verdiene nichts daran. Dann sind aber andere da, die das wieder gutmachen müssen! Und Gott sei Dank, der Kleinhandel geht gar nicht schlecht.

MARQUISE: Muss wohl sein! Sie scheinen mir nicht auf den Kopf gefallen zu sein! Wo wohnen Sie?

BRICON: Überall, Madame, und im Besonderen da, wo diese Karte, die ich Madame aufzuhe-

ben bitte, angibt. Man kann sich an mich wegen aller Art von Morgenhäubchen, wegen Haarlocken, Federn, Bändern, Stoffen à la mode, wegen Schmucksachen, neu oder unter der Hand zu kaufen, wenden; wegen Pferd und Wagen, wegen sämtlicher Neuigkeiten auf dem Buchmarkt und auch wegen solcher Sachen, die sich nicht an die Öffentlichkeit wagen dürfen …

MARQUISE: So, so! Sie handeln also auch mit verbotenen Dingen!

BRICON: Man muss sich wohl damit abgeben. Wer nicht wagt, gewinnt auch nicht!

MARQUISE: Sagen Sie, was haben Sie in der großen Schachtel da?

BRICON *scheinbar etwas in Verwirrung:* Madame, das sind Waren … für die Sie unmöglich Verwendung haben … das schlägt ins ärztliche Fach!

MARQUISE: Wie, Sie sind auch Arzt?

BRICON: Leider habe ich nicht die Ehre.

MARQUISE: Aber darf man nicht wissen …

Bricon scheint sich durch Philippines Anwesenheit geniert zu fühlen. Sie bemerkt es.

PHILIPPINE: Ach, du großer Gott! Madame, ich habe Ihre Schokolade vergessen.

MARQUISE: Wahrhaftig! Mir fängt der Magen schon an zu knurren! Also geh! Aber sie soll gut gemacht werden, und nichts dabei überstürzen …

PHILIPPINE: Ich werde sie eigenhändig bereiten. *Sie schickt sich zum Gehen an.*

MARQUISE: Es braucht niemand vorgelassen zu werden, verstehst du!

PHILIPPINE: Madame dürfen ganz unbesorgt sein.

MARQUISE: Bestelle auch gleich meinen Wagen; ich will dann ausfahren.

PHILIPPINE: Sehr wohl! *Sie zieht sich zurück, die Marquise ist allein mit Bricon, oder glaubt es wenigstens zu sein.*

MARQUISE *lebhaft:* Rasch, Bricon, rasch das Kästchen.

BRICON *mit erheuchelter Verwirrung:* Ich bitte tausendmal um Vergebung, aber …

MARQUISE: Was soll das heißen?

BRICON: Dass die unerwartete Frage von Madame mich eine kleine Lüge riskieren ließ … und … ich gestehe … muss es gestehen … es ist mir leider unmöglich, Madame zu zeigen, was diese Schachtel enthält.

MARQUISE: Ach Faxen! Eine Frau ist neugierig! Ich will auf jeden Fall sehen und – was noch mehr – kaufen.

BRICON: Also gehorche ich! Aber ich bitte Ma-

dame im Voraus, nichts übel nehmen zu wollen, und dass ich gewiss nicht daran denke, Ihnen etwas von dem zu verkaufen, was ich die Ehre haben werde, Ihnen vorlegen zu dürfen. Ich musste das wohl mitnehmen, weil ich von hier aus eine Kundschaft aufsuchen soll, die derartige Sachen verlangt, und weil es zu ermüdend für mich gewesen wäre, wieder nach Hause zurückzulaufen ...

MARQUISE *ihn unterbrechend:* Schon gut! Sehen wir selbst.

BRICON: Ganz nach Ihrem Befehl! *Er scheint Mühe zu haben, den Kastenschlüssel aus einem großen Schlüsselbund herauszufinden.*

MARQUISE *ungeduldig:* Öffnen Sie, öffnen Sie! ... Zerbrechen Sie die Schachtel! Ich kaufe alles, komme für alles auf.

BRICON: Madame, es sind Sachen von einigem Wert darin! Ach, sieh da ... da ist ja der Schlüssel ... jetzt geht er nicht herein ... da muss sich etwas Schmutz hineingesetzt haben. Er bläst ... gut ... endlich schließt er, Madame! *Er zieht ein in Papier eingeschlagenes Paket hervor und legt es auf das Bett.*

MARQUISE: Also, was ist denn das?

BRICON: Herrenartikel, Madame, Sachen, die man bei Ihnen nicht anwenden kann.

MARQUISE *will lesen, was auf dem Umschlag*

steht: Das ist englisch, glaube ich, und ich ent-
ziffre nichts davon als den Namen »Philipps«.

BRICON: Das sind kleine Überzieher ohne Naht,
für … *Er nimmt einen aus dem Papier, bläst
ihn auf und gibt der Marquise dadurch völligen Aufschluss.*

MARQUISE: Das kenne ich! Die von Philipps sind
tatsächlich die besten; aber ich habe keine Verwendung dafür … Weg damit.

BRICON *wickelt einen kleinen Godemiché aus:*
Dieser hier, Madame, ist nicht gerade sehr bedeutend; aber man muss sie für jedes Alter, jeden Durchmesser passend führen.

MARQUISE *lächelnd:* Der ist gar nicht schlecht nach-
gemacht! Der taugt für ein junges Ding, das
seine erste Kommunion eben hinter sich hat.

BRICON *zeigt einen anderen Godemiché:* Hier ist
ein etwas stärkerer!

MARQUISE: Wahrhaftig, Bricon, Sie sind ein
Mann, der in allen Sätteln gerecht ist. Wie viel
kostet dies Spielzeug?

BRICON: Für Madame achtzehn Francs. Das ist
beinahe zum Selbstkostenpreis.

MARQUISE: Und der etwas dickere da?

BRICON: Einen Louis.

MARQUISE: Ausgezeichnet, damit will ich mir jemanden zur Freundin machen.

BRICON: Der da kostet ebenso viel.

MARQUISE: Der, glaube ich, ist etwas zu lang und zu dick.

BRICON: Wenn Madame la Marquise 36 Francs anlegen wollen, ist hier einer, der es viel besser tut. Möchten Madame die Güte haben, diesen Ring anzusehen ...

MARQUISE: Gut! Wozu soll er dienen?

BRICON: Er bildet das äußerste Ende eines Kolbens. Die Röhre lässt sich mittels einer Schraube auseinander nehmen. Man füllt sie mit etwas Lauwarmem und ... psch, psch... das hat dann die Wirkung ...

MARQUISE: Als Mädchen habe ich viel von dieser klösterlichen Erfindung gehört, aber ich habe mir niemals träumen lassen, so etwas wirklich einmal vor Augen zu bekommen. In der Tat sinnreich! Tun Sie das Übrige weg, und legen Sie mir zwei davon beiseite!

BRICON: Ich habe von der Art nur den einen bei mir, aber zu Hause habe ich noch Vorrat, und Madame sollen bedient werden ... Wenn es erlaubt wäre, Ihnen ein noch absonderlicheres Stück zeigen zu dürfen ... *Die Stimme dämpfend.* Aber ich müsste Madame um strengste Diskretion bitten, ich wäre sonst verloren.

MARQUISE: Zeigen Sie, zeigen Sie! Ich schwöre Ihnen bei meinem Wort als Frau von ...

BRICON *mit leiser Stimme:* Ich bin schon ins

Loch gekommen, weil ich so was mal in das Kloster … aber der Name tut ja nichts zur Sache – eingeschmuggelt hatte. Zwei Nonnen – Gott strafe sie – ließen sich bei einer kleinen Belustigung erwischen: Das gab einen Skandal! Sie zeigten mich an, ich wurde arretiert, und hätte ich nicht sehr gewichtige Protektion gehabt …

MARQUISE: Geben Sie rasch, lieber Bricon, rasch! Ich sterbe vor Ungeduld, so etwas Außerordentliches zu sehen. *Als sie den Gegenstand sieht:* Aber, was ist das? Ich gestehe offen, das begreife ich nicht. Zwei Arme! Diese mit Haaren bedeckte Platte! Das ist schrecklich, scheußlich!

BRICON *lächelnd:* Aber gut ausgedacht! Sehr unterhaltend! Madame haben doch gewiss die Erzählung von Y. gelesen? Das Dings »gaudeant bene nati«?*

MARQUISE: Nein, wie dumm ich bin! Zweifels-

---

* Erzählung von Y … gaudeant bene nati: Gemeint ist das »Gedicht vom Y« des französischen Dichters Jean-Baptiste-Joseph Villaret de Grecourt (1683–1743), wo es heißt: »Marc une bequille avait / Faite en fourche, et de manière / Qu'à la fois elle trouvait / L'oeillet et la boutonnière. / D'une indulgence plénière / Il crut devoir se munir, / Et courut, pour l'obtenir / Conter le cas au Saint-Pére / Qui s'ecria: Viêrge Mère / Que ne suisje ainsi bâti! / Va, mon fils, baise, prospère, / Gaudeant bene nati!«

ohne, »jedem Loch sein Pflock«, die reizende Schnurre! ... Das da ist etwas sehr stark, Bricon.

BRICON *mit etwas sichererem Ton:* Kleinigkeit! Die Vorurteile sind tot.

MARQUISE *fein und etwas zurückhaltend:* Ja ... so ...!

BRICON: Die ehrenwertesten Leute erlauben sich alles heutzutage!

MARQUISE *aus Überlegung einen würdevollen Ton anschlagend:* Wohlgemerkt alles, was nicht anwidert! Aber, wie dem auch sei, klären Sie mich völlig auf.

BRICON: Diese zwei ...

MARQUISE: Diese zwei Samthanse! Vorwärts! Frisch von der Leber weg!

BRICON *lächelnd:* Müssen so angesetzt werden. *Er hält das Instrument einen Augenblick an seinen Gürtel.* Der eine oben zeigt sich, wie Sie sehen, in der gewöhnlichen Stellung.

MARQUISE: Ganz wohl, und der andere infolgedessen in angemessener Entfernung auf der

---

(dtsch.: Marc hatte eine Krücke, / gespalten in zwei Zinken und somit / fand sie sogleich Öse und Knopfloch auf ihre Art. / Er lief, den Fall vorzutragen und vollen Ablass zu erhalten, / Zum Heilgen Vater Papst. / Der rief, so er davon erfuhr: / O unberührte Heilge Mutter Gottes! Dass ich nicht so gebaut bin! / Geh, mein Sohn, und küsse und beglücke! /. Es freue sich, wer so wohl versehen geboren ist!)

benachbarten Seite: Jetzt fange ich an zu begreifen.

BRICON: Dann beachten Sie weiter, Madame,
dass die untere Prothese … Sie gestatten!

MARQUISE: Man muss alles so deutlich wie möglich zu machen suchen.

BRICON: Sie bemerken – sage ich ferner –, dass
er viel länger, viel dünner geschnitten ist.

MARQUISE: Ich wollte Sie eben schon fragen,
weshalb.

BRICON: Wesentlich länger, weil, bevor der erste
eingeführt ist – denn der Zugang zu seiner
rückwärts liegenden Fährte ist etwas schwierig –, er notwendig etwas voraus haben muss.

MARQUISE: Alles ist bedacht. Jetzt verstehe ich,
warum er viel dünner geschnitten, viel spitzer
gehalten ist, um nicht zu verletzen.

BRICON: Es macht Vergnügen, Kennern etwas zu
zeigen … *Verneigt sich.* Ich meine, die feinfüh-
lig sind.

MARQUISE: Sieh mal einer an!

BRICON: Ist dieser erst drin, geht der andere seinen Weg von selbst. Was die Platte anbetrifft,
so ist sie eine Art Abklatsch der männlichen
Bildung, die eine Dame sich mit Bändern um
den Leib bindet, denn im Prinzip ist dieses
Spielzeug zur Unterhaltung zweier Freundinnen erfunden.

MARQUISE: Und wenn man sich nun in den Kopf gesetzt hat, sich mit einem Freunde abzugeben!

BRICON: In dem Fall, sehen Sie, Madame, tut man den oberen Teil weg. *Er entfernt ihn.* So also, und bedient sich dafür des natürlichen Teils, oder wenn man sich erschöpft fühlt, man weniger aufgelegt ist, bleibt die Maschine wie sie ist, und das in Ungnade gefallene Glied verbirgt sich schamhaft in der Höhlung seines Stellvertreters.

MARQUISE: Das ist ja ein Raffinement ... und der Preis?

BRICON: Mein letztes Wort, für Madame drei Louis.

MARQUISE: Drei Louis, sehr schön, und das da sechsunddreißig Livres; dann brauche ich noch ein Einzelding, das macht also sechs Louis im Ganzen. Sie sehen, ich handle nicht. *Sie bemerkt eine gewisse Unruhe an Bricon.* Was suchen Sie mit den Augen? Ist Ihnen schlecht?

BRICON *ziemlich erregt:* Im Gegenteil Madame ... achten Sie nicht darauf. *Er beeilt sich einzupacken.*

MARQUISE: Welche Hast! Sie erschrecken mich, Bricon!

BRICON *tut ganz verwirrt:* Ach, Madame!

MARQUISE: Was soll diese plötzliche Bestürztheit?

BRICON: Ich kann mich nicht rasch genug entfernen, Madame!

MARQUISE: Das ist ein höchst seltsamer Schwindelanfall! Leiden Sie an irgendetwas? Ich klingle sogleich!

BRICON: Um Gottes willen, klingeln Sie nicht, Sie stürzen mich ins Unglück. *Er bemächtigte sich der Klingelschnur, hält sie, und beeilt sich, den Türriegel vorzuschieben.*

MARQUISE: Er muss den Verstand verloren haben. *Bricon hat sich dem Bett genähert und hat sich keuchend hinaufgeworfen.* Das geht über den Spaß! *Sie will ihm die Klingelschnur entreißen, die er jedoch so hält, dass sie sie nicht erreichen kann. Er packt ihre Hand und bedeckt sie mit Küssen.* Bricon, ich werde ihn zum Fenster hinauswerfen lassen.

BRICON *sich wie rasend stellend und kühn werdend:* Warum muss ein Unseliger wie ich …

MARQUISE: Hände weg! Ich bin starr über solche Frechheit!

BRICON *Herr seiner Stimme:* O Wonne! Bin ich nur ein elender Sterblicher oder ein König! Ein Gott! *Er gewinnt Terrain.*

MARQUISE *empört, oder wenigstens scheinbar:* Verflixte Neugier! Bricon! Lieber Freund! *Er*

steigt in das Bett und reißt die Decken weg.
Schurke! Mir das anzutun! Mich bloßzude-
cken wagen! Das wird mein Tod sein! *Er berührt ihre empfindlichste Stelle.* Schuft, das ist
nicht für dich gewachsen!

BRICON *außer sich:* Was es mich auch kosten
soll, das Leben meinethalben, aber … *Er
macht große Anstrengungen, die Marquise zu
besitzen.*

MARQUISE *sich verteidigend:* Aber, im Ernst –
Bricon! Was denken Sie sich … dass es möglich sein sollte, eine Frau wie ich … sich bis zu
dem Punkt vergessen … *Bricon, obenauf liegend, stößt zu, kommt hinein.* Ah – Oh – Da,
was ich fürchtete … Bricon? … Ich … Ich
sage Ihnen … lassen Sie das! … Schnell … lieber Freund … bestehen Sie nicht darauf …
Gott! … Wie stark der Schlingel ist! … Ich
bin toll … *Sie leistet keinen Widerstand mehr.*
Mäßige dich wenigstens … Ha … ich …
*Gleichzeitig presst sie ihren Mund auf den Bri-
cons, der sich keinerlei Zwang mehr antut; alles vollzieht sich ohne irgendwelche Vorsicht
auf beiden Seiten; einige Minuten sind sie völlig untergetaucht in den ekstatischen Wonnen
höchster Beseligung.*

NOTA: Was jetzt kommt, ist starker Tobak! Wer
empfindlich ist, wird gut tun, nicht weiter zu

lesen. Der Abbé Boujaron, der eben erscheint, ist eine sehr schmutzige und sehr gemeine Person.

ABBÉ BOUJARON *kommt von dem Platz zwischen Bett und Wand, woselbst sich eine kleine, zu einem Ankleidezimmer führende Tür befindet:* Bonjour, ihr da!

MARQUISE *tödlich erschrocken:* Großer Gott! *Bricon springt aus dem Bett.*

ABBÉ: O nicht doch, Kinder! Bleibt doch! Ich komme nicht her, um euch in eurem Vergnügen zu stören, aber bei allen fünfhundert Teufeln, wenn es geht, möchte ich auch meinen Teil davon abhaben.

Die Marquise verbirgt sich unter den Decken.

ABBÉ *entblößt sie gewaltsam:* Holla, Madame Lukrezia, Sie benehmen sich recht kindisch! Kommen Sie vor – kommen Sie ans Licht zurück. Nochmal verlange ich nicht! Ich habe Lebensart. Haben wir nicht allesamt Nachsicht nötig?

MARQUISE *in Verzweiflung:* Das ist der Gipfel des Malheurs!

ABBÉ: Ein panischer Schreck wegen einer Kleinigkeit! Bricon zählt zu meinen Freunden, also bleibt alles geheim.

BRICON: Meiner Treu, der Teufel hat Sie hergeschleppt, Monsieur l'Abbé.

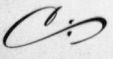

ABBÉ: Ich bin schon lange da; alle Wetter, aber Langeweile habe ich nicht auszustehen brauchen! Vorwärts, Königin, Kopf hoch! Reden Sie!

MARQUISE *wütend:* Woher kommen Sie, Sie Schurke? Und seit wann sind Sie in meinem Zimmer?

ABBÉ *runzelt die Brauen:* Beleidigungen? ... Nun gut! Also schöne Sünderin, ich war schon da, als Sie nach Hause kamen und den ...

MARQUISE *um ihn am Reden zu hindern:* Wenn Sie noch ein einziges Wort verlauten lassen ... Bricon?

BRICON: Madame.

MARQUISE: Prügelst du mir diesen Lumpenhund da auf der Stelle durch, und hilfst du mir, ist dein Glück gemacht!

BRICON: Madame, ich bin ohne Ehrgeiz, und, wie Monsieur l'Abbé schon sagte, wir sind Freunde.

ABBÉ *zieht ohne jedes Zeichen von Erregung zwei Pistolen hervor:* Und außerdem dies, um jede schlechte Absicht von vornherein zu Schanden zu machen! *Er steckt die Pistolen wieder in die Tasche.* Na – Frieden?

MARQUISE: Ich bin verloren, entehrt! Oh, wie unglücklich ich bin!

ABBÉ *höhnisch:* Sie unglücklich?! Im Gegenteil,

die beglückteste aller Frauen! Sie scherzen, Marquise. Rechnen Sie genau mit, sieben und zwei macht neun, und eins zehn, und eins in diesem Augenblick, denn all das ließe sich unbeschadet des übrigen Tagesverlaufes in Ordnung bringen.

MARQUISE *ärgerlich:* Bei Gott! Also das, was Philippine meinen Traum nannte …

ABBÉ: Träumen Sie immer so? Das wird Ihnen gute Früchte tragen. Ja, schöne Dame, haben Sie übrigens die Zeit ein wenig angenehmer verbracht als Sie einen Lichtstrahl »oben an dem Fensterladen, der übrigens einer Ausbesserung bedarf«, wahrnahmen, bitte, so statten Sie Ihren Dank für diesen schönen Moment Ihrem ganz ergebensten Diener ab.

MARQUISE: Wenn ich das gewusst hätte, Scheusal!

ABBÉ *scherzend:* Immer Spitzen! Indessen werden Sie mir zugestehen, Marquise, dass ich sehr angenehm träumen lassen kann!

MARQUISE: Mein Leben lang werde ich mir diesen schrecklichen Irrtum nicht verzeihen.

ABBÉ *spöttelnd zu Bricon:* Es ist ja meine »Pariser Jungfernschaft«, die er mir geraubt hat! – Jungfernschaft, höre ich immer …

BRICON: Ach, lieber Gott! Abbé! Reden Sie nicht mehr davon! Sehen Sie nicht, wie das Madame alles nahe geht? Ärgern Sie sie doch nicht so durch unschickliche Bemerkungen und grausamen Spott.

ABBÉ: Den Teufel auch, wer will dies reizende Kind denn kränken! Gott verdamme mich, Marquise, davon bin ich weit entfernt. Ich habe für Sie etwas getan, dessen ich mich nie mehr für fähig gehalten hätte; ich verabscheue die Liebesgrotte. Ich mache kein Geheimnis daraus, dass ...

BRICON: Pst! Pst!

ABBÉ: Lass mich reden, Schafskopf! *Zur Marquise.* Deibelsgeschmack, der mir über alles geht, hat mich mit Ihnen wirklich großes Unrecht begehen lassen: Das will ich wieder gutmachen, Ihnen zum Opfer bringen ... Hören Sie mich also ...

MARQUISE *niedergeschlagen:* Monsieur, bitte verschonen Sie mich!

ABBÉ *hell und boshaft auflachend:* Nur noch zwei Worte! Ich gebe zu, es war sehr übel getan, die Hinterpforte einer so reizenden Frau ihrer Vordertür vorzuziehen!

MARQUISE *wütend:* Monsieur l'Abbé! Sie glauben wohl, hier in der Wachtstube oder im Priesterseminar zu sein!

ABBÉ *immer mit Bosheit:* Ach, Marquise! Soviel ich weiß, können Sie die Umschreibungen nicht leiden! Meine besondere Liebhaberei beleidigte Sie; scharf war ich auf Sie; also musste ich Sie wohl auf Ihre Art bedienen … Ich schlich mich heimlich herein.

MARQUISE: Wie? Die ganze Nacht über waren Sie in meinem Ankleidezimmer?

ABBÉ: Die ganze Nacht! Sapperment! Wie Tantalus hörte ich den Bratspieß sich drehen, nur war der Braten nicht für mich da. Als ob Sie mich herausfordern wollten, kamen Sie zweimal herein, um mir direkt vor der Nase eine Ausspülung zu machen; um mir zu zeigen, bitte halten Sie das nicht für boshaft, weshalb ich diese unselige Bußbewegung verabscheuen lernen sollte, die mir schon so schlecht bekommen ist; denn ich war imstande, die beiden Stechbahnen zu vergleichen und zu sehen, wie niedlich die ist, auf der dieser verteufelte Gascogner so fürchterlich herumgefochten hat … *Er küsst seine Finger mit dem Ausdruck heftigster Begehrlichkeit.* Dio mio!

MARQUISE *zu Bricon:* Nein, begreift man eine solche Tollheit! Sich wie ein Dieb benehmen! Der Folter zu trotzen! Der Kälte, dem Hunger …

ABBÉ: Zwei Schachteln Konfekt und ein Fläschchen spanischen Weins fielen mir als sehr willkommene Beute in die Hände; so versorgt, stirbt man nicht vor Entkräftung und Kälte! Cazzo! Wer friert wohl, hat er zwei Meisterwipper von solcher Ausdauer neben sich.

MARQUISE *etwas zerstreut:* Genug, Monsieur! Hören wir damit auf!

ABBÉ: Aufhören? Teufel auch, wir haben ja noch gar nicht angefangen, denn das, was diese Nacht geschehen ist, zählt nicht!

MARQUISE: Diesen frechen Streich werden Sie mir bezahlen … Pfui! Wer wird denn schon, wie Sie, eine Frau durch Verrat im Schlaf überfallen! Wer den Schimpf auf sich laden, für einen anderen zu gelten!

ABBÉ: Das sind Kleinigkeiten der Eigenliebe. Sich daran zu stoßen, überlasse ich Dummköpfen! Zum Teufel mit allem Stolz! Ich habe mich recht gut unterhalten. Stellen Sie sich vor, ich hätte nicht mehr an den Abzug des verfluchten Gascogners geglaubt und darum zu schlafen gesucht und dass mir das auch geglückt wäre. Stellen Sie sich nun mein Entzücken vor, an der vollkommenen Stille in meinem Traum zu merken, der Platz sei leer geworden. Meiner Treu, da zog ich mich aus und husch … Das Übrige wissen Sie ja. Oh, ich versichere Ihnen auf mein Wort, wenn alle

Frauen so wie Sie wären, ich könnte mich versucht fühlen, meiner Posterioramanie ganz und gar – oder wenigstens doch in Bezug auf Ihr Geschlecht, abzuschwören!

MARQUISE: Sehr schmeichelhaft! … Aber, Messieurs, lassen Sie mich, und alles sei gewesen! Aber was dies Geheimnis anbetrifft – wenn in dem einen wie dem andern von Ihnen noch ein Funken von Ehrgefühl …

ABBÉ: Pfui! Sie könnten glauben … Ich antworte für Bricon.

BRICON: Und ich für den Abbé, wie für mich selbst.

MARQUISE: Sie könnten also den Mund halten! … Aber ich sehe, es ist an der Zeit, da ich meine Schokolade zu bekommen pflege. Bitte entfernen Sie sich, einer wie der andere!

ABBÉ: Noch nicht, wenn Sie gestatten; mir ist da eine Idee gekommen.

MARQUISE: Lassen Sie mir bitte Zeit, die, die mir genommen ist, zur Ausführung zu bringen, und zwar die, meine gesamte Dienerschaft zu rufen und jeden, der sich zu gehen weigert, aus dem Fenster werfen zu lassen.

ABBÉ: Brrr! … All dieser lärmende Hochmut erschreckt mich nicht.

BRICON: Lassen Sie den Abbé wenigstens sagen, was er im Sinn hat.

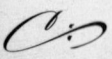

ABBÉ: Aber nur Ihretwegen, nur Ihretwegen, auf mein Wort, strenge ich ja meinen Schädel an! *Der Marquise fällt es ein, aus Reinlichkeits-rücksichten die Garderobe aufsuchen zu müssen.* Na ja, aber wir werden Obacht auf Sie geben, kommen Sie wieder, sollen Sie sehen … *Die Marquise ist im Kabinett; der Abbé zu Bricon.* Du, Bricon, scher dich nicht um diese Wut. Hör mal, wir wollen … versteh mich recht … wie neulich bei der Baronin Breitheim.

BRICON: Ich verstehe. Apropos, diese Baronin …

ABBÉ: Sie gab mir gestern drei Louis für dich. *Er nimmt sie aus der Börse.* Da!

BRICON: Gut! Dafür besten Dank!

ABBÉ *ihn streichelnd:* Und für mich, wann hast du Zeit?

BRICON *freundlich:* Aber … nächsten Montag, ganz bestimmt, von acht Uhr morgens an … da ist sie wieder.

Die Marquise kommt wieder und legt sich zu Bett.

MARQUISE *heiter:* Sagen Sie selbst, ob ich nicht großmütig bin. Also, Monsieur Boujaron, nun zu Ihrer vorgeblichen Idee … reden Sie … Ich zweifle zwar nicht, dass es sich um irgendeine Niederträchtigkeit handelt. Kann man von Ih-

nen etwas anderes erwarten? Aber das macht nichts! Erklären Sie sich!

ABBÉ: Sie haben den Zweck des Doppelinstrumentes, das Bricon Ihnen verkauft hat, ja wohl begriffen …

MARQUISE: Na ja!

ABBÉ: Gestehen Sie also zu, dass jetzt die schönste Gelegenheit ist, Sie mit der Wirklichkeit dessen, was Ihr Einkauf nur versinnbildlicht, bekannt zu machen?

MARQUISE *entsetzt und einen Blick auf Bricon werfend, um ihn dadurch auf ihre Seite zu bekommen:* Also hören Sie! *Bricon senkt, ohne zu antworten, die Augen.* Ist es denn die Möglichkeit, Sie könnten die grässliche Frechheit haben, sich einzubilden, eine Frau wie ich …

ABBÉ *barsch:* Eine Frau wie Sie! Ha, Tod und Teufel! Hat eine Frau wie Sie den Mut gehabt, einen Doppelgodemiché zu kaufen, hat eine Frau wie Sie augenscheinlich nicht die Absicht, ihn in einen Reliquienschrein zu sperren! Madame, ob Sie sich das Ding nun bloß allein haben reinschieben wollen oder ob Sie es zusammen mit einer Freundin ausprobieren wollten, jedenfalls haben Sie doch begriffen, dass sich damit Ostern und Pfingsten auf einen Tag feiern lässt! Na, in dem Mo-

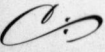

ment, wo Ihnen das klar geworden, sind Sie, alles in Ehren, genauso schweinisch* geworden wie ich! Antworten Sie darauf! Antworten Sie!

MARQUISE *sieht Boujaron unsicher und wütend an und wirft dann noch einmal einen fragenden Blick auf Bricon:* Ich weiß nicht, ob ich träume!

BRICON: Madame, gestatten Sie mir auszusprechen, dass Monsieur Boujarons Schlussfolgerung durchaus richtig ist. Ich glaube zwar, eine Dame wie Sie dürfte unfähig sein, an einem derartigen Versuch ausgesprochenes Vergnügen zu finden ... aber schließlich ... man probiert so was. Man muss alles kennen, alles auskosten.

MARQUISE *sich zierend:* Ach Bricon! Bricon! Wie viel verlieren Sie in meinen Augen! Sie sind imstande, mir solche Teilung anzuraten ...!

ABBÉ *zu Bricon:* Possen! Hat sie uns nicht eben vorreden wollen, dass ihr Herz ... *Er betont dieses Wort ironisch* ... mitgesprochen, als sie die erheiternde Aufwallung Mosjö Bricons duldete. Zum Donnerwetter, in was für einem Lande leben wir denn! Ich sage daher, ich, wenn das jetzt nicht losgeht, bemächtige ich

---

* boujaron: frz., schweinisch

mich des zweischwänzigen Godemichés, gehe
fort und werde der ganzen Welt erzählen …

MARQUISE: In welche Mördergrube bin ich geraten! In meinem eignen Haus!

BRICON *gefühlvoll:* Einen Moment noch und Sie
werden im Himmel sein! Göttliche Marquise,
erwägen Sie doch, welch unaussprechliches Interesse ich daran haben muss, Sie zu zwingen,
sich uns hinzugeben … Es handelt sich darum,
wieder in Ihren Armen liegen zu dürfen.

MARQUISE *unentschlossen:* Und dann dieser Höl-
lenhund von Abbé! Da sitzt der Knoten! Dahin hat dieser Gauner lange schon kommen
wollen.

ABBÉ: Man kommt dahin, wohin man kann …
Aber Teufel, was tut Ihnen das denn, wenn ich
Ihnen das Hinterhaus ausfege, während Sie
Ihre Seele an der Brust eines geliebten Gegenstandes aushauchen! *Er sagt diese letzten
Worte mit höhnischem und spöttischem Ton.*
Holla! Ich will des Todes sein! Kommen wir
endlich zum Schluss, und du, jämmerlicher
Tropf, statt zu seufzen und die Augen zu verdrehen, solltest sie lieber rankriegen und es ihr
besorgen! *Bei diesen Worten springt Bricon
aufs Bett, legt sich auf den Rücken und präsentiert sich in einer sehr geeigneten Verfassung,
die Marquise in Versuchung zu führen.* Schön

so? Eine solche Aufforderung gefällt mir besser als alle schönen Gefühle der Welt.

MARQUISE *seufzend:* Verrückt wird es mich noch machen ... genug ... Bricon ... zwei Männer auf einmal könnten ...

BRICON *die Arme nach ihr ausstreckend:* Versuchen Sie es nur, das Übrige wird sich finden.

MARQUISE *hat schon ein Bein über Bricon geschlagen, zieht es aber wieder zurück:* Nein, man soll nicht sagen, ich ließe mich zu Schanden machen, um ...

BRICON: Ach was, nur keine Angst! Sie sind die Erste nicht, die, ohne es ausprobiert zu haben, das, worum wir Sie bitten, für unmöglich gehalten; aber wollen Sie so gut sein, sich auf mich raufzusetzen ...

MARQUISE: Dieser kleine Schlingel bringt mich zu allem, was er will! *Sie steigt auf.* Ich bin zu gut, oder mehr noch, ich habe den Verstand verloren.

ABBÉ: Das beste Mittel, sein Gewissen zu beschwichtigen! Gut so ... *Während der Gewissensbisse der Marquise hat er seine Vorbereitungen getroffen. Sie hat nicht bemerkt, wie dieser erfahrene Postreiter sich mit einer Salbe, ohne die er nicht ausgeht, eingefettet hat. Während die Marquise sich für Bricon bereitmacht, nähert er sich vom unteren Ende des*

*Bettes her, um gleichfalls in der Lage zu sein,
die ihm zukommende Rolle zu spielen. Bricon
verfolgt alle seine Bewegungen mit den Augen;
als ihm alles weit genug vorgeschritten zu sein
scheint, sagt …*

BRICON *zu der Marquise:* Einen Kuss, bitte! *Bei
der Bewegung, die die Marquise macht, ihm,
diesen Kuss zu geben, hebt sie den Hintern.
Bricon schlingt seine Arme um sie und hält sie
einen Augenblick lang in der für den Abbé
wünschenswertesten Stellung; dies benutzt er
und schiebt seinen von hinten herein.*

MARQUISE: Mein Verhängnis will es also, dass dies
geschieht! Das ist schrecklich, indessen …

BRICON *zur Marquise:* Jetzt, mein Engel, den da
an seinen Platz. *Er gibt ihr seinen Bolzen in
die Hand.*

MARQUISE: Ach, von Herzen gern! *Sie steckt ihn
hinein.* Wahrhaftig! Alle beide sind drin! Ich
hätte das nicht für möglich gehalten. Stoßt
zu … Schiebt, liebe Freunde … Jetzt ist alles
gleich … Gott! Welch reizendes Spiel! … Bricon? … Teufel … Welche Wollust! Ach …
ach! Die Wonne bringt mich um! … Halt …

Alle drei verlangsamen auf einmal ihre Bewegungen. Die Marquise ist die Erste, die wieder heftiger zu werden beginnt. Man hört nur noch Seuf-

zer und einige scharfe Ausrufe. Der Abbé ist fertig geworden, aber bleibt, um nicht zu stören, noch da, wo er ist. Wie sie das gewohnt ist, legt die Marquise zum zweiten Mal los. Bricon hat etwas zurückgehalten, um bis zur zweiten Entladung mit ihr Schritt halten zu können. Als sie diese sich nähern fühlt, macht sie so gewaltige Bewegungen, dass der Abbé dadurch herausgedrängt wird; da er nichts mehr nützen kann, zieht er sich in das Ankleidezimmer zurück und sagt:

ABBÉ: Wieder eine Bekehrte!

MARQUISE, *bei der Bricon noch immer eingefädelt ist, gerät in einen Zustand wahrer Raserei; sie fühlt, dass der Abbé nicht mehr da ist, und ruft:* Teufel! … Man verlässt mich! … Ihr seid Ungeheuer, wenn ihr mich nicht fertig macht – ich sterbe sonst … Bricon, los doch … stoß zu … stoß, mein König!

Sie macht noch stürmischere Bewegungen. Bricon, der fertig geworden ist, ohne dass sie dessen geachtet hätte, lässt sie aufs Teufelsholen auf sich herumarbeiten und strengt sich selbst nicht mehr an. Sie küsst ihn, beißt ihn, endlich entläd sie auch und sagt: Und du! … Du also … *Schon viel ruhiger.* Seht doch den kleinen Schafskopf … er ist abgefallen!

BRICON *sich losmachend und ihr seine noch feuchte Hülse, aus der er noch einige Tropfen herausdrückt, in die Hand gebend:* Sehen Sie, wie ungerecht Sie sind!

MARQUISE: Geh, du Schwerenöter, das will nichts sagen. Du wirst mich nicht glauben machen, dass du nüchtern zu Besuch zu mir gekommen bist. *Ganz genau und mit Interesse untersucht sie das amüsante Instrument, das sie in der Hand hält.* Oh, wie hübsch er ist! Wie schade, dass man ihm keinen Kuss geben kann! … Gesteh mir, Bricon, ich bin nicht die Erste, der deine unzüchtigen Waren die Fantasie entflammt haben, und dass du bei mehr als einer selbst Feuer gefangen hast!

BRICON: Ich, Madame? So glücklich bin ich nicht. Mein Abenteuer bei Ihnen streift ans Wunderbare.

MARQUISE: Dann weißt du eben nicht … denn ich bin sicher, wenn du dich ein wenig erholt hast, du könntest, so steif wie deiner ist, wie ein gewisser Kavalier meiner Bekanntschaft ein Sechsmal sein!

BRICON: Ich habe solch Examen zuweilen abgelegt, aber bei meinesgleichen … Der Respekt, den man Damen Ihres Standes schuldig ist …

MARQUISE *voll Verdruss:* Daran glauben zu müssen, bin ich durch die Tat belehrt! Bricon, du bist bloß ein Holzklotz! *Sie lässt ihn los und dreht ihm den Rücken zu; der Abbé kommt zurück; Bricon verschwindet in das Kabinett.*

ABBÉ *ahnungslos, dass die Wetterfahne sich in so kurzer Frist gedreht hat, und die süß-leidenschaftliche Bewegung in üble Laune umgeschlagen sei, sagt mit mutwilligem Ton:* Na, Kleine! Sind Sie zu Schanden geritten? Sind Sie tot? Warum antworten Sie nicht?

MARQUISE *brüsk:* Lassen Sie mich zufrieden!

ABBÉ: Aha, ganz was Neues!

MARQUISE *sich aufrecht setzend:* Verstehen Sie mich wohl, Monsieur Boujaron! Merken Sie sich ein für alle Mal, dass mit Ihnen so etwas nicht wieder vorkommen wird! Weder so noch so! Hören Sie!

ABBÉ: Ich bin nicht taub.

MARQUISE: Alles das war nur in einem unbewachten Augenblick möglich! Meine Tür bleibt Ihnen für alle Zeit verschlossen! Sie werden sich dessen rühmen können! Sie sind fähig dazu, aber man wird Ihnen nicht glauben! Kommen Sie mir noch ein einziges Mal mit dergleichen, werde ich Sie in Bicêtre* bis ans Ende Ihrer Tage einsperren lassen …

ABBÉ *etwas betroffen:* Hoppla, hoppla! Schönste

---

* Bicêtre: Irrenhaus, Spital und Gefängnis in Paris.

Marquise, reden Sie doch kein so tolles Zeug! Was Teufel, ich bin ein alter Freund des Hauses; mutwillig lässt man sich doch nicht aus der Gesellschaft abschieben! Ich gebe zu, ich bin ein bisschen Aftermieter, aber trotzdem gelte ich für einen hochachtbaren Mann! Und letzten Endes, Straßenraub treibe ich nicht! Braucht es in unserem philosophischen Zeitalter mehr, um ein Mann der guten Gesellschaft zu sein?

Bricon kommt zurück. Die Marquise hat nur auf sein Wiedererscheinen gewartet, um entschlüpfen zu können. Sie läuft im Hemd in das Ankleidezimmer und schließt sich dort ein.

ABBÉ *halblaut zu Bricon:* Da hast du's! Das denkbar launenhafteste Weibsbild!

BRICON *leise:* Ich kann auch ein Lied davon singen.

ABBÉ: Du hattest uns eben verlassen – mein Gott ja –, da waren wir schon heftig aneinander geraten. Sie hat mir Dinge gesagt … So starke Dinge …

BRICON: Reichen wir uns die Hand! Mit mir hat sie es genauso gemacht, hat mir an den Kopf geworfen, ich wäre ein Versager und ein Holzkopf.

ABBÉ: Teufel, wie will sie es denn gemacht haben!

BRICON: Sie sind alle so, die von Stande zumal! Kaum dass man ihn ihnen rausgezogen, so ist man aus dem »Halbgott«, der man war, als man ihn hineinschob, eine Kanaille, ein Hund geworden. Aber schließlich macht man es, um sich zu vergnügen und um Geld zu verdienen! Sagen Sie selbst, Abbé, war dies eben nicht ein ausgezeichneter Spaß!

ABBÉ: Wunderbar war es! Ihr Kammerdiener hatte sie mir so sehr angepriesen, dass ich, trotz meiner Gleichgültigkeit allen Frauenspalten gegenüber, diese ausprobieren wollte. Sicherlich, bei dieser lohnte es sich, aber, mag man sagen, was man will, man soll mir nicht weismachen, ihre Lustgrotte sei besser als der Hintern von Joujou.

BRICON: Wer? Joujou?

ABBÉ *feurig:* Ihr kleiner Leibhusar! Ein Götterkind, ein Cupido!

BRICON: Was, dieser charmante Junge, der mir begegnete, als ich die Treppe heraufstieg, den haben Sie auch gehabt?

ABBÉ *halblaut:* Höre, mein lieber Bricon! Mit Ausnahme des Türstehers, Morguins, des Hausmeisters, der Haushälterin und Philippines, einer kleinen reizenden Zierpuppe, die ebenso gut gibt wie lässt, habe ich, Gott sei

Dank, das ganze Haus verputzt … Der Marquis gehörte anfänglich auch zu meiner Kundschaft, aber das ist schon lange her. Er war mir nämlich wegen dieser Heirat, durch die er sein Glück gemacht hat, verpflichtet … aber lassen wir das, und sage mir lieber, durch welchen Zufall ich dich in so enger Verbindung mit der Marquise fand.

BRICON: Haben Sie das da drinnen nicht gehört?

ABBÉ: Ich kam vor Müdigkeit beinahe um. Von Zeit zu Zeit nickte ich ein, und nur, um nicht völlig einzuschlafen, erschien ich auf der Bildfläche. Mein anfänglicher Gedanke war nämlich, mich solange verborgen zu halten, bis ich ungesehen entschlüpfen könnte. Aber euer verteufelter Lärm brachte auch mich in Versuchung, und so erschien ich.

BRICON: Na gut! Es war die Comtesse de Motte-en-feu, die mich empfohlen hat.

ABBÉ *interessiert:* Die Comtesse de Motte-en-feu! Dieser niedliche Rotschopf! Die so oft herkommt und in die die Marquise vernarrt ist … du kennst sie, lieber Freund?

BRICON: Sehr gut.

ABBÉ: Es heißt, sie wäre … dabei … sie soll sehr feurig sein.

BRICON: So ist es.

ABBÉ: Du hast sie also gehabt?

BRICON: Pah, wer hat die nicht gehabt! Frisör, Diener, Kutscher, Schuster, jeder, der in ihre Nähe kommt. Bei Gott, ich glaube, kein fremder Dienstbote richtet eine Bestellung bei ihr aus, ohne dass sie sich ihm nicht hingegeben, ehe er noch den Mund aufgetan.

ABBÉ *begeistert:* Ein anbetungswürdiges Weib! Sie muss unseren andern auch angereiht werden.

BRICON: Ganz schön; aber sie hat immer gleich ein halbes Dutzend.

ABBÉ: Ich möchte wissen, ob sie nicht auch auf zwei Flöten zu spielen versteht?

BRICON: Auf allen überhaupt nur möglichen.

ABBÉ: Potta? Culo? Bocca? …

BRICON: Sie sagen es. Alles an ihr ist allemal bereit, die größtmögliche Anzahl von Schwengeln aufzunehmen. Sie hat die Gewohnheit, im Bett bauchzutanzen, wie ein alter Seemann seine Pfeife raucht. Und weiß sie nicht, was sie anfangen soll, lässt sie es sich für sechs Livres bar mundgerecht machen. Sie ist meine einzige Rettung, wenn ich Geld brauche.

ABBÉ: Ich fange an, das Weib zu vergöttern.

BRICON: À la bonne heure! Nun ist die Sache aber die, sie würde so was doch nicht gerne tun, und sie würde Ihnen das nicht schenken.

ABBÉ: Man hat gewisse Schwächen. Wie du weißt, bin ich ganz wild auf goldblondes

Haar. Das findet sich immer ein wenig bei dem Geschmack für die andere Richtung.

BRICON: Gut denn! Auf Ihre Gefahr und Ihr Risiko will ich ihr von Ihnen sprechen. Aber merken Sie sich genau: Umstände macht die nicht, das schwöre ich Ihnen.

ABBÉ: Oh, bei allen Göttern! Ich weiß doch, all ihre Umstände sind bloß Heuchelei! Anfangs sind sie empört über alles, was man ihnen als amüsant vorschlägt. Aber sind sie erst auf den Geschmack gekommen, gehen sie hundertmal weiter als wir.

BRICON: Also die Marquise und Sie sind ernstlich aneinander geraten?

ABBÉ: Meiner Seel, sie sprach von Bicêtre! Bei der Leichtigkeit, mit der Frauen ihres Charakters sich der Staatsgewalt zu bedienen wissen, ist es mir ganz klar, dass mir so was passieren könnte. Eine elegante Dame der Gesellschaft, die sich einen Haftbefehl verschaffen will und dafür bereit ist, die Röcke aufzuheben, kann sicher sein, ihn zu bekommen. Ich könnte leicht in die Lage kommen, meine Maßnahmen danach treffen zu müssen und dieses Luderchen aus dem Wege zu räumen.[*]

---

[*] Dergleichen kam in der Zeit um 1770 häufig vor. (Anm. d. Verf.)

BRICON: Pfui, Monsieur Italiener, pfui! Sie sind noch nicht französisiert! Ich will Ihnen jede Schurkerei, Böswilligkeit und Perfidie Ihrer Heimat gelten lassen: Die französischen Sitten haben sich mit all dem bereichert, aber die großen Schandtaten …! Nein, nein! Lassen wir jeden, der lebt, leben!

ABBÉ *sinnliche Erregung spürend:* Tja, wer sich nicht schlecht aufführt! Gleichwohl musst du ihr auf der Stelle den Hals umdrehen. *Er will Bricon die Hosen herunterziehen.*

BRICON: Was denken Sie sich? Nein, sage ich, sie könnte uns dabei überraschen.

ABBÉ *fortfahrend:* Na und wenn! Was macht mir das aus! Weiß sie nicht, was das ist. *Er verdoppelt seine Anstrengungen.*

BRICON *sich durchaus ablehnend verhaltend:* Daraus wird nichts, ich schwör es Ihnen! Montag, ganz bestimmt! Ich habe es versprochen. *Man hört Schritte.* Da! Jemand kommt … unmöglich, Sie weitergehen zu lassen.

Als es leise an die Tür pocht, schiebt er, ohne das geringste Geräusch zu machen, den Riegel zurück. Der Abbé bringt sich wieder in Ordnung.

PHILIPPINE *mit der Schokolade:* Wie, Sie hier, Boujaron, wo ist Madame?

ABBÉ *kühl:* In dem Kabinett, denke ich.

PHILIPPINE: Wer hat ihr denn in ihren Morgen-
rock geholfen?

ABBÉ *mit Humor:* Weiß ich, ob sie überhaupt einen hatte? Ich war damit beschäftigt, mir die
Waren von Monsieur Bricon anzusehen.

BRICON: Jetzt muss ich meinen Geschäften nach-
gehen.

Er wirft die Decke wieder über die Einkäufe der
Marquise. Währenddessen hat Philippine sich
vor dem Feuer niedergekauert; der Abbé packt
sie unerwartet am Hintern. Sie wendet sich flink
um und gibt ihm eine schallende Ohrfeige.

PHILIPPINE *sich verneigend:* Pardon, Monsieur
l'Abbé.

ABBÉ *sich gleichfalls verneigend:* Macht nichts!
Leise. Kleine Gans, das sollst du mir büßen!
Sie lacht ihm ins Gesicht.

Bricon hat seine Waren wieder eingepackt und
die Schachtel verschlossen; hernach bietet er
Philippine ein Bukett an. Demoiselle, gestatten
Sie Ihrem ergebensten Diener, Ihnen diese Blumen zu Füßen legen zu dürfen, die allerdings vor
Neid vergehen möchten, weil Sie noch viel frischer sind.

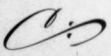

PHILIPPINE *den Strauß annehmend:* Sie sind äußerst liebenswürdig. Tausend Dank! Was ich sagen wollte, sechs Francs sollte ich Ihnen noch auszahlen.

BRICON: Nicht nötig, ich empfehle mich Ihrer Güte in Bezug auf Madame la Marquise. Ich werde mir die Ehre geben, mir morgen ihre Aufträge abzuholen und den Wickelschwanzaffen herzubringen.

PHILIPPINE *freundlich:* Monsieur Bricon, auf meine Empfehlung dürfen Sie im vollsten Maße rechnen, allein Ihre Persönlichkeit und Ihr Benehmen machen sie unnötig. *Bricon geht.*

ABBÉ *allein mit Philippine:* Nun zu uns beiden, Mademoiselle Maulschelle! Jetzt wollen wir mal miteinander reden. *Er will sie umarmen.*

PHILIPPINE *die Feuerzange in der Hand:* Rühren Sie mich an, so schlage ich Ihnen den Schädel ein, Sie dreckigster aller Schufte, Sie!

ABBÉ *ironisch:* Immer sanft und höflich, Demoiselle Philippine! … Hören Sie!

PHILIPPINE: Meinethalben. Aber drei Schritte vom Leibe! Was gibt es?

ABBÉ: Bei meiner Ehre …

PHILIPPINE *ihn unterbrechend:* Oh, wenn Sie von Ihrer Ehre sprechen wollen, wird das kein Mensch verstehen.

ABBÉ: Der Teufel soll mich holen, wenn irgendein Frauenzimmer sich über mich zu beklagen hat! Du weißt doch, um was ich dich recht inständig bitten möchte, Herzchen!

PHILIPPINE: Ja, dass Sie von etwas reden wollen, was Sie doch nicht tun können! Scheren Sie sich weg! Sie sind ein Erzschuft, ein Erzkistenschieber! Rothaarig sind Sie, und stinken sollen Sie auch! Sie sind nicht mehr jung, tragen eine Perücke! Was für Gemeinsames könnte es zwischen Ihnen und mir geben? Also Schluss!

ABBÉ: Du hattest mir indessen versprochen …

PHILIPPINE: Lustig gemacht habe ich mich über Sie!

ABBÉ: Bloß ein einziges Mal nur!

PHILIPPINE: Ihre scheußliche Darmputzerei? Ich!!

ABBÉ: O nein, Herzblättchen! Eine ganz kleine richtige Stichprobe! Da! *Er zeigt ihr seinen.* Hier sieh, was du verschmähst!

PHILIPPINE *sich die Nase zuhaltend:* Pfui, der dreckige Abtrittfeger! Dieser Mistfahrer!

ABBÉ *in Wut, sich ihr nähernd:* Küssen sollst du ihn, kleine Hure!

PHILIPPINE: Jawohl, schön! *Sie ergreift rasch die Feuerzange, nimmt mit derselben eine glühende Kohle heraus und steckt sie Boujaron in*

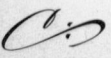

> *die Hose. Er ist gezwungen, sie mit den Fingern herauszuholen, wobei er sich ziemlich stark verbrennt.*

ABBÉ: Fünfhundert Teufel sollen dich holen, du Schanddirne!

PHILIPPINE *in Lachen ausbrechend:* Können Sie sich mit dem Verbranntwerden nicht befreunden?

ABBÉ *eine Pistole zeigend:* Boshafte Natter, du verdientest …

Philippine erschrickt, schreit auf und trommelt mit beiden Fäusten gegen die Tür des Kabinetts, in das die Marquise sich zurückgezogen.

ABBÉ *auf die Uhr schauend:* Schon Mittag! Adieu! Ich muss meine Messe lesen.

MARQUISE *hereinkommend:* Na, was hast du denn, Philippine! Ist Feuer im Haus?

PHILIPPINE *beruhigt und lachend:* Ganz und gar nicht, Madame, aber eben war es in der Hose von Monsieur l'Abbé!

Sie erzählt ihr von seiner Unanständigkeit und wie sie ihn bestraft hat … Die Marquise legt sich wieder zu Bett, schimpft gegen Boujaron und sagt, ein für alle Mal soll ihm der Zutritt ins Haus versagt bleiben. Sie trinkt ihre Schokolade

und launig, wie sie ist, sagt sie, es rieche nach etwas Angesengtem. Sie lässt sich eine Kassette
reichen und verschließt, ohne sie Philippine gezeigt zu haben, die Godemichés darin. Philippine erhebt wegen des Abbés allerhand Klagen,
worauf die Marquise verdrießlich antwortet. Verdrießlich wegen des plötzlichen Erscheinens des
Abbés in ihrem Schlafzimmer. Philippine versteht davon kein Wort, sie erfährt auch nicht,
dass der Abbé sich die ganze Nacht über in dem
Kabinett aufgehalten, und über das andere auch
nicht. Philippine will Bricons Loblied singen,
aber die Marquise ist in Bezug auf diesen Schlingel völlig abgekühlt, da sie ihn im Verdacht hat,
dass er sich über sie lustig gemacht habe. Sie unterbricht Philippine daher und beklagt sich, der
Morgen sei vergangen, und sie wisse nicht wie.
Sie erhebt sich und macht sehr eilig Morgentoilette; dann schellt sie, damit ihr Wagen vorfahren solle. Sie nimmt nur einen Diener und Joujou mit. Sie lässt sich zu Dupeville fahren und
bezahlt hier die sechzig Louis, die Dupeville sie
vergeblich durch eine Gunstgewährung rückzu-
erstatten bittet. Die halb aus gallischer Höflichkeit, halb aus modisch-lebhafter Philosophie be-
stehende Sentimentalität dieses Menschen hat
nichts Verführerisches für diese ausgesprochen
sinnliche und leichtfertige Frau. Von Dupeville

lässt sie sich zu der Couplet bringen. Hier kauft sie einigen Putz und beschäftigt sich sehr eingehend mit der ihr vorgeschlagenen Bekanntschaft mit dem fremden Prinzen, dessen überraschende Jugendkraft, ungewöhnlichen Körperbau und außerordentliche Freigebigkeit die Couplet über den grünen Klee lobt. Von der Couplet endlich begibt sich die Marquise in das Palais-Royal. Hier wird ihr von mehreren ihrer gegenwärtigen Anbeter und solchen, die es zu werden hoffen, stark der Hof gemacht. Einer dieser ist der Vicomte de Molengin, den sie ebenso wie die kleine Comtesse de Motte-en-feu beiseite nimmt und sie auffordert, bei ihr zu dinieren. Um halb drei Uhr begeben sich alle nach ihrem Palais, wo sie noch andere Tischgäste finden, die der Marquis eingeladen hat.

Ende des ersten Teiles.

Zweiter Teil

*W*er die Vorbemerkung des Doktors gelesen, wird sich entsinnen, dass die Ereignisse des Nachmittags das Gartenkabinett zum Schauplatz haben.

MARQUISE *zur Comtesse de Motte-en-feu:* Hier können wir ganz nach unserem Belieben plaudern.

COMTESSE: Ich liebe dies Kabinett über alle Begriffe. Mein Leben lang wird es mich an die entzückenden Stunden, die wir hier verlebt, erinnern. Da war es, Marquise, auf der Duchesse* da, wo du dich meinem glühenden Verlangen zum ersten Mal hingabst! Du tatest

---

* Duchesse: frz., eigtl. Herzogin, hier Bezeichnung für einen nach vorn verlängerten Polsterstuhl mit gondelähnlich abgerundeter Rücken- und Seitenlehne, der von 1745 bis 1780 in Mode war.

ein gutes Werk daran, liebes Herz! Ohne dies zarte Erbarmen wäre deine empfindsame Freundin an der wundersamen Sehnsucht, mit der du ihr Herz erfüllst, gestorben ...

MARQUISE: Die Erinnerung an unsere süßen Torheiten hat auch für mich großen Reiz; ich schwöre es dir bei der Vorliebe, die ich für dieses Plätzchen habe! Ich nenne es »meinen Lustort«.

COMTESSE: Gott kennt das Leben, das meine Ungetreue darin führt.

MARQUISE: Meiner Seel, das führe ich ein wenig überall! Aber warum mir eine Grobheit sagen, bin ich dir darum weniger eine Freundin?

COMTESSE *heiter:* Ach, zum Henker mit der Freundschaft! Ich beschwer mich nicht gerade über diese, aber man hat beinahe nichts mehr von dir, und das ist mein Ärger! Eine Philippine, eine Nicole! *Das andere Kammermädchen der Marquise, die, wie man noch sehen wird, in der Folge auftritt.* Diese kleinen Spitzbübinnen, die ich, so niedlich sie sind, hassen müsste, haben den Reiz der armen Comtesse tief fallen lassen.

MARQUISE *lachend:* Wahrhaftig, man möchte glauben, man hörte den Kommandeur oder Dupeville, die beiden eifersüchtigsten Jeremiasse von Paris.

COMTESSE: Ach Dupeville, da wir gerade von ihm sprechen, er sitzt jetzt ganz schön in der Tinte.

MARQUISE: Was soll das heißen?

COMTESSE: Trotz seiner außerordentlichen Diskretion wusste man das doch mit der kleinen Generalpächtersfrau mit den schwarz-blauen Augen!

MARQUISE: Zweifelsohne! Nun und?

COMTESSE: Nun und! Meine Beste, sie hat ihn gründlich angesteckt!

MARQUISE: Dupeville! Der mit seinen schönen Gefühlen!

COMTESSE: Angesteckt sage ich dir … dass einen grauen kann! Es ist aus mit der kleinen Dame! Ihre sämtlichen Bekannten sind auf ihre Scheinheiligkeit hereingefallen; all die Kavaliere, die sie einer nach dem anderen vergewaltigt haben, denn anders bekommt sie ja keiner, alle haben sich was weggeholt. Dupeville, der glückliche Dupeville, der für den einzigen Geliebten galt oder von dem es wenigstens zugestanden wurde, hat sich schön hereingeritten. Man weiß nicht, ob es noch Zeit für ihn ist, sich da unten kurieren zu lassen. Es heißt, man müsse ihm was wegschneiden. Nicht auszudenken das! Der Arzt hat es mir heute Morgen erst gesagt.

MARQUISE: Und heute Morgen erst hat dieser nette Dupeville die Güte gehabt, mir den Vorschlag zu machen, ich könne sechzig Louis, die er mir gestern beim Spiel geliehen, für mich behalten, wollte ich ihn würdigen, »seine zarten, so lange schon vergeblich lodernden Wünsche zu krönen«.

COMTESSE: Wie ich ihn an diesen Anwandlungen alberner Verliebtheit erkenne! Übrigens ist er mir neulich auch mit dergleichen gekommen, Liebste. Er besuchte mich, als mein Juwelier mich daran mahnte, ich hätte ihm hundert Louis für den kommenden Ersten versprochen: Es war am neunundzwanzigsten. Ich versicherte ihm, ich würde Zahlung leisten, aber so wahr ich eine anständige Frau bin, ich wusste nicht einmal, woher hundert Taler nehmen! Dupeville begriff das infolge eines mir entschlüpften Wortes, als Luisard eben den Rücken gewandt hatte. »Anbetungswürdige Comtesse«, sagte mein romantischer Dupeville, vor mir niederkniend, zu mir, »lassen Sie sich keine grauen Haare wachsen, haben Sie diese Kleinigkeit nicht gerade zur Verfügung, ich kenne einen aufrichtigen, einen wirklichen Freund von Ihnen, der sich überglücklich schätzen würde, möchten Sie ihn würdigen, Ihnen eine unbedeutende Verlegenheit zu er-

sparen …« Da ich sofort begriff, zweifelsohne
sei er selber dieser aufrichtige Freund, dachte
ich: ›Hüte dich, ihm Zeit zur Überlegung zu
lassen.‹ Wie ich dir sagte, lag er auf den
Knien: Also umarmte ich ihn mit Aufwand
von etwas theatralischer Zärtlichkeit. Meine
Röcke waren, ich weiß nicht wie, ziemlich
hoch heraufgerutscht …

MARQUISE: Meine Gute, das kommt davon, dass
du niemals Acht darauf gibst! Aber deine besondere Gewohnheit, dich aufzuschürzen,
macht es, dass du dich nie hinsetzen kannst,
ohne dass man deine Schenkel nicht ganz und
gar zu sehen bekäme. Obwohl du etwas niedrig saßest, legtest du neulich bei der dicken In-
tendantin die Füße ganz unnötigerweise auf
ein Tabouret. Da ich dir gegenübersaß, sah
ich, ohne es anders zu können, beide Seiten
deiner Liebesspalte und zwei goldfarbene
Schurrbärtchen … über die … nebenbei bemerkt, der Prior meiner Meinung nach nach-
dachte, während man ihn damit aufzog, er
scheine eingeschlafen zu sein.

COMTESSE: Ach, bei Gott! Da gibst du mir, ohne
es zu ahnen, den Schlüssel zu einem Rätsel. Ich befand mich beim Spiel und verlor
immerzu – es war, als wäre ich behext gewesen – als der Prior mir mit bedeutungsvoller

Miene Verse zusteckte. Er sagte, er habe sie eben verfasst. Wenigstens hatte er sie neben mir auf schön dekoriertem Papier aufgeschrieben. Es war darin von Jason und dem Goldenen Vließ die Rede und von sonst noch was Derartigem. Anfangs verstand ich das nicht, und da ich mir weder was aus fader Poesie noch aus buckligen Priors mache, ließ ich seinen galanten Versen abends ein sehr unreinliches Begräbnis zuteil werden.

MARQUISE: Strengt euch unsertwegen nur an, Messieurs Schöngeister! Aber zurück zu Dupeville!

COMTESSE: Ich dachte wahrhaftig nur daran, ihn mir zu verpflichten, und machte daher eine Vorwärtsbewegung, die mein verliebter Bankier nicht missverstehen konnte. Indessen, er zögert! Ich bemerke, ich weiß nicht wie, eine Art Verwirrung … mir kam, ich versichere dir, ein ärgerlicher Gedanke.

MARQUISE: Dass er dir keine Kugel schießen können würde?

COMTESSE: Potztausend, was viel Schlimmeres! Dass Dupeville bloß den Mund voll genommen und, sobald ich ihn auf die Probe stellen wollte, es schon bereute, mich bei Luisard auslösen zu sollen. Jedenfalls musste ich mich anständig aus der Affäre ziehen. »Ach, lieber

Freund«, sagte ich daher mit ziemlich dramatischem Ton, »du hast mir bewiesen, wie klug, wie zartfühlend du bist!« Dabei lehnte ich den Kopf gegen die Rücklehne meiner Bergère und bedeckte zum Schein die Augen mit der Hand, blieb im Übrigen aber in der auffordernsten Stellung von der Welt. Ich sehe aber wohl gut zwischen meinen Fingern hindurch und bin daher nicht wenig überrascht, wie er seiner Tasche verstohlen ein Kondom entnimmt. Zudem erscheint ein krummes, schlappes Liebeswürstchen, das darin eingemummt wird, sich dann endlich aufrichtet und nun ganz bereit scheint, in meine Reize einzudringen.

MARQUISE: Waren Sie denn von Sinnen? Es ist doch klar, dass das ein Tripper war!

COMTESSE: Ja, einer von den ganz streifigen! Aber Kondom … und hundert Louis verdienen! »Oh, Dupeville«, sagte ich mit dem nämlichen dramatischen Tonfall, indem ich, wie unfreiwillig, einen Arm um ihn schlang, »da sieht man, was die tugendhaftesten Entschlüsse unseres armen Geschlechts wert sind. Ich hatte gelobt, dich niemals die wilde Leidenschaft, in der ich für dich entbrannt bin, ahnen zu lassen …«

MARQUISE: Du Teufelin! Und der Schafskopf, wette ich, ging ins Garn.

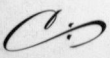

COMTESSE: Natürlich, als Mosjö Dupeville sich so glühend angebetet sah, kriegte er Courage und kam in Fahrt! »Gut«, dachte ich, indem ich ihn, wie es sich gehört, bearbeitete, »Luisard ist bezahlt!«

MARQUISE *lachend:* Deine Geistesgegenwart ist bewundernswert!

COMTESSE: Um so billig und so gut wie nur irgend möglich bei der ganzen Geschichte zu fahren, schließe ich die Augen, denke an meinen süßen Limefort, und während ich selbst Zeichen unsäglichen Genusses gebe, mache ich zu gleicher Zeit meinen eingewickelten Dupeville zum glücklichsten aller Sterblichen.

MARQUISE: Das ist das verteufeltste Schelmenstück, das …

COMTESSE: Was willst du! So bin ich eben! … All diese Einzelheiten sollten dir übrigens nur den Beweis liefern, dass, falls du heute Morgen Lust gehabt hättest, dir über deine Schuld auf dem Bettrand quittieren zu lassen, Dupeville hinreichend Ehrenmann gewesen wäre, um, wie bei mir, schickliche Vorsichtsmaßregeln anzuwenden.

MARQUISE: Pfui doch! Diese ekligen »Schlafröcke«! Ich lasse mir mit so was nicht zu nahe kommen!

COMTESSE: Ich bin so heikel nicht! Alle Tage werden bei mir einige davon schmutzig gemacht. Aber wechseln wir das Thema! Ich hätte von Madame la Marquise eine außerordentlich große Gefälligkeit zu erbitten! *Sie lächelt.*

MARQUISE *gleichfalls lächelnd:* Madame la Comtesse wissen, so weit es von mir abhängt, schlage ich nie etwas ab.

COMTESSE *in natürlichem Ton:* Wir sind einander ebenbürtig. Heute Morgen habe ich dir schon ein reizendes Geschenk gemacht.

MARQUISE: Bitte, was für ein Geschenk?

COMTESSE: Hast du heute Morgen beim Lever nicht diesen göttlichen Bricon gehabt?

MARQUISE *kühl:* Ach, diesen Kerl, der mit Blumen, Hunden ... mit allem möglichen handelt!

COMTESSE *ihre Hand ergreifend:* Dieser prächtige Hengst! Sieh, das ist sein wahrer Beruf! ... Wir werden rot. *Sie lächelt boshaft.* Was für eine Kinderei!

MARQUISE *verwirrt:* Hat dieser kleine Schuft Ihnen etwas auf meine Kosten vorgelogen?

COMTESSE *fein:* An deiner Verwirrung erkenne ich, dass er mir vielmehr die reine Wahrheit gesagt hat. Ich weiß, Bricon besucht niemanden, ohne sich nicht sehr große Freiheiten herauszunehmen.

MARQUISE *mit Humor:* Lassen Sie sich sagen, Comtesse, hätte er sich bei mir welche herausgenommen, hätte ich ihn von meiner gesamten Dienerschaft totschlagen lassen.

COMTESSE: Liebste Freundin, Sie sind heute schlechter Laune! Etwa deswegen, weil Bricon weder Höfling noch Ihr Lakai ist?

MARQUISE *pikiert:* Bitte, brechen wir die Unterhaltung, die eine unangenehme Wendung zu nehmen droht, ab.

COMTESSE *heiter:* Ich werde sie wieder auf gute Wege leiten. Vergisst du ganz, wie die geheiligten Satzungen unseres Ordens lauten? Willst du ihnen abschwören und bezüglich Geburt, Stand und Vermögen Unterschiede machen? Wir haben, Gott sei Dank, Männer jeden Schlages genossen; wir sind folglich nicht in der Lage, den niedrigsten Bürgerstand zu verleugnen … *Mit komisch bedeutungsvollem Ton.* Der befruchtende Saft, den die Brunzkugeln eines recht gesunden Lastträgers bereiten, ist nicht weniger fein als der, der sich in denen eines Monarchen bildet.

MARQUISE: Ich muss wider Willen lachen.

COMTESSE: Ich bin noch nicht am Ende! Hat Bricon Sie unter vier Augen gesprochen, Madame?

MARQUISE *heiter:* Ja, Madame.

COMTESSE: Dann sind Sie auch durchgeputzt worden, Madame!

MARQUISE: Nun denn, so ist es, Madame.

COMTESSE: Nun kommen Sie doch endlich mit der Sprache heraus! Er hat es mir schon erzählt. Was hältst du denn von ihm? Ist er nicht brauchbar?

MARQUISE: Ja, aber … Etwas Besonderes ist er auch nicht gerade.

COMTESSE: Du machst mich staunen! Seit acht Uhr heute Morgen war er bei mir. Da Monsieur de Sourillac, mein sehr ehrenwerter Beschützer, sich bei Tagesanbruch nach seinem Gute begeben hat, lag ich allein in meinem Bett, und zwar sehr verdrießlich, weil ich die ganze Nacht nur über eine Station geritten worden bin. Bricon fiel für mich wie vom Himmel. Na und, meine Beste, ich habe ihm nur eine einzige Dienstleistung gestattet und ihn auf die Stunde zu dir geschickt, und zwar mit dem Auftrag, mir Bericht darüber zu erstatten, was zwischen euch vorgefallen wäre. Da kann man doch nur sagen, dass ich mir den Bissen vom Munde für meine Freundinnen abspare.

MARQUISE: Vielen Dank! Sei aber versichert, ich werde deinen Bricon nicht anstrengen; er ist ein sehr hübscher Bursche; ich will obendrein alles gern glauben, was du selber glauben

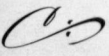

magst, indessen eine solche Art von munterem Vogel ist nicht mein Fall … Sag mir endlich, welchen Liebesdienst du von mir verlangen möchtest.

COMTESSE *seufzend:* Ich habe ein unaussprechliches Verlangen, deinen Joujou auszuprobieren.

MARQUISE: Joujou, meinen Leibhusaren! Diesen Grünschnabel?

COMTESSE: Ich bin ganz wild auf ihn.

MARQUISE: Aber weißt du, dass er erst fünfzehn Jahre alt ist und dass ich nie etwas Ernstliches mit ihm vorgehabt habe? Joujou ist ein Nacheiferer von Bichon.

COMTESSE: Dieses Kind verlässt dich und ist noch nicht eingeweiht?!

MARQUISE: Ich vermute stark, dass er heimlich einige Lektionen bei meinem teuren Gatten erhalten hat, der es sich ebenso gern von seinen Schandjungen besorgen lässt, wie er sie selber vornimmt. Was mich anbelangt, schwöre ich dir, dass Joujou mich noch nicht gehabt hat.

COMTESSE: Bei meinem Leben, was du nicht sagst! Du verleihst diesem Schlingel einen Wert, den ich nicht erwartet hatte, und dies meine Fantasie durchkreuzende Hindernis erhöht ihre Lebhaftigkeit noch! … Also würde man mir seine Erstlinge abtreten? … *Sie sieht ihre Freundin fragend und prüfend an.*

MARQUISE *lachend:* Die Erstlinge eines Joujou?
Sind die auch was wert?

COMTESSE: Warum nicht, wenn Eigenliebe und
Laune sich dafür entscheiden!

MARQUISE *läutet:* Du magst über meine Freundschaft für dich urteilen! *Durch das Fenster se-
hend.* Da kommt er selber. Ich lasse dich mit
ihm allein. Möge es dir wohl tun, Liebste!

Die Marquise öffnet eine Holztäfelung, die einen
kleinen Schlupfwinkel bildet. Sie verschwindet,
und die Täfelung lässt nicht die geringste Öffnung wahrnehmen.

COMTESSE: Ach, dieses niederträchtige Versteck
ist sinnreich ausgedacht!

JOUJOU *tritt ein und sagt unbefangen:* Haben Madame la Marquise geläutet oder befehlen Madame la Comtesse?

COMTESSE: Ja, Joujou, ganz gewiss deine Herrin!
Aber wo ist sie denn?

JOUJOU: Was weiß ich davon!

COMTESSE: Wie du antwortest, kleiner Schafskopf! Liebst du deine Herrin nicht?

JOUJOU: Warum sollte ich sie nicht gern haben?
Sie gibt mir gute Kost, gibt mir schöne Klei-
der und Geld, ich müsste ein sehr schlechtes
Herz haben, hätte ich sie nicht gern!

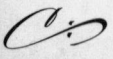

COMTESSE: Und hast du mich auch gern?

JOUJOU *voll Bestürzung:* Ich kenne Sie nicht, Madame.

COMTESSE: Wie, Joujou, du kennst mich nicht?

JOUJOU: Freilich, wenn ich auch sagte, ich kenne Sie nicht, weiß ich doch gut, dass Sie die Frau von Monsieur de Sourillac, Ihres Onkels, sind.

COMTESSE: Bist du verrückt, kleiner Bösewicht! Die Frau meines Onkels bin ich doch wohl nicht!

JOUJOU: Was sind Sie denn?

COMTESSE: Seine Nichte.

JOUJOU: Na aber! Haben Sie neulich, als ich von Madame geschickt wurde, nicht mit ihm zusammen geschlafen?

COMTESSE: Aber geh, kleiner Grünschnabel, das war mein Mann!

JOUJOU: Ach Gott, Sie machen es gut! Sie schlafen also mit Toten! Sind Sie denn nicht Witwe?

COMTESSE: Du bist ein Schwätzer, mein Freundchen! Aber höre! Kannst du schweigen, wenn man dir ein Geheimnis anvertraut?

JOUJOU: O ja! Sagt man mir bloß, Joujou, sage nichts, könnte man mir eher das Fell über die Ohren ziehen, als dass man mich zum Sprechen brächte.

COMTESSE: Also, hier ist ein Doppellouisdor, siehst du wohl?

JOUJOU: Ja, gewiss!

COMTESSE: Ich schenke ihn dir, wenn du mir versprichst, dass du nichts ausplaudern wirst!

JOUJOU: Das ist leicht getan! Sehr verbunden!

COMTESSE: Dann komm gleich mal her! *Neben sich auf eine Duchesse deutend.* Komm doch, mein Freundchen!

JOUJOU *grinsend:* Nein, bei Gott! Sie machen sich lustig über mich! Ich darf mich doch wohl nicht neben eine Comtesse setzen!

COMTESSE *ernsthaft:* Ich befehle es dir! *Er gehorcht linkisch und scheint sehr fassungslos zu sein.* Hör mal! Sag mir die Wahrheit über das, was ich dich fragen werde!

JOUJOU: Vorausgesetzt, dass es kein Geheimnis anderer ist.

COMTESSE: Du kennst also Geheimnisse von anderen?

JOUJOU: Gnädigste Comtesse, man weiß, was man weiß.

COMTESSE: Was hat seine Herrin heute Morgen vorgehabt?

JOUJOU: Ich weiß nichts darüber.

COMTESSE: Wer hat sie besucht?

JOUJOU: Ich weiß nichts.

COMTESSE: Hat sie mit Monsieur le Marquis geschlafen?

JOUJOU: Das weiß ich nicht.

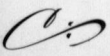

COMTESSE: Und Philippine?

JOUJOU: Davon weiß ich nichts.

COMTESSE: Und …

JOUJOU: Davon weiß ich nichts. Davon weiß ich nichts.

COMTESSE: Aber jetzt frage ich ja nach gar nichts!

JOUJOU: Davon weiß ich nichts.

COMTESSE: Geh, du bist ein kleiner Einfaltspinsel! Gib mir einen Kuss und dann scher dich weg!

JOUJOU *überrascht:* Gerechter Himmel, ich soll Sie küssen?

COMTESSE: Willst du etwa nicht?

JOUJOU: Freilich! Aber wie Sie küssen?

COMTESSE *lachend:* Er ist drollig … So wie man küsst!

JOUJOU: Also geben Sie Acht! *Er steht auf und knöpft sich die Hose auf.*

COMTESSE: Was machst du da, kleiner Lump?

JOUJOU: Ach, bei Gott! Für Ihr Geld will ich Sie küssen. Ich weiß ganz gut, was das ist, was Sie verlangen. Sie hätten mir wohl keine zwei Louis gegeben, um Sie bloß aufs Gesicht zu küssen.

COMTESSE: Und wer hat dir das beigebracht, du kleiner liederlicher Kerl, dass man auf andere Weise küsst?

JOUJOU: Demoiselle Philippine! Wirklich, sie hat mir nicht gesagt, dass ich davon nicht reden dürfte.

COMTESSE: Philippine hat dir beigebracht, wie man küsst! Und du küsst sie zweifelsohne?

JOUJOU: Mein Gott, ja! Seit einem Monat, sooft ich nur kann! *Die Comtesse hüstelt ziemlich stark.*

COMTESSE: Und womit küsst du sie?

JOUJOU: Damit! *Er präsentiert ein kleines, ziemlich steifes Dingelchen. Die Comtesse berührt es mit der Hand, worauf es sogleich hart wie ein Pfahl wird.*

COMTESSE *es haltend:* Aber hör mal, du scherzest! Da ist ja nichts, womit man küssen könnte.

JOUJOU: Ja – vielleicht nicht für eine große Dame wie Sie, aber für Demoiselle Philippine, die bloß ein Kammermädchen ist, ist es grade das Rechte! Und dann sagt sie, das wird größer, wenn man größer wird.

COMTESSE: Ganz recht! Also glaubst du, die Damen wollen im Verhältnis zu ihrem Stande bedient werden?

JOUJOU: Augenscheinlich, denn unsere Herrin verlangt nicht, dass ich sie küssen soll; und ich bin sicher, ich würde für sie von dem da auch nicht genug haben.

COMTESSE: Wieso weißt du das?

JOUJOU: Ich weiß es eben.

COMTESSE: Und ich? Glaubst du wohl, dass du für mich genug hättest?

JOUJOU: Man müsste sehen.

COMTESSE: Ja, wenn ich dich nun gewähren ließe, würdest du das ausplappern?

JOUJOU: Das könnten Sie glauben? ... Ich rede überhaupt nie über das, was man mir zu erzählen verboten hat. Monsieur le Marquis zum Beispiel und Monsieur l'Abbé Boujaron ... eher könnte man mich umbringen! ... Schließlich, Madame, sind das Ihre Angelegenheiten ... *Er macht sich wieder zurecht.* Da Sie Furcht haben, da, Ihre zwei Louis! Ich kann sie gern missen.

COMTESSE *lebhaft:* Umarme mich! Deine Unschuld entzückt mich! Komm, du kleiner Amor, und zeige mir, ob Demoiselle Philippine dir guten Unterricht gegeben hat.

JOUJOU: Das sollen Sie gleich sehen! *Er umhalst die Comtesse mit viel Innigkeit und dringt ein.* Wünschen Sie, dass ich mich obenauf oder unten hinlege? Platz ist da.

COMTESSE: So hoch herauf, wie du kannst ... tüchtig ... rasch ... nein ... halt ... hier ... gut ... *Die Täfelung öffnet sich geräuschlos wieder, die Marquise sieht alles.* Oh ... der kleine Schäker ... seine Augen fangen an zu rollen ...

und ich ... nicht ... nicht so stürmisch ... zusammen ... halt ... halt ... verflucht! Gut, zu ... sammen! Da ist es ... *Sie gibt ihm einen zweiten Kuss.* Wie ein kleiner Engel!

Während sie das alles sagt, und Joujou vor Wonne vergeht, hat die Marquise ihre Nische verlassen und ist schrittweise, ohne sich bemerkbar zu machen, näher gekommen. Als das glückliche Pärchen wieder zu Sinnen kommt, begegnen sich die Augen der Marquise und der Comtesse. Gleichzeitig brechen beide in lautes Gelächter aus, über das Joujou höchst verdutzt ist. Er verbirgt sein Gesicht und denkt nicht einmal daran, seine Kleider zu ordnen.

COMTESSE: Nun gut, meine Teure, da haben Sie diese angebliche Unberührtheit, die zu respektieren Sie Bedenken trugen!

MARQUISE: Philippine soll mir das büßen! *Zu Joujou, um ihn auf seine Blöße aufmerksam zu machen.* He, nun Mosjö Joujou! Wenn Sie sich gelegentlich entsinnen möchten ...

JOUJOU *sich wieder zurechtmachend:* Wenigstens, Madame, habe ich Ihnen nichts davon gesagt.

MARQUISE *freundschaftlich mit dem Finger drohend:* Gut, du Unschuldsknabe! Geh! *Er entfernt sich.* Nun, was halten Sie davon, Madame?

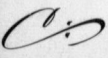

COMTESSE: Um ehrlich zu sein, das Verlangen nach so was ist reizvoller als die Wirklichkeit.

MARQUISE *etwas maliziös:* Offen gestanden, Madame, wir haben keinen Joujou mehr nötig.

COMTESSE *ein wenig verschämt:* Das ist dieser Brausekopf von Limefort, der mich so strapaziert hat. Bevor ich ihn kennen gelernt hatte, lachte ich alle Welt damit aus, dass man sich zu Schanden machen lassen könne, aber dieser schreckliche Draufgänger spaltet ein Weib mitleidlos mit einem einzigen Hieb auseinander, und das fürs ganze Leben.

MARQUISE: Dem kann ich nicht gänzlich zustimmen; ich habe mich Limefort hingegeben und habe mich damit abgefunden. Ich halte den großen Chevauxleger* für tausendmal schlimmer.

COMTESSE: Sie nehmen sich beinahe nichts. Aus Neugier habe ich Vergleiche bei ihnen angestellt.

MARQUISE: Du hast sie beide gleichzeitig bei dir gehabt? Hattest du denn an diesem Tage den Teufel im Leib?

COMTESSE: Einer Gewalttour, wie das eine wäre, fühle ich mich vollkommen gewachsen. Indessen, ich hatte sie einzeln bei mir; aber wenn

---

* Chevauxleger: Soldat der leichten Kavallerie.

mir etwas Ungewöhnliches unter die Finger
kommt, messe ich nach und notiere mir die
Größenverhältnisse.

MARQUISE: Ich will mich nicht rühmen, die erste
zu sein, die das getan, aber das ist auch meine
Gewohnheit. Limefort besitzt einen von sieben bis acht Zoll, der Umfang an der Wurzel
fünf Zoll neun Linien.

COMTESSE: Dann habe ich dem Chevauxleger in
Bezug auf einige Linien Unrecht getan. In der
Länge hat er reichlich acht Zoll, aber unten
beträgt der Umfang nur fünf Zoll einige Linien. Das Übrige verringert sich bis zum
Ende hin und ist vielleicht nur noch beachtenswert wegen seines erstaunlichen Missver-
hältnisses.

MARQUISE: Gerade als ob wir sie vor Augen hätten.

COMTESSE: Man rühmt den des Vicomte de Molengin so gewaltig wegen seiner Länge.

MARQUISE: Philippine spricht von einem Fuß …

COMTESSE *feurig:* Wäre das möglich! Ein Fuß,
Madame! Davon muss man sich überzeugen.

MARQUISE: Nichts leichter als das! Bitten wir ihn
herunterzukommen! Mein Gatte hat vor zu
spielen. Patineau wird erwartet. Das gibt
dann eine ernsthafte Partie. Keiner wird daran
denken, uns hier zu stören.

COMTESSE: Eine wunderbare Besichtigung. Lassen wir doch den Vicomte, ohne weitere Zeit zu verlieren, herrufen! Sollte man nicht auch die Präsidentin und deren Schwester benachrichtigen?

MARQUISE: Warum das?

COMTESSE: Um etwas Ungewöhnliches in Augenschein zu nehmen.

MARQUISE: O nein! Lassen wir unsern Herrn wenigstens diese beiden weiblichen Gesichter. Außerdem ist den Damen der Anblick des grünen Tuches und der Würfel weit interessanter. Wir wollen uns allein über Molengin amüsieren. *Sie läutet.* Ich werde ihm ein paar Zeilen schicken, er möge uns Gesellschaft leisten. *Sie schreibt:* »Monsieur le Vicomte werden gebeten, sich zwei Damen zuliebe, die ihn im Gartenkabinett erwarten, seinen Geschäften einen Augenblick entziehen zu wollen.«

JOUJOU *kommt:* Bringe das unverzüglich dem Vicomte! Antwort ist nicht nötig. *Joujou verschwindet.*

COMTESSE: Im Grunde sind wir närrisch; was wollen wir mit diesem impotenten Kerl anfangen!

MARQUISE: Was wir können.

COMTESSE: Das sieht Ihnen ähnlich, Marquise!

MARQUISE: Ich mache es ganz gern, zumal, da ich eine laufende Rechnung bei Molengin habe und ich ihm in des Wortes verwegenster Bedeutung eine Rücksicht schuldig bin.

COMTESSE: Machen Sie sich zurecht, ich will bloß zusehen! Ah, da ich gerade daran denke, und unsere Wette, wie viel, bis wann?

MARQUISE: Aber! … Warum nicht sogleich? Ich sehe voraus, der Vicomte wird uns bloß in Stimmung bringen! Nach ihm werden wir etwas Handfesteres nötig haben. Lassen wir unseren Kämpen sagen, sie sollen sich nicht entfernen.

COMTESSE: Es gilt! Aber ich sage dir im Voraus, ich spiele ein unverlierbares Spiel. Labarre hat es mir oft siebenmal in drei Stunden besorgt. Einen so brauchbaren Diener würde ich daher nicht für tausend Louis laufen lassen.

MARQUISE: Wir werden sehen, ich habe Chenu noch nicht bis zum siebenten Mal getrieben, denn, ohne die Leistungen von jemand anderem herabsetzen zu wollen, finde ich, man vergibt sich etwas, lässt man seine Leute zu sehr merken, dass man sich etwas Besonderes aus ihrer Person macht. Solange ein Dienstbote derlei nur in der Meinung tut, man verlange lediglich eine Art körperlicher Leistung von ihm, mag er bleiben, wo er ist; setzt er sich aber in den Kopf, man liebte ihn, und man muss ihn lieben, um ihn bis zu sieben Mal zu gebrauchen, reizt das solchen Gecken, und dünkt solch ordinäres Pack sich, auf einer Stufe mit uns zu stehen, und wird früher oder später dreist. Schließlich muss man ihn vor die Tür setzen … und was sonst noch auf solche stürmische Trennung folgt …

COMTESSE *ironisch:* Welch ein Abgrund von Weisheit! Wie hoch setzen Sie denn bei unserer Wette, wenn Sie die Fähigkeit Ihres Kerls nicht kennen und wenn Sie nicht Gefahr laufen wollen, ihm Rosinen in den Kopf zu setzen?

MARQUISE: Hier dürfte der Fall anders liegen. Sie müssen wohl einsehen, dass es nicht unsere Aufgabe ist, sie zu beglücken, sondern festzustellen, wer von beiden der kräftigste ist. Allerdings verlange ich, ganz wie Sie, der Sache auf den Grund zu gehen, übrigens, ohne dass mein Kerl irgendwelchen Vorteil auf meine Kosten aus der Sache ziehen dürfte. In der Tat, der Vergleich zwischen Labarre und Chenu bietet das streitige Interesse, und wir können uns dabei wohl für gar nichts achten …

COMTESSE: Daneben das Vergnügen, das ich hoch anschlage.

MARQUISE: Ich sicherlich ebenso, aber es ist doch

nicht nötig, dass die beiden Schlingel etwas davon merken.

COMTESSE: Ich für meine Person verstehe mich nicht auf all dergleichen Spitzfindigkeiten. Hält Labarre oder irgendein anderer seiner Sorte mich in den Armen, behandle ich ihn, Liebste, ebenso zärtlich, als ob er ein Herzog oder Pair wäre. Im Übrigen sehe ich mit einer gewissen Genugtuung, dass ich weit besser als Sie in den Geist unseres Ordens eingedrungen bin. Wissen Sie, dass Sie ein wenig abtrünnig sind, und ich nicht übel Lust hätte, Sie anzuzeigen.

MARQUISE: Still jetzt, da kommt schon unser Mann! Ich höre ihn auf der Treppe trällern.

COMTESSE: Und nichts ist vorbereitet, ihm einen Nachfolger zu geben.

MARQUISE: Es ist keine Zeit mehr. Und außerdem, wenn ich es mir recht überlege, habe ich Angst vor einem Menschen wie Labarre, der so etwas siebenmal in drei Stunden fertig bringt. *Lächelnd.* Wahrhaftig, ich möchte mich viel lieber selber überzeugen lassen, als mein Geld einzusetzen und zuzusehen, wie der Schlingel solche Wohltaten auf Kosten von anderen spendet.

COMTESSE *sie umarmend:* Jetzt ist dir dein gesunder Menschenverstand wiedergekommen!

Ja, du sollst mir einmal deinen Chenu überlassen, und ich lasse dir meinen Labarre!
Sei überzeugt, der tut einem wohler als Joujou …! Das ist der Vicomte wohl! Und immer
singt er!

MARQUISE: Wir nennen ihn »die wandelnde komische Oper«.

COMTESSE: Wenigstens ist er nicht schlecht gewachsen.

Vicomte de Molengin nähert sich dem Kabinett,
ist dem Eingang aber noch nicht so nahe, um die
Damen sehen zu können. Diese sehen ihn jedoch durch die Fensterscheiben. Er singt im Garten, während er auf das Kabinett zukommt.

>»Wer zu lieben weiß
    und wer gefällt,
was braucht der weiter
    auf der Welt.«

(Aus: »Le devin de village«)

MARQUISE *drinnen:* O ja, einen festen Ständer
bekommen können, Monsieur le Vicomte! *Die
Damen lachen.*

VICOMTE *fröhlich, indem er eintritt:* Da bin ich!

MARQUISE: Bonjour, Vicomte! Wissen Sie, dass
Sie wunderbar singen?

VICOMTE: So sagt man, aber was macht ihr denn hier, meine Kinder? *Er singt:*

»Ihr seht so aus, als ob hm, hm ...«

(Aus einem alten Vaudeville)

COMTESSE: Als ob wir Ihnen einen schlimmen Streich spielen möchten ... Schließen Sie die Tür, Marquise. *Die Comtesse packt ihn mit scheinbarem Ernst beim Kragen.* Reden Sie, Monsieur, ist es wahr, dass Sie ...

VICOMTE *mit scherzendem Ton:* Bin ich hier in einer Mördergrube? Erbarmen! Gleich beim Kragen genommen! *Er singt:*

»Lassen, lassen Sie mich gehen!«

(Aus: »Le Maréchal-Ferrant«)

MARQUISE: Der Hasenfuß! Zwei Frauen machen ihm Angst.

VICOMTE *heiter:* Dazu ist oft nur eine nötig, verehrte Freundinnen! Dem schönen Geschlecht gegenüber bin ich ein Kämpe von sehr unterschiedlichem Mut ...

COMTESSE *fröhlich:* Sie sind dessen angeklagt, Monsieur, und darum wollen wir in aller Form über Sie zu Gericht sitzen, sofern Sie uns nicht augenblicklich die bündigsten Rechtfertigungsbeweise liefern.

VICOMTE *singt:*

»Na – überstürzen wir doch nichts ...«

(Aus: »Le Bucheron«)

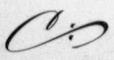

Gnade, meine Damen, die Partie steht nicht gleich. Hat eine von Ihnen das Recht, Anklägerin zu sein, muss die andere wenigstens doch die Unparteilichkeit eines Richters haben.

COMTESSE: Schön! Die Marquise mag als Ihre Gegenpartei figurieren, und ich werde nötigenfalls Ihr Verteidiger sein. Bezüglich des Urteils wird es davon abhängen, was Sie vorzeigen und leisten können ... Also die Akten auf den Tisch! ... Vorwärts, Marquise! *Sie machen sich beide daran, ihm die Hose auszuziehen.*

VICOMTE: Oh! Wenn Sie mich so heftig bedrängen ...

»Nein niemals, nein niemals,

nein niemals versteif ich mich ...

Nein, nein, nein, nein, nein, nein, niemals.«
(Parodie des Duetts aus: »Le tableau parlant«) Während er singt, haben die beiden eine riesige, sehr schlaffe Wurst zu Tage gefördert; sie lachen aus vollem Halse. Ich unterwerfe mich dieser ersten Instanz nicht, meine Damen! ... Wer zum Teufel befand sich schon in solcher Lage wie ich jetzt? Spottgelächter! Selbst Priapos würde die Fassung verlieren! *Er will seine Kleider wieder in Ordnung bringen und zurücktreten.*

COMTESSE *ihn zurückhaltend:* Einen Augenblick … *Zur Marquise.* Verscheuchen wir ihn nicht! *Zum Vicomte.* Was müsste man anstellen, lieber Molengin, um Ihnen etwas Courage in den Leib zu bringen?

VICOMTE *sich in die Duchesse werfend und sie dazu einladend:* Wenn mir die eine oder die andere von Ihnen mit ihren niedlichen Händchen zu Hilfe kommt … *Er ergreift eine Hand jeder der beiden Damen, küsst sie und legt sie sacht auf seine herabbaumelnde Blöße.*

COMTESSE: Er beklagte sich eben noch über zwei gegen einen! Jetzt hat er zehn gegen einen nötig. Das Ding fängt an, einige Lebenszeichen zu geben. O Wunder, Liebste, ich glaube, der Tote will auferstehen.

Vicomte schmuggelt seine Hände unter die Röcke der Damen; bei der Comtesse entdeckt er eine gewisse Feuchtigkeit, ein Andenken an ihr kleines Erlebnis mit Joujou. »Oh, ich glaube, Madame la Comtesse haben ihr kleines Schnäpschen schon genehmigt!«

MARQUISE: Vicomte, es handelt sich lediglich darum, ob Sie, der Sie die Welt so kühn zum Wettstreit herausfordern, mir das meinige reichen wollen! *Sie sieht ihn scharf an.*

VICOMTE *singt:*

>>Nichts so der Schönen

Aug' gefällt (da capo)

. Als tapfrer Krieger Mut.<<

(Aus: »L'Ami de la Maison«)

Übrigens, mein Schicksal liegt in Ihren Händen.

COMTESSE *setzt sich dem Vicomte lachend auf die Knie:* Geduld, wenn ich mich da hereinmische; ich will den Zauber brechen. Ich habe bei dem guten Sourillac gelernt, dass die Wirkung niemals ausbleibt. *Mit der einen Hand bemächtigt sie sich seines Dinges, mit der anderen kitzelt sie ihm eifrigst dessen Anhängsel.*

MARQUISE, *die sich gegenüber niedergesetzt:* Mach es! Ich für meinen Teil glaube nicht mehr an das Wunder.

VICOMTE: Was man sich alles gefallen lassen muss! Aber ich will Böses mit Gutem vergelten! Kommen Sie einen Schritt näher, Marquise, ich will es bei Ihnen ebenso machen!

MARQUISE *zurückweichend:* Pfui doch! Sie würden mich abschrecken.

COMTESSE *streichelt und spielt mit dem, was sie in der Hand hält, auf alle mögliche Art und singt anstatt einer Beschwörungsformel:*

>>Harsëinam, Milon, Robec und Nimur ...<<

(Aus: »On ne s'avise jamais de tout«)

MARQUISE *singt ihrerseits:*
>   »Ah, wie weit sie damit
>   wohl kommen mag, la, la, la,
>   Oh, wie weit sie damit
>   wohl kommen mag.«
>   *(Aus: »Rose et Colas«)*

VICOMTE, *eine leichte sinnliche Erregung spürend,*
wendet sein Gesicht der Comtesse zu, raubt ih-
ren Lippen einen Kuss und singt gefühlvoll:
>   »Für euch geb ich mein
>   Leben hin ...« (da capo)
>   *(Aus der komischen Oper »Tom Jones«)*

COMTESSE: Ruhig, Vicomte! Noch ist keine Zeit,
Viktoria zu rufen. *Sie singt:*
>   »Und verkauft mir nicht des Bären Fell ...«
>   *(Aus: »La Laitière et les Chasseurs«)*

MARQUISE *ungeduldig werdend:* Zehn Louis,
dass das da niemals steif wird.

COMTESSE: Sehen Sie sich vor, dass ich mich
nicht pikiere und Sie beim Wort nehme!
Schauen Sie nur, Sie Ungläubige! *Sie lässt die*
Plempe einen Augenblick los, die sich indessen
nicht aufrecht zu halten vermag und nur halb
steht.

MARQUISE *ironisch:* Madame, Monsieur! Meine
aufrichtigsten Glückwünsche!

COMTESSE: Pfui, Sie abscheulicher Vicomte! Sie
stellen mich wahrhaftig bloß!

VICOMTE *singt lachend:*

> »Dies Unglück ist ein
>
> > Wetterschlag (da capo)
>
> Trifft schlimmer mich als Tod.«
>
> > > *(Aus: »Le Roi et le Fermier«)*

Aber geben Sie Acht, welche von Ihnen beiden es sich mit dem da besorgen lassen will, wird nach allen Regeln der Kunst ...

MARQUISE *ihn unterbrechend:* Nichts kriegen!

VICOMTE: Ganz im Gegenteil, durchbohrt.

MARQUISE: Unmöglich, mein Bester!

VICOMTE: Sehr wohl möglich, kann ich Ihnen sagen, und ... *Er steht auf.* Sie sollen den Beweis haben. *Er versucht, die Marquise auf die Ottomane zu ziehen.*

MARQUISE *sich wehrend:* Dazu gebe ich mich gewiss nicht her.

COMTESSE: Ach, was für Faxen! Probieren Sie es doch, damit wir das Plaisier haben, uns über ihn lustig zu machen.

MARQUISE *sich zurechtlegend:* Er wird nichts fertig bringen, dessen bin ich sicher.

COMTESSE: Dann werden wir ihm die Augen auskratzen.

Vicomte hat sich während dieses kleinen Streites selbst mit der Hand bearbeitet, um wenigstens in dem halbsteifen Zustand zu bleiben, in dem er sich dank der Comtesse befindet: »Sicher, wenn wir hier ein Jahrhundert verlieren ...«

MARQUISE *zu ihrer Freundin:* Ein schlimmes Vorzeichen, Liebste! Er ist sich seiner Sache nicht sicher.

COMTESSE: Man muss ihm Gewalt antun.

MARQUISE: Wollen sehen!

Sie macht ihm große Zugeständnisse und zeigt augenscheinlich den denkbar besten Willen. Ihre Reize sind imstande, den frostigsten Menschen aufzurütteln; als der Vicomte sich ihr deshalb nähert, fühlt er seine »Standhaftigkeit« etwas zunehmen. So schreitet er denn vertrauensvoll zum ersten Vorstoß, indem er aus seiner Hand drei bis vier Zoll seiner ungeheuerlichen Wurst zum Vorschein kommen lässt, die ein wenig hereindringt.

VICOMTE *atemholend:* Na, was habe ich Ihnen gesagt!

COMTESSE *sehr genau beobachtend:* Bravo, Vicomte! Stoß zu, mein Sohn! Stoß zu!

VICOMTE *zieht seine Hand etwas zurück und zwar um einige Zoll, im Verhältnis, wie er weiter hereingekommen ist:* Wie ich Ihnen versicherte, dass ich mich ehrenvoll aus der Affäre ziehen würde ...

COMTESSE *den Vorgang voll unaussprechlichen Interesses mit den Augen verfolgend:* Weg, weg die Hand, Vicomte! Jetzt lassen Sie mich die Sache nur dirigieren! Denn so in der Schwebe kannst du nichts ausrichten.

MARQUISE: Ein guter Gedanke, Liebste! Und lassen Sie ihn nicht weiter eindringen, wie ich Ihnen sage, denn ich habe keine Lust, durch und durchgestoßen zu werden.

COMTESSE: Ich werde schon acht darauf geben. *Sie hat von hinten die Hand zwischen die Schenkel des Vicomte gesteckt; so führt sie das Ding ein und regt das, was sie in der Hand hält, sacht weiter auf. Dabei singt sie:*

»Nachhelfen muss man der Natur!«

(Aus: »Rose et Colas«)

MARQUISE: Schiebe tiefer herein!

COMTESSE: So etwa?

MARQUISE: Noch ein bisschen.

COMTESSE: Genug so?

MARQUISE: Noch etwas!

COMTESSE: Wie du wünschst!

MARQUISE: Wenn möglich, noch etwas weiter!

COMTESSE: Oh, alle Wetter noch mal! Alles ist drin.

VICOMTE *triumphierend:* Oho, ich wusste das wohl. *Singt:*

»Du brauchst dich nie verwundern nit,
Von Bös bis Gut ist nur ein Schritt.«

(Refrain eines Vaudeville)

COMTESSE *gibt ihm mit der Hand einen Schlag auf den Hintern:* Denken Sie an Ihre Pflichten, Monsieur Musicus!

VICOMTE: Wie gut das tut! Hier möchte ich am liebsten mein Leben lang bleiben. *Da er sich jedoch nicht rührt.*

MARQUISE *ihn unterbrechend:* Ja, um nichts zu machen. Sie sind ein Jammerlappen, Vicomte! *Sie macht sehr heftige Bewegungen und scheint bald darauf großes Vergnügen zu empfinden.*

COMTESSE *sich in einen gegenüberstehenden Fauteuil werfend:* Glaubt ihr da, wahrhaftig, ihr beiden, ich kann das mit ansehen, ohne dadurch nicht in Hitze zu kommen … Los! … Los, meine Verehrtesten! Ich werde das gleiche Pläsier haben wir ihr! *Sie beginnt sich mit außerordentlicher Lebhaftigkeit zu kitzleritzeln, indem sie flammende Blicke auf das Pärchen richtet.*

MARQUISE *arbeitet ganz allein, ihr ist es schon zwei Mal gekommen, ohne dass es dem Vicomte nur ein einziges Mal übergelaufen wäre. Sie ist pikiert und sagt, sich von ihm losmachend:* Monsieur de Molengin, leben Sie wohl für alle Zeit. Sie sollen mich nicht wieder anführen.

VICOMTE *singt:*

>>Ach, höchstem Glück war ich

so nah.<<   *(Aus: »Lucile«)*

COMTESSE *zu ihrer Freundin:* Zum Teufel, Sie reißen aus! *Sie erhebt sich mit großer Eile, ersetzt
die Marquise auf dem Schauplatz des Vergnügens und sagt:* Komm, komm, lieber Vicomte!
Noch ist er in guter Verfassung … rasch, steck
ihn mir herein! *Sie beeilt sich, indem sie ihn
sehr eifrig mit der Hand bearbeitet, den künstlichen Steifstand des Vicomte so lange aufrechtzuerhalten, bis er untergebracht werden kann.
Indessen steckt sie der Marquise ein kleines,
glattes, oben an der Spitze abgerundetes Elfen-
beinetui zu.* Und Sie, meine Beste, nehmen Sie
das und setzen Sie ihm einen »Postreiter«!

MARQUISE *ablehnend:* Einem Monsieur, der eben
loslegen will …?

VICOMTE *heiter:* Oh, oh! Das könnte nicht schaden!

Die kleine Comtesse trifft indessen alle nur möglichen Vorsichtsmaßregeln, der Gefahr, ihr Objekt verlieren zu sollen, zu begegnen. Mit ver-
mehrter Geschicklichkeit hat ihre elektrisierende
Hand den Vicomte schon dicht bis vor den entscheidenden Moment gebracht. Bei seiner geringen Steifigkeit wähnte sie ihn noch weit davon

entfernt. Aber kaum berührt er die Schwelle des glühenden Ortes, wo man ihn einführen will, als er die volle Salve abgibt, und die Comtesse nur noch einen Bettel in der Hand hält.

COMTESSE *voll Ärger:* O Teufel! Jetzt! *Da sie sich gratis überschwemmt fühlt.* Bedanken Sie sich wenigstens! *Sie lässt ihn schleunigst stehen.*

VICOMTE, *der es sehr reizend gefunden, gerade jetzt das Ende seiner Flut und seines Vergnügens zu spüren, singt:*
>»Auf Menschen dies zu gießen,
>dies zu schütten, das ist Glück …«
>>*(Aus: »Le Roi et le Fermier«)*

COMTESSE *sich betrachtend:* Jetzt sehe ich schön aus! *Sie wirft einen launigen Blick auf den Vicomte.* Diese unbrauchbaren Kerle können doch nur Dummheiten machen!

Marquise lacht Tränen über das kleine Missgeschick der Comtesse. Indessen zeigt sie ihr einen Platz, wo sie alles zur Reinigung Notwendige finden kann.

VICOMTE *allein mit der Marquise, singt:*
>»Sagt mir nur warum …
>warum nur dieser Zorn?«
>>*(Aus: »Rose et Colas«)*

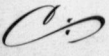

MARQUISE *mit Humor:* Mein lieber Vicomte, Sie sind nichts als ein Schafskopf … verduften Sie schleunigst! *Sie führt ihn sacht zur Tür, die Comtesse kommt wieder.*

VICOMTE *mit scherzhafter Bewegung, singt, Hände und Augen nach oben erhoben:*
»Ja, ich scheide und verzweifle.«

(*Aus:* »La Colonie«)

MARQUISE *ihn herauslassend, singt:* »Nie, nie will ich dich wiedersehen!«

Der Vicomte geht, die Damen schließen zu.

COMTESSE *die Marquise, die ihr ins Gesicht lacht, scharf ansehend:* Du hast Recht! Ich habe nichts gekriegt! Oh, was möchte ich diesem ekligen Kerl da nicht alles wünschen!

MARQUISE *lachend:* Was mich anbelangt, wenn ich eine Rache von den Göttern erbitten dürfte …

COMTESSE: Was würdest du fordern?

MARQUISE: Dass dieser Fatzke einen ordentlichen Rutenkrampf bekäme.

COMTESSE *ihr um den Hals fallend:* Oh, charmant bist du! Und dass man uns die Sorge überließe, ihn davon zu heilen. *Man hört Iah-Schreie.* Woher kommt diese schöne Musik, wenn ich fragen darf?

MARQUISE: Aus meinem Stall. Ich mache die Mode mit, ich habe einen Esel.

COMTESSE *interessiert:* Einen Esel, Herzchen? Und zu welchem Zweck?

MARQUISE: Komische Frage! Um aufzusteigen natürlich!

COMTESSE: Ein Esel … männlich?

MARQUISE: Oh, sehr männlich! Ich schwöre dir, alles ist da! Der war es, der uns eben mit einer Arie erfreut hat.

COMTESSE *ihre Hand ergreifend:* Wissen Sie, dass mir seine Arien viel besser als die des Vicomte gefallen?

MARQUISE: Ohne Zweifel hat er viel mehr Ohr und Stimme.

COMTESSE *mit dem Ton des Verlangens:* Und der Taktstock, den solch ein Kapellmeister schwingen muss?

MARQUISE: Er möchte sich annähernd mit dem des Vicomte messen können, aber … *Sie senkt einen Finger, und indem sie ihn gegen den Fußboden krümmt, drückt sie ihre Gedanken dadurch aus.*

COMTESSE *wie zu sich selber:* Einen Esel im Hause! Was für ein Schatz! *Es klopft.*

MARQUISE: Wer ist da?

PHILIPPINE *draußen:* Ich, Philippine! Darf ich eintreten?

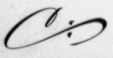

MARQUISE *öffnend:* Tritt ein!

PHILIPPINE *verstört:* Ach, Madame, Sie können sich nicht denken, was ich eben gehört habe!

MARQUISE: Na, um was handelt es sich?

PHILIPPINE: Monsieur Patineau, der eben heraufkam, brachte die Nachricht mit, ein Schuft von einem Geistlichen, der, wie er sagt, ein Ausländer und rothaarig sein soll, habe heute Morgen einen kleinen Jungen in der Kirche genotzüchtigt und dass der Verbrecher, der nicht mehr hatte entwischen können, sich in den Händen der Justiz befinden soll. Wenn das der Abbé Boujaron wäre!

COMTESSE: Was? Dieser neapolitanische Priester!

MARQUISE: Neapolitaner in des Wortes verwegenster Bedeutung! Kennen Sie ihn?

COMTESSE: Noch nicht, aber man sollte ihn mir vorstellen.

MARQUISE: Pfui doch! Sie hätten diesen infamen Mistkäfer empfangen wollen?

COMTESSE *boshaft:* Lediglich in seiner Eigenschaft als vertrauter Freund von Ihnen.

MARQUISE: Sagen Sie vielmehr als Freund meines Gemahls … wir werden darüber noch reden … Philippine, eile, horche umher, suche Näheres zu erfahren und komm so schnell wie möglich wieder, mir Bericht zu erstatten!

PHILIPPINE *sich aufmachend:* Ich gehe schon.

MARQUISE: Und besonders den Namen des Schuldigen.

PHILIPPINE *an der Tür:* Sehr wohl, Madame.

MARQUISE: Geh aber nicht, um dich zu amüsieren und über Joujou deinen Auftrag zu vergessen!

PHILIPPINE *bestürzt:* Madame …?

MARQUISE: Wir werden uns noch sprechen, schöne Lehrmeisterin.

PHILIPPINE *verwirrt:* Das kleine Plappermaul.

MARQUISE: Er hat mir nichts erzählt, aber ich weiß alles. Geh jetzt! *Philippine, sich auf die Lippen beißend, geht mit wütendem Gesicht.*

COMTESSE: Zum Mindesten ist das mit diesem Abbé eine verteufelte Geschichte.

MARQUISE: Ich zittere, ob das nicht wirklich Boujaron betrifft. Mein Mann, der alle Lumpen der ganzen Welt kennt, hat trotz meines Widerstrebens diesem dreckigen Kerl unaufhörlich erlaubt, unser Haus zu besuchen. Ist es Boujaron, um den es sich handelt, stellen Sie sich die unausbleiblichen Unannehmlichkeiten für alle anständigen Leute vor, die ihn bei sich empfangen haben!

COMTESSE: Ohne Zweifel, denn er war sehr für sein Metier eingenommen. *Die Marquise insgeheim beobachtend.* Und wie man mir sagt,

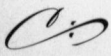

haben ihn wenige Personen gekannt, die er dadurch nicht in Verruf gebracht hätte, sehr absonderliche Verbindungen mit ihnen eingegangen zu sein. *Das Boshafte ihrer Redeweise gelangt besonders zum Ausdruck, indem sie diesen Satz beendet, da sie bemerkt, dass die Marquise stark in Verwirrung gerät.*

MARQUISE *die Augen niederschlagend:* Wer wollte Ihnen das verhängnisvolle Geschenk dieses Scheusals machen?

COMTESSE: Der liebe Bricon! Das ist noch ganz frisch. Ich willigte heute Morgen, ehe ich in das Palais-Royal ging, ein, er dürfte mir, falls es ihm gut schiene, Boujaron mitbringen.

MARQUISE: Glauben Sie mir, Liebste, suchen Sie das rückgängig zu machen.

COMTESSE: Nein, bei meiner Treu nicht! Ich habe den Grundsatz, man muss jede Art von Leuten kennen lernen. Es gibt Abscheuliche, von denen man noch Nutzen ziehen kann. Dieser Boujaron zum Beispiel, man versichert, er sei ein ausgesprochener Darmputzer.

MARQUISE *lächelnd:* Das Wort ist neu! Man wird es sich merken müssen. Und Sie wollen darauf hereinfallen, Sie? Und kann ein Darmputzer, um mich Ihres glücklichen Ausdrucks zu bedienen, Ihnen zu irgendetwas nützen?

COMTESSE *schelmisch:* Sehen Sie mir gerade in

die Augen und sagen Sie mir offen, ob Sie
überzeugt sind, dass ein Darmputzer für uns
zu gar nichts zu gebrauchen ist? *Sie schaut
der Marquise gerade in die Augen und lächelt.*

MARQUISE *heiter:* Sie sind der boshafteste aller
kleinen Teufel ... Ich sehe wohl, dieser Schlingel von Bricon hat alles erzählt.

COMTESSE *ihre Hand fassend:* Es ist wahr. Ich
wollte bloß sehen, ob du mir wirklich freundschaftlich gesonnen wärest, mir aus eigenem
Antrieb einen Spaß einzugestehen, mit dem
ich dich bestimmt aufziehen wollte, hättest du
vor mir ein Geheimnis daraus gemacht ...
Hat es dir kein Vergnügen gemacht?

MARQUISE: Aber ... ich bin sicher, was zwei Finger mir in dieser Hinsicht leisten konnten,
wäre ich damit in Bezug auf dies garstige
Loch ebenso gut weggekommen, so gering ...

COMTESSE *diesen geringschätzigen Ton übertrei-
bend:* So gering ...! Bloße Ziererei! Das war
doch gerade der Witz bei der Sache!

MARQUISE: Doch ich muss dir sagen, ohne den
Reiz des anderen Amüsements ...

COMTESSE *schelmisch:* Potztausend! Erst ein De-
but im Solospiel gegen mehrere, und hernach
über das, was einem sehr behagt, die Nase ge-
rümpft ... »das reizende Spiel ... verdammt ...
die Wonne ... das Vergnügen bringt mich

um ...« *Sie lächelt, indem sie die eigenen Worte der Marquise wiederholt.* Oh, da bin ich wohl viel ehrlicher! Ich verabscheue die Sache nicht, und ich werde Boujaron sicher nicht empfangen, ohne ein wenig Aussicht zu haben, mir die Jungfernschaft meiner Kehrseite rauben zu lassen. Selbst der gesetzte Sourillac, der, auf Grund wissenschaftlicher Forschungen, den Namen philosophisches Laster vorschlägt, hält sich nur deswegen für einen Philosophen; für ihn muss ich mich auch herumdrehen ...

MARQUISE: Sourillac?

COMTESSE: Ja doch, ganz gewiss! Aber was gibt es denn Einfacheres? Ich weiß nur, andere Frauen empfinden an diesem Spiel entweder Vergnügen oder Missbehagen, aber keine hat jemals gewagt, etwas Gutes darüber zu sagen. Was mich nun anbelangt, sei es, dass, wie man sagt, einem so etwas zur zweiten Natur wird oder dass das gemeinhin vernachlässigte Blümchen einer gewissen Lustempfindung fähig ist, die allerdings nicht eintreten kann, ist die Bahn nicht durch ein wenig Übung dafür präpariert – ich lasse mich niemals büchseln,* ohne nicht wirklich etwas Angenehmes dabei

---

* Die Comtesse bedient sich häufig von Worten aus dem Gassenjargon.

zu empfinden, selbst wenn ich meinen Bock-
büchser davon entbinde, mich zu kitzleritzeln
oder ich selber diese köstliche Nebenrolle zu
spielen vergesse. Mit einem Wort: Hoch die
Leute, die einem alles das, wonach einem gerade der Appetit steht, bereitwillig zu gewähren, fähig sind.

MARQUISE: Wahrhaftig, Comtesse, ich bin eifersüchtig! Denn Sie übertreffen mich noch!

COMTESSE: Ich bin stolz darauf! Sehen Sie diese
Haarlöckchen – ist solche Farbe für die Katz?

MARQUISE *lächelnd:* Sie ist reizend. Sie geben
also das etwas Impertinente Ihres Blond un-
umwunden zu.

COMTESSE: Der Ausdruck ist bescheiden. Sagen
Sie brennendrot!* Ja, ich gebe es zu, mehr
noch, ich bin maßlos eitel darauf. Waren nicht
die berühmtesten Schönheiten des Altertums
alle von meiner Farbe. Der gelehrte Sourillac,
der sie alle kennt, nennt mir sie oft her, um
mir klar zu machen, welchen Wert meine
Goldröte mir in seinen Augen verleiht. Aber
ohne auf die entfernten Epochen zurückzugreifen, wie kurz ist es erst her, dass die Mo-
dedamen alle so rot wie nur irgend möglich
sein wollten. Der Geschmack ist launenhaft,

---

* Anspielung auf Namen der Comtesse.

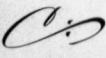

man weiß wirklich nicht, was man will, wen man eine Schönheit, wen eine Nachteule, was man reizend oder lächerlich finden soll. *Der Esel schreit.* Wieder dieser Sänger, er erweckt in mir gewisse Beunruhigungen.

MARQUISE: Wieso das?

COMTESSE: Ich habe beispielsweise bei der Lektüre der »Pucelle«* mehr als einmal darüber nachgedacht, wie sich das galante Abenteuer mit dem heiligen Zuchtesel zugetragen haben mag.

MARQUISE: Nicht doch! Das ist eine dichterische Tollheit; die Sache ist unmöglich.

COMTESSE: Das ist leicht gesagt! Ich bin dessen nicht ganz sicher. Wir kennen alte Überlieferungen von Liebesabenteuern der Götter, die diese in der Gestalt von Widdern, Stieren, Pferden und anderen Vierbeinern bestanden. Ich, die so was leicht versteht und obendrein weiß, wozu wir Frauen unsererseits fähig sind, möchte annehmen, dass diese angeblichen Götter sehr irdische, ausgezeichnete Stiere und Hengste waren und dass die Damen sie sich, einer plötzlichen Eingebung folgend, zulegten. Wenn darüber geredet wurde, schob man, um

---

* Gemeint ist Voltaires episches Gedicht »La Pucelle«, das Jeanne d'Arc zur Heldin hat.

einen Skandal zu vermeiden, den schlimmen Handel irgendeinem Gott in die Schuhe, der sich, ohne darüber im Geringsten aufgebracht zu werden, willig verleumden ließ. Könnten wir nicht, wie zufällig, Ihren Monsieur Esel auch mal ein wenig auf die Probe stellen, ob er vielleicht ein moderner Halbgott ist.

MARQUISE: Pfui, Comtesse, Sie haben da eine Fantasie ...

COMTESSE: Es macht mir Spaß, Madame, Sie, die eben erst eine Wonnewurst von einem Fuß Länge bis zu deren haarigem Ende verschluckt haben, sich so kleinlich zeigen zu sehen.

MARQUISE: Aber ein Mensch ist ein Mensch.

COMTESSE *mit Feuer:* Und ein Esel ist ein Esel! Und ohne Zweifel hoch über den Menschen stehend, um den es sich hier handelt. Vorwärts Marquise! Keine Prüderie! Untersuchen wir, was daran ist!

PHILIPPINE *erscheint mit einem Briefchen:* Da, Madame! Ich brauchte mir nicht erst die Mühe zu machen, weit zu laufen. Hier ein paar Zeilen von dem Händler, der heute Morgen bei Ihnen war! Er bittet unverzüglich um Antwort.

MARQUISE *erregt:* Großer Gott, was werde ich erfahren müssen! *Sie geht ans Fenster, um den Brief zu lesen.*

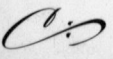

COMTESSE *da ihre Freundin beschäftigt ist, halblaut:* Weißt du, Philippine, dass du so reizend wie Amor bist und so frisch wie eine Rosenknospe?

PHILIPPINE: Sie sind sehr gütig, Madame.

COMTESSE: Auf Ehre, wäre ich ein junger Mann, würde ich mit dir anbandeln.

PHILIPPINE *mit Grazie:* Und wenn Sie ein junger Mann wären, würde ich nicht die Kraft haben, Ihnen zu widerstehen.

COMTESSE *noch leiser, indem sie eine leichte Handbewegung nach dem Gegenstand ihrer Wünsche macht:* Besuch mich doch einmal!

PHILIPPINE *beantwortet diesen deutlichen Wink, indem sie der Comtesse die Hand drückt:* Aber leider sind Sie kein junger Mann.

COMTESSE *feurig:* Komm trotzdem einmal!

PHILIPPINE *mit schlüpfrigem Blick und dem zartesten Ausdruck:* Ach ja, ich werde Sie besuchen! *Zugleich wirft sie mit viel Feinheit einen Blick nach der Marquise hin, was bedeutet, dass die Comtesse reinen Mund halten soll.*

COMTESSE *sehr leise:* Sei unbesorgt! *Sie drücken sich die Hände.* Morgen?

PHILIPPINE: Morgen.

MARQUISE *hat zu Ende gelesen:* Geh an meine Schublade, Philippine, und gib dem Überbringer fünfzig Louis! *Sie gibt ihr den Schlüssel. Philippine geht.*

MARQUISE *aufgeregt:* Hören Sie, Comtesse, Ihr Bricon schreibt mir …

COMTESSE: Es ist wohl auch etwas der Ihre! Ich höre.

MARQUISE *lesend:* »Madame, nach dem Weggang von Ihnen, begab sich der Abbé trotz der Ihnen bekannten Vorfälle zum Messelesen. Gott hat ihn schwer für diesen schrecklichen Frevel gestraft …«

COMTESSE: Alle Wetter, Mosjö Bricon hat Religion!

MARQUISE: Hören Sie weiter! *Liest.* Unglücklicherweise packte ihn ein plötzliches Verlangen nach dem ihn bedienenden Knaben, und in der Sakristei halb gutwillig, halb mit Gewalt, hat er ihn schließlich vorgenommen – Verstehen Sie recht, Comtesse, ehe er von hier wegging, hatte er schon drei Mal losgeschossen.

COMTESSE: Das würde mir keine schlechte Meinung von ihm beibringen.

MARQUISE: Aber nach einer solchen Nacht muss man wenigstens den Teufel im Leibe haben, wenn es einen noch mit solcher Gewalt peinigt.

COMTESSE: Was sind drei Mal für gewisse Leute! Lesen wir weiter!

MARQUISE *liest:* »Es war schon spät, die Kirche wenig besucht; er glaubte daher ganz allein zu sein. Indessen eine Betschwester, die man nicht bemerkt hatte und die ihr Gewissen von irgendeiner kleinen Sünde bedrückt fühlte, glaubte, es sei die beste Gelegenheit für sie, sich entsühnen zu lassen, nähme sie den Priester, der eben die Messe gelesen hatte, beim Schopf. Wie eine Katze schlich sie sich also an die Sakristei heran ... man war gerade bei der schönsten Arbeit.«

COMTESSE: Schöner Anblick für eine Betschwester!

MARQUISE *weiterlesend:* »Boujaron wurde wütend und wollte sich augenblicklich auf die fromme Jungfer stürzen und sie auch zu Fall bringen, um sich dadurch ihres Stillschweigens zu versichern; aber sie schrie laut um Hilfe. Der Knabe entfloh mit noch heruntergezogener Hose, ein Kirchendiener nahm ihn fest. Er hat alles bekannt. Zwei von der Straße herbeigelaufene Leute und der Kirchendiener stürzten in die Sakristei und überraschten den Abbé, der den Kopf augenscheinlich verloren hatte, wie er der Betschwester die Schnüre seines Priestergewandes um den Hals warf. Man befreite sie aus seinen Händen. Der Abbé wollte sich, mit zwei Pistolen bewaffnet, den

Austritt aus der Sakristei, die der Kirchendiener abgeschlossen hatte, erzwingen ... Mit zwei Schüssen streckte er die beiden Leute, mit denen er zurückgeblieben, zu Boden.«

COMTESSE: Sieh mal an, ein niedlicher Monsieur!

MARQUISE *lesend:* »Der dritte war während dieser Zeit fortgelaufen, die Polizei zu holen. Kurzum, der Abbé wurde festgenommen, gefesselt und in einen Fiaker geschoben, um ins Gefängnis gebracht zu werden. Zufälligerweise befand ich mich, als alles das geschah, in der betreffenden Gegend; ich mischte mich also unter die Leute und erfuhr alles. Als ich vernahm, der Verhaftete sei in eine Art von Raserei verfallen und stoße unter tausend Verwünschungen scheußliche Redensarten aus, die geeignet wären, zahlreiche angesehene Personen zu kompromittieren, überlegte ich mir, was für Beziehungen ich zu dem Betreffenden gehabt hatte, und folgte ihm ...«

COMTESSE *sie unterbrechend:* Mosjö Bricon hat sich wohl eingeschmuggelt, wie mir scheint!

MARQUISE *lesend:* »Schließlich wurde Monsieur Boujaron in dem Fiaker ohnmächtig. Sein Zustand machte es nötig, ihm irgendetwas zu trinken zu geben, ich drängte mich nebst vielen anderen zu diesem Dienst; und um sowohl allen Neugierigen wie auch dem Schuldigen eine außerordentliche Wohltat zu erweisen, mischte ich vorsichtig ein gewisses Mittelchen in das Getränk … Er war auf der Stelle tot. Da dieses Gebräu durch mehrere Hände gegangen, glaube ich nicht, dass man mich mehr als irgendeinen andern im Verdacht haben kann, selbst wenn man dem, der dies heilsame Attentat verübt, nachspüren würde; aber da alles entdeckt werden kann, halte ich, Madame, es für nötig, für einige Zeit zu verschwinden; und deswegen erlaube ich mir, Sie um ihre hilfreiche Unterstützung zu bitten, auf die ich umso mehr Anrecht haben dürfte, da der Name von Monsieur le Marquis wie der Ihrige mich hauptsächlich dazu hinrissen, die geheiligten Rechte der Natur und der Freundschaft zu verletzen. Sie vermögen mich zu retten oder zu verderben … Hüten Sie sich, schlecht zu wählen! Ich bin …« etc. … »Hüten Sie sich, schlecht zu wählen!« Das ist unterstrichen! Eine Drohung also! Was halten Sie von all dem?

COMTESSE: Erstlich, dass es für alle Welt ein großes Glück ist, dass dieser abscheuliche Neapolitaner nicht mehr am Leben ist … dann …

MARQUISE: Dass Mosjö Bricon ihm an Verruchtheit kaum etwas nachgibt.

COMTESSE: Ich weiß nicht, ob er ihn nicht noch

überragt! Der Abbé war nur ein außer Rand und Band gekommener Mensch, durch Unzucht verdorben, ohne Schlauheit, der vor seiner letzten Ausschreitung eher nach Bicêtre als auf das Schafott gehörte. Aber Bricon! Das ist zum wenigsten ein großer Schwindler …

MARQUISE: Alles das ist entsetzlich! Ich bin eiskalt vor Schreck!

COMTESSE: Das ist nur für den Augenblick! Im Grunde gewinnen wir alle beide viel bei dieser Katastrophe! Oder hätten wir sonst den Umgang mit diesen beiden Schurken so rasch abbrechen können?

MARQUISE: Künftighin werde ich meine Bekanntschaften ganz genau auswählen.

COMTESSE: Zum Glück für die Gesellschaft sind die Bricons und Boujarons selten. Aber wer darf sich schmeicheln, keine Wüstlinge zu kennen!

MARQUISE: Es ist wahr, man ist heutzutage abscheulich.

COMTESSE: Man muss Sourillac hören; ein Ehrenmann durch und durch, diese Gerechtigkeit bin ich ihm schuldig. – Aber immer übler Laune; man muss ihn hören, wie er über unsere Zeit herzieht. Er behauptet, unsere Zeitgenossen verbergen unter dem charmantesten weltmännischen Schliff einen Grad von Verruchtheit und Lasterhaftigkeit, für den es in den allerverderbtesten Epochen an Beispielen fehlt. Deshalb langweilen mich seine ewigen Schimpfereien und sein Moralisieren auch in einer Weise …

MARQUISE: Sie sind zu gut! Witwe, jung und voller Reize! Was haben Sie von diesem Faselhans?

COMTESSE: Was ich von ihm habe? Einen ausgezeichneten Vertrag über zwanzigtausend Livres Rente, das wenigste, was ich Seiner Gnaden im Kleinen koste. Mein seliger Mann, ein sehr guter Junge und ein unvergleichlicher Betthase – Gott schenke ihm Frieden –, hat mir fast nichts hinterlassen. Sourillac, sein Verwandter oder der wenigstens die Ehre haben möchte, es zu sein, hat sich bei seinem Tode erboten, meine Geschäfte zu führen. Er ist sehr reich, er verwaltet die paar tausend Francs Rente, die mein Erbteil ausmachen, musterhaft und teilt alles, was er hat, mit mir.

MARQUISE: Das sind natürlich Gründe! Aber hat dieser seltsame Mensch sonst wenigstens gute Seiten?

COMTESSE: Zunächst ist er so rücksichtsvoll, mich mit seiner Liebesglut nur ein- oder zweimal die Woche zu behelligen, er verfährt hierin nämlich ganz wie andere auch, die die

Wut erfasst hat, über alle Dinge philosophi-
sche Räsonnements anzustellen – er will Exzesse vermeiden. Außerdem besitzt er große
Weltkenntnis, hat ein gutes Herz, hat sehr
feine Umgangsformen, ungemein große
Kenntnisse und Geist obendrein; leider aber
ist er verschroben und manchmal von etwas
falschen Ansichten, was ihm recht schlecht
steht und ihn zuweilen unausstehlich macht.
Sourillac pflegt tiefsinnige Betrachtungen
über Dinge anzustellen, die auf den ersten
Blick hin falsch sind. Zum Beispiel, wie finden Sie das, wenn er sich darüber quält, ich
hätte nicht genug Temperament.

MARQUISE: Ist es möglich, dass er sich so irren
kann?

COMTESSE: Das ist einer der von ihm geschosse-
nen Böcke. Obwohl er völlig davon durchdrungen ist, dass ich ihn anbete, hält er mich
nur für Liebe ohne Leidenschaft fähig. Alle
meine Bekannten müssen an sich halten, ihm
nicht ins Gesicht zu lachen, wenn er sich über
meine physische Unempfindlichkeit beklagt
und sie reizt, mir etwas den Kopf zu verdrehen.

MARQUISE: Eine drollige Narrheit.

COMTESSE: Eine andere, für meine ausschweifenden Neigungen sehr bequeme Torheit ist fol-

gende: Mein hochmütiger Beschützer will nicht zugeben, ein Mensch von niedriger Herkunft – »ein dienstbarer Geist« –, so nennt er unsere Leute nämlich, könne einer Frau vornehmen Standes jemals Interesse einflößen. Er meint, der Rangunterschied reiche hin, jeden Mann aus dem Volke daran zu hindern, seine Augen bis zu mir emporzuheben. Also ziehe ich mich aus, kleide mich an, steige ins Bad, lasse mich abtrocknen, frottieren, einerlei ob er zugegen ist oder nicht, das macht gar keinen Unterschied; er ist in dieser Hinsicht des geringsten eifersüchtigen Verdachtes unfähig. Neulich, während er an meinem Fenster die Zeitung las, bügelte Zamor mich, unter dem Vorwand, mir das Hemd anzuziehen, nackend in meinem Alkoven.

MARQUISE: Zamor, dieser prächtige Neger, den er so hoch bezahlt hat, um Ihnen ein Geschenk damit zu machen? Er hat Sie gehabt?

COMTESSE *kühl:* Besser: Ich habe ihn gehabt. Sollte er Ihnen gefallen, steht er Ihnen, falls Sie Verlangen nach ihm tragen sollten, zu Diensten ... Es genügt nur ein Wort von Ihnen.

MARQUISE: Ein Neger, Liebste! Was denken Sie sich, und wenn es passierte und man dann schwanger würde?

COMTESSE: Würde man einen kleinen Mulatten bekommen. Das ist klar. Also, Sourillac stand dicht dabei. Das brachte mich auf eine närrische Idee. Du weißt, dass er mich oft »mein Miezchen« nennt.

MARQUISE: Ganz recht.

COMTESSE: Als mein strammer Zamor bei der schönsten Arbeit war, nahm ich mir die Freiheit, die Kurierlektüre zu unterbrechen und sagte: »Apropos, lieber Freund.« Zamor erschrak, wollte aufhören und den Rückzug antreten; aber ich umschlang ihn, drückte ihn an mich und gab ihm so zu verstehen, er möge dableiben.

MARQUISE: Hatten Sie den Verstand verloren?

COMTESSE: Warten Sie. »Was wünscht mein Miezchen«, klang es sehr freundlich zurück. – »Ach lieber Freund, ich wollte Sie bitten, mich nicht mehr ›mein Miezchen‹ zu nennen, denn diese Nacht träumte ich, ich sei auf die Dächer geklettert und ein großer ebenholzschwarzer Kater hätte mich geranzt. Als ich erwachte, starb ich beinah vor Angst, denn ich sagte mir, ich müsse unweigerlich ein halbes Dutzend spanischer Katzen zur Welt bringen!« – »Weiter nichts Sonderbares?«, rief der gute Sourillac, wie unsinnig lachend, indem er die seinen Händen entgleitende Zeitung aus dem Fenster fliegen ließ. »Diesen närrischen Traum muss ich allen unseren Freunden erzählen.« Und er lachte … lachte … Diese Tollheit, Herzchen, hatte etwas so Prickelndes für mich, dass kein derartiger Liebesgalopp mir jemals so viel Spaß gemacht hat. Selbst Zamor schien den Witz zu verstehen; er übertraf sich selbst … Glauben Sie, dass es sehr schlimm ist, mit einem Manne zu leben, der an solchen Verschrobenheiten leidet und nur eine etwas raue Außenseite hat.

MARQUISE: Ich gratuliere Ihnen dazu. Mein teurer Gatte dürfte Ihrem Beschützer kaum gleichen. Der Marquis ist kein edelmütiger Mensch, ist nicht gut erzogen, ist ohne Bildung wie ohne natürlichen Verstand; er hat nur die eine gute Eigenschaft, dass er schwach ist und dass er, sooft er es mir auch abstreitet, mir das Regiment doch nicht entreißen kann; da er, obwohl alles mein Eigen ist, sehr darauf bedacht ist, alles für sich zu nehmen, darf ich ihn zum Entgeld dafür beliebig oft berauben. Zwingt sein schmutziger Geiz mich manchmal zu verzweifelten Hilfsmitteln, brauche ich seinem Geweih nur einen kleinen Zinken hinzuzufügen.

COMTESSE: Ja, dann darf man aber keinen Umgang mit gascognischen Wettenmachern pflegen.

MARQUISE *lächelnd:* Es gibt Leute, mit denen sich besser auskommen lässt. Paris ist voll von Dupevilles. Da der Marquis die schlechteste Meinung von den Frauen hat und glaubt, keine widerstehe der Doppelmacht – Geld und Gelegenheit –, so beweise ich dies System vollkommen und lasse mich stets von dieser Doppelmacht überwältigen. Wer hat Ihnen denn mein gestriges Abenteuer berichtet, dass Sie diese boshafte Bemerkung machen konnten?

COMTESSE: Sehr einfach. Die dicke Conbanal, die gestern Zeugin Ihrer Wette war und bei der der tapfere Rittersmann frühstückte, hat mir die Sache in ihrem Wagen erzählt, als sie mich in das Palais-Royal mitnahm. Ich war also in alles eingeweiht, als wir uns trafen. Ich verfehlte den Gascogner um einige Minuten bei meiner Nachbarin, die mir versicherte, trotz der letzten Nacht und trotz zweier Erkenntlichkeiten obendrein, mit denen er soeben seine Tasse Schokolade bezahlt habe, würde er auch mir einen Gefallen getan haben, wäre es mir eingefallen, vor seinem Weggang zu ihr zu kommen.

MARQUISE: Wahrhaftig, ich glaube, der Mensch ist fähig, das Unmögliche …

COMTESSE: Das ist für unseren Orden eine unbezahlbare Akquisition. Wie heißt er denn?

MARQUISE: »L'Oreille-d'ours«. Er ist erst kürzlich aufgenommen worden. Eine in seiner Garnison lebende Würdenträgerin hat ihn als Phänomen nach Paris geschickt. Ich bin die erste, die er gebürstet hat.

COMTESSE: Und ich die Bürste bei der ersten Gelegenheit, und wenn ich kann, bürste ich ihn ab. Es ist ebenso gut, dass ich das tue, wie eine andere, denn sollte er großen Zuspruch bekommen ... du weißt, es gibt gewisse Dämchen, die nicht blöde sind und die, sobald sie sich eines besonders tüchtigen Stemmers bemächtigen können, ihn bald aufs Trockene gesetzt haben. Letztendlich kann dieser Gascogner auch nicht mehr taugen als der schöne Musketier, der unter uns unter dem Namen »Tournesol« bekannt ist. Kennst du ihn?

MARQUISE: Nur vom Ansehen. Apropos, warum sieht man ihn bei den Zusammenkünften nicht mehr?

COMTESSE *lachend:* Man ist stellenlos geworden, Liebste, der arme Teufel wagt seine Peitsche nicht mehr in Paris knallen zu lassen und muss jetzt auf seiner Klitsche Diät halten. Tournesol ist ein zu Grunde gegangener Mensch. Ich habe ihm das vorausgesagt, obwohl er darauf baute, sich dauernd über Wasser halten zu können. Dir ist wohl nicht be-

kannt, was mir kurz vor seinem Weggang mit
ihm passiert ist?

MARQUISE: Ich entsinne mich nur so dunkel,
dass er dich seinen kleinen Vampir nannte,
mehr aber nicht.

COMTESSE: Du weißt doch, dass ich rasend in ihn
verliebt war. Also, unsere Abschiedssitzung
verlief folgendermaßen: Tournesol war ein
wahrer Herkules in meinem Reich und besaß
zudem alle Gewandtheit und Ritterlichkeit der
großen Welt von Paris. Nachdem ich ihn einige
Monate lang mein Eigen genannt, und zwar –
was für meine Eitelkeit kein kleiner Triumph
war – ganz allein, war ich zu meinem Leidwe-
sen so dumm zu glauben, dass er für mich
nicht mehr so feurig wie ehedem empfinde.
Ich hätte mir sagen können, dass ein Mann,
den man schon so ausgekostet hat, sich nicht
gleich bleiben kann, aber ich war ungerecht
und hielt ihn darum für schuldig. Ich sparte
daher nicht mit allerhand Vorwürfen, dass er
mich nicht mehr liebt. Aber er mochte mir, wie
er nur wollte, schwören, er fühle für mich noch
ganz das Gleiche, darum sagte ich ihm doch
unverhohlen, wenn jemand liebt, und die Natur fängt an, mit der Fähigkeit, Vergnügen gewähren zu können, zu geizen, darf er nicht zö-
gern, mit künstlichen Mitteln nachzuhelfen.

MARQUISE: Ihn zu rügen, war grausam von dir; dir zu gehorchen, wäre eine Schwachheit von ihm gewesen.

COMTESSE: Er schien darauf nicht eingehen zu wollen; ich drängte ihn vergeblich. Nun kam auch Eigenliebe mit ins Spiel. Wir sagten uns gegenseitig unhöfliche Dinge, und ich nahm an, wir hätten uns entzweit.

MARQUISE: Das wenigstens hättest du verdient!

COMTESSE: Möglich! Dennoch schienen die Dinge eine meinen Wünschen sehr günstige Wendung nehmen zu wollen. Eines Tages erschien Tournesol mit sehr heiterer Miene und sagte, in der Absicht, mir jeglichen Verdacht zu benehmen, dass er mich etwa weniger begehren könne, habe er es sich angelegen sein lassen, sich Mittel für gesteigerte Leistungsfähigkeit zu verschaffen, und schließlich, er habe das Glück gehabt, einen italienischen Juden aufzustöbern, den Entdecker einer kostbaren, »l'immortalita del cazzo« genannten Droge, mit deren Vorzüglichkeit er mich aber dennoch nicht eher bekannt machen wolle, bevor wir es nicht beide gemeinsam ausprobieren könnten. Ich wollte Näheres darüber wissen. Tournesols Gefälligkeit und die Hoffnung auf neue Liebesernten trugen ihm meinerseits tausend leidenschaftliche Zärtlichkeiten ein. Ich brannte

auf das, was er nicht auf der Stelle mitgebracht hatte, auf diese »l'immortalita del cazzo«, von der das geringste Teilchen, denn er musste mir das ausführlich erzählen, imstande war, den ausgelaugtesten Schlappschwanz fähig zu machen, das süße Spiel zwei- oder dreimal in einem Atemzug zu wiederholen.

MARQUISE *sie unterbrechend, indem sie die Schreibtafel herauszieht:* Pardon, wenn ich Sie unterbreche, Liebste, aber ich muss mir etwas aufschreiben … l'immortalita del cazzo … *Sie schreibt.* Und der Name des Juden – kennst du den?

COMTESSE *lächelnd:* Einen Augenblick! Tournesol fügte noch hinzu: »Die Wirkungen dieses Elixiers sind so wunderbar, dass ich noch an seiner Vortrefflichkeit zweifle. Es sind einige lächerliche Formalitäten dabei, die etwas nach Quacksalberei riechen; und ich weiß nicht, ob ich mich zum Narren mache, wenn ich mich dem aussetze.«

MARQUISE: Selbstverständlich wolltest du wissen, worin diese Formalitäten bestanden?

COMTESSE: Man musste einige Tropfen dieses Elixiers auf ein Stück Zucker nehmen, aber, zwecks der Wirkung, auf einem recht großen, dann, nachdem man es in den Mund genommen, einen Schluck gewöhnlichen Wassers.

Bald dann sollte die stärkende Wirkung sich bemerkbar machen.

MARQUISE: Das heißt, dass man einen sehr straffen Ständer bekommt.

COMTESSE: Soweit waren wir also! Alsdann machte man sich diese vortreffliche Anordnung zu Nutze und hielt nur so lange an sich, bis das Wasser, das man im Munde hatte, warm geworden war; das war der Moment, um wieder Luft zu holen, dann eine neue Dosis von dem Elixier, ein neuer Schluck Wasser, neue Gluten und so fortgefahren, so lange man wollte oder konnte, ohne Gefahr irgendeiner Entzündung noch irgendwelcher Erschöpfung.

MARQUISE: Welch göttliches Mittel! Na und?

COMTESSE: Wir kamen dahin überein, in der Nacht desselbigen Tages den Versuch mit dem wunderbaren Elixier zu machen. Infolgedessen ging ich viel früher als gewöhnlich zu Bett. Tournesol, der meine Schlüssel trotz unseres kleinen Missverständnisses noch besaß, drang der Gewohnheit gemäß in Kampfrüstung bis zu meinem Alkoven vor, das heißt, nackend mit Ausnahme des Hemdes und eines sehr leichten Schlafrockes, den meine Kunden immer in meiner Garderobe, in der sie ihre Kleider ablegen, finden.

MARQUISE *lächelnd:* Es herrscht große Ordnung bei dir, das muss dir der Neid lassen!

COMTESSE: Mein innigst geliebter Tournesol hauchte wirklich, ich weiß nicht, was für einen, aber in der Tat sehr angenehmen, aromatischen Duft aus und putzt mich, wie es sich gehört, zweimal, ohne Atem zu holen, aus, darauf verlässt er mich, wegen seines Wassers im geschlossenen Munde … Ungefähr fünf Minuten später kommt er zurück.

MARQUISE: Gut. Das lässt sich wunderbar an!

COMTESSE: Ich werde noch zweimal großartig vorgenommen.

MARQUISE: Zauberhaft!

COMTESSE: Neues Gehen – neues Kommen. Man umfängt mich noch ein- und zweimal, etwas weniger stürmisch, aber viel wollüstiger.

MARQUISE: Sieh da, schon sechs Mal!

COMTESSE: Ja, in weniger als einer Stunde, aber werde nicht ungeduldig! Ich bin wieder allein, aber nur für wenige Augenblicke. – Es gibt etwas Besonderes diesmal. Man gibt mir durch eine bezeichnende Berührung zu verstehen … denn du entsinnst dich doch, man hat den Mund voll und kann nicht sprechen …?

MARQUISE: Ich verliere diesen Umstand nicht aus den Augen, er gefällt mir sogar sehr.

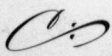

Wozu auch sprechen, man hat so schöne Mittel, seine Liebe zu beweisen!

COMTESSE: Ein neckender Finger schickt sich an, eine gewisse Öffnung, an die man zuvor nicht gedacht, aufzureizen, und lässt mich begreifen, dass es sich diesmal um »Schinkenspießßen« handelt. Ich, die ich kein Einerlei liebe, finde die Idee glücklich und drehe mich mit größter Bereitwilligkeit um.

MARQUISE: Sie gesteht solche Scherze mit der Frechheit eines Pagen ein!

COMTESSE: Weshalb nicht! Ich also, so schnell wie möglich, meine beiden Halbkugeln in die Höhe gehoben. Man dringt vorsichtig in den rückwärts liegenden Engpass ein; man macht sein Präludium, zieht aber bald heraus, um den unteren Finger stürmisch hineinzustoßen. Ich fühle mich darauf von einem Feuerstrom überschwemmt und schreie in der Raserei allerhöchster Wonne: »Ach Wetter! Der Jude und die köstliche ›immortalita del cazzo‹ sollen leben!« Ich habe dieses noch nicht vollständig ausgesprochen, als der »cazzo immortale« schon wieder in seine erste Herberge einkehrt. In wenigen Minuten bin ich sehr angenehm ausgefeilt, ein gewandter Finger bemüht sich um das Behagen der anderen Seite, wo man endlich, als wäre es zum ersten

Male, mit einem erstaunlichen Erguss zu Ende kommt.

MARQUISE: Alles das sehr richtig! Und zum achten Male.

COMTESSE: Man verlässt mich noch einmal. Ich mache umfassende Toilette, in dem Glauben, einstweilen den Schluss des Feuerwerks erlebt zu haben. Aber im Gegenteil! Einen Augenblick nachher erscheint man wieder. Das Spiel beginnt in schönster Weise aufs Neue. Diesmal ist es ein Wonneschlauch, der mir riesig zu sein dünkt, und ich bewundere, dass diese magische »immortalita« nicht bloß die Kraft so außerordentlich erhält, nein, scheinbar auch noch den Umfang des Werkzeuges meiner Beseligung vergrößert.

MARQUISE: Jetzt höre ich dir nicht länger zu, du hältst mich zum Narren und erzählst mir Märchen.

COMTESSE *ernsthaft:* Auf Ehrenwort, meine Beste, ich übertreibe keineswegs! Nur kein voreiliges Urteil! Indes, um dich nicht durch ewige Wiederholungen zu ermüden, glaube mir immer auf mein Wort, dieser Besuch war noch nicht einmal der vorletzte, nein, die beiden letzten, die auf beide Stechbahnen gleichmäßig verteilt wurden, fanden seitens der aktiven Partei mit derselben Lebhaftigkeit wie beim allerersten Mal statt.

MARQUISE: Was? Zehn, zwölf, vierzehn Mal?

COMTESSE: Ganz richtig. Aber höre, was man tun muss, um den Wahrscheinlichkeitsfaden wieder in die Hand zu bekommen. Bevor man mich verlässt, klingt es so, als wird ein Mund voll Wasser in meine Waschschüssel gespuckt, und ich höre, wie eine Stimme, die keinesfalls die Tournesols war, zu mir sagt: »Sehen Sie, Comtesse, so verhält es sich damit! Wie finden sie die ›immortalita del cazzo‹?« Ich gab vor Schreck und Bestürzung fast den Geist auf.

MARQUISE: Das kann ich mir denken, wahrhaftig! Wer sagte das?

COMTESSE: Hier hast du die Lösung der merkwürdigen Geschichte! Augenblicklich erschien wohl und munter dieser schändliche Kerl Tournesol mit Licht, von fünf anderen gefolgt, was mit dem, der bei mir zurückgeblieben war, sieben ausmacht. Alle diese Kavaliere tragen die Uniform der Musketiere von der Leibwache ...* Verstehst du?

MARQUISE: Ganz genau.

COMTESSE: Und halten jeder ein Licht in der Hand. Man zieht meine Bettvorhänge zurück, mein Bett wird umringt, und man macht mir

---

* Nerciat war in dieser Leibwache.

die albernsten Komplimente. Um mich vollends zum Narren zu haben, deckt mich der unverschämte Tournesol bis zu den Füßen auf und sagt: »Kameraden, es ist nicht mehr als billig, dass ihr euch völlig darüber klar werdet, wie viel Dank ihr mir schuldet, und darum urteilt selbst über die Reize dieser kleinen entzückenden Frau, mit der ihr soeben unter meinem Namen eine so herrliche Nacht verbracht habt!« Weiß Gott, was für Elogen und Aufziehereien ich jetzt zu hören bekam.

MARQUISE: Ein unerhörter Streich! Kanntest du die Leute denn?

COMTESSE: Ganz und gar nicht! Aber es waren alles ausgesucht hübsche Jungen, denn Tournesol, der mir sehr zugetan ist – daran kann ich nicht zweifeln –, hatte mich durchaus nicht böswilligerweise in die Patsche reiten wollen; das Klügste war, über all das zu lachen.

MARQUISE: Darüber lachen? Meiner Lebtage hätte ich ihnen das nicht verziehen!

COMTESSE *lächelnd:* Was haben sie mir denn Böses getan! Weit entfernt, mich als Zierpuppe aufzuspielen, suche ich mich so gut als möglich aus der Affäre zu ziehen; ich versichere, dass ich ihnen durchaus nicht aufgesessen sei, aber dass ich mir ohne weiteres freiwillig das

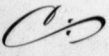

unerwartete Glück, das mir ein guter Genius beschieden, zu Nutze gemacht hätte. Diese Kriegslist gelang mir vollkommen; nunmehr war Tournesol der Hereingefallene, jetzt also haben sie alle meine süßen Zärtlichkeiten nicht mehr auf seine Rechnung hin genossen; jeder nimmt einen Teil davon für sich in Anspruch und macht sich ein wenig über ihn lustig …

MARQUISE: Ach, das haben Sie gut gemacht, der Eitelkeit dieses Ekels einen Dämpfer aufzusetzen.

COMTESSE: Ich erhebe mich, ich lasse ein kräftiges Frühstück bringen; alle scheinen entzückt zu sein; jeder bietet mir für jetzt und künftig seine fortdauernden Dienste an …

MARQUISE: Für künftig, das mag sein, denn für den Augenblick musstest du dich doch windelweich fühlen.

COMTESSE: Das glaubst du vielleicht! Im Gegenteil, ich fand Spaß daran, einen meiner beiden Tischnachbarn, von dem ich mich durch eine gewisse, unterhalb des Tafeltuchs riskierte Vertraulichkeit überzeugt hatte, er sei der ausgezeichnete Held der fünften Nummer, verschwinden zu lassen. Ein höchst geschickt hingeworfenes und ebenso verstandenes Wort gestattete ihm, in ein gewisses Kabinett zu verschwinden; er tat dies unter dem Vorwand, wegen eines sehr natürlichen Bedürfnisses müsse er sich einen Augenblick von seinen Kameraden zurückziehen. Gegen Tagesanbruch schickte ich diese ziemlich benebelt weg; alsdann beeilte ich mich, mich mit meinem forschen Gefangenen zu vereinen, der sich, *sie küsst ihre Finger,* als der unschätzbarste Luntenträger der königlichen Haustruppe herausstellte. Wir amüsierten uns ganz gehörig miteinander … Kurzum, ich fädelte mit diesem allerliebsten Jungen eine sehr gelungene Intrige ein, die mich vollständig für die Bosheit und Abtrünnigkeit Tournesols entschädigte.

MARQUISE *seufzend:* Also muss ich leider auf meiner Schreibtafel … *Sie zieht sie aus der Tasche* … den Namen des Mittels auslöschen … *Sie hebt die Augen gen Himmel* … das ich, wenn die Götter es der Erde beschert hätten, dem Stein der Weisen von ganzem Herzen vorziehen würde. *Sie erhebt sich.* Die Dunkelheit hat uns hier überrascht, kehren wir in den Salon zurück!

COMTESSE *sie zurückhaltend:* Noch nicht, wenn du gestattest! Wir werden Licht machen lassen. *Zärtlich.* Wenn ich dir noch ein Wörtchen sagen dürfte. *Der Esel schreit.* Du, hörst du ihn? Das Schicksal will es nicht zulassen, dass dieser Teufelsmusikant mich heute nicht zu beunruhigen aufhört. Über die Geschichte mit diesem grässlichen Neapolitaner hatte ich schwarze Gedanken bekommen, mein wunderlich brennendes Verlangen war eben verschwunden – da, als ob der Esel davon wüsste, zwingt er mich, einen Rückfall zu bekommen und an ihn denken zu müssen ... Sicherlich besteht eine gewisse geheime Sympathie zwischen uns und diesem Tier.

MARQUISE: Man ist doch nicht ganz und gar von Sinnen.

COMTESSE: Denken Sie darüber, wie Sie wollen, Madame! Aber da ich den Mund nun einmal vollgenommen, kommt es mir nicht darauf an, Ihnen den ganzen Umfang meiner Schwäche bis auf den letzten Rest einzugestehen. Wissen Sie daher, Prinzessin, in Bezug auf Ihren Monsieur Esel ist mir mein freier Wille abhanden gekommen, und mit Ihrer Erlaubnis möchte ich seine handfeste Unterhaltung einen Augenblick lang genießen. Tun Sie Ihr Möglichstes, meine Idee zu billigen! Seien Sie mit von der Partie, helfen Sie bei dem Versuch ... vorwärts!

MARQUISE *nach einem Augenblick des Zögerns:* Also dann!

COMTESSE *natürlich:* Das ist ein Wort! Aber wie
ihn jetzt bekommen? Ich möchte ihn wohl in
seinem Stall aufsuchen, aber ich weiß nicht,
wo er ist?

MARQUISE: Ich weiß es, aber ich kann den Mist
nicht ausstehen, ich lasse ihn dir holen.

COMTESSE: Könnte Joujou uns das nicht besorgen? Er ist verschwiegen.

MARQUISE: Das wäre was! Ich lehne es ab, ein
Kind bei so etwas ins Vertrauen zu ziehen.

COMTESSE *ungeduldig:* Ach, du bist ein schwer-
fälliges Frauenzimmer!

MARQUISE: Warum bedienen wir uns nicht Philippines? Sie ist noch diskreter als Joujou; zudem will ich sie schon dazu bringen, den
Mund zu halten. Denn geht die Geschichte
mit dem Esel, schwöre ich dir, wird sie ihn
ebenso wie wir versuchen wollen.

COMTESSE: Das ist's! Ich schlage dir einen Ausweg vor, wie die Sache gehen kann. Wir verhandeln die ganze Angelegenheit vor ihr; ich
bin für die Möglichkeit, du behauptest das
Gegenteil, und dann gehen wir eine Wette
ein, deren Ertrag ihr gehören soll.

MARQUISE: Die Idee ist ausgezeichnet; dann ist
sie durch ein wichtiges Interesse gebunden,
das andere findet sich von selbst, ich kenne
sie. *Sie schellt, Joujou erscheint.*

MARQUISE *zu Joujou:* Philippine soll auf der Stelle herkommen!

JOUJOU *mit Humor:* Sie ist mir hart auf den Fersen, sie hört ja nicht auf, mir seit vorhin den Kopf zu waschen.

PHILIPPINE *erscheint:* Was sagst du da, kleines Lügenmaul?

JOUJOU *zornig:* Nein ... nein! Ich habe Madame nichts gesagt! Und dann – wenn ich geredet hätte, was dann?

PHIUPPINE: Spricht man davon? Du kleiner Lump! Soll ich etwa davon anfangen, was man mit dir alle Tage macht ... wag es abzustreiten ... und was ich dich gestern mit Monsieur machen sah ...

JOUJOU *weinend und mit dem Fuß aufstampfend:* O mein Gott, mein Gott! Was bin ich zu beklagen!

MARQUISE *leise zur Comtesse:* Was habe ich Ihnen gesagt! *Laut zu Joujou.* Du gehst! Philippine bleibt hier!

COMTESSE: Vergiss deine Klagen und höre uns an!

MARQUISE: Philippine, entsinnst du dich, dass ich dir die »Pucelle« zu lesen gegeben habe?

PHILIPPINE: Ja, Madame! Und das hat mir gut gefallen!

MARQUISE: Erinnerst du dich noch, dass der heilige Zuchtesel schließlich die Jungfernschaft der Heldin wegbekommt?

PHILIPPINE: Jawohl, Madame!

COMTESSE: Was hältst du davon?

PHILIPPINE: Ich, Madame? Aber … Da man es gedruckt hat, muss es wohl wahr sein …

COMTESSE *zur Marquise:* Ich habe es Ihnen ja gesagt! Philippine, die ein kluges Mädchen ist, würde meiner Meinung sein. *Zu Philippine.* Nicht wahr, mein Kind, ein Esel kann einer Frau sehr wohl eine Artigkeit erweisen?

PHILIPPINE *mit etwas Verwirrung:* Wenigstens, Madame, besitzt er das dazu Nötige in reichlichem Maße.

MARQUISE: Also, ich habe mit der Comtesse um zehn Louis gewettet, wenn … eine von uns dreien zum Beispiel, meinem Esel Avancen machte, er darauf doch nicht eingehen würde. Die Comtesse behauptet das Gegenteil und setzt zehn Louis dagegen. Es handelt sich darum, zu wissen, wer gewinnen wird, Philippine, der Ertrag ist für dich bestimmt.

PHILIPPINE *sich etwas zierend:* Ach, wahrhaftig! Die Damen sind zu gütig.

COMTESSE: Ja, wenn Philippine will, trete ich nicht zurück … Hier meine zehn Louis. Sie mag so gut sein, den Esel herbeizuholen, um sich ihm hier zu präsentieren.

PHILIPPINE *erstaunt:* Ich, Madame?

COMTESSE: Zweifelsohne! Nimmt er dich an, habe ich gewonnen, wenn nicht, dann gewinnt deine Herrin. Ob aber so oder so, das Geld gehört dir. Überlege dir, ob du damit einverstanden bist!

PHILIPPINE: Aber Madame – Sie scherzen! Augenscheinlich soll ich auf die Probe gestellt werden. Ich bin aber nicht so erpicht auf das Geld, um die Schande auf mich zu laden, mich dem Esel von Madame anzubieten. Und wenn auch, er würde mir ja doch nur einen Korb geben!

COMTESSE *lächelnd:* Ich halte mehr von seiner Lebensart. Geh, Philippine, und bringe den Zuchtesel her! Und um zu beweisen, dass das alles nicht aus ausschweifender Lüsternheit, sondern nur der Neugier wegen geschieht, werden wir losen und dann sehen, wer von uns für seine Person das Zahlen nötig haben wird.

PHILIPPINE: Wenn dem so ist, von Herzen gern! *Sie geht ab.*

COMTESSE: Jetzt, meine Beste, mal alle Höflichkeit beiseite! Wollen Sie als Erste?

MARQUISE: Nein, wahrhaftig!

COMTESSE: Umso besser! Ich bin fest entschlossen. Sie sollen sehen. Kommt Philippine zurück, schlagen Sie vor, mittels nassen Fingers zu losen. Ich werde der einen wie der anderen von euch meine Finger trocken hinhalten. Infolgedessen bleibt, wie erklärlich, mir die Arbeit zu tun übrig ... Ah, da ist ja unser Held!

Philippine führt den Esel, der ein schönes, sehr gut gehaltenes Grauchen ist, herein; an der Tür bockt er etwas, sie schmeichelt ihm mit der Hand und sagt: »Zu, zu! Keine Angst, man will dir nur Gutes erweisen.« Er kommt herein.

COMTESSE: Sehr gut! Jetzt gilt es, draußen recht sorgfältig nachzusehen, ob man nicht auch etwa durch eine Ritze beobachtet werden kann. *Philippine geht und sieht nach.*

MARQUISE: Aber Liebste, Sie werden sich zu Schanden machen!

COMTESSE: Das sind ganz meine eigenen, so schönen und guten Angelegenheiten.

MARQUISE: Und wenn Sie nun ein Eselchen zur Welt brächten?

COMTESSE: Oh, ich nicht! *Sie streichelt den Esel.* Komm, mein Kleiner, komm!

MARQUISE: Ich würde nie auf eine solche Idee gekommen sein.

COMTESSE: Aber Sie werden Nutzen daraus ziehen, und ich bin ganz sicher, von morgen ab

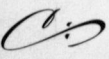

wird das Grauchen zwei gute Kundinnen hier im Hause haben.

MARQUISE *heiter:* Wollen sehen!

PHILIPPINE *schließt die Tür nach genauer Inspizierung:* Es ist unmöglich, irgendetwas zu bemerken.

MARQUISE: Lassen wir jetzt den nassen Finger entscheiden!

COMTESSE: Schön! *Sie zeigt ihre Finger.* Wählen Sie, Marquise … Und du, Philippine! Ich habe Pech – die Reihe ist an mir. Mag es gehen, wie es will, ich muss mich trösten. *Zu Philippine, die lacht.* Was gibt's da zu lachen?

PHILIPPINE: Ach nein, sehen Sie doch, Madame! Der Esel steht ganz ruhig da. Wo wollen Sie da was finden, um Ihren Versuch anzustellen?

COMTESSE: Mache dir nicht meine Sorgen, halte bloß die Hand hier herum etwa … du wirst sehen …

PHILIPPINE: Danke schön, Madame! Mich hat das Los nicht getroffen … Und zudem, der Esel würde mir vielleicht einen Tritt geben.

COMTESSE: Schwatz nicht so dummes Zeug! Glaubst du denn, solch Grauchen wäre so unhöflich, grob gegen jemanden zu werden, der ihm ein Vergnügen verschaffen will! Halt, sieh mal … *Sie führt die Hand an den Schwengel des Esels, der, als sie ihn kitzelt, bald Zeichen von sich regenden Gefühlen zu geben beginnt.*

MARQUISE: Aufgepasst, mein Geld! Die Geschichte ist nicht mehr wie vorhin, Comtesse!

PHILIPPINE: Pfui, wie garstig der ist!

COMTESSE: Oh, Mädchen, warum so garstig?

PHILIPPINE: Sehen Sie nur diese ekelhaften schwarzen Flecke.

COMTESSE: Steckt er erst drin, was kommt es dann auf die Farbe an? Vorwärts, wir müssen ihm alle drei ein bisschen helfen, ihn in recht gute Verfassung zu bringen. *Sie tun es unter großer Heiterkeit, und bald hat der Esel den denkbar schönsten Ständer.*

MARQUISE: Jetzt gilt es zu überlegen, wie man sich diesem Objekt anzupassen vermag.

COMTESSE: Ich für meinen Teil finde, die Eselinnen haben guten Geschmack.

MARQUISE *zur Comtesse:* Jetzt oder nie! … Wie dich postieren? Denn dies ehrenwerte Grautier versteht nichts von derartigen Höflichkeiten und macht wahrscheinlich nicht viel Wesens von sich.

COMTESSE *den Stoßdegen in die Hand nehmend:* Das zum wenigsten … Lass mich nur machen … *Sie stellt zwei Polsterschemel nebeneinander und will sich obenauf legen, ein Kissen der Ottomane unter dem Kopfe. Aber in dieser Stel-*

lung glückt es ihr nicht, von dem Esel ange-
nommen zu werden, der sich nach einer ande-
ren Richtung hin bewegt, zurückweicht und
nicht weiter mit sich reden lassen will.

MARQUISE: Ich habe gewonnen!

COMTESSE *voller Aufregung, denn sie hat die*
Spitze des schrecklichen Zagels schon gespürt:
Ich habe überhaupt noch nicht verloren.
Stelle dich hinter ihn, Philippine, er darf nicht
zurückgehen.

PHILIPPINE: Wird er nicht ausschlagen?

MARQUISE: Kommen wir dem zuvor! Binden wir
ihm die Hinterfüße zusammen, sodass er nur
wenig Spielraum hat. Dann stellen wir seine
Vorderbeine auf einen der Schemel, zur Comtesse, und du liegst dann unter ihm und befindest dich dicht vor seinem Ende – ganz nach
Art der Eselinnen.

COMTESSE *beeilt sich, die Lage zu wechseln:* Potztausend, sie hat Recht. Des Übrigen bin ich
mir sicher.

Es kostet ein wenig Mühe, den Esel aufzuheben,
der es sich indessen gefallen lässt. Er muss einen
Fuß nach dem anderen auf den Schemel stellen,
indem man ihn durch leichte Berührungen in
der günstigen Verfassung erhält, in der er bekanntlich ist. Er spürt endlich an seinem Bauch

die Wärme eines Hinterteils, das wohl für das einer Eselin gelten kann. Er scheint allmählich an der Sache Geschmack zu finden. Sein Lümmel macht stürmische Bewegungen.

COMTESSE *von dem heftigsten Verlangen beseelt:* Du, Philippine, bring ihn ans Ziel! *Zur Marquise:* Und du, Liebste, bleib hinten; wenn er davor ist, treibst du ihn leicht zum Hineindringen an, wird er dann gleichzeitig eingeführt, wird er hernach vielleicht von selber zustoßen.

Die Comtesse sucht darauf tastend zwischen seinen Schenkeln nach dem Stoßdegen, der ihr eine kräftige Tachtel auf die Finger gibt. Philippine, die zur Rechten kniet, bemächtigt sich des Instrumentes und bringt es ans Zündloch heran. Als die Comtesse das Ding ante portas fühlt, stößt sie ihm das Hinterteil entgegen und bringt es zum Eindringen. Die Marquise aber hat den Esel am Schwanz gepackt und sucht nachzuschieben. Aber diese Hilfe erweist sich als unnötig. Der Esel besorgt seine Obliegenheiten besser allein und ist erstaunlich bei der Sache.

DIE COMTESSE, *auf dem Gipfel ihrer Wünsche angelangt, schreit:* Oh, verflucht ... er stöpselt mich ... welche Wonne! Alle Götter! ... Besser als Menschen! … Stoß … mehr … *Dieser ungewöhnliche Anblick setzt die Marquise und Philippine in sprachloses Staunen, in das sich verzehrendes Begehren mischt. Der Esel arbeitet immer stärker, und die Comtesse sekundiert ihm mit Leidenschaft. Sie scheint glückselig zu sein. Als sie die Pumpe sich in einer großen Springflut entleeren fühlt, schreit sie:* Tausendfältige Glückseligkeit Liebste … es … es geht los … ich bin überschwemmt … ich sterbe … *Ihr versagt die Stimme, die Kräfte schwinden ihr; fast bewusstlos sinkt sie auf das Taburett nieder. Der Esel, der durch diesen Fall zum Herausziehen genötigt ist, spritzt noch einiges des fruchtbaren Likörs weit von sich.*

PHILIPPINE: Erbarmen! Welche Vergeudung! *Der Esel beginnt aus Leibeskräften zu schreien.*

MARQUISE *sich die Ohren zuhaltend:* O du verfluchter Schreihals!

Philippine, sich besinnend, befreit die Comtesse, die ohnmächtig zwischen den Vorderfüßen des Esels, die sich dicht neben ihrer Kehle befinden, liegt. Wie! Sogar die Esel können kein Geheimnis für sich behalten! Wem auf der Welt darf man dann noch trauen?

Das Übrige zu erzählen, lohnt sich kaum der Mühe. Die Damen, von denen im Grunde keine gewonnen, da das Grautier in gewisser Hinsicht genotzüchtigt werden musste, geben jede fünf Louis an Philippine. Der Frauengünstling mit Eselsohren wird heimlich wieder fortgebracht, und die experimentierungslustigen Damen begeben sich in den Salon zurück. Die Comtesse vollständig zufriedengestellt, die Marquise und Philippine, indem sie sich schmeicheln, sie hätten es noch in petto, den willfährigen Esel ihrerseits auf die Probe stellen zu können.

Ende des zweiten Teiles

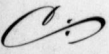

Dritter Teil

Vorrede zum dritten Teil

Die Marquise, die man in den ersten beiden Teilen dieses Werks figurieren gesehen, wurde bald Witwe. Zum Glück für sie hatte ihr Gatte nicht lange genug gelebt, um das Vermögen, dessen Nießbrauch sie ihm gewährt, wesentlich geschmälert zu haben. Also befand sie sich bei Beginn der nun kommenden Szene in sehr guten Verhältnissen, war Witwe und frei obendrein. Um von der Dame keine schlechte Meinung zu bekommen, sei hinzugefügt, dass zwischen dem Tode des Marquis und den neuen Ausschweifungen, die man dem Leser vorführen wird, mindestens sechs Monate verstrichen waren.

Die Marquise befindet sich in ihrem Boudoir, dem entlegensten Zimmer einer schönen Wohnung; der Tréfoncier, ein deutscher Prälat, erscheint; es entspinnt sich folgende Unterhaltung zwischen beiden:

MARQUISE *hört an die Tür klopfen:* Wer da?

TRÉFONCIER *mit verstellter, spitzer Stimme:* Ein Freund!

MARQUISE *drinnen:* Ich bin für niemanden da! *Ärgerlich.* Wer sind Sie?

TRÉFONCIER *mit verstellter Stimme:* Ich sagte es schon, ein Busenfreund!

MARQUISE *mit mehr Humor:* Oh, wohl! Ich habe deutlich gesagt: Ich bin für niemanden auf der Welt zu Hause! Das ist doch wohl bündig genug? Ich habe ausdrücklich verboten …

TRÉFONCIER *mit gehabter Stimme:* Still, Schlimme du! Schenk Gott die Ruh.* Ein solcher Befehl gilt nicht einem Diensteifer wie dem meinem. Tür, Hof, Vorzimmer, Wohnung, alles ist überschritten, da bin ich, ich will eintreten und werde eintreten.

MARQUISE *mit sanfterem Ton:* Geben Sie sich wenigstens zu erkennen?

TRÉFONCIER *mit seiner verstellten Stimme:* Öffnen Sie!

MARQUISE *fast heiter:* Eine solche Katzenstimme

---

* Zitat eines damals berühmten Chansons. Don Bazile in »Figaros Hochzeit« bedient sich der gleichen Worte.

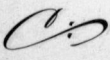

hat noch niemals den Vorzug gehabt, diese Einsamkeit durchdringen zu dürfen ... wenn wir Sie kennen, wissen Sie ...

TRÉFONCIER *mit seiner natürlichen Stimme:* Indessen waren wir hier schon einige Male beieinander.

MARQUISE: Ah, ich bin gleich soweit. Wozu denn diese Verstellung? Aber das ist sehr wenig nett, mein lieber Comte,* wahrhaftig, sehr wenig nett! Und um Sie zu bestrafen, dürfen Sie nicht herein.

TRÉFONCIER *heiter:* Bei allen Ihren Reizen! Ich werde hineinkommen.

MARQUISE *heiter:* Bei allem, was Sie wollen, Sie werden es nicht! Unmöglich zu öffnen ... Ich bin in einer Verfassung ...

TRÉFONCIER: Ah, das ist gerade ein Grund aufzumachen!

MARQUISE: Ich werde das nicht tun! Sie wissen, dass ich meinen Willen habe!

TRÉFONCIER: Öffnen Sie immerhin, ich bringe jemanden mit.

MARQUISE *mit Humor:* Noch schöner! Sie halten die Leute zum Besten! Sie sind nicht allein?

TRÉFONCIER *heiter, doch ungeduldig:* Na aber! Gerade deswegen müssen wir uns ja spre-

---

* So war auch der Titel des Tréfonciers.

chen! Dann werden Sie sehen … dass Sie entzückt sind.

MARQUISE *aufmerksam werdend:* Warten Sie wenigstens einen Augenblick. Schicken Sie mir jemanden her … Man zeigt sich nicht in dem Aufzug, in dem ich eben bin …

TRÉFONCIER: Hälschen bloß? Zerknüllt? Nackend wie die Wahrheit? Wohlan, umso besser! Es ist zu Ihrem Besten, dass …

MARQUISE *einfallend:* Was?

TRÉFONCIER: Sobald Sie geöffnet haben –

MARQUISE: Werden Sie allein hereinkommen?

TRÉFONCIER: Wenn Sie durchaus darauf bestehen!

MARQUISE: Einen Moment. *Er pocht leise an. Sie ungeduldig.* Einen Moment noch. *Sie versteckt eilig einige schlüpfrige Bücher, mit denen sie sich während einer noch anderen Unterhaltung unterhalten. Sie öffnet.* Wahrhaftig, Monsieur le Comte, Sie sind der grässlichste Dickkopf, den ich kenne.

TRÉFONCIER: Sie sagen mir Grobheiten! Gut denn! So mache ich kehrt und nehme den Menschen wieder mit.

MARQUISE: Was für einen Menschen?

TRÉFONCIER *lächelnd:* Den in Frage kommenden Menschen!

MARQUISE: Oh, reden Sie deutlicher!

TRÉFONCIER: Da – der, von dem ich Ihnen sagte ... der ...

MARQUISE *geringschätzig:* Ah, ah ... Der Domestik! Was für eine spannende Vorbereitung für ...!

TRÉFONCIER: Ich bin diesem Nichts von Herzen gut! Achtzehn Jahre! Ein Narziss! Amor sogar ... *Küsst seine Finger.* Ein Halbgott!

MARQUISE *ironisch:* Sehen wir uns dieses Meisterwerk der Natur doch mal an ...! Horcht er vielleicht?

TRÉFONCIER: O nein, wir sind diskret! Er wartet drei Zimmer weit von hier. Ich werde ihn gleich rufen.

MARQUISE: Tun Sie das!

Der Tréfoncier entfernt sich; schleunigst bringt sie ihre Haare in Ordnung und legt ihr Busentuch in hübsche Falten. Der Prälat erscheint und führt einen jungen Menschen an der Hand, der sie anmutvoll und devot, wie es sich gehört, begrüßt.

TRÉFONCIER *mit boshaftem Lächeln:* Bravo! Keinen Augenblick verloren! *Er hat nämlich die kokette Sorgfalt, die die Marquise auf ihr Äußeres verwandt, bemerkt.* So, Madame, ich habe den Vorzug, Ihnen meinen Hector vor-

zustellen. *Bedeutungsvoll.* Weit mehr Hector als jener! *Natürlich.* Meiner Treu, möge er es ganz sein! Es ist an ihm, sich in Geltung zu setzen.

MARQUISE *trocken:* Sie verlieren den Verstand, Monsieur le Comte! *Zu Hector.* Was bist du, mein Junge?

TRÉFONCIER *bedeutungsvoll hinzufügend:* Ihnen zu dienen, das ist das rechte Wort! Gerade deswegen schlage ich ihn Ihnen vor. Verstehen Sie mich wohl, Marquise: Ihnen zu dienen.

MARQUISE: Aber ich kenne Sie heute ja gar nicht wieder! Sind Sie närrisch geworden?

TRÉFONCIER: Im Gegenteil, ich war noch nie mehr bei Sinnen. Höre, Hector, wenn Madame dir die Gnade erweist, dich in ihren Dienst zu nehmen, wozu ich ihr sehr rate, wirst du selbstredend gut bezahlt, gut gekleidet und gut ausstaffiert werden. Im Übrigen wird es sein wie bei Madame … *Er nennt halblaut die Namen von vier oder fünf Frauen, deren Ruf die Marquise wohl kennt.*

MARQUISE *voll Zorn:* Wissen Sie, Monsieur le Comte, dass das sehr unpassende Scherze sind? Mit was für Scheusalen von Weibern belieben Sie mich zu vergleichen? Ich finde Sie recht albern.

TRÉFONCIER *heiter:* Zorn! Grobe Redensarten!

Tut nichts, Madame! Schnüren wir unser Bündel, Hector! Madame will kein Scheusal sein. *Er betont das Wort.* Scheusale, anbetungswürdige Frauen! … Urteile, Hector!

HECTOR: Ich versichere Ihnen, Madame … Diese Damen sind sehr achtenswert … Wahrhaftig! Ich hatte die Ehre, sie alle bedienen zu dürfen, und wage es, Madame zu widersprechen …

TRÉFONCIER *einfallend:* Sie alle zu bedienen! Hören Sie? Um zu bedienen, dazu dient der Junge ja; er hat keinen anderen Beruf. Aber es sind Scheusale! Gehen wir, Hector! Madame ist heute ganz und gar gegen diese Scheusale aufgebracht; wir sind ihr nicht genehm! *Er tut, als wolle er Hector mit sich fortnehmen.*

MARQUISE *lächelnd zu Hector:* Einen Augenblick! Wenn ich Monsieur le Comte nicht als einen schlechten Witzbold kenne, müsste ich mich beschweren.

TRÉFONCIER: Ach, jetzt bin ich an der Reihe! Ich bin vielleicht auch ein Scheusal!

MARQUISE *fällt ihm um den Hals und umarmt ihn:* Ja, Scheusal!

TRÉFONCIER: Endlich versteht man sich! *Zu Hector.* Höre, mein Freund! Du Schlingel hattest bisher immer Glück! Die entzückendsten Lusthäschen der großen und lebenslustigen

Welt haben dich alle in die Geheimnisse ihres Temperaments und ihrer Launen eingeweiht, aber lass dir sagen, mein Glückspilz Hector, nichts hast du bisher gesehen, nichts gekostet. Nirgendwo gibt es solche Reize … hier … bewundere … *Zu gleicher Zeit hebt er die Röcke der Marquise so ungestüm und so hoch, wie nur möglich, empor.*

MARQUISE: Na, das ist doch die denkbar größte Unverschämtheit!

TRÉFONCIER: Kehren Sie sich nicht daran, Madame! Man muss einen neuen Bedienten doch wohl anweisen! *Zu Hector.* Das ist das Feuer, siehst du … Das der Blitz … Es wird sich hier nicht wie bei der Prinzessin … darum handeln … warme Asche, die niemals mehr Funken sprüht, wieder anzublasen! Nicht wie bei der illustren Baronin … da drüben … du verstehst mich doch? – eine alte Klinge, die alle Spannkraft verloren hat, zu wetzen, nicht wie bei etc. etc. … Nein, du allzu glücklicher Bengel, hier vermagst du die vollkommenste Empfänglichkeit zu finden! Ein Blick … eine Gebärde … ein Nichts … Krach! … Das geht los! Oh, wenn man sich losreißen könnte, müsste es auf der Stelle sein! Bei Gott! Entsage dem, wenn du kannst …

Hector hat während des ganzen Wortschwalls die bescheidenste Haltung gezeigt und die Augen respektvoll niedergeschlagen.

MARQUISE *zu dem Tréfoncier:* Ich glaube, die äußerste Geduld bewiesen zu haben. Zudem liegt es nicht an mir, dass all das Ihrem Schützling eine schlechte Meinung beibringt.

TRÉFONCIER: Was hätten Sie davon, das überschwänglich viele Gute, was ich von Ihnen gesagt, übel zu nehmen?

MARQUISE *lächelnd:* Und all das, was Sie zu wünschen scheinen! Wohlan! Es ist klar, keiner von uns gibt dem anderen etwas nach; es hat also weiter keinen Zweck, sich zu zieren! – Hector?

HECTOR: Madame?

MARQUISE: Wo warst du zuletzt in Stellung?

HECTOR: Bei Madame de Conbanal, bei der ich Chenu, derselbe, der Ihnen zu dienen die Ehre gehabt, ersetzt habe.

MARQUISE *ein wenig verlegen:* Ah, der Bursche! Weshalb hast du Madame la Présidente verlassen?

HECTOR: Weil sie vor drei Tagen gestorben ist, Madame.

TRÉFONCIER: Man hat sie Ihnen tot gemacht, das ist ein Faktum.

MARQUISE: Spotten wir nicht! *Zu Hector.* Ich habe die Präsidentin als eine Art Messalina gekannt, das ist wahr, aber sie war im Grunde eine gute Frau.

TRÉFONCIER: Die Chronik sagt … *Hector ansehend* … ohne Grund; aber ich will Sie nicht unterbrechen.

MARQUISE: Mein Freund, ich werde dir das geben, was du bei der Präsidentin gehabt hast. Bist du damit einverstanden? Schau …

HECTOR: Madame sind sehr gütig. *Er sieht den Tréfoncier an.* Nach allem, was ich sehe und was Monsieur le Comte mir zu sagen die Ehre erwiesen, würde ich Madame gern für die Hälfte weniger dienen.

TRÉFONCIER *zur Marquise:* Heißt das ehrenhaft sein!

MARQUISE: Ich liebe diese Gesinnungsart, er interessiert mich.

TRÉFONCIER: Davon war ich überzeugt! Oh, bei Gott! Ich nehme es nicht auf mich, etwas Wurmstichiges vorzuführen. Hector ist geboren mit guten Eigenschaften.

MARQUISE: Pfui doch! Wollen Sie, dass er denken soll, wie …

TRÉFONCIER: Pst, pst! Sie wollen jemandem etwas Schlechtes nachreden! Ich weiß mehr darüber, als Sie mir beibringen könnten. Ich habe Sie sich gleichwohl in unsere kleinen Messieurs Lehrjungen vernarren sehen.

MARQUISE: Zu meiner Schande gestehe ich das zu, aber ich bin zu der sehr begründeten Ansicht über sie gelangt, dass sie sehr übermütig, sehr liederlich sind und oft sehr lästig werden können.

TRÉFONCIER: Ich bildete mir ein, ihr größter Fehler, in den Augen gewisser Bekannter von mir boshafter Blick, sei der gewesen, dass sie öfters … na … was man mit einem gewöhnlichen Ausdruck »Ratzen schieben« nennt.

MARQUISE *mit Würde:* Wahrhaftig, Monsieur le Comte, Ihre Gedanken sind manchmal sehr unfein! Möglich, dass man mir einen derartigen Affront zugefügt hat. *Zu Hector.* Ich halte dich auf, mein Freund. Hier etwas Handgeld … *Sie wirft ihm eine Börse zu.*

HECTOR *sie geschickt auffangend und sie auf einen Sessel in seinen Hut legend:* Ich falle Ihnen zu Füßen, Madame! Nicht wegen des Geldes, das Sie mir so äußerst freigebig gespendet, aber um …* *Er liegt der Marquise*

---

* Diese Szene war von vornherein zwischen dem Tréfoncier und seinem Schützling verabredet. Der Prälat hatte Hector die Haltung, die er einnehmen sollte, vorgeschrieben. (Anm. d. Verf.)

zu Füßen und trifft ungestüme Vorbe-
reitungen, um an ihrer Prinzessbohne zu
zuzzeln.

MARQUISE *voll höchstem Erstaunen:* Was macht
er da …? Was soll das?

TRÉFONCIER: Ganz einfach! Er tritt seinen Dienst
an!

MARQUISE *die Beine spreizend:* Aber er ist von
Sinnen!

TRÉFONCIER *spottend:* Ohne Widerrede! Wäre es
anders zu entschuldigen? Lassen Sie ihn nur
machen und warten Sie ab!

HECTOR *voll Bewunderung:* Götter, welche Formen, welche Frische! *Er nähert seinen Mund*
mit Leidenschaft.

TRÉFONCIER: Sie sehen, wir verstehen zu denken
und zu reden.

MARQUISE *lächelnd:* Und zu handeln! Geben wir
Acht, wie sich das alles entwickeln wird!

TRÉFONCIER *beobachtet die Augen der Marquise:*
Mir scheint aber, es entwickelt sich nicht
schlecht.

MARQUISE *erregt:* Es ist wohl … Wahnsinn …
Solche Dummheiten … zu gestatten … *Ihre*
Unruhe nimmt zu, ihre Brust hebt sich, ihr Ge-
sicht beginnt zu glühen. Aber …

TRÉFONCIER *sie nachahmend:* Aber … es macht
Vergnügen. *Mit natürlichem Ton, indem er auf*

Hector zeigt. Die erste Kraft der Welt, gerade für dies Amusement ... zunächst ...

MARQUISE *beklommen:* Oh, es lohnt sich der Mühe nicht ... mir das zu sagen.

TRÉFONCIER *leise:* Einziger und unbezahlbarer Schandjunge!

MARQUISE *fast stimmlos und die Augen schließend:* Das scheint mir nicht so ...

TRÉFONCIER *lebhaft:* Potztausend! Aber mir scheint das!

MARQUISE *lächelnd und bewusstlos werdend:* Machen Sie mich nicht lachen ... dreckiger Kerl!

TRÉFONCIER: Dreckig, so viel sie Lust haben, aber jeder sorgt für seine kleinen Interessen.

MARQUISE *in den letzten Zuckungen:* La... lassen Sie mich an die Meinen denken! Ha ... ha ... er ist ein Gott ... ich ... es kommt ... ich bin fertig. *Während bei ihr die wonnevollen Wogen kommen, drückt sie einen der Finger des Tréfonciers mit aller Gewalt.*

TRÉFONCIER: Hallo! He! Meine Königin! Sie machen mich kaputt! *Sie lässt seinen Finger los.*

MARQUISE *mit tiefem Seufzer:* In meinem ganzen Leben habe ich so etwas noch nicht kennen gelernt! Götter! Was für ein Mensch! Er muss einen Talisman dafür besitzen! Ja, das ist wie ein Traum!

TRÉFONCIER *der sieht, wie Hector ausspuckt, sich*

abtrocknet und den Mund reinigt: Ich bin vielmehr geneigt zu glauben, dass er etwas recht Handgreiflicheres dafür zur Verfügung hat. Ich bin der Ansicht, Hector, du solltest Madame darüber nicht die geringsten Zweifel lassen, und deswegen … wieder anfangen.

HECTOR *mit Feuer:* Oh, seelengern! *Er schickt sich dazu an.*

TRÉFONCIER: Seelengern! Der Junge ist ganz und gar Gefühl! … Das rührt mich, das … ich sagte es Ihnen wohl! Und in welche Gunst er sich damit setzt! Ja, wäre ich Frau, ich wäre rasend nach einem solchen Schlingel wie er geworden. *Als die Marquise, gleichsam in Zerstreutheit, die Hand an die Hose des Tréfonciers bringt, mit den Knöpfen spielt, sie aufmacht, das Hemd wegzieht und schließlich bis zum Nackten gelangt, fügt er hinzu.* Sehr gut! Ich habe auch meine Rolle, das ist kein Unglück!

MARQUISE *fortfahrend:* Ich belästige Sie doch nicht?

TRÉFONCIER: Oh, das vermuten, hieße mich beleidigen! Nur zu, nach Belieben … aber, Göttlichste …! Indessen etwas weniger freundschaftlich, denn es lag nicht in meiner Absicht, mein Pulver auf Sperlinge zu verschießen.

MARQUISE *im gezierten Tone:* So Leid es mir tut, Monsieur, aber für heute unmöglich!

TRÉFONCIER *seine Hand vorhaltend, aus Furcht, die Marquise könne zu weit gehen:* Wie meinen Sie das? Ach, guter Gott, regen Sie sich nicht auf; es handelt sich nicht um Sie, ich schwöre es Ihnen!

MARQUISE *ohne aufzuhören:* Sie haben etwas vor?

TRÉFONCIER: Besorgen Sie Ihre Angelegenheiten!

MARQUISE: Sie kommen sehr schnell voran.

TRÉFONCIER: Dank Ihrer magischen Finger. Aber ich bitte Sie, bringen Sie es nicht zum Ende!

MARQUISE *feurig:* Aber! Sie sind von einer Überhebung!

TRÉFONCIER: Sie werden sich eines Besseren besinnen!

MARQUISE: Ja … und nein! Ich vertreibe mir die Zeit gern so.

TRÉFONCIER: Ich bin nicht anspruchsvoll, sehen Sie.

MARQUISE: Mein Gott, ich lasse mich nicht von Ihnen zum Narren halten! Sie sind der Mann nicht, das aufzugeben, wenn es soweit gekommen ist.

TRÉFONCIER: Oh, was das anbelangt, kann ich Ihnen mein heiligstes Wort darauf geben.

MARQUISE *spielend:* Sie hoffen, das ganz gesund

und munter von mir wegzubringen, um sich anderswo irgendetwas zu verschaffen.

TRÉFONCIER: Ich werde nicht weit zu gehen brauchen. *Er zeigt mit einem Finger auf Hectors Hintern.*

MARQUISE *ihn loslassend:* Pfui, Sie Ferkel!

TRÉFONCIER: Wieso pfui? Sie sind gut! Hat nicht jeder seine Launen?

In diesem Augenblick gelangt Hectors Dienstleistung zu voller Wirkung. Die Marquise keucht, glüht, bewegt sich, windet sich hin und her. An Hectors Bewegungen vermag sie zu erkennen, dass er selber an der durch seine Tändelei bewirkten Wollust lebhaften Anteil nimmt. Er folgt den konvulsivischen Zuckungen der Marquise mit großer Geschicklichkeit und verdoppelt seine Anstrengungen.

MARQUISE *ist wie wahnsinnig und macht bei jedem Ausruf einen Ruck:* Ha … ha … ha … Noch tausendmal besser! Halt! *Erster Ruck.* Halt! *Zweiter Ruck.* Halt doch! … Trink mein Leben … Lass mich sterben … Verflucht … Ich sterbe … *Sie fällt in einen ohnmachtähnlichen Zustand. Die Augen sind geschlossen, der Atem setzt aus. Zwei- oder dreimal macht sie auf ihrem Sitz schwache Stöße.*

TRÉFONCIER *sie betrachtend:* Ist es so nicht himmlisch! Sieh, freue dich über dein Werk, Hector! Habe ich es dir nicht gesagt? Aber nun zu uns!

Bei diesen Worten macht die Marquise, ohne ihre Stellung, die ihre Reize sehr deutlich enthüllt, zu ändern, die Augen auf. Hector zögert und scheint indessen bereit, sich zu fügen, vorausgesetzt, dass die Marquise, die er neugierig beobachtet, an dem, was sie beide vorhaben, keinen Anstoß nehmen möchte.

Sie lässt weder Widerspruch noch Zustimmung erkennen.

HECTOR *zur Marquise:* Ist Monsieur le Comte nicht komisch?

TRÉFONCIER *gut gelaunt:* Ich bin ... bin ... nicht so lange bedenken, mein Undankbarer ... du schuldest mir wohl ...

MARQUISE *lächelnd:* Eine Provisionsgebühr? *Sie macht sich zurecht und begibt sich in eine weniger indezente Stellung.* Wenn unser lieber Tréfoncier sich zu dieser Religion bekennt? Ich habe Sie nicht gekannt, Monsieur le Comte, obendrein noch diese Vollkommenheit!

TRÉFONCIER *boshaft:* Wie sagen Sie, meine

Schönste? Wünschen Sie, dass ich den getreuen Bricon* kommen lasse, damit wir gemeinschaftlich plaudern können?

MARQUISE *etwas bestürzt und sich eilfertig erhebend:* Los, los, Messieurs, alles, was Ihnen gut dünkt! Ich überlasse Ihnen den Kampfplatz. *Sie will sich fortbegeben.*

TRÉFONCIER *sie zurückhaltend:* Alle Wetter! O nein, Marquise, Sie bleiben da!

MARQUISE *erstaunt:* Ich glaube, er verliert den Verstand! Ich, Zeugin dieser Schandtat!

TRÉFONCIER *seine Hände zugleich auf den Hintern der Marquise und Hectors legend:* Sie oder er, wählen Sie! Aber man läuft nicht weg.

MARQUISE *beinahe heiter:* Das ist eine Tollheit!

TRÉFONCIER *mit schmeichelnder Stimme:* Oh, Marquise, keine Ziererei! Bleib, meine Göttliche! Dein entzückender Anblick wird diesen Moment männlicher Laune noch köstlicher machen.

---

* Bricon, der, wie uns bekannt, nach dem Tode des famosen Boujaron geflohen, war in Deutschland von dem Tréfoncier aufgenommen worden. Dieser hatte Bricon wieder mit nach Paris gebracht und gebrauchte ihn als Kuppler. Bricon hat die Verbindung zwischen dem Tréfoncier und der Marquise zu Stande gebracht. Was er soeben gesagt, genügt, ihr begreiflich zu machen, dass Bricon ausgeplaudert hat, welche Gefälligkeit sie dem dreckigen Pfaffen erwiesen. (Anm. d. Verf.)

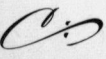

MARQUISE *lächelnd:* Sicherlich etwas Neues, solcher Liebeshandel! Aber wegen der Seltenheit des Faktums – ich bleibe! *Sie lässt sich in eine Bergère fallen.* Es ist gut, einmal in seinem Leben die groteske Figur, die zwei Tröpfe von Männern, die so etwas tun, abgeben – zu beobachten … Diese Hintertürliebesszene muss in einer Weise lächerlich sein …

TRÉFONCIER *maliziös:* Wenn Sie nicht wissen, was das ist – bitte! Hier! *Während dieses Gesprächs hat der Tréfoncier sich mit einer stark duftenden, seifigen Essenz, die er immer bei sich führt, eingesalbt. Er legt Hector zurecht und geht ans Werk.*

MARQUISE: Das ist ein Blödsinn …

TRÉFONCIER *an Ort und Stelle:* Blödsinn … hübsch gesagt! Aber außerdem ist nichts Derartiges bedeutend geistreicher als mein gegenwärtiger Blödsinn. Weder das große Los mit der Tänzerin oder Sängerin, weder das mit einer Bürgerstochter noch das mit einem Kinde, das ein Wasserträger gemacht hat und für das nachher ein ehrsames Mitglied des Klerus zum großen Verdruss des Kapitels zahlen darf. Weder Feigwarzen noch deren hintensitzende Rivalen, die geeignet sind, einen armen Teufel von Tréfoncier zu durchbohren.

MARQUISE *ironisch:* Eines erkenne ich hieraus

höchst gut, diese süßen Belustigungen behin-
dern Sie nicht, sich zu unterhalten. Man verliert den Kopf nicht dabei.

TRÉFONCIER *mit spöttelndem Tone:* Nicht mehr
als die andern, Madame, oder ganz ebenso
sehr, wie Sie zu sehen belieben. Wie oft habe
ich mir nicht eine ganze Epistel überlegt, während ich meine Seele mit der des Gegenstandes meiner Anbetung vereinigte.

MARQUISE: Der Erbärmliche! Bei mir vielleicht?

TRÉFONCIER *heiter:* Bei Ihnen? … Das ist ein Unterschied. Lassen Sie den Leuten etwa Zeit, an
was zu denken? Wie setzen Sie einen in Trab!
Man quält sich ab, Ihnen zu folgen. Sie laufen
davon … Man holt Sie wieder ein … und …

MARQUISE: Das genügt, mein armer Tréfoncier,
Sie passen bei der Unterhaltung nicht mehr
auf, und wahrhaftig, man muss es zugestehen,
er hat Spaß an der Sache … Es ist zum Totlachen! Ausgezeichnet! Schau! Er blinzelt mit
den Augen … Na, kommt es?

TRÉFONCIER *mit Unruhe:* Nein, Teuerste … schon
fertig … *In der Tat, das lächerliche Opfer ist
dargebracht. Der Tréfoncier macht sich frei
und begibt sich, ohne ein Wort zu sagen, in das
Kabinett der Marquise, um sich zu waschen.*

MARQUISE *entflammt und auf Hector zueilend:*
Der arme Junge! Was für ein erbärmliches,

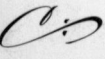

schmutziges Geschäft man da mit ihm getrieben hat! Komm, mein Herzblatt, man muss dir ein süßeres Glück verschaffen! *Mit Leidenschaft führt sie ihre Hand an die rechte Stelle und findet da alles, was sie nur wünschen kann; seufzend fügt sie hinzu:* Und ich finde dich dessen wohl würdig! *Sie wirft sich zu gleicher Zeit auf die Chaiselongue und zieht Hector zu sich herauf. Der Tréfoncier kommt zurück. Die Marquise drückt Hector ungestüm an ihren Busen und gibt ihm glühende Küsse. Endlich führt sie ihn ganz in das Heiligtum des wahren Genusses ein.* Oh, jetzt! Wir beide! *Sie sind bei der Arbeit.*

TRÉFONCIER: Warum ist Ihnen dieser gute Einfall nicht ein paar Augenblicke eher gekommen? Wir hätten uns zu dritt etwas erzählen können!

MARQUISE *heiter:* Lassen Sie uns in Frieden! *Sie gibt ihm gleichzeitig aus Übermut einen leichten Fußstoß. Darauf überlässt sie sich der Zärtlichkeit Hectors mit äußerster Lebhaftigkeit. Ihre leidenschaftlichen Seufzer hallen durch das Boudoir. Sie kosten die höchsten Wonnen aus. Während dieser reizenden Szene bringt der Tréfoncier seine Haare in Ordnung, seine Bäffchen, seinen Orden und glättet seinen Mantel. Er scheint eine Pause abwarten zu*

wollen, um etwas zu sagen, aber da er sieht, wie nach einem Augenblick der Erschöpfung die gegenseitigen zärtlichen Bewegungen wieder beginnen, zunehmen und einen zweiten Liebeserguss anzeigen, der ohne Unterbrechung an den ersten anschließt, sagt er.

TRÉFONCIER: Mein Gott, sie fangen von vorne an! *Man achtet nicht auf das, was er sagt.* Oh, bei Gott! Ich habe keine Lust, mich hier zu Bett zu legen! Ihr Diener, meine Allerschönste! Gutes Gelingen, Mosjö Hector! *Er zieht sich laut lachend zurück, ohne dass das Pärchen seiner achtete.*

Als der Tréfoncier verschwunden ist und das eben beschriebene wonnige Liebesspiel beendet ist, verlässt die Marquise Hector für einen Augenblick, trägt ihm aber auf, ihre Rückkehr abzuwarten. Sie geht, um eine Ausspülung vorzunehmen, welch wichtiges Geschäft sie niemals nach derartigen Abenteuern vergisst. Als sie wieder zurückkommt, wirft sie die Arme um Hectors Hals, gibt ihm die zärtlichsten Küsse und sagt.

MARQUISE: Nimm hier an meiner Seite Platz, mein lieber Hector!

HECTOR *ihr zu Füßen fallend:* Nein, Madame, mein Platz ist zu Ihren Füßen. Ich fühle mich

überglücklich für das Recht, hier zu sein, in Ihrer Schuld zu stehen.

MARQUISE *mit einem Kuss:* Steh auf, lieber Freund! Steh auf! Muss ich erst befehlen! Komm! Setzen wir uns auf diese Ottomane und erzähle mir – aber ganz getreu – deine Lebensgeschichte. Sie muss eine Kette von interessanten Ereignissen sein.

HECTOR *bescheiden:* Nichts weniger als das, Madame!

MARQUISE: Du bist nicht ehrlich! Man ist nicht … was du bist, man hat das nicht an sich, was du an dir hast, ohne die reizendsten Abenteuer gehabt zu haben. In welchem Land bist du geboren? Welches sind die Eltern, die dir das Leben geschenkt haben?

HECTOR *die Augen senkend:* Paris und das Findelhaus, das ist mein Vaterland! Infolgedessen weiß ich nicht, wer mein Vater, wer meine Mutter gewesen ist. Aber glücklicherweise, als ich drei Jahre alt war, kamen zwei Leute ehrsamen Standes in diese schändliche Anstalt, denen es gelang, den Glauben zu erwecken, ich sei ihr Sohn. Sie nahmen mich heraus und ließen mich erziehen. Im Umgang mit ihnen lernte ich manche Dinge, die man sich sonst nicht die Mühe gibt, einem Kinde aus dem Volke beizubringen.

MARQUISE: Ja, das sehe ich wohl an deinen Umgangsformen und der Art, dich auszudrücken!

HECTOR: Sie sind zu gütig, Madame! *Sie gibt ihm einen Kuss.*

MARQUISE: Fahre fort!

HECTOR: Ich zählte zwölf Jahre, als das Schicksal mich meiner Wohltäter, die beinahe gleichzeitig an der nämlichen Krankheit starben, beraubte. Das war ein schrecklicher Schlag für mich, zumal sie im letzten Moment aus frommen Bedenken erklärt hatten, ich sei ihres Blutes nicht, und nur aus Schwachheit hätten sie vorgegeben, mir vor ihrer Verheiratung das Leben geschenkt zu haben, um sich dadurch des ungehinderten Genusses gewisser, ihnen als Aftererben ausgesetzter Vermögensobjekte zu versichern, die ihr Gewissen ihnen nicht erlaube, nach ihrem Tode dem rechtmäßigen Erben vorzuenthalten.

MARQUISE: Diese Gauner wussten sich nicht zu benehmen! Dies herrliche Bedenken! Na, tat dieser Erbe denn wenigstens ewas für dich?

HECTOR: Ganz und gar nicht! Es kostete schon Mühe, ihn zu überzeugen, dass es wenigstens seine Pflicht sei, mich ein Handwerk lernen zu lassen. Der Perückenmacher im Hause erbot sich, mich in die Lehre zu nehmen; dieser alleinige Umstand entschied über meinen

Beruf. Ich war, sagte man, ungewöhnlich hübsch …

MARQUISE *mit Feuer:* Oh, das glaube ich!

HECTOR: Als man mir Musikunterricht hatte geben lassen …

MARQUISE: Du musizierst?

HECTOR: Ein wenig, Madame. Ich singe und spiele leidlich die Geige.

MARQUISE: Talente neben so viel anderen Vollkommenheiten! Oh, du bist ein bewunderungswürdiges Wesen. *Ein Kuss.*

HECTOR: Diese Einzelheiten, Madame, erwähne ich nicht, um mich zu brüsten, sondern nur, um Ihnen begreiflich zu machen, dass, wenn meine Wohltäter noch gelebt hätten, sie mich für einen weniger niedrigen Beruf bestimmt haben würden als für den, den die Notwendigkeit mich nach ihrem Tode zu ergreifen zwang. Der Mann war eine Art von Literat, der mich in die Lage setzte, mich bilden und überhaupt viele fantasiereiche Werke lesen zu können; das war sein persönlicher Geschmack. Die Frau sagte zuweilen, mein Los wäre wohl die Bühne. Sie liebte das Schauspiel leidenschaftlich, und mehr als ein Jünger Thaliens wurde öfters heimlich in der Wohnung empfangen; aber der Mann, der ehemals für die Bühne geschrieben, mit seinen

Werken aber Malheur gehabt, konnte, glaube ich, schon bei dem bloßen Namen Schauspieler eine Abscheu kriegen. Diese Abschweifung ist nötig, Madame, da es sich darum handelt, Sie darüber aufzuklären, dass ich keinerlei bestimmte Vorstellung von meinem künftigen Stande haben konnte, als ich durch Schicksalsfügung plötzlich allein und aller Hilfe entblößt dastand, mit einem Wort, der Kamm mir als unwürdiger Notbehelf in die Hände fiel, nachdem ich die Anfänge besserer bürgerlicher Erziehung genossen. Zum Glück war ich für mein Alter recht herausgewachsen und, obwohl klein, entwickelt. Ich besaß einen kostbaren Schatz lebhafter Heiterkeit.

MARQUISE: Und, ich wette, viel natürliche Zärtlichkeit!

HECTOR: Ehrlich gesagt, Madame, mehr Hang zur Wollust, ohne indessen vorläufig das Mindeste davon zu wissen.

MARQUISE: Gut, dass ich das höre! Gott bewahre mich, lieber Freund, dich in Verdacht zu haben, so dumm geboren zu sein, dass du jemals für jene törichte Liebe Neigung hättest, die nach einem einzigen Gegenstand schmachtet, jammert und seufzt. Ich habe eine bessere Meinung von dir …

HECTOR: Indessen ist es sehr häufig, dass man

mit dergleichen anfängt, wenn man sich in untergeordneter Stellung befindet, und ich hätte ganz wie andere auch darauf hereinfallen können, aber Sie werden sehen, Madame, dass ich dazu keinerlei Muße hatte.

MARQUISE: Und dazu mache ich dir meine aufrichtigsten Komplimente! Aber lass hören! Wie war dein erstes Debüt in der Welt? Deine ersten Erfolge? Deine ersten galanten Abenteuer? *Sie legt einen Arm um Hectors Hals und ein Bein auf sein Knie, damit er ihr mit den Fingern daran spielen könne; währenddessen wirft sie ihm unzüchtige Blicke zu.*

HECTOR: Mein Debüt, Madame, war nicht sehr glänzend. Lehrling, das heißt Puderjunge in der Bude meines Perückenmachermeisters; ohne irgendwelche Neigung für meine unsaubere Beschäftigung und kaum eines Blickes seitens meiner Meisterin gewürdigt, eines sechsunddreißigjährigen, rothaarigen, zänkischen Weibes, das Säuferin und Ferkel zugleich war; seitens meines Lehrherrn, der nicht weniger trunksüchtig und roh als sein dreckiges Weib war, hart behandelt; von den Gehilfen gequält, weil sie in meiner bescheidenen Person einen häuslichen Spion witterten, indem ich keinerlei Neigung zeigte, mich an dem Eigennutz dieser faulen und schufti-

gen Bande zu beteiligen, mit einem Wort, tief
unglücklich. Ich wälzte schon seit langer Zeit
in meinem Kopf den Plan auszukneifen, als
mein seltsames Geschick mich, eine Perücke
in der Hand, in das Haus eines Geistlichen,
der Organist an einer gewissen Kirche war,
führte … Der Name tut nichts zur Sache. Aber
langweilen Sie diese Einzelheiten nicht, Madame?

MARQUISE: Ganz im Gegenteil, mein Lieber! Alles das interessiert mich ungemein! Fahre
fort!

HECTOR: Es war am Abend vor Himmelfahrt. Ich
klingelte, der Stiftsherr erscheint selber, mir
zu öffnen; seine Wirtschafterin war abwesend.
»Bonjour, Monsieur!«, sage ich höflich, »hier
ist Ihre Perücke, die unser Meister Ihnen mit
den besten Empfehlungen zuschickt.« – »Sehr
gut! Hast du sie selber so hübsch zurechtge-
macht?« – »Ja, Monsieur«, log ich. »Vielen
Dank, mein kleiner Freund! Aber …« Dabei
tat er sehr freundlich. »Komm mit mir, du
kannst sie auf den Holzkopf setzen, ich werde
dir dann eine andere mitgeben und … etwas
für deine Mühe.« Diese Worte kamen gewissermaßen zerstreut und nachdenklich heraus,
was mir erst später, als ich darüber nach-
dachte, einfiel.

MARQUISE *lachend:* Seine malerische Art, zu schildern, ist entzückend! Sie lässt mich eine kleine Unschuld sehen, die respektvoll die Kopfbedeckung eines heiligen Geistlichen trägt ... Ich schätze, dem war schon warm geworden ... Aber fahre fort, lieber Freund!

HECTOR *lächelnd:* Mein Stiftsherr schob, ohne dass ich viel darauf achtete, den Riegel der Haupttür vor.

MARQUISE: Aha! Mein Verdacht bestätigt sich.

HECTOR: Er ging auf eine dunkle Wendeltreppe zu, ich folgte; endlich befinden wir uns in einem recht unordentlichen Zimmer in der ersten Etage, woselbst auf einem unsauberen Tisch noch die Reste des Mittagessens stehen. »Donnerwetter, mein kleiner Freund«, sagt der Mann darauf, »das passt ja, Brigitte hat mir hier so viel in Händen gelassen, dass man dem Biest noch ein Härchen ausrupfen kann.« Das war sein Ausdruck.

MARQUISE: Falsch gesagt, wette ich! Denn ich sehe hier ordentlich vor Augen ein Biest, das wahrscheinlich keins mehr hatte.

HECTOR *lächelnd:* Sie sind so scharfsinnig, Madame, dass es wirklich keinen Sinn hätte, Ihnen etwas zu verheimlichen. Ich hatte kaum ein wenig Traubenmus und einen Schluck leidlichen Weins gekostet, als der freundliche

Stiftsherr mich zwischen seine Schenkel nahm und halb scherzend halb spöttisch zu mir sagte: »Je nun, Cascaret,* plaudern wir beide ein wenig!« Cascaret war mein Spitzname, den man mir unverschämterweise in dem Perückenladen gegeben hatte. – »Sie erweisen mir große Ehre, Monsieur Le Dru.«

MARQUISE: Das war ohne Zweifel der Name des Stiftsherrn?

HECTOR: Jawohl, Madame. »Hast du es in deinem Beruf schon recht weit gebracht?« – »Monsieur, ich besorge die Ladengeschäfte schon ganz leidlich, ich seife die Bauern ein.« – »Du rasierst?« – »Nicht übel!« – »Wie ich sehe, machst du auch eine Perücke recht gut zurecht.« – »Na ob! Das ist wohl was Rechtes für jemand, der sich Mühe gibt.«

MARQUISE: O kleiner Schlingel, du kokettiertest!

HECTOR *lächelnd:* Man will immer für sich einnehmen; nun, die Schmeichelei ist das untrügliche Mittel. »Und man hat dich zweifelsohne gelehrt, wie man eine Perücke macht.« – Ja, Monsieur, ich flechte schon gar nicht schlecht.« – »Das glaube ich, es heißt, du seiest geschickt wie ein kleiner Affe und lerntest alles, was man will.« – »Oh, Monsieur, das sa-

---

* cascaret: frz., Jammergestalt.

gen Sie in Ihrer Güte bloß so.« – »Man muss fleißig sein, mein kleiner Freund, lass dir ja nicht die geringste Gelegenheit entgehen, deine Talente zu üben, dann wirst du auch – ohne deinen Brotherrn dadurch zu schädigen – in der Lage sein, kleine Besorgungen übernehmen zu können, die dir ein wenig Geld in die Tasche bringen.«

MARQUISE: Wo zum Teufel will er mit diesen Ermahnungen hinaus! Ich dachte an ganz andere Sachen.

HECTOR: Dieser Umweg, Madame, wird Sie nicht weit von Ihrer ersten Vermutung entfernen. »Ich beispielsweise, mein lieber Cascaret«, fuhr er fort, »habe die Absicht, dir eine in dein Fach schlagende Arbeit aufzutragen. Also höre! Du weißt doch, dass man den jungen Mädchen, die sich in Nadelarbeit üben und Putzmachen lernen sollen, Puppen zum Ankleiden und Ausstaffieren gibt.« – »Ja, das weiß ich, Monsieur!« – »Nun gut, ich will dir eine Figur ungefähr in dieser Art zeigen, und für die sollst du mir eine niedliche Perücke machen!« – »Aber, Monsieur, so weit bin ich doch noch nicht!« – »Oh, was das anbelangt, bist du reichlich imstande, ihr den Kopf zu bekleiden, und zudem – ob ein wenig besser, ob etwas weniger gut, darauf will ich nicht so ge-

nau sehen – du wirst tun, was du kannst!
Aber kein Sterbenswörtchen zu anderen! Das
ist eine Grille, eine reine Laune …«

MARQUISE *lächelnd:* Nicht so übermäßig rein.

HECTOR: Ich war sehr verlegen. »Trinken wir
mal, mein kleiner Freund!« – Ich trinke. –
»Siehst du?« – Zu gleicher Zeit sehe ich aus
der Hand meines Gönners, die er gegen seinen Gürtel gestützt hat, irgend, ich weiß nicht
was für ein rotes, abgerundetes Ding herauskommen … was tatsächlich einem kleinen
Kopf ohne Gesichtszüge gar nicht unähnlich
sieht. – »Da ist das«, sagt er zu mir, wofür du
versuchen sollst, mir eine Perücke zu machen.« – Ich war ganz starr. – »Gebrauche
deine kleinen Finger, mein Goldjunge, miss
Größe und Umfang nach und gib dir Mühe,
mir eine kleine, recht nette Arbeit zu liefern.«
Während er diese letzten Worte hervorstot-
terte, rollten seine Augen; seine freie Hand
streichelte mein Kinn oder tastete behände an
mir herum. Mir war das Lachen vergangen,
ich hatte beinahe Angst vor dem erregten Gesicht und der schrecklichen Mienen, die ich
sah.

MARQUISE: Der alte Satyr! Er war geil geworden!

HECTOR: Indessen hielt er den in Frage kommenden Kopf immer noch so, dass ich ihn sehen

konnte und allen Ernstes glaubte ich, er wünsche das, was er mir aufgetragen, tatsächlich.
Infolgedessen, obwohl ich mich keineswegs
imstande fühlte, eine Perücke zu machen,
ziehe ich einen Streifen Papier und eine
Schere aus der Tasche: Also, ich bin bereit,
Maß zu nehmen …

MARQUISE *lachend:* Eine scherzhafte Operation!
Bei alledem war der Schandkerl gar nicht auf
den Kopf gefallen! Seine Idee … Aber sehen
wir weiter, wie all das abläuft!

HECTOR: Augenscheinlich, um mir die Sache
mehr zu erleichtern, ist Monsieur Le Dru so
gütig, mir den Griff um den Hals dieses seltsamen Kopfes zu zeigen. Also lege ich notgedrungen meine Finger heran … Diese Prozedur scheint eine sehr angenehme Wirkung auszuüben, denn sogleich lässt mein Gönner sich,
seine Schenkel spreizend und ausstreckend,
gegen die Rücklehne eines Dagobert* fallen,
legt den Kopf zurück, seufzt und schnaubt wie
ein Stier, zieht mich an sich heran, richtet sich
jäh auf und sieht mich mit blitzenden und zugleich feuchten Augen an. Ich zittere, bedeutet
das, dass meine Arbeit beendet ist? Ich weiß

---

* Dagobert: Großer altmodischer, sehr weiter Lehnstuhl.
(Anm. d. Verf.)

weder, was man von mir verlangt, noch, was ich sagen soll … »Cascaret, mein Freund«, sagt eine Stimme, die man bewegt nennen konnte, zu mir, »wenn du vermöchtest …?« – »Was?« – »Wenn du mir versprechen wolltest, niemals davon zu sprechen?« – »Aber, wovon denn, bitte? Wahrhaftig, Monsieur, ich habe Angst!« – »Was ist denn Schlimmes dabei, dem da eine Perücke zu machen, und falls es was Schlimmes ist, warum tragen Sie es mir auf? …« – »O mein König! Mein alleranbetungswürdigster Cascaret!« – Und mich mit einer Leidenschaft küssen …

MARQUISE: Sahst du nicht, dass er den Verstand verloren? Brachte dich diese Raserei nicht auf irgendeinen Gedanken? Ahntest du keine Gefahr?

HECTOR: In dem glücklichen Alter, in dem ich mich befand, noch die Unschuld selbst, was sollte ich mir wohl für Gedanken gemacht haben! Lediglich ein gewisser Bocksgeruch lässt mich das Gesicht wegwenden, um seinen widerwärtigen Küssen zu entgehen. Als ich mich etwas weniger fest umschlungen fühle, mache ich mir das zu Nutze, wende mich ab und glaube, den Schenkeln und der lästigen Umarmung dieses Menschen entschlüpfen zu können, aber seine scheinbare Nachgiebigkeit ist eine Falle; ich befinde mich in einer für seine Absichten günstigeren Stellung, ich fühle mich zurückgezogen und meine Brust durch einen kräftigen Arm gefesselt. Alsdann wechselt das Bild. Zärtliche Worte, Seufzer, Entzücken hören mit einem Mal auf. Eine Hand knöpft sehr ruhig unten meine Jacke auf, meiner Hose geht es ebenso, man dringt sehr langsam zwischen meine Wäsche und meine Haut ein, mein Schenkel wird betastet, und bald tappt die grobe untersuchende Hand unterwärts herum und gleitet zwischen meine Schenkel, untersucht da, geht wieder hinauf, und macht sich schließlich da zwischen meinem Hintern zu schaffen.

MARQUISE *gerührt:* Du schilderst das so ausgezeichnet, dass ich alles zu sehen meine. Fahre fort!

HECTOR: »Pfui doch, Monsieur l'Abbé! Was tun Sie da?« Ohne zu antworten, reißt er meine Hosen herunter, zieht mich näher heran und drückt mich an sich. Schon folgt diese kleine blinde Figur, der ich die Ehre haben sollte, eine Perücke zu machen, dem vorausgeeilten Finger und präsentiert sich vor der von dem Finger ausgekundschafteten Stelle.

MARQUISE: Und das ließest du geschehen, kleiner Grünschnabel?

HECTOR: Auf Ehre, Madame, ich dachte mir nichts Böses dabei. Ich schämte mich bloß und war geniert. Da mir all das keinerlei Schmerz machte, sah ich keinerlei Grund ein, darüber aufgebracht zu werden, aber mit einem Wort, sehr gefallen taten mir diese unsauberen Anstalten nicht. Indessen, als die kleine Figur, die aus ihrer angenehmen Stellung zu bringen, meinen Fingern nicht erlaubt wurde, sich etwas bewegt, um weiter vorzudringen, wiederholen sich jene kleinen schmeichelnden Worte, und ich fühle, wie eine Geldbörse in meine Hand gleitet, die mir mit sanfter Gewalt aufgedrängt wird ... »Da, du göttlicher Cascaret«, höre ich sagen, »empfange diesen geringen Beweis meiner Zuneigung zu dir ... Glaube mir, alles, was ich auf der Welt besitze, und mein Leben selbst ... wenn es sein müsste ...«

MARQUISE: Sehr gut! Da ist die Tür! Und wenn du nichts mehr nötig, als bloß anzuklopfen! Vorwärts, mein Freund! Ehrlich! Du wolltest es selber wohl?

HECTOR: Sicherlich wollte ich von ganzem Herzen eine so angesehene Persönlichkeit nicht kränken, aber ich war mir durchaus nicht bewusst, was ich Schlimmes täte, mich in solcher Weise willfährig zu zeigen. Durfte ich den Verdacht hegen, ein Diener Gottes könne mich zu irgendwelchen sträflichen Dingen verleiten? Außerdem hatte er ein so gutes höfliches Benehmen. Wird ein unschuldiges Kind Zärtlichkeiten mit Grobheiten beantworten, Zärtlichkeiten, die dazu noch von Wohltaten begleitet werden, deren Wert seine unglückliche Lage für ihn erhöht?

MARQUISE: Gleichwohl sehe ich aus deinen Einwendungen, der Schuft war da, wo wir ihn gelassen hatten.

HECTOR: Zu meiner Schande gestehe ich das zu, Madame, ich vermochte es nicht über mich zu bringen, als die Börse auf der Bildfläche erschien, meine Hand wegzuziehen, ich glaubte, ich müsste die Dinge gehen lassen, wie sie wollten. Zum Glück war der Sturmbock, der eine Bresche in mich legen wollte, nicht ungeheuerlich, und so vermochte ich mich, ohne einen sehr lebhaften Schmerz zu empfinden, dieser Laune zu fügen ... mit einem Wort ...

MARQUISE: Man hat dich also angestochen, lieber Freund! *Sie küsst ihn.*

HECTOR *heiter:* Sie sagen es, Madame!

MARQUISE: Mein Himmel! Dass diese dreckigen Käppchenträger doch alle so sind! Ich hatte ein reizendes Kind im Hause – einen gewissen

Joujou, den ich für einen kleinen Engel an Unschuld und Reinheit hielt. Mein Gatte hatte
unter seinen Bekannten, die alle mehr oder
minder verabscheuenswert waren, einen gewissen Schuft namens Boujaron, einen Neapolitaner und ehemaligen Almosenier eines Minis-
ters … Dieser Boujaron hat übrigens ein schönes Ende genommen … Nun, hat dieses
Scheusal nicht eines Tages meinen guten Joujou vergewaltigt! Ja, vergewaltigt hat er ihn!
Und wie? Unter dem Vorwand, ihn durch
diese Teufelspraktik davor zu sichern, niemals
vom Donnerschlag, vor dem der arme Kleine
eine unaussprechliche Angst hatte, erschlagen
werden zu können! Er redete ihm ein, ein
Priester besitze die Fähigkeit dazu, und – »so
gesegnet« dürfe er ungestraft den schrecklichs-
ten Gewittern Trotz bieten. Der arme Joujou
wurde gemartert. Allerdings, dass er fortan
furchtlos wurde, ist wahr, und dass er sich
nunmehr über die Blitze lustig machte, mochten sie ihm selbst beinahe vor den Füßen nie-
dergehen. Als die Schandtat des Pfaffen an den
Tag gekommen und man Joujou begreiflich
machen wollte, der Lump habe ihn gefoppt,
hat man ihn niemals aus seinem Irrtum zu reißen vermocht. Er beharrte bei dem Glauben,
gegen das Feuer des Himmels gefeit zu sein.

HECTOR: Mein Gott, Madame, es sind nicht bloß die Leute in solcher Tracht, die uns zu verführen suchen, und wenn ich die Ehre haben darf, Ihnen alle meinen kleinen Abenteuer zu erzählen, so werden darin für diesen Fall Leute ganz anderen Standes erscheinen.

MARQUISE: Nun, ich kann das am Ende verstehen, denn schließlich, ein hübscher Junge von vierzehn bis achtzehn Jahren, der bartlos ist, schöne Haare, frische Farben, zierliche Formen hat, gleicht, ich gebe es gern zu, einem niedlichen Mädchen fast aufs Haar ... du zum Beispiel! Sie betrachtet ihn verlangend. Ja, der Graf hat sehr wohl getan! Ich verzeihe ihm, und wäre ich Mann, augenblicklich müsstest du mir stillhalten.

HECTOR: Ohne von mir zu reden, Madame ... denn wie viele meinesgleichen sind jünger, sind frischer ...

MARQUISE: Das ist nicht möglich! Wie alt bist du doch? Ich fragte den Grafen danach.

HECTOR: Monsieur le Comte sagten ohne Zweifel achtzehn Jahre! Er glaubt das, aber in Wahrheit, Madame, bin ich volle einundzwanzig alt. Der etwas weibliche Charakter meines Gesichts, die blonde Farbe meines Haares und der tägliche Gebrauch der Pinzette und einiger Apothekermittel, die keine

Spur von Bart übrig lassen – das, Madame, macht es, warum ich viel jünger erscheine, als ich bin.

MARQUISE: In der Tat, das hätte ich mir selber sagen können. Mit achtzehn besitzt man keine solche Manneskraft … Denn du bist ein Herkules, lieber Freund! *Sie schlingt die Arme um ihn und bedeckt ihn mit Küssen.* Du bist also ein ausgesprochener Pupenjunge? Du hast das schimpfliche Vorurteil, das man gegen diesen Stand empfindet, ganz und gar unter die Füße getreten?

HECTOR: Bei Gott, ich wäre wohl ganz und gar nicht bei Trost, mich dem zu unterwerfen! Soll man sich nur von den Moralpredigern vorschreiben lassen, was man sich hier unten erlauben darf, um ein bisschen lustig zu leben? Gefiel den Alten nicht ein etwas lustiges Leben? Die Alten hatten mehr gesunden Menschenverstand als wir! Sie duldeten die männliche Liebe nicht bloß in der Gesellschaft, nein, sie schlossen sie nicht einmal von ihrem Religionskultus aus. Zog ihr Jupiter, unser Beschützer, Ganymed nicht allen Göttinnen des Olymps vor? Lebte ihr Apoll nicht mit dem reizenden Hyacinth? Und obwohl vollkommen Gott, wie der Vater der Poesie es ist, sieht man ihn nicht vor Gram vergehen, als er seinen reizenden Liebling durch einen unseligen Schlag getötet hat?

MARQUISE: Wie denn? Du kennst die Fabel?

HECTOR: Warum nicht, Madame! Ich hatte die Ehre, Ihnen mitzuteilen, dass man mir frühzeitig eine gute Erziehung gegeben und ich dauernd danach gestrebt habe, mich weiterzubilden.

MARQUISE *mit Feuer:* Meinethalben! Du wurdest nicht geschaffen, den Kamm zu schwingen, lieber Freund!

HECTOR: Für alles ist man geschaffen, Madame! Gerät selbst der allergrößte Herr in Dürftigkeit, ist er dazu geschaffen, wie ein anderer auch, das allerunwürdigste Metier zu ergreifen. In seinem Unglück wurde Dionys, der Tyrann von Syrakus, Dorfschulmeister. Die Denker geben sich vergeblich Mühe, diesen niederen Beruf derselben Leidenschaft, der Dionys auf dem Throne nachgehangen, zuzuschreiben. Darin sehe ich keinen allzu großen Scharfsinn. Für Dionys handelte es sich darum, Brot zu haben. Als Belisar blind geworden und seiner Würde beraubt war, empfing er Almosen …

MARQUISE: Oh, du langweilst mich mit deinen gelehrten Ausführungen. Sprechen wir lieber darüber, was mich interessiert, und kommen

wir auf deinen wollüstigen Bratspießdreher zurück. Missbrauchte er deine Willfährigkeit? Blieb er ohne Rücksicht auf deine zarte Jugend darauf versessen, bis ans Heft hineinzudringen?

HECTOR: Dieser kleinen Nebenumstände entsinne ich mich durchaus nicht mehr, Madame. Woran ich mich aber mein Leben lang erinnern werde, ist, dass Monsieur Le Dru während seines vergnüglichen Geschäfts meinen kleinen Bratspieß, der fest wie Holz geworden war, anpackte und ihn liebevoll, wiewohl mit einem gewissen Ungestüm, hin- und herdrehte und mir dadurch eine wollüstige Empfindung verschaffte … die mich umso mehr hinnahm, als das etwas völlig Neues für mich war. Ganz gewiss, während dieses berauschenden Momentes hätte man mir hundert Nadeln in den Leib jagen können, und das wäre mir doch nicht wie ein Schmerz vorgekommen.

MARQUISE *lebhaft:* An dieser Bemerkung erkenne ich mich selber wieder, gerade so empfinde auch ich die Wollust.

HECTOR: Da ich so ganz und gar außer mir war, fühlte ich den Augenblick nicht, wohin der Samenkolben meines Glücklichen sich zurückgezogen, aber bald darauf spüre ich an der

Stelle, wo ich angebohrt, und an der, die eben so angenehm geschüttelt war, ein grausames Brennen; ich kann nicht an mich halten, meinen Tränen freien Lauf zu lassen; ich schluchze hell auf. »Willst du schweigen, kleiner Schafskopf!«, hörte der gräuliche Stiftsherr nicht auf, mich – und sogar sehr heftig – anzufahren. Indessen trommelte jemand mit starken Schlägen an die Straßentür, es war unmöglich, von außen her nicht ein wenig von uns zu hören …

MARQUISE: Welcher Zudringliche erschien so ungelegen?

HECTOR: Keine Geringere als Brigitte, die Haushälterin meines geilen Bockes. Da er nicht anders konnte als zu öffnen und er wahrscheinlich voraussetzte, mich bei seiner Rückkunft wieder angezogen und ruhig zu finden, vergaß er, mir in Bezug hierauf Verhaltungsmaßregeln zu geben. Ich aber, von meinem leidenden Zustand und, ich weiß nicht, welcher Scham, die gleichwohl nicht durch irgendwelches Bewusstsein der Schwere meines Falles hervorgerufen war, zu sehr hingenommen, außerdem durch eine unsaubere Flüssigkeit, deren Klebrigkeit mein Erstaunen weckte, beunruhigt, beeilte mich nicht, meine Kniehosen wieder heraufzuziehen. Wie ein Schwein grun-

zend und ihren Herrn beschimpfend, stieg Brigitte mit großem Spektakel herauf. Le Dru antwortete ihr nicht schlecht: »Sie sind ja schrecklich ungeduldig, zum Teufel! Wenn man sein Brevier liest, verlässt man doch nicht …« – »Sie lausiger Schuft mit Ihrem Brevier! Weg, weg! Ich bin keine solche blöde Gans! Lesen Sie das doch morgen durch! Sieh mal, sein Brevier! Irgendein Bengel, den auf den Boden zu verstecken er Zeit gebraucht, oder ein Miststück, die er soeben anspucken und die er nicht für nichts und wieder nichts hergezottelt haben wollte!« Diese letzten Worte ausstoßend, setzte sie den Fuß ins Zimmer.

MARQUISE: Reizende Überraschung!

HECTOR: Es kommt noch besser, Madame! Sie wird meiner gewahr, meine Verfassung sagt alles. Wir alle drei sind entsetzt! Starr! … Nach einem Moment des Schweigens gibt ein grenadiermäßig betontes »Gottsdonnerwetter« das Signal für eine fürchterliche Explosion. Brigitte reißt den Mund auf und stemmt die Fäuste in die Seiten. »Und das soll ich mit ansehen! Und solche Sauereien soll ich in meinem Hause dulden?« – Rascher wie ein Blitz ergreift sie eine Elle. »Du sollst was erleben, kleiner Windbeutel!« Sie rennt vorwärts.

Der verblüffte Stiftsherr will sie aufhalten –
bautz! Mit der freien Hand eine sehr wohlge-
zielte Maulschelle ihrem Herrn auf die
Schnauze. Seine Nase hat es abgekriegt ... das
Blut läuft daraus hervor ... Ich meinerseits bekomme zwei oder drei gehörige Hiebe über
den Buckel ... Aber meine Wut triumphiert
über meine Verwirrung, ich verteidige mich,
ich halte das verhängnisvolle Prügelinstru-
ment fest, mit gleichen Kräften balgen wir uns
darum; es ist die Frage, wer es in Händen behalten wird ... Sie versucht, mir mit ihrem ei-
senbeschlagenen Holzschuh einen Tritt zu
versetzen, der, wenn er zur Wirkung gekommen wäre, mindestens die kostbaren Behälter
meiner armen Männlichkeit hätte vernichten
müssen ...

MARQUISE: Ach, du machst mich zittern!

HECTOR: Zum Glück weiche ich etwas zurück
und bringe mich so aus ihrer Reichweite, aber
der Hacken der wutschnaubenden Brigitte gerät beim Niedertreten in meine Hose und
kann da nicht wieder loskommen. Sie hüpft
auf einem Fuß herum und muss auf ihr
Gleichgewicht achten; dieser Umstand bringt
mich bedeutend in Vorteil ... Schon ist die
Elle in meiner Hand! Himmel! Es war gut,
dass ich sie zur Verfügung hatte. Ich sehe den

Tod über dem Haupt meiner grausamen Feindin schweben … und zitternd lasse ich ein Stoßgebet für sie steigen. Der tückische Stiftsherr, mit einer großen Feuerschaufel bewaffnet, die Arme erhoben, will seiner Haushälterin mit einem furchtbaren Hieb den Schädel spalten; das ist gerade in dem Augenblick, als sie, unfähig sich aufrecht zu halten, mir zu Füßen fällt; der Hieb geht fehl und trifft nur ihren Arm, der glücklicherweise nicht gebrochen wurde, weil meine rechtzeitig vorgehaltene Elle einen Teil der Wirkung auffing.

MARQUISE *voll Feuer:* Lass dich umarmen, mein Freund! Dieser Zug zeugt von höchst ehrenwerter Gesinnung. *Sie küsst ihn lebhaft.* Und nachher?

HECTOR: Der Fall und der Schmerz hinderten unsere Furie nicht, augenblicklich am Fenster zu sein. Sie schreit aus vollem Halse: »Zu Hilfe! Rettet mich! Mord! Meuchelmörder!« Die ganze Nachbarschaft gerät in Aufruhr. Die Mieter von oben, von unten stürzen eiligst herbei. Aber sei es, dass ein großer Krug voll Wasser, den der Hausherr während ihres Geschreis über den Nacken der tobenden Brigitte ausgeleert, sei es, dass ein Rest von gutem Naturell und vielleicht Zuneigung für ihren Esel von Herrn sie in dem Augenblick, wo

ihr Vorgehen die Grenzen einer berechtigten
Rache überschritt, zur Vernunft brachte – unverzüglich besann sie sich eines Besseren. Wie
groß ist meine Überraschung. Von all den
Neugierigen mit eindringlichen Fragen be-
stürmt, antwortet sie – denken Sie nur, Madame – »Dieser kleine Lump da!« – »Ich!!«

MARQUISE *erstaunt:* Du! Die Unverschämte!

HECTOR: »Dieser kleine Lump da hat mich soeben beschimpft, grundlos, vor den Augen
meines Herrn! Der wollte ihn züchtigen, aber
der kleine Zornbraten hat die Niedertracht gehabt, ihm eine Ohrfeige, die ihn umbringen
konnte, zu versetzen! Ihr seht noch die Spuren davon. Und ich, die ich so gut war, Frieden stiften zu wollen, mich hat er darauf mit
der Feuerschaufel traktiert. Seine Schuld ist es
nicht, hat er mir schließlich nicht den Kopf
mit einem Wasserkrug gespalten.«

MARQUISE: Und du ließest dich so verleumden,
kleiner Trottel?

HECTOR: Was sollte ich zu meiner Rechtfertigung sagen! All das, obwohl erlogen, war
nur zu wahrscheinlich. Ich verdrehte die Augen, stand mit offenem Munde da! … Ich
hob die Hände gegen den Himmel. »Seht«,
sagte irgendeiner, »die Schaufel liegt noch vor
seinen Füßen!« Und ein anderer: »Schäm

dich deiner Unanständigkeit, kleiner Schuft, du!« Eine Nachbarin: »Seid ihr verrückt alle miteinander, zu glauben, dies Jüngelchen sollte diese beiden Biester da geschlagen haben!« ... Alle sprachen durcheinander. Brigitte, die kein Mensch leiden mochte, kriegte, ohne dass sie darum bat, Bemerkungen zu hören, die kaum sehr schmeichelhaft waren. Sie schäumte vor Wut und machte Miene, allen Anwesenden mit den Nägeln und den Fäusten ins Gesicht zu fahren, aber der allzuglückliche Le Dru, aus Furcht vor einer neuen Szene und die blutende Nase im Taschentuch verbergend, entschied sich für den Frieden. »Na, na, meine liebe Brigitte«, sagte er mit dem Versuch, ihr die Hand zu streicheln, »du hast dir die Sache zu sehr zu Herzen genommen, mein Töchterchen; vergib Cascaret seine Heftigkeit, wie ich selber sie ihm vergebe!« – Darauf sich zu der Menge wendend: »Es genügt, liebe Nachbarn! Ihr seht, das sind häusliche Streitigkeiten, die niemanden etwas angehen. Übrigens sage ich euch meinen besten Dank!« – Und tatsächlich, man zog sich zurück, gewann die Treppe, die Straße, aber nicht, ohne dass einige sagten: »Wir sind recht dumm, uns um die Leute da zu kümmern!« – Oder andere:

»Pack schlägt sich, Pack verträgt sich!« Ein Handwerker: »Alter Säufer und alte Hure, haha!« Die hauptsächlichste Meinung war die: »Gegeben habe es schon etwas, aber beim Dreckrühren käme nichts heraus, als dass man selber stinkig werde!« – Endlich hatte das Zimmer sich geleert, und alles war anscheinend wieder in Ordnung, als der dreifache Hundsfott, das Gesicht verziehend und mit leutselig auf mich gerichtetem Blick, den Brigitte ebenso wenig wie sein ekelhaft zärtliches Lächeln bemerkte – als der Hundsfott, sage ich, mich bei der Schulter nahm, vor die Tür setzte und für jeden draußen deutlich vernehmbar sagte: »Verlassen Sie mein Haus, Sie sauberer, kleiner Zeisig! Ich werde nicht verfehlen, Ihrem Meister aufzutragen, mir einen anderen Lehrling zuzuschicken, und Sie sollen verdientermaßen tüchtige Prügel bekommen!«

MARQUISE: Wahrhaftig, ein schöner Abgang! Ein schöner Dank für deine zarte Nachgiebigkeit! Entjungfert! Beleidigt! Geschlagen! Indessen bezahlt? Denn ich nehme an, eine gewisse Börse …

HECTOR: Ja, da ich so verständig gewesen, sie sogleich einzustecken, blieb sie mir. Aber ach, wie mager sie war! Zu Hause angekommen,

wollte ich mir aufnotieren, wie hoch die eben eroberte Beute sei … ich fand …

MARQUISE: Wieviel Louis?

HECTOR: Sechzehn Livres, sieben Sous und neun Dinar!

MARQUISE: Teufel auch, was für ein Vermögen!

HECTOR: Halt! Da ich mein Leben lang noch nicht so viel Geld besessen, so gab ich mich darein. Komme, was da will, sagte ich mir, in all dem liegt ebenso viel Gutes wie Schlimmes!

MARQUISE *ihn unterbrechend:* Pst! … Ich höre ein Geräusch unter dem Torwege! … Ein Wagen fährt in den Hof … Sollte meine Empfangszeit schon da sein? *Sie sieht nach der Uhr.* Schon darüber! … Wie die Zeit neben dir vergeht! … Es pfeift … Es gibt kein Mittel, sich verleugnen zu lassen … Entschlüpfe durch diese kleine Tür hier, du wirst die Geheimtreppe leicht finden! Apropos! Sage in meinem Namen sogleich zu Morgui, meinem Portier, du seiest mein Leibfriseur und dass er dich entsprechend unterbringen soll …

HECTOR: Sie sind zu gütig, Madame.

MARQUISE: Du heißt übrigens nicht mehr Hector! Dieser Name schmeckt zu sehr nach Dienerstube oder Bühne. Warte, willst du … Belamour heißen? *Er verneigt sich. Es pfeift.*

Und dann noch einmal. Die ganze Welt ist wohl heute auf den Beinen. Belamour also?

HECTOR *mit Feuer:* Liebe, zum wenigsten! *Sie umarmen sich.* Verfügen Sie über Ihren Diener! *Sie verdoppelt ihre Zärtlichkeiten.* Oh, meines Lebens schönster Tag!

MARQUISE *mit einer gewissen Unruhe:* Ich glaube, man könnte doch noch vor dem Auseinandergehen … *Sie scheint sehr aufgeregt zu sein.* Aber nein, wir müssen vernünftig sein! *Ihre Blicke irren wie verstört umher, zugleich feurig und voll glühenden Verlangens.* Trotzdem wäre es amüsant, während man draußen kommt! Geh, diese Aufwallung genügt mir … ich werde es nicht zugeben … du tötest dich. *Sie leistet nur schwachen Widerstand.* Warte doch! … *Sie gibt die Gelegenheit.* Wenn du es durchaus willst … *Er hat ihn drin. Man pfeift. Sie ärgert sich.* O mein Gott! Sie sollen doch Geduld haben! *Sie beschleunigen diese neue Liebesprobe nach Möglichkeit. Während dieses zärtlichen Geschäftes beobachtet der eine wie der andere absolutes Stillschweigen, ihre Gangart aber ist von höchstem Ungestüm. Man hört nur leise Laute und Seufzer. Die Ottomane knackt unter ihren Stößen. Sie geraten in einen Zustand vollkommenster Raserei. Endlich hört Hector auf. Die Marquise dreht sich auf dem*

Möbel herum und sagt: Und so etwas überlebt man! *Hector küsst ihr die Hand und zieht sich zurück. Einen Augenblick später schellt die Marquise; man kleidet sie an, um sich der Gesellschaft zeigen zu können.*

Seit ziemlich langer Zeit hatte die Marquise keine ganze Nacht verbracht, ohne sich nicht etwas mit sich selbst zu beschäftigen, aber der reizende Nachmittag, den sie mit ihrem geliebten Hector unter vier Augen verlebt, hatte ihre Sinne so angenehm beruhigt, dass sie, kaum dass ihre Kammerfrauen sie um Mitternacht zu Bett gebracht, in einem Zuge bis gegen zehn Uhr durchschlief. Ihre Lieblingszofe Philippine, die Ordre erhalten, sobald man schellte, zu ihr zu kommen, erschien pünktlich auf dies Zeichen. Zwischen ihr und ihrer Gebieterin entspinnt sich folgende Unterhaltung.

PHILIPPINE: Man muss Halleluja singen, Madame! Wenn die Art, wie Sie wieder zu leben beginnen, andauert, garantiere ich Ihnen hundert Jahre Leben und Frische.

MARQUISE: Warum das, Philippine?

PHILIPPINE: Wieso? Gestern dinierten Sie allein mit zwei Liebhabern, die Sie gleich, nachdem sie den Kaffee genommen, verließen. Sie ha-

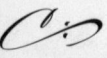

ben dann sehr mäßig gegessen und sich darauf eingeschlossen …

MARQUISE: Diese beiden Leute, die man mir Wunders wie angepriesen, haben mich furchtbar gelangweilt.

PHILIPPINE: Sie sind recht töricht, sich so anführen zu lassen! Wer kennt diese Kavaliere nicht! Reicht ihr Witz vielleicht für irgendetwas in der Gesellschaft aus, ist es wenigstens doch nicht nötig, das während der Tischzeit auf die Probe zu stellen! Also, sie verschwanden! Darauf erschien niemand weiter, Ihre Einsamkeit zu stören. Monsieur le Tréfoncier gleichwohl, aber der ist wohl nicht der Mann, Sie sehr zu ermüden!

MARQUISE: Oh, ich schwöre es dir, er ist von mir gegangen, ohne mich nur mit der Fingerspitze angerührt zu haben.

PHILIPPINE: Das ist höchst wahrscheinlich! Am Abend geben Sie ein wirkliches Souper. Es wird nicht gespielt. Um Mitternacht zieht jedermann sich zurück. Monsieur de Limefort nicht ausgenommen. Sie schlafen ganz allein! Ich entsinne mich nicht, etwas Ähnliches je erlebt zu haben, seit ich die Ehre habe, bei Ihnen zu sein.

MARQUISE *lächelnd:* Ich bessere mich augenscheinlich. *Einen Augenblick sagt keiner etwas.*

PHILIPPINE: ... Das ist ein reizender Bursche, Madame, dieser Belamour, der gestern in Ihren Dienst getreten ist.

MARQUISE *mit gleichgültiger Miene:* Er ist nicht übel. Der Tréfoncier, sein Beschützer, hat ihn mir anempfohlen und versichert mir, er sei ein sehr brauchbarer Mensch, der wundervoll frisiere.

PHILIPPINE *beobachtend:* Ebenso ist er außerordentlich liebenswürdig ... Monsieur Morguin stellte ihn uns feierlich beim Nachtessen vor. Und sieh mal einer an! Dieser Neuankömmling benimmt sich und spricht wie jemand von Stande!

MARQUISE: Oh, ich kenne eine Anzahl unserer kleinen Debütanten, die bei ihrem Auftreten bei weitem nicht so viel Lebensart besitzen.

PHILIPPINE *beobachtend:* Das ist um so wunderbarer, als Belamour ... gerade nicht von so weit her ist.

MARQUISE: Wie meinst du das?

PHILIPPINE: Ach, mein Gott ... man weiß, was man weiß! Er stammt aus Dijon, nicht wahr? Wenigstens wurde er da erzogen.

MARQUISE: Ich habe mich darüber nicht informiert.

PHILIPPINE: O ja! Er war Perückenmacherlehrling dort unten.

MARQUISE: Irgendwo muss man sein Handwerk wohl gelernt haben.

PHILIPPINE: Ganz gewiss! Bringen Sie die Rede nur einmal auf Monsieur Cornu, seinem ersten Lehrherrn!

MARQUISE: Was geht mich das an?

PHILIPPINE: Und mich vielleicht, wenn es gefällig ist?

MARQUISE: Woher kommt es, dass du dich so sehr darum kümmerst?

PHILIPPINE *boshaft:* Ach daher, Madame … Sie wissen eben nicht, dass es gestern an der Dienstbotentafel eine Wiedererkennungsszene gab. Nicole und Belamour waren schon früher miteinander bekannt.

MARQUISE: Ah, nun verstehe ich! Also als Bekannter von Nicole hat Belamour trotz seiner Vorzüge das Unglück gehabt, dir zu missfallen.

PHILIPPINE: Das sage ich nicht, Madame, aber durch die Unterhaltung, die er vor uns mit meiner lieben Dienstschwester geführt hat …

MARQUISE: Mein Gott, liebe Philippine, dieser ironische Ton steht dir schlecht. Deine Dienstschwester und du, ihr seid euch, was Boshaftigkeit anbetrifft, zum Mindesten ganz gleich. Ihr könnt euch gegenseitig nicht riechen und versäumt keine Gelegenheit …

PHILIPPINE: Was mich anbetrifft, Madame, bin ich ehrlich! Ich gestehe, dass ich Nicole nicht mag. Ich kann gut und gern sagen, hundert Jahre dürfte ich mit der Schlampe in einem Hause sein …

MARQUISE: Philippine, du vergisst dich, glaube ich! Meine Güte so weit zu missbrauchen …

PHILIPPINE: Verzeihung, meine gute, meine anbetungswürdige Herrin! Grollen Sie mir nicht, ehe Sie mich nicht angehört haben! Sie wissen, wie sehr ich an Ihnen hänge, und wenn jemand mir missfällt, dann ist es nur Ihretwegen.

MARQUISE: Genug, dieser ganze Dienstbotenklatsch geht mir auf die Nerven!

PHILIPPINE: Aber schließlich, Madame, wenn niemals etwas aufgeklärt werden soll …

MARQUISE: Man sollte überhaupt nicht anfangen, dergleichen aufzurühren. Immer muss ich von deinen Händeln mit einem Mädchen hören … das mir sonst gefällt und hier länger als du im Dienst steht. Ich habe dir über all das hundertmal den Mund verboten, zwinge mich nicht, dich nochmals daran erinnern zu müssen.

PHILIPPINE: Diese gewisse Angelegenheit, Madame, wird mir immer auf dem Herzen brennen. So wahr ich eine Seele habe, haben Sie mich sehr zu Unrecht im Verdacht gehabt, darüber geplaudert zu haben. Augenscheinlich hat Madame la Comtesse, die Sie zu sich gelotst hatte, all das Nicole erzählt. Sie können sich wohl denken wozu! Mein Gott, dazu braucht man sich nicht so aufzublasen! Es lag nur an mir, den Vorrang zu haben ... Ja, Madame, Ihre falsche Freundin ist es gewesen, die Nicole ein Licht aufgesteckt, aber nicht ich, das schwöre ich Ihnen. Ich will mich hängen lassen, wenn das Wort »Esel« mir vor dieser Kreatur jemals über die Lippen gekommen ist ...

MARQUISE: Dann müsste die Comtesse von Sinnen gewesen sein!

PHILIPPINE: Je nun! Sie sind immer noch nicht aus Ihrem Irrtum gerissen! Aber es ist doch so! Madame la Comtesse ganz allein kann davon gesprochen haben. Das Üble an der Sache ist: Seit Nicole das peinliche Geheimnis weiß, können wir nicht den kleinsten Streit miteinander haben, ohne dass sie nicht das Geschrei Ihres Esels nachahmt, und hernach macht sich jedermann lustig über mich. Sie sehen wohl ein, Madame, dass das ein Ende haben muss und dass ich, trotz meiner außerordentlichen Anhänglichkeit an Madame, nicht in einem Hause bleiben werde, wo sich dieser

demütigende Schimpf alle Augenblicke wiederholt.

MARQUISE: Wie du willst, Philippine! Was die Entlassung Nicoles anbetrifft, so mache dich – so gut ich es mit dir meine, was mich freilich nicht hindert, es ebenso gut mit ihr zu meinen – darauf gefasst, zwingst du mich, sie aufzuopfern, dich gleichzeitig nach einem anderen Dienst umsehen zu dürfen.

PHILIPPINE *weinend:* Wie unglücklich ich bin!

MARQUISE: Die Comtesse mag vergessen haben, was sie sich selber schuldig ist, und etwas angedeutet haben, was sie nie hätte sagen dürfen, aber letzten Endes ist das alles schon etwas lange her; ohne eure tägliche Unklugheit, die jeden Augenblick eine vergessene Dummheit wieder aufwärmt, würde man überhaupt nicht mehr davon reden. Die Comtesse kann nur von einem einzigen Abend gesprochen haben. Wenn du nichts davon hast verlauten lassen, was später noch in unserem kleinen Privatzimmer geschehen ist …

PHILIPPINE: Grundgütiger Himmel! Mich ähnlicher Dinge gerühmt haben zu sollen! … Heute, Madame, wollte ich, und wenn es mich einen Arm kosten sollte, dass ich Ihrem Beispiel niemals gefolgt und nie so wahnsinnig gewesen wäre, kennen lernen zu wollen,

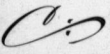

was ein Esel uns Gutes tun kann. Aber ich sah Madame la Comtesse und sah Sie, Sie haben es ausgeführt …

MARQUISE: Mein Gott, du zerplatztest ja vor Neid deswegen, und weder die eine noch die andere von uns ist daran gestorben! Aber lassen wir das! Ich will wohl mit Nicole reden und sie veranlassen, sich, mit Rücksicht auf dich, besser zu betragen. Überdies dürfte auch viel an dir liegen, Frieden zu bekommen, denn ich bin sicher, dass das Mädchen dich liebt und dass das, was dich ärgert, weniger die Folge eines natürlichen Hasses als verletzte Eitelkeit ist.

PHILIPPINE: Oh, das wollten Sie tun, Madame, aber, aufrichtig gestanden, sie ärgert mich bis zur Wut und ich bin furchtbar eingenommen gegen sie …

MARQUISE: Man wird den Versuch machen, euch auszusöhnen; ist das nicht möglich, werdet ihr die Güte haben, alle beide meinen Dienst zu verlassen. Ich wünsche, dass ihr künftig besser miteinander auskommt, oder …

PHILIPPINE *ergreift die Hand der Marquise und küsst sie:* Wie könnte man das, Madame? Sind Sie nicht die Güte, die Freigebigkeit selber? Nein, nein, Sie könnten mich mit Füßen treten, ich würde Sie doch nicht verlassen wollen …

MARQUISE *mit Güte:* Gut also! Bleibe und halte Frieden! Aber lass mir Nicole gleich mal herkommen! Du kannst im Vorübergehen sagen, dass ich jetzt zwei Stunden lang von niemandem, wer es auch sei, belästigt werden will.

Philippine geht. Die Marquise ist nur so lange allein, als Philippine Zeit braucht, Nicole zu holen. In dem Vorgemach hört man:

NICOLE *ärgerlich sagend:* Philippine, handelt es sich nur darum, mir einen Verweis zu verschaffen, und hast du dir deswegen die Mühe gemacht, mich aufzusuchen, bin ich dir sehr verbunden. Wie du diese Bestellung ausrichtest, kommt mir verdächtig vor, und ich habe wohl Lust zu warten, bis Madame jemanden anderes nach mir schickt …

MARQUISE *hört es:* Komm herein, Nicole! Es geschieht auf mein Geheiß. *Sie treten ein.*

NICOLE *respektvoll:* Was steht Madame zu Diensten?

MARQUISE: Setzt euch alle beide … setzt euch hin … ich gestatte es. *Sie sitzen.* Hört, meine Kinder, ich habe euch gern, eine wie die andere, wisst ihr das? Ich glaube, euch Beweise dafür geliefert zu haben.

NICOLE: Ganz gewiss, Madame.

PHILIPPINE: Madame, Sie wissen, wie tief ich von Ihrem Wohlwollen durchdrungen bin.

MARQUISE: Gut! Zum Dank dafür bereitet ihr mir um die Wette so viel Ärger, wie ihr nur könnt!

NICOLE: Wieso das, Madame?

MARQUISE: Du, die du da redest, hasst Philippine, das beste Kind von der Welt! Und um sie ja recht wild zu machen, sollst du, sagt man, hundert schlechte Scherze wegen eines gewissen Eselsabenteuers mit ihr machen, von dem die Comtesse de Motte-en-feu, wie ich gewiss bin, dir eine recht wenig zuverlässige Schilderung gemacht hat.

NICOLE: Mir, Madame?

MARQUISE: Lieber Gott, Nicole, wenn wir miteinander ins Reine kommen wollen, spiele hier nicht allzu sehr die Diskrete! Du redest zur Unzeit sehr häufig und sehr unliebsam darüber.

NICOLE: Um nicht zu lügen, Madame, ich erfuhr von der Comtesse eine sonderbare Anekdote ... *Mit boshaftem Lächeln sieht sie Philippine an* ... die zudem nicht wahr sein kann.

MARQUISE: Heraus damit! Was hat dir die Comtesse erzählt?

NICOLE: Dass Sie an einem gewissen Abend – es ist schon lange her – in einem lustigen Augenblick gemeinsam die Frage aufgeworfen, Sie möchten wissen, ob ein Zuchtesel sich, den Reizen einer Christin zu Gefallen, in Liebes-unkosten stürzen und sie wie eine Eselin be-handeln würde.

MARQUISE: Sie hat die Wahrheit gesagt.

NICOLE: Während sie sich für die Möglichkeit ausgesprochen, hätten Madame es als un-möglich hingestellt, und dann hätten Sie ge-wettet.

MARQUISE: Auch das ist noch wahr! Und wei-ter?

NICOLE: Dass für den Preis von zehn Louis, die Sie zugunsten Philippines gesetzt, diese sich zu dem Versuch erboten und dass Ihr Mon-sieur Esel sie ausgezeichnet versohlt habe.

PHILIPPINE *aufschreiend:* O unerhört! Ich! Ma-dame, Sie wissen …

MARQUISE *zu Philippine:* Ruhig! *Zu Nicole.* Die Comtesse hat gesagt – Hüte dich ja zu lü-gen! –, Philippine habe sich zu dem Versuch, den Esel zu empfangen, angeboten und dass dieser sie tatsächlich angenommen?

NICOLE: Ich beschwöre es, Madame, dass sie es mir so und nicht anders erzählt hat.

MARQUISE: Nun gut! Mein Kind, man hat dich gründlich angelogen. Wir begingen wahrhaf-tig die Kinderei, über die Frage hin und her zu streiten und zu wetten; aber es war die Comtesse, die, sehr gegen meinen Willen, absolut Klarheit über diesen Punkt haben wollte. Sie machte mich unter dem Zwange des Augenblickes auch für meinen Teil neugierig, zu erfahren, ob ein so seltsamer Versuch Erfolg haben könnte. Ohne Zweifel hätte die Comtesse besser daran getan, alles das auf dem Grunde ihres Herzens zu bewahren; aber da sie so rasend war, davon zu sprechen, hätte sie die Dinge wenigstens so, wie sie sich zutrugen, schildern und nicht die arme Philippine mit solcher Unverschämtheit verleumden sollen. Es war, da es doch mal gesagt werden muss, es war die Comtesse in höchsteigener Person – verstehst du, Nicole? –, die sich für ihren eigenen Teil durchaus dem Esel hingeben wollte und die, indem sie ihn gewissermaßen notzüchtigte, die Stirn hatte, ihm vor unseren Augen die alleräußerste Gunst zu gewähren. Wir zitterten darüber; wir glaubten, sie müsse sich unbedingt den Tod holen … Unerschrocken wie sie ist, ging sie nicht nur mit Herzenslust ans Werk, sondern, mehr noch, gab ihrer vollkommensten Befriedigung Ausdruck.

NICOLE: Die Arme fallen mir herunter, Madame! Eine Comtesse! Eine Winzigkeit wie sie!

MARQUISE: Dennoch ist alles bis auf das Tüpfelchen wahr. Siehst du, Philippine, dass man sich bald verständigen wird! Aber, da wir hier eben zusammen sind, wollen wir den Kübel nur gleich ganz ausleeren. Ich kenne dich, Nicole, und weiß, du liebst die Frauen bis zur Tollheit. Ich habe selber gesehen, dass du Philippine mit äußerster Leidenschaft betastet hast.

PHILIPPINE: Das ist wohl wahr, Madame! Aber sie mag Ihnen sagen, dass ich niemals gewollt habe …

MARQUISE *zu Philippine:* Sich dazu zu bekennen, wäre erniedrigend für sie, und was dich anbetrifft, finde ich es unhöflich, ihr Avancen gemacht zu haben … Nicole ist ein reizendes Geschöpf, kerngesund, von peinlicher Sauberkeit …

PHILIPPINE: Madame, ich habe nicht sagen wollen, dass sie mir zuwider ist, dazu gehört viel … Aber … *Sie beobachtet die Marquise.*

MARQUISE: Soll dies »aber« sagen, da ich mich deiner bedient, seiest du so feinfühlend gewesen, dich nicht teilen zu wollen? Diese Rücksicht war sehr schmeichelhaft für mich … Aber Nicole, die nicht wissen konnte …

NICOLE: Ganz gewiss, Madame, hätte es mir schlecht angestanden, mich in ihre geheimen kleinen Freuden zu mischen, wie ich auch von dem nicht rede, was andere nicht zu wissen brauchen. Wenn es Madame belieben, davon Gebrauch zu machen ... Ich tue meine Schuldigkeit.

MARQUISE *sie abwechselnd anschauend:* Also doch, ihr wäret um ein Nichts verfeindet wie zwei rechte Gänschen!

NICOLE: Ich, Madame, ich habe mir nichts vorzuwerfen, Philippine jemals etwas Böses getan zu haben. Sie hat mich abgewiesen, das ist nicht schmeichelhaft, aber das hätte ich ihr gern verziehen; sie hat nicht für zehn Louis mit Ihrem Esel gekramt, aber eine Standesperson, die ich für vertrauenswürdig hielt, hatte es mir versichert. Ich hatte mich dieser lächerlichen Tatsache als etwas, das mir eine Waffe gegen eine nicht mehr geliebte Person in die Hand gab, bemächtigt. Da es falsch ist, war es Unrecht, sie auf Grund dessen zu kränken. Ich bitte deswegen um Verzeihung. Indessen, wenn sie keine »Eselshure« ist, bin ich noch viel weniger ein »weiblicher Puppenjunge« ...

PHILIPPINE: Was willst du damit sagen, wenn ich bitten darf?

NICOLE *zur Marquise:* Ja, Madame! Eines Tages, als Monsieur Boujarons übel riechenden An-

gedenkens Geschichten mit ihr machen wollte
… das heißt …

MARQUISE: Ich verstehe schon, fahre fort!

NICOLE: Das Gerücht behauptet, während sie
ihm ohne weiteres die Vorderseite zur Verfügung stellte, habe sie sich entschuldigt, Monsieur Boujaron nicht auf bessere Art gefällig
sein zu können, und hat zu ihm gesagt: »Hier,
wenn Ihnen das beliebt, ich bin keine Nicole,
ich nicht!«

PHILIPPINE *die Hände erhebend:* Träume ich?
Kannst du wirklich … *Zur Marquise.* Halten
Sie, Madame, ich schwöre es Ihnen bei meiner ewigen Verdammnis … Wenn dieser
scheußliche Bock jemals den kleinsten Teil
meines Körpers angerührt hat … Allerdings
doch! Eines Morgens, als ich Ihr Feuer
schürte und ich nicht auf das Mindeste gefasst
war, steckte der Unverschämte mir seine
Hand …

MARQUISE: Ich weiß das, ich befand mich in meinem Kabinett.

PHILIPPINE: Gut denn! Madame, Sie wissen also,
auf welchem Kriegsfuß wir zusammen standen. Ich! Diesem Unseligen jemals meine Vor-
der- oder Kehrseite darbieten! … Aber da er
mich zufällig zu halten bekam … liegt darin
Sinn und Verstand? Niemals hat er über Ni-

cole den Mund vor mir aufgetan, ohne mir zu versichern, wie er sich oft dessen rühmte, mit Ausnahme des Portiers und meiner Person – und Madame selbstverständlich – habe er das ganze Haus florentisiert. *Nicole schneuzt sich mit hinreichendem Getue, dass man vermuten könnte, sie wolle einem gewissen und begründeten Erröten Zeit lassen, wieder zu verschwinden.* Sie sind doch wohl überzeugt, dass ich niemals ein Wort davon geglaubt habe … Ich hätte sie, ebenso wenig wie mich, jemals für fähig gehalten, sich in irgendwelcher Beziehung mit dieser Affenfratze einzulassen …

MARQUISE *lächelnd:* Genug! *Zu Nicole.* Siehst du, sie macht den Eindruck vollkommenster Ehrlichkeit!

NICOLE: Den macht sie auch auf mich.

MARQUISE: Also, meine Lieben: Alle eure gewaltigen Beschwerden schrumpfen zu einem Nichts zusammen!

NICOLE: Das muss man zugestehen.

MARQUISE: Niedlich, wie ihr alle beide seid; ein vortreffliches Herz wie ihr beide besitzt, stände es euch weit besser an, gut miteinander auszukommen, als dass ihr euch fortwährend mit fast dem gleichen Holze einheizen müsst … Ich könnte euch ganz gleich lieb haben, wärest du, Philippine, nicht auf alles, was ich in gewissem Sinne gern in meiner Umgebung sehe, wie eine alte Katze eifersüchtig, und du, Nicole, wenn du nicht knurrig wie eine alte Bulldogge und giftig wie ein Satan wärest. Aber da man mit den Leuten, mit denen man zusammenlebt, Geduld haben muss, bitte ich euch nur, euch so viel wie möglich zu bessern und euch zu vertragen. Alsdann nehme ich es ohne weiteres auf mich, dass ihr alle beide glücklich mit mir sein sollt! … Also frisch voran! Umarmt euch!

Auf diesen Befehl hin machen beide gleichmäßig schnell eine Bewegung, sich einander zu nähern. Sie küssen sich zunächst gegenseitig auf beide Wangen. Nicole versucht es zuerst, ihren Mund auf den Philippines zu bringen. Diese beantwortet diesen offensichtlichen Freundschaftsbeweis aus vollem Herzen. Darauf wagt Nicole es, die Zungenspitze etwas zu gebrauchen. Philippine errötet bis zu den Haarwurzeln und erwidert es lebhaft.

MARQUISE *folgt von ihrem Sitze aus dem allen voll gespanntester Aufmerksamkeit mit den Augen:* Gut so, liebe Kinder! Ihr seid reizend!

Das macht mich ganz und gar … Hört mal, ihr da …

NICOLE: Madame?

MARQUISE *mit gedämpfter Stimme:* Ist man hier sicher? … Seht nach … *Beide laufen an die Türen.*

PHILIPPINE: Kein Mensch ist in den anstoßenden Zimmern.

NICOLE: Die Kabinette sind verschlossen.

MARQUISE: Jetzt muss ich mein gutes Werk vollenden. Kommt beide her … *Sie ergreift von jeder eine Hand.* Nicht wahr, Philippine, ein solcher Kuss wie der von Nicole weiß von etwas mehr als von einfacher Wiederkehr der Freundschaft zu sagen? *Philippine lächelt und schlägt die Augen nieder.* Nicht wahr, Nicole, dich verlangt es wohl nach diesem kleinen Geschöpf da?

NICOLE *voll Verlangen:* Die Spitzbübin weiß das recht gut, aber sie liebt mich nicht.

PHILIPPINE *lebhaft:* Ich! Närrisch könnte ich dich ohne deine Boshaftigkeiten lieben.

NICOLE *freundschaftlich:* Nun wohl! Denk nicht mehr daran, du siehst mich vor deinen Knien, dich um Verzeihung zu bitten.

Die Marquise, die voraussieht, dieser Augenblick sei günstig, sich eines der Schauspiele, nach de-

nen ihre brennende Einbildungskraft immer lüstern ist, zu verschaffen, packt Philippine bei den Schultern und lässt sie rückwärts aufs Bett fallen. Nicole, die das kennt und von eigenem Verlangen getrieben wird, bringt Philippine vollends auf den Rücken, indem sie einen Arm unter deren entblößten Schenkel schiebt. Die Marquise beeilt sich, ihr Unterrock und Hemd bis über den Gürtel hinaufzuheben. Alles, was reizend an Philippine ist, ist Beute für die Augen der Marquise und Nicoles, deren brennende Lippen sich sogleich auf das Zentrum der Wollust stürzen. Die Zunge sucht und findet leicht den magischen Punkt.

MARQUISE: Dass ich für meine Bemühungen und recht zu meinem Vergnügen diesen reizenden Zeitvertreib sehen darf!

Sie hält Philippine fest und betastet ihre Brüste, die bekanntlich von frischester Schönheit sind. Nicole leistet den andern Dienst mit all der Lebhaftigkeit, deren der verliebteste Anbeter fähig ist. Durch Seufzer, heftiges Zittern ihres Busens, durch die Bewegung ihres Hinterns, die Kundige ganz genau verstehen, gibt Philippine deutliche Zeichen der äußersten Wollust. In ihrer Verwirrung will Nicole, in der Absicht, sich selbst zu

befriedigen, eine Hand unter ihren Rock stecken. Die Marquise hindert sie daran und will, dass diese Hand wieder ans Tageslicht kommt. Sich ihrer bemächtigend, sagt die

MARQUISE *sehr leise:* Pfui doch! Philippine ist kein Mädchen, das etwas schuldig bleibt; und sollte das der Fall sein, werde ich ihre Schuld übernehmen. *Philippine seufzt dreimal ein sehr deutliches »Ah« und verliert die Besinnung. Kaum wieder zu sich gekommen, schlingt sie die Arme um Nicoles Hals und küsst sie innigst. Das lässt die Marquise hinzufügen.* Gut! Ganz ausgezeichnet! Euer Betragen gefällt mir. … *Zu gleicher Zeit attackiert Philippine Nicole unter der Wäsche, aber da sie viel weniger groß und stark ist, vermag sie es nicht, Nicole umzukehren.*

PHILIPPINE *lächelnd:* Ich bin genötigt, dich zu vergewaltigen, aber wie es anfangen?

NICOLE: Oh, ich bin nicht so spröde, aber in Gegenwart von Madame …

MARQUISE: Reizende Bedenklichkeit! Wenn diese Spaßvögel mich beleidigen könnten, wäre es wohl schon an der Zeit gewesen, das zu bedenken, nicht wahr! Vorwärts, du bedächtige Schöne, mache dich bereit. *Zu Philippine.* Sie wird dich schon ranbringen wollen.

Nicole legt sich zurecht. Bei dem Anblick ihrer herrlichen Formen und einer selten frischen und korallenroten Öffnung, die von einem üppigen und gewaltig buschigen Haarwald umschattet ist, vermag Philippine einen Augenblick der Überraschung nicht zu verbergen.

PHILIPPINE: Sehen Sie doch, Madame! Gibt es sonst noch etwas Begehrenswerteres?

MARQUISE: Das wissen wir doch schon lange! Vorwärts!

Nicole, die sich gefügt, erwartet leidenschaftlich glühend den Augenblick der Wollust. Bei der ersten Berührung durch Philippines niedliche Zunge tritt er bei ihr ein. Philippine, die nichts halb getan wissen will, wischt sich flink den Mund und beginnt, ohne dass Zeit gewesen wäre, die Lage zu ändern, wieder von vorn. Trotz ihrer großen Erfahrung ist der Marquise das erste Resultat entgangen, was daher kommt, dass sie sich allzu eifrig mit Nicoles festen Brüsten und deren prachtvollen Haaren beschäftigt hat. Philippine, die dank der vorzüglichen Unterweisungen der Marquise ungemein geübt im Zungenspiel ist, führt ihre Freundin durch alle Stadien des Genusses. Nicole, ein Mädchen von brennender Leidenschaftlichkeit und seltener

Kraft, kostet die Krise der Wollust, die anerkanntermaßen als die herrlichste von allen gilt, bis zum Taumel der Verzückung aus.* Nachdem alles bestens besorgt und die Mädchen sich leidlich erholt haben, sagt

PHILIPPINE *zu Nicole:* Welche von uns wird jetzt das Glück haben, unsere gütige Gebieterin das Angebinde einer nur zu gerechtfertigten Erkenntlichkeit kosten zu lassen?

NICOLE: Wir beide! Hoffentlich! Oder, da du den Vorzug gehabt, ihr die Absicht kundzutun, überlasse mir denn, das Werk auszuführen.

MARQUISE *reicht jeder von ihnen eine Hand, die sie unverzüglich an die Lippen führen:* Wie das nicht anders sein kann, empfinde ich diesen Wetteifer als sehr schmeichelhaft für mich; jedoch für den Augenblick, meine allerliebsten Kinder, will ich nichts von euch. Geht in Frieden, seid hinfort unauflöslich verbunden und denkt nicht daran, mich, solange ihr lebt, zu

---

* Alles das weiter ausführen, hieße, den Leser beleidigen, dessen Einbildungskraft wir für genug geschult halten, Geschmack an diesen Bildern zu finden, und dem wir hinreichend Erfahrung zutrauen, sie sich vollständig ausmalen zu können. Für die, welche so geartete Frauen kennen, haben wir genug darüber gesagt; für jeden anderen möchten wir noch sagen, dass unser Gegenstand nicht besser ausgeführt werden können dürfte. (Anm. d. Verf.)

verlassen. Hör mal, Philippine! *Die Marquise flüstert ihr den Auftrag ins Ohr, ihrer Kassette sechs Louis für sich selber zu entnehmen und ebenso viel an Nicole zu verabfolgen.* Nun, Kinderchen, will ich sogleich aufstehen, denn ich habe heute sehr viel zu besorgen.

Man beeilt sich, alles Nötige vorzubereiten. Als die Marquise sich, ihrer Gewohnheit gemäß, zwecks des Wäschewechselns ganz nackend ausgezogen, küssen die Wiederausgesöhnten, während sie ihre Herrin bedienen, deren herrlichen Körper an tausend Stellen. Es fehlte nicht viel, dabei Feuer zu fangen, wenn sie nicht Pläne im Sinne gehabt hätte, deretwegen sie sich aller Amusements, die im Vergleich zu den erhofften wenig reell erscheinen, enthalten müsste. Sobald sie sich in Morgentoilette befindet und ihrer Gewohnheit gemäß eine Viertelstunde lang auf ihrem Balkon die Luft des Gartens eingeatmet, lässt sie sich ihre Schokolade reichen, frühstückt, nimmt ein Buch und entlässt ihre Zofen, nachdem sie einer jeden einen Kuss gegeben. Sie gehen in der besten Laune von der Welt davon, springend und die Arme wechselseitig um ihren Leib geschlungen haltend.

Ende des dritten Teils

Vierter Teil

Die Marquise ist unfähig, von dem, was gefühlvolle Menschen »Liebe« nennen, ergriffen zu werden, die sie als eine höchst lächerliche und überdies zutiefst gefährliche Sache anzusehen vorgibt. Dennoch wird sie unablässig von gewissen Einfällen unterjocht, deren außerordentliche Lebhaftigkeit ihnen fast aufs Haar den Charakter dieser von ihr so verabscheuten Liebe geben. Es ist eine dieser ungewöhnlichen und zudem bei dieser Dame seltenen Zuneigungen, die Belamour ihr einflößt. Gleich bei seinem ersten Erscheinen hatte er ihr gefallen. Die körperlichen Beweise, die er ihr geliefert, haben ihm ihre Zuneigung gesichert, und die Betrachtungen der Nacht haben die Dispositionen des Vorabends nicht weniger bestärkt. Des beglückten Belamours wegen hat die unbändig sinnliche Marquise, die zu den Personen gehört, die sich am

allerwenigsten imstande fühlen, eine Gelegenheit – welche es auch sein möge – für den Genuss der Wollust zu verpassen, die galanten Anträge Philippines und Nicoles zurückgewiesen.

Es ist Mittag. Dies ist die Stunde, da die
Dame für gewöhnlich Toilette macht, also der
köstliche Moment, wo man, ohne sich bedenken
zu brauchen, Belamour rufen lassen kann. Denn
die Haare losstecken, nachschneiden, aufwik-
keln, eine kunstvolle Frisur machen, ist ein zeit-
raubendes Geschäft, das gleichzeitig Gelegenheit gibt, einen höchst interessanten Roman wieder aufzunehmen und, ohne sich, wie am Tage
vorher, etwas zu vergeben, ein Wesen, dem man
schon zu viel Hingabe gezeigt zu haben fürchtet,
zu beobachten. Diese außerordentliche Freiheit
von gestern war angebracht, hätte es sich nur
um eine Gelegenheitsliebe gehandelt, aber hier
handelt es sich darum, einen Menschen, den
man in seinen Dienst nimmt und dem man sich,
Gott weiß wie lange Zeit, zu widmen gedenkt,
zu prüfen. Eine Hauptperson fast … Bedenkt
man das alles, wird der Leser nicht erstaunt sein,
wenn er die Marquise heute zunächst weit weniger lebhaft, ja über das Geschehene sogar ein
wenig nachdenklich findet und sie sich daher
vornimmt, eine gewisse Würde zur Schau zu
tragen.

Das Klingelzeichen ist gegeben, Belamour herbeigerufen. Jedermann ist instruiert, bis nicht Gegenordre gekommen, wünsche man unter keinen Umständen von irgendjemand behelligt zu werden. Um selbst die Kammerzofen fern zu halten, ist Philippine mit einer dringenden, langdauernden Arbeit auf ihrem Zimmer beschäftigt und Nicole mit zahllosen Aufträgen überhäuft, sodass sie während mehrerer Stunden die ganze Stadt im Fiaker auf und ab fahren muss.

Belamour erscheint im Morgenanzuge im Toilettenzimmer und hat eine weiße Schürze umgebunden – mit einem Wort, er trägt die vollständige, seinem Gewerbe entsprechende Kleidung. Trotz augenscheinlich großer Ehrerbietung unterlässt er es nicht, die Augen der Marquise prüfend anzusehen, um dadurch nach Möglichkeit zu erfahren, was für Wetter im Kalender stehe. Aus Stolz vielleicht oder aus Furcht, zu leicht durchschaut zu werden, senkt die Dame den Blick und antwortet auf die Begrüßung ihres neuen Dieners nur mit einem leichten Neigen des Kopfes.

Wir übergehen die bedeutungslosen, nur auf das Frisieren sich beziehenden Äußerungen, und während der ganzen Dauer der folgenden Szene werden wir nichts weiter darüber sagen oder wenigstens nur einige, diesen Gegenstand

betreffende Worte, die notwendigerweise mit einigen Punkten der Unterhaltung verknüpft sind, anführen.

MARQUISE: Das, was du mir gestern erzähltest, Belamour, hat mich die ganze Nacht über nicht losgelassen. Noch als ich allein war, habe ich wie ein Kind darüber gelacht.

BELAMOUR *mit seiner Arbeit beschäftigt:* Und ich, Madame, fürchtete im Gegenteil schon, all das könnte Sie gelangweilt haben.

MARQUISE: Habe ich dich recht verstanden, warst du ungefähr … zwei Jahre in der Lehre, als du das treffliche Erlebnis mit deinem Stiftsherrn hattest, und musstest also vierzehn Jahre alt gewesen sein.

BELAMOUR: Sechs Monate mehr, Madame.

MARQUISE: Also, da du einundzwanzig Jahre alt bist, ist es etwa sieben Jahre her, seit du – um mich sprichwörtlich auszudrücken – das Gute und das Böse kennen gelernt hast!

BELAMOUR: Ihre Rechnung stimmt, Madame!

MARQUISE: Seit jenen Tagen hast du wohl manches Land und manche Leute kennen gelernt?

BELAMOUR: Es geht.

MARQUISE: Dijon ist dir bekannt, soweit ich unterrichtet bin.

BELAMOUR: Es war in Dijon, Madame, wo ich

schon in meiner Kindheit hingebracht wurde und wo ich meine Profession erlernt habe.

MARQUISE: Das stimmt, man hat mir dasselbe gesagt.

BELAMOUR: Ohne Zweifel wohl Demoiselle Nicole? Ich hatte den Vorzug, sie fast noch als Kind da unten kennen zu lernen; und es war keine geringe Freude für mich, sie in einem Hause wiederzutreffen, in dem mein guter Stern mir die Ehre, dienen zu dürfen, verschafft hat.

MARQUISE *errötet und sieht in ihren Spiegel, ob Belamour dies allzu deutliche Zeichen eines eifersüchtigen Interesses bemerkt haben möchte:* Oh, oh – vorsichtig! Ich habe eine sehr empfindliche Kopfhaut! Dieser letzte Strich mit dem Kamm hat mir sehr wehgetan.

BELAMOUR: Ich bitte tausendmal um Entschuldigung, Madame; ich war ungeschickt, ich werde mehr Acht geben.

MARQUISE: Nicole stammt aus Dijon! Das gibt mir zu denken! Mein lieber Belamour, ich habe den dringendsten Wunsch, alle deine Abenteuer gründlich kennen zu lernen, aber du hast mir so bestimmt versichert, sie glichen sich beinahe alle …

BELAMOUR: Ich habe mich wohl schlecht ausgedrückt, Madame.

MARQUISE: Ja, wenn ich nach dem gehe, was du

mir von dem Stiftsorganisten erzählt hast,
und nach der Dummheit, die ich dich gestern
mit dem Tréfoncier begehen sah, und denke
ich an die Zusicherung, die du mir gegeben
hast, sich aller derartigen Vorkommnisse enthalten zu wollen, weiß ich nicht recht, ob ich
mich der Last unterziehen soll, dir in alle
diese Einzelheiten, die nicht eben für die Ohren von Damen geeignet sind, zu folgen.

BELAMOUR: Wie Sie belieben, Madame! Es ist so
beschämend für mich, mich zu all den Dingen
bekennen zu müssen, dass ich entzückt wäre,
wollten Sie mich davon entbinden. Gestern
gehorchte ich … Ihre Befehle werden stets Gesetz für mich sein … Die göttlichen Haare!
Welche Farbe! Wie lang! Und wie weich sie
sich anfühlen!

MARQUISE: Man hat mir oft deswegen Komplimente gemacht; ich möchte indessen wissen,
wie du nach dem ersten von dir in der Welt
begangenen Fehltritt den rechten Weg wieder
gefunden hast. Denn schließlich: Es heißt
nicht, den Weg zum Glück betreten, von einem niedrig gesinnten, widerwärtigen Kerl
verführt zu sein und von ihm gelernt zu haben, du besäßest einen neuen Sinn, mittels
dessen du dir heimlich ein gewisses Vergnügen verschaffen könntest.

BELAMOUR: Ich brauchte nicht lange darauf zu warten, dass mir neue Türen aufgemacht wurden. Man muss nur den Schlüssel kennen …

MARQUISE: Das gerade interessiert mich! Wo fandest du den? Was wurde aus dir nach deinem Scharmützel mit dem Stiftsherrn?

BELAMOUR: Ich lebte eine Zeit lang so dahin, ohne dass mir irgendein Unfall passiert wäre, unbeschadet, bis ich einem kleinen Freunde, den ich besaß und der des nämlichen Gewerbes wie ich beflissen war und in der Nachbarschaft wohnte, eines Tages das, was ich so lange als Geheimnis gehütet, nicht zu verschweigen vermochte. Er war ein Jahr älter als ich, größer und entwickelter und erschien, da er brünett war, viel reifer; diese Farbe nämlich macht die jungen Leute stets älter, wie sie im Alter die entgegengesetzte Wirkung hervorbringt.

MARQUISE: Diese Beobachtung ist richtig.

BELAMOUR: Dieser Kamerad hieß Gautier. Eines Sonntags, als wir in Feiertagskleidern im Park, das heißt etwas außerhalb der Stadt, spazieren gingen, erzählte er mir verschiedene Geschichten von seiner Arbeit. »Einige«, sagte er, »haben morgens, wenn ich sie bedienen will, Mädchen bei sich und lassen mich manche Schweinereien sehen, an denen sie mich manchmal teilzunehmen einladen …« – »Ach, geh!«, sagte ich zu ihm, »all das, was du da zu Gesicht kriegen kannst, langt zweifelsohne nicht an das heran, was mir bei Monsieur Soundso – meinem Stiftsherrn – passiert ist.« – Ich erzählte alles. Er hörte mich ruhig bis zu Ende an. »Donnerwetter, mein lieber Cascaret«, antwortete er, mich lebhaft umarmend, »sieh, dann brauche ich mich ja nicht vor dir zu genieren! Ich sehe, mein Lieber, über uns waltet das gleiche Verhängnis und dass wir keine Freunde ohne Seelenverwandtschaft sind.«

MARQUISE: Er glaubte an Seelenverwandtschaft, ein solcher Grünschnabel?

BELAMOUR: Weshalb nicht, Madame, es gibt sie …

MARQUISE: Fahre fort!

BELAMOUR: »Du kennst wohl Monsieur Soundso?« Er nannte mir einen sehr angesehenen Advokaten. »Ja, zweifelsohne kenne ich ihn.« – »Nun gut, Kamerad, aber sprich niemals darüber, der macht es mir auch.« – »Gut.« – »Jedenfalls hat er die Jungfernschaft meiner Kehrseite weggekriegt wie seine Frau die meiner Vorderseiten.«

MARQUISE: Diese vertrauliche Mitteilung war recht abgeschmackt.

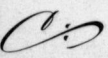

BELAMOUR: Ganz gewiss, Madame! Aber um Sie nicht mit einer nicht zugehörigen Geschichte zu ermüden, die nichts Pikantes für Sie haben kann, mag es Ihnen genügen, sage ich Ihnen, dass der Advokat eine Frau besaß, die er wegen ihrer großen Hässlichkeit links liegen ließ. Und sie, die feurig wie eine Löwin war, verlangte um jeden Preis nach Wollust und gab sich daher dem Erstbesten, der ihr in den Weg lief, hin und bezahlte ihn, so gut sie das vermochte. Aus diesem Grunde war ein armer, junger und noch unschuldiger Perückenmacher umso mehr ihr Fall, da ihr ein solcher recht harmlos erschien und nicht allzu viel kostete. So hatte sie Gautier verführt, der sich hoch geehrt fühlte, die Gunst einer Dame von solchem Range besitzen zu dürfen ... Sie wissen ... in der Provinz ...

MARQUISE: Empörend! Die Frau eines Advokaten! Ganz gewiss kann ich mir vorstellen, was das in Dijon heißen will.

BELAMOUR: Eines Tages, als mein Freund ihr gerade seine besonderen Dienste widmete, kam der Gatte, den man in einer Nachmittagsgerichtssitzung vermutete, unversehens zurück und überraschte sie mitten bei der Arbeit.

MARQUISE: Und machte ihnen einen recht tüchtigen Tanz.

BELAMOUR: Keineswegs, Madame! Ohne irgendwelchen Lärm zu schlagen, sagte er: »Lass
dich nicht stören, Gautier«, aber … gleichzeitig stieß er ihn an und suchte Gautier durch
eine mündliche Auseinandersetzung über ein
seltsames, aber durchaus friedliches Verfahren
aufzuklären – wenn ein Gatte die Liebenswürdigkeit besitze, es zu verzeihen, dass man ihn
zum Hahnrei mache, es dem Räuber der
Gattenehre schlecht anstehen würde, die Ge-
währung einer kleinen Bitte zu verweigern.

MARQUISE: Das war ein Mann mit gesundem
Menschenverstand, und sieh, das heißt, aus et-
was Üblem etwas Gutes zu machen wissen.
Und weiter dann …?

BELAMOUR: Der arme Gautier, durch sein
Schuldbewusstsein tief bedrückt, fand die Rache recht gelinde und tat oder ließ vielmehr
alles, was der Advokat verlangte, mit sich geschehen. Nachdem er sich auf diese vornehme
Weise gerächt, zog sich der würdige Hahnrei
zurück und verschaffte dem ehebrecherischen
Pärchen dadurch Gelegenheit, die süße, durch
sein Erscheinen unterbrochene Unterhaltung
wieder aufzunehmen.

MARQUISE: Wie viele Frauenjäger würden sich
zweifelsohne selig preisen, den Besitz ihrer Geliebten so billig erwerben zu können. Fahre fort!

BELAMOUR: Nachdem so die Bahn gebrochen, ging alles für meinen jungen Freund auf die denkbar beste Art weiter. Von Madame bezahlt, von Monsieur bezahlt, schwamm er im Überfluss, das heißt, ohne Übertreibung, denn allemal, wenn er sechs Francs nötig hatte, teilte er irgendeine Gunstbezeigung aus, sei es an Madame, sei es an Monsieur. Madame insbesondere war unersättlich. Das Los Gautiers erschien mir, ich gestehe es, beneidenswert. Ich wagte ihm das einzugestehen. »Je nun«, antwortete er, »was hindert dich, es nicht ebenso zu machen? Kennst du in deiner Umgebung nicht irgendwelche Liebhaber?« Das brachte meine Gedanken darauf, dass fast alle meine Kunden, und selbst Offiziere, mir herausfordernde Blicke zuwarfen.

MARQUISE: Offiziere! Leute von der Justiz! In Dijon gibt es deren kaum andere.

BELAMOUR: Verzeihung, Madame! Im Winter halbjährig Beurlaubte, als da sind – gute Papas von Majoren und Oberstleutnants; solche Herren also, die stellenlos sind und weder Geschmack noch Erfahrung in Liebeshändeln haben oder nicht mit äußeren Vorzügen ausgestattet sind, durch die man bei den Frauen Erfolg hat, und die es daher als sehr angenehm empfinden, ohne besorgt zu sein oder einen Skandal fürchten zu brauchen, ihre sinnliche Lust an einem jungen Schlingel auslassen zu können. Wie viele von diesen, wie ein gewisser General, haben nur solche Geliebte, zu denen man nach geschehener Tat sagt: »Nimm deinen Stock, nimm deinen Hut und …«

MARQUISE: »Mach dich dünn«, die Anekdote ist mir bekannt. Zweifelsohne verfehlte Mosjö Cascaret infolge seiner natürlichen Veranlagung nicht, den Rat seines Freundes bewundernswert zu finden.

BELAMOUR: Doch nicht ganz. Die Fähigkeit, Männern die Zeit zu vertreiben, hatte nichts Verlockendes für mich, denn schließlich sagte ich zu Gautier: »Was für ein Vergnügen haben denn diese Leute an so etwas? Das ist gut für ein- oder zweimal, hernach muss es sie doch in der Nase stinken …«

MARQUISE: Das hieß, sich deutlich ausdrücken.

BELAMOUR: »Keineswegs«, entgegnete er, »meinen Anwalt widert das keineswegs an. Ich nehme an, besorgt er es mir, hat er denselben Genuss davon, als wenn ich seine Alte karessiere. Aus diesem Grunde glaube ich auch nicht, ihn seines Geldes zu berauben, denn wäre Madame weniger hässlich, würde ich, statt sie zahlen zu lassen, ihr gerne alles geben, was ich von dem Herrn erhalte.« – »Ach«, unterbrach ich, »ich höre dir zu, ohne dich recht zu verstehen, denn in meinem Leben habe ich weder etwas mit einem Frauenzimmer noch mit einem Jungen vorgehabt … ich weiß nicht …« – »Drehen wir ein Ding, Cascaret, gehen wir heute Abend nicht zu unseren Meistern zurück! Wenn du kein Geld hast, ich habe welches! Wir wollen nach der Vorstadt zurückkehren, zu Abend essen und in der ersten besten Wirtschaft übernachten, und da – wenn du willst, kannst du das mit mir vornehmen, was dein Stiftsherr mit dir getan hat. Ich für meine Person werde es dir dann besorgen und erfahren, ob das Vergnügen, das ich dem Advokaten gewähre, dem, was ich mit seiner Frau auskoste, gleichkommt.

MARQUISE: Niedliche Lustpartie! Du nahmst an?

BELAMOUR: Gautier erkannte das sehr wohl an der tiefen, mein Gesicht allsogleich bedeckenden Röte. Er wünschte, wir möchten umkehren. Ich hätte der Sonne befehlen mögen, sich möglichst rasch hinter den Horizont zu ducken.

MARQUISE: Sieh mal an! Das heißt poetisch ausgedrückte Liederlichkeit! Ihr kamt schließlich an?

BELAMOUR: An der ersten Stelle, wo wir ein

Wirtshausschild sahen, verlangten wir, zu Nacht zu essen. Wir schlangen die Speisen nur so hinunter und kletterten bald zu dem Kämmerchen, das man für uns hergerichtet, empor. Ein schlechtes Bett, zwei Stühle und ein kleiner Tisch bildeten das ganze Meublement. Vergnügt richteten wir uns ein, ohne uns weder um das Innere des Zimmers noch um das, was daran grenzen mochte, zu kümmern. Wir glaubten uns mutterseelenallein. Wir warfen unsere Kleider ab, und da wir außer der Hitze der Jahreszeit auch noch die unseres Blutes spürten, das auch die Macht der Fantasie noch heißer wallen machte, entledigten wir uns selbst der Hemden … Entschuldigen Sie gütigst die Unanständigkeit des Bildes, Madame!

MARQUISE: Erzähle weiter!

BELAMOUR: Wir hatten uns wohl gehütet, das Licht auszulöschen. Es war unter uns ausgemacht, Gautier solle sich zu dem ersten, mich unterweisenden Versuch hergeben. Ich benehme mich recht ungeschickt dabei oder, richtiger gesagt, ich wäre nie damit fertig geworden, wäre er nicht so freundlich gewesen, mich mit seinem Rat und seiner Hand zu unterstützen, denn dank dem Advokaten kannte er die Sache sehr genau. Kurzum, ich lieferte regelrecht mein Probestück; ich empfand eine unbeschreibliche Wollust dabei und war nunmehr in tiefster Seele überzeugt, das non plus ultra der irdischen Glückseligkeit bestehe darin, einen jungen, frischen Perückenmacherburschen zu besitzen.

MARQUISE: Nun gut, ich pflichte dem von dir Gesagten bei. Ein Kind, dem die Frauen noch unbekannt sind, kann und muss so, wie du es eben geschildert hast, empfinden. Das ist ein Missverstehen des natürlichen Wollusttriebes. Was ich aber nicht begreife, ist, dass Lebemänner, die all das Glück, was unser Geschlecht gewähren kann, kennen – wie zum Beispiel der Tréfoncier, dein würdiger Beschützer, ein junger, reicher, wohlgebauter, unabhängiger Mann –, die Infamie begehen kann …

BELAMOUR: Oh, Madame! Darf man jemals über Leidenschaft und Laune streiten?

MARQUISE: Ich glaube, du hast das rechte Wort gefunden! Jetzt erwarte ich, deinen Freund Gautier Revanche nehmen zu sehen.

BELAMOUR: Ach, Madame, dies Vergnügen ward ihm nicht zuteil. Kaum war ich mit meinem Jesuitenexperiment zu Ende, als ein sehr heftiger Doppelausbruch weiblichen Lachens, das so dicht neben uns erschallte, dass es aus un-

serem Kabinett selber zu kommen schien, uns
darüber belehrte, die beiden Lacherinnen
müssten alles gesehen haben.

MARQUISE: Wer immer diese zwei Personen waren, sehr zurückhaltend scheinen sie nicht gewesen zu sein.

BELAMOUR: Sie werden sogleich erfahren, dass
ihr Beruf sie davon entband, besonders be-
dachtsam zu sein. Jetzt gibt es, wie Sie sich
denken können, zwei kleine, leidlich überraschte Bürschchen! Der eine rennt nach seinem Hemde, das war ich! Der andere findet
es geratener, seine Blöße unter den Decken zu
verbergen. Zu gleicher Zeit lässt sich mit un-
geniertem Ton eine kerlmäßige Stimme vernehmen … Aber darf man wagen, Madame,
Ihnen das zu wiederholen? …

MARQUISE: Sage alles, aber auch alles! Das Folgende kann nicht stärker als das Vorausgegan-
gene sein.

BELAMOUR: »Sagen Sie mal, Messieurs Kisten-
schieben«, redet man uns an, »Sie wollen sich
wohl lustig über uns machen, wenn Sie sich
hier eben direkt vor unserer Nase einen reinschieben! Als ob es in diesem Hause jemals
an dem gefehlt hätte, was man Leuten, die
Geld springen lassen, geben muss!« – Nicht
ein Wort von unserer Seite. »Was soll man da

noch lange reden«, fügt die nämliche Stimme hinzu, »überlasse mir diese Schweinigel ...« Gleichwohl ein anderes, in Hinsicht auf unseren gegenwärtigen Zustand und das, was eben geschehen, bezügliches Wort. »Lass sie machen, ich bin zwar ein Hurenmensch ...« Gottlob, jetzt war es die andere Lacherin, die sprach – »Aber nicht für hundert Taler würde ich es dulden, dass solch vermaledeiten« – sie bezeichnete ihn –, »der aus einem Hintern herauskommt, die Ehre haben sollte, in meine ...« – wieder ein bezeichnender Ausdruck – »hereinzukommen.«

MARQUISE: Wahrhaftig, eine reizende Unterhaltung!

BELAMOUR: Was bei uns trotz alledem sehr spaßhaft war, ist der Umstand, dass dies Weibsbild, das, wie Sie sehen, nicht eben sehr zurückhaltend war, großen Nachdruck auf ihre Worte legte und, ich bin dessen sicher, ihre Ausdrucksweise für viel feiner als die ihrer ungeschliffenen Kameradin hielt. Wir schwiegen immer noch. »Du machst dich über uns lustig«, antwortete jene rasch, »lass mich nur machen; wir wollen diese Taugenichtse schon kurieren. Wenn du gar so zimperlich bist, werde ich den von ihnen, den du nicht willst, bereitwillig übernehmen ... Los, los, Blondkopf!

Wir wollen mal sehen, ob ich mich blamieren
werde!« Bei diesen Worten sahen wir zu unserem höchsten Erstaunen, wie ein Vorhang aus
schlechtem Teppichstoff auseinander ging, der
die einzige Schranke zwischen uns und diesen
Mamsellen bildete, die dahinter auf einem
ähnlichen Bett, wie das in unserer Kammer
war, lagen. Tatsächlich stieg die, die es sich in
den Kopf gesetzt, uns sogleich herumzukrie-
gen, heraus und war mit zwei Schritten neben
uns. Es ist nötig, hier einzufügen, dass, was
wir zunächst nicht gewusst, diese Kneipe
nichts war als ein gewöhnliches Bordell, in
dem diese zwei Mädchen nebst noch anderen
als Amüsierpritschen für die öffentliche Un-
keuschheit angestellt waren. Ein Bett in diesem Hause fordern hieß Mädchen fordern,
und so hatte man uns ohne unser Vorwissen
der üblichen Sitte gemäß bedient.

MARQUISE: Jetzt sehe ich voraus, jeder von euch
beiden bemächtigte sich eines dieser unglücklichen Geschöpfe und machte sein Spielchen.

BELAMOUR: Sie erraten es, Madame! Die, die mir
infolge des Abwinkens ihrer Kameradin zu-
fiel, war ein großes, dickes, halb bäurisches
Frauenzimmer von etwa fünfundzwanzig Jahren, die mich bei meiner ersten Rekognoszie-
rung auf dem Gebiet der Weiblichkeit – Göt-

ter! – was alles sehen ließ! Was für Reize, welche Fleischmasse! Welche riesigen Brüste! ... und das Übrige ... Wenn ich daran denke! Ein zehnfaches Bündel von dem, wovon ich nur ein leidlich gewöhnliches Stück aufzuweisen vermochte, hätte eine gewisse »Lücke« kaum ausgefüllt. Jonas hatte zweifelsohne nicht weniger Furcht als ich, als er den ungeheuren Rachen des Walfisches sich öffnen sah, dem er zum Opfer fallen sollte. Ich machte einen Sprung zurück und dachte daran, das Hasenpanier zu ergreifen; allein ein neugieriges Verlangen hieß mich wieder näher kommen. Ich wagte es, das Ungeheuer genauer ins Auge zu fassen, und gewöhnte mich an den Anblick. Was mir übrigens Mut machte, war, dass ich sah, wie Freund Gautier auf der anderen Pritsche der Berufsschwester seinen Stift bereits hineinschob. Wie Ihnen bekannt, war er sehr wohl unterrichtet. Meine Donna hatte zu viel Erfahrung, um nicht beim ersten Versuch zu merken, dass ich noch gar nichts verstand. Das schreckte sie indessen nicht ab, vielmehr übernahm sie es mit großer Heiterkeit, mir Aufklärungen zu geben.

MARQUISE: Sieh da, eine Person, die sich in alles zu schicken weiß!

BELAMOUR: Man kann bei solchen Dingen nicht

mehr Bereitwilligkeit zeigen. Ich war ihr dafür recht von Herzen dankbar. Sie hatte, das ist wahr, ihre grobe, wie die eines Wasserträgers klingende Stimme an sich und dass sie noch etwas nach Knoblauch, mit dem sie ihren Salat gewürzt hatte, roch, ferner ihre braune Farbe, ihre riesige, noch dazu so wenig weiche Fülle und überdies die erstaunliche Weite ihrer geheimen Reize, die von einer Art tintenschwarzem Bärenpelz umschattet waren, der sich, an Dichtigkeit abnehmend, bis zu den ungeheuren Wollustknöpfen hin ausdehnte. Aber diese Mängel wurden teils durch eine verführerische Lebhaftigkeit und eine freimütige Heiterkeit, die mir ausnehmend gefiel, wieder gutgemacht, und durch ein derbes, neckendes Lachen, das ununterbrochen zwei Reihen vollendet schöner und blendend weißer Zähne in einem allerdings sehr breiten, aber sehr roten Munde sehen ließ.

MARQUISE: Alles in allem also, Monsieur Cascaret, verliebt in seine Tittentante!

BELAMOUR: Wenigstens benahm ich mich so, als ob das der Fall gewesen wäre. Durch meine diensteifrige Lehrmeisterin unterwiesen, ahmte ich den lieben Gautier nach besten Kräften nach. Dennoch, indem ich sie, so gut ich vermochte, untenwärts stöpselte, bemerkte ich nicht, dass meine Schöne den ganzen Zwischenraum, der mir nichts nutzen konnte, beseitigt hatte, das heißt zur Hälfte oder bis zu Dreivierteln … Augenscheinlich gefiel ich ihr.

MARQUISE: Das Frauenzimmer war wohl recht unempfindlich! Fahre fort!

BELAMOUR: Diese praktische Maßnahme brachte mir den Vorteil, mit allem Raffinement, dessen man in diesen niederen Kreisen fähig ist, behandelt zu werden. Daher packte mich die kleine Eitelkeit, glauben zu dürfen, meine geringen Dienste würden außerordentlich geschätzt.

MARQUISE: Und welches Los wurde denn nun deinem Kameraden zuteil?

BELAMOUR: Ein klägliches! Seine Partnerin war eine kleine, flachshaarige Blondine, winzig, mager, die, wie ich schon sagte, wie ein Affenfratz aussah; allerdings hatte sie eine bessere Nachtfrisur und trug ein feineres Hemd als mein flottes Sündenhuhn, aber sie besaß kein Feuer, keine Haltung, hatte nur einen flachen Busen und Hintern und spitzte die Lippen – die des Mundes, will ich sagen – so stark, dass man notgedrungen vermuten musste, der sei nicht zum Besten möbliert. Zimperlich tuend, gab sie sich meinem Freunde hin, während

meine Bacchantin den Teufel im Leibe zu haben schien, zuckte, sich aufbäumte, kreischte, biss, mich schüttelte, rieb, betastete, mich umdrehte, mich bewunderte und … mich meinerseits alles, was sie Sehenswertes zu haben meinte, bestaunen ließ. »Guck, mein Kleiner, wie pummelig das ist! Nimm mal diesen Ballon … und den hier …« Eine nach der anderen, denn, da ich nur zwei Hände besaß, war es mir nicht möglich, diese beiden Riesenkerle auf einmal zu fassen. »Küsse mir den Nuckel hier!« – Ich hatte den Mund voll. Darauf drehte sie sich rasch herum und hielt den Hintern in die Höhe. – »Da, mein Schlingel, da du die Kisten liebst, da, eine Kiste … die da! …«

MARQUISE: Ich wette, dir lief das Wasser im Munde zusammen!

BELAMOUR: Warum soll ich das nicht eingestehen? Ich glaubte, es sei nichts weiter nötig als zuzustoßen, ich legte ganz einfach los.

MARQUISE: Welche Folgsamkeit!

BELAMOUR: Aber sogleich – schwups – meine Hexe platt auf dem Bauch! »Wie der kleine Wittling da rangeht! Da braucht man ihm nichts zu zeigen, davon nichts, Lisette! Wenn das ein Prinz wäre! Das lässt sich sehen, mein Freund, auf die Art geht es! Wie das Donnerwetter! Aber verdammt! Davon hat man nichts.« – Also fuhr ich in dem, was man mir erlaubt hatte, fort. »Ja nun, was sagst du dazu? Ist das Fleisch? Bringt dir das den Schimmel in Trab?« Unglücklicherweise, sei es zufällig, sei es aus Bosheit, kamen diese Bemerkungen mit einem Blick auf das andere Bett zu Platz, oder die klapperdünne Freundin schloss daraus, es gehe auf sie, weil sie nicht so mannigfache Reize aufzuweisen hatte. »Mein Gott«, erwiderte sie mit einem Ärger, der ihre dämliche Eifersucht so recht kundtat, »du tust dich ja teufelsmäßig dick mit deinen Fleischkürbissen und deinen Steinpilzen! Man sieht wohl, für wen du taugst. Jedermann liebt diesen Klumpatsch nicht.« Sie kam nicht zu Ende. Als das besser in die Welt passende Geschöpf sich so angeschnauzt hörte, vergaß sie mich ganz und gar, warf sich auf den Hintern, stemmte die Fäuste in die Seiten und schrie, ganz rot vor Zorn: »Na sag mal, Lattenguste, was fällt dir ein! Bekümmert man sich um dich? Mag hier doch jeder für seine Zeche sich voll laufen lassen! Lass dir ruhig dein plundriges tannenes Spundloch verbolzen und pass auf, dass das nicht bis an den Nabel aufplatzt, wie dir das schon bis nach dem Bürzel hin passiert ist! Sag doch, du

Hundsleder! Wäre dein Bengel in dem Punkt empfindlich, würde ich ihm raten, zuzugucken! Vielleicht ist er gar nicht da, wo er zu sein glaubt! Aber sieh einer sich diese durchstocherte Degenscheide* bloß mal etwas genauer an!« Ein geringschätziges Schweigen und einige Bewegungen mit den Schultern waren seitens der Blonden die ganze Entgegnung. Wir legten uns freundlich ins Mittel, damit diese seltsame Streiterei ein Ende fände, was, wie ich glaube, der faden Nocke willkommen war, denn sie schien für keinerlei Kampfart von der Nachdrücklichkeit meiner Amazone geschaffen zu sein.

MARQUISE: Aus all dem entnehme ich, dass die Eitelkeit Mosjö Cascarets sich bei Belamour wieder findet, da er der Blonden noch nicht verziehen, und dass die Braune ihm gefiel.

BELAMOUR: Nun ja, ich gebe zu, dass ich die kleine Kraftvergeudung, die meine alberne Neugier mich mit meinem Kameraden hatte begehen lassen, in ihren Armen lebhaft bedauerte.

MARQUISE: Nein, solche Undankbarkeit! Pfui! *Sie lächelt.*

---

* Die Nymphe hatte es von einem Offiziersburschen erfahren, dass sein Herr große und plattbrüstige Frauen so bezeichnete. (Anm. d. Verf.)

BELAMOUR: Ich fasse mich kurz, Madame. So
lernte ich in einer einzigen Nacht kennen, was
das »Unechte« wie das »Echte« für Wonnen gewähren kann. Bei Tagesanbruch erhoben wir
uns. Ein kräftiges Frühstück vereinigte uns alle
vier; unsere Frauenzimmer machten, das Glas
in der Hand, Frieden. Gautier fühlte sich sehr
glücklich, seiner nächtlichen Gesellschafterin
einen Taler als Erkenntlichkeitsbeweis zuste-
cken zu dürfen; von der meinigen wurde sol-
cherlei Gunstbezeigung jedoch abgelehnt. In
aller Frühe kehrten wir in die Stadt zurück.
Ich wurde tüchtig von meinem Meister abge-
kanzelt. Glücklicherweise war seine Frau
schon nach dem Markte unterwegs, was mich
davor bewahrte, zwischen zwei Feuern stehen
zu müssen; aber während der Mittagsstunde
wurde mir das nicht geschenkt … Es vergin-
gen einige Tage, ohne dass ich meinen armen
Gautier wiedergetroffen hätte … der arme
Teufel …

MARQUISE: Was war ihm zugestoßen?

BELAMOUR: Verloren, Madame! Er hatte sich alles geholt, was man sich holen kann …

MARQUISE *interessiert:* Und du?

BELAMOUR: Nichts – wunderbarerweise! Aber
ich sollte aus Furcht in Krankheit fallen, denn
nach dem, was mein Kamerad mir erzählte

und er mich sehen ließ, begriff ich, dass es mich auch beim Ohrzipfel kriegen müsse. Ich lief zu einem Wundarzt; er fand mich heil und gesund, aber die gräuliche Art, wie er mir die Gefahr, in die ich mich gestürzt, schilderte, machte mir die Haut schaudern. Ich gelobte, mich niemals mehr etwas Ähnlichem auszusetzen; ich wollte lieber auf alle Frauen verzichten, als nur einen Augenblick wieder die Beunruhigung über die Folgen zu spüren, die man sich durch die Gunst einiger von ihnen zuziehen konnte. Mein Äskulap, der mir vorsichtshalber einige Mittel gegeben, hatte es gut, mich zu versichern, ich dürfe alle Furcht fahren lassen. Dennoch fand ich meine Ruhe nicht wieder. Beim geringsten Jucken bildete ich mir ein, das verderbliche Übel, das lediglich durch meine Vorsorge zurückgehalten sei, wolle plötzlich unter allen möglichen, schrecklichen Erscheinungen hervorbrechen. Infolge von Gautiers Unglück, der fast auf den Tod im Spital darniederlag, verfluchte ich unser verhängnisvolles Abenteuer. Der Unglückliche war umso schlimmer dran, als er am Tage nach seiner Ansteckung seine tödlichen Krankheitskeime in den glühenden Schoß der brünstigen Advokatin ausgegossen hatte, die weit entfernt, ihm Hilfe angedeihen

zu lassen, die Unmenschlichkeit besaß, ihn
damit zu erschrecken, die geringste Rache, die
sie sich an ihm auszuüben vorgenommen, sei
die, ihn nach erfolgter Heilung, auf die man
ihm gleichwohl keine Hoffnung zu machen
wage, aus der Stadt hinausjagen zu lassen.

MARQUISE: Schöne Lektion für die Jugend!

BELAMOUR: Sie gereichte mir zum Nutzen, Madame! Das ließ mich ein ganzes Jahr lang
peinlichst jeder Art von Ausschweifung enthalten. Ich merkte kaum noch, dass ich irgendetwas Männliches an mir hatte. Es ist unglaublich, wie sehr ich mich in diesem Jahre
der Enthaltsamkeit kräftigte und entwickelte,
wie sehr ich mich in meinem Berufe vervoll-
kommnete und wie sehr ich – meine Muße-
stunden ausnutzend – meine kleinen Talente
förderte und meine Kenntnisse durch Bücher-
lesen bereicherte. Was für ein Glück wäre es
für mich gewesen, hätte ich bei dieser Art
friedlichen und nützlichen Lebens verbleiben
dürfen! Jedoch …

MARQUISE *gähnend:* Höre auf! Jetzt beginnt sicher irgendetwas Trauriges. Ich sage dir im Voraus, dass ich das Schwarze verabscheue.

BELAMOUR: Fürchten Sie nichts, Madame! Ein
einziges tragikomisches Ereignis, das mich
das Haus Cornu zu verlassen zwang, ist nicht

der Art, Sie düster zu stimmen. Fünf oder sechs Stockschläge, einer davon auf den Kopf, infolgedessen einen Moment lang die Frage stand, mich zu trepanieren, das ist alles. Hernach werden Sie mich sogleich durchaus mit meinem Schicksal einverstanden finden.

MARQUISE: Mag sein! Indessen ist das eine seltsame Pforte, um dadurch auf die Bahn des Glückes zu gelangen.

BELAMOUR: Kurz gesagt, es war so! An den Sonn- und Festtagen, während ihr Gatte sich in der Wirtschaft betrank, fraß Madame Cornu sich zu Hause voll und bezechte sich gleichfalls. Einmal nun – ich weiß nicht, was sie gegessen und getrunken hatte – fühlte sie sich unmittelbar darauf von einer schrecklichen, mit unerträglichem Bauchgrimmen verbundenen Indigestion belästigt. Ich befand mich allein mit ihr in der Wohnung; es war unbedingt nötig, dass ich ihr Hilfe leistete. Jemanden dazu von außerhalb herbeizurufen, litt sie nicht … Es war meine Nächstenliebe, die mir fast das Leben kostete.

MARQUISE: Aufgepasst! Hier sehe ich Monsieur Cornu von irgendwelcher Schande bedroht werden.

BELAMOUR: Halten Sie gütigst mit Ihrem Urteil zurück; es tut mir Unrecht. Haben Sie die

Gnade, sich ins Gedächtnis zurückrufen zu wollen, dass ich damals ein System befolgte, dem mich untreu zu machen die Reize von Madame Cornu sicherlich nicht geeignet waren.

MARQUISE: Wir werden sehen!

BELAMOUR: Sie meint, ein Klistier würde ihr gut tun, und darin pflichte ich ihr bei. Bereitwillig treffe ich die Vorbereitungen. Aber ich denke, sie will es sich selber setzen, da sie das entsprechende Gerät dazu besitzt … Keineswegs! Seit unvordenklichen Zeiten hat man in der Familie Cornu keinen Einlauf genommen als mittels einer, mit der heilsamen Flüssigkeit angefüllten Blase, die sodann fest um eine hölzerne Röhre gebunden und darauf so lange gedrückt und ausgewunden wird, bis eine völlige Ergießung in die Eingeweide des Kranken stattgefunden hat. Daher erfordert diese nicht ganz leichte und wenig bequeme Prozedur einen Zweiten. Soll Madame Cornu nicht umkommen, muss ich wohl oder übel diesen hilfreichen Zweiten abgeben. Ich wünsche die ganze Indigestion wie das alte Leckermaul von ganzem Herzen zum Teufel, allein ich bin ein hilfreicher Mensch. Also vorwärts und Madame Cornu beigestanden! Nur für meine Gefälligkeit dankbar und von dem Wunsche, gesund werden zu wollen, getrieben, stößt sie

sich in einem so ernsten Moment nicht daran, das, was sie mir notwendig zeigen musste, zu enthüllen, und da sie mir die Sache zudem leichter machen wollte …

MARQUISE: Um mal vorgenommen zu werden, mein Freund! Ich lasse mich durch diese Indigestion nicht dupieren. Dies Weib brannte vor Verlangen danach, dass du ihr ihn hineinschieben solltest! – Das war alles!

BELAMOUR: Wenn das vielleicht ihre Absicht war, dachte ich wenigstens an nichts Arges dabei. Wie dem auch sein mag, jetzt postierte sie sich ohne Umstände, den Kopf nach unten, rittlings auf dem Bett, das Hinterteil in die Höhe, die Röcke bis ans Kreuz heraufgehoben, und so war denn das Ziel sichtbar.

MARQUISE: Folglich alle beide! Gib wohl Acht! Meine Vermutung stimmt. Das Ereignis selber stellte sie dem Zufall anheim, aber … du darfst nicht vergessen, dass es sich nur um ein Klistier handelte. Mosjö Cascaret ist ein Wesen, dem nicht ganz zu trauen ist.

BELAMOUR *lächelnd:* Mein Kopf ist ganz klar, Madame. Ich entledige mich meiner lächerlichen Dienstleistung aufs Beste; schon hat das segensreiche Nass seinen Weg nach innen erfolgreich angetreten. Ich vollende die Wirkung, indem ich die Blase tüchtig ausdrücke,

und deswegen befinden meine Hände sich
ziemlich nahe bei der sich leicht bewegenden
Blöße von Madame Cornu. Sei es nun, dass
sie sich schon besser fühlt, sei es, dass das
Atemholen ihr schwer fällt, kurzum, ihr entschlüpfen einige abgerissene Laute, die unglücklicherweise den durch das süße Gefühl
der Wollust hervorgerufenen ähnlich sind.

MARQUISE: Ein weiterer herausfordernder Wink!
Das war der letzte Versuch. Der Einlauf war
gegeben; hättest du da herum unverzüglich etwas mit zwei Fingern vorgenommen, du wärest sehr willkommen gewesen.

BELAMOUR: Wenigstens, Madame, hätte mir
auch nichts Schlimmeres passieren können als
das, was Sie sogleich hören sollen. Führte
mein unseliges Verhängnis doch gerade in
ebendem Augenblick, als ich mein menschen-
freundliches Werk verrichtete, den Trunken-
bold von Ehemann in die Wohnung zurück.
Man hat ihn nicht gehört; er hat etwas gesehen, er hatte beobachtet. Sein Kopf ist von
Weindunst erhitzt; außerdem ist er wohl
durch einen schrecklichen Anfall von Eifersucht, den die Umstände zwar rechtfertigen
können, erregt, die verdammten Laute machen seine fatale Einbildung zur Gewissheit.
Er kommt wie der Blitz herein und schlägt ein

wie der Blitz. Bei dem ersten Schlag seines
schweren Stockes taumele ich, bei dem zweiten, der meinen Kopf trifft, falle ich zu Boden.
Madame Cornu, die entweder nicht Zeit dazu
oder nicht die Geistesgegenwart besaß, ihre
Lage zu ändern, wird windelweich geprügelt,
dann geht es wieder über mich her, dann
kriegt wieder sie ihr Fett … Ihr schreckliches
Schreien verursacht einen allgemeinen Aufruhr; ich, der ich auf der Stelle, an der ich eine
Wohltat ausgeübt, zusammengebrochen bin,
werde von einer Dreckflut überschüttet, deren
Ausbruch die Vollsaftigkeit und der Schreck
Madame Cornus verursacht hatte.

MARQUISE: Das ist des Missgeschickes auf einmal zu viel!

BELAMOUR: Unterdessen kommen Leute herbei;
man sieht, wie der rasende Cornu seine Hiebe
bald auf mich, bald auf seine Frau, bald auf
das Hausgerät austeilt, sein Stock ist gebrochen; er fährt mit Faustschlägen fort und wü-
tet, sich die Hände zu Schanden machend, gegen alle Gegenstände aus Glas und Steingut,
tritt die Trümmer unter die Füße, schreit und
kreischt … »Um was handelt es sich denn
eigentlich? …« – »Man hat ihn vor seinen
sichtlichen Augen zum Hahnrei gemacht! Er
hat alles gesehen? …« – Zwei Worte seitens

der halb toten Gattin haben bald alles aufgeklärt. Die Blase und deren Einführungsspritze
liegen noch unter unseren Füßen; der mich
bedeckende Kot, die Unversehrtheit meines
Anzuges, den wieder in Ordnung zu bringen man mir sicher keine Zeit gelassen, alles
das spricht zu unseren Gunsten, verurteilt
die mörderische Wut des überspannten Trop-
fes und rechtfertigt uns … Ich bin bei den
Nachbarn beliebt; ich genieße in Bezug auf
meine Sittlichkeit einen Ruf, der keinerlei Verdacht zulässt. »Ist Madame Cornu begehrenswert? …« Es fehlt nicht viel, dass man dem
unseligen Gatten das Eindringliche dieser Be-
weisgründe handgreiflich zu Gemüte führt …
Währenddessen liege ich reglos da; der
Wundarzt des Viertels, der endlich herbei-
kommt, nennt die Wunde meines armen
Hauptes sehr gefährlich. Die Angst, mich getötet zu haben, ernüchtert den Satan von Perückenmacher auf der Stelle, seine Zornesauf-
wallungen gehen in Ausbrüche von Reue und
Teilnahme über. Er flucht seiner Blindheit,
nennt sich selber »Hund« und »Scheusal«; er
wirft sich seiner Frau zu Füßen und fordert
Verzeihung; um ihn zu trösten, versichert sie
ihn, falls ich stürbe, hoffe sie aufrichtig, ihn
baumeln zu sehen.

MARQUISE: Das glückliche Naturell! – Da haben wir gleichwohl einen schrecklichen Irrtum, mein Lieber. Entweder sind alle Regeln der die Zukunft verkündenden Sterndeuterkunst falsch, oder du bist unter keinem für die Ausübung der Heilkunst günstigen Stern geboren. Was für einen Ausgang nahm das alles schließlich?

BELAMOUR: Der Wundarzt ließ mich in sein Haus schaffen. Er war ein junger Mann, der erst kürzlich selbstständig geworden war und der noch niemanden trepaniert hatte; er fühlte sich daher versucht, auf der Stelle eine so günstige Gelegenheit zu einem Probestück, das ihn in Ruf bringen könne, beim Schopfe zu nehmen. Zu meinem Glück aber verhinderte seine Auserkorene ihn daran. Dieser Monsieur Soundso befand sich – glaubte er wenigstens – auf dem Punkte, die Tochter der Hausbesitzerin, bei der er seine Wohnung gemietet hatte, zu heiraten. Das junge Mädchen machte ihren Einfluss in dieser wichtigen Angelegenheit geltend und widersetzte sich dem, dass man mich früher operiere, als dies nicht unbedingt nötig sei und nicht ein älterer Kollege dies gefahrvolle Unternehmen gutgeheißen habe.

MARQUISE: Mir gefällt der gute Verstand und die Menschenfreundlichkeit dieser jungen Person.

BELAMOUR: Sie rettete mir das Leben, Madame! Ein alter, erfahrener ehemaliger Oberwundarzt wurde um sein Erscheinen gebeten. Nachdem er mich gereinigt, besichtigt, geschoren, sagte er nur die wenigen Worte: »Er soll zur Ader gelassen werden! Diät, eine ruhige Nacht und morgen ein talergroßes Stück englisches Pflaster!« – Darauf runzelte er die Brauen, ließ einen feindlichen Blick auf den Kollegen fallen, zuckte die Achseln, drehte sich auf dem Absatz herum und verschwand. Das Orakel traf ein. Tags darauf befand ich mich ausgezeichnet. Da hatte man's! Durch das Wort des alten Praktikus war sowohl der Schädelbohrer, der mich bearbeiten sollte, überflüssig geworden, wie auch der Strick, der auf Wunsch der gefühlvollen Madame Cornu die Kehle ihres allzu argwöhnischen Gatten würgen sollte, durchgeschnitten. Als dieser sich von seiner peinigenden Unruhe befreit fühlte, bekam er zunächst einige edelmütige Anwandlungen. Freiwillig erbot er sich, den Wundarzt zu bezahlen, der, um seine Behandlung wichtiger erscheinen zu lassen, es für gut befand, mich vierzehn Tage lang bei sich zu behalten. *Lächelnd.* Meiner Seel, es war ein Glück für ihn!

MARQUISE *die das Lächeln im Spiegel gesehen:* Worüber lachst du denn!

BELAMOUR: Ich werde sogleich die Ehre haben, Ihnen das auseinander zu setzen. Mosjö Cornu kaufte zuletzt Wäsche für mich, als Schadenersatz mit Zinsen einen Anzug; beruhigte, so gut es ging, sein grässliches Weib und kam so dazu, alles ohne Aufsehen aus der Welt geschafft zu sehen. Zu ihm zurückzukommen, den Vorschlag wagte selbst er mir nicht zu machen! Es wäre auch vergebliche Mühe gewesen.

MARQUISE: Dieser Widerwille lässt sich verstehen!

BELAMOUR: Ich hatte mehr als einen Grund. Einesteils hatte ein junger, sehr liebenswürdiger Offizier, der unter dem nämlichen Dache wie wir wohnte, vom ersten Tage an Wohlgefallen an mir gefunden und drängte mich, in seinen Dienst zu treten.

MARQUISE: Irgendein neuer Gautier, wette ich!

BELAMOUR: Madame haben für alles eine kleine Bosheit. Andererseits empfand ich der Zukünftigen des Wundarztes gegenüber eine so tiefe Dankbarkeit, und sie selber hatte das Mitleid mit mir gleichfalls so weich gestimmt …

MARQUISE: Also Rührung genug!

BELAMOUR: Man kommt sich durch seine eigenen Guttaten nahe. Mit einem Wort, wir lieb-

ten uns schon nach Verlauf einer Woche auf das Innigste. Eines Tages gestanden wir es uns mit den Augen, am nächsten Tage mit den Lippen; am übernächsten behandelten wir die Angelegenheit von Grund auf.

MARQUISE: Das heißt, dass du dreist wurdest und du tags darauf die Holde schwängertest.

BELAMOUR: Nein, Madame, ich besaß nicht ganz die Angewohnheiten Trimouilles;* aber meine kleine Wohltäterin gestand mir, dass sie, schon bevor sie mich gekannt hatte, einen unüberwindlichen Widerwillen gegen den Jünger des heiligen Kosmas** besessen habe, der, seit wir zusammengekommen, zur entschiedensten Abneigung geworden sei. Es ist hier nötig, Madame, Ihnen zu sagen, dass ein gewisser Pate, ein ehemaliger Liebhaber der Mutter und in Bezug auf die Tochter wohl etwas mehr als Pate, die in Frage stehende Heirat durchaus wünschte. Deshalb hatte er auch zweitausend Taler gegeben, allerdings, sagte der generöse Pate, unter der ausdrücklichen Bedingung, dass man ihm gestatte, sein Patchen einige Tage aufs Land mitnehmen zu dürfen, um sie unter vier Augen gründlich in

---

* Vgl. in Voltaires »Pucelle« die Episode mit Dorothea.
** Der heilige Kosmas lebte im 3. Jahrhundert in Ägäa (Kilikien) als Arzt und wurde 303 als Christ enthauptet.

die wichtigen Pflichten ihres künftigen Standes einzuweihen. Seitens der Mutter fand dieser Vorschlag Billigung. Die Tochter hatte, an der Tür lauschend, davon Kenntnis erhalten, aber für den Zukünftigen sollte es tiefes Geheimnis bleiben. Wir befinden uns in dem Moment, wo das junge Mädchen, so verschachert und unter einem gewissen Zwange stehend, einer so entehrenden Abwesenheit kaum entgehen konnte, die, wie sie deutlich sah, eine große Gefahr in sich schloss.

MARQUISE: Welcher Art war deine Ansicht als geheimer Ratgeber, denn ich sehe wohl, eine solche Eröffnung hatte keinen anderen Zweck, als dass du einen, euren gegenseitigen Interessen dienlichen Verteidigungs- und Verhaltungsplan entwerfen solltest.

BELAMOUR: Ohne Zweifel. Deshalb gab ich meinen Ratschlag möglichst zu unserem Vorteil … Lassen Sie sich sagen, der reizende Gegenstand meiner Wünsche war … Nicole.

MARQUISE: Nicole?

BELAMOUR: Ja, Madame, die selbige, die die Ehre hat, euch zu dienen!

MARQUISE: Ich gestehe, auf diesen romanhaften Zwischenfall nicht vorbereitet gewesen zu sein. *Sie errötet und vermag eine eifersüchtige Bewegung, die Belamour im Spiegel auffängt,*

nicht zu unterdrücken. Aber nein, lieber Belamour, du hast mir einen Schwarm Lockenwickel eingedreht! Das Frisieren soll heute wohl
gar nicht zu Ende kommen?

BELAMOUR: Ich bin bei dem vorletzten, Madame!
Es hat etwas lange gedauert, aber dafür sind
die Haare für lange Zeit gekräuselt, und ich
bemühe mich sehr, Ihnen eine bewundernswerte Anordnung zu geben.

MARQUISE: Ich zweifle nicht an deinem Talent.
Höre indessen, Belamour – *Belamour hat den
letzten Wickel eingedreht und horcht mit ge-
spannter Aufmerksamkeit auf das, was man
sagen will.* – Du bist ein reizender Junge ...
du siehst, ich verwöhne die Leute ein wenig,
an denen ich Gefallen finde, und du kannst
darüber nicht im Zweifel sein, mir Wohlgefallen eingeflößt zu haben. Ich habe vielleicht
nicht gut daran getan, dich das so rasch merken zu lassen; aber wenn das ein Fehler ist,
gibt es dagegen kein Mittel mehr. *Sie sieht,
dass ihn das betrübt.* Beunruhige dich aber
nicht, ich habe dir nichts Unangenehmes zu
sagen!

BELAMOUR *auf die Knie fallend:* Ich wäre zu unglücklich, Madame, wenn ...

MARQUISE: Ich glaube, bis jetzt hast du nichts
verdorben, aber hüte dich davor, es zu tun.

Der Zufall lässt dich hier in meinem Hause ein Mädchen wieder finden, von dem du früher geliebt wurdest ... und vielleicht noch geliebt wirst.

BELAMOUR *sein Gesicht gegen die Knie seiner Gebieterin pressend:* Ach, Madame! Wie Unrecht tun Sie mir, solchen Verdacht zu hegen! Ein Sterblicher, der so beglückt ist, von meinem Nichts bis zu Ihnen emporgehoben zu sein, kann der nicht die geringste Bewegung spüren ...

MARQUISE *etwas getröstet:* Für Nicole! Aber das ist ganz gewiss sehr gut möglich, denn sie ist reizend. Sprich zum wenigsten nicht schlecht von ihr, denn ich habe sie gern, sogar sehr gern.

BELAMOUR: Alle Gerechtigkeit, die sie verdient, kann ich ihr widerfahren lassen, ohne deswegen aufzuhören, ein Herz und Augen zu haben ...

MARQUISE *fasst ihn beim Kinn:* Meinetwegen soll man es haben! *Sie gibt ihm einen Kuss.* Verratet mich alle miteinander nicht! *Der ungemein einschmeichelnde Ausdruck, den sie in diese letzten Worte legt, versetzt Belamour in erhöhten Zustand zärtlichen Empfindens. Er seufzt, hebt die Augen gen Himmel und bedeckt die Hände der Marquise*

mit Küssen. Steh auf, steh auf ... mein süßer Freund! *Sie nötigt ihn, die Stellung zu
wechseln, und erhebt sich gleichfalls. Sie stehen aufrecht da. Sie legt einen Arm um Belamours Schultern, der sie gleichfalls um den
Leib fasst. Sie bewundern sich im Spiegel;
plötzlich gibt die Marquise ihm einen glühenden Kuss.* Ach ja! In deinen so sprechenden
Augen lese ich deutlich die ganze, deinem
Herzen jetzt innewohnende Aufrichtigkeit.
Ja, ich bin davon überzeugt, in diesem
Augenblick liebst du mich, so sehr man lieben kann ...

BELAMOUR *feurig:* Ach, meine tausendfach lie-
benswerte und gerechte Herrin, Sie besitzen
völlig den Schlüssel zu diesem Herzen, das
für Sie glüht. *Sie wenden sich einander zu,
aufrecht stehend und sich umarmend; ihre Augen und Lippen sind einander sehr nahe.*

MARQUISE: Oh, Belamour, alles das ist meinerseits vielleicht nichts als ein Strom zärtlicher
Torheit ... jedoch ...

BELAMOUR *überrascht:* Götter, was sagen Sie!

MARQUISE: Lass mich ausreden, mein lieber
Freund! Du wirst sehen, dass ich nicht tyran-
nisch bin, dass niemand mehr Nachsicht mit
anderen hat als ich, niemand bereitwilliger
die Verirrungen menschlichen Wankelmutes

entschuldigt. Meine Absicht geht gewisslich nicht dahin, mich deines Wesens in despotischer Weise zu bemächtigen, dich für alle Zeit jeglicher Zuneigung zu entfremden oder die natürliche Unermesslichkeit der Leidenschaften eines so empfindsamen Geschöpfes wie du auf mich allein zu beschränken; aber bis ich anders darüber bestimme, lass es dir angelegen sein, nur mich zu begehren, nur für deine, ach so zärtliche, ach so verliebte Herrin zu leben.

BELAMOUR *nachdem er einen leidenschaftlichen Kuss empfangen und gegeben:* Ich müsste ein großer Lump sein! Der niederträchtigste, der gemeinste Mensch, wenn … Aber Sie können deswegen keinen Verdacht hegen! Sie sind meine Welt! *Küsse.* Glauben, ach glauben Sie mir ganz gewiss, dass ich niemals … Das ist unabweislich der Zug höchster Zuneigung … Nein – niemals machte die Göttlichkeit Ihres von mir so verehrten, Ihres so begehrten Geschlechtes einen solchen Eindruck auf mich als der, den ich empfand, als ich vor Sie hintrat … Sie erblickend, meinte ich, sich die Himmel öffnen und in Ihnen allein die Huris vereint zu sehen, die der wollüstige Mahommed seinen Auserwählten verheißt … Oh Sie … etc. etc.

Das Folgende kann, ohne etwas von seiner letzten Glut zu verlieren, nicht zu Papier gebracht werden. Die Marquise, die gleichfalls aufs Höchste erregt ist, bleibt dem außer sich geratenen Belamour nichts schuldig. Zwei von stürmischster Leidenschaft trunkene Wesen, die sie in diesem Augenblick sind, sagen sie sich um die Wette all die Ungereimtheiten, die eine solche Verwirrung des Gehirns einzugeben pflegt. Allein die Wollust vermag diesen Gefühlssturm zu beschwichtigen. Indessen ist das Toilettenzimmerchen nicht gerade der allerbequemste Schauplatz. Die Marquise jedoch, in ihrer peinlichen Sauberkeitsliebe, hat weder Lust, die Parketts zu beschmutzen, noch die reizenden Möbel der angrenzenden Zimmer mit ihrem Haarpuder zu verunreinigen. Nach zahllosen brünstigen Küssen, Aneinanderdrängen der Körper und sonstigen leidenschaftlichen Gebärden stützt die Marquise sich ganz einfach mit den Ellenbogen auf den dem Spiegel gegenüber befindlichen Toilettentisch. Mit Entzücken genießt der überglückliche Belamour wieder seine Rechte vom Tage zuvor. Überaus geschickt bewundert er die noch unbekannten Rundungen, die diese neue Lage ihm zu beobachten Gelegenheit bietet; er schüttet einen Schauer von Küssen darüber aus; ohne einen Schatten von Verlegenheit geht er darauf

kurzerhand weiter, wofür die Marquise ihm mit
einem vollkommen verbindlichen Lächeln zu
danken scheint. Während er an das wahre Zentrum der Glückseligkeit gelangt ist, nimmt er zur
Erhöhung seiner Wonne im Spiegel das entzückte Antlitz seiner Dame wahr, auf dem sich
all die verschiedenen Abstufungen der Wollust
mit lebhaftestem Ausdruck malen, die Schätze
ihres Busens sind noch durch das Glas verdoppelt, welches ihm alles das, was er nicht berührt,
zeigt. Ihre Wonnen sind unaussprechlich. Ein
einziger Erguss des »Lebensstromes« vermag einen so heftigen Brand nicht zu löschen. Also ist
es ganz natürlich und geschieht ohne die mindeste Eigenliebe, dass Belamour ohne jegliche
Unterbrechung wieder von vorn anfängt. Der
Liebeskundige, der dies liest, sofern er ein gewisses Naturell und eine gewisse Lebhaftigkeit besitzt, weiß zur Genüge, dass die Wiederholungen
im allgemeinen das stürmischste Debüt weit
übertreffen. Alsdann ist man Herr über sich,
geht geschickter zu Werke, und indem man das
Herannahen des Höhepunkts sacht zurückhält,
vermehrt man den Reiz und die Dauer um unendlich viel. Die Marquise und Belamour erreichen dies beglückende Ziel. Die Seele des reizenden Frisörs versinkt beim zweiten Mal in die seiner wollüstigen Herrin. Er fürchtet, unter dem

köstlichen Übermaß des Genusses zu erliegen. Ohne sich noch zum Aufhören entschließen zu können, lässt er sich auf den für seine Zwecke am gelegensten Sessel zurückgleiten und zieht die Marquise, die nicht mehr die Kraft besitzt, dem zu widerstreben, auf sich herab. Bereitwillig bleibt sie auf dem sie so wohltuend durchbohrenden Pfeil sitzen. Nunmehr umschlingt sie Belamour mit ihren Armen, er umschlingt sie gleichfalls; tausend Küsse werden gegeben und empfangen. Ein mehrere Minuten währendes Schweigen ist beredter als die süßesten Worte. Nach und nach beruhigt sich ihr Blut. Endlich erhebt die Marquise sich mit einem göttlichen Lächeln und sagt, den letzten Kuss gebend.

MARQUISE: O Belamour, du bist der Gott der Wollust!
BELAMOUR: Und du die Wollust selbst.

Er küsst ihr die Hände; sie geht, um sich zu reinigen. Als sie zurückkommt, sieht sie, wie Belamour – nun wieder Frisör – sie ehrerbietig begrüßt und sich anschickt, in seiner dienstlichen Pflicht fortzufahren.

Kaum sind die Lockenwickel entfernt, und kaum befindet sich der Kamm in den Haaren, als man in dem anstoßenden Zimmer gewalti-

gen Lärm vernimmt. Eine grobe, gemeine, polternde Stimme – die des Schweizers* – vermischt sich mit der niedlichen weiblichen Stimme, die aus dem Munde der Comtesse de Motte-en-feu kommt.

MARQUISE *erstaunt:* Was höre ich? Man zankt sich.

BELAMOUR: Vielleicht irgendwer von Ihren Leuten.

MARQUISE: Ich erkenne zunächst die lieblichen Töne meines Schweizers … er ist aufgebracht … Hören wir … Die Tür des Toilettenzimmers ist geschlossen.

SCHWEIZER *im angrenzenden Zimmer:* Nein, bei meiner Seele! Sie werden nicht in diesem Saal bleiben, werden sich nicht von der Stelle rühren! Meine Herrin haben mir verboten, niemanden ins Haus zu lassen! Sie sagen, Sie wollen Mamsell Philippine sprechen, aber Sie betrügen mich!

COMTESSE: Vieh, was geht dich das an! Ist man an deiner Tür vorbei, hast du dich um nichts mehr zu kümmern! Ich finde es höchst unverschämt von dir, mir nachzulaufen.

---

* Als Portiers wurden in vornehmen Häusern immer Schweizer angestellt. Das französische Radebrechen des Schweizers ist in der deutschen Übersetzung nicht wiedergegeben worden.

BELAMOUR: O Himmel!

MARQUISE: Was ficht ihn nur an?

BELAMOUR: Nichts, Madame! Es ist nur, weil ich diese Stimme zu kennen meine!

MARQUISE: Es ist die einer meiner Freundinnen, eines kleinen Tollkopfes. Es ist die Comtesse de Motte-en-feu.

BELAMOUR: Dachte ich es mir doch!

MARQUISE: Umso besser! Du kennst wohl alle Welt? – Das ist eine schöne Geschichte! *Zu Belamour.* Ich will sie mir gleich vom Halse schaffen. Tritt für einen Moment da hinein. *Er gehorcht.*

SCHWEIZER: Nicht solche Redensarten, Madame! Man frisiert jetzt meine Herrschaft. Sie werden nicht hereingelassen. Und von wegen Mamsell Philippine! Sehen Sie auf ihrer Stube nach, draußen an der Stiege!

COMTESSE *zornig:* Mache dich hinweg, alter Cerberus! Ich lache über dich! Ich bin hier! Ich will die Marquise sehen, und hast du die Frechheit, mir den Weg zu versperren, schwöre ich dir, reiße ich dir eine ganze Hälfte deines Bocksbartes aus.

SCHWEIZER *wütend:* Ach, das ist doch der Teufel! Wenn ich Ihnen doch sage, Madame, sie ist nicht da! Für 'ne Comtesse ein schönes Benehmen! Ich ehrlicher Kerl, der seine Pflicht tut! Und Sie, wenn Sie auch 'ne große Dame sind … Tod und Teufel! Sie sollten sich mal sehen …

COMTESSE *rufend:* Marquise! Liebste Marquise! *Sie trommelt mit den Fäusten gegen die Tür.* Rasch bitte! Machen Sie mir auf! Ihr Schuft von Schweizer beleidigt mich! Retten Sie mich vor diesem Lumpenkerl! *Die Marquise lauscht, bevor sie öffnet, noch einige Augenblicke.*

SCHWEIZER *kocht vor Wut:* Ich ein Schuft, Madame? Ich Georges Frédéric Imhoff aus dem Kanton Unterwaiden! Ich habe gedient zwanzig Jahre lang im Regiment Wiesbach. Ich bin kein Lumpenkerl, verstehen Sie!

COMTESSE *in das Toilettenkabinett stürmend:* Tausend Dank, Liebste, obwohl Sie mir etwas zu spät zu Hilfe kommen! Ein grober Kerl zum Mindesten dieser Georges Frédéric Imhoff! *Die Marquise lächelt.* Aber ich bin Ihnen böse. Es ist recht schlecht von Ihnen … mit mir keine Ausnahme machen zu wollen, wenn Sie sich zurückzuziehen belieben!

MARQUISE: Ich bitte Sie deswegen um Entschuldigung, meine Liebe! Ich rechnete nicht mit Ihnen, weil ich Sie noch auf dem Lande glaubte.

COMTESSE: Wir sind seit zwei Tagen wieder in Paris.

MARQUISE: Georges, du hast deine Pflicht getan, das ist sehr anerkennenswert! Aber ein anderes Mal weise Madame la Comtesse nicht wieder ab. Für sie bin ich immer zu sprechen.

SCHWEIZER: Zu Befehl, Madame! Ich mache mir nichts draus, gegen irgendwen grob zu werden ... aber die Dame da hat mich mit Gewalt zwingen wollen.

COMTESSE *belustigt:* Sollte man nicht beinahe glauben, ich hätte diesen kleinen Schäker zu vergewaltigen versucht! *Zum Schweizer.* Merke dir wenigstens das, was die Marquise dir gesagt hat ... Immer zu sprechen für mich!

SCHWEIZER *höflich:* Sehr wohl! Ich kenne Sie ganz gut jetzt! Aber wenn Sie auch ganz niedlich sind, Teufel auch, sind Sie doch recht boshaft. Mich Schuft nennen, mich Lump heißen wollen!

MARQUISE *zu ihrer Freundin:* Das war wirklich nicht sehr nett!

COMTESSE: Mag sein. *Zum Schweizer.* Darum keine Feindschaft, Georges! Wenn ich fortgehe, werde ich versuchen, Frieden zu schließen.

SCHWEIZER *lächelnd:* Der Frieden ist schon geschlossen.

MARQUISE *zum Schweizer:* Geh jetzt! Ich bin nun
für jedermann zu Hause!

COMTESSE: Nein, wenn ich bitten darf! *Zum
Schweizer.* Einen Moment! *Zur Marquise.* Ich
muss Sie für den Augenblick in Anspruch nehmen und habe Sie für den ganzen übrigen Tag
nötig.

MARQUISE: Den kann ich Ihnen jedoch nicht
schenken … Erstens will ich mir die neue
Oper ansehen …

COMTESSE: Wie sich das trifft, ich habe die gleiche Absicht. Was dachten Sie sonst zu beginnen?

MARQUISE: Ja …

COMTESSE: Also, wie ich sehe, nichts Bestimmtes! Sie suchen nach einer Ausrede. Vorwärts,
Madame, lassen Sie sich heute von mir leiten
und ich wette, dass Sie mich morgen mit
Danksagungen überschütten.

MARQUISE: Um was handelt es sich denn?

COMTESSE: Das ist mein Geheimnis. *Zum Schweizer.* Er kann gehen. Wir sind für niemanden da.

SCHWEIZER *gravitätisch:* Bloß meine Herrschaft
haben mir Befehle zu erteilen!

MARQUISE: Ich tue alles, was du willst. *Zum
Schweizer.* Ich bin für niemanden zu Hause.

SCHWEIZER: Ist gut! *Er macht halb rechts kehrt
und geht ab.*

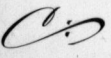

Nachdem die Comtesse ihrer Freundin einige ausgelassene Küsse gegeben und ihr den Busen gestreichelt hat, bemerkt sie an der Unordnung der Haare und der Unordnung des Toilettenzimmers endlich, dass man beim Frisieren gewesen.

COMTESSE: Also, Liebste, lass dich in nichts derangieren. *Sie sucht den Frisör mit den Augen.* Mein Kommen hat wohl eine Störung verursacht?

MARQUISE: Nein, der Frisör ist hier … Da drinnen, denke ich.

COMTESSE: Ruf ihn doch schleunigst wieder her! – Guter Freund! Ah, dass ich dieses Glöckchen nicht gesehen habe! *Sie eilt darauf zu.*

MARQUISE *ihr zuvorkommend:* Mach dir keine Umstände, Liebste! *Sie schellt, Belamour erscheint.*

Die Überraschung der Comtesse wie die Belamours, die sich auf den ersten Blick wieder erkennen, ist außerordentlich. Die Marquise ist von dieser unerwarteten Zufallsfügung nicht sehr entzückt.

COMTESSE: Was sehe ich? Aber ja! Das ist er ja! … Täusche ich mich? Das ist er, weiß

Gott! … *Belamour scheint zunächst wie auf den Mund gefallen zu sein; indessen fasst er sich sogleich.* Wie groß und wie schön er geworden ist!

BELAMOUR *errötet und verneigt sich mit großer Anmut:* Madame, diese schmeichelhaften Bemerkungen könnte ich mit weit größerem Recht auf Sie anwenden. *Er frisiert.*

COMTESSE: Ja, ich war schon nicht übel, als wir uns kennen lernten! *Zur Marquise.* Erlauben Sie mir, Ihnen mein Kompliment zu machen, Marquise, Sie haben da …

BELAMOUR *irgendeine Indiskretion befürchtend, unterbricht sie:* Madame, da Sie die Güte besitzen, sich daran zu erinnern, dass Sie ehedem zu denen gehörten, die mich protegierten, gestatten Sie mir, Sie darum zu bitten, mich Madame la Marquise, in deren Diensten zu stehen ich seit gestern die Ehre habe, empfehlen zu wollen.

MARQUISE *mit Interesse:* Dauernd?

BELAMOUR *kläglich:* Oh, ich hoffe das! *Er blickt der Marquise fragend in die Augen.*

MARQUISE: Es ist Madame la Comtesse bekannt, dass ich nicht gern neue Gesichter um mich sehe.

COMTESSE: Oh, soweit es ihre Domestiken anbetrifft, kann ich bezeugen, dass sie sie nur ent-

lässt, wenn es gar kein Mittel mehr gibt, sie
bei sich zu behalten. Aber wie du dich heraus-
gemacht hast, lieber Cascaret!

MARQUISE: Heute heißt er Belamour.

COMTESSE *schelmisch:* Belamour! Ja, der Name
passt für ihn. *Sie lächelt.* Ist es nicht … sechs
Jahre her, mein Freund, dass wir uns nicht gesehen haben?

BELAMOUR: Genauso ist es, Madame!

COMTESSE: Bist du noch solch guter Junge, so
lebhaft, so lustig?

MARQUISE *mit etwas Humor:* Wollen Sie, dass er
sein eigenes Lob singen soll?

COMTESSE *zu Belamour:* Du weißt … Oder weißt
du es nicht, dass mein armer Bruder tot ist?

BELAMOUR *betroffen:* Oh, Himmel! Was sagen
Sie mir da! *Sich fassend und in seiner Beschäftigung fortfahrend.* Wie schade um ihn! Ein so
liebenswürdiger Kavalier!

COMTESSE: Ach ja, mein Lieber! *Boshaftes Lächeln.* Ich verstehe, diese Neuigkeit muss dich
in gewissem Sinne interessieren und zugleich
betrüben. Man liebt sich nicht so innig, wie
ihr es tatet, der arme Baron und du, ohne …

BELAMOUR *einfallend:* Es ist wahr, Monsieur le
Baron erwies mir die Gnade, mich in gewisser
Hinsicht … hoch zu schätzen.

COMTESSE *lächelnd:* Diese Wertschätzung war

deinerseits wohl ebenso stark. *Dann boshaft.*
Das also ist Wertschätzung, wie sie sich unter
euch nennt!

MARQUISE: Sie brennt darauf, irgendeine Bosheit
zu sagen.

COMTESSE: Wieso? Was die Marquise für Ohren
hat! Ist es vielleicht bekannt …

MARQUISE *amüsiert:* Belamour ist mitteilsam; er
hat es für gut befunden, mir einige seiner
Abenteuer zu erzählen und mithilfe dieses
Schlüssels …

BELAMOUR *zur Comtesse:* Sie dürften sich zufrieden gestellt fühlen, Madame! Wie Sie sehen,
gibt man Ihren, für mich wenig schmeichelhaften Bemerkungen eine so witzige Ausle-
gung, dass Sie sich ärgern müssten, gäbe man
sie nicht so.

COMTESSE *heiter zu ihrer Freundin:* Meiner Seel,
ich glaube gar, er tut sich was zugute darauf!

MARQUISE: Sie werden kaum eine Erwiderung
darauf finden.

COMTESSE: So werde ich also in jeder Beziehung
Unrecht haben.

BELAMOUR *zur Comtesse:* Madame, was war das
für ein Unglücksfall, wenn ich mir erlauben
darf, danach zu fragen, an dem ein so schöner
und so außerordentlich kräftiger junger Mann
hat zu Grunde gehen müssen …

COMTESSE: Weil er zu eurem Gelichter gehörte. Da sieht man, wohin es führt, sich einem gewissen liederlichen Lebenswandel zu ergeben … ich will sagen, es merken zu lassen. *Zur Marquise.* Mein Bruder, ein Mensch, schön wie ein Engel, sprühenden Geistes, von Gesundheit strotzend, war, um das von ihm gewählte, sehr kostspielige Leben in Paris führen zu können, eine Zeit lang darauf verfallen, sich mit alternden Frauen abzugeben; aber da dies anstrengende Geschäft ihn langweilte und zu viel Kräfte kostete, fand er es geratener, seine Gunst gewissen Männern und namentlich diesem ebenso reichen und berüchtigten Abbé zuzuwenden … Ach Gott, wie hieß er doch … du kennst ihn bestimmt.

BELAMOUR *ein wenig verwirrt:* Ich weiß, wen Sie meinen, aber lüften wir den Schleier nicht.

COMTESSE: Wie du willst. Mein armer Bruder, der ihm den Kopf verdreht hatte, zog ihm regelrecht das Fell über die Ohren. Eine käufliche Person, die sich früher rasend in meinen Bruder verliebt, die aber bald seine Feindin geworden war, weil sie das, was sie von ihm haben wollte, nicht kriegte – nahm es auf die Dauer krumm, sich von dem Abbé völlig vergessen und von dem Ganymed missachtet zu sehen, und obendrein bemerken zu müssen,

wie die riesigen Einkünfte des Prälaten zerschmolzen, ohne dass sie dafür irgendwie entschädigt wäre.

BELAMOUR: Diese Hure! Monsieur le Baron war wohl ein Futter für die! Ich habe sie verschmäht.

COMTESSE: Er hatte schon einen Lump im Netz, der ganz damit einverstanden war, diese Kreatur zur Frau zu nehmen, da riss ein Schlaganfall oder sonst irgendein Unwohlsein diesen unsauberen Patron Knall und Fall aus dem Leben, und da nun alle schönen Hoffnungen zu Wasser geworden waren, schlug das interessierte Pärchen Lärm. Der Gewisse, ein Soldat, der, obwohl aus der Hefe des Volkes stammend, es sogar bis zum Offizier gebracht, offenbarte allsogleich die Aufführung meines Bruders, wies nach, der Abbé sei nicht der einzige Glückliche gewesen, und setzte ehrenrührige, leider nur zu begründete Gerüchte über meinen Bruder, und zwar mit so wenig Schonung in Umlauf, dass diese bis in die Garnison des Barons drangen. Man machte sich darüber auf seine Kosten lustig; er erfuhr es. Er nahm Anstoß daran und wollte erfahren, aus welcher Quelle diese Beschuldigungen stammten. Man nannte sie ihm. Darüber aufgebracht und sich gleichwohl bewusst, ei-

nen sehr böswilligen Gegner zu haben und
vor der Alternative zu stehen, diesen entweder
auf das Strengste zu züchtigen oder seinen
Stand und seine Ehre verlieren zu müssen,
entschied er sich dahin, diesen Verleumder unter den schärfsten Bedingungen zu fordern.
Der Schnapphahn, der nur im Trüben fischen,
aber sich keinerlei Unannehmlichkeiten auf
den Hals laden wollte, kniff, erklärte sich bereit zu widerrufen, mit einem Wort, kroch
vollkommen zu Kreuze; mein Bruder jedoch
… du weißt, wie tapfer er war …

BELAMOUR: Bis zur Tollkühnheit … Das war sein
Fehler.

COMTESSE: Also, mein Bruder wollte nichts von
irgendwelchem Vergleich wissen. Man musste
sich also schlagen. In einem Kampf auf Säbel
gab es drei gebrochene Klingen und mehrere,
jedoch augenscheinlich leichte Verwundungen
auf beiden Seiten. Das war für den Baron
nicht ausreichend, der den Menschen entweder töten oder selbst fallen wollte. Er hatte
deswegen Sorge getragen, dass es nach der
blanken Waffe gleich mit Pistolen weiterging.
Er zwang den Gewissen, zuerst zu schießen.
Der Zünder schlug jedoch nicht an; ein zweiter Schuss ging los und streifte den Kopf des
Barons, der ihn jedoch nicht verlor. Als er sei-

nerseits schoss, blies er dem infamen Urheber
all dieser Fatalitäten das Lebenslicht aus. Man
liebte meinen Bruder bei seinem Regiment
und hatte schon vorher bedauert, ihn gekränkt zu haben. Seine Tapferkeit gewann ihm
selbst diejenigen Kameraden, die ihm am al-
lerübelsten gesinnt gewesen, zurück. Aber sei
es, dass er die Kopfwunde vernachlässigte, sei
es, dass ein Übel in seinem Blut daran schuld
war, oder taten diese beiden Dinge gemeinsam das ihrige – kurzum, er erkrankte bald so
heftig, dass alle Heilkunst sich als machtlos
erwies. Einen Monat nach seinem ehrenvollen
Duell hauchte der Baron sein Leben aus.

Diese Erzählung hat Belamour so ergriffen, dass
ihm die Tränen kommen. Die Comtesse, die, wie
man in der Folge sehen wird, ihren Bruder sehr
geliebt, muss sich gleichfalls die Augen wischen.
All die sich auf Belamours Gesicht offenbarende
Bewegung hat die Marquise im Spiegel beobachtet; sie nimmt nicht ohne Genugtuung wahr,
welch ein empfindsames Herz dieser ehrenwerte
Bursche besitzt. Sie liebt ihn deswegen umso
mehr. Aus Rührung kommen nun auch ihr die
Tränen. Also sind drei leichtfertige Weltkinder einer traurigen Geschichte wegen elegisch geworden. Aber die Traurigkeit vermag nicht lange an-

zuhalten. Nach einigen Augenblicken Stillschweigens sucht die Marquise, die begreiflicherweise am wenigsten schmerzlich berührt ist, die Unterhaltung wieder aufzunehmen.

MARQUISE: Wir machen hier alle drei ein recht trübseliges Gesicht. Was mich anlangt, könnte ich wie der Bauer, welcher eine Passionspredigt hört, bei der alles außer ihm schluchzt, sagen: »Weshalb sollte ich weinen, da ich nicht zum Kirchspiel gehöre?« Aber obwohl euer unglücklicher Baron mich gar nichts angeht, habe ich doch die Dummheit begangen, gleichfalls zu weinen. Wahrhaftig, das ist zum Totlachen!

COMTESSE *ziemlich heiter:* Ich weiß wirklich nicht, woher mir dieser neue Anfall von Traurigkeit gekommen ist. In den achtzehn Monaten, seit der Baron tot ist, habe ich noch nicht viermal an ihn gedacht.

MARQUISE: Sprache der Witwe, meine liebe Comtesse!

COMTESSE: Was wollen Sie damit sagen?

MARQUISE *beobachtend:* Ja, ja … der Ton, die Ausdrucksweise … da bin ich sicher und lasse mir das nicht ausreden, dass der teure Tote und Sie sich ganz außerordentlich nahe gestanden.

COMTESSE: Wenn sich etwas Ähnliches vermuten ließe, dürfte die Gelegenheit nicht unangebracht sein, mir ein Geständnis dessen zu entreißen. Aber nein, Madame, in diese Fallstricke gerate ich nicht!

MARQUISE *lachend:* O Herzchen, ohne es zu merken, geraten Sie doch hinein! Hätte ich es nicht erraten, würden Sie dann nicht unbändig stolz darauf sein, versichern zu können, es habe wenigstens eine Person Ihres Bekanntenkreises gegeben, mit der Sie niemals Gemeinschaft gepflogen? Sie haben Ihren Bruder »gehabt«, Madame … und … *Belamour fixierend.* Cascaret gleichfalls!

BELAMOUR *erstaunt:* Ich, Madame!

COMTESSE: Nur getrost weiter so! Das muss ich sagen, Liebste, Sie haben eine sehr günstige Meinung von mir!

MARQUISE *ihr mit freundlichem Lächeln die Hand reichend:* Mein Gott, Comtesse! Wir kennen uns genügend, um, ohne uns zu ärgern, über alles scherzen zu können … *Als ob sie sich plötzlich besinne.* Herrje, ich glaube, ich verliere den Kopf! Da vergesse ich ganz und gar, ein sehr dringendes Billet zu beantworten, durch das man für meine geschäftlichen Angelegenheiten sehr wichtige Papiere von mir einfordert, die ich schleunigst suchen muss … *Sie erhebt sich.* Die Frisur kann beendet werden, wenn ich zurück bin …

BELAMOUR: Wenn Madame sich noch zehn Minuten gedulden wollten, wäre sie fertig.

MARQUISE: Ich brauche mindestens zwanzig für das, was mich jetzt beschäftigt! *Sie will gehen.*

COMTESSE *mit scherzendem Ton:* Und vertrauen mir, mir nichts dir nichts, Belamour an? Wir sollen jetzt unter vier Augen bleiben?

MARQUISE *schelmisch:* Sie wären wohl recht böse, würde ich ihn von Ihnen fortschicken? Übrigens, dinieren Sie bei mir?

COMTESSE: Wenn Sie mich darum bitten!

MARQUISE: Gut! *Sie fasst die Türklinke, um fortzugehen.*

COMTESSE: Ich hätte indessen noch einen Weg von einer Viertelstunde zu machen, aber später erst. Ich muss zu jemandem, den man nur beim Diner antrifft, und es ist erst … *Sie sieht auf die Uhr* … ein Uhr.

MARQUISE *gehend:* Tun Sie, was Sie wollen! *Sie schließt die Tür des Kabinetts.*

COMTESSE *wie zu sich selbst:* Ja, das hoffe ich! Wir werden tun, was wir wollen.

Wenn Belamour diese letzten, gewissermaßen mit Bezug auf ihn gesprochenen Worte gehört hat, stellt er sich doch wenigstens so, als habe er

ihren Sinn nicht begriffen. Er gibt sich den Anschein, als sei er sehr mit den seinen Dienst betreffenden Angelegenheiten beschäftigt.

Die Marquise, die durch eine Hintertür hinaus-
gegangen ist, schließt mit großem Geräusch noch
eine andere, sodass man annehmen darf, sie sei
weiter weggegangen. In Wirklichkeit bleibt sie jedoch in ihrem Schlupfwinkel, von dem aus sie in
der Lage ist, alles, was sich in dem Toilettenzimmerchen ereignet, sehen und hören zu können.
Diese weibliche List ist die ganz natürliche Folge
ihrer äußerst lebhaften Zuneigung zu Belamour,
wie des Misstrauens, das ihr die bekannte Durch-
triebenheit der Comtesse einflößt. Sich auf die
Lauer stellend, sagt die Marquise zu sich: »Wenn
sie mich verraten, jage ich Belamour zum Tempel
hinaus und entzweie mich für mein Leben lang
mit der Motte-en-feu.« Dabei schlägt ihr das Herz
sehr heftig, denn sie ist mehr als drei Viertel davon überzeugt, dass man sie verraten wird.

Nach einigen Augenblicken Stillschweigens,
während welcher Belamour, vielleicht mit gewisser Absichtlichkeit, sich scheinbar damit beschäftigt, aufzuräumen und zu putzen, wird die Comtesse schließlich ungeduldig.

COMTESSE: Na, Mosjö Cascaret, oder, wenn du
lieber willst, Belamour, versuche, nicht zu ver-

gessen, dass du mit einer Dame zusammen bist, die ihrerseits vielleicht ein wenig mehr Aufmerksamkeit verdient.

BELAMOUR *sich verneigend:* Oh, Madame, dürfte ich mir schmeicheln, Sie wollten mich würdigen, mich höchstselbst mit der Ihren zu beehren?

COMTESSE: Ich vermute, mit diesem Kratzfüßlerton machst du dich über mich lustig! Wer hat dir diese Art von Höflichkeit beigebracht? Sicherlich gewinnst du nicht dadurch, mein Freund! Der unschuldige, fröhliche, kecke Cascaret war weitaus liebenswürdiger, als der gezierte Belamour mir das zu sein scheint. Was mich anbetrifft, bin ich immer noch Minette! Muss ich mich gezwungen sehen, dir das ins Gedächtnis zurückzurufen … Antworte!

BELAMOUR: Mich schuldig haltend, so glückesüberreiche Tage vergessen zu können, hieße meine Seele kränken! Aber seit sechs Jahren, Madame, dürfte sich viel geändert haben. Die Freundschaft von Monsieur le Baron, die mich mit so viel Stolz erfüllte, dass ich mich fast für seinesgleichen anzusehen anfing …

COMTESSE: Und hatten dich die Torheiten seiner Schwester weniger verdorben?

BELAMOUR: Muss mir das alles jetzt nicht so vorkommen, als wäre es ein Traum gewesen?

COMTESSE: Dummerchen! Wäre es wahr, dass du das dächtest, dürfte ich dir den Irrtum bald genommen haben … Lass mich einen einzigen Zug meines lieben Cascaret wieder erkennen, und du sollst bald die ganze Minette wieder finden … Da steht er wie versteinert da! Sage mir gefälligst, woher stammt diese unverschämte Ehrerbietung!

BELAMOUR: Sie versuchen mich, Madame! Sie wollen sehen, ob ich mir, wie einstmals, wieder etwas in den Kopf setzen und jetzt noch die Kühnheit haben könnte, mich bis zu diesen strafbaren Vertraulichkeiten zu vergessen, deren nachsichtige Duldung Ihnen lediglich Ihre außerordentliche Jugend möglich machte.

COMTESSE: Spötteln Sie, Mosjö?

BELAMOUR *die Hände faltend:* Ich, Madame! Als ob ich einer derartigen Schändlichkeit fähig wäre!

COMTESSE: Halt, halt, Mosjö Belamour, und weniger Faxen! Weniger Selbstverwünschungen, und weißt du, viel eher verzeihe ich eine dreiste und witzige Schelmerei als einfältige Zurückhaltung, die du überdies nur affektierst. Ich werde dir gleich ein Licht aufstecken! Du machst es der Marquise, bist verliebt in sie und spielst mir hier die Rolle eines kleinen Cato vor, als ob sie da wäre, um über dich zu Gericht zu sitzen und über ihre Gleichgültigkeit in Betreff meiner zu triumphieren.

BELAMOUR: Was für ein seltsamer Ausdruck! Ich der Geliebte …

COMTESSE *ungeduldig:* Der Geliebte, der Geliebte! Das ist außer Mode! Man hat keinen Geliebten mehr.

BELAMOUR: Der Günstling meiner ehrwürdigen Herrin, wenn Ihnen das gefallen dürfte …

COMTESSE *von oben herab:* Bist du nicht auch der meine gewesen?

BELAMOUR: Ja, aber Sie waren damals kaum fünfzehn Jahre; wir waren unmündige Kinder, ohne Kenntnis unserer Pflichten, ohne einen Begriff von dem Unterschied unseres Standes und den gefährlichen etwaigen Folgen unserer Dummheiten zu haben … Wir waren auf Abwege geraten, waren durch Ihren Teufel von Bruder verdorben, der darauf versessen war, Sie mir zu überliefern, und das Feuer unserer aufkeimenden Leidenschaft schürte, der eines dem anderen in die Arme warf und sich gleich mit hineinwarf; der unsere Wollust mitgenoß, und wie er keine Schranken des Blutes oder Geschlechtes achtete, darauf versessen war, wir alle drei sollten nur eine einzige … Unser Leben ward ein Rausch alsdann …

COMTESSE *seufzend:* Ach ja, Cascaret, ein Rausch vollkommener Glückseligkeit ... du zauberst mir dieses Bild wieder so deutlich vor Augen. Vorwärts, du verdammter Philosoph, lass mich für einen Moment wenigstens die Wirklichkeit wieder genießen ... Komm! *Sie öffnet die Arme und nimmt eine höchst herausfordernde Stellung ein.*

BELAMOUR *hebt die Augen gen Himmel:* Was wollen Sie von mir, Sie gefährlichste aller Frauen? ...

COMTESSE *beleidigt und die Stellung ändernd:* Der Verweis ist gut! *Belamour seufzt tief auf.* Mein Gott, Mosjö, keine solche Komödienspielerei! Meint man nicht, mit diesen erhobenen Armen, diesen tiefen Seufzern, den Nobelvater aus irgendeinem unserer rührseligen Dramen vor sich zu sehen? Geh nur, du bist nichts als ein Schafskopf! Wenn ich mich nicht, Gott sei Dank, im Besitz von Jugend, allen Reizen und all dessen, was eine Frau begehrenswert macht, wüsste, fühlte ich mich, das gestehe ich offen, durch dein Benehmen sehr gedemütigt. Aber wahrhaftig, ich wäre schön dumm, dem gnädigsten Monsieur Avancen zu machen ... *Das Folgende betont sie ironisch.* Er betet seine schöne Herrin an ... er schmachtet ... er hat ein Gelöbnis der Treue getan ...

BELAMOUR: Diese Idee ist von einer … Seltsamkeit …

COMTESSE *natürlich:* Ich lege meine Hand dafür ins Feuer! Wage es, das Gegenteil zu behaupten, mein keuscher Joseph!

BELAMOUR: Madame, ich schwöre Ihnen …

COMTESSE *einfallend:* Da du jetzt lügst, willst du versichern, deine Gefühle für die Marquise beschränkten sich auf die Ergebenheit eines Dieners seiner Herrin gegenüber.

BELAMOUR: Sie lassen mich Folterqualen erleiden!

COMTESSE *mit Milde:* Verstehen wir einander, Cascaret? Sei offen und du darfst auf meine Verzeihung rechnen! Vertraue mir dein Geheimnis an! Ich bin unfähig, es zu missbrauchen. Aber verharrst du dabei, mich hinters Licht führen zu wollen, mache ich dir einen Strich durch die Rechnung und lasse dich vor die Tür setzen.

BELAMOUR *aufgebracht:* Was wollen Sie, Schreckliche, das ich bekenne … Ich, der nichts zu bekennen hat!

COMTESSE: Du bist der Liebhaber …

BELAMOUR: Von wem wünschen Sie, soll ich es sein?

COMTESSE *lachend:* Von mir für den Augenblick, wenn ich das Recht zu wählen hätte; aber du bist der der Marquise.

BELAMOUR: Das habe ich nicht gesagt! Aber wenn ich diese strafbare Schwäche gehabt hätte, würde ich es ableugnen ... vor mir selber ableugnen. *Diese Unwahrheit Belamours und diese Anführerei der Comtesse bereiten der Marquise in ihrem kleinen Schlupfwinkel ein unaussprechliches Vergnügen.*

COMTESSE: Mag sein, du bist der Liebhaber nicht; aber ob du es nicht vielleicht gewesen bist ... *Sie beobachtet ihn lächelnd.* Du wärest ein großer Esel, besonders wenn du Stillschweigen beobachtetest ... Pass auf, soll ich kein Blatt vor den Mund nehmen und reden? Da, ein Rat à la Minette, den ich dir geben will. Gescheite Leute treiben es, aber seufzen nicht!

BELAMOUR: Welche Ungeheuerlichkeit, mich ...

COMTESSE: Für verliebt in die Marquise zu halten? Aber das muss so sein. Ohne einen schlechten Geschmack zu bekunden, kannst du dich dessen nicht enthalten. Sie ist reizend, Männer und Frauen, jeder, der sie sieht, ist vernarrt in sie, und ich bin es gleichfalls. Ja, mag Monsieur Belamour das unangenehm berühren, ich bin deine Rivalin und eine der ausgesprochensten obendrein. Das hindert mich freilich nicht, dir nochmals einen guten Rat zu geben ... Seufze nicht, die Marquise ist leicht entzündbar; sie besitzt ein ausgezeichnetes Herz! Aber sie verabscheut langweilige Menschen, zumal wenn sie noch dazu seufzen. Du bist kein Mensch von gewöhnlichem Aussehen! Einem Springinsfeld wie dir steht es gut an, ein bisschen keck darauf loszugehen. *Sie ergreift seine Hand.* Ja findest du die Gelegenheit, sie herzunehmen, nimm und nimm sie immer wieder her – mit Gewalt, Freundchen –, bis du selbst nicht mehr imstande bist, wegen solcher Kühnheit auch nur das geringste Bedenken zu spüren.

BELAMOUR: Wahrhaftig, Madame, ich staune, wie Ihre Einbildungskraft ins Zeug gerät, den Plan zu etwas zu entwerfen, das mir allein gar nicht in den Sinn zu kommen vermochte.* Ich weiß nur zu genau, was ich mir und meiner Gebieterin schuldig bin.

---

* Diese Beharrlichkeit, mit der Belamour seine intimen Beziehungen zur Marquise abstreitet, dürfte unseren Wüstlingen jedenfalls lächerlich erscheinen, die, weit entfernt, ihre wirklichen Erfolge zu verschweigen, sich meist noch solcher rühmen, die sie gar nicht gehabt haben. Aber es erscheint angezeigt, diesen Herren zu Gemüt zu führen, dass, wer die Frauen am heißesten begehrt und die meiste Gunst von ihnen erfährt, notwendigerweise der Verschwiegenste ist, dem das Vergnügen, sie besessen zu haben, über alles geht. Die, welche dieses Glück nicht haben oder nicht genießen können, machen sich mit ihrer Großsprecherei außerordentlich verächtlich. Daher werden so viele Frauen gerade wegen der Blößen, die sie sich nicht geben, verleumdet. (Anm. d. Verf.)

COMTESSE: Na ja, sei ein Dummkopf, wenn du es sein willst! Ich sage dir, um jede hübsche Frau zu bekommen, ist Wunsch, Gewalt oder List nötig. Sie ihrerseits dürfte entzückt darüber sein, wenn, wie das bei dir der Fall, das Objekt sich der Mühe lohnt. Wunderst du dich nicht über mich? Jede andere an meiner Stelle hätte dir die Augen ausgekratzt. Ich keineswegs! Ich zeige dir gegenüber das denkbar beste Benehmen. Ich leiste dem, der mich zurückgewiesen, einen Liebesdienst. Mag er die Wette halten und so tun, als habe er mich nicht verstanden. Wohlan, wir wollen gleich mal sehen, wie er es anstellen wird, auszuweichen. Belamour?

BELAMOUR: Madame la Comtesse?

COMTESSE: Wir sind allein. Ich weiß nicht, wie du mich findest, aber ich weiß, ich finde dich immer noch recht hübsch, und ich will mir das Vergnügen nicht entgehen lassen, ihn wieder zu haben.

BELAMOUR: Das ist wohl nicht Ihr Ernst, Madame! Und die Liebe, die Sie bei mir voraussetzen? …

COMTESSE: Ich bin ja wohl die ergebenste Dienerin dieser Liebe …

BELAMOUR *fällt ein:* Beachten Sie wohl, dass ich nicht zugestehe, sie gäbe es.

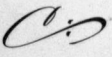

COMTESSE: Umso besser! Ein Hindernis weniger für meinen lustigen Einfall! Komm!

BELAMOUR *sich nähernd:* Was wünschen Sie, Madame?

COMTESSE *heiter:* Ich verlange die Gefälligkeit, ihn mir hereinzuschieben. Das heißt sich wohl klar ausdrücken.

BELAMOUR: Ganz gewiss! Deutlicher kann man nicht werden.

COMTESSE *zärtlich:* Also vorwärts, Cascaret! Da hast du sie wieder, musiziere mal wieder mit dieser niedlichen goldenen Spieldose, der du so oft dein Lob, deine Zärtlichkeiten gespendet hast! *Sie entblößt sie.* Siehst du sie? Reich mir deine Hand! Sieh, noch immer glüht das verzehrende Feuer in ihr, wegen dessen, wie du sagtest, du immer Furcht hattest, dein wonniger Kaminfeger möchte, trotz des unerschöpflichen Sturzbades, mit dem ich ihn vom Moment des Eindringens an bis zum Herausziehen benetzte, dort einmal versengt wieder herauskommen. *Belamour, der, ohne unhöflich zu sein, die Aufforderung der Comtesse nicht zurückweisen kann, reicht willfährig eine Hand hin, die sie auf den Krater des kleinen Vulkans legt.* All das scheint dir ein wenig verändert, nicht wahr? Sie besaß damals noch nicht diesen dichten Schmuck.

BELAMOUR: Jedes Alter hat seine Reize, Madame.

COMTESSE *für sich:* Wenigstens hat er Lebensart. *Zu ihm.* Selbst die Farbe hat sich verändert. Es ärgert mich, dass sie die des Haares noch übertrifft. Alle Männer lieben diese Nuance nicht.

BELAMOUR: Umso schlimmer für sie; ich bin gerechter.

COMTESSE: Es ist wahr, in Bezug auf den Fall, in dem ich mich befinde, zeigtest du dich immer nachsichtig, und ich entsinne mich, dass du in unserer Glückszeit großen Wert auf ein Pröbchen meines Goldschmuckes zu legen schienst, das ich dir schenken sollte. Wie du wissen wirst, war ich so niederträchtig, dich bezüglich dieses seltsamen Wunsches lange zappeln zu lassen.

BELAMOUR: Sie boshafte kleine Schlange, Sie waren es ja gar nicht, der ich dafür schließlich zu Dank verpflichtet wurde.

COMTESSE: Also entsinnst du dich dieser spaßigen Szene noch? Sag selber, hatten wir den Tag nicht den Teufel im Leibe? Ich hätte gewollt, ein Maler wäre zugegen gewesen, um den Moment festzuhalten, wie ich zwischen dir und meinem Bruder doppelt festgekeilt war und dein Freund seinen in der Nähe liegenden Säbel ergreift und ich fühlte, wie er mir mit der anderen Hand vier oder fünf neu herausgekommene Härchen ausriss ... das tat, nebenbei bemerkt, teufelsmäßig weh und hätte mich zu Schanden machen können.

BELAMOUR: Ich weiß das noch ganz genau, denn Sie zogen, als ich gegenüber kaum erst einen halben Zoll weit hineingekommen war, so heftig gegen mich zurück, dass ich mich augenblicklich bis über die Hälfte drinnen befand.

COMTESSE *lächelnd:* Das war nicht das, was mich das Schlimmste dünkte; aber der Schmerz ... Ich hätte mich ohne die komische Art des Barons sicherlich geärgert, wie er dir mit ernsthaftester Miene einen Schlag mit der flachen Klinge versetzte und dir die Haare zeigend mit emphatischem Ton ausrief: »Sie kopiert ihren Bruder. Preis und Ehre Monsieur Cascaret! Wir machen ihn endlich zum Ritter des goldenen Vlieses.« Natürlich. Du dich, wie ein Sperber auf seine Beute, auf die Insignien des neuen Ordens stürzen, sie küssen, ans Herz drücken und dann ... damals taugtest du noch etwas, aber heute ...

BELAMOUR *lächelnd:* Welchen Vorwurf würden Sie mir machen, wäre ich noch jetzt imstande, Ihnen dies kostbare Geschenk vorzuweisen?

COMTESSE *feurig:* Ist das denn möglich? Weiß

Gott! Mein entzückender Freund, dieser An-
hänglichkeitsbeweis entwaffnet mich. Ich
schenke dir all meine Freundschaft wieder!
Von ganzer Seele will ich es dir beweisen …
umarme mich!

Zu gleicher Zeit hat sie sich erhoben und die
Arme um Belamours Hals geschlungen; sie
presst Lippe auf Lippe, dringt in den Mund des
verführerischen Frisörs ein, berührt seine Zunge
und haucht das Feuer des Verlangens bis in die
Tiefen seiner Brust. Während dieser stürmischen
Umarmung tastet eine dreiste Hand nach seinem Hosenlatz und fördert Belamours Mann-
heit zu Tage; ihn erregend, bringt sie, kundig wie
sie ist, dasjenige Mittel zur Anwendung, was
dies Wesen unweigerlich auferweckt, hat es sich
auch im Schlafe überraschen lassen. Der Comtesse selber wird es bei dieser Handarbeit warm.
Sie lässt den Mund des Frisörs nur los, um sich
zu dem ihr stets interessanten, stets neuen Gegenstand, mit dem sie spielt, niederzubeugen.
Denn sie brennt darauf, ihn mit dem, was und
wie er vor sechs Jahren gewesen sein mag, zu
vergleichen. Ganz mühelos ist es nicht, dies
durch die gestern und heute gelieferte Arbeit er-
müdete Spielzeug auf seinen gewöhnlichen
Grad von Ausdehnung und Steifheit zu bringen.

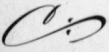

Es gelingt indessen doch, dank der magischen Unterstützung der erfahrenen Comtesse. Sie liegt nunmehr auf den Knien, und da sie ihrem alten Lieblingsgegenstand so nahe ist, kann sie sich nicht enthalten, ihn in den Mund zu stecken. Das ist eine ihrer bevorzugten Gewohnheiten. Belamour, der sich dessen nicht im Mindesten versehen, hat die Zeit nicht, diesen dreisten Angriff zu parieren. Als er merkt, es handelt sich um mehr als bloß um einen Kuss, macht er einen leisen Versuch, die Comtesse von ihrem Vorhaben abzubringen; aber, wenn sie auch einen Augenblick aufhört, bleibt sie dennoch Herrin über den rebellischen Wonneschlauch und sagt mit sehr entschiedenem Ton: »Belamour, lass es dir nicht einfallen, mich hindern zu wollen; sollte er es wagen, mich anzuführen, bin ich imstande, ihn glattweg mit den Zähnen durchzubeißen.« Schleunigst macht sie sich, immer auf den Knien liegend, an die Arbeit. Belamour, der stehen geblieben, stützt sich mit beiden Händen gegen die Wandtäfelung. Während er so bearbeitet wird, wendet er mit dem Ausdruck des Unbehagens, ja fast des Verdrusses, den Kopf bald da bald dorthin. Aber das zu bemerken, ist die aufgeregte Saugfee nicht imstande. Bald indessen tut dies seltsame und schlüpfrige Mittel seine Wirkung. Belamour ist in Erregung

geraten, lässt seine Augen auf die eigensinnige
Comtesse niedergleiten und überlegt nicht ohne
ein zu ihren Gunsten sprechendes Gefühl dabei,
wie viel schmeichelhaftes für ihn in diesem eben
betätigten Gefühlsausbruch liege. Die gesta-
chelte Eitelkeit, die Wallung seines Blutes, der
aufreizende Anblick eines zitternden, schneeweißen Busens, auf den seine Augen fallen; die
Laute der Wollust, die sinnliche Erregung, mit einem Wort, alles das reißt Belamour auf einmal
hin. Die Sinnlichkeit wird unmerklich Herr über
ihn, schleicht von Ader zu Ader, nimmt zu und
steigert sich unermesslich. Weil er zuerst verschmäht und dann herbeigeführt wurde, ist dieser Genuss umso köstlicher. Endlich fühlt er,
wie die Schleusen des Lebens sich öffnen. Er
glaubt, jetzt wenigstens werde ihm der Rückzug
gestattet sein. Aber bei der leisesten Bewegung
macht sich die elfenbeinerne Schere bemerkbar
und gibt ihm zu verstehen, wie gefährlich es für
ihn sei, sich zu rühren. Also muss er stillhalten
und den Strom, den er außerhalb nicht vergießen darf, in diesen begehrlichen Mund hinein-
schnellen. Nach diesem befruchtenden Nektar
lüstern, hütet die Comtesse sich wohl, irgendetwas darin zu lassen. Nach Erkämpfung dieses
ersten Sieges erhebt sie sich blitzschnell, ergreift
ihre Trophäe kurz entschlossen mit der Faust,

wirft sich in einen Fauteuil, zieht den beglückten Belamour auf sich herauf und führt den noch schäumenden Brunzrüssel an ein gewisses Loch, an dessen Lippen sie ihn abzuwischen versucht. Ein sehr starkes Reiben bewirkt unverzüglich einen inneren Hervorbruch desjenigen Liqueurs, von dem der Comtesse unversiegbare Quellen zur Verfügung stehen. Da die Schwellen dadurch schlüpfrig geworden, gleitet der festgefasste Schaumschläger hinein und taucht bis auf den Grund. Aber Belamour ist delikat; es ist nicht mehr an der Zeit, den Unerbittlichen zu spielen; indessen besitzt er die Eitelkeit, die Rolle, die seine heikle Lage erfordert, mit vollkommener Feinheit durchführen zu wollen. Soll er halbe Arbeit liefern? Er schuldet der generösen Comtesse ein wirkliches Vergnügen … es ist auf der Stelle entschieden; er weiß, da ihm die gewöhnlichen Mittel für den Augenblick nicht zur Verfügung stehen, darf er ein anderes anwenden, zumal bei der Comtesse, bei der er soeben erfahren, dass sie an ihren alten Liebhabereien den Geschmack noch nicht verloren. Belamour macht sich los, und rasch wie der Blitz fällt er ihr zu Füßen, nimmt einen ihrer alabasternen Schenkel auf jede Schulter und erwidert ihr auf das Schönste den Dienst, den sie ihm soeben geleistet hat. Wie man begreifen wird, macht die-

ser letzte Zwischenfall der verborgenen Lausche-
rin nicht gerade sehr großes Pläsier; indessen,
die Vernunft fordert es, dass die Marquise diese
erzwungene und notwendig gewordene Untreue
entschuldigt. Im Moment, da der Comtesse die
hohe See kommt, bäumt sie sich auf, pfeift durch
die Zähne, schluchzt und überschwemmt – wie
das ihre Art ist – den Mund des liebenswürdigen
Zungenfreiers. Infolge des ihm eben gegebenen
Beispiels mag er nicht so unhöflich sein, das,
was man ihm gespendet, zurückzuweisen. Indessen kühlt sich die Hitze des Blutes bei dem einen wie dem andern Teil allmählich ab. Nach
diesem hitzigen Gefecht fühlen die Kämpfer sich
wechselseitig recht unbehaglich, und nachdem
alles wieder in Ordnung gebracht ist, würden sie
recht verwirrt beieinander bleiben, wenn die
Marquise sie nicht aus der Verlegenheit risse und
durch ihr Erscheinen, das sich ziemlich geräuschvoll gestaltet, indem sie, ehe sie öffnet,
scheinbar eine Tür zuschlägt, die beiden wieder
zu sich brächte.

COMTESSE *zu ihrer Freundin:* Endlich! Da sind
    Sie wieder! Diese Antwort ist wohl lang aus-
    gefallen?
MARQUISE: Wohl kurz, wollen Sie sagen! *Sie be-*
    gibt sich zu ihrer Toilette zurück.

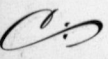

COMTESSE: Fragen Sie den armen Belamour, wie der sich gelangweilt hat!

MARQUISE: Darauf, nehme ich an, wird er nicht antworten.

Sie beobachtet ihn im Spiegel. Belamour scheint etwas außer Fassung zu sein. Gelegentlich steckt die Marquise die Hand in den Schlitz ihres Unterrockes und fühlt, dass ihr Hemd feucht ist. Um sich zu vergewissern, ob das von den überreichlichen morgendlichen Belustigungen herrührt oder von dem Eintreten von etwas, das leise Anzeichen schon am gestrigen Tage angekündigt hatten, befiehlt sie Belamour, sich zu entfernen. Als sie mit der Comtesse allein ist, verschafft sie sich Aufschluss darüber und findet Blut.

MARQUISE: Schöne Geschichte!

COMTESSE *mit Humor:* Verdammt, der Zwischenfall!

MARQUISE: Trotz alledem werde ich doch wohl in die Oper gehen. Freilich ist es mir gräulich, während der ersten Tage, wenn dies Malheur* eintritt, außer Haus zu sein. Aber da ich mein gegebenes Wort nicht brechen möchte …

---

* Vgl. Beginn des 5. Teiles.

COMTESSE: Ach, lieber Gott! Es ist nicht gerade die Oper, die mir am Herzen liegt; ich wäre nur deinetwegen hingegangen; ja, damit du mir nicht entschlüpftest, wenn ich dich im Auge zu behalten aufhörte! Aber, was folgen sollte. *Küsst ihre Finger.* Ach, es ist des Teufels, dass du gerade heute darauf verfallen bist, diese rote Diät zu kriegen.

MARQUISE: Also, um was handelt es sich denn eigentlich?

COMTESSE: Also, da ich es Ihnen ausrichten muss, Madame! Die Couplet wollte uns heute Abend als angebliche Sündentrüffel mit zwei jungen Ausländern, wie sie sagt, schön gebauten, reichen und vor Lebenslust überschäumenden Leuten, die das Raffinierteste des Raffinierten gefordert haben, zu Nacht speisen lassen. Da … solche »Damen« … *Sie lächelt.* … als ob wir die darzustellen imstande wären, als ob zwei in diesem Punkt mit so viel Kenntnissen ausgerüstete Wesen deswegen nötig gehabt hätten, in die Schule gehen zu müssen.

MARQUISE *mit ein wenig Ironie:* Und die Couplet hat uns die Ehre erwiesen, an uns zu denken!

COMTESSE: Ich rechne mir diese Auszeichnung zur großen Ehre an, da, soweit berufsmäßige Weiber, Liebhaberinnen oder Liebhaber, um mich richtiger auszudrücken, in Frage kommen, sie die tüchtigsten Kräfte von Paris an der Hand hat.

MARQUISE: Ich gestehe, zunächst sehe ich die Vorteile ihres Vorschlages nicht ein.

COMTESSE *fein:* Ich glaube, sie hat auch – aber verblümt – von fünfzig Louis gesprochen. Das hat für Sie keine Bedeutung, da Sie, seit Sie Witwe sind, im Golde wühlen und nur der »Ehre halber« arbeiten; aber ich, die ich unter Vormundschaft stehe und Mosjö de Sourillac nicht immer bewegen kann, Taler springen zu lassen, hätte, scheint mir, die betreffenden fünfzig Louis sehr gerne eingesteckt. Sie sehen, Teuerste, der Verlust einer Gelegenheit, wie die heute Abend, lässt sich schwer wieder gutmachen.

MARQUISE: Das betrübt mich deinetwegen sehr, Liebste, was mich anbetrifft, würde ich da nur eine sehr mäßige Figur spielen; ich bin gar nicht im Zuge …

COMTESSE: Man würde Sie wohl in Zug bringen, Madame!

MARQUISE: Aber gehen Sie nur immer hin! Dem steht nichts im Wege!

COMTESSE: Dann müsste man erst wissen, ob der Couplet das in den Kram passt und ob diese kreuzfidelen Kerle, die heißhungrig auf Vergnügen zu sein scheinen, sich mit einer Tisch-

genossin begnügen würden. Man brauchte nicht etwa Angst zu haben, dass ich mich für dies Geschäft nicht eignete. Ach Donnerwetter, ich wollte diesen kleinen Maulhelden die Nachttöpfe wohl schon austrocknen und ihnen in acht Tagen ihre noch so steifen Dinger schlapp machen … Die Trios jagen mir keine Furcht ein.

MARQUISE: Das Abenteuer mit Tournesol und Genossen hat sogar Ihren Geschmack für die Chöre dargetan.

COMTESSE: Davon war jedes Mal einer mit großem Orchester. Aber ich möchte Sie bei so etwas sehen, Sie, die immer ein wenig die Sittsame spielt. Ein solches Konzert würde Ihnen, wette ich, ebenso gut bekommen, als irgendeine andere von Ihnen vom Blatt gespielte Partie.

MARQUISE: Das ist sehr möglich, und eines Tages will ich mir sogar das Vergnügen machen. Bis jetzt habe ich mich nur in kleinem Kreise hervorgetan, aber ich bilde mir ein, eine große Vorstellung müsste eine angenehme Abwechslung in das Einerlei meiner Vergnügungen bringen und meinem berühmten Savoir-vivre neuen Glanz verleihen.

COMTESSE *mit Feuer:* Dazu werde ich dir verhelfen. Aber du weißt dir ja gar nichts zu Nutze

zu machen. Als unsere himmlische Bruderschaft noch existierte, bist du nicht so gescheit
gewesen, dich auf die großen Scharmützel einzulassen. Ich habe deren – Gott sei Dank –
nicht eines verfehlt! Du würdest deswegen
nicht weniger weit gekommen sein!

MARQUISE: Denken wir nicht mehr daran. Da es
nichts Beständiges auf Erden gibt, nichts
Schönes, das boshafter Neid nicht der kleinen
Schar derer, die dahin zu gelangen wussten,
sich zufrieden zu fühlen, zu rauben trachtet,
muss man sich wohl den Umständen fügen
und Vergnügen suchen, wo man es finden
kann. Wahrhaftig, es gibt Tage, wo ich eine
Bordelldirne um ihr Glück beneide.

COMTESSE *ihr die Hand drückend:* Bravo, Töchterchen, das ist eine gute Philosophie! Was du
da eben gesagt hast, ist beinahe meiner würdig. Ich wollte dir wünschen … du fielest beispielsweise, wie mir das gelegentlich passiert
ist, in einen Mönchsschwarm hinein.

MARQUISE *auffahrend:* Pfui doch! Die ganze
Sippschaft ist mir ein Gräuel.

COMTESSE: Sachte, wenn ich bitten darf! Bevor
man über eine Sache urteilt, muss man wissen, was es wert ist. Hören Sie, was ich Ihnen
sagen will, und sagen Sie, wenn Sie es dann
noch können, nachher »Pfui!«. Mit sechzehn

Jahren ... *Die Marquise schellt.* Sie wollen von meiner Geschichte wohl nichts hören?

MARQUISE: In einem Augenblick mit Vergnügen, schon allein aus dem Grunde, weil sie Sie angeht; denn nichts auf der Welt könnte mich dahin bringen, das Mönchsgeschmeiß zu goutieren. *Belamour erscheint. Zu ihm.* Es ist wegen des Fertigmachens ... *Kaum berührt Belamour die eine Seite des Haaraufbaus seiner Herrin, als die Comtesse auf der anderen Seite alles in Unordnung bringt.* Na aber! Was sind das für Geschichten!

COMTESSE: Du spaßt, scheint mir. Ich sehe wie ein kleiner Strauchdieb aus, und da glaubst du, ich werde dich schön machen lassen. Wir haben heute nichts Besonderes vor und werden zusammenbleiben ... *Zu Belamour.* Der Madame eine Faltenhaube! *Belamour macht ein missvergnügtes Gesicht.* Ja, Belamour, das ist nun mal so! Du hast reichlich Gelegenheit, ein anderes Mal dein Meisterstück zu machen. *Belamour zeigt einen gewissen Verdruss. Die Comtesse singt folgende Arie aus der »Servante-Maîtresse« entstammenden Vers:*

»Macht er nicht
ein Gesicht, ei, ei!
Wär's möglich, dass er
böse sei?«

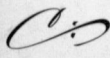

MARQUISE *begegnet einem ausdrucksvollen Blick Belamours, der sie zu fragen scheint, ob sie mit der Comtesse einer Meinung sei; lachend singt sie die Schlussstrophe des betreffenden Liedchens:*

»Die Minette befahl
es dir:
Sie ist allein
die Herrin hier.«

Belamour muss zuletzt über diese lustigen Einfälle lachen.

MARQUISE: Na und Ihr Weg, den Sie noch erledigen wollten, Madame?

COMTESSE: Ja so! Das habe ich ganz und gar vergessen! *Sie sieht auf die Uhr.* Gerechter Himmel! Die Stunde ist beinahe vorüber! … Aber … ja … ich kann schreiben, das tut dieselben Dienste. Bitte, lass mir das dazu Nötige geben!

MARQUISE *zu Belamour:* Schiebe Madame diesen Tisch hin! *Zur Comtesse.* Alles ist darin. Dieser Ausweg gefällt mir sehr wohl; wir werden also zusammenbleiben.

COMTESSE: Das kommt auf die Antwort an, die ich bekomme. Du weißt ja, weshalb ich schreibe. Wenn …

MARQUISE *lächelnd:* Ich verstehe dich vollkommen.

COMTESSE: Aber könnten wir nicht früher dinieren?

MARQUISE: Wie du willst.

COMTESSE: Gleich wenn ich mit dem Billet fertig bin; ich habe einen teufelsmäßigen Appetit.

MARQUISE *zu Belamour:* Besorge Licht und sage Bescheid, es soll so schnell wie möglich angerichtet werden.

Die Comtesse hat sich schon über das Papier gebeugt, und die Marquise meint, dem glücklichen Frisör einen zärtlichen Blick zuwerfen zu können, auf den er jedoch nur mit einer tiefen, ganz ungemein ehrerbietigen Verneigung antwortet, zumal, da er ein verstohlenes Blinzeln der Comtesse aufgefangen hat. Das Billet ist geschrieben, fast zur gleichen Zeit meldet man den Damen, dass angerichtet sei. Die Comtesse geht mit ihrer Freundin weg und sagt: »Erinnern Sie sich gleichwohl, dass ich Ihnen mein Abenteuer bei den Bernhardinern schuldig bin … irgendetwas, das gerade in diesem Moment unter ihren Augen geschieht, lenkt sie ab …«

Ende des vierten Teiles

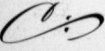

Fünfter Teil

*W*ir verließen die Comtesse und die Marquise in dem Augenblick, als sie sich zu Tische begeben wollten. Die Letztere »unpässlich«, was freilich nicht so viel sagen will wie »nicht aufgelegt«. Ersteres ist nämlich ganz allgemein bei dem Zustand, von dem sie überrascht ist, und obendrein hat sie stets unter ihrem unbezähmbaren Temperament viel zu leiden. Das ist sonst nichts Außergewöhnliches, denn die Erfahrung lehrt, dass die zwölf bis dreizehn jährlichen Epochen große geschlechtliche Bedürftigkeit mit sich bringen. Freilich pflegen drei Viertel aller Frauen während dieser unbequemen Zeitabschnitte nicht auf die Stimme der Natur zu hören! Hat man nicht matte, von blauen Ringen umgebene Augen? Ist der Teint nicht verdorben? Die Haut weniger frisch? Die Lippen aufgesprungen? Haben Schweiß und Atem nicht einen Anflug von üblem

Geruch? Müssen die am meisten auf ihren Vorteil bedachten und gerade die eitelsten Damen das notwendigerweise selbst einsehen? Werden sie es dann wagen, wegen solcher momentaner Mängel Liebe oder Verlangen gewisser, allzu empfänglicher oder nur schwach erregbarer Männer, die sich in nicht zu rechtfertigender Weise zurückziehen würden, aufs Spiel zu setzen? Gewiss nicht! Der Ehrgeiz, zu gefallen, und der Wunsch, sich keine Blößen zu geben, lässt sehr klar sehen und schreibt eine umso vorsichtigere Haltung vor. Trotz der heftig fordernden Sinnlichkeit legt man sich daher in der Regel eine mutige Enthaltsamkeit während der Dauer dieser kritischen Lage auf. Die Marquise ist indessen keine Frau wie andere. Wird ihr dies vorsichtige sich zügeln möglich sein? Oder wird sie dem Aufruhr ihres Blutes erliegen? Das wird man sehen müssen.

Als die Damen, im Begriff, sich in den Speisesaal zu begeben, ein Zimmer durchschreiten, in dem die Fenster offen stehen, sehen sie, dass der Schweizer an dem Schlage einer gerade vor der ihnen gegenüberliegenden Einfahrt haltenden Kutsche steht und mit jemandem spricht. Zu gleicher Zeit werden auch sie entdeckt. Darauf sagt der Tréfoncier, derselbe, der Belamour vorgestellt, sehr laut zum Schweizer: »Jetzt hör aber mit deinen Lügen auf! Da sind sie ja!« Zugleich

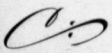

lässt er den Kutschenschlag von seinen Leuten öffnen und eilt in den Hof. Trotz seiner bekannten Unbeugsamkeit vermag der Schweizer sich diesem dreisten Eindringen nicht zu widersetzen, zumal da sich seine Herrin zeigt und darüber nicht ungehalten scheint, und die

COMTESSE *mit einladender Bewegung sehr laut ruft:* Ja, ja, das ist sehr schön! Kommen Sie, kommen Sie herauf, Monsieur le Comte. *Während er seinem Kutscher einige Aufträge erteilt, fügt sie hinzu.* Das ist kein Unglück, dass wir ein männliches Gesicht hier haben werden. Wie denken Sie darüber, Marquise?

MARQUISE: Ich bin sehr damit einverstanden, da es Ihnen Vergnügen zu machen scheint.

COMTESSE: Den Tréfoncier mag ich gut leiden! Er ist, wenn er will, geistvoll wie ein Kobold. Und sein gewöhnlich närrisches Wesen amüsiert mich sehr.

MARQUISE *kühl:* Er gefällt mir gleichfalls. *Woher kommt diese Sprödigkeit und dieses unzufriedene Aussehen? Weil notwendigerweise von Belamour und dem gestrigen Liebesabenteuer die Rede sein wird, und das alles einstweilen noch ein Geheimnis für die Comtesse bleiben sollte! Jetzt wird sie wahrscheinlich alles gleich erfahren.*

Tréfoncier *ihr die Hände küssend:* Bonjour, meine Göttinnen. *Zur Marquise.* Heißt das, Sie wollten mich beim Diner auslassen? Da Sie mich so grob durch Ihren Schweizer abweisen ließen, werde ich mich wohl nach etwas anderem umsehen müssen! Indessen, ich bin etwas wie Sancho Pansa, ich lasse mich da nieder, wo ich Kochtöpfe ahne. Sie wollten gerade zu Tisch gehen? Lassen Sie mir aus Barmherzigkeit ein Couvert auflegen!

Marquise *lächelnd:* Müsste man nicht sagen, er habe Furcht, man könne ihn wieder wegschicken? Einen so schlimmen Streich will ich der Comtesse nicht spielen. Sie geriet vor Vergnügen außer sich, als sie Sie erblickt hatte.

Comtesse: Eine gewisse Scheinheilige meiner Bekanntschaft weiß ihre Karten versteckt zu halten.

Sie treten in den Saal und setzen sich zu Tisch. Da es sich zunächst ums Essen handelt und die Diener herumstehen, kann die Unterhaltung sich nicht um sehr interessante Dinge drehen. Die wahren oder erlogenen Tagesneuigkeiten, die Lächerlichkeit zweier oder dreier Personen, eine eingehende Kritik über das neueste Theaterstück, das sind die Themen, um die sich das Gespräch dreht. Damit wird es endlich anders, als

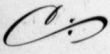

das Dessert mit den Früchten gereicht worden ist und die Dienerschaft sich entfernt.

TRÉFONCIER: Also, meine liebste Marquise, wie kommen Sie denn mit meinem Burschen von gestern zurecht? Meinen Sie, dass er Ihnen ansteht?

MARQUISE: Ich glaube, ich werde ihn ganz bestimmt behalten. Es genügt, dass er von Ihnen kommt … *Dies Kompliment wird mit leicht verdrießlichem Ton gesagt.*

TRÉFONCIER *mit anzüglicher Höflichkeit:* Das ist außerordentlich liebenswürdig, aber da man seine Dienstboten im Allgemeinen mehr seinethalben als seinen Freunden zuliebe engagiert, ist der springende Punkt der, ob Sie zufrieden sind. *Er lächelt boshaft.*

COMTESSE: Mit meinem lieben Cascaret kann man gar nicht anders als zufrieden sein … mit Belamour, wollte ich sagen! *Sich zum Tréfoncier wendend, lächelt auch sie boshaft.*

TRÉFONCIER *mit erheucheltem Erstaunen:* Belamour? Hector vermutlich!

COMTESSE *in den gleichen spöttischen Ton fallend:* O nein! Das ist Belamour! – Hector, ich weiß nicht, was das ist!

TRÉFONCIER: Das ist gleichfalls ein Eigenname. Aber Belamour passt viel besser, und ich sage

mir in der Tat, dass er nicht so getauft ist, um tags darauf vor die Tür gesetzt zu werden.

COMTESSE *anzüglich:* Würde man ihn an die Luft setzen, dürfte er jedenfalls nicht lange auf der Straße bleiben.

Gleichzeitig bemerkt sie Verwirrung und die aufsteigende Röte auf dem Gesicht der Marquise. Sie vermag daher eine außerordentliche Lachlust nicht zu unterdrücken, obwohl es vielleicht höflicher wäre, diese zu bändigen. Sie platzt los; der Tréfoncier desgleichen. Einen Augenblick, aber nur einen sehr kurzen, ist die Marquise über den sie zum Besten habenden Heiterkeitsausbruch sehr verdrossen. Als verständige Frau fasst sie sich jedoch sogleich und sagt:

MARQUISE: Da lachen Sie alle beide, ohne sich recht zu verstehen! Ich will euch ein wenig auf den Sprung helfen; es wird noch viel lustiger werden, Monsieur le Comte; Sie wissen, was Sie gestern hier gesehen haben?

TRÉFONCIER *überrascht:* Wollen Sie das zugestehen?

MARQUISE: Ich habe die Absicht, um Sie des Vergnügens zu berauben, Ihren Spott daran auszulassen! Nun gut! Jeder macht seine Beobachtungen, wie Sie sogleich sehen werden.

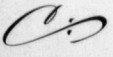

Fragen Sie Madame, was jemand heute Morgen gesehen hat, der, anstatt weit wegzugehen, um einen Brief zu schreiben, hinter der Tür meines Kabinetts blieb und sich vor einem gewissen kleinen Loch, das wie geschaffen dafür ist, seine Neugier zu befriedigen, auf die Lauer legte.

COMTESSE *mit höchstem Erstaunen:* O Teufelin!

MARQUISE *mit siegreichem, aber freundschaftlichem Ton:* O dreifache Schlange! Um nicht mehr zu sagen!

TRÉFONCIER: Einen Moment! Das habe ich noch nicht begriffen … Wenn Sie das »Erklärungen geben« nennen, Mesdames …

COMTESSE *lachend:* Na, dann will ich das erlösende Wort sprechen! Ich bin die Angeführte bei der ganzen Geschichte. Mosjö Belamour hat was mit mir vorgehabt, und Madame machen sich lustig über mich.

TRÉFONCIER: Ausgezeichnet! Ich fange an, etwas zu begreifen. Und jetzt die Tatsachen!

COMTESSE: Folgendermaßen! Natürlich offen. *Sie heuchelt auch nicht lange mehr irgendwelche Scham und bekennt sich mit Heiterkeit zu allem, was vormittags zwischen ihr und Belamour vorgefallen. Sich ganz und gar nicht genierend und indem sie großen Nachdruck darauf legt, was für eine komische Abfuhr sie*

anfangs erlebt und welche Mühe es sie, ohne
dennoch einen großen Erfolg zu erzielen, ge-
kostet, den Frisör schließlich warm zu machen,
erreicht sie es mit einem Wort, indem sie sich
selbst preisgibt, ihre Widersacher durch ihre
lebhafte und spaßige Erzählung zu entwaffnen.
Ich bin am Ende! Wenn jeder so in den sauren Apfel beißen müsste wie ich, möchte ich,
wenn die Reihe an mir ist, schöne Dinge zu
hören bekommen. O Belamour! O Madame
la Marquise! Wenn ich darüber nachdenke …
habe ich wahrhaftig eine hübsche Rolle gespielt.

MARQUISE *ihre Hand nehmend:* Indessen die einer Freundin. Denn was das Kapitel »Herz«
anbetrifft, habe ich nicht das kleinste Recht,
dich zu tadeln.

COMTESSE: Meiner Seel, daran werde ich mich
halten! Freilich hätte ich wissen müssen, dass
du uns belauschst. Wie hätte ich losziehen
wollen! Mein Wort darauf, Madame Spionin,
ich hätte dir ein für alle Mal die Lust versal-
zen, an der Tür zu horchen … Und dieser
kleine Fuchsschwänzler, wie hat der mich mit
seinem Süßholzraspeln, mit seiner Respekt-
spielerei an der Nase geführt! Auf Ehre, ich
weiß nicht, wo mir der Verstand geblieben, es
zu leiden, dass er sich, nachdem er mich an-

gestoßen, ohne fertig zu werden, zurückzog. Heißt das nicht, einem eine Ratze schieben, Monsieur le Comte?

TRÉFONCIER *nachdenkend:* Hippokrates sagt Ja … aber Galienus nein.

COMTESSE: Damit ich ganz genau weiß, woran ich mich in diesem Punkte zu halten habe! *Zur Marquise.* Herzchen, stimmt es nicht, dass er dir heute Morgen schon …

MARQUISE *einfallend:* Lockenwickel eingedreht hat? Ja.

COMTESSE: Und, Madame, wie oft den Lippenstift? Scherz beiseite! Also offen und ehrlich, wie oft?

MARQUISE *lächelnd:* Zweimal, glaube ich.

TRÉFONCIER: »Glaube ich«, das ist köstlich!

COMTESSE: Und gestern?

MARQUISE *zum Tréfoncier:* Sie ist komisch! Alles muss sie wissen.

TRÉFONCIER: Warum auch nicht! Los also, wievielmal gestern – »glauben« Sie? Zweimal weiß ich bestimmt; ich hatte die Ehre, das mit ansehen zu dürfen.

MARQUISE *heiter:* Na ja – ein ganz kleines Mal noch.

TRÉFONCIER: Diese Offenheit gefällt mir. Kommt noch ein ganz kleines Mal hinzu, das er mir gütigst erlaubte und das ich ihm schuldig war und in Bezug dessen Madame … *Er zeigt auf die Marquise.* … bezeugen kann, dass ich ihn nach Recht und Billigkeit bezahlt habe …

MARQUISE *gibt ihm einen leichten Schlag mit der Hand:* Wollen Sie wohl still sein, Sie grässlicher Bandit!

COMTESSE *laut:* Dreifache, vierfache, hundertfache Gans, die ich war! Der kleine Lump hat die Schändlichkeit besessen, mir vorzureden, zwischen Ihnen und ihm habe nicht das geringste Einverständnis bestanden, und ich war noch so gutmütig, ihn deswegen zu bedauern! Ich hielt ihn für einen schüchternen Anbeter. Man lernt doch nie aus!

TRÉFONCIER *tut, als ob er nachdenkt:* Ja, sieben Mal! Bei genauerem Nachdenken komme ich zu dem Resultat, seit gestern Nachmittag hat Belamour, gut gezählt, sieben Touren geritten, die Mundspülung, die Madame la Comtesse geruht hat, sich von ihm machen zu lassen, mit einbegriffen. Bei Gott, eine hübsche Leistung und, *er steht auf* … darum sage ich … *Er schlägt einen komisch gewichtigen Ton an.* Einesteils hat mein Schützling Madame beleidigt, indem er dem Vollzug der Notzüchtigung, die sie hinterlistigerweise vorgenommen, auswich; andererseits sind die Reize der entzückenden Comtesse nicht komprommittiert. Das Gesetz »Wer nicht kann, braucht auch nicht« entscheidet glatt den Fall. Deswegen setze ich die Parteien außer Verfolgung. Kosten zu gleichen Teilen ... *Man ist aufgestanden.*

COMTESSE *mit scherzhafter Drohung:* Die könnten Sie wohl begleichen, Sie Schiedsrichter, Sie!

TRÉFONCIER *reicht ihr die Hand:* Gemacht! Die Herausforderung nehme ich an!

Er reicht der Marquise die andere Hand, und alle drei begeben sich in einen angrenzenden Salon, wo der Kaffee alsbald serviert wird. Während man ihn trinkt, kommt ein an die Comtesse gerichteter Brief an; es ist die Antwort auf den, den sie vor dem Diner geschrieben hat.

COMTESSE *zerreißt, nachdem sie gelesen, das Billet:* Alle Wetter! *Zur Marquise.* Die Partie ist aufgeschoben, Liebste!

MARQUISE: Die von heute Abend?

COMTESSE: Ja.

MARQUISE: Oh, umso besser! Auf wann jetzt?

COMTESSE: Darüber lässt sich nichts sagen. Es heißt, die Personen seien von hohem Range, die sich morgen in Versailles vorstellen lassen wollen. Sie jagen deswegen ganz Paris auf und ab, und die Couplet glaubt, mit Rücksicht darauf würde das alles wohl um eine Woche verschoben werden ...

TRÉFONCIER: Wer, bitte, soll in Versailles vorgestellt werden? Das interessiert mich.

COMTESSE: Ich wäre wirklich in Verlegenheit, Ihnen das ganz genau zu sagen. Ausländer und ganz neue Bekanntschaften der Couplet. Fragen Sie mich nicht weiter danach!

TRÉFONCIER: Ich täusche mich sehr, oder das sind zwei meiner Cousins. Sie sind wirklich sehr darauf bedacht, sich vorwärts zu bringen. Morgen ist der Tag für das diplomatische Korps. Sie schließen sich jedenfalls ihrem Gesandten an. Ich habe ihnen gestern die Bekanntschaft mit unserer so sehr brauchbaren Freundin Couplet vermittelt; es scheint, ich habe meine Mühe nicht verloren. Aber was diese Beziehungen mit Ihnen, liebste Comtesse, gemein haben könnten, das übersteigt vorläufig die Grenzen meines bescheidenen Verstandes.

MARQUISE: Sie wollen doch wohl nicht die Kinderei begehen, ihm das zu sagen?

COMTESSE: Vor meinen wahren Freunden habe ich keine Geheimnisse. *Der Tréfoncier küsst ihr die Hand.* Lassen Sie sich also sagen, mein Lieber, Ihre vornehmen Cousins, wenn es sich um die beiden handelt, hatten die Absicht, heute Abend bei unserer verehrten Freundin große Heldentaten zu verrichten, und wir – *Zeigt auf die Marquise –,* sie und ich, sollten ihnen Gesellschaft leisten; – indessen als »kleine Mädchen« verkleidet, denn wir wollten nicht erkannt werden …

TRÉFONCIER: Ei, der Teufel! Im Bordell! Mit dem Air, das Sie sich zu geben wissen, müsste man Sie für zwei ganz ausgekochte Dinger halten!

MARQUISE: Was Sie da sagen, scheint mir nicht sehr schmeichelhaft zu sein! Wie denken Sie darüber, Liebste? Seine Behauptung schmeckt etwas stark nach Unverschämtheit.

COMTESSE: Ruhig, kleiner Querkopf, ich fasse das ganz im Gegenteil als ein sehr schmeichelhaftes Kompliment auf.

TRÉFONCIER: Und ich bin ein Dummkopf, wenn das, was ich Ihnen gesagt, eines war; das war zum allerwenigsten meine Absicht. Aber lassen wir diese Spitzfindigkeiten! Der Strich, den Ihnen diese Kavaliere durch die Rechnung gemacht haben, ist Ihnen jedenfalls fatal?

COMTESSE: Erstens das, und zweitens, was das Allerschlimmste ist, dass Madame heute unpässlich sind.

TRÉFONCIER *schnüffelnd:* Potztausend, ja! Dass ich, der ich mich sonst nie irre, darauf nicht Acht gegeben habe? *Näher tretend und ihre Augen betrachtend.* Schau, schau, der kleine Regenbogen!* *Er lächelt, als ob ihm etwas Komisches einfiele.*

MARQUISE: Was für Eulenspiegeleien schießen Euer Gnaden eben durch den Kopf?

TRÉFONCIER *wie abwesend:* Ich sage es Ihnen gleich.

MARQUISE *zur Comtesse:* Da sich Ihr Projekt zerschlagen, bleibe ich den ganzen Tag bei Ihnen.

COMTESSE *seufzend:* Und ich kann nichts Besseres anfangen, als Ihnen Gesellschaft zu leisten.

TRÉFONCIER: Das ist nicht nötig. Passen Sie auf! *Er geht eilig im Salon auf und nieder und scheint angestrengt nachzudenken. Dann hält er an, macht sehr spaßhafte Bewegungen und fährt lachend fort, herumzulaufen.*

---

* Dies Wort ist hier um so angebrachter, da außer einer gewissen Buntscheckigkeit von Gelb, Blau und Violett, die den in Frage kommenden Fall charakterisiert – und wegen welcher eine gewisse Ähnlichkeit mit dem Regenbogen vorhanden ist –, diese Erscheinung auch noch als Zeichen für das Nichtvorhandensein einer Schwangerschaft gilt; denn die Gläubigen meinen, ein während eines Gewitters erscheinender Regenbogen zeigt an, dass keine Sintflut folgen werde. (Anm. d. Verf.)

MARQUISE: Was soll das Gehabe?

TRÉFONCIER *mit erhabener Gebärde:* Pst! Nach einer neuen Tour. Jetzt habe ich's! *Er setzt sich zur Marquise und sagt.* Reichen Sie mir Ihren Puls!

MARQUISE: Wozu denn, bitte?

TRÉFONCIER *ihren Arm auf seine Hose legend:* Her damit, und lassen Sie fühlen! *Indem er so tut, als sei er ein Arzt, der das Fieber prüft, sagt er zur Comtesse.* Meinen Sie, dass Sie sich ohne diesen Querstrich heute Abend besonders gut amüsiert haben würden? *Der Puls der Marquise schlägt lebhafter.*

COMTESSE: Ich war auf das Außerordentlichste gefasst, und diese Kavaliere hätten etwas gefunden, was der Mühe wert gewesen wäre.

TRÉFONCIER *wirft auf die Marquise einen schelmischen Blick:* Gut!

MARQUISE *zu ihrer Freundin:* Sagen Sie mir, was soll diese Komödie!

TRÉFONCIER *ihren Puls fühlend:* Es gibt Frauen, die in dem Zustand, in dem Madame sich befinden, einen heftigen Widerwillen gegen jedes ausschweifende Vergnügen haben … *Zur Marquise.* Sehr gut.

COMTESSE: Teufel, wohin will er sich jetzt versteigen!

TRÉFONCIER *den Puls fühlend:* In das Moralische,

augenscheinlich … Eine schöne Sache, die Moral! *Der Puls verlangsamt sich.*

MARQUISE: Ich bekomme Vapeurs* davon.

TRÉFONCIER *den Puls fühlend:* Wenn ich sage, die Moral … die Epikurs beispielsweise … oder, noch besser, die Aretinos … *Zur Marquise,* Ausgezeichnet. *Der Puls beginnt wieder rascher zu gehen.*

COMTESSE: Der gute Tréfoncier scheint plötzlich den Verstand verloren zu haben.

TRÉFONCIER *lächelnd:* Nicht so ganz! Nicht so ganz!

MARQUISE *zum Tréfoncier:* Wann werden Sie mich gefälligst loslassen? Ihre Hand ist brennend heiß.

TRÉFONCIER *mit verbindlichem Ton:* Die Ihrige macht einem noch viel heißer.

Unmerklich hat er ihre Hand seinen Oberschenkel entlang in die Höhe geführt, um sie ein sich außerordentlich heftig bei ihm bemerkbar machendes Pulsschlagen fühlen zu lassen. Infolgedessen geht der Puls teufelsmäßig rasch. Die Marquise, deren Augen glühen, deren Wangen sich röten, zieht rasch die Hand zurück, nach-

---

* Mit »Vapeurs« bezeichnete man die hysterischen Launen bei Frauen.

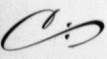

dem sie ihm lachend einen Schlag auf die Gegend, wo sich etwas gerührt, gegeben.

COMTESSE: Na, was für eine Komödie führen Sie da denn auf? Offen heraus, lieber Freund, wenn Sie sich irgendetwas Vertrauliches zu sagen haben ... *Sie öffnet die zu dem Boudoir führende Tür.*

MARQUISE *leicht verdrießlich:* Sind Sie toll, auf derartige Einfälle zu kommen? Welcher nur ein bisschen zartfühlende Mann würde es wagen ...

TRÉFONCIER *steht auf. Nach einem Gang durch das Zimmer singt er.*

»Der Zauber wirkt!«

Darauf fächelt er sich mit seinem Hute Luft zu und macht andere Faxen, über die die Damen herzlich lachen; endlich setzt er sich zwischen beide. Jetzt, meine reizenden Kinder, hört mal zu! Wir werden diesen Abend gemeinsam verbringen! Aber das soll, sofern ihr damit einverstanden seid, in meinem Lusthäuschen auf dem Boulevard geschehen!

COMTESSE: Und um uns dies vorzuschlagen, waren so viel Präliminarien nötig?

TRÉFONCIER: Lassen Sie mich ausreden! *Zur Marquise.* Wenn es auch im Scherz geschah, Göttin, wollte ich mich doch, ehe ich einen Vor-

schlag machte, darüber vergewissern, ob Sie in einem Zustand, wie solcher jetzt bei Ihnen eingetreten ist, zur Fahne der Enthaltsamkeit schwören. Hätte ich Sie ohne Umschweife danach gefragt, würden Sie nicht verfehlt haben, zu antworten: »Oh, ich will nichts! Mir bekommt nichts! Es ist schrecklich!« Ich hätte widersprochen; gleichwohl wäre der Eigensinn erwacht, und statt Sie zu etwas Angenehmen zu bestimmen, hätte ich Ihnen Tränen verursacht. Und mein Vorschlag wäre zum Teufel gewesen! Aber ich war so schlau, gleich bei der richtigen Tür anzuklopfen. Ich erkundigte mich kurzerhand bei Ihrem Temperament selber, statt mir, wie das sonst sicher geschehen wäre, von Überlegung und Vorurteil mit einer Lüge antworten zu lassen.

COMTESSE: Oh, ich finde es gar nicht mehr so närrisch!

TRÉFONCIER *zur Marquise:* Der Weingeist im Thermometer, das man abwechselnd Eis oder glühender Kohle nähert, steigt und fällt nicht rascher, als Ihr ahnungsloser Puls das tat, je nachdem, was ich sagte. Bei dem Wort »Vergnügen« kochte Ihr Blut, bei dem Wort »Moral« wollte es sogleich erstarren. Ohne ein Hexenmeister zu sein, konnte ich daraus den Schluss ziehen, wenn ich Ihnen für heute

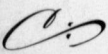

Abend eine etwas ausgelassene Unterhaltung vorschlüge, würde ich mir – weit entfernt, mir eine Abfuhr zu holen – schmeicheln dürfen, Ihren Beifall zu verdienen, denn es ist klar, dass Sie sich bedürftig … sehr bedürftig sogar, sage ich, nach einem priapischen Stärkungsmittel allerkräftigster Sorte fühlen, und da ich Ihnen vollkommen zu Diensten stehe …

COMTESSE *einfallend:* Wollen Sie dies süße Geschwätz mit einem »Durchzug durch das Rote Meer« beenden?

TRÉFONCIER: Ganz haben Sie das Richtige doch nicht getroffen, beste Comtesse! Lassen Sie sich daher sagen, dass ich den großen Moses bei mir zu Hause habe, der sich ein besonderes Vergnügen aus einer derartigen Seereise macht. Ja, mehr noch: Mein Mann gehört zu den Wesen, die die gütige Natur in ihrer Fürsorge für jeden und jedes auf diese Erde gesandt hat, und sein höchst bizarrer Geschmack ist darauf gerichtet, sich mit Leidenschaft in den Liebespurpur zu stürzen.

MARQUISE: Was für verrücktes Zeug er da redet!

TRÉFONCIER: Ich rede gar kein Zeug! Also zur Sache! Willigen Sie ein, heute Abend nichts weiter zu tun, als bei mir als Virtuosinnen, als Musikerinnen zu figurieren! Sie wollten ja doch bei der Couplet als Lusthasen auftreten!

COMTESSE: Sparen Sie sich alle Bemerkungen! Und hernach?

TRÉFONCIER: Ich führe Sie in mein kleines Haus und habe die Ehre, Ihnen dort einen sechs Fuß langen Philosophen vorzustellen – breitschultrig – *Er spreizt die Hände.* So ungefähr, ein Böhme von Geburt, der Lateinisch wie Cicero spricht, und Deutsch ebenso gut, und – um die Wahrheit zu sagen – kein Wort französisch.

MARQUISE: Schön! Und was nutzt uns solche Statue?

TRÉFONCIER: Das ist der rechte Mann für Sie. Dieser Meister Adolphe ist ein sehr tiefsinniger Denker, etwas pedantisch und sehr einseitig zwar, aber stark wie Samson und brunstig wie der Gründer des Karmeliterordens. Der hat es sich nun in den Kopf gesetzt, der Augenblick der Brunst bei den Frauen …

COMTESSE *einfallend:* Brunst?

TRÉFONCIER: Ich bitte vielmals um Verzeihung, Mesdames, aber das ist sein Ausdruck. In diesem Punkt macht er keinen Unterschied zwischen Mensch und Tier.

COMTESSE: Ein höflicher Mann, weiß Gott!

TRÉFONCIER: Mag er Recht oder Unrecht haben, seine Meinung, sage ich Ihnen, geht dahin, dieser Augenblick sei die »Stimme der Natur«; und

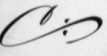

in jedem anderen Moment sei der erhabene Akt Missbrauch, Raub, Folge der Depravation des Charakters oder der Sittenverderbnis.

MARQUISE: Wirklich, der Mann ist in seiner Art ein närrisches Unikum!

TRÉFONCIER: Einer seiner Streiche wird Ihnen über ihn ein Licht aufgehen lassen. Hat mein Philosoph, der, wenn es gilt, eine Frau, wie sie ihm just passt, aufzuspüren, eine Nase wie ein Hühnerhund besitzt, mir nicht eines Tages gar meine reizende Zinga weggeschnappt …?

COMTESSE: Zinga, wer ist das?

TRÉFONCIER *feurig:* Meine süße, angebetete, meine entzückende Negerin, deren Leib schwarz, fest und glatt wie Ebenholz ist.

COMTESSE *ungeduldig:* Ein bisschen viel auf einmal! Weiter!

TRÉFONCIER: Also er nimmt sie beim Wickel, und krach, das arme Kind, das weniger dazu imstande ist, sich vor einem Adolphe zu retten als ein Rebhuhn vor den Krallen eines Sperbers, unterliegt und lässt es sich nicht einmal einfallen zu schreien … Ich bin in einem Nebenzimmer mit Schreiben beschäftigt, da höre ich plötzlich einen Höllenlärm. Ich denke, irgendwer ist hingefallen und hat sich etwas gebrochen. Ich stürze mitleidig herbei … und was sehe ich? Mein zartes Liebchen vergewaltigt! Der Naturfreund arbeitet wie ein Besessener auf ihr herum! Sieht er mich? Antwortet er? Hört er auf mich? O nein! Er stößt zu wie ein Zimmermann! Er bringt das Sofa aus den Fugen. Beißt Zinga, schnaubt, brüllt und löst sich geradezu in einem lang andauernden Erguss auf. Erst nachdem das alles vorüber, erweist er mir die Ehre, mich zu bemerken, und … »das ist die Natur, Monseigneur!«, schreit er mir schäumenden Mundes, funkelnden Auges und sich immer noch drinnen befindend, ins Gesicht. Gleich darauf sich nochmals an den Laden legend, tobt er wie ein Wilder. Was blieb mir übrig, als das Los des armen, so abgerammelten Dinges zu beseufzen! Was blieb mir übrig, als traurigen Blickes ein prachtvolles Kanapee anzustarren, das mir durch eine doppelte Unsauberkeit verdorben war; unglücklicherweise nämlich hatte der Kampf seine hauptsächlichen Spuren auf dem Überzug hinterlassen … Sollte ich den Versuch wagen, den rasenden Stemmer wegzubringen?! Ach, ich kleiner Kerl, und es probieren, das Rammhorn dieses Polyphem fortzudrängen! Was sollte ich machen? Mir blieb nichts übrig, als dies »natürliche System« zu verwünschen, mit den Achseln zu zucken und kehrtzumachen.

COMTESSE: Vielleicht hätten Sie gut daran getan, sich gar nicht dabei einzufinden.

TRÉFONCIER: Halt! Diese Scherze mit anzusehen macht immer Spaß! Allemal vorausgesetzt, dass er meinen Engel nicht dick gemacht hätte! Er ist nämlich fruchtbar wie ein Kaninchenbock! Er macht aller Welt ein Kind. Und wenn man ihn selbst mit Steinen wirft, gerät er vor Entzücken außer sich, geht und schreit noch: »Gut! Umso besser! Das ist Natur!« Auf zwanzig Trachten Prügel, die seine Großtaten ihm wenigstens eingetragen, war seine einzige Antwort: »Haut tüchtig zu! Ich habe wohl getan! Ich habe das gewollt, habe Gottes Willen erfüllt, habe die Schuld des Menschen bezahlt.«

COMTESSE *lachend:* Ach, was für ein drolliges Original!

TRÉFONCIER: Amüsiert es Sie, will ich Ihnen noch einen seiner Streiche erzählen. Es war in der Schweiz, wo man sich auf die Sittlichkeit etwas zugute tut und wo die Biederkeit der Person – denn anderswo ist man nur Mann von Welt – ihm ein gewisses Ansehen verschafft hatte. Überall wohl aufgenommen, machte er sich daran, seine absonderliche Glaubenslehre heimlich auszubreiten. Da sein enormer Doktor bei seinen wechselseitigen Unterhaltungen

sehr überzeugend zu sprechen verstand, erreichte er es denn auch bald, fünf oder sechs waadtländischen Jungfrauen, die die Vorteile seines Systems einzusehen und zu schätzen verstanden, für sich zu gewinnen. Sie genossen allesamt die Segnungen der vorhergesehenen »Naturtage«, und nicht eine unterließ es, infolge der »bezahlten Menschenschuld« den »Willen Gottes« mit einem dicken Bauche zu erfüllen. Furchtbarer Skandal! Gerichtliche Untersuchungen! Die armen, schändlich angeführten Würmer wurden vor das Konsistorium* geschleppt, eingesperrt, geschoren, geächtet … Der Apostel Adolphe, wohlgemerkt, wurde verfolgt und eingesperrt. Da einige einflussreiche, dem Konsistorium feindlich gesinnte Persönlichkeiten sich jedoch lebhaft für ihn verwandten und da man unseren Helden mehr als einen bedauernswerten Verrückten als einen Verführer, den man umbringen müsse, ansah, wurde er nur verbannt. Glauben Sie jedoch, dieser Spektakel oder die über-

---

* Eine Art geistlichen Tribunals, woselbst die weisen Diener der Kirche – zweifelsohne philosophischere Männer als die spanischen Inquisitoren – über das Temperament zu Gericht sitzen, und zwar mit all der Mäßigung, wie der Tréfoncier sie hier wahrheitsgetreu andeutet. Eine liebenswürdige Schwachheit kostet nichts als – die Ehre. (Anm. d. Verf.)

standene Gefahr hätte ihn abgeschreckt und ihn endlich mit der Gesellschaft wieder in Übereinstimmung gebracht? Keineswegs! Weit entfernt, sich über sich selber oder über das Schicksal seiner unglücklichen Proselytinnen zu bekümmern, segnet er seinet- und ihretwegen den Himmel. Er behauptet, er wie jene, hätten Gott sehr wohlgefällige Dinge getan; und da er – alle Moral beiseite gelassen – ein sehr heiterer Bursche ist, behauptet er, während er, seinen Rucksack auf dem Buckel, zu Fuß längs des Sees dahingewandert sei, habe er, an seine fruchtbaren Waadtländerinnen denkend, gesungen:

»Ja helfen muss man der Natur,
Da sie uns das befiehlt.«

COMTESSE: Was gut ist! Aber durch welchen Zufall befindet sich dieser seltsame Kauz gegenwärtig in Ihren Händen?

TRÉFONCIER: Weil er einer der tüchtigsten Musiker ist, die Prag jemals hervorgebracht hat; und weil, wie Sie wissen, ich ein Musiknarr bin und einer meiner Freunde mir ein unbezahlbares Geschenk zu machen glaubte, indem er mir Adolphe zuführte. Ich bin über alle Maßen glücklich, ihn an mich gefesselt zu haben, freilich nur unter der Voraussetzung, dass er meine reizende Zinga in Ruhe lässt.

Ich bin nicht eifersüchtig und würde ihm gern mein ganzes kleines Serail* zur Verfügung stellen … Aber ein Wuchs wie der Zingas ist etwas so Vollkommenes und so Seltenes … Oh, wenn sie diesmal davonkommt, ohne den Willen Gottes erfüllen zu brauchen, schwöre ich Ihnen, soll er sie nicht wieder erwischen. Ich werde gut auf sie Acht geben.

COMTESSE: Wir werden dieses afrikanische Meisterwerk heute Abend doch wohl sehen dürfen?

TRÉFONCIER: Wenn Ihnen das Spaß macht, warum nicht! Und die Übrigen auch. Allein,

---

* Es ist uns bekannt, dass das folgende Mädchen enthielt: Eines aus dem Languedoc, lang wie ein Grenadier, mit Zügen wie ein Soldat, schwarzen Brauen und einem schlanken, aber braunen Leibe; eine Flämin, mit atlasglänzender Haut, üppigem Busen und breiten Schenkeln, deren hervorragendster Schmuck ein prachtvolles kanariengelbes Haar bildete; ferner eine spanische Tänzerin, die ein, wiewohl glücklich verlaufener Sturz zum Aufgeben ihres Metiers gezwungen; außerdem eine trinkfeste Irin, die außerdem zu fluchen und Gräben und Hindernisse hoch zu Roß zu nehmen verstand. Auch fehlte eine junge florentinische, von zwei Kardinälen ausgebildete Sopranistin – übrigens eine ausgezeichnete Sängerin – nicht. Schließlich die unvergleichliche Zinga. Alle diese Wesen lebten in schönster Eintracht miteinander, zumal, da der wenig eifersüchtige Tréfoncier einen lustigen und sehr hübschen Stiftssekretär im Hause hatte und außerdem noch zwei oder drei schön gewachsene Musikanten. Dieser Prälat war also sehr reich, er hatte fast eine Million Einkommen und machte außerdem – wie alle Welt – Schulden. (Anm. d. Verf.)

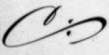

nicht deswegen machte ich Ihnen den Vorschlag, zu mir zu kommen. Ich dachte bloß,
wir wollten musizieren. Ich habe mir schon
alles überlegt, wie sich das arrangieren lässt.
Sie beide haben mehr als genug Talent, um
Adolphe glauben zu machen, dass Sie vom
Fache sind. Das ist durchaus notwendig,
sonst würde er schlechter Laune sein und wir
von nichts was haben, weder von dem Konzert noch dem anderen, an was ich denke.
Meint er hingegen, Fachgenossinnen vor sich
zu haben, wird er entzückt sein, Künstlerinnen kennen zu lernen, die so wesentlich von
denen verschieden sind, mit denen er sonst
zusammenzukommen pflegt, und dies Glück
daher mit seinem gewöhnlichen Enthusiasmus begrüßen. Er wird vor Ehrgeiz brennen,
zu glänzen und liebenswürdig zu erscheinen,
und wird hinreißend sein.

MARQUISE: Aber ich bin fürchterlich eingerostet!

TRÉFONCIER: Schön, dann wird man Sie zurecht-
machen.

MARQUISE *auf ihn zulaufend:* Unverschämter!
Ich bin nicht zu Possen Ihnen gegenüber aufgelegt! Ich will sagen, dass ich seit sechs Wochen nicht gesungen habe; und außerdem
heute … mein Zustand …

TRÉFONCIER: Ich werde mich herzlich für zwei

Lieder nach Ihrer Wahl bedanken! ... Das
können Sie wohl zum Mindesten tun.

MARQUISE: Meinetwegen!

TRÉFONCIER: Von der teuren Comtesse erbitte ich
weiter nichts als zwei Stücke auf dem Spinett,
wobei wir sie begleiten werden.

COMTESSE: Sehr verbunden; erstens rühre ich nur
ein Piano mit den Fingern an ...

TRÉFONCIER: Ich habe auch gar kein anderes Instrument auf dem Boulevard. Sehen Sie, das
trifft sich gut für Sie.

COMTESSE: Zweitens wünsche ich, dass Zamor
mich begleitet. Unter dieser Bedingung verspreche ich Ihnen eine Sonate meines lieben
Boccherini oder was Sie sonst noch hören
wollen.

TRÉFONCIER: Vielleicht von meinem geliebten
Clementi?

COMTESSE: Einverstanden.

TRÉFONCIER *boshaft:* Zamor, ist das der große
Neger, von dem man weiß, er ...

COMTESSE *einfallend:* Jawohl, mein Verehrtester,
der ... seinen Part bei mir zum Mindesten
ebenso gut spielt wie ihre unvergleichliche
Zinga das bei Ihnen imstande sein dürfte ...

TRÉFONCIER: Darüber kann gar kein Zweifel
herrschen. Die arme Kleine, leider, versteht
sich nicht auf Saiteninstrumente! Ich ergebe

mich also und senke meinen Bogen tief vor Ihrem illustren Zamor.

COMTESSE: Ohne Frage sind Sie diesbezüglich ebenso erfahren wie er; aber alles ist Gewohnheitssache.

MARQUISE: Und Ihr Adolphe endlich, was wird der leisten?

TRÉFONCIER: Er wird Sie auf der Harfe entzücken; er wird auf dem Waldhorn spielen, und Sie werden meinen, eine ausgezeichnete Flöte zu hören. Er wird auf dem Fortepiano improvisieren, und Sie werden Apollo selbst zu hören glauben. Das ist ein Reichtum! Ein Feuer! Eine Eigenart! Ihnen steht ein unaussprechlicher Genuss bevor. – Keinerlei Souper. Wir werden Kleinigkeiten zu uns nehmen, ohne uns zu Tisch zu setzen, und Punsch trinken, Bischof.

COMTESSE: Punsch – was das ist, weiß ich und trinke ihn gern; aber Bischof zu kennen, habe ich nicht die Ehre.

TRÉFONCIER: Eine Bekanntschaft, liebste Freundinnen, die zu machen sich wahrhaftig lohnt; der gute Adolphe wird den Vorzug haben, Ihnen den präsentieren zu dürfen …

COMTESSE: Der Marquise, wenn ich bitten darf; ich wünsche von diesem Menschen nichts, was man nicht mittels Ohres genießen kann.

TRÉFONCIER *zur Marquise:* Der Puls jetzt? *Er fühlt ihn und findet, dass er fast wie beim Fieber rast.* Gut so!

MARQUISE: Sie haben uns in Bezug auf Ihren Protégé von seinen seltsamen Einfällen erzählt, aber das Einzige, was uns hätte interessieren können, was Sie aber anscheinend absichtlich vergaßen, wäre gewesen, uns etwas über sein Aussehen zu sagen.

TRÉFONCIER: Auf Ehrenwort, ich wartete darauf, Sie sollten mich über diesen Punkt ausfragen.

MARQUISE *voll Interesse:* Na, und?

TRÉFONCIER: Der farnesische Herkules, mit einem Gesicht in der Art der herrlichen Studienköpfe Largillières* oder Rigauds.** Prachtvolle Zähne.

COMTESSE: Holla, Monsieur le Comte! Ich widerrufe! *Zur Marquise.* Du darfst ihn mir leihweise auch ein bisschen überlassen, ja, Herzchen! *Ihr ins Ohr.* Und ich überlasse dir Zamor!

TRÉFONCIER *der nichts hat verstehen können:* Irgendeine Bosheit?

MARQUISE *lächelnd:* Ganz im Gegenteil; aber sie ist so närrisch, dass …

---

* Nicolas Largillière (1656–1746): französischer Porträtmaler.
** Hyacinthe Rigaud (1659–1743): französischer Maler prunkvoller Porträts.

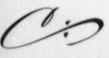

Sich zierend, geht die Marquise zu einem Spiegel und betrachtet sich; zu gleicher Zeit geht der Tréfoncier hinaus, um seinen Leuten einige Aufträge bezüglich des Vorhabens, um das sich die Unterhaltung gedreht hat, zu geben.

COMTESSE: Man mag sagen, was man will, es gibt keinen liebenswürdigeren Franzosen als diesen Deutschen da!

MARQUISE *mit Feuer:* Auch ich liebe ihn unbeschreiblich.

COMTESSE: Mein Gott, Madame, welch plötzliche Begeisterung! Noch vor dem Essen waren Sie keineswegs dazu aufgelegt, sein Loblied in so hohen Tönen zu singen.

MARQUISE: Was willst du, liebes Herz! Die Musik, Adolphe, der Punsch, der Bischof, Zamor ... Mehr ist nicht nötig, um einen Kopf wie den meinen zum Wirbeln zu bringen.

COMTESSE: Hilft mein Zamor auch mitwirbeln?

MARQUISE *lachend:* Hast du ihn mir nicht angeboten?

COMTESSE: Das leugne ich nicht! ... Und was macht Belamour indessen?

MARQUISE *zerstreut:* Ach, ach ... der arme Junge! Er mag sich ausruhen! Das ist ihm zu gönnen.

COMTESSE *scherzhaft drohend:* O Spitzbübin! Bilde dir nur nicht ein, du geltest mehr als ich ...

TRÉFONCIER *zurückkommend:* In knapp zwei Stunden wird alles bereit sein. Könnten wir nicht in der Zwischenzeit eine Partie Brelan spielen?

COMTESSE: Ja, ich denke schon!

MARQUISE: Ich wüsste nicht, was wir Besseres anfangen sollten.

Der Tréfoncier schellt; man beordert das Nötige. Bei dem Spiel behalten die Damen »klaren Kopf«. Der Tréfoncier jedoch, obwohl hoch gespielt wird, kann es nicht lassen, wie das seine Art nun einmal ist, zu tändeln und Unsinn zu machen. Er spielt, vielleicht mit Absicht, ziemlich unaufmerksam und lässt sich ungefähr zwanzig Louis abgewinnen, die er mit allem guten Willen bezahlt; er versichert sogar noch mit der Haltung eines vollendeten Weltmannes, er habe sich bei dem Spiel ausgezeichnet unterhalten.

Auf die Frage, wie man es anfangen solle, nach seinem auf dem Boulevard gelegenen Hause hinzugelangen, schlägt der Tréfoncier den Damen vor, sich seines Wagens zu bedienen. Seine Leute könnten sie hinbringen; währenddem werde er ihre Equipage für einen unaufschiebbaren Weg benutzen. Sie zeigen sich mit diesem Arrangement einverstanden und brechen auf. Kaum sind sie aus dem Hause, so eilt der

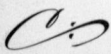

Tréfoncier zu Nicole und Philippine und sagt ihnen, sie sollten sich bereithalten, ihre Damen vielleicht unverzüglich auf einer Abendgesellschaft, bei der diese ihrer in gewissem Sinne bedürfen möchten, wiederzutreffen. Die Mädchen erwarten also von Stund an weitere Befehle, ohne sich indessen zu entfernen. Da er ihrer nun soweit sicher, eilt der Tréfoncier zur Wohnung seiner Cousins. Sie sind in Paris, aber mithilfe der ihm gewordenen Auskunft verfolgt er ihre Spur und findet sie schließlich bei einem sehr bekannten Juwelier, bei dem sie Einkäufe machen. Trotz der Absicht der Fremden, sich ein neues Theaterstück anzusehen und dann nach Hause zu gehen und, da sie morgen einen sehr anstrengenden Tag vor sich haben, auszuschlafen, weiß der Tréfoncier sie zu überreden, ihm diesen Abend zu schenken. Er spricht von einem Konzert, das ihnen sicherlich eine bessere Unterhaltung bieten würde als eine Komödie, deren Erfolg immerhin zweifelhaft ist. Schließlich verspricht er ihnen, sie, falls sie mit seinem Vorschlag einverstanden wären, um Mitternacht freigeben zu wollen. Auf diese Bedingung hin sagen sie zu, und der Tréfoncier, der doch vielleicht fürchtet, sie möchten ihm noch entwischen, nimmt sie gleich mit sich. Weil er daher mit ihnen fahren muss, sendet er den Zofen der Mar-

quise den Wagen zurück und schickt ihnen
gleichzeitig ein paar Zeilen, sie möchten sich in
einer Stunde durch den Überbringer des Billetts
führen lassen. Nachdem alle diese Anordnungen
getroffen waren, eilt der Prälat mit seinen Verwandten nach seinem Lusthäuschen, woselbst
die Marquise und ihre Freundin von Adolphe bereits mit aller nur erdenkbaren Ehrerbietung
empfangen worden sind. Sein Herr hat ihm bereits eine Schilderung von den künstlerischen
Verdiensten der beiden angeblichen Virtuosinnen gegeben, und ihr reizendes Äußere bestärkt
ihn noch in der vorgefassten guten Meinung für
sie. Für den guten Adolphe, der unsere Sprache
nicht kennt und in unseren feinen Umgangsformen wenig erfahren ist, ist es nicht ganz leicht,
all das auszudrücken, was die bezaubernde Erscheinung der beiden Damen ihn empfinden
lässt; aber wenigstens zieht er sich mit Anstand
aus der Affäre, weswegen sie sehr mit ihm zufrieden sind. Sein wirklich schönes Gesicht tut das
Übrige. Er hat schon bedeutend an Terrain gewonnen, und die beiden Spitzbübinnen haben
durch Mienen und hingeworfene Bemerkungen
in Bezug auf ihn bereits eine Menge loses Zeug
getrieben. Während der Fahrt mit seinen Cousins findet der Tréfoncier Gelegenheit, ihnen
über die Marquise und deren Freundin einen Ro-

man aufzutischen … »liebe Freunde, das sind zwei bedeutende Künstlerinnen aus einer großen Provinzstadt«, hat er ihnen vorerzählt, »und ihr müsst sie daher mit einiger Rücksicht behandeln; aber ich rate euch, nachher fest daraufloszugehen, und ich glaube, euch im Voraus versichern zu können, ihr werdet aus den günstigen Anordnungen, die ich zweifelsohne bis zum letzten Ende durchführen werde, großen Nutzen ziehen. Ihr wisst doch, bei dem Bühnenvolk gibt es keine unbesiegbare Keuschheit. Außer den Damen, die mich zu Hause erwarten, dürften wahrscheinlich noch zwei andere erscheinen, die, was ihre Talente anbetrifft – das muss man wohl zugeben – unbedeutender zu nennen sind, die den Ersteren jedoch in puncto körperlicher Reize nichts nachgeben.« Schließlich, damit die Etiquette nichts verderben kann, bittet er die beiden, die glücklicherweise leichte, jedoch durchaus vornehme Hausanzüge tragen, strengstes Inkognito bewahren und sich unter die Konzertierenden mischen zu wollen, als ob sie selbst vom Fache wären. Tatsächlich sind sie dazu auch völlig imstande, auf diesen kleinen Scherz eingehen zu können, da fast alle gut erzogenen Deutschen eine sorgfältige musikalische Erziehung genossen und es in der Kunst nicht selten zu großer Meisterschaft gebracht haben.

Ein Vorschlag wie der vom Tréfoncier würde in
Deutschland zweifelsohne auf große Schwierigkeiten stoßen, denn die hochgeborene Welt
steigt da nicht gern von ihrem Piedestal herunter. Aber in Paris braucht man nicht weit zu laufen, um zu lernen, wie man die Zügel, den Umständen nach, schießen lassen soll. Also sollen
die Cousins quasi als Kinder Gérésols vorgestellt werden. Damit die kleine Mystifikation
vollständig gelingt, ist es durchaus nötig, dass er
eine Gelegenheit erwischt, der Comtesse und
der Marquise ins Ohr zu flüstern, Nicole und
Philippine würden umgehend erscheinen und
man müsse sie auf alle Fälle wie völlig Gleichge-
stellte behandeln. Dieser Einfall setzt die angeblichen Musikantinnen in leidliches Erstaunen; sie
sind jedoch klug genug, sofort einzusehen, dass
er unfähig ist, sie kränken zu wollen, und er nur
die Absicht hat, dem vorzubauen, dass sie ihm
schlechten Dank dafür wüssten, brächte er sie
mit den Zofen zusammen. Er behält sich vor, ihnen, sobald sie sich zeigen, ihre Rolle besonders
vorzuschreiben.

Geliebter Leser, diese lange, aber notwendige
Vorrede hat dich vielleicht so arg gelangweilt,
dass du das Buch in die Ecke werfen möchtest,
käme ich dir nun auch noch mit einer Schilderung des herrlichen Hauses des Tréfonciers. Ich

erspare dir eine solche daher, vorausgesetzt, dass du imstande bist, dir die mannigfachste, vollendetste Eleganz, die raffiniertesten Hilfsmittel für alle Art Wollust, der dies wunderreiche, heimliche Nest geweiht ist, vorstellen zu können.

Der Augenblick, in dem sich nachfolgender Dialog entspinnt, ist der, als der Prälat den Grafen Georg von K … und den Baron Friedrich von W … unter den Namen Georg Müller und Friedrich Schmitz hereinführt.

TRÉFONCIER *mit dem gewandten Ton eines Höflings:* Wahrhaftig, Mesdames, ich bin in Verzweiflung, dass ich habe auf mich warten lassen, aber ich wollte Ihnen diese Kavaliere – *er nennt ihre Namen* – zuführen, die würdig sind, Ihre Talente zu genießen und die ihrigen gleichfalls vor Ihnen zeigen zu dürfen. *Zu seinen Cousins.* Ich schone die Bescheidenheit der Damen … *Er erfindet rasch zwei Fantasienamen.* Ich sehe, Ihre Augen haben sich schon ein Urteil über sie gebildet, und ich lese darin all den Dank, den Sie mir wissen, für das bisschen Gewalt, das ich habe anwenden müssen, um sie mit hierherzubekommen.

MONSIEUR GEORG: Wir müssten uns Ew. Exzellenz zu Füßen werfen, um Ihnen für die Gunst, die Sie uns haben zuteil werden las-

sen, danken zu dürfen, wenn es uns anders möglich wäre, sie überhaupt nach ihrem vollen Werte einzuschätzen. *Ein seelenvoller und inniger Blick nach der Marquise hin.*

COMTESSE *hat diese Art von Auszeichnung sehr wohl bemerkt und wendet sich heiteren Gesichts an Friedrich:* Nun denn zu Ihnen, Monsieur, denn notwendigerweise werden Sie uns gleichfalls einige Komplimente vortragen wollen! Und die Art Ihrer feierlichen Anrede, die ich so lange wie möglich auszuspinnen bitte, wird uns Zeit lassen, eine schöne Dankantwort im akademischen Stil improvisieren zu können.

MONSIEUR FRIEDRICH: Verzeihung, Madame, ich bin kein Redner, aber ich denke mir reichlich meinen Teil ... und schweige.

Die Comtesse hat Anlass, sich durch den Ausdruck mit dem, was eben gesagt ist, sehr geschmeichelt zu fühlen. Sie spendet ihrem kurz angebundenen Gegenüber ein bezauberndes Lächeln, wendet sich darauf mit Lebhaftigkeit nach ihrer Freundin um und sagt ihr irgendeine scherzhafte Kleinigkeit ins Ohr, die ihr für einen kurzen Augenblick Gelegenheit gibt, ein Gebärdenspiel zu entfalten, durch das Frauen, ohne scheinbar daran zu denken, die Anmut ihrer Be-

wegungen und ihres Mienenspiels mit so viel
Kunst zu enthüllen wissen. Allsogleich schickt
sich alles zu dem Konzert an. Georg ergreift eine
Geige, Monsieur Friedrich probiert eine Flöte.
Eine Anzahl von Musikanten, alle in den Farben
des Prälaten, treten an die das Fortepiano umge-
benden Pulte. Der Zusammenklang der Instrumente ist rein, und die Tempi schwanken nicht,
denn unter all diesen Orchestermusikern befindet sich kein einziger Franzose; ergo gibt es
keine anmaßenden und unzeitigen Improvisatio-
nen. Der Tréfoncier, nebst einem seiner Leute,
spielte die erste Geige, Monsieur Georg und der
Zamor der kleinen Comtesse spielten die zweite.
Monsieur Friedrich und ein Musiker vom Fach
haben die Flötenpartien übernommen; Adolphe
und zwei andere die Bassinstrumente, von denen einer das Fagott spielte. Klarinetten, Hörner
und Kontrabass nicht zu vergessen. Man führt
mit Geschmack, Feuer und Präzision eine herrliche Symphonie von Haydn auf. Während dieses
Vortrages unterhalten sich die allein unbeschäftigte Comtesse und Marquise mit leiser Stimme
über »die Neuangekommenen« und über das
»Adolphe« heißende Kapitel. Zugleich machen
sie sich über ihren Freund ein wenig lustig, der
den Saalwänden ein regelrechtes Konzert zu hören gibt. Dieser Gedanke ist bei Französinnen

ganz natürlich; so sehr sie diese Musik lieben und sich mit ihr beschäftigen mögen, fehlt ihnen doch die ausreichende Begeisterung für diese Art von Kunst, und daher begreifen sie nicht, dass, wer die Leidenschaft für sie besitzt, sich wenig um Zuhörer und Beifall kümmert, sondern nur in der Wonne, die ihre Ausführung einer glänzenden Gesellschaft bietet, schwelgt. Zuletzt ergehen die Freundinnen sich in Vermutungen, was dieser seltsamen Einführung der Festlichkeit folgen möge. Die Comtesse meint, all das sei sehr schön, vorausgesetzt, dass es nicht länger als eine Stunde währe. Die Marquise beschaut sich Adolphe lebhaft durch die Lorgnette, Adolphe, um dessentwillen man ihr das Herz warm gemacht und der ihr tatsächlich das Glanzstück der Musikergesellschaft zu sein dünkt. Die sich bekanntlich auf der Stelle für alles Neue interessierende Comtesse ist schon vollkommen überzeugt, dass es an einer vorzüglichen Unterhaltung nicht fehlen wird. Die Gewissheit versetzt sie in eine so ausgelassene Heiterkeit, dass sie deswegen während der ersten Pause von der Marquise, die weit mehr imstande ist, dieser vorzüglichen Musik eingehende Aufmerksamkeit zu schenken, etwas gescholten wird, denn die Comtesse hat sie fortwährend gestört und allerhand Narrenpossen getrieben.

All diese Einzelheiten, höre ich sagen, sind zu weit ausgesponnen. Ja, lieber Leser, das sind sie auch für dich, sofern du von Eis bist und die Allmacht der Musik nicht kennst; oder falls du ein Wüstling bist, der für jede andere Neigung abgestorben und daher unfähig ist, in einer Galerie von Laszivitäten ein einziges, dir keine Unanständigkeiten zeigendes Bild dulden zu wollen. Kennst du aber tatsächlich den engen Zusammenhang der Trunkenheiten, in denen die Natur uns von Zeit zu Zeit unsere Sorgen zu vergessen verstattet, wirst du wissen, dass Apollo und Venus sich die Hände reichen und dass ein gutes Konzert die vielleicht trefflichste Vorbereitung für verliebtes Spiel sein dürfte. Glaube mir, der Tréfoncier weiß sehr wohl, was er tat, als er all die süßgeleimten Gluten, in denen seine Gäste brennen sollten, durch seine Kapelle schüren ließ. Ich verschone dich mit einem Bericht über das Konzert, bei dem die hauptsächlichsten Mitwirkenden Wunderbares verrichteten; bei dem die Marquise, trotz ihres Eingerostetseins und ihrer momentanen Indisposition wie ein Engel sang, wobei die Comtesse zum großen Erstaunen Adolphes, der sie infolge ihres unaufmerksamen und launischen Benehmens für wenig musikalisch und für ein mäßiges Talent gehalten, auf dem Fortepiano

begleitet, Monsieur Friedrich seiner Heimat* entsprechend, trug ein brillantes Konzert auf der Flöte, mit der er sich seit seiner Kindheit vertraut gemacht, vor. Alle aber überragte der unvergleichliche Adolphe mit den Wundertönen, die er seiner Harfe entlockte und dem es sogar gelang, die quecksilbrige Comtesse vor Bewunderung verstummen zu lassen. Wie es begonnen, endete das Konzert mit einer großartigen Symphonie. Darauf zog sich die gesamte Hauskapelle zurück, und die Auserwählten, deren Zahl soeben Philippine und Nicole vermehrt hatten, traten in ein Gemach, in dem köstliches Rauchwerk brannte.

Kaum dass man den Fuß in den Raum gesetzt, rauschte, sich in malerische Falten legend, ein Taffetvorhang auseinander und ließ vor einem kostbaren, in antikem Geschmack gearbeiteten Holztische die junge Zinga sehen, des Tréfonciers Lieblingsnegerin, mit einem feuerfarbenen, hermelinverbrämten Schleppkleide angetan und das Haupt von einem mit Federn und Edelsteinen reich verzierten Turban umgeben. Zamor, den der Tréfoncier zurückgehalten und damit beauftragt hatte, seine reizende

---

* Er war Preuße. Jedermann weiß, zu welch hoher Vollendung der königliche Philosoph (Friedrich II., E. W.) es als Flötenspieler gebracht hat. (Anm. d. Verf.)

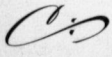

Landsmännin beim Servieren zu unterstützen, setzte eine riesige Schale voll des leckersten Punsches vor sie hin; mit großer Anmut füllt sie daraus die Gläser voll, die Zamor herumreicht. Unablässig bereitet Zinga Mengen dieses köstlichen Gebräus und verteilt Geflügel, Wildbretfilet und anderes kaltes Fleisch, das ihr zur Rechten auf einem kleinen Tische aufgestellt ist, während zu ihrer Linken sich auf einem ähnlichen Tischchen Pasteten, Zuckerwerk und alle möglichen Sorten von Früchten, Weine und Liköre befinden. Die Kavaliere beeifern sich, die reizende Zinga bei ihren Verrichtungen zu unterstützen, und lassen es sich angelegen sein, die Damen zu bedienen. Der Prälat gibt im Punkte der Galanterie und der heiteren Unterhaltung den Ton an und ist ein Meister in der freimütigen Vertraulichkeit, die eine unerlässliche Vorbedingung für die Tollheiten ist, auf die alles hinzielt. Philippine und Nicole, die von den Fremden ihren Herrinnen völlig gleich geachtet und von der Marquise mit besonderer Zärtlichkeit behandelt werden, finden sich sehr gut in ihre Rolle; denn es ist wahr, selbst unter ihnen noch so wenig geläufigen Bedingungen besitzen Frauen sofort das Talent, den richtigen Ton anzuschlagen und sich anzupassen, was bei ihnen die Gewöhnung aufwiegt, ohne die unser Geschlecht so linkisch

erscheint. Auf den Punsch folgt der Bischof, ein an sich schon ins Blut gehendes Getränk, das der listige Prälat boshafterweise gar noch so zubereitet hat, dass die Damen es überhaupt nicht ungestraft genießen können. Bei allen erhöht es die Stimmung, und alle fühlen nach dem zweiten Einschenken, wie ihr Blut in einen Zustand der Erregung gerät, über den die Kundigen nicht im geringsten Zweifel sein können. Da alles aber hüben wie drüben die gleiche Wirkung hervorbringt und die Kavaliere durch den aufreizenden Liebestrank nicht weniger in Wallung kommen, schwelgt man sich gegenseitig bis zu dem Punkt empor, wo der geringste Funke augenblicklich den heftigsten Brand verursachen kann … Wie um dazu herauszufordern, erscheint Zamor, der soeben verschwunden war, wieder mit einem umfangreichen, aber doch leichten Paket, das er lächelnd in der Mitte des Saales niederlegt. In ihrer brennenden Neugier eilt die Comtesse hinzu, um die Umhüllung zu zerreißen. Sie findet Hemden aus der feinsten holländischen Leinwand, weiße seidene Hosen, aus Gaze gefertigte Peignoirs für die Frauen und verschiedene, aber paarweise gleichfarbige Taffetschärpen.*

---

* Sie hat noch nicht alles gefunden. (Anm. d. Verf.)

TRÉFONCIER: Liebe Kinder, ich glaube, ich habe es nicht nötig zu sagen, zu welchem Zweck ich das alles habe herschaffen lassen.

COMTESSE *lebhaft:* Ich meinesteils schenke Ihnen jeden Kommentar. Sie wünschen, wir sollen Kampfrüstung anlegen! Gut denn! Ich werde in meiner Uniform erscheinen! *Sie beginnt sich mit überstürzter Hast auszukleiden.*

TRÉFONCIER *hingerissen:* Sie sind doch das entzückendste kleine Ding ...

COMTESSE *schelmisch:* Und Sie? Für einen geistvollen Mann wohl der denkbar größte Einfaltspinsel ... Bilden Sie sich ein, wir würden uns wie bei einer Opernquadrille gleichmäßig mit diesen Fetzen behängen?* Es gibt nur ein Kostüm der Wollust ... und ich trage es ... *Ihr Hemd gleitet ihr zu Füßen, sie ist nackend wie die Wahrheit. Dieser Einfall belustigt die ausgelassene Gesellschaft über alle Maßen. Da sie indessen bemerkt, dass man im Allgemeinen keine Anstalten trifft, ihrem Beispiel zu folgen, ruft die Comtesse mit befehlendem und zu-*

---

* Die Comtesse stand nämlich Todesängste aus, es könnte gelost werden, und dann sollten die Paare sich, den entsprechenden Farben nach, zusammenfinden. Infolgedessen war es nicht verstattet gewesen, irgendjemand anderem – wie das bei einigen Liebesorden Sitte ist – ein freundliches Entgegenkommen zeigen zu dürfen. (Anm. d. Verf.)

gleich ärgerlichem Ton: Vorwärts, ihr anderen!
… Ach … Wetter! Sputet euch! Zu gleicher
Zeit hat sie Friedrich entblößt, der Marquise
das Fichu herabgerissen und lässt an Adolphes
Hose zwei Knöpfe springen.

Währenddessen entkleidet der Tréfoncier Philippine, und Zamor leistet Nicole den gleichen
Dienst. Adolphe, dessen Augen blitzen und bei
dem der spaßhafte Überfall der Comtesse einen
unvergleichlichen Stoßdegen zu Tage gefördert
hat, auf welchen die Marquise die erstauntesten
Blicke wirft, Adolphe spielt gleichfalls den Kammerdiener, entledigt sich seiner Pflichten, aber
viel weniger geschickt als die Marquise, die ihn
ihrerseits bedient. Es könnte nichts Pikanteres
geben, als ein gelungenes, eine solche Toiletten-
szene darstellendes Gemälde, wo die Hände eines jeden einzelnen damit beschäftigt sind, sein
Gegenüber zu entkleiden. Die Comtesse hat
nicht einmal den Kamm auf ihrem Haar gedul-
det; sie lässt ihre langen, goldenen Haare auf
ihre schneeweißen Lenden und ihren so willfährigen Hintern, auf den sie so stolz ist, niederwal-
len.

Der Tréfoncier sieht von ungefähr, dass Georg
zögert, bei Zinga ein wenig Gewalt anzuwenden, die sich nicht ohne die ausdrückliche Zu-

stimmung ihres Gebieters entkleiden zu lassen wagt; durch ein Nicken mit dem Kopf ermuntert er die beiden daher und sagt: »Ja Zinga, es muss so sein, ich will es!« Aber durch einen verstohlenen Blick nach seinem Verwandten hin, scheint der junge Mann andeuten zu wollen, dass er sich durch die schwarzen Reize der Favoritin nicht besonders versucht fühlt und er nicht darauf rechnet, sie für sein Teil bekommen zu sollen. Diese Geringschätzung, die der für seine Negerin so sehr eingenommene Prälat als einen verletzenden Mangel an Geschmack ansieht, veranlasst ihn, achselzuckend zu sagen: »Oberschafskopf! Wenn du wüsstest …« Indessen bemüht sich die gute Zinga, weit entfernt, eine Beleidigung, die sie kaum verdient, übel zu nehmen, den spröden Cousin zu entkleiden; als sie mit seiner Hose beschäftigt ist, beeilt sie sich, das Wollustinstrument in die Hand zu nehmen und die Wurst zu stopfen. Sie führt es an ihre Lippen und presst es gegen ihren Busen. Dieser sichtliche Beweis von Gutherzigkeit wie Temperament rührt die leicht entzündliche Comtesse auf das Heftigste, sodass sie den Cousin Friedrich, mit dem sie sich eingelassen, für einen Augenblick verlässt, um zu Zinga hinzueilen, sie in die Arme zu schließen und ihr die Zunge zu geben, worauf sie sie dann vollends nackend auszieht, die Fin-

ger über sie hingleiten lässt, kitzelt, alles an ihr küsst und ihr mit Zinsen zurückerstattet, was sie dem Mann mit der »Vorliebe für das Weiße« gewährt. Jetzt sind bereits alle »unter Waffen«, wenigstens so, wie die Comtesse das meint.

Tréfoncier *der bemerkt, dass man so weit ist, sich messen zu können:* Holla, liebe Freunde, hier ist nicht der richtige Ort! Wir sind erst im Vorgemach; der Kampfplatz befindet sich drinnen! *Zu gleicher Zeit stößt er eine Tür auf.*

Man gewahrt das Innere eines achteckigen, von Wohlgerüchen durchfluteten, von mildem Licht erhellten, mit unsäglicher Kunst ausgestatteten Gemaches. Die Dekoration lässt alles sehen, was es Geniales und Erlesenes im schlüpfrigen Geschmack in Malerei und Bildhauerarbeit geben kann. Die einzigen Möbel darin sind ein ungeheures, sehr niedriges, für Liebeskämpfe vorzüglich geeignetes Kanapee und eine Anzahl über einen kostbaren Teppich verstreuter Kissen. Vier prachtvolle Spiegel größten Maßes, von denen je zwei einander gegenüber angebracht sind und bis zum Boden reichen, vervielfältigen alle Gegenstände in des Wortes vollster Bedeutung bis ins Endlose. Etwas weiter entfernt befinden sich zwei geöffnete Kabinette; in dem einen springt eine Fontäne, die das in einem antiken Marmorbassin befindliche Wasser unaufhörlich erneuert, außerdem sind eine Anzahl Toilettengegenstände darin; hier gibt es parfümierte Wäsche, Schwämme, Essenzen, Pomaden, kurz alles, was die verwöhnteste Frau für nötig oder überflüssig halten kann. In dem anderen Kabinett befinden sich die Erfrischungen und Stimulantien wie Ambrapastillen, »neapolitanische Teufelchen« und andere »Zündstöcke« aus der Werkstatt zu Paphos. Es genügt, einen Blick auf diesen Wunderraum zu werfen, um im tiefsten Herzen zu spüren, wie töricht es gewesen wäre, die Wonnen, zu denen er einlädt, anderswo zu suchen. Im Augenblick, wo man bunte Reihe macht, ohne sich, selbst Philippine, die die am wenigsten herausfordernde von den Damen ist, nicht ausgenommen, auch nur der allerleichtesten Kleidung zu bedienen, gibt eine schmetternde, von unsichtbaren Blasinstrumenten ausgeführte Fanfare das Signal zu einem stürmischen Angriff …

Als erster hat Adolphe die feurige Marquise ungestüm auf das Kissen niedergeworfen; der kritische Zustand, in dem sie sich befindet, verschafft ihr diesen, dem seltsamen System des Musikerphilosophen entsprechenden Vorzug. Kein brünstiger Hengst attackiert die rassige

Stute mit mehr Feuer und hat kaum einen imponierenderen Wonneschweif als er. Der brüllende Virtuose taucht ihn mitleidlos mittels eines einzigen Lendenstoßes hinein und badet sich in Strömen von Blut. Das ist seine Wonne, ist sein Glück, oder vielmehr, ist ein aus einer falschen philosophischen Anschauung herrührender, den Bedürfnissen eines leidenschaftlichen Temperamentes angepasster Irrtum. Sei es aus Höflichkeit oder kommt es daher, weil er sich unwiderstehlich zu seiner geliebten Zinga hingezogen fühlt, tritt der Tréfoncier Philippine, an die er sich zuerst herangemacht, an Georg, der sie zu begehren scheint, ab. Georg bettet das fügsame Mädchen auf drei aneinander geschobene Kissen und gibt ihr, zu großer wechselseitiger Befriedigung, den Ritterschlag seiner Zärtlichkeit.

Indessen ächzt das Kanapee, obwohl es so konstruiert ist, die allerstürmischsten Kämpfe aushalten zu können, unter einer dreifachen Gruppe. Sie besteht aus Zamor, der sich mit der starken, leidenschaftlichen Nicole in seliger Trunkenheit zu schaffen macht; aus der Comtesse, die den mannhaften Friedrich wie ein kleiner Teufel hin- und herschüttelt und ihn in ihrer hinlänglich bekannten Art bearbeitet; und endlich aus dem Prälaten, der, seine erste Glut stillend, sich ganz gehörig »hintergriindig« mit der

unvergleichlichen Afrikanerin amüsiert. Welche
Begeisterung! Welches Aufwallen des Lebens
und der Lust! Wo gäbe es einen Maler, der fähig
und geschickt wäre, seine Einbildungskraft auf
den Ton dieser Wollustszene zu stimmen und imstande wäre, die Chronik der sich abgeilenden
Welt niederzuschreiben und all die Worte, Ausrufe, das Stammeln, die Seufzer, das tausendmal
beredter als Worte klingende Schluchzen wieder-
zugeben und so die sublime Ausschweifung, in
die unsere zehn Freunde untergetaucht sind,
wahrheitsgemäß schildern zu können! … Leser,
verzeihe die Trockenheit meines Berichtes und
lass dich – wenn du willst – von dem Geiste des
… Teufels durchdringen, von dem dieser ausgelassene Trupp besessen ist …

Nach dem rauschenden Beginn der Musik,
dem man sich in der Leidenschaft der ersten Attacke so wohl angepasst hat, lässt sich ein wol-
lüstiges Andante vernehmen. Während dies gespielt wird, hat der herkulische Adolphe seine
Seele zum zweiten Mal bis in das Herz der Marquise hineingeschleudert … Vergebens sucht sie
ihn nach dieser doppelten Heldentat abzuschüt-
teln. Vergebens streckt sie die Arme nach dem
Badekabinette aus und sucht ihrem wahnsinnigen Beschäler klar zu machen, sie wünsche sich
zu erfrischen und sich zu reinigen. Er ist nicht

galant genug, diesem Befehl, von ihr abzulassen, zu gehorchen; ein verneinendes Kopfschütteln und schreckliche Zuckungen seines Hintern beweisen, dass er wenigstens noch seinen dritten Ruhmeskranz erbeuten will, ehe er seine blutigen Großtaten unterbricht, und vielleicht hat ihm die lebhafte Kadenz eines Prestoprestissimo diese Idee eingegeben.

Aber schon hat der Prälat seine köstliche Negerin verlassen; die Comtesse, die zwei Einspritzungen erhalten und sich doppelt revanchiert, hat sich vom Cousin Friedrich getrennt; Zamor dagegen wetteifert mit Adolphe und versucht sich zum dritten Mal mit Nicole einzulassen ... Sie weigert sich ... drängt ihn weg ... verteidigt sich mit schalkhafter Lebhaftigkeit, die vielleicht anzeigt, sie habe keine Lust, sich bezüglich eines so heißen Kampfes auf die Leidenschaft eines Dieners zu beschränken. Die heftige und entschiedene Bewegung, mit der sie den Neger abschüttelt, bewirkt, dass sie seitwärts taumelt und im Fallen gegen Friedrich, der gerade eine Sekunde frei ist, stößt. Dieser bemächtigt sich Nicoles, die sich freudig in seine Arme stürzt; Zamor also hat die Partie verloren.

Dies ist der Moment, in dem der wohl feurige, aber wenig kräftige Cousin Georg Philippine mitten in einem zweiten Rennen, bei dem sie bereits ans Ziel gelangt ist, ohne dass ihr allzu schwacher Reiter dies gleichfalls hätte erreichen können, aufgibt. Das gute Kind, das wohl auf eine Doublette gerechnet und sich nach besten Kräften bemüht, ihren Genossen mit fortzureißen, ist sehr erstaunt, sich plötzlich allein zu sehen. Kraft des Instinktes, der allemal, wo es sich um die Leidenschaft, von der wir alle beherrscht sind, handelt, den Geist ersetzt, hat Zamor den heimlich missvergnügten Ausdruck Philippines erfasst; er schiebt sich geschickt an die Stelle des aus dem Sattel geworfenen Georg; er tut das so gewandt, dass sie kaum Zeit hat, eine Unterbrechung zu bemerken und ihre Bewegungen auszusetzen … Wohl aber muss sie die Haltung wechseln und das Tempo beschleunigen, denn an Stelle des mittelmäßigen Spielzeugs, das sie eben noch unterhalten, ist ein glühender und ungestümer Sturmbock getreten.

Wie schmeichelhaft der ausdrucksvolle Seufzer klingt, der ihr in dem Augenblick, als sich dieser willkommene Unterschied bemerkbar macht, entschlüpft! Ein süßer Schauder zeigt alsbald das Wiedereintreten des Wollustgefühles an, das ein ärgerlicher Zwischenfall fast verscheucht! Die beglückte Philippine sinkt zurück, schließt die Augen, hebt die Lenden in die Höhe, schüttelt ihren Zamor hin und her, seufzt, zerschmilzt und …

die Sinne schwinden ihr … Ist das lediglich eine Sache des Temperaments, oder gebührt dem wackeren Neger bei dem von ihnen den Göttern der Wollust dargebrachten Opfer auch ein Teil des Verdienstes? Der zweifelnde Opferpriester wagt es eben, sein Opfer hierüber zu befragen, indem er seine dicken bronzefarbenen Lippen dem engelsgleichen Munde Philippines mit scheuer Zaghaftigkeit nähert … Tausendfacher Triumph! Du beglückter Zamor! Dein Kuss ist kein dreister Raub! Kaum hast du die Korallen dieses Mundes berührt, als eine göttergleiche Zunge die deine sucht und ein feuriger, aus tiefster Brust kommender Seufzer eine Herausforderung zur Fortsetzung hartnäckigsten Kampfes zu sein scheint. Bei der ersten Bewegung, die du, um darauf zu antworten, machst, umschlingen und drücken dich zwei alabasterne Arme; Schenkel, deren Atlasglanz, deren süße Wärme, deren Zittern den frostigsten Menschen in Glut setzen muss, pressen sich gegen deine Flanken, und Beine, die sich über deinen beiden Lenden kreuzen, geben darauf ein gewisses Taktmaß an, dem du mit bewundernswertem Verständnis folgst … Mut, mein Freund! Lege los! Verrichte Wunder … Aber auch andere Bilder verdienen meine Aufmerksamkeit; überall hingezogen, weiß ich nicht, worauf ich mein hauptsächliches Interesse richten soll.

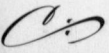

Nochmals dieser Adolphe und die Marquise! Werden die denn nie zu Ende kommen?

Gut! Ich sehe Nicole, die auf dem Schoße des ernsten Friedrich sitzt. Sie scheint diesem Kämpen ein wenig zu misstrauen und sich vergewissern zu wollen, ob ihre unmäßige Vorgängerin ihn noch in einer für weiteren Liebeskampf fähigen Verfassung gelassen … Sie lächelt, sie hat keinen Zweifel mehr … Aber warum wendet sie sich weg? Augenscheinlich weil sie, nachdem er ihren reizvollen Zügen und ihren unvergleichlichen Brüsten alles ihnen gebührende Lob gespendet, nunmehr ihrerseits seine vollendet schön gebauten Lenden und deren prachtvolle Behaarung bewundern will … Was sehe ich? Eine zornige Bewegung ihrerseits! Ein drohender Blick, den sie lebhaft auf Friedrich richtet! Das stimmt kaum mit der Intention einer Hand überein, die man den stolzen Liebespfeil des Junkers gegen das Zentrum der Wollust richten sieht … Ah, jetzt weiß ich es! Dieser falsche Musiker ist Kammerherr an einem besonders berüchtigten Hofe,* und der welterfahrene Höfling hat diese großen, außerordentlich schönen Reichsäpfel, die sich soeben über seinen kleinen

---

* Da es mehrere Höfe dieser Art in einem so großen Lande gibt, können wir hier nicht mit Sicherheit sagen, von welchem die Rede ist. (Anm. d. Verf.)

Bruder beugen, nicht ohne die heftigste Erregung sehen können. Er scheint die Bewegung der Nymphe missverstanden zu haben und hat, statt sich gefügig in die Haupttür einführen zu lassen, an das Nebenpförtchen gepocht … Wohlan! Sie verstehen einander nicht mehr! Eigensinn mischt sich mit hinein; keiner von ihnen will sein Vorhaben aufgeben! … Ich habe das vorausgesehen. Leben Sie wohl, Monsieur Nonkonformist, man lässt sie schießen und da – jeder geht seines Weges.

Aber blasen Sie deswegen nicht Trübsal, mein lieber Friedrich! Die Comtesse, die, wie man weiß, außerordentlich konziliant ist, hat, nachdem sie sich soeben gesäubert, den Vorgang von ferne beobachtet, und obwohl sie in ihrem Kopfe einen auf die reizende Zinga bezüglichen Plan entworfen, interessiert sie Ihr Fall. Sie will versuchen, Sie zufrieden zu stellen, ohne indessen etwas von ihrer eigenen Absicht aufzugeben. Es handelt sich lediglich darum, mit Zinga die Rillen zu massieren; danach steht ihr der Kopf in diesem Augenblick; das ist ein plötzlicher Einfall, von dem die ganze Welt das kleine närrische Frauenzimmer nicht würde abbringen können; was aber macht es dabei für Schwierigkeiten, ihre Laune zu befriedigen und Ihrer gleichfalls zu genügen? … Passen Sie auf, Friedrich! Schon

liegt Zinga hintenüber und spürt an der empfindlichen Spitze ihres glühenden Lustzäpfchens
bereits die wollüstigste und gewandteste aller
Zungen. Was soll diese auffordernde Geste, die
die Arbeitende nach Ihrer Seite hin macht und
die Mühe, die sie sich selber gibt, den Wald von
Haaren, der ihr Hinterteil bedeckt, beiseite zu
schieben? Glauben Sie mir, das gilt Ihnen; Sie
werden erwartet, sind willkommen! Zwei Stechbahnen bieten sich dar! Sie haben die Wahl!
Also, sofern Nicoles Schroffheit nicht jede Begehrlichkeit in Ihnen ertötet hat, wagen Sie das
Abenteuer hier! Ich wette, Sie werden hier besseren Erfolg haben. Mit einem Satz ist Friedrich
von seinem Platz aufgesprungen und bei den
beiden begehrten Rundungen. Er legt sich nicht
den Ring Jean Carvels* zu, sondern den anderen. All seine üble Laune ist verschwunden. Indessen, weil er vergessen zu haben scheint, dass
er nun das verlängerte Rückgrat einer Frau an-
spießt, und – denn Gewohnheit ist ein Tyrann –
unterwärts nach dem sucht, was dem schönen
Geschlecht fehlt, macht man sich ein wenig lustig über ihn. Das Lächerliche dieser Zerstreut-

---

* Alle Welt kennt die auf diesen Namen bezügliche Geschichte,
  eine höchst geistvolle und unnachahmliche Erzählung Lafon-
  taines … der Biedermann hatte den Finger … wo? Nun, das
  wisst ihr wohl! (Anm. d. Verf.)

heit entgeht selbst unserer verschmitzten Comtesse nicht, und sie muss so heftig lachen, dass sie darüber einen Augenblick lang die galante Aufwartung, die sie Zinga macht, vergisst. Sie wendet den Kopf nach dem entlarvten Männerfreund und sagt leichtfertig: »Schade, dass dergleichen nicht vorhanden ist! Dann könnte ich mich gleich bei Ihnen bezahlt machen!« Dieser gute oder schlechte Witz bringt den Preußen jedoch nicht so weit aus der Fassung, um sich in seiner Arbeit stören zu lassen; aber ein wenig verwirrt und in der Absicht, seinen Fehler wieder gutzumachen, bemüht er sich, sich mit den Goldfransen zu beschäftigen und das dichte Gewirr auf eine gewisse Stelle hin zu untersuchen, der man eine außerordentliche Empfindlichkeit nachsagt. Leider aber findet unser Junker, der sich auf dergleichen Scherze schlecht versteht, sich nicht ordentlich zurecht. Da er sie nicht selber aufzuspüren vermag, wird sie ihm vielmehr direkt vor die Fingerspitze gebracht. Das alles geschieht nicht, ohne den Unband der Comtesse, welche in dieser Hinsicht durch die in derartiger Tändelei – die nur wenig Fremde verstehen – sehr erfahrenen Franzosen etwas verwöhnt ist ungemein zu belustigen. Als der ungeübte Finger auf diese Weise an das richtige Ziel gelangt ist und die feurige Zungenfee ihrer-

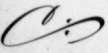

seits gleichfalls ein wenig von dem spürt, was sie ihrer Schülerin gewährt … Schülerin! Wer denn? Zinga! Denn es geschieht zum ersten Mal, dass diese Unschuld eine so süße Bekanntschaft mit weiblicher Liebeskunst macht. Welch kostbare Entdeckung! Welch unerschöpfliche Quelle der Wollust! Die überglückliche Zinga, von dem Reiz dieser unvergleichlichen neuen Erfahrung völlig berauscht, wälzt sich hin und her, fährt in die Höhe, krallt ihre Finger wie eine wild gewordene Katze in den Stoff der Kissen und stößt in ihrer heimischen Mundart Gott weiß was für Laute aus, die viel bedeuten mögen, die man aber kaum versteht. Die Comtesse, der es vollkommen klar ist, wie viel die Keuschheit Zingas an der Stärke dieser Wirkung schuld ist, verliebt sich doppelt heftig in die Negerin, saugt sich an ihr fest und presst ohne Rücksicht auf den Preußen, der ganz zufrieden ist, da zu sein, wo er sich befindet, aber der jetzt eben abgeworfen wird, ihren Leib gegen den der Schwarzen. Mund auf Mund, Busen auf Busen, Koralle auf Koralle, wälzen Ebenholz und Elfenbein sich hin und her, umschlingen sich und haben einen Augenblick lang nur eine Seele … Die zartfühlende Zinga kommt endlich zu sich, nur um zu sagen, sie solle und müsse ihrerseits diese Wohltaten vergelten. Mit der Gewandtheit eines Fisches,

der die Wellen zerteilt, stiehlt sie sich unter den Körper ihrer feurigen Freundin und gleitet bis zum Eingang von deren kleiner Sonne. Friedrichs unerfahrene Finger sind aus diesem Vorhof verjagt. Die kluge Zinga weiß sogleich, was nötig ist und sie hier ersetzen soll. Nunmehr durch dieses brüske Manöver liegen alle Schätze der entzückenden Negerin vor den Augen Friedrichs offen da.

Die Hacken unter dem Hintern, die Knie gespreizt, den Körper in die Höhe gehoben, könnte Zinga sich nicht besser hinlegen, um irgendwem die beste Einfahrt zu geben. Friedrich lässt sich eine so vortreffliche Gelegenheit auch nicht entgehen; er macht sich ans Werk und stößt seinen dünnen Minnedorn, dem der Einfall der kleinen Comtesse glücklicherweise nicht die letzte Spannkraft geraubt hat, an der geeigneten Stelle bis ans Haar hinein. Während Zinga züngelt und ihrer Geliebten einen köstlichen Augenblick verschafft, geht der andere Cousin Friedrichs, geht Georg, der eben aus dem Toilettenzimmer kommt, an ihr vorüber. Obwohl der Blondkopf nichts recht Verführerisches aufzuweisen hat, da die Kälte des Wassers den seinen sehr hat zusammenschrumpfen lassen, packt die ausgelassene kleine Comtesse dennoch seinen kleinen Schamfinger, zieht ihn zu sich heran,

lässt ihn sich hinsetzen, nimmt das entseelte Spielzeug in den Mund und hält es für eine Ehrensache, es wieder zum Leben zu erwecken. Bei Gott, das ist ein Spiel nach dem Herzen dieser überaus geschickten Frau; sie hat ihn noch nicht zwei Minuten lang bezuzzelt, als er seine ganze Ausdehnung und Straffheit wiedergewonnen hat.

Aber du reizende Gruppe, ich kann mich nicht mit dir allein befassen.

Endlich sehe ich, dass die Marquise den Armen des unerbittlichen Adolphe entschlüpft. Sie eilt zu dem Bade, das ihr so Not tut … Wer nicht weiß, in welchem Fall sie sich befindet, müsste der nicht eher glauben, sie habe eine tiefe Wunde erhalten und wolle sich soeben einen ersten Verband anlegen lassen?

Zu gleicher Zeit naht, von den Augen unserer lieben Philippine verfolgt, Zamor von der anderen Seite her. Sie hatte ihm wohl verstatten wollen, sich von ihrer gemeinsamen Befleckung zu reinigen. Warum begleitet sie ihn nicht? Hat sie eine solche Säuberung weniger nötig als er? Nein, gewiss nicht! Aber sie ist noch halb ohnmächtig! … Sie fühlt sich so wohl! … Und Zamors Wiederkunft verheißt weitere reizende Dinge! … Denn, er kommt doch zurück? – Leider nein!

Fällt es der übermütigen Marquise nicht ein, ihn zu erhaschen und seine Dienste zu fordern …? »Komm, Zamor, ich bin erschöpft! Reinige mich!« Der Neger gehorcht. Während er sie badet, wäscht, kurzum alle seine intimen Funktionen mit all der Geschicklichkeit und all dem Verständnis, das einem von der Comtesse ausgebildeten Diener in ähnlichen Fällen nicht fehlen kann, verrichtet, würdigt sie ihn, sich ungezwungen, vertraulich, ja fast zärtlich an ihn anzulehnen … Bald wird ihm ein Lächeln gegönnt; ein ausdrucksvoller Blick streift ihn und überläuft ihn vom Kopf bis zu den Füßen … Er wird als tadellos befunden … »Setz dich hierher!« Vor sie, ihr gerade gegenüber muss er sich auf die Schale des nämlichen Waschbeckens setzen; welche Tollheit! Wie zum Scherz hat man schon zwei- oder dreimal auf seinen schaumbedeckten Stoßdegen in der hohlen Hand geschöpftes Wasser gespritzt … das rührt ihn wenig … Allmählich lässt man sich soweit herab, ihn zu berühren. Wie schön er ist! Das ist ein Stab, der mehr wert ist als ihr Goldband … Man betastet ihn nicht bloß, man schmeichelt ihm, ja man würdigt ihn sogar, ihn zu bespülen, und allmählich gar leistet man ihm alle nötigen Dienste. Die schönsten Hände der Welt haben ihn gedrückt, gewaschen, reiben ihn, wischen ihn ab und trocknen ihn in

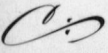

dem Batist ... Ein Monarch dürfte eifersüchtig sein auf das, was unsere Göttin einem armen Diener Gutes tut ... Diener? ... Was tut das schon! Schönheit – jede Art hat die ihrige –, Gesundheit, Kraft, Fähigkeiten zudem, all das besitzt Zamor. Zamor ist also kein gemeines Geschöpf. Zamor versteht es sowohl, das höchste Glück zu kosten als kosten zu lassen. Die verliebte Laune so vieler Schönen hat ihn auf ihr Niveau erhoben ... Zamor besitzt die schönsten Vorrechte ... Er wiegt einen Edelmann auf ... Indem sie dies bedenkt, lässt die eitle Marquise sich von ihrer Leidenschaft fortreißen und fasst sich das Herz, den begehrenswerten Zamor mehr und mehr zu bedienen. Während sie ihm die äußerste Gunst erweist, ermutigt sie ihn, alles zu wagen. Schon ist die wechselseitige Reinigung beendet, und das Scheingefecht, das sie noch führen, ist nichts als verhüllte Vertraulichkeit, die zu einer Herausforderung ausartet. Zamor lässt einen unternehmenden Finger jenes von Sonnenaufgang nach Sonnenuntergang gewandte Tal entlanggleiten, was umso mehr reizt, weil er zwei empfindliche Öffnungen berührt und er dort einen Brand entzündet. Die Hand, die bei ihm die gleiche Forschungsreise anstellt, drückt den interessanten Behälter der männlichen Reichtümer, mit denen die Natur ihn so

verschwenderisch ausgestattet, und neckt ihn so.
Wenn dies herausfordernde Vorspiel noch einen
Augenblick länger währt, dürfte es auf beiden
Seiten eine heftige Eruption dessen hervorrufen,
was besser angewandt werden kann und muss
… Es ist an der Zeit, dass sie sich besinnen und
mit dieser gefährlichen Neckerei aufhören …
Flammen glühen in ihren Augen und schlagen
aus ihrem heißen Atem hervor; ihre Wangen
sprühen Funken. Die Marquise erhebt sich,
schlingt einen ihrer schönen Arme um Zamors
Nacken und bringt zwei göttliche Brüste dicht
vor seinen Mund, die er mit den Augen zu verschlingen scheint. Die anziehendste aller Liebes-
spalten sucht und schmückt sich zu gleicher Zeit
mit diesem eisenfarbenen und eisenharten Minnedorn … Adolphe steckte nicht prächtiger dort
drin und passte dort vielleicht weniger gut hinein. Welch ein Moment für den Neger, der
lange schon, als ob es ein unerfüllbarer Traum
wäre, die heftigste Sehnsucht in Hirn und Herz
brennen fühlte, von der erhabenen Marquise
gleichsam das zu erhalten, was die Comtesse
ihm immer und immer wieder in verschwenderischer Weise zuteil werden ließ! … Trunken vor
unerwartetem Glück, sich den Göttern gleich-
fühlend, ja mehr noch als Götter, springt Zamor
augenblicklich empor, eilt in den Salon zurück

und zeigt siegesstolz seine neue Eroberung. Die Marquise ist glücklich, lacht und brüstet sich, derartig auf ihm zu hängen, und sieht aus, als throne sie auf einem Siegeswagen … Oh! Ist ein solcher Augenblick nicht wirklich der schönste Triumph für eine reizende Frau! Sie überschaut alles, was sich ihren Augen in dem ganzen Saal darbietet, aber sie entdeckt nichts, was ihr ähnlich begehrenswert erschiene wie das ihr zuteil gewordene Glück. Zamor, dem die Freude, die sie darüber empfindet, so gefeiert zu sein, nicht entgangen, trägt sie geflissentlich umher, präsentiert sie vor jedem Spiegel und bringt sie in die Nähe aller Gruppen, und indem er sie an den festen, an den Stützpunkt rührenden Rundungen flink in die Höhe hebt, lässt er sie in einer Weise hüpfen, dass die befruchtende Spritze nicht anders kann, als baldigst ihren köstlichen Saft zu entleeren … Jedoch ein seltsamer Zwischenfall soll diesen pikanten Genuss verzögern. Der seit einigen Minuten unbeschäftigte Tréfoncier scheint zu glauben, dass Zamor, wie er die Marquise vorführt und die schönen Hinterbacken der Marquise in einer für einen Versuch so günstigen Stellung präsentiert, sehr damit einverstanden sein möchte, wenn irgendwer sie anpacke und, ohne ihn im Geringsten in seinem Glück zu stören, ihn von dem halben, von ihm

zu tragenden Gewicht entlastete … Sogleich macht sich also unser ungestümer Steißanbeter an die Verfolgung des von ihm begehrten Objektes. Zwei Pastillen, mit denen er sich soeben gestärkt hat, verleihen ihm für den Moment gegen hohe Zinsen ebenso viel Kraft wie Begierde. Er bezweifelt nicht, dass der dreiste Angriff, den er im Sinn hat, ihm gelingen und ihn ans Ziel bringen wird. Aber Zamor will von dieser widerrechtlichen Besitzergreifung nichts wissen. Bei aller Ehrerbietung, die er dem vornehmen Herrn des Hauses und der Feierlichkeit gegenüber empfindet, hat er doch nicht die Absicht, mit ihm zu teilen. Freilich weicht er scheinbar weder unhöflich zurück, noch setzt er sich kühn zur Wehr. Was er jedoch tut, reicht hin, alle Anstrengungen des wollüstigen Prälaten unfehlbar zu vereiteln. Sooft der Pfahl das Ziel berührt und hineinzukommen glaubt, ebenso oft wird das Ziel durch eine fast unmerkliche Bewegung verändert. Dieses neckische An-der-Nase-Führen gestaltet sich zu einem scherzhaften Zeitvertreib, der die Beteiligten selber amüsiert. Die Marquise beteiligt sich hieran mit aller vorstellbaren Pfiffigkeit; es sieht so aus, als ob sie Zamor nicht sekundiere und als ob der Tréfoncier sie ohne ihn willfährig finden dürfte; aber beide unterstützen sich wunderbar. Ist Zamor ruhig, kneift sie die

beiden Halbkugeln zusammen und macht das Tal unpassierbar; er wieder hält einen Augenblick lang mit allen Stößen inne, sobald die reizende Kallipyge die Pforte wieder öffnet und nachgeben zu wollen scheint. Was indessen schließlich durchaus für ihre gegenteilige Absicht spricht, ist der Umstand, dass, nachdem sie die Anwesenden durch das Schauspiel dieses originellen Scharmützels, das alle mit den Augen verfolgt haben, unterhalten, sie sich, um es zu enden, unversehens nach einer soeben frei gewordenen Stelle des vielberufenen Kanapees umwendet. Zamor hat diese Bewegung richtig verstanden, beugt sich mit seiner Beute nieder und verliert nicht das Geringste von seinen Vorrechten ... Zunächst beginnt nun ein ernsthaftes, kunstgerechtes Ringen, bei dem die Glut und die Gewandtheit der Kämpfenden fast vergessen lässt, dass sie schon anderswo und heftig gefochten. Alle bewundern sie; ihr Beispiel weckt in allen Lust und Kraft, sie nachzuahmen. Es kann nichts Schöneres geben als diese, von ihren beiden bewunderungswürdigen Leibern gebildete Gruppe, deren jeder ein vollendetes Bild seiner Farbe wie seines Geschlechtes darstellt.

Hab Acht, Zamor, auf den entscheidenden Moment, in dem selbst die unbezwinglichste Stärke den schwächenden Wirkungen der Wol-

lust weicht, hat der ränkevolle Tréfoncier für
seine Rache gewartet. Du hast ihm das, was ihm
plötzlich durch den Kopf geschossen, nicht gestatten wollen – gut denn! –, so magst du für die
Marquise bezahlen! Das proteusartige Temperament des unersättlichen Wollüstlings ist schon
nach einem anderen Gegenstande begierig geworden, und dein bronzefarbener Hintern hat
eine seltsame Begier entfesselt. Was dir bevorsteht, hast du nicht voraussehen können … es
steht nicht mehr in deiner Macht, dich dagegen
zu wehren. Alle Glieder deiner himmlischen
Buhle schmiegen sich an dich an, du labst dich
an dem Rausch der von dir so heiß begehrten
Wollust; die magnetische Gewalt ihrer Küsse
hält dich fest, sogleich wirst du so vollkommene
Wonnen nicht unterbrechen wollen, um einem
launischen Eroberer, der sich deiner bemächtigen will, aus falscher Scham einen unfruchtbaren Teil deiner selbst vorzuenthalten … Was sage
ich! Du machtest einen groben Fehler, wenn du
dich weigern wolltest! Bedenke, wenn du noch
fähig bist, überlegen zu können, dass das, was
dir bevorsteht, notwendigerweise zur Vermehrung deiner Fähigkeiten beitragen muss … Wirklich, du spürst es! Die Marquise selber gewinnt
dadurch, denn angesichts dieser höchsten Ausschweifung fühlt sie, dass das sie beseligende In-

strument nichts von seiner Kraft noch Ausdehnung verloren hat! ... Wem ist denn nicht bekannt, wie viel diese Hilfeleistung, die der Prälat dir gewährt, dazu beiträgt, die prächtige Verfassung, in der du dich befindest, aufrechtzuerhalten! Seiner wohltätigen Verräterei verdankst du augenblicklich diese erstaunliche, dir zu hoher Ehre gereichende Festigkeit; diese Festigkeit, die die wollüstige Stimmung der Marquise zu deinen Gunsten verlängert; die dich fühlen lässt, das Liebesspiel im gleichen Takt wie du zu spielen; die dir endlich noch das glorreiche Vorrecht verschafft, sie nach Belieben, soweit es dem Genius der Wollust, dem unsichtbaren Schirmherrn eurer Kämpfe gefällt, zu bepfeilen und euch in den Ozean der Wonne zu versenken.

Ein neuer Zwischenfall bereichert die Szene soeben und macht sie bunter! ... Was ist das für ein niedliches Ungeheuer, das uns beim Klange eines im hüpfenden und höchst lebhaften Sechsachteltaktes gespielten Presto unterhalb des Busens der Venus das stolze Attribut des Gottes von Lampsakus erblicken lässt. Lachen wir über den seltsamen Kontrast zwischen dem Hellrosa eines anbetungswürdigen Bauches und dem Dunkelbraun eines aus venezianischem Leder gefertigten Godemichés, der die Art seines Zweckes nicht verhehlt; aber sagen wir der Natur

Dank, dass sie Fürsorge getragen, keine so reizenden Wesen wie Nicole wirklich mit einem so empfehlenswerten Wonneschlauch auszustatten, wie der, mit dem dies Mädchen sich eben herausputzt. Hätten wir so begehrenswerte Mannweiber zu Rivalen, welche Schönheit würde uns mit ihrer Gunst beglücken! Aber woher hat sie dies schöne, mit den entsprechenden, vorzüglich nachgeahmten Dependenzen und mit naturgetreuem krausen Wollhaar versehene Sinnbild hergenommen? Was will sie beginnen? »O du kleine Hexe!«, ruft der Tréfoncier beim Anblick dieser Maskerade. »Deinetwegen habe ich das Möbel nicht hergelegt! Gib mir meinen Stellvertreter wieder!« – Larifari! Sie hat sich seiner nicht bemächtigt, um ihn nicht auch gebrauchen zu wollen. In der verliebten Absicht, Philippine vorzunehmen, hat Nicole, deren Neigungen kein Geheimnis sind, sich mit dieser illusorischen Waffe ausgerüstet. Seit Philippine sich von Zamor, der ihre Herrin jetzt ärgerlicherweise mit Beschlag belegt, an die Luft gesetzt gesehen, hatte sie nichts Besseres zu tun gewusst, als sich für neue Abenteuer zurechtzumachen. Nach einer kalten Ausspülung kehrte sie frisch und rosig zurück und erwartete nichts Geringeres als einen liebenswürdigen Lanzenbrecher. Aber alles war beschäftigt oder erschien nicht würdig, den trefflichen Zamor zu ersetzen. Adolphe indessen, durch das lebhafte Inkarnat einer lockenden Spalte getäuscht, glaubt eine neue, für seine aufs Blutige gerichteten Wünsche geeignete Stechbahn entdeckt zu haben, und will … aber bei der ersten Berührung verursachen seine allzu nervigen Hände ihr unglücklicherweise Schmerzen, und so erlischt die Wollustglut jählings in Philippine; sie macht sich von dem ungeschickten Virtuosen los. In diesem Augenblick hat Nicole, die unter den Sachen des nicht mehr beachteten Paketes gekramt, den Godemiché* entdeckt. Für Nicole war die Gelegenheit günstig, sich einer Freundin, für die sie viel Zärtlichkeit empfindet, liebevoll bemächtigen zu können. Nicole, sage ich, die vor sapphischem Verlangen brannte, hatte die Pforte der wahren Wollust bei sich selber nur verschlossen, um das Trugbild anderswo unterbringen zu können … Allein, es glückt ihr nicht, ihrer männlichen Anwandlung so, wie sie sich das gedacht, freien Lauf zu lassen. Bevor ihre Kameradin sie noch einholt, hat sie sich auf Bitten des lüsternen Tréfonciers dafür entschieden, ihm ihr reizendes Bijou, dem er mit der Zunge seine Aufwartung zu machen wünscht,

---

* Dies Instrument war von Bricon, dessen man sich zweifelsohne noch entsinnen wird, und den der Prälat augenblicklich protegierte, bezogen. (Anm. d. Verf.)

für eine Weile zur Verfügung zu stellen. Sie kann sich diesem Wunsche nicht fügen, ohne sich auf Zamor, der noch immer mit der Marquise beschäftigt ist, hinaufzulegen; sie macht mit ihren Armen daher oberhalb des Negers eine Art Brücke und wirft beide Schenkel nacheinander auf die Schultern des Prälaten, sodass dessen Mund dadurch bequem dem anbetungswürdigen Ritzchen gegenüber zu stehen kommt. Der Genuss, den Philippine an dieser bevorzugten Stelle kosten darf, wird sich mittels ihrer Augen verdoppeln, die die Gesichter und – in der Verkürzung gesehen – die Leiber Zamors und der Marquise, deren Vereinigungspunkt und Zentralbewegungen sich dem Blicke ebenso vorteilhaft darbieten, in dem Spiegel wieder erkennen. Die Gruppe ist gebildet. Philippines entzückende Züge sind für die ihr zulächelnde Marquise ein neues Freudenobjekt. Zamor kann, um seinen stämmigen Widder spielen zu lassen, die Lenden nicht bewegen, ohne nicht den sanften Druck der beiden elastischen Brüste, ihre Wärme und die eines glühenden Atems zu spüren … In dem Moment, wo alles das geschieht, wird die verschmähte und infolgedessen unbeschäftigte Nicole durch ein heftiges Wackeln des Hinterns des Tréfoncier und durch die sehr ausdrucksvolle Bewegung einer seiner Hände bestimmt … zu was denn? Kann er das tolle Verlangen haben, von Nicole aufgespießt zu werden? Ja, gerade das ist seine Idee! Sie erfasst sie, und, was noch mehr ist, sie wird ihm zu Willen sein … Das tolle Ding, der der anregende Bischof sowieso schon ein wenig zu Kopfe gestiegen, bemächtigt sich der Lenden des unzüchtigen Prälaten und schiebt die Lederprothese ungeniert hinein. Mag diese Pseudoeinführung an sich nicht alles bieten, was dergleichen bieten kann, genießt dieser wollüstigste aller Menschen nicht doch ein unbeschreibliches Vergnügen, indem er sich Zamor gegenüber als Agens, Nicole gegenüber in der Rolle des Patiens befindet. Indem er eine Hebe mittels der Zunge kosen darf, und obendrein noch unter dem von Philippines Götterhintern gebildeten Horizont den Anblick der entzückenden Brüste und der vollkommenen Züge der künstlichen Hermaphroditin genießen darf, und indem alles das in dem Spiegel, vor dem diese seltsame Gruppe sich aufbaut, doppelt erscheint; und sie lebt, diese Hand, die unterhalb des leblosen Dinges die Behälter der Männlichkeit reizt, drückt und die Wurzel des lebensvollen, bei Zamor einquartierten Wesens kitzelt und dadurch den Zeugungsbalsam zum Kochen bringt. Zumeist, wenn der Prälat einen ersten Einfall ausführt, denkt er daran, sich die Fähig-

keit zur Betätigung eines zweiten zu erhalten,
und vermehrt dadurch die Wollust seiner Einbildungskraft, die viel reger ist als seine Sinnlichkeit. Diesmal aber dürfte er nicht imstande sein,
mit seinen Mitteln Haus zu halten. Von Nicole
gepfählt und durch diese ihn dienstfertig betat-
schende Hand aus der Bahn seines Systems geschleudert, vermag er es jetzt nicht anders, als
seine Kraft in verschwenderischer Fülle hervor-
strömen zu lassen. Das hehre Elixier schnellt
hervor, und die erfahrene Nicole spürt, während
es dahinschießt, in ihren Fingerspitzen sein Sieden; sofort beschleunigt sie ihre Bewegungen
und stößt jene kleinen, schmeichelnden Worte
aus, die nicht die geringste Würze der Wollust
sind; schließlich drückt sie sogar an dem bekanntlich mit warmer Milch gefüllten Kolben ihres Godemichés und macht dadurch die Illusion
des glücklichen Tréfoncier so vollständig wie
möglich ... Was sage ich da? Das Glück des Sa-
tyrs ist wirklich vollkommen, da sich zu so viel
Wonnen noch ein flammender Kuss gesellt, den
er, von der bewusstlos werdenden und seitwärts
rollenden Philippine ablassend, von Nicole erhält, nach der er, ohne seine Lage sonst zu ändern, den Kopf hingewandt hat. Bei all diesem
für sie so unfruchtbaren Spiel hat Nicole dennoch in Glut zu geraten vermocht. Ihr süßer

Kuss bekundet ungestümstes Verlangen. Der Tréfoncier spürt das in tiefster Seele, lässt den Neger los, packt und entwaffnet sie schleunigst und
wirft sie auf den erstbesten freien Platz; für den
Augenblick nicht imstande, etwas anderes machen zu können, bedient er sie mit zärtlicher In-
brunst auf lesbische Art ... Und was geschieht
unterdessen mit unserer reizenden Philippine?
Sie enteilt, um die feuchten Spuren ihres neues-
ten Abenteuers zu verwischen, und stärkt sich
alsdann mit einem tüchtigen Schluck von dem
heimtückischen Bischof. Sodann kehrt sie auf
das Schlachtfeld zurück, bereit, dem ersten sie
herausfordernden Kämpen standzuhalten, aber
die Männer sind allesamt beschäftigt. Nicole
wird das gewahr und winkt ihr mit einem vor
Lüsternheit fast brechenden Blick und lässt die
Spitze ihrer dreisten Zunge auf den Lippen erscheinen. Tändelnd nähert Philippine sich, in
der Meinung, mit einem gern gegebenen und
gern empfangenen Kuss werde die Sache abge-
tan sein; allein das ist nicht der Wünsche Ziel!
Die gewandte und kräftige Tribade bemächtigt
sich ihrer, wirft sie nieder und zwingt sie, die
zärtliche Behandlung zu dulden, die sie eben
vonseiten des wollüstigen Tréfoncier erfährt. Es
hilft nichts, sie muss es geschehen lassen. Ihre
Stellung ist so, dass Philippine, ihre Beine über

Nicole spreizend, auf dem Rücken liegt und, um sich aufrecht zu halten, die Hände einbiegt; der Prälat, der den dichten Haarwald der Braunen, aus dem er sich Schnurrbärte macht, jenseits als unmittelbares point de vue vor Augen hat, ist kostenlos zu einem weiteren gekommen, nämlich den weißen Rundungen des pikfeinen Hinterteils der Blonden und eines unaufhörlichen Zuckens ihrer Lenden, auf denen sich das schöne, aschblonde Haar, dessen wir weiter oben entzückte Erwähnung getan, hin und her bewegt. So teilt sich die Seele des kapriziösen Zungenfreiers zwischen dieser reizenden Liebesgrotte und diesen himmlischen Halbkugeln, die er mit den Augen spaltet, weil ihm im Augenblick etwas anderes zu tun unmöglich ist. Bald ist das Entzücken der beiden Freundinnen grenzenlos geworden; ihre Leidenschaft, ihre unausdrückbaren Ausrufe treiben die Einbildungskraft des erpichten Lüstlings auf schwindelnde Höhen. Die Diabolini, die Pastillen wirken in diesem Moment, der übertriebenen Menge entsprechend, die er davon zu sich genommen; er brennt, er fühlt sich wie verzehrt. In seiner Erregung denkt er schon daran, seinen außer Rand und Band geratenen Wonneschlauch, der nicht mehr untätig bleiben will, mit eigener Hand matt zu machen. Zum Glück schlägt die eben

fertig gewordene und wieder beruhigte Nicole
ein Bein über den Kopf dieses geilen Bockes,
macht sich aus dem Staube und bringt ihn dadurch vor Philippines Tür, die weniger dazu imstande ist, ihre Lage zu ändern. Nur eine Bewegung und er hat das entzückende Hinterteil dieser Schönheit beim Wickel. Als sie sich erheben
will, hält er sie fest, sie fällt, zu schwach, um sich
zu wehren, und zu brünstig, um Widerstand leisten zu wollen, auf ihre Hände zurück. So bietet
sie sich ihm dar, und der Tréfoncier, o Wunder,
richtet seine Lanze zurecht und stößt … wo hinein? Wo er fühlt, dass das Eindringen am leich-
testen geht, das will sagen, in die natürliche
Spalte. Hier, dank des verzehrenden Feuers, das
so viel Tollheiten darin entzündet, dank dieses
magischen Magneten, mit dem die gute Philippine so reichlich versehen, dieses Magneten, der
heftiger wirkt als alle Diabolini der Welt, mit
dessen Hilfe eine solche Frau aus dem schwäch-
lichsten Kämpen einen Herkules zu machen imstande ist, wie irgendeine andere den stärksten
Franziskaner ohne ihn in ihren Armen zu Eis ge-
frieren lassen kann: Hier an diesem von ihm bevorzugten Ruheplätzchen entdeckt der Tréfoncier den Jungbrunnen. Hinreichend entflammt,
um das Höchste zu begehren; hinreichend geschwächt, um sich nicht sofort überlaufen zu se-

hen, findet er hier zufälligerweise dies seltene und schwierige Gleichgewicht, welches der Wollust erst den wahren Grad von Vollkommenheit verleiht, ihre Nuancen verhundertfacht und ihre Grenzen dadurch bis zur Schwelle des Nichts ausdehnt. Selbst für die mehr zärtlich als kraftvoll veranlagte Philippine, deren Sinne mehr wollustempfänglich sind, als dass sie in sinnlichen Gluten brennte, bedeuten diese Wonnen, die wir zu malen versuchen, köstlicheren Genuss als die, welche ihr die Leidenschaft Zamors gewährte. Die Steigerungsgrade der Lustempfindung sind kaum bemerkbar; aber das Wohlgefühl nimmt zu, das Blut wallt empor, rollt heftiger, die Verwirrung steigt, der Taumel … Schon bedeckt sich ihr schneeiges Hinterteil mit jenem zarten Rosa, das die Haut unserer falschen Liebeskünstlerinnen niemals verschönt … Oh, ihr Komödiantinnen von Paphos! Ihr erschauert bisweilen, ihr verrenkt euch! Ihr keucht, flucht, beißt, alles so geschickt wie nur möglich, und wenn wir uns zu dem Glauben aufschwingen können, dürfen wir uns einbilden, ihr zerflösset vor lauter Wollust fast … Aber seht und erkennt in der sichtbaren Ruhe der wahrhaft glücklichen Philippine, dass die konvulsivischen Aufwallungen, die manchmal – das sei zugegeben – so viel bekunden, manchmal auch gar nichts bedeuten können. Philippine liegt völlig unbeweglich da, aber ein unmerkliches Zittern ihres Hintern, ein gewisses innerliches, dem Pochen einer Uhr vergleichbares Pulsieren des Lustzäpfchens sind Anzeichen, die all eure Kunst nicht erheucheln kann. In der Tiefe eurer erschöpften, abgestumpften, missbrauchten Brunstwinkel würde der Tréfoncier nichts fühlen, was einer schmiegsamen Schlinge gliche, die sich um ihn legt und wie ein Saugheber alle noch vielleicht vorhandenen Säfte aus ihm herauszupressen scheint. Das gerade lässt die magnetische und elektrische Philippine ohne die geringste Kunstanwendung ihn so herrlich auskosten. O Reiz! O Allmacht der wahren Wollust! Vielleicht zum ersten Mal in seinem Leben ist der Prälat versucht, sich dem natürlichen Gefäß zu weihen und für immer seinen stinkigen Hinterkammern abzuschwören. Er bewundert, wie vollkommen der Bau einer wirklich empfindungsfähigen Liebesmuschel ist; er begreift, nur der fühllos gewordene, nur der unbrauchbare Lustschlund allein ist weniger wert als seine illegitime Nachbarin; als dies auf der Schattenseite wachsende Blümchen mit seinem welken Kelch, das zum allerwenigsten den Vorzug eines prächtigen Äußeren und im Inneren nichts von jenem reizvollen Widerstand besitzt. Weder ein fanatischer Verehrer der unverfälsch-

ten Natur wie Adolphe, weder ein Cousin Georg oder Friedrich, die aus Neugier und Müßiggang zu Lüstlingen geworden sind, weder der primitive Zamor sind – ich spreche es aus – Leute, die imstande wären, vor, während oder nach einer Lehrstunde in der Experimentalphysik so subtile Betrachtungen wie die vorstehenden anzustellen. Der Tréfoncier ist ein ganz anderer Mensch. Wie er genau weiß, was Leidenschaft, Geschmack und Laune bedeuten, ist er sich über die Schwäche wie Stärke aller Dinge klar; so ist er von kalten oder blasierten Frauen, zu deren Verführung, wie er sich wohl bewusst ist, ihm die nötigen Fähigkeiten abgehen, angeekelt. So verfällt er auf die und die Idee und zieht ihnen einen Zamor, einen Belamour vor. Ohne starke Konvenienzen würde er sich … beispielsweise nicht mit unserer Comtesse, nicht mit unserer Marquise noch mit anderen derartigen Kraftnaturen einlassen, denn ein Vergeuden seiner Liebeskräfte bei und mit ihnen würde zu viel für ihn sein und, angesichts der außerordentlichen Bedürftigkeit ihres Temperamentes, ihnen wenig nützen.

Lieber Leser, all dies eben von uns Ausgeführte wälzte der Tréfoncier, kaum dass er seinen spärlichen Tau in Philippines bezauberndes Behälter hineingeschüttet, im Geiste hin und her.

Lange Zeit würde er sich in diese lubriko-philo-
sophischen Träumereien vertieft haben, hätte die
jugendliche Schöne nicht gespürt, dass nichts
mehr zu spüren sei, und sich nicht, ohne jemanden vom Platze zu entfernen, vom Platze entfernt hätte, denn die arme ausgeblasene Kadet-
tenflöte füllte ihr Inneres nicht mehr aus und
gab ihre Anwesenheit nur noch durch ein paar
restliche kalte Tränen kund. Als die schelmische
Zofe den erschöpften Tréfoncier abgeworfen,
konnte sie sich nicht enthalten, über die tiefe De-
mut seines eben noch so großsprecherischen
Schaumschlägers laut aufzulachen. Aber sie besitzt nicht die Grausamkeit, seine Eitelkeit zu verletzen, ohne ihm nicht gleichzeitig einen Trost zu
gewähren. Sehr ausgelassen gestattet sie dem
Fassungslosen, ihr zum Abschied die Knospen
ihrer reizenden Brüste küssen zu dürfen. Sie tut
noch mehr; mit einem Kusse, dessen Freimut
nicht zu missdeuten ist, schließt sie dem glücklichen Tréfoncier den Mund und sagt zugleich:
»Da!«, und dieses »da« und was es meint und
dass es sagen will, »Das ist alles, was dir zukommt; scheiden wir!«, versteht er voll und
ganz. Gerecht wie der Prälat ist, trägt er ihr das
nicht nach und sagt auch seinerseits »Da!«, was
soviel heißen soll wie: »Vielen Dank, mein Herz,
ich will dir nicht weiter lästig fallen!«

Wenn die Herrschaften, deren Heldentaten wir hier erzählten, Wesen von nur gewöhnlicher Konstitution und Einbildungskraft, wenn der mit Eroticis versetzte Bischof, die Ambrapastillen, die Diabolini und anderes nicht erstaunlich wirksame Hilfsmittel gewesen wären und diese alle nicht den Teufel im Leibe hätten, würde man nach dem eben Gesagten, was sicher schon als überraschende Leistungen unsrer kleinen Liebeshelden bezeichnet werden muss, zweifelsohne nicht glauben wollen, dass sie noch neuer Wünsche fähig wären. Aber bezüglich der Möglichkeit dieser übrigens durchaus wahrhaften Vorgänge appelliere ich an Mönche, Seeleute und junge Offiziere, die erst zwei oder drei Jahre Militärdienst geleistet. Sie werden bezeugen, dass sie bei Nonnen, in Tavernen, Boudoirs und im Bordell Ähnliches wie das von mir Beschriebene erlebt haben, selbst ohne dass Frauen von solchen Vorzügen wie meine Damen ihnen bei ihren Ausschweifungen zur Verfügung gestanden hätten, ohne von einer bezaubernden Musik angeregt zu sein, ohne dass aufreizende Getränke ihnen das Blut erhitzt, ihre Kräfte vervierfacht hätten. Nein, geliebter Leser, die ausschweifende Gesellschaft, deren priapische Spiele ich euch wahrheitsgetreu beschrieben, hat noch keine Lust, die Segel zu streichen, und falls die Tro-

ckenheit eines Berichtes es nicht erlaubt, dich
länger noch für die gleichen Dinge zu interessieren, ist es doch nicht minder wahr, dass du nicht
ermüdet oder erkältet sein würdest, hättest du alles von mir Erzählte mit ansehen dürfen oder
vermöchtest du das mit anzuschauen, wozu man
sich eben anschickt. Tritt also mutig wieder in
den Tempel, in dem für Sinnlichkeit und Laune
so viele Altäre errichtet sind. Du wirst die kleine
unersättliche, von Lüsternheit und Likören trunkene Comtesse bewundern können, wie sie,
gleich einer wirklichen Bacchantin, Adolphe-Or-
pheus aufs Korn nimmt, nicht freilich, um ihn zu
zerreißen, sondern um ihre zwiefache Absicht,
ihn zu verwandeln und zum Kapitulieren zu
bringen, mit äußerster Hartnäckigkeit durchzu-
setzen. Sieh, wie sie diesen Unschuldigen, der
sein Leben lang keinen Schritt vom Wege der Natur abgewichen, schließlich mittels äußerster
Schamlosigkeit dahin bringt, sich selber untreu
zu werden, ja, über alle rings um ihn her geschehenen Obszönitäten hinaus, die seinen Prinzi-
pien am meisten widerstreitende zu begehen …
Indessen ergeht es dem guten Adolphe ähnlich
wie dem weisen Memnon der Fabel; einmal dazu
gebracht, stürzt er sich ganz wie ein anderer
auch kopfüber in die Schande hinein. Freilich
nicht, ohne nicht fortwährend zu sich zu sagen:

»Das ist grauenhaft! Ich höre auf, ein vernunftbe-
gabtes Wesen zu sein! Ich verrohe! Ich betrage
mich wie ein sich im Schlamm des Lasters wäl-
zendes Schwein!« Der kraftvolle Metaphysiker
spielt die Rolle eines Sokrates mit nicht weniger
Hingabe als Genuss. In seiner unbändigen
Frechheit ist sein weiblicher Alkibiades stolz auf
diesen, durch seinen Mutwillen über die Vorurteile eines Weisen errungenen Sieg, eines Weisen,
den, da sie sich doch nicht verstehen, er nicht nötig gehabt, mit irgendwelchen Argumenten zu
behelligen. Sein eroberungslustiges Äußere
scheint alle Welt zum Zeugen für den stolzen Ton
seines Freimutes, für die geringe Standhaftigkeit,
welche selbst die stolzesten Schutzmauern einer
erhabenen Philosophie gegen die Angriffe der
Schönheit besitzen, aufrufen zu wollen. Vielleicht
ist es gerade dieser Triumph der antiritzigen Ver-
derbtheit der wilden Nicole, die noch berausch-
ter als die Comtesse ist und meuchlings von dem
halsstarrigen Friedrich überfallen wird, veranlasst, jetzt lachend eine potsdamitische Einwei-
hung zu dulden. Von dem sitzenden Preußen aufgespießt, lehnt sie sich gegen seinen Arm, mit
dem er, um ihr Küsse zu geben und die ihren zu
empfangen, ihren Oberkörper stützt, und so legt
Nicole ihr anziehendes, für den gewöhnlichen
Gebrauch bestimmtes Objekt vollständig bloß.

Ihre kirschrote, zitternde halbgeöffnete Brunst-
blume scheint nach einer Gießkanne zu seufzen.
Aber die Quellen unserer Kavaliere sind versiegt;
sie haben keine Lust mehr, sich auf die erstbeste,
sich ihnen darbietende Beute zu stürzen. Einzig
und allein fühlt die Comtesse sich durch das Vor-
teilhafte dieser Stellung berührt, und da der
Apostat Adolphe alles, was sie gewollt, eben zu
Ende gebracht hat, husch ... macht sie sich los,
bemächtigt sich der prächtigen Lederprothese,
die sie keinen Augenblick vergessen hat, bindet
sie sich um und stürzt sich wie der Blitz auf die
arme Nicole, die, weil es ihr nicht viel Spaß
macht, a posteriori bearbeitet zu werden, ihre
Lage sowieso nicht beneidenswert findet. Sie leidet, sie bittet um Gnade, aber man erhört sie
nicht, und das bringt sie noch mehr auf. Diese
vier sie umschlingenden Arme belästigen sie; der
Mund der beiden, der abwechselnd den ihren
sucht oder sich beim Begegnen küsst, bringt sie
auf. Die Wirkung des Weines verursacht ihr üble
Laune, sie ärgert sich. Man macht sich lustig
über sie; dieser Widerspruch irritiert sie. Sie
sträubt sich, darüber in Wut geratend, dass sie
sich nicht losmachen kann, haut sie schließlich
um sich und zerkratzt die herrliche Atlashaut der
Comtesse. Dieser fällt es nicht ein, darüber böse
zu werden, im Gegenteil, sie tut schön mit ihr,

antwortet auf Beleidigungen mit Liebenswürdigkeiten und auf Faustschläge mit zärtlichem Beißen. Der weniger zärtliche Friedrich bekommt es zuerst satt, sich in die Schenkel kneifen, kratzen, sich die Haare ausreißen zu lassen, mit einem Wort, all die kleinen Unannehmlichkeiten, die sie ihm zu bereiten imstande ist, länger zu ertragen. Er macht sich heimlich davon, und zwar mit so wenig Rücksichtnahme auf die beiden anderen Figuren der Gruppe, dass die Comtesse zur Seite geschleudert wird und die Lederprothese, deren Bänder zerrissen sind und die infolgedessen in Nicole stecken bleibt, verliert. Ohne daran zu denken, sie herauszuziehen, läuft die so Geschmückte und Gespickte hinter Friedrich her, denn sie brennt darauf, ihn tüchtig durchzuwalken, aber sie tut einen Fehltritt und fällt platt auf den Bauch. Während dieses drolligen Intermezzos fühlt sich der kleine Satan von Comtesse in allen Himmeln. Die Beine in der Luft, wälzt sie sich auf dem Kanapee hin und her, klatscht sich auf den Hintern und stößt wahre Lachsalven aus. Man eilt hinzu; man hebt die arme Nicole auf; allein die Wut hat ihre Trunkenheit zu einer vollkommenen werden lassen. Sie vermag sich nicht mehr auf den Füßen zu halten; man schafft sie in ein benachbartes Zimmer, legt sie auf ein Sofa und deckt sie mit allem, was gerade zur

Hand ist, zu. Hier fühlt sie sich wohl; sie will allein sein und entschlummert.

In dem Salon sind es nur noch Zinga, die Marquise und der unermüdliche Zamor, in denen Lust und Wunsch zu neuen Kämpfen wach geblieben zu sein scheinen. Zinga hat sich zärtlich des »Nichts« ihres geliebten Herrn bemächtigt, liegt auf den Knien und kost mit ihren so weichen, so geschickten Händen das, was Philippine getötet hat, und dem sie so gern eine neue Auferstehung verschaffen möchte. Da die gewöhnlichen Mittel jedoch nicht mehr halfen, ja selbst die bestangewandten nicht, bleibt einzig und allein die lesbische Methode übrig, doch auch diese übt keine große Wirkung aus. Indessen hat unsere prächtige Marquise sich überlegt, dass Cousin Georg noch etwas Neues für sie sei. Dieser schöne junge Mensch hat sich müde auf dem Rücken ausgestreckt, ist fast in der Stellung, in der die Maler uns Endymion zeigen, eingeschlafen, und sein Thermometer zeigt auf »veränderlich«. Als neue Diana macht die Marquise sich daran, sich rittlings auf ihn hinaufzusetzen. Sie weckt ihn auf und bemächtigt sich der weichen Röhre. Ihre weibliche Eitelkeit gibt ihr die Überzeugung, so viel Entgegenkommen müsse das Thermometer sofort wieder auf »beständig« steigen lassen. Vergebliche Hoffnung! Zweckloses Bemühen! Georg ist unglücklicherweise in Bezug auf »Neumond« ein Antipode von Adolphe; indessen lehnt er nicht ab, jedoch das, was sich beleben sollte, gefriert, beugt sich und geht nicht hinein. Inzwischen kehrt der wackere Zamor nach einem Augenblick der Abwesenheit in das Gemach zurück und sieht seine begehrte Marquise in einer neuen Stellung, wie sie das prächtige Hinterteil in die Luft hebt und so dem weisen Adolphe selber gefährlich werden könnte. Zamor, den seine großen Erfolge wohl dazu berechtigen, sich etwas herausnehmen zu dürfen, gibt vor, die Göttliche a posteriori eingliedern zu wollen; das wird ihm gestattet, aber – krax –! Längs des Knopfloches entlangstreifend, hebt er sich in die Höhe und stößt auf Jesuitenart so geschickt zu, dass er, ehe man ihm das streitig machen könnte, von der Hintertür Besitz ergriffen hat. Üble Laune, Würde, strenger Befehl, sich von da zu entfernen, durch nichts lässt sich der wollüstige Neger ins Bockshorn jagen, sondern bleibt infolge spaßhafter, ihm, ohne dass die Marquise dessen gewahr werden könnte, von der Comtesse gemachter Zeichen, da, wo er ist, und sagt keinen Ton. Man beleidigt ihn, droht ihm; er verdirbt seine Position, verliert sein Ansehen, aber die schimpflich-unsaubere Tat wird nichtsdestoweniger vollbracht. Die

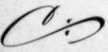

Comtesse geniert sich zunächst nicht, wie eine Tolle zu lachen, und treibt es so weit, dass die Marquise schließlich mit einstimmen muss. Allein nach diesem Heldenstück ist der Räuber entflohen, um nicht wieder zu erscheinen. War das das Ende der Vorstellung? Viel fehlte nicht daran! Aber seht ihr nicht, wie die ausgelassene Comtesse nun den entseelten Endymion neckt! Was kann sie mit ihm vorhaben? War sie nicht zugegen, als er der Marquise jenen unverzeihlichen Schimpf angetan? Oh, gerade das reizt sie! Wäre es nicht ruhmvoll, eine so schwierige Auferstehung zu Wege zu bringen? Müsste der Kranz, den dieser schwer zu erhoffende Erfolg ihr eventuell einbringen könnte, nicht der herrlichste von allen sein? Lasst unsere Heldin sich nur ihrer gewöhnlichen Mittel bedienen, und ihr dürft sicher sein, wenn sie es sich in den Kopf gesetzt hat, den invaliden Cousin lebendig zu machen, wird sie sich nicht der Schande anheim stellen, mit ihrem Vorhaben auf Sand zu geraten. Seht nur, wie sie ihn bearbeitet! Mit welcher Schnelligkeit ihre Finger über alle Teile seines Körpers hinspielen, um auszuprobieren, welche für ein leises Kitzeln am empfindlichsten sein möchten! Beobachtet nur, wie dieser schmeichelnde Versuch, wie diese Geschäftigkeit alle Nerven Georgs erzittern lässt, wie dies alles

seine Eigenliebe weckt! Merkt ihr die Anzeichen
des Erwachens wohl schon? Zweimal hat der
Versucher Evas den Kopf bereits gehoben …
nochmals, und er wird nicht wieder umfallen …
Was habe ich euch gesagt! Er sträubt sich empor
… rundet sich … er wächst, wird hart … man
richtet ihn zurecht … er dringt ein … er ist drinnen! Zinga, der Tréfoncier und Friedrich applau-
dieren lebhaft und rufen Bravo. Die Marquise ist
furchtbar eifersüchtig auf diesen Meisterstreich,
aber lächelt nur spöttisch, als wolle sie zu den
Zeugen sagen: »Ich habe mir nur nicht die Mühe
geben wollen!« Sie hofft wenigstens, die Sache
möge doch nicht zu gedeihlichem Ende kommen
… Aber fehlgeschossen! Das rasende, raffinierte
und abwechslungsreiche Rucksen der Comtesse,
ihr innerliches Feuer, ihre lächelnden Bisse und
ihre kurzen aufmunternden Rufe wirken wie
Peitschenhiebe und Sporenstreiche und halten
ihren etwas schlappen Renner zum Galopp in
der Rennbahn an. Die Kunst der Stallmeisterin
ist eine zu bewährte, als dass der Gaul sich einfallen lassen könnte, ausbrechen zu wollen. Die
Preisrichter wünschen ihr alles Gute und geben
sich alle Mühe, zu verhindern, dass ein Abfall
seinerseits alles verderben könne. Ja, Zinga be-
weist am allerdeutlichsten, welch lebhaftes Interesse sie an der Sache nimmt. Sie stürzt sich in

die Arena, um mit der einen Hand die Fußsohlen des jungen Mannes, mit der anderen seine herabhängenden Schellen zu kitzeln. Diese hochherzige Unterstützung in Verbindung mit einem »Postreiter« wirkt Wunder, erwärmt, kräftigt und belebt die nützlichen Behälter. Nach diesem glücklichen Anzeichen darf man alle Angst fahren lassen. Die elektrisierende Krise kann nicht ausbleiben. Die Comtesse ist zuerst fertig, zerschmilzt, verliert die Richtung und bleibt nicht mehr in dem Sturmtakt, der allein ihren schlappen Reiter in so guten Trab zu bringen vermocht … Aufgepasst, dass er nicht abfällt und die Hoffnung der Umstehenden zu Schanden macht und gleichzeitig unsere, ihres Triumphes so würdige Comtesse ihres Ruhmes beraubt! Zinga zittert einen Augenblick, denn sie meint, sie sieht, wie die elastische Schale der Samendatteln wieder schrumpelig wird und zusammensinkt. Um das Eintreten eines solchen Missgeschicks ja abzuwenden, bewegt sie die Wurzel des fast schon schlapp gewordenen Stecklings lebhaft zwischen ihren niedlichen Fingern hin und her; er strafft sich wieder, gewinnt neue Kraft und schnellt seine kostbare Opfergabe schließlich in ziemlicher Fülle hinaus … Hierauf hatte die Comtesse, nachdem die süße Krise bei ihr schon eingetreten, nur aus Eitelkeit gewartet. Unverzüglich macht sie sich daher los, und das Gesicht dem schäumenden Saftbohrer zuwendend, lässt sie den schleimigen Beweis ihres Sieges vor den Augen der erfreut Umherstehenden Fäden ziehen. Alles das trägt ihr stürmischen Beifall ein, den sie sich mit der dienstfertigen Zinga zu teilen bemüht, die sie obendrein noch mit viel, ihre äußerst lebhafte Erkenntlichkeit ausdrückender Zärtlichkeit belohnt.

Ein furchtbares Ereignis stört in diesem Augenblick das flau gewordene Ende dieser Orgie. Adolphe, bei dem die heimtückischen, von ihm niemals genossenen Getränke und Stimulantien eine langsame aber schlimme Wirkung hervorgebracht, hat sich bekanntlich von der ausgelassenen Gesellschaft zurückgezogen. Er hat dies getan, da er das gräuliche Unbehagen, das Trunkenheit zumeist bei besonders kräftigen Leuten hervorzurufen pflegt, zu spüren begonnen. Sobald er sich in sein Quartier, das heißt in ein Zimmer der den Pavillon bekrönenden Attika zurückgezogen, fühlt er einen plötzlichen Erstickungsanfall. Ein heftiges und konvulsivisches Erbrechen beraubt ihn in wenigen Minuten des Restes seiner Kräfte; er sinkt in tiefen Schlummer … Unglücklicherweise jedoch hat sein dem Bett zu nahe stehendes Licht die persischen Vorhänge und fast zu gleicher Zeit das ganze Zim-

mer in Brand gesetzt. Durch den Rauch aufgeweckt, hat er vergeblich Löschversuche gemacht.
Infolge seiner Verfassung ohne Überlegung und
ungeschickt zugleich, hat er die Flammen nur
noch mehr angefacht, und viel zu spät öffnet er
das Fenster, um um Hilfe zu schreien. So musste
er zu Grunde gehen. In dem Moment, wo durch
das Öffnen des Fensters die eindringende Luft
die Flammen nur noch heller auflodern lässt,
stürzt die Decke ein; die Flamme bricht durch
und ergreift die höchsten Dachspitzen. Es ist
keine Aussicht mehr, den Pavillon ohne Hilfe der
Feuerwehr zu retten. Schon ist das ganze Viertel
in Aufruhr; die Bestürzung ist allgemein. Die
Pompiers mitsamt ihrem ganzen Rüstzeug, die
Garde und all das, was der Ausbruch eines Bran-
des bedingt, stürzt mit der bewundernswerten,
mit gutem Grunde anbefohlenen und in unserer
riesigen Hauptstadt so wohl beobachteten
Schnelligkeit herbei. Das Haus wird im Sturm
von dem Schwarm genommen, der teils aus
Pflichtgefühl, teils aus Eifer herbeigelaufen ist,
um es vor völliger Zerstörung zu bewahren. Man
stelle sich in diesem Moment das Erstaunen, den
Schrecken, die Verwirrung unserer liederlichen
Gesellschaft vor, als sie von dem gestrengen
Auge unserer Polizei überrascht wurde, bevor
man noch im Innern soweit Ordnung schaffen

konnte, um die Spuren des eben Geschehenen wenigstens zu zwei Dritteln zu verwischen! Die Marquise, deren kritischer Zustand die Gefahr, einen so heftigen Schrecken auszuhalten, vermehrt, fällt in Ohnmacht, und es macht ziemlich viel Mühe, sie ins Bewusstsein zurückzurufen. Die anderen Damen sind kaum minder bestürzt. Lediglich Zinga bewahrt ihre Geistesgegenwart, ist bald da, bald dort; verhindert Unordnung und Diebstahl, denn mit Boileau kann man von dem Hause des Prälaten sagen:

»… ein zweites Troja ist's,
Wo hungrig mancher
    Grieche und Argiver
Aus Feuersglut der Troer
    Schätze raubt.«

Zamor wiegt bei dieser Gelegenheit ungefähr vier gewöhnliche Hilfskräfte auf; er steht auf dem Dach und wagt, um die weitere Ausbreitung des zerstörenden Elementes zu hindern, bei jedem Schritt sein Leben. Der Tréfoncier und seine Cousins sind vollauf mit den Frauen beschäftigt, da man ihnen Mut zusprechen, sie in Sicherheit bringen, wieder ankleiden und nach Hause schaffen muss. Indessen, trotz des Schadens des brennenden Daches, trotzdem die wenig kanonische Art seiner vorstädtischen Vergnügungen durch all dies an den Tag gekommen,

meint der Tréfoncier, mit den Unannehmlichkeiten dieses Abenteuers habe es nicht viel auf sich;
und sobald der bei derartigen Erlebnissen un-
ausbleibliche Wirrwarr völlig vorüber, lacht der
Prälat mit seinen Cousins darüber und sagt:
»Ohne diesen Theatercoup würde der ganze
Spaß ein recht simples Ende genommen haben.«
Leute, die einen Humor wie der Tréfoncier besitzen, sind glücklich zu preisen, denn sie verstehen
die Kunst, selbst den ärgerlichsten Dingen eine
tröstliche und selbst lächerliche Seite abgewinnen zu können.

Ende des fünften Teiles

Sechster Teil

Das fatale Ende, welches das priapische, von dem Tréfoncier in seinem kleinen Haus auf dem Boulevard gegebene Fest genommen, hatte besonders unsere liebenswürdige Marquise angegriffen. Die Anzeichen des kritischen Zustandes, in dem sie sich, wie man sich entsinnen wird, befand, hatten infolge des außerordentlichen Schrecks plötzlich aufgehört, und so war sie erregt, geschwächt, mit einem Wort, krank in ihr Haus zurückgekehrt. Tags darauf machte sich ein heftiges Fieber bemerkbar. Philippine hatte schon vorgestern und am Tage der Orgie selbst an heftigen Kopfschmerzen gelitten. Dies Übel machte sich besonders nach dem schrecklichen, von uns beschriebenen Ereignis bemerkbar. Bald erklärte ein für die Herrin wie für die Dienerin herbeigerufener Arzt, bei der einen schienen die Blattern ausbrechen zu wollen, die andere befinde sich vielleicht in dem gleichen Fall oder sei wenigstens von irgendeiner ernstlichen Krankheit bedroht.

Indessen durch eine Unvorsichtigkeit des Doktors hatte das Wort Blattern das Ohr der Marquise erreicht. Da sie niemals dergleichen gehabt, weder die natürlichen noch die künstlichen, fürchtete sie nichts so sehr als diesen Zerstörer der Schönheit. Obwohl viel Unklugheit ihrerseits dazu gehörte, in ihrer mehr als fraglichen Situation den Aufenthaltsort zu wechseln, schwand ihr doch jede Überlegung so weit, dass sie der »schlechten Luft ihres Hauses« unter allen Umständen entfliehen wollte, und daher brach sie nach einem reizenden, kleinen, ihr gehörigen Landhaus auf. Allein diese Vorsicht erwies sich als verfehlt. Ebenso wie Philippine fand die Marquise sich von dem gefürchteten Übel ergriffen, denn sie trug den schon in ihrem Blut liegenden Krankheitskeim in sich, und das Leiden brach bei ihr in der allerfurchtbarsten Form aus.

Man begreift wohl, weswegen Philippine, vor der sich in Acht zu nehmen der Marquise besonders am Herzen liegen musste, nicht mit auf die Reise genommen wurde, wohl aber Nicole und Belamour und von der niederen Dienerschaft so viel als nötig war. Bei diesem ergreifenden Zwischenfall ließen die beiden Ersteren es sich ange-

legen sein, die tiefe Anhänglichkeit, die sie für ihre gute Herrin empfanden, zu bestätigen. Wechselseitig setzten sie sich der Gefahr aus, ihr die sorgfältigste, wiewohl manchmal recht schwierige Pflege angedeihen zu lassen. Es ist wahr, diese Aufgabe gestaltete sich durch das Glück ihrer alten, mit aller Heftigkeit wiedererwachten Liebe, und da sie nunmehr Gelegenheit fanden, fast ununterbrochen unter vier Augen sein zu dürfen, zu einer sehr angenehmen für sie; denn sie allein hatten Zutritt zu dem Krankenzimmer, und da die Marquise sich vom dritten Tage, seit Ausbruch der Blattern an gerechnet, außerordentlich schlecht befand, konnte sie nicht weiter für einen Zeugen gelten, und so waren ihre Pfleger sozusagen dem überhoben, sich vor ihr genieren zu müssen. Ihre herrlichen Augen waren verschwollen und geschlossen, ihre Sinne die meiste Zeit verwirrt, sodass die Vermutung nahe lag, sie habe von den Vorgängen in ihrer Umgebung kein Bewusstsein mehr. Ununterbrochen war die Gelegenheit da, und so stachelte das Verlangen nach Zerstreuung ihre leicht entzündlichen Dienstboten fortwährend an, sich die lebhaftesten Beweise ihrer vollkommen gegenseitigen Zuneigung zu geben. Es stimmt allerdings: Meistens kamen diese respektvollen Aufwallungen ihrer Herrin nicht zum Be-

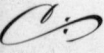

wusstsein, manchmal jedoch war sie geistig klar
genug, alles um sie her Geschehende wenigstens
vom Hören her erfassen zu können. Aber weit
entfernt, dieses fröhliche Einvernehmen stören
zu wollen, ergötzte die gute Dame sich vielmehr
mit geheimer Genugtuung an all dem, was diese
leidenschaftlichen Szenen anbetraf. Die wahren
Liebeskünstler verabscheuen sie nicht und stören
sie nie. Mit einem Wort, sei es, dass derlei ihrem
Geschmack behagte, sei es aus Dankbarkeit gegen diese guten Kinder, mit denen sie so zufrieden war, die Kranke widersetzte sich … selbst
der höchsten Ausartung ihrer Launen niemals.
So standen die Dinge, als ein höchst wunderli-
cher Umstand neue, außerordentliche Ereignisse
eintreten ließ, welche beweisen, bis zu welchem
Grade gewisse Leute, sobald sie ihrem Temperament Fesseln anlegen müssen, darauf bedacht
sind, diese bei erstbester Gelegenheit zu spren-
gen. Um in Bezug auf dies drollige Abenteuer im
Bilde zu sein, müssen wir ein wenig zurückgrei-
fen.

Am nämlichen Tage, als die Marquise auf ihrem Schlosse angekommen und sich gerade eingerichtet hatte, langten dort, sei es durch Zufall,
sei es, dass sie Wind bekommen, jedenfalls aber
in der Absicht, den Statuten ihres Ordens gemäß, einige Unterstützungen für ihr Kloster zu

erbetteln, zwei Almosensammler von den Kapuzinern an; der eine ein ehrwürdiger Pater und
dreister Schnorrer, der andere ein noch unbärti-
ger Novize. Wie unsere schöne Reisende auch
schon aussehen mochte, für den geilen Bettel-
sackritter war ihre Erscheinung dennoch wie die
eines vom Himmel herniedergestiegenen Engels.
Da er seitens seiner Bruderschaft mit der Eintrei-
bung dieser frommen Steuer betraut war, streifte
er ohne Unterlass in den Flecken, Dörfern und
Meierhöfen des Bezirks umher und hatte bei der
Gelegenheit sicherlich einige Erfahrung in Bezug
auf weibliche Anmut gesammelt; übrigens wird
man sehen, dass der Kerl aus einem Stoff gemacht war, dessen das schöne Geschlecht sich
gerne zu bedienen pflegt. Allerdings hatte er seiner Lebtage noch nichts Ähnliches wie unsere
Madame gesehen, deren bloße, so köstlich mäd-
chenhafte Erscheinung dazu ausreichte, auch weniger leichte Eroberungen als die eines ausge-
hungerten Kapuziners machen zu können. Ein
einziger Blick, den dieser Seraph auf den seraphischen Kuttenträger fallen ließ, wirkte wie ein
mit griechischem Feuer bestrichener Pfeil, der im
Herzen des Ordensmannes eine tiefe Wunde verursachte. Der Novize blieb von einer gleichen
Wunde nur durch die bescheidene Sorgfalt, mit
der er darauf bedacht war, seine Augen gesenkt

zu halten, verschont; aber der Zufall, der gerade immer das Allerseltsamste bevorzugt, hatte dem kleinen Laienbruder bei dieser Begegnung schon seine Rolle zuerteilt. Seine Jugend und Frische, sein regelmäßiges, wiewohl etwas schafiges Gesicht hatten die Aufmerksamkeit auf ihn gelenkt. Plötzlich und durchaus unfreiwillig war der Marquise der Einfall gekommen, mit einem niedlichen Gesicht und einem gewissen antimönchischem Aussehen müsse man recht unglücklich sein … vielleicht gezwungen … ein Kapuziner werden zu sollen. Die Gedanken einer uns so wohl bekannten Dame enthüllen, heißt genügende Erklärung geben, dass die Bettler gütig aufgenommen, in dem Vestibül empfangen, befragt, mit einem Louis beschenkt und zudem aufgefordert wurden, von Zeit zu Zeit wieder vorzusprechen und ihr zu melden, was die Kapuzinerniederlassung nötig habe.

Es kann nicht in Zweifel gezogen werden, dass ohne die schrecklichen und plötzlichen Fortschritte der Krankheit die anbetungswürdige Wohltäterin sich gleich beim ersten Besuch einen Kapuzinerbraten geleistet haben würde, ein Gericht, für das man in Paris nicht gerade sehr viel Geschmack hat, das aber für ein launenhaftes Geschöpf, zumal auf dem Lande, in Ermangelung von etwas Besserem, den Reiz einer pikanten Neuheit haben kann. Schon hatte die schöne Dame zu ihrer inneren Rechtfertigung sich eingeredet, ihr kühnes Verlangen nach dem unschuldigen Félix (dies war der Name des kleinen Laienbruders) sei im Grunde auch nicht lächerlicher … als beispielsweise das der guten Comtesse de Motte-en-feu nach diesem kleinen Einfaltspinsel von Joujou,* einem so schwächlichen und obendrein völlig unentwickelten Bengel. Félix war doch wenigstens siebzehn oder achtzehn Jahre alt! Mit einem Wort, er wurde mit sehr leserlichen Zügen in die Vorzugsliste eingetragen. Es handelte sich nur noch um die passende Gelegenheit. Eine solche konnte sich jeden Augenblick bieten, denn wer kennt nicht die dreiste Zudringlichkeit eines Bettelmönches. Pater Hilarion, so hieß der Ältere, würde sich, hätte man ihn auch abgewiesen oder gar hinausgeworfen, es nicht versagt haben, wiederzuer-

---

* 1. Band, 1. Teil. Nach dem Tode ihres Gatten hatte dieser Joujou die Marquise verlassen, um als »Gesellschaftsfräulein« bei einer an Vapeurs leidenden und sehr schwer zu unterhaltenden Äbtissin in Stellung zu treten, einer Dame, bei der Mademoiselle de »Mondésirs« Anmut und Nachgiebigkeit überdies wunderbaren Erfolg hatten. Sie machte große Fortschritte in dieser neuen Stellung, wo – während die Äbtissin ihr Herz ausbildete – ein gefälliger Beichtvater sich schmeicheln durfte, ihr in die Lehmgrube (das französische Wortspiel mit »fondement« lässt sich im Deutschen schwer übertragen, E. W.) die Keime der Menschheit einzupflanzen. (Anm. d. Verf.)

scheinen; um wie viel mehr und mit wie viel größerem Recht jetzt, da man ihn duldete, ihm eine ermutigende Aufforderung hatte zuteil werden lassen und besonders als – Verliebter! Musste er es da nicht sogar wagen, sein Quartier ganz in der Nähe seines Idols aufzuschlagen? Seit dem ersten Tage schmeichelte und tändelte er mit der niederen Dienerschaft herum; benahm sich höflich und respektvoll gegen Nicole und Belamour, stellte, falls man sie gebrauchen wollte, seine Dienste in der Küche … ja selbst im Stall zur Verfügung, und so fiel der ebenso langweilige wie geschäftige Kuttenträger allmählich aller Welt zur Last; zunächst duldete man ihn, dann war er Zielscheibe des Witzes für den Geringsten der Dienerschaft.

Aber, wie wir schon erzählten, breitete sich das Leiden der anbetungswürdigen Marquise mit unglaublicher Schnelligkeit aus, so war keine weitere Gelegenheit da, sich mit dem kleinen Frater Félix amüsieren zu können. Das arme Weib! Seit dem fünften Tage war die Frage, ob sie dem Tode entrinnen würde oder nicht. Ihr fürchterlich aufgeschwollenes Gesicht zeigte keinen ihrer ehedem so reizenden Züge mehr. Es stand vielmehr zu befürchten, ihre so lebhaften, so wollüstigen Augen seien – ach – erloschen. Der folgende Tag verlief noch schrecklicher. Der

aus Paris herbeigeeilte Hausarzt* erklärte rundheraus, die Lage gestatte keine Hoffnung mehr,
und man habe großes Unrecht begangen, ihn so
spät auf das Landgut herausgerufen zu haben …
(Der Unverschämte! Vorgestern schon hatte man
nach ihm gesandt.) … Mit einem Wort, vor Ablauf von vierundzwanzig Stunden würde die
Kranke, für die es keinerlei Hilfe mehr gäbe, den
letzten Seufzer getan haben.

Man sage nicht, der so geschäftige Hilarion,
der in einem mit Dienerschaft so wohl versehe-
nem Haus so viel profane Verrichtungen auf sich
genommen, habe untätig bleiben zu dürfen gemeint, wo doch der grauenhafte Zustand der
Marquise einem Mann seines Standes eine so
schöne Gelegenheit bot, sich seiner geistlichen
Pflichten ausgiebig entledigen zu können. »Zweifelsohne ist Madame wohl sehr religiös?«, hatte
er neugierig gefragt. »Darum haben wir uns niemals bekümmert, ehrwürdiger Vater!« – »Auf jeden Fall steckt sie wie alle Welt voller Sünden!
Aus Paris! Jung! Hübsch! Witwe!« – »Das sind
ganz allein ihre Angelegenheiten!« – »Aber in
solchem Zustande allerhöchster Gefahr ziemt es
ihr, an ihr Seelenheil zu denken und sich mit

---

* Jedermann weiß, dass Leute eines gewissen Standes einen
  Hausarzt haben, wie sie einen Renteneinnehmer oder einen
  Sachwalter haben. (Anm. d. Verf.)

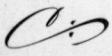

dem Himmel auseinander zu setzen.« – »Wenn Sie meinen, dass das unerlässlich sei, muss man ihr den Vorschlag machen.« – »Ganz gewiss! Es ist meine Pflicht, sofern ich dazu imstande bin, Luzifer diese schöne Seele zu entreißen und dem Himmel zuzuführen.« – »Also vorwärts, Seelenhirt; und dass diese schöne Seele ja nur da aufgehoben bleibt, wo sie ist, denn besser kann sie sich nirgendwo anders befinden!« – »Pace domine!« Zu gleicher Zeit beginnt der Pater seine gemeinen Augen zu verdrehen und gegen die Decke zu erheben und fangen die, die sich mit ihm unterhalten, an, ihn am Bart zu zupfen.

Indessen meinten Belamour und Nicole, sie dürften den von dem Heuchler an den Tag gelegten Eifer, den Seelenarzt bei der Marquise zu spielen, keinesfalls stören. Was hätte man auch sagen sollen, wäre die gute Dame, sündig wie sie nun einmal war, in den Tod gegangen, und es wäre ruchbar geworden, man hätte sie der Gelegenheit, sich ordnungsgemäß absolvieren zu lassen, beraubt. Dieser arme, unwissende Pater Hilarion war immer noch besser als dieser Lumpenpfaffe von einem Kuraten, der es sich anmaßte, das Gewissen der Sterbenden auszuforschen. So wählte man lieber den Kapuziner, was soviel wie jenem den Mund stopfen und lästige Zudringlichkeit kurzerhand abweisen hieß.

Dass der Pater eintrat, dass er seine mit Psalmen und dem Oremus gespickten Kapuzinaden begann, war höchst überflüssig. Die Dame war glücklicherweise – wenigstens in Bezug hierauf – ohne Bewusstsein.

Eines gewissen Abends nun ... es war an dem folgenden Tage, nachdem der Arzt, der das Todesurteil ausgesprochen, wieder abgefahren war ... befand der Kapuziner sich allein zu Häupten des Bettes der Verurteilten und salbaderte beliebig darauf los, denn er glaubte, die ihm durch seine verliebte Hoffnung so außerordentlich angenehm gemachte Funktion zum letzten Mal ausüben zu dürfen ... Da! Himmel, was ist das! Während er mit seinen Fürbitten für die Seele fortfährt, hat die Marquise, die seit mehr als einer Stunde kaum noch ein Lebenszeichen von sich gegeben, nicht plötzlich tief aufzuseufzen begonnen? ... Sie gähnt, dass einem Grauen werden kann, steigt halb aus dem Bette heraus, breitet die Arme aus und sagt im Tone jemandes, der im vollen Besitze seines Bewusstseins ist ... »Ja ... ich fühle mich wahrhaftig ... gerührt ... angezogen ... durchdrungen!« In höchstem Erstaunen bricht Hilarion die Zeremonie ab, verstummt und, da er sich gleichwohl sehr geschmeichelt fühlt, redet er sich ein, die Sterbende sei aus ihrer Ohnmacht erwacht und spüre den

Segen der geistlichen Fürbitte: Ein Strahl der Gnade habe ihr Herz »gerührt«; die eben von ihm bewiesene Beredtsamkeit habe sie »angezogen«; Reue und göttliche Liebe sie »durchdrungen«! … Sie spricht weiter: »Seit dem ersten Augenblick, gestehe ich dir, hegte ich den Wunsch, dir Liebe für mich einzuflößen!« – Potztausend, das bringt den ehrwürdigen Pater auf einen ganz anderen Gedanken. »Wie?! … sollte sie mich erkennen! Sollte ich das Glück haben dürfen! …« Der amtierende Kapuziner ist verschwunden, der Mensch aus Fleisch und Blut hat ihn ersetzt und beginnt mit wollüstiger Überlegung: »Wie schade«, sagt er zu sich, »dass dies köstliche Gefühl nur in dem Herzen eines kranken, entstellten, fast sterbenden Weibes lebt! … Sie war so schön, sie hat einen so unauslöschlichen Eindruck auf mich gemacht!«

MARQUISE: Sei gewiss, du … bist mir nicht gleichgültig … und wenn … ich nicht früher dazu kam, dich es wissen zu lassen, so ist nur dieser dreckige Mönchskittel daran schuld, dass …

HILARION *für sich und leidenschaftlich:* Heiliger Franziskus, ich bin geliebt! … *Sein Blut beginnt zu kochen.* Oh, Madame! … *beginnt er, ohne zu wissen, was er weiter sagen soll.*

MARQUISE *einfallend und leise:* Still! ... weniger
   laut ... bedenke, dass sie da sind! ...
HILARION: Wer?
MARQUISE: Siehst du sie nicht? ... Ich sehe sie
   deutlich! ...
HILARION *sich umsehend:* Wer denn?
MARQUISE: Nicole und Belamour.
HILARION: O nein, wir sind allein!
MARQUISE: Sie beobachten uns, sage ich dir.
   Sprich leise ... Wenn sie uns hörten ... ach ...
   glücklicherweise ... sieh ... sie denken nicht
   mehr an uns ... das ist doch stark! ... Alle
   Tage tun sie das Gleiche ... und ohne jede
   Rücksichtnahme auf mich ... sieh, seit heute
   Morgen hat diese Dirne von Nicole ihn sich
   zum dritten Mal hineinschieben lassen.

Was für ein seltsames Delirium! Muss das die
sehr erregbare Natur des Pfäffleins nicht in Aufruhr versetzen! Oh, seine reichlich schlüpfrige
Einbildungskraft hat es nicht nötig, dass man
ihm diese Bilder erst ausmalt. Schon bedeckt die
seraphische Stirn sich mit tiefem Rot, schon
sieht man, wie seine mit schäumendem Blut
überfüllten Adern heftig unter der Haut seiner
Schläfen zu pochen beginnen. Schließlich fügt
sie wie absichtlich hinzu: »Ihr Treiben erheitert
mich, und ich bin recht verwundert, dass wir

noch nicht auf den guten Gedanken verfallen sind, ihnen gleichzutun.« Auf der Stelle war die Wirkung mörderisch; vermochte der Teufel einen feiner angelegten Plan auszuhecken, einen Mönch zu Fall zu bringen? Hilarion spürt unter seinem weiten Kittel, wie der Feind der Keuschheit sein Haupt erhebt und aus seinem Halbkäppchen herausschlüpft. Vergebens betrachtet der Lüstling, von einem letzten Aufschrei der Vernunft zur Ordnung gerufen, die abschreckende Unförmigkeit ihres kläglich entstellten Gesichts. Diese Betrachtung genügt jedoch nicht, den durch allzu lebhafte Bilder hervorgerufenen Brand zu löschen. Der Teufel des Fleisches hat sich des Zepters bemächtigt, und – ein Despot – gebietet er Sr. Ehrwürden das zweifache Verbrechen des Bruches seines Gelübdes, der Hurerei und der Gotteslästerung. Der Geist der Unzucht treibt sein schnödes Spiel noch weiter, indem er die delirierende Kranke folgende Worte sprechen lässt: »Mach doch, lieber Freund, weniger ängstlich! … Du sollst ihn mir hereinschieben! Ich will es, ich befehle es dir! … Es wäre von dir höflicher und für mich schmeichelhafter gewesen, wenn du mir den Vorschlag gemacht hättest … aber ich will die Schande, dich dazu aufgefordert zu haben, nicht umsonst auf mich laden. Komm also her, lieber ›Félix‹!«

»Félix!«, grölt sogleich eine raue Bassstimme mit überraschtem und unwilligem Ton. Zu gleicher Zeit weicht der verwirrte und aufs Tiefste verwundete Hilarion zurück.

»Pst!«, sagte die Kranke unschuldsvoll zu ihm. »Antworte nicht, mein kleiner Freund, das ist dieser dreckige Bock von Hilarion, der dich ruft; ich erkenne seine dudelsackartige Stimme … aber lass ihn … geh nicht weg; er wird nicht wagen, bis hierher vorzudringen … kriech hinter den Vorhang da … oder noch besser, komm Herzchen, verbirg dich in meinem Bettlaken … komm!«

So macht jedes Wort die Beleidigung noch schwerer. Jedes Wort bewies, wie lächerlich gekränkte Eigenliebe ist. Stolz (ein Kapuziner besitzt solchen ebenso gut wie ein anderer Mensch), Ärger ebenso, durchkreuzt diese ungewöhnliche Szene. Indessen hat sich die Verwirrte, die gleichwohl eine große Übereinstimmung in Worten und Bewegungen zeigt, an den aus einem Strick gebildeten Gurt des schmutzigen Kerls angeklammert. Sie will ihn mit Gewalt zu sich heranziehen … ebenso plötzlich aber befindet sich das arme Weib mehr als zur Hälfte außerhalb des Bettes … Der Mönch hat dennoch die Geistesgegenwart zu verhindern, dass sie völlig zu Boden fällt. Den Schenkel beugend, stemmt er ein Knie entgegen und pariert so den

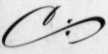

Sturz; aber ein reizender Fuß, ein trotz seiner
Magerkeit immerhin noch sehr schönes Bein, ein
göttlich geformter Schenkel ... und mehr noch,
das tiefe Schwarz dieser Zielscheibe der Liebe,
die bei unserer Vielgeliebten so häufig durch
Speerstöße getroffen ist ... Alle diese Schätze liegen offen da; das alles hat die zornige Bewegung, die der klobige Hilarion sich erlaubt, zu
Wege bracht ... Himmel, welche Veränderung
geht bei dem magischen Anblick so vieler Reize
in seinem Geiste vor. Schadet nichts, dass er auf
dem ein wenig gelb gewordenen Elfenbein eine
Menge von Flecken bemerkt, welche das feine
Gift, das seine brennenden Herde verbirgt, bemerkbar machen. Hilarion ist Mann und Kapuziner zugleich. Hat er, ohne sich jedoch eine Vorstellung von so viel Vollkommenheit machen zu
können, all dies auch in Gedanken schon angebetet, vermag er nun, nachdem ihm ein solcher
Anblick geworden ... der Schrei beleidigter Eitelkeit lässt sich nicht mehr wahrnehmen ... Der
Pater befindet sich in einer so wahnsinnigen Erregung, wo jede Pumpelmeise eine Gottheit ist,
die den von ihr begehrten Weihrauch augenblicklich auf ihren Altären brennen sehen will.
Man darf vielleicht sagen, von dem gedemütig-
ten, abgeschreckten Hilarion ist nichts mehr übrig als ein blinder Liebfrauenstriegel, der von der

seinem Herzen zugefügten Kränkung kein Sterbenswörtchen weiß, der von den sich senkenden, Widerstand versuchenden Augen nichts ahnt. Hier ist nichts mehr übrig als ein schwer verständlicher Rapport zwischen diesem übermagnetischen Wonneschlauch des in hellstem Brande stehenden Pfäffleins und diesem brennenden Kleinod, das sein Pol ist ... Soll dieser neue Empedokles zu Grunde gehen? Wird er sich in diesen glühenden Krater stürzen, der ihm den Weg zu vollkommenster Glückseligkeit zu bahnen scheint. Das ist nicht mehr der eben noch so brutale Mensch, den die tödliche Beleidigung eines Verlangens, dessen Gegenstand er nicht ist, aufbrachte ... Das ist ein guter mit einem Anflug von Humor ausgestatteter Kerl, der all seine Sorgfalt, deren seine natürliche Ungeschicklichkeit ihn fähig erscheinen lässt, darauf richtet, das zarte Wesen, dem seine glühendsten Wünsche gelten, auf, aber was man gütigst beachten wolle – nicht in das Bett zu platzieren ... Der Würfel ist gefallen, tot oder lebendig wird sie ihm zu Willen sein müssen! Aber die Ansteckung? Ah, was verschlägt das! Die ist sowieso mehr als wahrscheinlich ... Das höchste Gut ist ihm in der Gegenwart sicher ... Vermöchte noch irgendwelche Regung von Scham oder Furcht die Glut Hilarions zu ersticken, würde er sich, durch den stark ins Auge fallenden Unterschied und das Spiel der Hüften verführt, bald dazu hingerissen fühlen, das zu tun, was man von ihm fordert und von dem er in der Lage ist, so außerordentlich viel gewähren zu können. Schon hat er in eine, gleichfalls mit der Fähigkeit, sich verständlich machen zu können, wohlausgerüstete Hand das, womit man sich zu unterhalten wünschte, deponiert. Von diesem gigantischen Spielzeug ausgefüllt, richtet diese es selber gegen das Ziel … Ach, ohne das wäre alles doch noch in die Brüche gegangen, denn noch immer mit dieser Rotznase von Félix beschäftigt, ertönt es eben in Bezug auf diese riesige Wurst: »Götter! Einen solchen Umfang in deinem Alter! Wie viel willst du erst mit fünfundzwanzig Jahren haben?« Aber, wir wiederholen es, der Teufel hatte seine Hand im Spiele. Übrigens, der Kapuzinerhochmut, der schlimmste Hochmut von allen, vermag keinesfalls erfolgreich mit der Geilheit eines Kapuziners zu streiten. Ist es Félix, dem man eine Gunst zu erweisen gedenkt, soll es wenigstens Hilarion sein, der Wollust spenden und genießen will. Tief von diesem Gedanken durchdrungen, einen festen Vorsatz fassend und sich dieser Schönheit, an deren Bild er sich schon am ersten Tage berauscht, weihend, befreit Seine Ehrwürden nicht ganz mühelos aber rechtzeitig

seinen prächtigen Wonneschlauch aus einer glühenden, derartig, dass sie die Hauptsache verderben könnte, mit ihm spielenden Hand. Er
zieht, sage ich, dieses kostbare Instrument zurück und taucht es, ohne einen Augenblick* zu
verlieren, mit einem einzigen Stoß bis zu zwei
Dritteln seiner Länge hinein. Noch hat der Rest
sich nicht eingenistet, als diese Druckpumpe, deren Reservoire unerschöpflich sind, ihre befruchtende Ölung in großen Wogen bis in die tiefsten
Tiefen dieses Brunstwinkels ergießt … Indessen
ist es zweifelhaft, ob ein einziges dumpfes Stöhnen, welches das willfährige Opfer dieser mönchischen Opferhandlung hören lässt, nicht ihren
letzten Abschied vom Leben bedeutet … tut
nichts! Der bis zum Wahnsinn erregte Opferpriester fühlt sich auf allzu guten Wegen. Sein
stürmischer Lümmel hat sich nicht in so scharfen Trab gesetzt, um gleich bei Beginn des Wett-
rennens wieder zu stoppen. Für einen vor Gesundheit platzenden Mönch ist das nichts als ein
angenehmes Vorspiel; also bleibt er, wo er ist,
und schüttelt und bearbeitet, sich tüchtig zusam-

---

* Wir geben zu, das hier gemalte Bild ist unglaublich absto-
ßend. Aber was für ein Mann kommt hier in Frage! Weiß man
nicht, wie viele Tote vergewaltigt worden sind? Teils von wol-
lusthungrigen Gardisten, teils von Leuten, deren Geilheit sich
bis zum Wahnsinn gesteigert hatte. (Anm. d. Verf.)

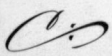

mennehmend … ein Weib? Oder eine Leiche? Wir werden sogleich erfahren, was.

Unter dem doppelten Gewicht und von den ebenso ungeschickten wie stürmischen Bewegungen des teufelsmäßigen Rammelbockes geplagt, fängt das etwas zierlich gebaute Bett sich zunächst zu beklagen und dann zu ächzen an. Alsdann scheint es durch ein sehr ausdrucksvolles Krachen um Gnade bitten zu wollen. Durch dies Geräusch, auf das zu achten dem Mönch nicht mehr möglich ist, werden Belamour und Nicole, obwohl beide sich in einem anstoßenden Zimmer tief in eine ähnliche, ihnen Vergnügen und Zerstreuung gewährende Unterhaltung eingelassen, auf das aufmerksam, was sich in diesem köstlichen Augenblick bei ihrer teuren Herrin zuträgt. »Pst! … Horch! Gerechter Gott, sollte Madame la Marquise in der Agonie liegen? … Sollte sie sich gegen den Tod wehren?« Zitternd machen sie sich zurecht … lauschen … halten den Atem an. Sollen sie hinlaufen? Ach, wozu denn? Um dessen ganz sicher zu sein, was sie in tiefste Betrübnis stürzen muss! Sollen sie zusehen, wie ihre teure Wohltäterin den Geist aufgibt? Aber was bedeutet diese heftige Unruhe? So regelmäßige Bewegungen …? Wäre es möglich? Belamour öffnet die Tür. »O Schreck, Nicole, sieh nur! Ich vermutete das und täuschte mich also nicht!« Im selben Moment stürzen beide in das Zimmer; jeder bemächtigt sich einer Seite des schmählich entweihten Bettes. Wie Löwen werfen beide sich auf den höllischen Kapuziner. Faustschläge und Flüche zugleich regnen auf ihn nieder. Aber, wiewohl die Notwendigkeit, die Kehrseite seines Körpers weniger zu zeigen und preiszugeben, ihn zwingt, seinen Rücken aus der horizontalen Lage in die vertikale zu bringen, reißt er seine sterbende Eroberung, die er eng, ja Haar auf Haar an sich drückt, dennoch mit sich. Sie von unten mit einem starken Arme festhaltend und so den hinfälligen Körper an sich pressend, teilt er, nichtsdestoweniger weiterschiebend, mit dem freien Arm instinktiv Hiebe aus und schlägt und schlägt in beschleunigtem Takt immer wieder zu. Belamour hat indessen einen Hieb erhalten, der ihm das Blut stromweise aus der Nase schießen lässt, und sucht jetzt nach irgendeiner Waffe. Nicole hat einen andern Hieb abbekommen, der, wäre sie ihm nicht geschickt ausgewichen, ihre reizenden Brüste unfehlbar zu Schanden gemacht haben würde. Wütend und in der Meinung, den Fortgang der Dinge dadurch aufhalten zu können, packt sie ihn nunmehr am Bart. Den Kopf etwas emporhaltend, reckt Hilarion sich aus. Sie fühlt sich emporgehoben, ihre Füße berühren den Boden nicht mehr. Trotz dieses hinderlichen Gewichts, dessen Schwankungen dem Takt des Steißwackelns Seiner Ehrwürden folgt, bringt ihn nichts dazu, vom Platze zu weichen. Schließlich aber ist Nicole müde, sich so in der Schwebe zu fühlen, und auf ein sicheres Hilfsmittel verfallend, gibt sie dem Abscheu, den ein anständiges und zumal außerordentlich sauberes Mädchen davor empfinden muss, die Blöße eines Kapuziners zu berühren, mutig den Abschied. Sie bemächtigt sich seiner so derben und festen Brunzkugeln, die ihr freilich kaum einen Angriffspunkt bieten. Aber während sie zupackt, sie drückt, hin und her dreht … O armer Hilarion, wie würde es dir ergehen, würde dies barbarische Mittel in seiner ganzen Stärke angewandt! Aber vermöchte eine Frau … die entartetste, die wie nur eine dazu fähig wäre, den Dolch tausendmal in die Flanke ihres Feindes hineinzustoßen, bleibt, sagt man, mutlos und verliert ihre Grausamkeit, handelt es sich darum, ihre Wut an gewissen Dingen auszulassen, die mit dem Begriff von Wohltun und Erkenntlichkeit unlöslich verbunden sind. Nein, dieser Gewaltakt des Mädchens ist nichts weiter als das »quos ego!« Neptuns. Selbst in diesem Augenblick schleudern die priapischen Phiolen ihr öliges Elixier in großen Massen heraus. Man braucht daher nicht zu staunen, wenn der glückliche oder unglückliche Hilarion, dessen Löwenstärke unmittelbar in hasenmäßige Schwäche übergeht, das Bewusstsein verliert, nachdem Schmerz oder Wollust die Hauptsache dessen, was ihm sein Werk so glücklich ausführen half, so nachdrücklich betont hatte. Zunächst ist Folgendes beachtenswert: dass Nicole beim Anblick eines Dieners, der, liegt sein Herr auch schon am Boden, noch aufrecht dasteht und in seinem Unglück noch droht, ja, dessen Tränen sogar Zeichen seines Triumphes sind, von Mitgefühl ergriffen wurde; dass Nicole, sage ich, ihre volle Menschlichkeit wieder fand und daher, kraft des Einflusses, den sie über ihn besaß, Belamour befahl, von einer Feuerzange, mit der er furchtbare Rache für seine entehrte Herrin und die eigene zerschundene Nase nehmen wollte, keinen Gebrauch zu machen.

»Im Namen der Wollust, halte an dich«, schrie sie, »und lass uns lieber zusehen, ob unsere verehrungswürdige Herrin noch atmet!« Sogleich entsinkt die Zange den Händen des gerührten Rächers … »O Glück, sie lebt! Lege deine Hand auf ihr Herz!« – »Wie es schlägt!« – »Götter, vielleicht ist sie gerettet!« Neuer Grund zum Trost. Sie seufzt, aber mit so viel Heiterkeit! Mit so süßem Ton! Unsere beiden Kundigen können sich darüber nicht täuschen. Sie begreifen sofort, ein

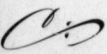

solcher Seufzer kann nichts als der Ausdruck einer mit der Todesangst unvereinbaren Wollust sein. Schon ist der dreiste Hilarion vor ihren Herzen halb und halb gerechtfertigt, aber zum Schein den Rasenden spielend und die fürchterliche Zange schwingend, glaubt Belamour, ihn folgendermaßen anreden zu müssen. »Unseliger, danke es der schwachen Hoffnung, die zu hegen wir uns schmeicheln dürfen; die Rückkehr ihres kostbaren Lebens rettet das deine. Ohne dies Wunder ... dein Tod ...« Hilarion, der die Zange zweifingerbreit über seinem armen Kopf kreisen sieht, wirft sich, ein wahrhaft würdiger Kapuziner, zu Boden nieder, küsst die Schuhe des schrecklichen Belamour und stottert eine in allen Punkten völlig wahre Geschichte hervor, die ihn abermals in die Gefahr, totgeschlagen zu werden, bringt. Dennoch lässt man ihm unter der Bedingung, unverbrüchliches Stillschweigen zu bewahren, Gnade angedeihen. Muss er das nicht schon der eigenen, persönlichen Sicherheit halber? Er unterwirft sich allem, was man von ihm verlangt, und bekommt als Laufpass einen mächtigen Tritt in den Hintern, worauf der geheime Beichtvater dann entflieht, nicht ohne vorher bedroht zu werden, er solle windelweich geprügelt werden, wage er es noch ein einziges Mal, sich vor dem Gitter des Schlosses sehen zu lassen. Man wird

indessen erleben, dass dies unerbittliche Urteil dennoch eine Berufung zulässt.

Also seit dem Augenblick, wo dies seltsame Abenteuer vor sich ging, hatte der außerordentlich gefahrvolle Zustand, in dem die Marquise sich befand, aufgehört. Sie verfiel darauf in tiefen, aber ruhigen Schlummer und hatte die Nacht den Umständen nach bestens verbracht. Hatte dies Beruhigungsmittel nun auch allem Anschein nach eine Krankheit, wegen derer man fast schon verzweifeln zu müssen glaubte, mit geradezu unglaublichem Erfolge behoben, muss man dies alles nur der Natur auf die Rechnung setzen, oder darf man, um ihm verzeihen zu können, dem unverschämten Hilarion gleichfalls einen Anteil an diesem glücklichen und plötzlichen Umschwung zuschreiben? Sei dem, wie dem sei! Sollte es auch seine Gewalttat nicht gewesen sein, die die Kranke gerettet und wieder auf den Damm* gebracht, sollten Sr. Ehrwürden doch noch eine weitere, wenn auch minder schmeichelhafte Rolle in dem Leben seiner an-

---

* Die Damen mögen vielleicht geneigt sein, ohne weiteres an die Vortrefflichkeit des von dem Kapuziner gebrauchten Mittels zu glauben, und würden es wahrscheinlich mit Freuden begrüßen, käme die Sitte in Schwang, das Mittel anstatt anderer zu gebrauchen. Zweifelsohne dürfte es in mehr als einem Falle sehr wirksam sein. (Anm. d. Verf.)

betungswürdigen Wohltäterin spielen. Ihre Genesung ging so glücklich vonstatten, dass, obwohl es ja möglich gewesen wäre, mit dem Verlust ihrer Reize rechnen zu müssen, man getrost sagen konnte, davon könne kaum die Rede sein. Das einzige Unglück, das passiert war ... war – mochte das nun an der ungewöhnlichen Enthaltsamkeit liegen, die die Marquise sich seit ihrer Abreise von Paris hatte auferlegen müssen, oder lag das an der unermesslichen Menge befruchtender Säfte, von denen der Mönch ihr so reichlich hatte zufließen lassen –, dass sie schwanger ward ... So wird der beste Kürass, in dem ein unerschrockener Krieger tausendmal dem Tode getrotzt, endlich doch von einem Schuss durchbohrt, der mit einer großkalibrigen oder mit besserem Pulver versehenen Waffe auf sein Eisenwams abgegeben ist.

Kurzum, Hilarions außerordentliche Salbung hatte die von der Marquise so oft missbrauchte und durch dreistes Vertrauen geschändete Natur in dem Augenblick süßester Wonnen gerächt. Beim ersten Mal, als der von Adolphe so heiß begehrte Saft ausblieb, hegte man kaum einen leisen Verdacht, bald aber machten sich Herzbeklemmungen und all die anderen bedeutungsvollen Anzeichen der Mutterschaft bemerkbar und erregten großen Verdruss.

Kehren wir jedoch zu der so ruhigen und schlafgesegneten Nacht, die den Zustand der Krankheit veränderte, zurück. Beim Erwachen erfreute die Marquise sich des vollen Besitzes ihrer geistigen Fähigkeiten, konnte die Augen aufmachen und erkannte ihre treuen Diener wieder. Nach den ersten Herzensergießungen, bei denen es nicht ausbleiben konnte, von dieser gewissen, an ein Wunder grenzenden Besserung zu sprechen, blieb die Marquise mit Nicole allein und säumte nicht, sich in gewohnter Vertraulichkeit mit ihr zu unterhalten. Wie groß aber wurde das Erstaunen der Zofe, als sie, wie wenn es sich um die Erzählung eines entzückenden Traumes handelte, aus dem Munde ihrer Herrin Wort für Wort alles vernehmen musste, was wir weiter oben von dieser lasziven Einbildung, die an sich dem kleinen Félix galt, in Wahrheit jedoch Hilarion so außerordentlich zugute gekommen war, berichtet haben.

MARQUISE: Begreifst du diese Laune, Nicole? Weiß Gott, ich empfinde etwas für diesen kleinen Betbruder! Jedenfalls musst du mir doch zugestehen, dass er nicht übel ist.

NICOLE: Alle Wetter, wer das zugestehen wollte, müsste nicht sehr heikel sein.

MARQUISE: Ihr waret da, Belamour und du, schäkertet miteinander …

NICOLE *errötend:* Wir, Madame?

MARQUISE: Lass mich reden! Wenn ich nicht geträumt hätte … *Sie sieht Nicole ernsthaft an.*

NICOLE *recht stark erregt:* Madame ermüden sich beim Sprechen. Alles in allem, ein Traum hat nicht viel auf sich.

MARQUISE: Du sollst den meinen ganz und gar kennen lernen. All das Vergnügen, das du genossen, so nett wie dieser Spitzbube von Belamour dich aufgespießt hatte …

NICOLE *verlegen lächelnd:* Wahrhaftig, man sollte meinen, Madame träumten immer noch!

MARQUISE *boshaft:* Augenscheinlich träumte ich auch, als … *Sie zeigt mit dem Finger auf verschiedene Stellen im Zimmer.* Da … da … da … hier, auf den Knien … auf der Tischkante da, sogar gegen mein Bett gelehnt, als wolle man so tun, wie wenn es sich um ein Klistier handelte … All das, was Sie lachend und von Herzen gern entgegennahmen, geschah wohl auch, während ich träumte, verehrte Demoiselle?

NICOLE *verwirrt, auf die Knie stürzend:* Vergebung, Vergebung, Madame! *Sie verbirgt ihr Gesicht in den Bettlaken.*

MARQUISE *legt einen Finger an den Mund:* Pst! *Freundschaftlich.* Sei lieb und höre mich an!

Diese pikanten Spiele, die ich zu sehen glaubte, hatten mich augenscheinlich behext. Ganz toll geworden, machte ich dem kleinen Félix den Vorschlag, mich ebenso zu behandeln, wie dir das seitens Belamours geschehen. Félix machte sich zurecht, aber muss da nicht in demselben Moment sein grässlicher Mentor nach ihm rufen!

NICOLE: Wie, Madame träumten, dass man nach Félix rief, und das war doch dieser Pater ... der ...

MARQUISE: Ganz gewiss! Und die Stimme kam ... wie von dort her! Ich sah den Augenblick kommen, wo die Furcht und die dumme Folgsamkeit des armen Kleinen meine Erwartung zu Schanden machen wollte ...

NICOLE: Und das war immer ... nicht der Pater selber, sondern der Laienbruder, den Madame vor Augen zu haben meinten?

MARQUISE: Oh, diese Fragen machen mir Spaß!

NICOLE *hebt die Augen und seufzt:* Ich tue keine weiter, sondern höre.

MARQUISE: Also hielt ich das arme Kind zurück. Und um mich seiner besser zu versichern, ließ ich ihn sich an meine Seite legen. Es ist unnötig, dir zu sagen, dass ich mich während dieses wahrhaft himmlischen Traumes weder krank fühlte noch eine Idee von meiner Un-

förmigkeit hatte … denn ich muss schrecklich aussehen.

NICOLE: Denken Sie nicht daran, Madame!

MARQUISE: Wo war ich doch stehen geblieben?

NICOLE: Sie hatten dies Jüngelchen eben zu sich ins Bett kriechen lassen.

MARQUISE: Sieh mal an! Der erwies sich gleich als von nicht gewöhnlicher Art … und bewies, dass der Schlummer manchmal besser als Wachen ist; obgleich ich darauf gefasst sein musste, bei meinem Grünschnabel nichts als ein schwächliches Pröbchen von dem, wovon er eines schönen Tages vielleicht ganz was Nettes besitzen mochte, zu finden, entdecke ich … oh, ich schwöre es dir! Niemand von meinen Bekannten, nicht einmal Limefort oder der kolossal beschlagene Adolphe hatten mich jemals etwas so Ungeheuerliches sehen lassen … Man muss sich wohl, wie das bei mir der Fall, im Delirium befinden, um sich ein männliches Attribut von solchem Format und solcher Qualität vorstellen zu können … Wie ein Arm und wie von Eisen, Herzchen!

NICOLE: Wetter! Und das jagte Ihnen keinen Schrecken ein?

MARQUISE: Im Gegenteil! Unerschrocken bot ich ihm die Stirn; ich werde davon durchbohrt, ich spüre es an der Spitze meines Herzens …

im selbigen Moment ergießt sich ein Feuerstrom in mein Inneres, der sich völlig mit meinem Blut vermischt … ich bin hingerissen, wie verzehrt, verliere das Bewusstsein, bin wie versunken in dem Ozean des Entzückens. Zunächst schwankt und wankt alles um mich herum. Das Bild meines kleinen Rammlers verschwindet; augenscheinlich schlafe ich viel fester ein … indessen der Nachhall meines beglückenden Traumes lässt mich das Gleiche nochmals genießen … ja in vier oder fünf recht derben Stößen, mit denen man mich bis zu meinem Erwachen bedachte.*

Was hätte die vor Staunen fast erstarrte Nicole auf dies seltsame Bekenntnis erwidern sollen! Es war klar, Hilarion, der ihr eben erst aus dem Sinn gekommen, hatte sich unter dem Bilde seines Laienbruders wieder äußerst lebhaft bemerkbar gemacht. Was die Marquise seinem Attribut nachgerühmt, konnte durchaus nicht in das Gebiet des Fabelhaften gehören! Ach, was sage ich da! Nicole war ja selbst nicht in der Lage, bezüglich dieses Gegenstandes im Zweifel sein zu können. Nachdem sie alles gehörig erforscht, be-

---

* Es ist klar, dass die Marquise sich, während sie so sprach, bereits sehr viel besser befinden musste. (Anm. d. Verf.)

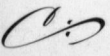

gann das verständige Mädchen einzusehen, der einzige Fehler Sr. Ehrwürden bestand darin, ein Kapuziner zu sein, und mit den Legitimationspapieren wie den seinen hätte er wohl verdient, ein Weltmann zu sein. Nicole besaß zudem zu viel gesunden Menschenverstand und zu viel Einsicht bezüglich der wahren Interessen ihrer liebenswürdigen Herrin, um ihr durch eine schlecht angebrachte Erklärung die Wonnen ihrer süßen Illusion zu rauben. Ohne die verhängnisvolle Schwangerschaft hätte die Marquise daher niemals zu ahnen brauchen, dass sie, von dem sehr entschuldbaren Félix träumend, das Malheur gehabt, den vierzigjährigen, dreckigen und gemeinen Hilarion allzuwirklich begünstigen zu müssen. Es war erst gegen Ende der achten Woche, als zwei getäuschte Hoffnungen und Weiteres ihr Schwangersein, an das die Marquise glauben zu wollen sich hartnäckig geweigert hatte, unwiderlegbar kundtaten. Und dies, sage ich, geschah lediglich, weil es kein Mittel mehr gab, ihr diese verhängnisvolle Wahrheit zu verschweigen. Trotz aller Vorsicht, die Belamour und Nicole bei ihrer Berichterstattung anwandten, lässt sich die furchtbare Verwirrung, in die ihre Herrin geriet, nicht beschreiben. Trotz aller Freundschaft, trotz aller Dankbarkeit, die sie ihnen gegenüber empfand, wurden sie hart angefahren.

MARQUISE: Lügenmäuler, die ihr seid! Die Sache ist unmöglich!

BELAMOUR: Es verhält sich indessen doch so, Madame!

NICOLE: Ganz gewiss, Madame! Wir haben es nur zu gut gesehen!

MARQUISE: Gesehen?

BELAMOUR: Alle beide! Sie zumal!

NICOLE: Er noch besser! Ich habe den Vogel wenigstens im Nest zu packen gekriegt und gewürgt.

MARQUISE: Das war wohl was Rechtes! O Gott, o Gott! Es hätte sich vielmehr darum gehandelt, mich mit diesem Kuttenträger nicht allein zu lassen.

BELAMOUR: Aber Madame, in dem Zustand, in dem Sie sich befanden, konnten wir darauf verfallen …

NICOLE: Und zudem? Wohnt man einer Beichte bei? Sie wären verdammt!

MARQUISE: Ach Schockschwerenot!* Liegt man im Sterben, wenn man noch fähig ist, das, was ich ausgehalten habe, auszuhalten?

BELAMOUR: Der Arzt …

---

* An dieser Energie sieht man, dass die Marquise sich wieder völlig wohlfühlte. (Anm. d. Verf.)

MARQUISE *in Wut:* Ist ein Lump! Und ihr seid auch nicht mehr wert als er.

NICOLE: Wir schwören Ihnen, Madame …

MARQUISE *außer sich:* Genug! Ihr seid ein gräuliches Pack! Ihr hattet mich aufgegeben. Ihr dachtet wohl schon, ich hätte die Augen zugetan! Hattet mich vergessen!

Hätte nicht glücklicherweise ein gewaltiger Tränenstrom diesen Ausbruch finsteren Zornes beendet, wäre es um die Marquise geschehen gewesen. Sie wäre wieder erkrankt oder hätte vielleicht selbst Hand an sich gelegt … Aber all dergleichen unterbleibt, sobald Regenwetter eintritt. Den Rest dieses Unglückstages blieb sie allein und wollte sich von niemandem stören lassen. Die Nacht indessen heilte ihren Kummer wieder einigermaßen. Die Marquise hatte geschlafen. Die Stimmung ihrer Vernunft hatte niemals weder auf ihr Herz noch auf ihre Lieblingsneigungen Einfluss. Die Dame, die ihre Umgebung tags zuvor so hart angefahren, war nunmehr erstaunt, und es tat ihr Leid, so viel Lärm um nichts gemacht zu haben. Sie hielt sich ihr Unrecht recht eindringlich vor und beschloss, einen Augenblick der Ungerechtigkeit durch Liebenswürdigkeit und Freundschaft wieder gutzumachen. Daher sagte beim Lever die

MARQUISE *freundlich:* Nicole?

NICOLE: Madame?

MARQUISE: Wie stehen wir miteinander?

NICOLE: Wenn der Respekt das hätte zulassen können, wäre es an mir gewesen, Madame danach zu fragen.

MARQUISE *reicht ihr die Hand:* Hier, gib mir die Hand!

NICOLE *ihre Hand ergreifend und küssend:* Teuerste Herrin, Sie sind doch stets die Gleiche!

MARQUISE: Höre! Da du nicht maulst, riskiere ich nichts dabei, dir das mitzuteilen, was mir heute Nacht eingefallen ist. Ich wünsche, deine Meinung darüber zu hören … aber ganz freiheraus.

NICOLE: Das ist das wenigste, was ich Ihnen dafür schuldig bin, wenn Sie mir die Ehre ihres Vertrauens schenken.

MARQUISE: Nicht wahr, es wäre zwecklos, sich wegen dessen, was du mir erzählt hast, den Kopf an der Wand einzurennen.

NICOLE: Davon würde ich Sie gern zu überzeugen suchen.

MARQUISE: Nun gut! Sag mir, liebes Kind, befindet sich dieser … Unselige noch in der Gegend hier?

NICOLE *etwas kühl und verwirrt zugleich:* Ich … vermute, ja, Madame!

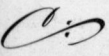

Geliebter Leser, es ist durchaus notwendig, diese Unterhaltung zu unterbrechen. Die Parenthese dürfte allerdings etwas lang werden, denn es ist ziemlich viel hinsichtlich der etwas gequälten, eben von Nicole gegebenen Antwort zu sagen. Sicher ist, der Unselige … (eigentlich nicht gar so »unselig«; denn du kannst dir wohl denken, dass es sich um Hilarion handelt) … Der Schlingel war also gar nicht weit entfernt, und Nicole hatte leichtes Antworten, wo Sr. Ehrwürden zu finden seien, denn ganz bestimmt konnte kein Mensch das besser wissen als sie. Seit einiger Zeit gab das Frauenzimmer sich nämlich regelmäßig ein- bis zweimal die Woche mit ihm ab, das heißt ebenso oft, wie seine Tour den Bettelbruder in die Gegend führte. Es dürfte angezeigt sein, hier die Gründe etwas näher zu beleuchten, welche Nicole veranlassten, sich den Zeitvertreib dieses Liebeshandels zu leisten.

Erstens erhöhte das unverdächtige, in den Bekenntnissen der Marquise enthaltene Lob Hilarion in der Meinung einer so erfahrenen Person wie Nicole; ferner hatte sie aus eigenem Wissen an dem Pater manches als bemerkenswert kennen gelernt, und zudem stimmte das mit dem über ihn Gesagten vollständig überein. So legte dies beides denn bald den Grund zu einer Neu-

gier, die hinwiederum als Frucht ein heftiges Verlangen zeitigen musste. Durch all dieses bewo-
gen, hatte sie sich denn kurzerhand entschlossen, sich über den wirklichen Grad des dem
Mönche beizumessenden Wertes Sicherheit zu
verschaffen.

Zweitens wurde die Ausführung dieses Versu-
ches »in petto« für die nächste Wiederkunft des
umherschweifenden und sich gerade unterwegs
befindenden Hilarion festgesetzt. Doppelt übrigens trieb sie hierzu noch ein ihr durch den kleinen Félix bereiteter Verdruss. Seit einigen Tagen
war dieser nämlich verschwunden, und da die
Zofe Grund zu haben meinte, sich über sein Verschwinden aufregen zu müssen, wurde sie in ihrer üblen Laune nur noch bestärkt.

Als ob nun alles hätte zusammentreffen wollen, sie in diese Kapuzinade hineinzuhetzen,
musste es noch geschehen, dass Nicole, die die
Vorzüge Sr. Ehrwürden sowieso schon heftig
beunruhigten, noch die wichtige Entdeckung eines scheußlichen Verrates, den ihr lieber Belamour sich hatte zu Schulden kommen lassen,
machen sollte. Ein sehr lasterhafter Geselle, wie
er war, hatte er den kleinen Félix verführt. Félix,
der, ohne zu mucksen, sein Ordenskleid ausgezogen, war nicht weiter weg verschwunden als
bis in das Hinterzimmer des Frisörs, der tags-

über jeden freien Augenblick und des Nachts sein Lager mit ihm teilte.

Das mochte eine Wonne für eine verliebte, natürlich auch eifersüchtige und rachgierige Person sein, großen Skandal hierüber zu schlagen! »Aber … kann man denn wissen, ob Madame nicht auch eine Rolle bei diesem geheimen Abenteuer spielt? Der kleine Félix steckte ihr früher im Kopfe … Sollte Belamour ihretwegen den Auftrag erhalten haben, ihn bei sich zu verschließen? Übrigens schlechter konnte die Marquise für ihre kleinen Interessen gar nicht sorgen … Denn Mosjö Belamour, der als aktiv wie passiv bekannt ist … Es ist ein Gräuel … ist zweifelsohne ebenso sehr das Weib des Exkapuziners wie der Exkapuziner das seine ist.« So überlegte das scharfsichtige Mädchen hin und her, innerlich gegen ihren Ungetreuen wie den gemeinen Gegenstand seiner Untreue … ja zeitweise auch gegen ihre Herrin rasend. Infolge ständigen Nachgrübelns und guten Aufpassens glückte es ihr schließlich, sich über die Richtigkeit ihrer Vermutungen Gewissheit zu verschaffen.

Dass Félix sein Habit abgelegt, war wirklich infolge einer augenblicklichen Laune der Marquise geschehen; aber sie hatte – und das ist ein wichtiger Punkt – entweder aus Gewissensbissen oder in der Meinung, so etwas sei überhaupt

nicht der Rede wert, Nicole kein Sterbenswörtchen davon gesagt. Übrigens hatte sie dem kleinen Mönch schon bei ihrer ersten Begegnung
angeboten, ihn so versehen zu wollen, dass er es
nicht weiter mehr nötig habe, den Bettelsack her-
umschleppen zu müssen.

Als sie, obwohl zu ihrer Überraschung, beim
Wort genommen wurde, zog sie nicht wieder
zurück, und da sie irgendwie für Félix zu sorgen
dachte, hielt sie es für geraten, dass Belamour
ihn bei sich aufnehme und für ihn sorge, bis
sein Austritt gebilligt wäre und er sich zeigen
könne. Das Übrige vermochte sie nicht zu interessieren, das waren Angelegenheiten, in die sie
sich keinesfalls gemischt haben würde. Nicole
dagegen wollte alles ergründen; daher bohrte
sie mehrere Löcher in die Tür, und ihre Bemühungen wurden durch die volle Gewissheit belohnt, dass Lehrer und Schüler sogar am Tage
und ohne sich voreinander zu genieren Proben
ihrer durchaus gegenseitigen warmbrüderlichen
Liebe ablegten.

Einiges jedoch fehlte der Eifersüchtigen noch
bis zur vollständigen Gewissheit, da kehrte Hilarion eines schönen Abends unversehens zurück,
und der Teufel schleppte ihn direkt zu Nicole
hin, für die irgendwer ihm einen Brief zu gele-
gentlicher Bestellung mitgegeben hatte.

Unsere Bestimmungen sind unwandelbar! Seit unvordenklichen Zeiten war es vorgesehen, dass dieser kritische Augenblick, in dem der in tiefster Seele von seinem In-Ungnade-Stehen überzeugte Kapuziner der ehrfurchtgebietenden Zofe nicht anders als zitternd nahte … also gut, dass dieser so gefürchtete Augenblick Hilarion von dem Abgrund der Erniedrigung zu dem Gipfel des Triumphes erheben sollte.

Nicht ohne große Schlauheit ging die würdige Nicole, während sie dem Pater eine Standpauke über alles hielt, was er Gräuliches im Schlosse begangen, aus dem hochfahrenden und brummigen Ton in den des wiederkehrenden Vertrauens, ja selbst des Interesses über. Unter dem Vorwande, sich volle Gewissheit über alles, eventuell zur Rechtfertigung des Schuldigen Anzuführende zu verschaffen, ließ sie sich alle und selbst die kleinsten Einzelheiten seines Verbrechens mit großer Umständlichkeit erzählen. »Räumen Sie ein«, sagte sie, »dass eine rasende Geilheit dazu gehörte, eine derartige Sauerei zu begehen! Denn wahrhaft von einer Teufelsleidenschaft beherrscht … mit einem Wort in einer … Verfassung mussten Sie sein, des … Denn schließlich, eine so heftige Leidenschaft für eine Sterbende, die kein menschliches Aussehen mehr hatte! Ich weiß wahrhaftig nicht, wie ein Wesen meines Ge-

schlechtes sich dem aussetzen kann, einen Augenblick mit Ihnen allein zu bleiben! Mit Ihrem Naturell, Ihren Sitten könnten Sie mich schon zehnmal insultiert haben ... Denke ich nur daran, möchte ich schon ausrufen: Weg! Pack dich, Sardanapal! Ich konnte mir das gar nicht denken ... *Heftet die Augen unterhalb des Gürtels des Mönches.* Ihr ... Ihr dreckigen Kapuziner alle miteinander, habt eine Art, euch ... recht scheußlich anzuziehen! Tätet ihr nicht viel besser, Kleider wie andere anständige Leute zu tragen, die imstande sind, das unverschämte und viel zu sichtbare (*mit einer Bewegung des Zeigefingers*) Steifwerden dieser Gemeinheiten niederzuhalten ... deren ihr euch, dessen bin ich gewiss, weit entfernt, darüber zu erröten, noch rühmt, wenn sie (*noch mal der Finger*), wie jetzt bei Ihnen, beleidigende Anwandlungen kriegen!«

Jeder andere wie dieser Esel von Kapuziner hätte den Sinn dieses deutlichen Strohdreschens begriffen und statt aller Antwort zugefasst ... Aber unser vollkommener Tölpel hatte bloß außerordentliche Lust dazu und, wie Nicole sehr wohl bemerkte, alles dazu Nötige mehr als parat; aber die Energie des Charakters fehlte ihm; es bedurfte noch stärkeren Entgegenkommens. In der Verwirrung dieser absonderlichen Situation und durch sie fortgerissen, sagt

NICOLE *zwei durchdringende Schreie ausstoßend:* Oh ... oh ... Pater Hilarion! Zu Hilfe! ... *Sie zittert und gleichzeitig ihr Fichu* öffnend und hin- und herschüttelnd, zeigt sie ... Götter! Was für Brüste! Sie haben etwas an sich, einen Heiligen zu Fall zu bringen ...* Sie ist schrecklich! Schwarz wie Tinte ... Und dick! Nehmen Sie sie weg ... Nehmen Sie sie rasch weg!

HILARION: Was, wenn's gefällig ist?

NICOLE: Eine ganz scheußliche Spinne! ... Sputen Sie sich doch ... Nehmen Sie sie weg ... Ich fürchte mich zu Tode, und für ein Königreich möchte ich keine anfassen! ... Sehen Sie ... Suchen Sie ... Rasch doch! ... Hier ist kein Zimperlichtun am Platze ... *Sie wendet den Kopf.* Fühlen Sie hin ... Wühlen Sie alles durch! Wenn sie sich nur findet und ich von ihr befreit werde!

HILARION *gehorcht:* Es ist nichts da, bei Gott, nichts!

NICOLE *hebt einen Arm:* Oh, der Tölpel! Da unten fühl ich sie laufen!

Auf diese Weise entblößt sie eine Brustwarze und das flaumige Unterteil einer Achsel ... Beides bei ihr ganz besonders schöne Teile. Diese

---

* Busentuch

hübsche Jagd geschah am Fußende des Bettes,
wo Nicole sich vielleicht nicht ganz absichtslos
hingesetzt, um diese bedenkliche Audienz zu erteilen. Man denke sie sich malerisch hingegos-
sen und fast auf dem Bett liegend, den Busen
vollkommen bloß; übrigens seit der ersten im
Schrecken gemachten Bewegung derartig zu-
rechtgelegt, dass der Mittelpunkt der beschriebenen Attitüde für den Mönch gerade der beste
Platz war, um sehen … fühlen und wegnehmen
zu können. Der hilfsbereite Hilarion war dieser
Stelle an sich schon sehr nahe gekommen, aber
er konnte nicht weitersuchen und die Spinne
verfolgen, ohne sich nicht tief über die allzu begehrenswerte Nicole herüberzuneigen. Ganz
natürlicherweise macht sich daher ein gewisser
harter Gegenstand, der, wenn man sich über
sein Vorhandensein zu beklagen hat, nicht gerade unbequem, aber wenig fügsam ist und es
durchaus nicht verträgt, eingeengt zu werden,
unterhalb seines Gewandes sehr deutlich bemerkbar, und zwar dicht vor dem seiner natürlichen Bestimmung zukommenden Platze. Als
er dies spürte, sagte er nichts als »Uff!«. Ein
Bein unter ihren Schenkel biegen und den Hacken auf den Bettrand stemmen, hieß die Stellung zweckmäßig ändern, um den ärgerlichen
Stoßbalken nicht zu spüren; zum wenigsten

aber ließ diese neue Stellung ein einziges und leichtes Röckchen bis zum Gürtel hinaufgleiten, und das unglücklicherweise in dem Augenblick, als der von diesem »Uff!« wahrhaft benommene Pater eben wieder zu sich kommen wollte … Welche Schönheiten enthüllt ihm dies Zusammentreffen kleiner Zufälligkeiten! Reizender Fuß! Vollkommenes Bein! Rundliches, zierlich von einem roten Band umgürtetes Knie! Schenkel … göttlich! Und in der Tiefe, welch ein Schatz! Heiliger Antonius! Beelzebub machte mehr Umstände mit dir, aber besaß weniger Schlauheit, und das korallfarbene Kleinod der guten Nicole war auch mit im Spiele. Hatte höhere Gnade dort das Ziel verfehlen lassen, verfehlte der versuchende Talisman hier sein Ziel nicht.

Selbst einem weniger großen Schafskopf als Hilarion, wenn es anders möglich ist, sich einen solchen vorzustellen, wäre jetzt wohl ein Licht aufgegangen; sein Instinkt stachelte ihn bereits, einen Überfall zu riskieren, und unterhalb seines Kittels stellte sich das, was stürmisch angreifen sollte, in Reih und Glied. Alle Chancen waren kraft höherer Schicksalfügung günstig für ihn geworden, da fiel es der keuschen Nicole, um ihm die Verwirrung wegen der Bloßstellung seiner Reize zu ersparen, gar noch ein, ihm die Kutte

bis zu den Knien aufzuheben. Das heißt soviel, wie dem mutigen Wonneschlauch rechtzeitig eine Schranke wegziehen, der unfähig, ohne nicht die Scham zu verletzen, in seiner ganzen Pracht hervortreten zu können, die Nase nicht an die Luft steckt, ohne sich nicht zugleich in guter Gesellschaft zu befinden. Vielleicht geschieht es nur, um ihm den Eintritt in die Bai der Wollust streitig zu machen, dass eine Hand der Schönen sich dort einfindet; aber entweder ist es das übermäßige Pech oder das übermäßige Glück des Paters, dass zwei Finger, zwischen die seine Staatsnudel geglitten ist, nur dazu dienen, ihn auf noch sichereren Weg zu geleiten. Dem ersten Zoll, der hier so glücklich hereindringt, folgen unverzüglich – gut gemessen – acht weitere. Neun Zoll also, alles in allem! Sein Brunstbusch und ihr Lustwäldchen begegnen sich und vermischen sich; er ist drin! Und die Spinne? Drollige Frage! Hat man wirklich geglaubt, es sei eine da gewesen?

Man wird zugeben müssen, bei dieser bemerkenswerten Lage der Dinge kann eine Ohnmacht ebenso gut durch einen übermäßigen physischen Schmerz – aber, dem Himmel sei Dank, den spürt man nicht, im Gegenteil! – als durch außerordentliches Liebesweh hervorgerufen werden, wenn man sich auf derartige Weise »ex ab-

rupto«* … geschändet … entehrt fühlt … Na,
meinethalb! Nehmen wir an, es sei lediglich das
tiefe Bewusstsein ihrer Schande und nicht das
Verlangen, sich ruhig fegen zu lassen, gewesen,
was Nicole bei der ersten leisen Berührung des
enormen Besens veranlasste, in Ohnmacht zu
fallen. Wirklich war dies das einzige dezente Mittel, Hilarion zu verstatten, die Frucht seines un-
sittlichen Attentates gründlich auszukosten und
auskosten zu lassen; das hieß, ihn, nach den ersten gröblichen Angriffen seinerseits, dazu autori-
sieren, seinen ungeheueren Hilfsmitteln entsprechend, eine zweite Attacke wagen zu dürfen,
ohne dass die so attackierte deswegen Skandal
zu schlagen brauchte. Diese süße Erwartung
wurde nicht getäuscht. Nicht nur, dass der heimtückische Hilarion seinen leicht errungenen Sieg
missbrauchte, nein, er führte sich gar noch so
auf, als habe er es nötig, für allzu hartnäckigen
Widerstand Rache nehmen zu müssen. Er ließ
Blut und Feuer spielen. Schließlich war es recht
wohl zu spüren, seine Infamie sei nicht bloß Er-
gebnis der ersten heftigen, allenfalls mit glühender Leidenschaft und Raserei der Sinne entschuldbaren Bewegungen; nein, man fühlte
obendrein gar, dass er die Frechheit besaß, nach

---

* lat., plötzlich, unerwartet

der äußerst gröblich zugefügten zweiten Beleidigung auch noch dazubleiben … »Na, das heißt,
sich ja recht nett aufführen«, sagte sich aufrich-
tend, ohne ihn jedoch herauskommen zu lassen,
die empörte Lukrezia zu ihm, »da sieht man, wie
ihr Gesindel das Vertrauen, das einem euer Habit, diese – sozusagen – Uniform der Enthaltsamkeit einflößt, missbraucht! Und mehr noch
diese scheußliche Hässlichkeit, die unser ach so
schwaches Geschlecht davor zu schützen scheint,
irgendwelche Gefahr bei euch zu laufen … Raus
mit dem Ding da!«

Diese schöne Strafpredigt war an sich ja nicht
sehr schmeichelhaft, aber da das Einzige, was
einen Grund zur Unzufriedenheit hätte geben
können, keineswegs vernachlässigt war, stellte
der schreckliche Eroberer, der sein Pulver noch
lange nicht verschossen hatte und noch immer
Herr der Situation war, sich taub, fing teufelsmäßig wieder zu toben an und lenkte die Aufmerksamkeit der Strafpredigerin dadurch so sehr auf
sich, dass sie selbst nicht mehr wusste, was sie
sagen sollte … Heftig auf die Bettkante zurückgestoßen, verlor sie alsbald wieder die zwei Zoll
Terrain, die sie während des Gespräches mit dem
Feinde gewonnen. Bums lag sie wieder auf dem
Rücken, stärker denn je gestoßen, gerammelt …
geritten … und das mit einer Heftigkeit …! »Das

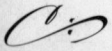

ist nicht zum Lachen! Na, ja! …«, sagt sie. Just in diesem Moment findet der dreiste Hilarion eine ihm würdige Gegnerin … Was für ein Angriff! … Welch großartige Leistung … Was für lang andauernde Stöße! Sie fallen so häufig wie Hammerschläge, die auf einen von vier muskulösen Schmiedegesellen umstandenen Amboss niedersausen …! Welche Überschwemmung, als es so weit ist! … »Wenn Sie glauben, es handelt sich nur darum, die Welt zu Grunde zu richten«, sagt sie nach dieser Entladung zu ihrem geistlichen Tarquinius, »könnte ich Sie mit Leuten zusammenbringen, die imstande wären, Ihnen Ihre Großsprechereien heimzuzahlen! …« (Für diesmal ist er fertig geworden.) »Na«, fährt sie mit etwas ironischem Ton fort, »nun möchte ich mal sehen, ob Sie noch weiterkönnen! …« – »Warum nicht, Mamsell?« (Als müsse er sich ordnungsgemäß rechtfertigen.) »… alle Wetter! Es ist wohl weder mehr noch weniger nötig! Das Äußerste ist schon geschehen … Aber …« (indem sie sich mit aller nur vorstellbaren Willfährigkeit dem unbeugsamen Weihwedel wieder darbietet.) »Bedenken Sie, würdige ich Sie, mich damit abzugeben, werden Sie nicht lange auf diesem Loche zu pfeifen haben.« Kaum sind sie wieder bei der Arbeit … (Sie finden es recht angenehm, diesmal langsamen Trab anzuschlagen), als die Klingel

der Marquise sich vernehmen ließ … Scheinbar ohne darauf zu achten, beschleunigt die Zofe ein wenig das Tempo … (Zweites Glockenzeichen) … Sie lächelt und legt sich noch stärker ins Zeug … Hilarion folgt … (Drittes Bimmeln) … »Ach, zum Teufel«, ruft sie, um den Pater anzuspornen, die Hüften hin- und herbewegend … »welcher Teufel reitet sie denn? Da heißt es sich sputen … vorwärts … los … feste drauf! … Presto, pump doch zu! … Halt … halt …! … Ich glaube, ich habe dir genug gegeben … Ah … ah … wie schade! … Indessen, ich muss wissen, was sie will!« Alsdann sich wie eine unter dem Hahn hervorkommende Henne schüttelnd und ihre Krause wieder in Ordnung bringend, enteilt die pünktliche Zofe und tänzelt dahin, wohin ihr Dienst sie ruft.

Geliebter Leser, zermartere dir nicht das Hirn darüber, ob Hilarion, sobald er allein und somit sich selbst überlassen war, über diesen erstaunlichen Glücksfall nachzudenken imstande gewesen wäre. Ein Kapuziner denkt wenig. Übrigens befand seine Seele sich da, wohin die Natur sie platziert, vollkommen wohl und dachte niemals daran, bis in sein Gehirn hinaufzusteigen. Aber Nicole war, wie man weiß, nicht auf den Kopf gefallen. Sie überlegte sich daher das Pro und Contra ihrer neuen Liaison sehr ernstlich; er-

wog daher, wie auf der Goldwaage die Vorzüge
eines Wesens … das ihr soundso gleich unangenehm sein musste, und das Resultat ihrer reifli-
chen Überlegung ging schließlich darauf hinaus
… während der Zeit ihres Landaufenthaltes
Seine Ehrwürden als »Hauptgericht« betrachten
zu wollen. Hilarion, das war ihr freilich nicht
entgangen, hatte zwar dreckige Füße, gelbe, mit
Weinsteinansätzen versehene Zähne, eine
durchweg schmierige und etwas muffig rie-
chende Haut, aber was für eine schöne … lange
… feste … saftige Genusswurzel! … Um dem
Übrigen abzuhelfen, tat nichts weiter Not als einige Bäder, die Hilfe eines geschickten Zahn-
doktors und ein für alle Mal anzuordnen, sooft
Sr. Ehrwürden zu seinem priapischen Dienst be-
fohlen würden, hätten Hochdieselben sich
schon am Tage vorher der außerordentlichsten
Sauberkeit zu befleißigen und dürften von diesem Augenblick an weder Zwiebeln noch Käse
essen, im Gegenteil hätten sich auch sonst noch
wirksamer atemreinigender Lakritzen, die sie zu
beschaffen Sorge tragen würde, zu bedienen …
Schließlich, nach ihrer zweiten Sitzung, die – nebenbei bemerkt – eine ganze Nacht dauerte und
Nicole wohlgezählt einen zehnfachen Dank für
ihre frühere Nachsicht eintrug, kam es laut gegenseitigen Übereinkommens zu der Abma-

chung, dass das Mädchen sich verpflichtete,
Seine Ehrwürden pro Nachtmesse jeweilig mit
einem halben Louis zu entschädigen, denn es
ging nicht wohl an, den armen Teufel auf eigene
Kosten den Weihwedel schwingen zu lassen
und ihn dahin zu bringen, ohne sich seiner Eigenschaft als Mann zu entäußern, ihr bezüglich
aller natürlichen Gelüste oder Launen, mit denen sie ihm würde kommen können, zu Willen
zu sein.

Auf diese Art hatte die unternehmende, aber
gewissenhafte Nicole sich des schmierigen, aber
erkenntlichen Hilarion schon seit mehreren Wochen bemächtigt; wie gut ihre Wahl, bewies,
dass er seiner feurigen Wohltäterin pro Mal nie
unter sieben bis acht Huldigungen darbrachte.
Keines von ihnen dachte daran, irgendwie nach-
zulassen, als es der Marquise beikam, ein neugieriges, die Ruhe des Verkehrs jener beiden beein-
trächtigendes Verlangen an den Tag zu legen.
Beim ersten Wort wusste die scharfsichtige Nicole, um was es sich handelte.

Nun muss einem nicht daran liegen, eine so
gute und zudem noch leidlich hoch bezahlte Akquisition wie Hilarion für sich selbst behalten zu
dürfen? Oder ist es ohne weiteres Pflicht einer
Untergebenen, sich darin mit ihrer Herrin zu teilen? Weil sie diese kitzlige Frage reiflich erwog,

fühlte Nicole sich veranlasst, der Marquise eine unbestimmte Antwort zuteil werden zu lassen; oder, besser gesagt, sie log, da sie den Pater doch noch am nämlichen Tage sehen sollte. Wir werden nunmehr diese inhaltsschwere Unterhaltung wieder aufnehmen, die zu unterbrechen uns die unabweisbare Notwendigkeit von den geheimen, zwischen Nicole und Seiner Ehrwürden bestehenden Beziehungen sprechen zu müssen, zwang.

NICOLE *fügt hinzu:* Madame könnten … Ihre Meinung bezüglich eines unentschuldbaren … Verräters so weit geändert haben, ihn einer Unterhaltung … unter vier Augen würdigen zu wollen?

MARQUISE: Ich denke ja, und zunächst möchte ich mich an seiner Verwirrung, falls er glauben sollte, ich wüsste …

NICOLE *lebhaft:* O nein, Madame, das hat man ihm verschwiegen.

MARQUISE: Na gut! Indessen will ich … Es ist nicht, wie du dir einzubilden scheinst, darum … dass ich … von dem ganzen Kerl etwas will. Dieser Mönch schien mir eine Art von Orang-Utan zu sein.

NICOLE: Das reinste Brechmittel.

MARQUISE: Aber … von seinem direkten Geschlechtsabzeichen ist mir eine so deutliche ... meine Neugier so heftig reizende Vorstellung geblieben ... dass ich mir unter allen Umständen Gewissheit verschaffen will, ob er diesen Schatz, an den ich jetzt noch mit Entzücken zurückdenke, wirklich besitzt.

NICOLE *etwas pikiert:* Dann habe ich nichts weiter zu sagen. Madame können tun, was Ihr beliebt. *Obwohl sie so tun muss, als sei sie mit allem einverstanden, möchte sie am liebsten aus der Haut fahren.*

MARQUISE: Du weißt noch nicht alles. Wie ich habe sagen hören, hat man, um sich dieser Last zu entledigen, bei Beginn einer Schwangerschaft nichts weiter nötig, als den leidenden Teilen eine etwas heftige, von gewissen unschuldigen Mitteln unterstützte Behandlung angedeihen zu lassen ... du verstehst mich doch?

NICOLE: Möchten Madame nicht die Güte haben, sich etwas verständlicher auszudrücken?

MARQUISE: Du willst dich wohl über mich lustig machen? Gut denn, geradeheraus! Ich möchte, wenn der Schuft sich lohnt ... und er alles in allem dazu imstande ist, etwas Außerordentliches zu leisten ... *Nicole senkt die Augen und scheint das alles nicht ernst nehmen zu wollen.* Ein neuer Himmelstoß möchte daher … alte Saaten verhageln können … Verstehst du mich jetzt endlich?

NICOLE: Deutlicher kann man wohl nicht werden.

MARQUISE: Na und?

NICOLE: Na und? Madame, man sollte wohl meinen, ohne bei diesem Versuch etwas zu verlieren, dürften Sie sicher viel gewinnen können.

MARQUISE: Du weißt noch nicht alles! *Die gute Marquise scheint sehr viel nachgedacht zu haben.* Das, was ich vorhabe, soll so schön wie möglich ausgeführt werden, und um mir eine angenehme Illusion zu verschaffen, will ich nicht, dass er mir in diesem widerlichen Aufzug, der mir überdies einen Schrecken einjagen würde, vor Augen kommt. Nun rate einmal, was ich mir ausgedacht habe, um diesen Übelstand zu vermeiden?

NICOLE: Wie soll ich das wissen?

MARQUISE: Wenn man – da er ihn doch nicht ablegen darf – diesem Kerl den Bart schön kämmte … ihn schminkte, die Augenbrauen färbte und ihn in malerische, reiche türkische Kleider steckte, möchte er nach einer derartigen Verwandlung und in Ansehung dessen, was er sonst sehr Empfehlenswertes besitzt, ein Objekt abgeben können, das für einige Augenblicke wenigstens sehr annehmbar sein dürfte.

Diese Idee war Nicole sehr einleuchtend; sie biss sich auf die Lippen und ärgerte sich heimlich, dass sie nicht auf den Gedanken gekommen war, ihre Gunst lieber einem Orosman oder Bajazet als diesem Viechskerl von Hilarion zu schenken.

Ich breche hier ab, geliebter Leser. Der Tréfoncier, bekanntlich ein intimer Freund der Marquise, hatte außer seinen schon bekannten Passionen auch noch die für das Schauspiel. In seinem kleinen Haus auf dem Boulevard spielte man auch Komödie, und seine wohl ausgestattete Kostümkammer barg jede Art von Charaktermasken, wie man solche für die dramatische Unterhaltung braucht.

Also wurde Nicole als Abgesandte zu Sr. Exzellenz geschickt, um, ohne zu sagen, zu welchem Zweck, ein vollständiges Sultanskostüm von ihm zu erbitten. Die kluge und verschwiegene Geschäftsträgerin erledigte ihre Aufgabe mit dem dreifachen Erfolg: das Gewünschte zu erhalten, von dem unersättlichen Schwerenöter liebreich gesiegelt und mit einem hübschen Brillanten* beschenkt zu werden. Während Nicole sich bei dem Prälaten derartig die Zeit vertrieb,

---

* So generös der Tréfoncier auch sein mochte, gab er seine Ringe doch nicht umsonst her. Den ihr verehrten hatte Nicole sich redlich verdient. Er hatte sich darauf besonnen, dass die Klei-

wurde Hilarion in ein Bad gesteckt, auf ihren Befehl unter Wasser gesetzt, wie ein Stockfisch ausgelaugt, enthaart, massiert, abgeschabt, gesäubert und mit Pasten und Mandelkleie eingerieben. Alle Gelenke erhielten eine leichte, und Wangen und Lippen eine lebhafte Färbung mittels roten Weinessigs.**

Der Bart wurde mit wohl riechenden Ölen gesalbt und auf türkische Art aufgedreht, die geschwärzten Augenbrauen, scharf und gleichmäßig gebogen, hergerichtet. Das Haar, soweit es nicht gelang, es zu scheiteln, verschwand. Endlich, als Nicole, die im Gegensatz zu ihm stark außer Fassung gekommen war, erschien, um den Pater wieder abzuholen, war nichts weiter

---

ne bei seinem Boulevardfest Monsieur Friedrich ein preußisches Amusement erlaubt, ihm aber diese Freude nicht gemacht hatte. Diese Hintenansetzung war ihm sehr zu Herzen gegangen. Jetzt war die Gelegenheit da, sich dafür zu entschädigen. So hatte er sie denn vorgenommen. Übrigens hieß das eigentlich nichts weiter, als dem Mädchen über eine Schuld zu quittieren, da sie ihm auf dem nämlichen Fest das, was er in Wirklichkeit so sehr liebte, auf ihre Art geleistet hatte. Nicole war in Bezug hierauf unbezahlbar, seit sie nach gründlicher Ablichtung hierzu seitens Belamours begonnen hatte, sich in puncto dieser Art von Gunstbeweis mehr als gefällig zu erweisen. Man hat die Marquise ihr gegenüber darüber Bemerkungen machen sehen. (Anm. d. Verf.)

** Ein in die Haut eindringendes Färbemittel, das in die Poren einzieht und selbst dem Wasser während zweier oder dreier Tage standhält. (Anm. d. Verf.)

mehr nötig, als ihm auch noch ein türkisches
Gewand anzuziehen. Da der Schafskopf einstweilen noch von gar nichts wusste, geriet er in
ungeheures Staunen, als er diese Pracht sah und
hörte, sie sei für ihn bestimmt. »Was haben Sie
mit mir vor?«, fragte er sehr verwirrt. »Sie in
Mohammed zu verwandeln«, antwortete seine
ausgelassene Beschützerin lächelnd. »Aus dem
Auswurf des Evangeliums das Haupt des Alkoran zu machen!« – »Mein Gott, Mamsell, was
für eine Verräterei! Ich sage Ihnen rundheraus:
Und sollte ich als Märtyrer meines Glaubens
sterben müssen, ich bekenne mich als Christ,
als römisch-katholischer Christ. Ich erkläre,
dass ich keine Gemeinschaft mit diesen Teufeln
haben will, deren schlimmsten einer Mohammed ist! Ich glaube nur an den einzigen dreiei-
nigen Gott, Vater, Sohn und Heiliger Geist: ab
insidiis Diaboli, libera nos, Domine! Kyrie elei-
son! Amen!« – »Der Teufel soll dir den Hals umdrehen, du jämmerlicher Heuchler, du!«, versetzte die wenig zu einer Betschwester taugende
Nicole, indem sie zwei ungefüge Midasohren
bereits unter einen reichen, grünseidenen Turban zu stecken suchte. »Halt's Maul, du Vieh!
Viel zu gut geht es dir! ... Da, das Hemd da angezogen! Diese holländische Leinwand, meine
ich, dürfte seiner Haut besser behagen als sein

stinkiger Lodenschlumps! Jetzt die Strümpfe …
und die Pantoffeln, das heißt, wenn sein Ka-
melsfuß da hineingeht! … Rasch … Ich wette,
der Tollpatsch weiß diese Kniehosen, so weit sie
auch sein mögen, nicht anzukriegen! … Na,
habe ich nicht Recht? Nun muss ich mir noch
die Mühe machen!«

Die elektrisierende Hand des anmutigen
Mädchens fing kaum an, in diesen Gegenden he-
rumzutasten, ohne da unten nicht einen wollüstigen Aufruhr zu verursachen. Der Hosenbund
wollte nicht recht zugehen, indem ein ganz un-
verfälschter und riesig neugieriger Wonneschlauch den Kopf aus der Luke steckte und sich
nach zwei reizenden Brüsten hin langmachte,
die die niedergekniete Garderobiere ihm etwas
stark genähert hatte. »Zurück ins Loch, zurück!«,
sagte sie ihm und versetzte ihm einen leichten
Schlag, der aber nicht wehtat. »Schlagen Sie es
sich aus dem Sinn, Ihr Pulver hier auf Spatzen zu
verschießen; woanders sollen Sie was finden, wo
Sie Rede und Antwort stehen können!« Für den
Augenblick war diese scherzhafte Rede ein Rätsel für S. Ehrwürden, dessen Sinn ihm vollkommen dunkel blieb. Als er von Kopf bis Fuß Türke
geworden, sah er indessen wirklich erträglich
aus. Ihm wird bedeutet, wie er sich zu benehmen habe; er soll vergessen, dass er Kapuziner

ist; die Augen bis zu Manneshöhe erhoben halten; Kopf zurück; Brust heraus! Das Kreuz einbiegen; stolz aufgerichtet einhergehen und ja nicht verfehlen, beinahe immer einen Arm heroisch in die Seite zu stemmen. Manch ein Orosman* aus dem Bürgerstande hat das erste Mal auch nicht mehr davon verstanden, wie er sich auf »Melpomenes«** Brettern benehmen müsse. – »Was mag das nur bezwecken?«, sagte der falsche Muselman leise vor sich hin, zumal, da er darüber staunte, dass für die Rückfahrt eine anständige Kutsche angekommen war. Hergebracht hatte sie beide nämlich nur der gewöhnliche Postwagen. Aber es war nötig, Hilarion völlig zu instruieren.

In dem wohlverschlossenen Wagen, dessen Vorhänge gleichfalls heruntergelassen waren, würdigte die Duenna ihn nach einem Augenblick des Nachdenkens folgender Anrede: »Großmächtigster, obwohl man es sich schenken könnte, Ew. Hoheit über die Gründe Rechenschaft abzulegen, weswegen Hochdieselben sich also verwandelt finden, will ich doch so gütig sein, Ihnen mitzuteilen, um was es sich handelt …«

---

* Orosman: Sultan von Jerusalem; eine der Hauptpersonen in Voltaires »Zaire«
** Melpomene: Muse der Tragödie

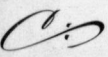

NICOLE *fortfahrend:* Als Sie, infamer Lumpenhund, es für gut befanden, Ihren heiligen Dienst zu missbrauchen, um ein Verbrechen an Madame zu begehen, lag sie, wie Ihnen nur zu gut bekannt, im Delirium. Vergeblich haben Sie behauptet, sie sei angelegentlich mit ihrem kleinen Prahlhans von Félix beschäftigt gewesen. Sie bilden sich doch wohl nicht ein, dass wir ein Wort von dieser albernen Geschichte geglaubt haben, denn als richtiger Kapuziner logen Sie aus Angst, windelweich geprügelt zu werden, uns vor ...

HILARION: Mamsell, ich schwöre Ihnen ...

NICOLE *gebieterisch:* Schweigen Sie, Schafskopf! Lassen Sie mich reden! Madame, mit der ich zwanzigmal von diesem grässlichen Vorfall gesprochen, hat mir immer erzählt, sie habe sich – im Fieberwahn natürlich – für eine Odaliske gehalten.

HILARION *dumm:* Odaliske, was ist denn das?

NICOLE: Eine der Frauen des Großherrn, des Großtürken.

HILARION *wie blödsinnig:* Ah, also deswegen hatte sie nicht beichten wollen! Denn ich habe sagen hören, bei dem Großtürken sei man ... Ketzer.

NICOLE: Rhinozeros! Mohammedaner ist man!

HILARION *wie oben:* Ah!

NICOLE: Madame hielt sich für die Favoritin des Sultans. Übrigens fühlte sie, trotzdem sie bewusstlos war, sehr wohl, dass es fast zum Geistaufgeben mit ihr stehe. Also, Sie wissen oder wissen es nicht – nach dem Glauben jenes Landes kommen die Frauen nicht in das Paradies des Propheten.

HILARION *wie oben:* Ah, davon war mir, weiß Gott, nichts bekannt!

NICOLE *ihn nachäffend:* Ah, das kommt davon, weil Sie ein Einfaltspinsel sind … *Natürlich.* Nun schien es Madame so … Mohammed wolle ihr zuliebe eine Ausnahme machen … Mohammed … Der Prophet … Der Jesus Christus der Türken.

HILARION *überrascht:* Ganz recht!

NICOLE *einen Finger an den Mund legend:* Pst! … Mohammed … sage ich Ihnen, erschien meiner Herrin und erklärte ihr mit göttlicher Höflichkeit, er wolle sie in den glorreichen Stand der Huris erheben.

HILARION *furchtbar dumm:* Huri? Was ist das nur?

NICOLE: Ein weiblicher Engel! Das einzige Wesen unseres Geschlechtes – immer nach dem Alkoran –, das die Wonnen des Paradieses genießen darf.

HILARION: Um Gottes Willen, Mamsell, Sie haben heute schon zweimal den Koran genannt! Ich weiß nicht, was das ist.

NICOLE *sich ärgernd:* Oh, du unsauberes Gefäß! Das ist die Bibel der Türken!

HILARION *dumm:* Ah!

NICOLE *in Wut und in seinem Ton:* Ah! ... Ah! ... *Natürlich.* Unterstehst du dich noch einmal, mich zu unterbrechen ...! So mächtig er ist, konnte Mohammed meine Herrin doch nicht zur Huri machen, ohne ihr nicht den Ritterschlag seiner Liebe zu geben ... *Hilarion sieht sie stumpfsinnig an.* Ja, indem er das tut ... da ich Ihnen alles sagen muss ... Das heißt soviel, wie eine Huri für die Ewigkeit in ihren Beruf einführen; denn das ist das einzige Geschäft, dem eine Angehörige dieses Ordens in dem berühmten Paradiese obzuliegen hat.

HILARION *dumm grinsend:* Wenn das wahr wäre, wäre das wenigstens drollig!

NICOLE *ernsthaft:* Aber, dass das nicht so weit kam, daran war Ihre Niedertracht schuld, Sie ekelhafter Hurenbock! Dass Madame mitten in der Zeremonie ihrer Verklärung unterbrochen wurde!

HILARION *dumm lächelnd:* Verklärung? So also nennt man bei den Türken so was machen! *So viel Unwissenheit und Dummheit konnte*

nichts anderes als Mitleid erwecken oder zum
Lachen reizen. Nicole, die die Vorstellung be-
lustigte, entschied sich für das Letztere. Indes-
sen schärfte sie dem Mönch sehr ernsthaft ein,
solange sie zu reden für gut befinde, sich aller
Fragen zu enthalten, und fuhr fort.

NICOLE: Meine Herrin war durch diese prophetische Vision so tief erschüttert, dass, obwohl
sie gegenwärtig wiederhergestellt ist, sie ihr
dennoch einen für sie gefahrvollen, für uns er-
schreckenden Eindruck hinterlassen hat; denn
jede Nacht, sobald sie nur die Augen zugetan,
träumt sie immer wieder, eine Huri zu sein,
und ruft dann mit lauter Stimme nach Mohammed, ihrem göttlichen Mohammed. Im
tiefsten Schlummer erhebt sie sich und durch-
irrt, wenn wir sie nicht daran hindern, das
ganze Haus vom Keller bis zum Dach, bemächtigt sich des ersten, ihren Händen er-
reichbaren Gegenstandes und will moham-
medisiert sein, damit ihr Rang als Huri dadurch mehr und mehr befestigt werde.
Tagsüber ist sie glücklicherweise vollkommen
zurechnungsfähig. Nun hat ein Konsilium von
erfahrenen Ärzten, deren Einsicht diesmal wenigstens mit ihrem Wissen Schritt hält, ange-
ordnet, um endlich dahin zu gelangen, einen
Wahnsinn, dessen Wirkungen tödlich sein

könnten, zum Weichen zu bringen … Er hört mir wohl gar nicht zu!

HILARION: Wenn nun … Madame verrückt geworden ist, was soll es dann, dass Mohammed ihr das macht? Die Ärzte …

NICOLE: Richtig … verordnen, während ihres Schlafes und ihres seltsamen Gelüstes solle sich irgendein handfester Kerl einfinden, sie beim Kragen nehmen und ihr dann … Oh, jetzt gibt er aber besser Acht.

HILARION *lächelnd:* Ei, ja doch! Jetzt müsste ich wohl ein Rindvieh sein, wenn ich nicht merkte, ich …

NICOLE *vor Unwillen errötend:* Das Vieh freut sich darüber! Übrigens bilden Sie sich ja nicht ein, dass man Sie Ihrer schönen Augen wegen hierzu ausersehen hat! Lassen Sie sich sagen, von Ihnen will, nimmt und wünscht man nichts anderes als bloß dieses beneidenswerte und überraschende Attribut, mit dem die blinde Natur Sie aus Versehen ausgerüstet hat. Ohne Ihren erzmönchischen Wedel wären Sie, nehmen Sie das nicht übel, zum Anspucken. Bloß die hat Ihnen damals, als ich zum ersten Mal Mitleid mit Ihnen hatte und Ihnen die Brunzkugeln nicht ramponieren und auch nicht leiden wollte, dass Belamour Ihnen den Brägen einschlug, das Leben gerettet. Nur diese

unvergleichliche Nudel hat Ihnen mein Wohlwollen eingetragen, das sich jedoch auf das
Übrige Ihrer Person keineswegs erstreckt! Nur
die allein rief das Wohlwollen in ganz merk-
würdiger Weise hervor, während Ihr Aussehen
mir davon abriet, mich so gütig zu zeigen. Nur
sie, sie ganz allein wird Ihnen jetzt den erlaub-
ten Besitz einer anbetungswürdigen Frau verschaffen … denn in dieser Tracht … wird sie
zweifelsohne verrückt genug sein, Sie für Mohammed zu halten … Ja, bei Gott, wie Sie da
gebacken sind, kommt sie ganz allein bei dieser
Geschichte in Betracht. Unterstehen Sie sich,
den Liebenswürdigen zu spielen und nur ein
Sterbenswörtchen sagen zu wollen, denn dann
ist der Zauber gebrochen und der Zweck verfehlt. Bedenken Sie zudem, Mohammed, der
übrigens gar nicht nötig hat, unsere Sprache
verstehen zu brauchen, kann und muss seine
Angelegenheiten in seinem Paradiese mit
Würde besorgen, daher darf er sich auch nicht
bloßstellen, sondern hat zu schweigen und sich
übermenschlich zu betragen. Ferner ist noch zu
erwähnen, ist sie dazu ausersehen oder hat sie
diesen Stand gefordert, genießt und gewährt –
sobald sich einmal in den Kampf eingelassen –
eine Huri fünfzig Jahre lang und ununterbrochen hintereinander Wollust.

HILARION: Fünfzig Jahre, Mamsell?

NICOLE: Ohne eine Minute davon abzuhandeln.

HILARION: Süßer Jesus! Madame wird aber doch nicht verlangen, dass…

NICOLE *für sich:* Tölpel … *Laut.* Meiner Seel! …

Während dieses närrische Zeug verhandelt wurde, legt das Gefährt den Weg von Paris nach dem Schloss im Trabe zurück. Es war völlig dunkel, als unsere Reisenden anlangten. Im Innern des Hauses waren den Leuten derartige Aufträge von vornherein erteilt, dass kein indiskreter Neugieriger das Aussteigen aus der Kutsche sowie das Hereinbringen des Propheten in einen kleinen weit hinten im Park gelegenen Pavillon beobachten konnte. Als er in dies wahrhaft entzückende Häuschen eintrat, fehlte nicht viel, dass Hilarion, der sein Leben lang nicht weiter als in Küchen oder bürgerliche Esszimmer* gekommen war, wirklich glaubte, mehr als ein gewöhnlicher Sterblicher geworden zu sein. Inmitten eines ebenso üppig wie reich dekorierten, glän-

---

* Das Schlafzimmer, in dem der Mönch die Marquise vergewaltigt, war während ihrer Krankheit ein recht trauriger Aufenthalt; der gottesfürchtige Beichtvater war auch bloß über eine Geheimtreppe hineingelangt und ebenso wieder fortgegangen, und das bei Nacht oder bei dem schwachen Schimmer des Morgengrauens. (Anm. d. Verf.)

zend erleuchteten Salons stand er da. Zwanzigmal konnte er sich von Kopf bis Fuß in den Spiegeln bewundern; Möbel von einem Geschmack,
einer Bequemlichkeit luden ein … Wachte Hilarion? Neckte ihn ein süßer Traum? War er nicht
wirklich ein aus Sankt Franziskus' Stall in den
Tempel einer Fee verpflanzter Bettelbruder? Jedoch nach den ersten Momenten kapuzinermä-
ßiger Erstarrung fing Mohammed an, sich mit
seinem prophetischen Ebenbilde zu befreunden,
und wiederholte vor den Spiegeln die ihm von
Nicole gegebenen Anweisungen in so komischer
Weise, dass er zwei versteckten Zeugen, der Herrin wie der Dienerin, durch seine auffallende Lächerlichkeit einen Moment höchst pikanter Heiterkeit verschaffte. Ebenso deutlich, als befänden
sie sich in dem Salon selber, konnten beide dies
alles von ihrem Versteck* aus beobachten und
waren zehnmal soweit, sich durch ihr lautes Lachen zu verraten.

Um nichts bezüglich der Situation, in der unser türkisierter Hengst sich befand, auszulassen,

---

* Man wundere sich nicht darüber, dass die Marquise fast immer in Schlupfwinkel kriecht, um sich das Vergnügen zu machen, sehen zu können, ohne gesehen zu werden. Jeder hat
 seine Schwächen, und dies war nun mal die ihre; wenn eine
 solche Neugier, die sich immer auf ein Vergnügen bezieht,
 überhaupt eine ist. Wenig Neugierige belauern die Handlungen ihrer Nächsten mit unschuldigen Blicken. (Anm. d. Verf.)

möge der geneigte Leser erfahren, dass sich unter den Gängen eines ausgiebigen, wiewohl fru-
galen, von dem Badstubenbesitzer besorgten
Mittagsmahles aus guten Gründen auch eine
fürchterlich erhitzende Pistazien-Creme befunden hatte. Der Absicht gemäß sollten während
des Rendezvous die Bedürfnisse des Magens
gleich null, aber die der Hauptsache bei dem
ganzen Abenteuer gar nicht zu stillende sein.
Die Frauen wussten daher im Voraus, was man
davon zu halten habe, wenn Mohammed bei
dem Versuch, die Schatzkammer seiner Reichtümer zu öffnen oder zu schließen, erkennen ließ,
dass er vollauf imstande sei, den Reizen seiner
unechten Huri aufzuwarten … Er war so maßlos
aufgeregt, dass er nach genauer Untersuchung,
ob sich nicht irgendein anderes harmloses Gebräu würde finden lassen, in Ermangelung eines
besseren, eine Karaffe mit Wasser auf einen Zug
ausleerte.

Jetzt war der Moment gekommen, das Spiel
zu beginnen. Zunächst lässt sich außerhalb des
Salons ein leichtes Geräusch vernehmen … Die-
ses Geräusch nimmt zu … kommt näher …
Laute … die von einer Frau herrühren … von der
Schlafwandlerin augenscheinlich? … Es seufzt!
»Mohammed?« Das ist sie. »O mein süßer, gött-
licher Mohammed!« Schon rinnt das Feuer, von

dem Zentrum ausgehend, bis in die äußersten Fingerspitzen unserer muselmanischen Puppe. »Licht meines Daseins, erscheine … Komm, erleuchte mich und lass mich dein göttliches Wesen, das Deine Gnade mir eingepflanzt, besser schmecken!« Während dieser Rede zerrte Nicole ihre Herrin lachend hin und her und wollte ihr durch Achselzucken zu verstehen geben, für diese Affenfratze sei es unnötig, sich in solche Unkosten zu stürzen. Die tiefer blickende Marquise hatte diese burleske Art sich anzumelden nicht ohne Grund gewählt. Um seine Eitelkeit völlig einzuschläfern, wäre es geboten, Hilarion die tiefinnerste Überzeugung beizubringen, hier handle es sich wirklich um Somnambulismus; wahrscheinlich musste das Übermaß solcher Vorsicht auch ein gleiches Übermaß von Exaltation und der Möglichkeit bei dem falschen Propheten bewirken, seine Rolle mit Anstand durchführen zu können.

Die Tür öffnet sich … Unsere Huri schwebt in den Salon … Sie ist völlig nackt unter einem vorn offenen, aus durchsichtiger Gaze gefertigten Peignoir und unter einem Schleier, der, sobald sie den strahlenden Muselman erblickt und ihm kaum Zeit gelassen, sie anschauen zu dürfen, wohlberechneterweise auf ihr buntscheckiges Antlitz und auf zwei ehedem tödlich ver-

feindete, in ihrem gemeinsamen Unglück jedoch wieder versöhnte Hügel, die die Gesundheit aber bald auseinander bringen wird, niederfiel. Alle übrigen Schönheiten der Vorderseite präsentieren sich in voller Offenherzigkeit. Das ist es ja gerade, dass die stets auf ihren Vorteil bedachten Damen immer wissen, was eben verhüllt, was gezeigt werden muss … »Vater der Gläubigen«, ruft unsere Inspirierte aus, »zu deinen Füßen und es nicht wagend, meine zitternden Blicke auf dein Prophetenantlitz zu richten, lass mich …« Zur gleichen Zeit hat sie sich eines Kissens bemächtigt und es vor die Füße ihres Abgottes geworfen. »Was machen Sie da, schöne Hure?«, versetzte der Einfaltspinsel darauf, indem er den Versuch macht, sie aufzuheben. Des weisen Rates Nicoles entsann er sich nicht mehr. Na, viel fehlte nicht, so hätte die durch diese Dummheit gekränkte Huri auf ihre Theaterspielerei verzichtet und das Haupt des Korans zum Teufel gejagt. Aber, wird eine Nebenrolle umgeworfen, darf das nicht das Schicksal des Stückes entscheiden. Oder lässt man den Vorhang fallen, bevor man die Hauptperson nicht ins Treffen geführt hat? Das hätte keinen Sinn! … Ist es nicht viel zweckmäßiger hinzuzufügen … »Oh, lass mich wenigstens mit einem minder empfindlichen Organ … das köstliche Siegel

wieder erkennen, das mir die ersten Grade meiner jetzigen Göttlichkeit aufgeprägt.« Ebenso
schnell wie geschickt sprengt sie gleichzeitig den
Bauer des ungeduldigen Piephahns, dem sie sich
so nahe befindet, dass er, der drinnen selber gewaltige Anstrengungen gemacht, ihr beim Herauskommen eine derbe Maulschelle gibt …
Aber vermag eine derartige Brutalität einem die
gute Laune zu nehmen. Wie ein kluger Stallmeis-
ter sein gutes Ross, das aus Übermut eben eine
Dummheit gemacht, mit der Hand streichelt,
ebenso liebkost die Huri den ungestümen
Schweif mit der einen Hand, während die andere ihm eine derartige Haltung gibt, um ihren
Augen die volle Befriedigung eines neugierigen
und umfassenden Examens zu gewähren. Wie
schön er ist! … Welch wagemutiges Aussehen
ihm diese leichte Schweifung verleiht! … Das ist
ein noch glühendes Eisenstück, das Venus eben
erst in der Schmiede ihres Gatten formen ließ!
… Oh, seht doch dieses Mundstück, das aus der
engen und tiefroten Öffnung des Instruments
hervorquillt – welch glückliche Vorbedeutung!
… Wie weit mag sich der Faden ausziehen lassen, in den sie sich an der Spitze des sie berührenden Fingers verwandelt. Wie süß muss es
sein, diese prall hängenden Oliven austrocknen
zu können, deren überschwängliche Fülle an

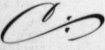

Saft es verstattet, darinnen das köstliche Öl der Wollust unter dem Finger sieden zu spüren.

Jetzt war es an der Zeit, dieser ekstatischen Betrachtung etwas reellere folgen zu lassen. Der hinreichend angebetete Gott schmachtet nach einem Altar! Er ist so genügsam! Ein Feind des Luxus, strebt er nicht nach weiten Tempelhallen; je enger die Nische ist, je weniger bequem er es sich darin machen kann … umso mehr geehrt fühlt er sich; darum ereignet es sich auch oft, dass er in seiner tiefen Bescheidenheit die weiten Kirchenschiffe leer stehen lässt und sich in irgendeine dunkle Kapelle, in irgendeinem Schlupfwinkelchen der Sakristei verbirgt. Indessen, wir wollen das untadelige Amulett des Propheten nicht schmähen; es kennt das, was seiner bereits wartet, und es begehrt nichts Weiteres als das, was es schon kennt. Es weiß, welch ordnungsgemäßer Wechselverkehr von Anbetung und Segenspendung sich in dem Augenblick entwickeln muss, sobald eine Huri sich unter die Götter »versetzen lässt« und ein Vater der Gläubigen sie unter die Götter »versetzt«.

Indessen die Stellung, die unsere Erleuchtete sich aussucht, ist wahrscheinlich die gleiche, in der Pasiphae vormals die soliden Dienstleistungen ihres Stieres entgegennahm. »Eine neue Niederlage der Eitelkeit«, würde ein anderer als Hi-

larion vielleicht gesagt haben, hätte er überdies bemerkt, wie die Somnambule ihre Augen mit der Hand bedeckte und den Kopf niederbeugte, wodurch sie sich der Gegenwart eines Spiegels beraubte, in dem sie anders ihren göttlichen Mohammed unabweislich hätte bewundern müssen … Fürchtete sie schon den Anblick dieses ekligen Oberkörpers? Welche Gründe sie haben, welche Gedanken dem falschen Propheten auch durch den Kopf schießen mochten, ist es doch der Fall, dass sich diesmal all die Schönheiten, die er seit seinem ersten Abenteuer nicht mehr gesehen, seinen brünstigen Blicken darboten … dass er beim Berühren des wahren Zieles daselbst zwei kleine, ihn einzuführen bereite Finger vorfand und er den Stößel mit Wohlbehagen und mit dem Übermaß des Wonnegefühls, man sei ihm auf halbem Wege entgegengekommen, in den Mörser steckte. Kaum war diese kraftvolle Vereinigung ganz vollzogen, so fühlte die glühende Huri sich auch schon ausgiebig mit göttlichen Gnaden überschüttet. »Ha … ha!«, schrie sie auf, als sie merkte, wie das Zündloch überlief … »Ver… verteufelt! Verteufelt! …« Ah, das war wahres Glück.

Geliebter Leser, dies erste, sogleich von zwei weiteren gefolgte Opfer ist alles, was ich dir schildern will; denn zweifelsohne, sowenig ich für ein lächerliches Geschöpf schwärme, über das man seinen Unwillen nicht zurückhalten kann, sowenig möchte es dir behagen, verweilte ich allzu lange bei dieser, jenen Wicht allzu glücklich machenden Szene, und du möchtest mir vielleicht die Kränkung zufügen, mich einen Lügner schelten zu wollen, versichere ich dir, dass die Huri, die geradezu erpicht darauf war, ihren göttlichen Mohammed völlig kleinzukriegen, nicht eher Frieden gab, als bis sie nicht vierzehn wohlgezählte Segnungen erhalten ... Ich fühle, ich bringe dich auf; ich gebe zu, die Geschichte klingt etwas unwahrscheinlich. Dass eine höllische Creme und zwei leer gegessene Schachteln voll Diabolinis keine hinreichend wirksamen Reizmittel sein sollten ... Indessen, wenn die Marquise mit sehr leserlichen Schriftzügen in ihr Tagebuch eingetragen: »Eines schönen Tages mit Mohammed-Hilarion ... vierzehn Nummern in acht Stunden«; und wenn ich diese Notiz, die ich zunächst selber für einen Fehler in der Abschrift gehalten, als mit dem Original übereinstimmend feststellen konnte, was wirst du solchen schriftlichen Beweisen gegenüber sagen wollen? War es ein Ruhm für die Marquise, ihre erste Verfehlung, die lediglich in der Idee bestand, sich dem schafsdämlichsten, tölpelhaftesten, reizlosesten aller Menschen hingegeben zu

haben, auf diese Weise vierzehn Mal unverzeihlicher zu machen? Kaum wird man die Dienerin Nicole hierfür absolvieren … Aber überlegen wir einmal! Was ist der ewige Refrain dieser wahrheitsgetreuen Aufzählung ausschweifenden Verlangens und priapischer Exzesse? Der Teufel im Leibe! Ihn in sich zu haben, heißt so viel wie den Reizen, der Anmut frischer und verführerischer Jugend Opfer darbringen. Leser, sofern du diese lachenden und selbst in dem Genre, das es an sich nicht ist, weisen Bilder nicht liebst; wenn du angeregt sein willst, ohne erregt zu werden, verführt, ohne hingerissen zu sein; willst du der Wollust Schranken setzen, ja der Laune selbst; weigerst du dich, an ihre Macht zu glauben; zweifelst du an ihren gewaltigen Hilfsmitteln; gelten dir die überschäumenden, darauf fußenden Erzeugnisse nichts – halte dich lediglich an die Unterhaltungslektüre der Boudoirromane. Für dich ist dieses Buch nicht geschrieben! Um es zu genießen, um Gefallen an ihm zu finden, musst du selber – gelegentlich wenigstens – fähig sein, den Teufel im Leibe haben zu können.

Aber kehren wir zu unserem armen Türken zurück; ich bezeichne ihn so, weil Hilarion, nachdem er … – Ich bitte die Ungläubigen deswegen um Verzeihung – … dank aller der, um ihn so weit zu bringen, von seiner Huri eingege-

benen Gewaltmittel, seine vierzehnte Tour gemacht hatte und Sr. Ehrwürden völlig erschöpft
auf der Nase lagen und nicht nur blass aussa-
hen, sondern auch ihren einzigen Reiz nicht
bloß eingebüßt hatten, nein, auch nichts mehr
da war, woraus man in dem momentan trostlo-
sen Zustande auf die frühere Existenz von dergleichen hätte schließen können, weil Hilarion
plötzlich in lethargischen Schlummer fiel. Übrigens machte sich die heimtückische und grausame Huri jetzt gleichfalls davon, und zwar sehr
unzufrieden mit sich selber. Allerdings nicht, als
ob ihr bezüglich der Quantität alles ihr Erwiese-
nen etwas zu wünschen übrig geblieben sei, allein diese heftige und lang andauernde Szene war
gar zu monoton gewesen … All das reizende Zu-
behör, diesen wahren Zauber der Wollust hatte
sie vermissen müssen! Den Kuss selbst … Wie
süß dieses Anfragen, wie entzückend dies Vorspiel, dies launische Necken, wie hoch sein Wert,
geschieht das alles überraschend! Wie gering
sein Reiz, muss man das alles provozieren! In
Bezug auf all diese ihr so teuren Dinge war die
Marquise leer ausgegangen, und die ganze
Masse plumper Belustigungen hatte sie dafür
nicht entschädigen können. Die einzige Hoffnung, die sie ein wenig über ihre Selbsterniedri-
gung tröstete und über die sie andauernd lachen

musste, war die, Hilarion müsse infolge des Zu-
stoßens, zu dem man ihn gezwungen, des Zer-
malmens und Anspeiens sein früheres Werk wieder zu Grunde gerichtet haben.

Indessen hatte Nicole den Auftrag erhalten,
während seines Schlummers allerhand vor Seiner Ehrwürden hinzusetzen, wodurch er seine
während des hartnäckigen Ringens eingebüßten
Kräfte und Lebenswärme wiederherzustellen
vermochte. Als Hilarion nach einer Stunde der
Selbstvergessenheit wieder erwachte, sah er zu
seiner unsäglichen Freude kaltes Fleisch, Früchte
und Wein vor sich stehen. Wie herrlich das war,
und was ihn nicht minder freute, war ein kleines
verstecktes Päckchen, in dem er 150 Livres à 20
Sous* entdeckte. Welch ein Schatz für einen Kapuziner! Hilarion fraß sich, soff sich voll; wurde
berauscht und schlief wieder ein. Während dieser zweiten Krisis völligster Selbstvergessenheit
hüllte man ihn in weite wollene Decken, schaffte
ihn auf einer Tragbahre weg und setzte ihn in einer Winkelkneipe ab, die, seit er sich nach einem
heftigen Streit über die Gewissensangelegenhei-
ten der Marquise mit dem Kuraten überworfen,
sein ständiger Aufenthaltsort geworden war.

---

* Die zu allen Schelmenstreichen aufgelegte Nicole, die beauftragt war, das Geld vor ihm hinzulegen, hatte sich den Spaß
  gemacht, eine Abrechnung aufzustellen, die nach dem Be-

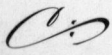

So endigte das glänzendste Liebesabenteuer, das der Mönch jemals erlebt. Sein Schicksal wollte es, dass es nach diesem ruhmreichen Augenblick rapide mit ihm abwärts ging und St. Franziskus, den die momentane Abtrünnigkeit eines seiner edelsten Ritter tiefer als dessen gewohnheitsmäßige Hurerei beleidigte, ihm seine

---

richt, den ihre Herrin ihr beim Zu-Bett-Gehen erstattet, folgendermaßen aussah:

Vierzehn prophetische Inokulationen von dem Ehrw. P. Hilarion-Mohammed an einer der Huris seines Paradieses vorgenommen, macht

		Livres	Sous
sehr gute	die erste	48	–
gute	die zweite	24	–
	die dritte	24	–
leidlich gute	die vierte	12	–
mittelmäßige	die fünfte	6	–
	die sechste	6	–
	die siebente	6	–
fade	die achte	3	–
	die neunte	3	–
	die zehnte	3	–
klägliche	die elfte	1	10
	die zwölfte	1	10
Extranummer	die dreizehnte	12	–
untauglich	die vierzehnte	–	–

	Summe:	150 Livres

Es ist unnütz zu bemerken, dass der für die Arbeiten des ehrwürdigen Paters angesetzte Preis nicht der Anstrengung, die sie ihm gemacht, sondern nach dem Vergnügen, das die Marquise davon gehabt, bemessen war.

Protektion entzog. Und so wurde Hilarion von Luzifer belauert und bald darauf von ihm in den Abgrund des Elends gestürzt.

So wenigstens war die sich allzu sehr nur bewahrheitende Vision des armen Teufels von Kapuziner in dem Moment des Einschlafens, als er von den Folgen seiner Sünden träumte, gewesen. Wegen seines mohammedanischen Streiches plagten ihn die ärgsten Gewissensbisse. Dieser Turban auf seiner geweihten Tonsur! Diese Verkörperung des Oberherrn einer antichristlichen Sekte! Und gar noch, zu welchem Zweck! All diese Einzelheiten seines Verbrechens wurden in seiner mönchischen Einbildung zu einer Kette schwerer Sünden,* und so sah er denn voraus, zu seiner Entsühnung werde mindestens eine Reise nach Rom nötig sein; ja, selbst der Schwamm des Heiligen Vaters reichte kaum hin, den Makel so vieler Unzucht und des Sakrilegiums von ihm zu nehmen.

Was wäre aus dem armen Hilarion in seinem Missgeschick ohne den Beistand der guten Ni-

---

* Seine dreizehnte Dienstleistung war eine Todsünde gewesen, in die die Marquise ihn eingeweiht hatte; obwohl, da ihr der Einfall dazu etwas spät gekommen, die Präliminarien schwierig gewesen, obwohl die Ausführung ihnen beiden Höllenqualen verursacht, geschehen war sie doch. Dieses Gräuel, das sogar noch auf die bedeutungsvolle Zahl 13 gefallen, verursachte dem Schuldigen bittere Qual.

cole geworden, die ihn wenigstens nicht gänzlich im Stich ließ, da sie von ihm noch irgendwelchen Nutzen zu ziehen hoffte? War es auch leider wahr, dass die als Muselman verbrachte Nacht Seine Ehrwürden seltsamlich in Unordnung gebracht; wenn auch während ganzer acht Tage der ehedem lebhafteste aller Klöppel absolut keine Anwandlungen zum Wiederübermütigwerden bekommen wollte, meinte sie doch, die kräftigen Suppen, das Geflügel, der alte Wein, den seine Subprotektorin ihm vom Schloss zukommen ließ, sollten bald über diese Lethargie triumphieren.

Als die Wohltäterin sich am zehnten Tage von dem Erfolg ihrer Fürsorge überzeugen wollte, war sie höchst erstaunt, bei der angestellten Probe entdecken zu müssen, dass alles umsonst gewesen sei. – Wie? Ein Rendezvous entflammte Hilarion nicht mehr? – Nein! – Der Anblick der begehrenswerten Zofe? – Nein, nicht einmal die schmeichelhafte Voraussetzung, als sie ihm zu verstehen gab, sie erwarte irgendein Zeichen seines Wohlbefindens von ihm. – Wenigstens müsse sie sich dann selbst die Mühe nehmen. – Sie war so gütig, sie sich zu nehmen. – Na und? – Zunächst blieb der gemeine Wonneschlauch in der niedlichsten Hand unbeweglich, als sie ihn aufzuregen suchte, kaum dass er sich schwach in

die Höhe hob. – Kurzum, jetzt mischte sich bei der Zofe die Eitelkeit nun gar so weit ins Spiel, dass sie ausprobieren wollte, ob selbst ihre letzten Kunstgriffe sie bei diesem Handel im Stich lassen würden. Aber trotz aller Avancen, die man wahrhaftig nicht, ohne sich nicht dabei bloßzustellen, riskiert, hatte das arme Mädchen Pech ... einen Abfall zu erleben.

Nach diesem schrecklichen Ereignis dürfte ich Mühe haben, es glaublich zu machen ... dass Seine Ehrwürden später die Hoffnung wieder gefunden, nicht für eine unheilbare Null gelten zu müssen, und er sogar die Kühnheit besaß, Revanche zu fordern. Nun – und? Man hatte die Gewogenheit, ihm solche zuzugestehen. Die Güte der Damen ist ja allbekannt! Vergebens hielt Nicole sich für eine ewige Feindin dieses Schlingels, der sie so tief gekränkt; es schadete nichts, dass ihm selber die Beredsamkeit, für seine missliche Sache plädieren zu können, fehlte, ihm selber der Zauber abging, seine unentschuldbare Pleite vergessen zu machen ... Er besaß einen eifrigen Advokaten, der mit so viel Sicherheit in die Schranken trat und mit solcher Festigkeit Gehör forderte ... dass ihm endlich verstattet wurde, in die Verhandlung treten zu dürfen. Man fand seine »Gründe« wirklich hinreichend triftig, um ihm das Eindringen zu gestatten. Das energische, in drei Hauptpunkte wohl zerlegte und begründete Plädoyer konnte sich hören lassen. Freilich gewann der Pater seinen Prozess nicht völlig, aber wenigstens hatte er doch den Vorteil, die leichte Probe aufrichtiger Reue und unbegrenzten guten Willens, die er eben abgelegt, bei einer umständlichen Neuaufnahme des Tatbestandes als rechtsgültige Ansprüche auf künftige Vergebung anerkannt zu sehen! Entzückendes Geschlecht! Dass ich die Freude haben darf, in diese Chronik einen Zug solcher dir zum höchsten Ruhme gereichender Milde und Edelherzigkeit einzeichnen zu können!

Indessen wäre es selbst dem wohl gesonnensten Weltmanne nicht möglich, das frühere Verfahren mit demselben Erfolg wieder aufzunehmen. Durch Wirkung eines Zaubermittels, das einen derartigen Kraftüberfluss, eine solche Tatenglut bewirken und so vielfältige Wiederholungen möglich machen konnte, dass dadurch beinahe der Makel, ein Kapuziner zu sein, von ihm abgewaschen wurde, unfähig gemacht, war Hilarion jetzt nichts weiter als ein ganz gewöhnlicher Liebhaber geworden. Daher begriffe man nicht, wie die heikle Nicole fortfahren konnte, ihm ihr Wohlwollen zu erhalten, verschwiege ich, dass sie nur aus Laune dazu gekommen, sich diesen herabgekommenen Mönch als Lückenbüßer zu-

zulegen, weil sie sich stillschweigend mit Belamour entzweit und die kleinen Dienstleistungen
eines Félix, der auf Anstiften seines Lehrmeisters
unerträglich geworden war, verabscheute. Wie
dem auch sei, einstweilen benutzte sie ihn als ein
kostenloses ad interim.

Mittlerweile erholte sich die Marquise zusehends. Die Röte ihrer Flecken verblasste; die Augen bekamen ihren Glanz wieder, das Fleisch
seine Festigkeit; ihre reizenden Brüste, von nun
an imstande, sich wieder allein aufrecht halten
zu können, gewannen ihre natürliche Neigung
für das Alleinsein wieder und flohen ihre Nachbarin; alle Formen ihres Körpers begannen ihre
alte Anmut wiederzubekommen; der Leib allein
wurde rundlich, denn die ganze Gewalttour
hatte, wie gesagt werden muss, leider nichts von
der erhofften Wirkung, derentwegen sie unternommen worden, hervorgebracht. Die gute
Dame war momentan so schwanger wie möglich und dazu verdammt, nach Ablauf einiger
Monate ohne Widerruf einen stattlichen Band
der fleischlichen Werke des unwürdigen Hilarions erscheinen zu lassen.

Zu nämlicher Zeit begann Félix sich auszu-
zeichnen; und zwar begann er, der Sohn eines
Dorfpostmeisters, der selbst Postillon bei seinem Vater gewesen, bevor er infolge eines törich-

ten, in einem Moment höchster Gefahr abgeleg-
ten Gelübdes das Kapuzinerhabit angelegt, er,
der aus oben von uns beschriebenen und noch
anderen Gründen sein frommes Gewand wieder
ausgezogen hatte, sich nicht nur im Stall, woselbst seine Fähigkeiten zuerst zu Tage getreten,
sondern auch im Hause hervorzutun, und
machte hier unter Anleitung des höchst gewandten Belamour unglaubliche Fortschritte im Fri-
sörgewerbe. Voll Eifers, flink und geschickt, wie
er war, drehte er jedem, mochte der wollen oder
nicht, Papilloten ein – nur nicht der gestrengen
Nicole. Ja, er war geradezu scharf auf jeden
Kopf, der sich nur dazu hergeben wollte, frisiert,
toupiert oder geschoren zu werden; war ungeduldig, sich einen solchen Grad von Vollkommenheit zu erwerben, ohne den er keinen schick-
lichen Vorwand gehabt hätte, sich einer so anziehenden Karriere zu widmen, deren Vorzüge ihm
Belamour sowohl fühlbar zu machen wie auszu-
malen verstand. Mit einem Wort, ganz nach Art
seines Meisters war Félix tief von dem Grund-
prinzip durchdrungen: »Ist nur sein Aussehen
danach, besitzt er die nötige Gewandtheit, sich
allem im Leben zu fügen, kennt er sich in allen
Schlichen aus und hat er obendrein auch einen
ihm zum Vorwande dienenden Beruf, kommt der
Schandjunge überall durch.« So ist denn der

nämliche, noch vor drei Monaten so unerfahrene, so gottselige Félix jetzt ein ausgekochter Schlingel. Ein guter Junge, aber ein Range, ein liederliches Bürschchen, scheint freilich für Übernahme einer Hauptrolle nicht das rechte Zeug zu besitzen, aber eine außerordentlich brauchbare Nebenperson abzugeben; dabei zeigt er humoristische Geschmeidigkeit und zärtliche Gelehrigkeit genug, um sich zahlreiche Gönner beiderlei Geschlechtes erwerben zu können; dieser Félix, der tatsächlich etwas an sich hat, das Verlangen beider zu reizen … war schleunigst in einen Mosjö La Plante verwandelt und erfreute sich großer Beliebtheit bei jedermann, nur nicht bei der nachtragenden Nicole, die ihn seit der von ihr gemachten Entdeckung nie anders als mit dem Namen »Mosjö Canulle«* bezeichnete.

Aber mit Unnachsichtigkeit kommt man nicht weit. Zunächst war das Gekläff der erbitterten Zofe weit entfernt, dem als Diener zweifach bequemen Félix bei der Marquise einen schlechten Dienst zu erweisen, im Gegenteil, wurde er von dieser Dame grade an Stelle derjenigen Person, deren – wie das boshafte Mädchen herausgebracht – höchste Wonne er war, angenommen.

---

* canulle: fr., Spritzrohr

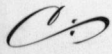

Da nun, wie es heißt, der Appetit beim Essen kommt, befähigte die neu geschenkte Aufmerksamkeit von Madame den glücklichen La Plante gar noch, zahlreiche, sehr unterhaltende, kleine dienstliche Obliegenheiten lernen zu dürfen, bezüglich derer er große Auffassungsgabe bezeigte und ungeheuren Diensteifer spüren ließ, sei es allein oder zu zweit mit Belamour.

Übrigens gibt es keinen so guten Charakter, der sich schließlich nicht über fortwährende Verfolgung ärgern müsste; so wurden auch Félix und Belamour dessen, was Nicole ihnen antat, überdrüssig, sannen nach, wie sie sich durch irgendeinen spaßigen Streich für das ihnen von dieser lästigen, zweifelsohne auch nicht untadeligen Widersacherin zugefügte Unrecht rächen könnten.

Seitdem die Aktien des ehrwürdigen Paters so erstaunlich gefallen, waren die geheimen Zusammenkünfte, die er von Zeit zu Zeit noch mit Nicole hatte, keine ausschließlichen Priapeien mehr. Fortab ging es nicht anders, als dass Komus und Bacchus bei denselbigen Szenen mithelfen mussten, bei denen früher der Gott der Gärten allein den Vorsitz geführt. Man fand sich des Abends recht heimlich bei Nicole zusammen … Man tat zunächst … das, was man konnte; darauf speiste man zur Nacht und leerte mehrere

Flaschen. Je nachdem das Thermometer des Paters hoch oder niedrig stand, fing man nach der Mahlzeit wieder so an wie vor dem Souper, wobei dann dies süße, dies raffinierte Behelfsmittel, dessen Ausübung die Zofe bekanntlich selbst mit Frauen liebte, die weit ausgiebigeren Belustigungen ersetzte. Sagen wir lieber: Diese reizende Torheit, deren galante Ausübung nicht zu lieben man ein Hilarion sein muss, war für diesen elenden Wicht eine harte Fron, von der er zu seinem großen Bedauern nie entbunden wurde.

Das alles hatten unsere verschworenen Späher ihrerseits bald heraus und gründeten daher hauptsächlich auf den letzteren Punkt ihren Racheplan. Sie vergewisserten sich, die beiden tranken jedes Mal einen ganz bestimmten, einer schlecht bewachten Ecke des Kellers entnommenen Wein, der bis direkt vor Beginn der Essensstunde dort im Winkel lagerte. Deswegen entfernten die beiden Schlingel eines gewissen Abends eine Flasche Malaga, die bei dem Bankett figurieren sollte, und legten dafür eine gleich aussehende Pulle hin, die jedoch mit Malaga gefüllt war, der eine starke Dosis eines Schlafmittels enthielt.

Als die Vorbereitungen begannen, sahen sie zu ihrer größten Freude, dass die heimtückische Flasche ihren Weg in das Zofenstübchen genom-

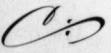

men. Alles verlief wie gewöhnlich, nur dass Seine Ehrwürden zum großen Verdruss seiner Erigone vor dem Essen sehr einsilbig und energielos war und, nachdem er sich den Leib bei Tisch gierig wie ein Scheunendrescher voll geschlagen, er sich in einer Verfassung befand, die die Vermutung nahe legte, das »Gratias« würde die Dürftigkeit des »Vorgebetes« wohl kaum vergessen machen. Der Wein, heißt es, tröstet. Augenscheinlich nur um die Wahrheit des Sprichwortes zu erhärten, zechte unsere Gastgeberin wie ein Deutscher. Zwei Flaschen Burgunder, zwei Flaschen Schampus und noch der verfängliche Malaga wurden bis auf den letzten Tropfen ausgeschlückert.

Der Fresssack Hilarion leckte nach dem letzten Zuge noch eifrigst den Rand seines Glases ab, als seine Holde, ganz oder halb betrunken, von ihrem Stuhl zu einem niedrigen Ruhebett hinschwankte und hier einen anderen Kelch zum Vorschein brachte und sehr eindringlich forderte, er solle dem den Vorzug geben. Nach den getroffenen Abmachungen und der »gegebenen Größe« der beiden Charaktere, von denen der eine stolz und befehlend, der andere kriechend und furchtsam war, gab es für Hilarion kein Mittel, als zu gehorchen. Also standen S. Ehrwürden, wiewohl recht ungern, auf und legten zö-

gernd, um sich da heraufzusetzen, ein Kissen auf den Boden. Sich mit dem rechten Arm auf das Polster stützend, bekam er auf die Schulter dieses Armes den linken Schenkel Nicoles, deren anderer, hinreichend gespreizt im Ausfall liegend, Bein und Fuß auf den Boden stützt. Ihr Kopf ist auf das Kopfkissen zurückgebeugt und von einem zurückgebogenen Arm überragt, was ihr den Ausdruck von vollkommenster Ungezwungenheit, von Sammlung und Glückserwartung verleiht. Von hintenher durch dies seinen Rücken kreuzende Bein gehalten, sitzt Hilarion in geeigneter Stellung da, und dieser Ausdruck seiner Partnerin bestimmt ihn, sich gegen den Winkel, woselbst sein Dienst erwartet wird, zu lehnen. Alle beide sind vollkommen zweckmäßig postiert, stützen sich mit Strebepfeilern und sind notwendigerweise einander ganz nahe. All dies vollzieht sich ganz regelrecht, und das, was unsere beiden jungen Aufpasser vorausgesehen hatten, trat ein.

Während die langsamen Steigerungen einer Wollust, die allmählich superlativisch werden muss, Nicole, obwohl das Teufelsgebräu auch bei ihr schon zu wirken beginnt, wieder ein wenig ermuntern, bewegt der frostige Zungenschläger das Werkzeug seiner undankbaren Tätigkeit mechanisch hin und her … Undankbar, sage ich –

für ihn! Denn die vollsaftige Nicole ist immer fertig geworden. Diesmal wird sie trotz ihrer doppelten Wallungen nicht verfehlen, ausgiebige Beweise ihrer Erkenntlichkeit zu erbringen … Da sind sie schon! … War sie bis zu dem Augenblick lau, beginnt sie sich jetzt im Mittelpunkt zu bewegen … Ihre Hüften heben sich, ihre Eingeweide knurren geräuschvoll … Sie keucht – Belamour kennt dieses vertrauliche Quaken sehr wohl – heftig … Die fünf oder sechs Stöße ihres Schamberges, mit denen sie unter Gekreisch Nase und Maul ihres Zungenfreiers trifft, bezeugen, dass das lustige Spiel vollkommen beendet ist … Jedoch schon hat der benebelte Kapuziner das Bewusstsein verloren, und das schäumende Kleinod bleibt sein Stützpunkt. Nach dieser Entladung lässt auch Nicole sich nur allzu willig vom Schlaf überwältigen. Auf beide senkt Morpheus seine dichtesten Nebel hernieder. In vollständiger Selbstvergessenheit bilden sie eine unbewegliche, in der glücklichen und dauerhaften Pose, die ich zu beschreiben versucht, versteinerte Gruppe.

Diesen Augenblick haben unsere Spaßvögel mit Ungeduld erwartet. Da sie ganz sicher sind, ohne einen von ihnen aufzuwecken, herankommen zu können, dringen sie leicht durch die riegellose Tür, hinter der sie gestanden, ein. Mit ei-

nigen Ellen schmalen Seidenbandes bewaffnet, flechten sie ebenso schnell wie geschickt rechts und links den Bart von Seiner Ehrwürden mit den dichten, den Venusberg ihrer wollüstigen Feindin zierenden Locken zusammen. Diese heikle, ohne die Hilfe des famosen Gebräus unausführbare Verrichtung gelingt mit dem denkbar besten Erfolg. Fast närrisch vor Vergnügen eilen die Tunichtgute alsdann zu den Gemächern der Marquise.

Obwohl es fast schon Mitternacht war, stiegen eben zwei fremde Personen im Schlosse ab. Tut nichts! Die eine davon ist die kleine Comtesse de Motte-en-feu; ein Grund mehr, es wagen zu dürfen, Madame … und warum nicht der ganzen Gesellschaft … den Vorschlag zu machen, die Sehenswürdigkeit sogleich in Augenschein zu nehmen.

La Plante, der gemäß der Anweisung von Belamour dazu bestimmt ist, die Kastanien aus dem Feuer zu holen, versucht seinen Lachreiz zu unterdrücken und das Wort zu nehmen. Er wagt den Salon zu betreten, und bittet dringend, man möge so gut sein, sich zu Nicole begeben zu wollen … Ja, weshalb denn? … Er antwortet nicht … Allein er feixt, dreht sich hin und her, beißt auf seinen Hut … will erzählen … hält inne … wird verwirrt … läuft endlich, alle Zim-

mer, die er durcheilt, mit seinem Lachen erfüllend, davon, sodass man schließlich über all dieser Ausgelassenheit auf den Gedanken kommt, bei der Zofe müsse etwas, das anzusehen sich der Mühe lohne, passiert sein.

Die Marquise, deren ausgelassene Freundin und zwei Kavaliere, die sie begleitet hatten, und die gleichfalls mit der Gesellschaft wiedergekehrte Philippine steigen hinunter und stoßen auf Belamour, der sie geräuschlos einzutreten bittet. – Sie sehen …

Geliebter Leser, male dir diese seltsame Überraschung, die sich wohl weniger durch die Feder als durch den Pinsel schildern lässt, aus.

Unsere Schläfer haben nichts gehört! Selbst als sieben Personen in schallendes Gelächter ausbrechen, wachen sie nicht auf. Man hat reichlich Zeit, sich über ihre vollkommene Lächerlichkeit zu amüsieren. Endlich jedoch schüttelt Belamour Nicole so heftig und packt La Plante den Kapuziner dermaßen hart an, dass kein Schlafmittel solcher Gewalt gegenüber standhalten kann. Das Verschwinden von Hilarions Oberkörper, der plötzlich durch das Zurückschlagen der Röcke, wodurch Nicole ihre gemeinsame Schande hatte verbergen wollen, gleichsam verschluckt wird; der schreckliche Schmerz, den S. Ehrwürden dem Mädchen zufü-

gen muss, da er, sich so am Bart festgehalten fühlend, mit einer Hand auszukundschaften trachtet, welcher Art seine Fessel eigentlich sei; das Missgeschick Belamours, der unter dem menschenfreundlichem Vorwande, sie losmachen zu wollen, ihr die Röcke dreist wieder in die Höhe hebt und dafür von der rasenden Nicole mit dem Handrücken eine Backpfeife erhält, dass er alle Sterne tanzen sieht; endlich die Wut der gemarterten Bacchantin, die das ewige Reißen nicht mehr aushält, da der Mönch, entweder aus Ungeschick oder absichtlich, nicht aufhört, sich unbarmherzig hin und her zu bewegen: Alles das gestaltet sich für die schadenfrohen Zuschauer zu einer zweiten nicht minder originellen wie ergötzlichen Szene. Endlich wird diese für eine der stummen Personen, die entweder zu tölpelhaft oder verwirrt dazu ist, sich vorsichtig loszumachen, tragisch. Die schreckliche Nicole bewaffnet sich mit einer großen, unglücklicherweise an ihrem Gürtel hängenden Schere und mäht mit der, ohne auf die erschütternden Schmerzensschreie Sr. Ehrwürden zu achten, nicht ihr eigenes, wohl aber des Paters Feld barbarisch ab. Mit einem einzigen Schnitt, den, obwohl er mit lautem Geplärr angerufen wird, Hilarions Schutzengel nicht zu parieren weiß, wird der üppigste, dichteste, herrlichste aller Bärte

der ganzen Provinz schräg abgeschnitten, und das Pech will es gar noch, dass das Haar auf der ganzen linken Seite kaum zwei Zoll lang stehen bleibt; dass die Spitze des Kinns ein linsengroßes Stück lebenden Fleisches verliert und das Ohrläppchen zwischen die Schenkelscharniere des verhängnisvollen Instrumentes gerät, das blutige Spuren darauf zurücklässt. In seinem Kleinmut und seinen Leiden brüllt Hilarion, als würde ihm die Kehle durchschnitten. Ich lasse es dahingestellt, ob er Interesse oder Mitleid einflößt! O Verhängnis! Das Palladium des Klosters! Das Banner der Mildtätigkeit für gute Christen, derartig verstümmelt! Entehrt! Wie wird er sich wegen dieses fatalen Ereignisses vor seinem Orden rechtfertigen können? Wie lange wird er gehalten sein, sein schimpfiertes Antlitz verbergen zu müssen? Welches für die wichtige Mission, deren fähig zu sein er aufhört, taugliche Subjekt wird den ungeheuren Schaden, den der Verlust seines Haares dem Kloster zufügt, wieder gutmachen können! Schere Beelzebubs, für das eben von dir angerichtete Unheil gibt es kein Gegenmittel!

Ohne zu wissen, wie er dem Worte verleihen sollte, drückte der unglückliche Kuttenträger all das aus, indem er, die Augen zum Himmel hebend, zu grölen anfing und die beiden Seiten sei-

nes verunstalteten Bartes wieder und wieder verglich, während er gleichzeitig das von Kinn und Ohr herabträufelnde Blut zu stillen suchte.

Die Zuschauer hatten fast Krämpfe vor Lachen bekommen und zogen sich so befriedigt, wie das nur selten der Fall, wenn sie sich aus den Theatersälen entfernen, zurück. Nachdem Nicole Hilarion, Belamour und La Plante mit den Schlägen einer Feuerschaufel hinausjagt, schließt sie sich ein, um die Flechten, die bei ihr zurückgeblieben, aufzumachen und zu maulen …

Seit einiger Zeit schon hegte man im Kloster wegen der Aufführung des ehrwürdigen Hilarion Verdacht, und der Kurat ließ es sich mit der Geschicklichkeit eines Tartuffe angelegen sein, diesen zu befestigen. S. Ehrwürden wurden vorgeladen, verhört und zahlreicher Kapitalverbrechen, Skandale, Unzüchtigkeiten etc. überführt. Da, als er sich unter der Zuchtrute befand, bekannten sich alle Dorfkoketten, die er verpflichtet hatte, zu seinen galanten Heldentaten. Kurzum, er wurde »in pace«* gesetzt.

---

* Die Strafe, die unter diesem milden und kaum das Richtige bezeichnenden Namen zu verstehen ist, bedeutet nichts anderes, als in ein Gefängnis, das zumeist noch zugemauert wird, hinabsteigen zu müssen, wo man von Wasser und Brot leben, wo man in seinem eigenen Unrat verkommen muss, und das zumeist für das ganze Leben. (Anm. d. Verf.)

Welch ein Spiel des Zufalls! Große Götter, welch ein Sturz, nachdem man Mohammed in dem irdischen Paradiese einer anbetungswürdigen Marquise gewesen.

Ende des sechsten Teiles

Siebenter Teil

*W*er waren denn diese beiden mit der Comtesse de Motte-en-feu so spät noch zu unserer Marquise herausgekommenen Kavaliere, die Zeugen der dem Barte Hilarions im Zimmer Nicoles beigebrachten Schlappe geworden waren? Teuerster Leser, der weitere Verlauf dieser Abenteuer wird dich diese beiden Personen kennen lernen lassen, die dir überdies nicht so absolut fremd sind.

Nicole, die sich in ihrem Stübchen eingeschlossen, haben wir trotzig verlassen; zwar hatte sie sich von jenen Flechten befreit, aber da sie von dem einschläfernden Malaga noch etwas benebelt war, hatte sie trotz ihres Ärgers der Schlummer überwältigt. Zwei Stunden mochte sie ungefähr geruht haben, als die Wirkung des Gebräues schließlich so weit nachließ, dass sie ein durch irgendjemand verursachtes Geräusch zu vernehmen imstande war; abwechselnd pochte jemand stärker oder schwächer an die Tür.

NICOLE: Wer ist da?

EINE STIMME *heimlich:** Irgendwer! Öffnen Sie, wenn's gefällig ist! *Keine Antwort. Einen Augenblick ist es still, dann scharrt man ... pocht an.* Demoiselle?

NICOLE *belustigt:* Wer ist das?

DIE STIMME: Erweisen Sie mir die Gunst und öffnen Sie.

NICOLE *in Wut:* O Schlangengezücht! Wenn ich öffne, mache ich das nur, um dir eine gehörige Abreibung zu geben! Sag mal, du lausiger Pupenjunge, hast du einen Eid darauf abgelegt, mich nicht in Ruhe lassen zu wollen?

DIE STIMME: Pst, pst! Hören Sie mich an!

NICOLE *sehr laut:* Weg, du dreifacher Schuft! Scher dich weg und lass dir den Sterz von deinem Mistfinken von Kapuziner verkacheln! Weg, du Teufelsbraten! *Man scharrt und pocht immerzu.*

DIE STIMME: Ich bin der nicht, wo Sie meinen! Im Gegenteil!

NICOLE: Lumpengesindel! Zwingt mich nicht dazu, aufzustehen! Ihr verdammten Racker, ihr seid mir die Rechten, wenn ihr meint, mir

---

* Der Türklopfer ist ein Kavalier aus der Gascogne. Die Redeweise dieser Person im Original ist in der deutschen Übersetzung nicht entsprechend nachgeahmt worden.

noch einen Streich spielen zu können! Ich mache mir nichts aus solchen Vögeln.

DIE STIMME *heiter:* Ha, bei Gott, um die Ehre zu haben, deswegen bin ich da! Ich tu nichts weiter fordern!

Wegen ihrer momentan schlechten Laune ging dieser Spaß Nicole umso mehr gegen den Strich, da Belamour, der fast immer Schnurrpfeifereien im Kopf hatte, gelegentlich geschickt seine Stimme verstellen konnte und alsdann alles genauso wie die hier vor der Tür befindliche Person sprach. Da die Stimme überdies absichtlich gedämpft wurde und nur so viel Ton gab, um sich gerade verständlich zu machen, so war der Unterschied nicht deutlich genug, um mit Sicherheit erkennen zu können, ob der Sprecher nicht Belamour wäre.

Nicole hatte sich vorsichtig erhoben, riss die Feuerschaufel vom Kamin und stürzte zu gleicher Zeit in den Korridor hinaus. Sie glaubte wohl, wenn sie tüchtig mit ihrer Schaufel ausholte, einen der hier vermuteten unverschämten Spaßvögel niederschlagen zu können. Bevor die Tür aufging, hatte sie mit dem Schlüssel ein leises Geräusch gemacht. Sie vermutete daher, die beiden Schlingel würden etwas zurückgegangen sein. In diesem Fall musste sie etwas vorgehen,

um sie zu erwischen. Der friedliche Besucher
war im Gegenteil vollkommen davon überzeugt,
erhöbe man sich, geschehe das, weil man seinen
Irrtum eingesehen, und öffne aus Freundschaft;
er dachte daher gar nicht daran wegzugehen,
sondern drängte sich gegen die Tür und befand
sich der zum Glück für seinen Schädel so nahe,
dass der schreckliche Schaufelhieb vorbeiging.
Fälschlich die Mauer treffend, richtete er keinen
Schaden an, wohl aber prallte ein mit allen Reizen geschmückter Körper gegen den seinen; Gesicht gegen Gesicht, wie er sich diesem gegenüber befand, hatte er nur nötig, einen Arm zu gebrauchen, um die Zofe zu bezwingen, die infolge
dieser Überraschung fast bis zu Tode erschrocken war und daher die Schaufel fallen ließ, die
beim Aufschlagen auf die Marmorfliesen einen
teufelsmäßigen Lärm machte. Darauf sagt

DIE STIMME: Heda! Sachte, mein sauberer Polter-
    geist! Das Donnerwetter soll den erschlagen,
    der hierher gekommen wäre, Ihnen ein Leid
    anzutun!

Was die friedlichen Absichten des sie umarmen-
den Nachtwandlers tatsächlich bestätigte, war,
dass er sie mündlich ankündigte. Schon bestätigte er sie des Weiteren dadurch, dass er mit

der ihm frei gebliebenen Hand einen bevorzugten Punkt kitzelte, den man bei Nicole nicht berühren konnte, ohne in ihrem Herzen nicht sogleich jede zornige Regung zu ersticken. O Allmacht dieses reizenden Beleidigers! Plötzlich für die Beleidigungen unempfindlich geworden, schmiegt sie sich in die unbekannten, sie drückenden und herzenden Arme; sie sucht sich ihrer keineswegs zu entledigen, sondern, ohne daran zu denken, beugt sie vielmehr die Knie, lehnt sich ein wenig hintenüber und … welche Ouvertüre ist das nicht für die Tatsache, sich in dem Fall befinden zu müssen, einen so befremdlichen Besuch zuzulassen! Sie ist sich über ihren Partner im Klaren, als ein langer, dicker, harter und glühender Wonnepfropfen sich soeben der Stelle bemächtigt, die ein geschickter Finger vorher gefurcht hat. Sie ist sich völlig klar darüber – denn jetzt hat man ihn ihr ganz hineingeschoben, und das ist zunächst alles, was sie weiß … dass der hier nicht Belamour ist.

NICOLE *gefasst und seufzend:* Ach, wie das nur alles so hat kommen können! *Ein Kuss schließt ihr den Mund; sie wird emporgehoben und in das Zimmer getragen.* Rechter Hand!, *sagt sie. Tatsächlich ist man eben gegen ein Bett gestoßen, sie wird darauf niedergeworfen*

und … ruck, zuck … zwei Hüftstöße, und dieser Zapfenstreich ist geschehen. Gott vergelt es dir!*, flüstert sie seufzend. Augenscheinlich meint sie, das ist alles, was ihr bestimmt sein sollte, allein sie täuscht sich. Kaum ist die Wonne der ersten herzlichen Begrüßung vorüber, als schon mit der zweiten begonnen wird.* Wenigstens … *sagt sie, sich fügend* … tut es gut, nicht umsonst geweckt worden zu sein! *Na, sieh mal, sie ist so von Herzen bei der Sache, dass es ihr bald den Rest geben wird.* Tja, liebster Freund … *sie fühlt, das letzte Wort dürfe wohl noch nicht gesprochen sein* … auf diese Art fahren wir nicht zum Besten! Da der Teufel sich nun mal mit hereinmischt und das lange währen dürfte, wollen wir wenigstens unser Vergnügen dabei haben. Beiläufig darf ich vielleicht die Genugtuung haben, zu erfahren, mit wem ich mich hier abgebe.

DIE STIMME: Ich bin …

NICOLE *einfallend:* Zunächst ein ausgezeichneter Lackierer, und der zudem einen Pinsel hat …

DIE STIMME *heiter:* Wo ganz zu Ihren Diensten steht, und was die Henne angeht, sollen Sie gleich sehen …

NICOLE: Wie Ihnen das gut scheinen wird, Hahn, und ich will tot umfallen, wenn ich Ihrem guten Willen das geringste Hindernis in

den Weg lege … *Sie ist schon in der Lage, etwas davon zu merken.* Sie haben eine Art, die
auch jemanden, der schwieriger ist als ich,
entzücken müsste.

Während dieser reizenden Unterhaltung entkleidet sie ihren nächtlichen Besucher mit großer
Hast. Nicht einmal das Hemd lässt sie ihm.
Auch Nicole, die für kein halbes Entgegenkommen schwärmt, hat sich des ihrigen gleichfalls
entledigt. Auf dem Bett, obendrauf, nicht drinnen, sieh, wie unsere Kämpfer sich da wütend
anfallen, sich balgen, sich hindern, sich überku-
geln, vor Lüsternheit zittern, sich beißen, sich
aufbäumen, schreien, gegeneinander stoßen, als
wollten sie sich die Glieder ausrenken, schließlich sich eins im andern auflösen und vor Wollust vergehen! … Die glückselige, mit gutem
Recht neugierige Nicole öffnet schon den Mund,
um sich zu erkundigen, wer dieser forsche
Draufgänger sei, aber schon beginnt er wieder
so heftig zu hobeln, dass sie einsieht, der rechte
Augenblick zu Erklärungen sei für ihn noch
nicht gekommen. Wir haben die wackere Nicole
dem Viehskerl Hilarion in ähnlicher Lage nichts
schuldig bleiben sehen; wie viel weniger wird sie
sich bei diesem so unterschiedlichen Abenteuer
blamieren wollen.

NICOLE: Ja … so ist's recht! … Oh, alle Teufel! Wir wollen sehen, wer von uns beiden zuerst um Gnade bitten wird … du, lieber Freund, willst das also! … Halt! … Man wird sie dir gewähren … da … da … siehst du! … d … d … da … bürste! Schön … Mut! … Feste drauf, feste, mein Junge … keine Angst, dass du mich matt kriegst … los … flinker … los … immerzu … du bist so stürmisch … so recht! *Sie wird noch stürmischer.* Halt! … Halt! Halt! … l … liebst … du es so? … Vorsicht … du warst herausgekommen … das war's … So! Hören wir auf … Ka … me … rad …! Ha! … Ha! … Ver … ver … er … r … flucht! Ich bi … n … glaube ich … ich … b … bi … n … fertig … ah … aah!

Diesen letzten Seufzer bis in die tiefsten Tiefen des unbezwinglichen Schlitzdragoners hineinhauchend, zwängt sie ihm ihre glühende Zunge in den Mund. Die, welche sie gesucht, bäumt sich während dieses unbeschreiblichen Höhepunktes höchsten Genusses gegen ihr Widerspiel. Sie sprechen nicht mehr, sie sind wie von Wollust erschlagen.

NICOLE *wieder zu sich kommend:* Aber, wie dumm ich bin! Ich habe was da, um Licht zu

machen, und habe noch nicht mal daran gedacht, eine Kerze anzustecken. *Sie springt
vom Bett herab, läuft zu ihrem Feuerzeug und
beginnt, auf den Stein zu schlagen.*

DIE STIMME: Ha, Sapperment! Für was denn
das? Halt nur den Feuerschwamm an deinen
himmlischen Brunstofen, da wird's gleich
Feuer fangen. *Nicole hat endlich einen Funken
erzielt und macht Licht.*

NICOLE *ein wenig betroffen:* Ah, Sie sind's, Monsieur!

*Es war einer der beiden fremden Kavaliere, die
der Amputation des berühmten Bartes beige-
wohnt haben.*

DIE STIMME *mit Feuer:* Ha freilich, bei Gott! Das
bin ich! Der Chevalier de Rapignac, der
reichste Edelmann vom Périgord.[*]

NICOLE *höflich:* Ich hatte nicht die Ehre, Sie zu
kennen, Monsieur, und glaube auch nicht, Sie
jemals bei Madame la Marquise gesehen zu
haben.

CHEVALIER *dünkelhaft:* Das meinst du, Herz-
chen! Deine Madame kennt mich aber gut!
Und frag einmal deine Kameradin Philippine!
Frag sie ruhig mal.

---

[*] Lieber Leser, merke dir bitte, dass Monsieur de Rapignac selber sagt, er sei der reichste Edelmann seiner Heimat. (Anm.
d. Verf.)

NICOLE: Oh, ganz gewiss, Monsieur le Chevalier, mit Vorzügen, wie Sie solche besitzen … *Heftet die Augen auf seinen Prachthammer …* müssen Sie …

CHEVALIER *einfallend:* O mein Mädchen, nicht so viele Faxen oder ich hämmere zu! Bei Gott, im Dunkeln schienst du mir liebenswürdiger gewesen zu sein. Ich bin Chevalier, das weiß ich besser als irgendwer, aber für dich bin ich dein Freund, dein Kamerad, wie du so arg nett gesagt hast, als wir das vorhin getan haben. Ah, und wie heißt man die Mamsell?

NICOLE *lachend:* Sie machen den Eindruck, als wären Sie ein guter Junge!

CHEVALIER: Schau hier! *Mit einem Blick seinerseits lenkt er den Nicoles auf sein großsprahlerisch zurechtgelegtes Ding.*

NICOLE: Meiner Seel, ich habe mehr getan als bloß gesehen!

CHEVALIER: Aber alles ist noch nicht gesagt! Komm, mein kleiner Feger, die Dame Venus selbst gefällt meinem Herz nicht so gut wie du! Ich will jedoch in deinem Bette sein, was der Gott Mars im Kriege …

Während er sprach und Nicole zuhörte, erbaute sie sich recht daran zu sehen, dass der stolze Wonneschlauch die Vorschläge des Sprechers in

keiner Weise Lüge strafte; zu gleicher Zeit rei-
nigte sie sich von den heftigen Spuren seiner voraufgegangenen Allotria und wusste dies Geschäft mit all den kleinen liederlichen Künsten
auszuführen, die die gute Verfassung des standhaften Chevaliers aufrechterhalten konnte. Der
jetzt folgende Vorschlag war gefährlich, aber sie
riskierte ihn doch.

NICOLE: Mein lieber Chevalier, ist es Ihnen ge-
　　nehm, sich gleichfalls bedienen zu wollen?
　　Zugleich macht sie, eine Wasserkanne und ein
　　Waschbecken in der Hand und ein Handtuch
　　unterm Arm, einen Schritt auf das Bett zu.
CHEVALIER *vom Bett herunterspringend:* Oh, von
　　Herzen gern! Du kannst mir mit deinen schö-
　　nen Händen den kleinen Kavalier da wa-
　　schen!
NICOLE *lächelnd und waschend:* Nicht gar so
　　klein, wenn Sie gestatten.

Diese zweite Reinigung gestaltet sich zu der hei-
tersten Sache von der Welt. Während Nicole
Wasser über den nicht schlapp zu machenden
Stängel gießt, ihn reibt, streichelt und ihn, was
das Zeug hält, in ihrer Hand auf eine Art hin
und her traben lässt, dass, wenn das Vorherge-
gangene nicht schon passiert wäre, er wohl nicht

lange ausgehalten hätte, lässt der glückliche Chevalier seine Hände über die zahlreichen Schönheiten der Zofe gleiten, küsst sowohl Mund wie Brüste und ihren Arm und lässt die prächtigen, während ihres Kampfes von der Nachthaube befreiten Haare durch die Finger gleiten. Als er längs ihres Kreuzes hinstreift, scheint ihm eine plötzliche Eingebung zu kommen, und in dem Moment, als Nicole Waschbecken und Wasserkanne hinsetzt, lässt er die gefügige Nicole sich um sich selbst herumdrehen.

CHEVALIER: Alles ist Muschel bei dem Herzchen.

Gleichzeitig lässt er sich auf die Knie fallen, macht sich aus den herrlichen Hinterbacken seiner Freundin eine Maske, packt sie bei den Schenkeln und sie mit aufhebend, richtet er sich wieder empor und geht zu dem Bett zurück. In seiner ganzen Länge wirft er sich hier auf den Rücken und richtet zunächst seinen Kopf und die Kehrseite der Zofe in die Höhe, jedoch so, dass ihre Beine und Schenkel auf seinen Schultern bleiben. In dieser Stellung hat er das vor Augen, wo der Rücken seinen anständigen Namen verliert, und sein Mund liegt kreuzweise vor dem magischen Einschnitt, den die Natur zum Sitz der Wollust gemacht hat. Währenddessen richtet

sich die interessante und stolze Wonnenudel gegen die Augen Nicoles, die sie schon mit einer Zunge, die keineswegs die automatische und wenig entgegenkommende Zunge Hilarions ist, herausgefordert hat.

NICOLE *leidenschaftlich:* Oh, wie schön das ist! Alles an dir ist Ladestock!

Kaum ist diese Schmeichelei ausgesprochen, so ist ihr Mund, der sich nicht von dem Benehmen des dem Chevalier gehörenden übertreffen lassen will, auch schon von dem frischen, hochroten, die stolze Flöte krönenden Mundstück ausgefüllt; die Schelmin trillert in dieser Lage, indem sie die Finger längs dieser absonderlichen Klarinette auf- und abführt, der dieser Fingersatz einen lebhaften Zusatz an Wollust verschafft, eine Art von Melodie. Sie unterlässt es auch nicht, die unteren Schellen zu bespielen, noch das noch tiefer gelegene Plätzchen, das die Natur versehentlich nicht absolut unempfindlich für die verschiedenartigen Berührungen der Wollust gemacht hat, zu befingern. Diese stimulierenden Manöver haben den feurigen Chevalier bald in den nämlichen Grad von Feuer versetzt, den seine Zunge Nicole spüren lässt. Im gleichen Augenblick vollzieht sich bei beiden die Entladung,

und als der entzückte Zungenfreier den Begeiste-
rungssaft in seinem Munde empfängt, erstattet er
ihn vierfach allsogleich in den der aufgelösten
Zungenfee zurück. Zwei ausgemachte Trunken-
bolde leeren ihre Gläser nicht mit so viel Begier,
wie unsere wonneberauschten Zecher das Öl Cy-
theres einschlürfen. Einer wie der andere scheint
danach zu verlangen, die Quellen, aus denen sie
eben trinken, auszuschöpfen. Endlich aber ist die
Zeit gekommen, wo sie eines Augenblicks der
Ruhe bedürfen. Man zieht, sobald man sich den
Mund zunächst gründlich mit Wasser ausge-
spült, seine Hemden wieder an und nimmt dann
ein kleines Gläschen ausgezeichneten Marasqui-
nos zu sich, von dem, wie Nicole sich plötzlich
entsinnt, glücklicherweise ein Fläschchen der
Unmäßigkeit des schmutzigen Hilarion entgangen ist. Nach dieser angenehmen und nicht minder nützlichen Restaurierung sind unsere Helden
gezwungen, sich dem Schlummer zu überlassen,
denn seit diesem Augenblick weigert sich der
Gott von Lampsacus, der seiner Meinung nach
hinreichend geehrt war, ihren weiteren Wünschen zu willfahren. Jedoch beim Erwachen, das
bei dem tapferen Rapignac seitens Nicoles etwas
beschleunigt wurde – sie war nämlich wieder so
weit, den Faden der Unterhaltung von neuem
aufnehmen zu können –, gab es einen dem vor-

aufgegangenen allzu ähnlichen Angriff, als dass
ich mir die Mühe machen brauchte, ihn beschreiben zu müssen. Der einzig bemerkenswerte Unterschied war der, dass der Feger, der sich nunmehr die Hundetour machen ließ, früher als ihr
Rammelbolzer spuckte, der zwar keineswegs
matt, wohl aber ein wenig knapp bei Kasse geworden war und daher glaubte, sie verliere nicht
gerade viel, wenn er seine heiße Spur in dem benachbarten Quartier hinterließe. Also, ein gerie-
bener Schlingel, der er war, schlüpfte er unversehens aus dem Hauptportal in die Hintertür, und
diese Mogelei ward so flink, so geschickt ausgeführt und gelang, dank der überreichen Salbung,
die die Zofe seiner strammen Plempe gegeben,
so ausgezeichnet, dass dies gute Geschöpf von
Nicole, die, wie schon früher erwähnt, hierauf
sehr gut eingeritten war, nur laut zu lachen anfing und nach geschehener Tat mit der denkbar
besten Laune ausrief:

NICOLE: Also, Monsieur le Chevalier, gestehen
    Sie zu, ein Hinterlader zu sein?
CHEVALIER: Ha, bei Gott, wer möchte sich das
    nicht zur Ehre anrechnen bei so einem schö-
    nen Bürzel wie dem da!
NICOLE: Potztausend noch mal! Aber ohne da-
    raus Konsequenzen ziehen zu wollen.

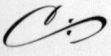

CHEVALIER: So will ich's augenblicklich wieder gutmachen …

NICOLE *ablehnend:* Nein, mein Verehrtester! Wenn Sie der Mann dazu sind, dem allen eine Fortsetzung geben zu können …

CHEVALIER *feurig:* Eine Fortsetzung, mein Herzchen! Ein Hund will ich sein, wenn ich nicht bis zum Jüngsten Gericht der getreue und alleruntertänigste Ritzenmeister der unvergleichlichen Nicole bleibe!

NICOLE *mit einem Kuss:* Gut denn! Heben wir eine Birne für den Durst auf.

CHEVALIER: Potz Blitz! *Er lässt sie seine Brunzkugeln anfassen.* Da hast du zwei, mein Püppchen! Wenn das keine weichen Birnen sind!

NICOLE *lachend:* Das sind Äpfel, Schatz, das sind Kurzstieler!

Lassen wir diesen Schnickschnack, der sich für zwei Leute geziemt, denen ihre Verstandeskräfte noch nicht vollständig wiedergekommen sind, und erzählen wir lieber, was, während diese beiden sich die Zeit so reizend vertrieben, anderswo passierte.

Nach dem Theatercoup, als der seraphische Bart bei Nicole zugerichtet war, hatten die Zuschauer sich zerstreut. Man hatte Monsieur Dupeville, von dem im ersten Bande unseres Wer-

kes so viel die Rede gewesen, und den eben auf
der Bildfläche erschienenen Chevalier de Rapignac in zwei getrennt liegenden Logierzimmern
untergebracht. Dupeville war ruhig in seinem
Quartier geblieben, während der Teufel der
Brunst den anderen die eben beschriebenen
Abenteuer hatte aufsuchen lassen. Was die
Comtesse anbetrifft, so war es nicht möglich gewesen, sie zu bewegen, sich mit einem Bett für
sich allein zu begnügen. Sei es, dass dies kleine
Teufelsfrauenzimmer sich dessen, was sonst täg-
liches Brot für sie war, einige Tage lang enthalten hatte, sei es, dass ihre überschäumende Einbildungskraft jetzt rasendes Verlangen nach einer sechs Monate lang entbehrten Unterhaltung
trug, kurzum, sie wollte absolut bei der Marquise bleiben und das Bett mit ihr teilen. Gott
weiß, was darin vor sich ging. Zwei Stunden unter Rad wurde die Marquise vorgenommen und
zur Revanche gezwungen. Alle Künste der raffiniertesten Busenliebe mussten herhalten und
wurden bis zum Grunde ausgekostet, ja selbst
bis zu der famosen von Bricon erstandenen
Doppelprothese, die feierlichst in Aktion trat,
wurde nichts bei dieser hitzigen Wiederholung
verschwiegener Freuden verabsäumt. Während
die kleine Motte-en-feu ihn sich anschnallte und
hereinschieben ließ, zwängte die Marquise sich

dieses Spielzeug wegen ihrer Schwangerschaft nicht hinein, und auf diese Weise wurde beiderseits fast ebenso viel gegeben wie gewährt, und der Schluss dieses weiblichen Zeitvertreibes war ein wechselseitiges Geständnis: Mit solchen Hilfsapparaten könne das schöne Geschlecht sich des andern sehr wohl enthalten, zumal dies so viel Wesens von sich macht, so viele lästige Gesetze vorschreibt und mit seinem realen Instrument oft weniger fertig bringt, als wenn man sich mit seinem illusionistischen Äquivalent unterhält. Die Damen waren, als der Schlaf sich ihrer Schwäche endlich erbarmte, abgespannt wie zwei Bettelläufer. Ganz aufgelöst, wie sie sich bei ihrem Erwachen um elf Uhr morgens fühlten, empfanden sie das Bedürfnis, sich mit dem Aufstehen nicht allzu sehr zu beeilen. Das gab Anlass, allerhand Dinge besprechen und sich alles anvertrauen zu können, was sich, seit sie einander nicht gesehen, zugetragen habe. Von wie vielen Flugliebschaften und Einfällen wusste unser ausgelassener Rotschopf nicht zu berichten! Die Marquise hingegen hielt es für angezeigt, ihre »Letzte Ölung« und deren Folgen sowie die Szene mit Mohammed-Hilarion mit Stillschweigen zu übergehen. Endlich warf man die Frage auf, aus welchen Gründen die drei Personen, die, obwohl miteinander be-

kannt, nicht zusammen gefahren waren, nächtlicherweile wohl zu dem Schlosse hinausgekommen waren.

MARQUISE: Ich gestehe dir, Liebste, dass ich Monsieur de Rapignac seit unserer Wette gänzlich vergessen hatte. Was Dupeville anbetrifft, habe ich, seit ich auf dem Lande bin, überhaupt nicht mehr gewusst, dass er noch auf der Welt ist.

COMTESSE: Die Frage ist auch wirklich nicht ganz entschieden. Wenn man kommen, gehen, essen, schlafen, einen Anzug tragen und nicht bei lebendigem Leibe verfault sein »leben« heißt, lebt Dupeville noch; aber da er nicht mal mehr wert ist, wie der allerkläglichste »Sopran«, sage ich tot; und, dem Augenschein zum Trotz, sogar sehr tot.

MARQUISE: So weit ist es mit ihm gekommen! Ist gar keine Hoffnung mehr möglich? So ist die Operation, von der, wie ich mich entsinne, du mir damals erzählt, ausgeführt, und …

COMTESSE: Hat ihn völlig zur Null gemacht. Überdies war ich nicht begierig darauf, die Überreste seiner zerschnipfelten Männlichkeit zu sehen; aber ich habe es von dem armen Teufel selbst erfahren, dass er ihn nirgends mehr reinschieben kann.

MARQUISE: O je!

COMTESSE: Überdies hat er kein Pulver mehr auf der Pfanne … Die Einbildungskraft der Augen, der Finger, eine Zunge … Da hast du alles, was ihm an Hilfsmitteln übrig geblieben ist.

MARQUISE: Mithilfe der Philosophie der Umstände mag ein Mann sich wohl fassen lernen, allein diese Hilfsmittel müssen ihn doch wohl recht weit ablenken, daher bedaure ich den guten Dupeville von ganzem Herzen.

COMTESSE: Du fragst mich nicht, was er Weiteres von dir verlangen könnte?

MARQUISE *kühl:* Ich dachte, dass er dich begleitet habe, weiter nichts.

COMTESSE: Brr! Wahrhaftig, das ist wohl was anderes! Er will was von dir, etwas Direktes, etwas dich sogar sehr nahe Angehendes.

MARQUISE: Na, dann möchte ich doch wissen, was das wäre!

COMTESSE: Ein famoser Witz dabei ist, dass Rapignac und Dupeville sich ganz das gleiche Projekt in den Kopf gesetzt haben. Einer wie der andere ist hierher gekommen, um dir ihre Absichten mitzuteilen und deiner Entscheidung anheim zu stellen. Der von dir bevorzugte hat sich vorgenommen, zu bleiben. Fallen alle beide durch, werden wir sie nach Paris heimschicken und werde ich dir während deines Landaufenthaltes so lange, wie es dir genehm ist, Gesellschaft leisten.

MARQUISE *sie umarmend:* Deine Freundlichkeit entzückt mich, aber was erwarten diese beiden von mir?

COMTESSE: Rate!

MARQUISE: Sollte Dupeville im Spiel oder bezüglich seines Kredits erhebliche Einbuße erlitten und ich die Freude haben dürfen, ihn verpflichten zu können? Er braucht nur ein Wort zu sagen …

COMTESSE: Sein Konkurrieren mit einem gascognischen Chevalier darf dich in der Tat auf diese Idee bringen, aber sie ist falsch. Eine andere Mutmaßung …

MARQUISE: Oh, lass mich in Ruhe! Sie mögen reden oder den Mund halten, das ist mir ganz egal. Ich habe kein Verlangen, ihr Geheimnis zu ergründen.

COMTESSE: Ich habe es jedoch übernommen, dich davon in Kenntnis zu setzen, und schmeichle mir, deine Neugier durch die von mir gewählte Haltung etwas gereizt zu haben. Hättest du Lust, dich wieder zu verheiraten?

MARQUISE: Ich mich wieder verheiraten! Welch lächerliche Frage! O nein, liebste Freundin, ich werde mich niemals wieder verheiraten!

COMTESSE: Man denkt jedoch im vollsten Ernst daran, dich zu heiraten.

MARQUISE: Diese Kavaliere etwa?

COMTESSE: Alle beide, wenn das Gesetz es gestatten würde; wenigstens der eine oder der andere.

MARQUISE: Sie sind übergeschnappt! Ich, die ich, dem Himmel sei Dank, noch jung, hübsch, reich und lebenslustig bin! Ich meine Freiheit, das höchste meiner Güter aufgeben! … Aber sage nur, welcher meiner Ruhe feindliche Dämon hat ihnen diesen Gedanken suggerieren können?

COMTESSE: La, la, beruhige dich! Ich hätte mich nur damit abgegeben, diese Angelegenheit zu arrangieren, wenn sie dir irgendwie angenehm erschienen wäre. Reden wir nicht weiter davon! Du wirst ihnen deine Gründe sagen; die ihrigen, das will ich dir im Voraus mitteilen, sind für die Katz.

MARQUISE: Darf man wissen?

COMTESSE: Ich habe nichts zu verschweigen. Es war das Gerücht aufgekommen, du seiest von den Blattern entstellt. Dadurch konnte jeder deiner Bewerber vermuten, du würdest dein lustiges und Aufsehen erregendes Leben aufgeben wollen. »Sie wird immer liebenswürdig, immer eine reizende Gesellschafterin bleiben«, sagte Dupeville, »was Weiteres brauche ich nicht. Sie hat Vermögen, ich habe doppelt so viel; wir werden ein glänzendes Haus machen …«

MARQUISE: Und Monsieur de Rapignac? Welcherart war seine Rechnung?

COMTESSE: »Bei Gott«, sagte er, »das Frauchen da tut mir Leid! Ihr Missgeschick spaltet mein Herz! Im schönsten Alter, reizend, verlassen, melancholisch, wird sie vor Ärger und Gram umkommen! Kein Ehrenmann tut ihr in generöser Weise beispringen. Der Ehrenmann, das will ich sein! Ich bin nicht reich, leider Gottes, aber meine kleinen Ressourcen habe ich dennoch!«

MARQUISE: Ja, die sind bekannt genug! Mosjö mogelt beim Spiel. Lumperei und Pumperei seine Besitzungen, das Geld der Dummen seine Einkünfte, Frechheit und Straflosigkeit die tatsächlichen Renten seines einträglichen Glücksrittertums.

COMTESSE: Hahaha! Ich sehe schon, Monsieur de Rapignac wird nicht zum Heiraten kommen!

Während dieser Unterhaltung hat die Comtesse geschellt. Philippine erscheint.

MARQUISE *zu ihrer Freundin:* Was wünschst du zum Frühstück?

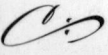

COMTESSE: Eine Bouillon, sonst nichts.

MARQUISE: Ich hatte den gleichen Gedanken. *Zu Philippine.* Hole zwei Bouillons, aber schnell!

COMTESSE *zu Philippine:* Einen Augenblick, Kind! *Leise zur Marquise.* Könnte man sie nicht von dem kleinen putzlustigen Kerl bringen lassen, der hier gestern Abend erschien und meldete, dass …

MARQUISE: Von Félix?

COMTESSE: Félix oder wie man sonst will, aber selbst bis in meinen Schlaf hat mich dies spitzbübische Gesicht verfolgt.

MARQUISE *lächelnd:* Aha, eine neue Auflage des Appetits auf Joujou!

COMTESSE: Oh, du wirst mir doch zugeben, dass dieser außerordentlich viel hermacht!

MARQUISE: Ja und nein. *Zu Philippine.* Félix soll uns das Frühstück bringen!

PHILIPPINE: Sehr wohl, Madame. *Sie geht ab.*
Während Philippines Abwesenheit erzählt die Marquise ihrer Freundin, was Félix gewesen sei … bevor sie ihn zu sich genommen habe. Sie fügt hinzu:

MARQUISE: Das ist in diesem Augenblick eine Blume, aber bald wird das nichts mehr sein. Ein schwächlicher Körper, wenig Geist, mehr Schelmerei als Feingefühl, scheußliche Neigungen. Denn dieser kleine Galgenstrick ist schon mehr Pupenjunge als Belamour, jedoch ohne dessen liebenswürdige Eigenschaften und nicht weniger Hinterwäldler als Boujaron, allein, ohne dessen Charakterstärken zu besitzen.

COMTESSE: Und so etwas duldest du bei dir?

MARQUISE: Was soll man machen?

COMTESSE: Mach Minette ein Geschenk damit! *Heiter.* Schenke mir schleunigst diesen allerliebsten Strick!

MARQUISE: Sieh mal einer an, wie Sie sich diesen Panegyrikus, den ich soeben losgelassen, zu Nutze machen! Ekelt Sie dieser kleine Schweinigel nicht an?

COMTESSE: Ganz im Gegenteil! *Umarmt die Marquise.* Du siehst mich entzückt. Um jeden Preis will ich Félix haben! Trittst du ihn mir nicht ab, entführe ich ihn; ich werde ihn an mich fesseln, ich werde sein geringes Glück begründen. Welche Wonne, eine niedliche Kreatur zu besitzen, die, nach dem, was du mir darüber sagst, sein Hauptgeschäft aus dem macht, was meine anderen Kunden mir kaum aus Gefälligkeit gewähren.* Ich werde

---

* Man entsinnt sich, dass die Comtesse schon bezüglich Boujarons dieselben Absichten gehabt. Dies Weib gibt ihre Pläne niemals auf.

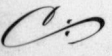

mich mithin nach Belieben loyolisieren* lassen. Ich werde meine Aufhüpfer, sooft es mir gut scheint, loyolisieren lassen. Wenn ich merke, dass die Kraft eines meiner Kämpen gegen Ende eines Sturmangriffes abnimmt, kann Félix, den ich dann wie ein Reservecorps herbeirufen werde, meinen Kerl verschieben und seine Glut von neuem anfachen. *Sie singt mit Beziehung:*

> »All das, so scheint es mir,
> All das schon seh ich hier.«

> *(Aus: »La Laitière et les chasseurs«)*

Oh, wie glücklich ich sein werde! *Sie stürzt sich auf die Marquise und treibt ungestüm vielfältige Possen mit ihr.*

MARQUISE *heiter:* Holla! Na aber! Welche Lebhaftigkeit! Was, des Teufels, wollen Sie, soll ich mit diesem niederträchtigen Hintern machen, den Sie mit solcher Gewandtheit hin und her bewegen! Ich habe nicht die Ehre, Mosjö Félix zu sein.

COMTESSE: So soll sich dieser kleine Schuft doch

---

* »Loyolisieren« ist gleichfalls eines der aus dem speziellen Sprachschatz der Comtesse stammenden Worte. Sie meint damit das, was die Söhne des heiligen Francisco de Loyola so häufig in den Alumnaten mit ihren Zöglingen treiben; eine jesuitische Praxis, die die Mitglieder des Ordens mit Fleiß und Ausdauer ausgeübt. (Anm. d. Verf.)

beeilen. Das glückliche Zusammentreffen mit ihm bestimmt mich, mir endlich einen dieser eben in Mode kommenden Jockeys zuzulegen.

MARQUISE: Ich finde sie recht lächerlich. Dieser Stallanzug! Diese glatten Haare! Die Quäkerhüte …

COMTESSE: Ich verabscheue diese englische Nachäfferei zum Mindesten ebenso sehr wie du, und mit den Engländern selbst habe ich auch nichts im Sinn; es sind langweilige Philosophen und trübselige »Bohrwürmer« …

MARQUISE *boshaft:* Aber ihre City-Lords bezahlen äußerst freigebig.*

COMTESSE: Viel besser als unsere echten oder falschen Marquis, wenn sie nach London gehen. Aber das führt uns zu weit! Diese reizenden Kinder, die tagsüber, so viel man will, herumrennen müssen und sich, wie es heißt,

---

* Diese Unterhaltung wie das Folgende bezieht sich auf zwei Epochen im Leben dieser beiden Damen. Die Comtesse hatte einmal von einem so genannten Lord, der in Wahrheit aber nur ein reicher Kaufmannssohn war, Kontributionen erhoben. Und der Marquis, der Gatte unserer Heldin, hatte sich einmal in London auspfeifen lassen, da er der ersten Schauspielerin des vornehmsten Theaters dieser Hauptstadt fünfzig Louis angeboten hatte. Was die unter solcher Flagge Segelnden anbetrifft, so weiß man, dass sie nur landauf, landab reisen, um Leute dumm zu machen, und ihre größte Sorge die ist, möglichst große Beträge zu erpressen. (Anm. d. Verf.)

nachts Verdienste um das Glück von aller Welt erwerben, liebe ich bis zur Tollheit. Ich sage dir, der Gebrauch von Jockeys wird von Dauer sein.*

MARQUISE: Wir werden sehen. Zudem kannst du über Félix verfügen und … wenn du Lust hast, werde ich dir unverzüglich ein kleines Vergnügen mit ihm verschaffen.

COMTESSE *lebhaft:* Ein sehr großes, falls du ihn in den Funktionen, für die ich ihn bestimme, gleich eine Probeleistung machen lassen willst.

MARQUISE: Das war meine Idee. Gleich wird uns Félix die Bouillons bringen. Lass mich die Komödie einleiten! Du wirst so tun, als ob du sehr fest schliefest; du wirst dich so einrichten, dass, wenn ich aus dem Bett steige, ich dich ohne weiteres entblößt und in der für deine Absichten günstigsten Stellung als ein vorzügliches Objekt für die künftigen Dienstleistungen meines kleinen Schweinepelzes zurücklassen kann. Ich werde ihm ein Zeichen machen, leise aufzutreten, und werde selber äußerste Vorsicht anwenden, während ich mich in mein Toilettenkabinett begebe, kein

---

* Diese Prophezeiung der Comtesse ist eingetroffen. (Anm. d. Verf.)

Geräusch zu machen. Schnarche alsdann; ich wette, binnen fünf Minuten hat er allen Respekt vergessen und, trotzdem er freie Wahl hat, den weit schwierigeren deiner beiden Ringe im Stechen gewonnen.

COMTESSE: Sollte er wohl den guten Einfall haben, mir diese Aufmerksamkeit zu erweisen?

MARQUISE: Probiere!

COMTESSE *entzückt:* Ich wäre imstande, ihn anzubeten.

MARQUISE: Pst, man kommt! Zweifelsohne ist er das. Denken wir an unsere Rollen!

Die Comtesse legt sich so hin, dass ihr Kopf ganz in das Kopfkissen vergraben ist, während ihr Hintern über den Bettrand hinaus liegt; sie ist jedoch noch zugedeckt.

Félix tritt mit den Bouillons ein. Die Marquise sitzt aufrecht im Bett und gibt ihm durch Gebärden und einen auf den Mund gelegten Finger zu verstehen, er solle kein Geräusch machen. Er gehorcht. Sie selber steigt darauf mit größter Vorsicht aus dem Bett, zieht aber durch eine scheinbare Ungeschicklichkeit so viel von der Decke weg, dass ihre Freundin splitterfasernackt daliegt. Die Marquise schließt sich in ihr Kabinett ein oder tut doch wenigstens so. Die Zurichtungen für das Frühstück sind bald beendet. Einst-

weilen ist es ganz natürlich, dass der verliebte Félix unter dem Vorwand, neue Befehle zu erwarten, im Zimmer bleibt und sich dem Vergnügen überlässt, alles, was die Comtesse seinen Blicken darbietet, zu bewundern.

Bewundern! ... Das ist recht wenig ... Félix seufzt ... Ein verzehrendes Feuer rast durch sein Blut ... Sein Herz schlägt zum Zerspringen ... Allein, kann man in seinem Alter ähnlicher Regungen Herr werden? ... Überlegt man sich, welcher Gefahr man sich aussetzt, geht man zu dreisten Tätlichkeiten über? ... Der ausgewachsene Mann, der Weise sogar, werden sie das äußerste Ende einer rosigen Liebesgrotte und die sich ein wenig bewegende Öffnung eines herausfordernden Hinterns ungestraft sehen können? Denn jeder andere als ein Kind würde sich wohl dafür entscheiden, dass nichts von dem, was sich da präsentiert, schläft! Félix, den es anzieht wie der Magnet das Eisen, wagt einen ersten, ziemlich kurzen Schritt; der zweite ist schon länger und sicherer; der dritte führt ihn dicht vor die Ziele. Er befindet sich in dem Wirbelsturm ihrer elektrischen Atmosphäre; er gerät dadurch in Glut und steht in Flammen ... Indessen der Respekt ... die Furcht ... weg mit allen beiden! Er wagt sich niederzulassen, um ... leicht wie der Zephir zunächst einen Kuss auf die eine … wie auf die andere dieser reizenden Rundungen zu hauchen … Sollte die Marquise sich getäuscht haben? Denn gelegentlich lässt der kleine Schlingel auch entlang dessen, was man Schamfurche nennen kann, einen unmerklichen Zungenschlag hingleiten … Aber nein! Diese gelegentliche Ehrenbezeigung ändert nichts an seiner von der Marquise bereits vorausgesehenen Wahl … Da er so weit ist, eine außerordentliche Dreistigkeit wagen zu wollen, atmet Félix nicht mehr, er keucht, er erstickt fast … Indessen ist auch die Angriffswaffe auf dem Plan erschienen … Er berührt das Ziel … Aber trocken würde er sich zu sehr bemerkbar machen … Man würde aufwachen. Sei gescheit, Félix! Wirklich nimmt er Spucke auf die Fingerspitzen, und dann … auf gut Glück … beginnt er zuzustoßen … O Glück, er kommt hinein! Alles ist drinnen … und die Dame ist nicht munter geworden! Sie hatte auch keinen Vorwand dazu, denn dieser Weg ist bei ihr von so viel gewichtigeren Leuten als Félix begangen worden, dass er ohne die Sorgfalt, die mithilfe des außerordentlich elastischen Ringverschlusses, mit dem das in Frage kommende Plätzchen begabt ist, darauf verwandt wird, ihn fest zu umfangen, dort allen Zwanges ledig sein dürfte. Kurzum, ziemlich lange und mit äußerster Delikatesse

darf er sich seiner günstigen Konjunktur erfreuen. Endlich tritt die Magie der Wollust in Kraft. Aber, welche Überraschung! ... In dem Moment, als die warme Injektion des Liebesbalsams der Comtesse ankündigt, die Notzüchtigung ihrer Kehrseite sei vollzogen, packt der Tollkopf mit der Geschicklichkeit und Unfehlbarkeit einer sich auf die Maus stürzenden Katze die Hose des kleinen Schlingels auf beiden Seiten mit den Händen. Da sie ihn durch diese Kriegslist völlig in ihre Gewalt bekommt, hindert sie ihn daran, ihr entwischen zu können, und ruft hell auflachend ganz laut nach der Marquise, was freilich im Grunde ganz unnötig ist, da diese Félix ganz richtig im Verdacht gehabt, er würde sich an die Arbeit machen, bevor sie wieder ins Bett zurückgekehrt wäre. Sie hatte alles sehr wohl hinter einem verräterischen Vorhang aus florentinischem Taft mit angesehen. Zu erscheinen aufgefordert, schlägt sie ihn jäh auseinander und treibt zum großen Schrecken des unternehmenden Kistenschiebers die Verwirrung dadurch auf die Spitze. Den armen, vor Wollust fast toten Kleinen verwirrt dies neue Unglück total. Er verliert das Bewusstsein und sinkt auf den Leib der Comtesse hin ...

Indessen legen die beiden Freundinnen ihn auf das Bett, lassen ihn an Riechsalz riechen und

flößen ihm Wasser mit Eau de Cologne vermischt ein: Seine Lebensgeister erwachen wieder … Zunächst wälzt er sich hin und her, sein verzweifeltes Gesicht in die Kopfkissen zu verbergen. Er ist außer sich und vergießt einen wahren Strom von Tränen.

MARQUISE *mit recht mildem Ton:* Sie sind ein netter Schlingel, Mosjö Félix!

COMTESSE *gütig:* Lass sie reden, mein kleiner Freund! Geh, du bist ein gutes Kind und hast das wie ein Engel gemacht. *So redend, versetzt sie ihm mit der Hand leichte Schläge auf den von ihr entblößten Hintern.*

MARQUISE *muss sich zwingen, um nicht in Lachen auszubrechen:* Madame, Sie müssen unbeschreiblich viel Wohlwollen für …

COMTESSE: Scherz beiseite! Das ist zum Lachen, Félix! Was mich betrifft, bin ich dir gar nicht böse! Ganz im Gegenteil. Sieh uns an! Also nicht mehr so traurig! *Sie kitzelt ihm die kleinen Oliven und das Übrige auch.* Sehen Sie, wie das arme Kind in sich selbst zusammengekrochen ist! Ist das nicht grausam, Liebste?

MARQUISE: O wohl! Wie Sie wollen! Jedoch weil der Streich, den er Ihnen gespielt, Sie nicht gegen ihn einnimmt, will auch ich ihm die ver-

dienten Hiebe erlassen; aber dennoch – ich jage ihn fort.

Da Félix noch immer nicht gewagt, die Damen anzublicken, machen sie sich scherzhaft verschmitzte Zeichen, deren Sinn er nicht versteht. Die eben vernommene Ankündigung seiner Entlassung verschärft seinen Schmerz. Er springt vom Bett herab und wirft sich der Marquise zu Füßen.

FÉLIX: O liebste Madame, meine allerbeste Herrin, Sie jagen mich fort …! Was soll dann aus mir werden? Mein Gott, wie bin ich zu beklagen!

COMTESSE: Fürchte nichts, Félix, dir soll kein Unglück widerfahren! Ich übernehme dich, ich!

FÉLIX: Sie sind sehr gütig, Madame! Aber ich stehe so tief in Schuld bei meiner guten Herrin …! Ach, dass ich sie so verlassen soll, durch ihre Ungnade niedergedrückt, wie ich bin!

MARQUISE *ihn anlächelnd und ihm die Hand reichend:* Trockne deine Tränen, mein lieber Félix! Man hat dir einen kleinen Streich gespielt, und du wärest ein Schafskopf gewesen, hättest du dich anders benommen. *Indem er sich erhebt, küsst er der Marquise entzückt die*

Hand, und sie fährt, ohne sich unterbrechen zu lassen, fort. Aber, mein Lieber, empfange einen beherzigenswerten Rat. Für ein Kind zeigst du eine zu ausgesprochene Neigung für das Naturwidrige und …

COMTESSE *lebhaft:* Kehr dich nicht an das, was sie sagt!

MARQUISE *zu ihrer Freundin:* Lass mich zu ihm sprechen! Ich bin ihm gut, und es ist nur zu seinem Besten …

COMTESSE *einfallend:* Ich denke, ich liebe ihn ebenso sehr, und daher ist es zu seinem Besten, bitte ich ihn, auf das, was ich ihm zu sagen habe, zu hören. Hier auf Erden, Félix, hat jeder seine Bestimmung. Die Natur, mein Sohn, hat dich nicht so ausgestattet, dich mit Erfolg dem Dienst der Liebesgrotten weihen zu können. Glaubst du nicht viel zu verlieren, wenn du dich ihrer enthältst, folge getrost deiner Neigung. Die Leute von der Vorderseite haben nur ein Drittel der Menschheit zu ihrer Verfügung; ihre Antagonisten umfassen die ganze. Aus Liebhaberei werden die Ersteren deine Eroberungen nicht antasten; aus Laune wirst du das Recht haben, wenigstens Anteil an allen ihrigen zu …

MARQUISE *zu ihrer Freundin:* Wahrhaftig, eine reizende Moral! Aber lass uns frühstücken!

Du, Félix, wirst in den Dienst der Comtesse treten; das wird mir ein großes Vergnügen machen.

FÉLIX: Ach, Madame, hätte ich, da Sie mich entlassen, nicht das Glück gehabt, eine so angenehme Stellung wieder zu finden, hätte ich so rasch wie möglich meine Kutte wieder anziehen oder lieber noch ins Wasser gehen mögen.

COMTESSE *reicht ihm die Hand:* Holla, kleiner Narr, keine so schwarzen Gedanken; küsse … küsse doch! *Während er ihr furchtsam gehorcht, lässt sie zwei Doppellouisdor in seine Hand gleiten. Zur Marquise.* Also, er gehört mir doch?

MARQUISE: Das haben wir so abgemacht.

COMTESSE: Unter den Umständen wirst du mich bedienen und, reise ich ab, mir nach Paris folgen.

PHILIPPINE *erscheint:* Einer der Messieurs lässt bei den Damen anfragen, wie sie die Nacht verbracht hätten, und so sie gestatten, möchte er unverzüglich herkommen, um Ihnen seine Aufwartung zu machen.

Wechselseitiges Lächeln seitens beider Damen.

COMTESSE: Man braucht nicht lange fragen, ob dies gespreizte Kompliment von Dupeville herrührt.

MARQUISE: Wollen wir diesen Schönredner empfangen?

COMTESSE: Aber gewiss.

MARQUISE: Und der Chevalier de Rapignac, Philippine?

PHILIPPINE: Man hat noch keinen Laut von ihm
gehört.

MARQUISE: Und hast du Nicole gesehen?

PHILIPPINE: Ich wollte ihr in ihrem Zimmer guten
Morgen wünschen, aber ich konnte lange an-
klopfen, es war nicht möglich, mich bemerkbar zu machen.

MARQUISE: Und Belamour?

PHILIPPINE: Den ganzen Morgen hat man ihn
noch nicht gesehen.

*Ein Lakai erscheint und überbringt der Mar-
quise ein Billet.*

MARQUISE *das Billet nehmend:* Von wem?

LAKAI: Ich weiß nicht, Madame. Ein Bauer hat es
gebracht und wartet auf Antwort.

MARQUISE *öffnet das Billet, liest es aufmerksam,
schüttelt den Kopf und sagt lächelnd:* Die über-
spannte Person! *Zum Lakaien.* Entferne Er
sich! Ich werde sogleich antworten. *Der Lakai
geht.* Rasch, Philippine, sage diesem Sendbo-
ten, dass ich die Person, die an mich geschrieben, unverzüglich sprechen will. Unverzüglich, hörst du! *Philippine entfernt sich.* Verlasse

uns gleichfalls, Mosjö Félix! Da, die Folgen ihrer netten Streiche! *Félix folgt Philippine.*

COMTESSE: Was ist denn passiert?

MARQUISE: Diese arme Nicole,* der es im Kopfe rappelt! Sie schreibt mir, höre nur: »Madame, nach dem, was Sie mit eigenen Augen gesehen, vermag ich nicht zu hoffen, dass Sie mich würdigen werden, in Ihrem Dienste bleiben zu dürfen. Ich scheide daher und gestatte mir, Sie untertänigst für den Skandal, den ich, wiewohl unschuldig, in Ihrem Hause verursacht habe …« Ganz gewiss ist sie auch durchaus unschuldig, und diese Banditen von Belamour und Félix sind die alleinigen Urheber dieses Skandals.

COMTESSE *heiter:* Aber sie haben uns recht zum Lachen gebracht. Man muss ihnen verzeihen.

MARQUISE *heiter:* Alle beide scheinen ja ein großes Anrecht auf Ihre Nachsicht zu besitzen, Madame la Comtesse.

COMTESSE: Wären Sie nicht undankbar, würden Sie ebenso urteilen wie ich es tue, Madame la Marquise. Aber was steht weiter in diesem Billet?

---

* Die Marquise würde sich in Bezug auf Nicole weniger aufregen, hätte sie gewusst, welch angenehme Nacht sie mit Monsieur de Rapignac verbracht. Indessen verdient das Zartgefühl dieses Mädchens wohl einiges Lob. (Anm. d. Verf.)

MARQUISE *lesend:* »Vergessen Sie ihn … *(den Skandal)* bitte, vergessen Sie ihn und entsinnen Sie sich lediglich meines Ihnen bezeigten Diensteifers und der tiefsten Verehrung Ihrer allerergebensten Dienerin

Nicole Culchaud«

COMTESSE: Ihre bloße Unterschrift müsste ihr als Rechtfertigung dienen können.

MARQUISE: Auch ich hege nicht den geringsten Groll gegen sie und würde sehr ärgerlich sein, verließe sie meinen Dienst.

COMTESSE: Wahrhaftig, du bist mit einer Haube auf die Welt gekommen! Die besten Herzen auf Gottes Erde, glaube ich, haben sich ein Stelldichein gegeben, um bei dir zu dienen. Philippine! Nicole! Belamour! Félix …! Bis zum letzten Knecht herunter liebt dich alles und bemüht sich, dich zufrieden zu stellen.

MARQUISE: Zunächst versuche ich, gut zu wählen. Alsdann gebe ich mir alle Mühe, so viel wie möglich für das Glück meiner kleinen Welt zu sorgen. Gute Herren machen fast regelmäßig gute Diener!

COMTESSE: Ich tue mein Möglichstes für meine ganze Umgebung … und dennoch, nur auf Zamor allein kann ich wirklich zählen.

MARQUISE *freundschaftlich:* Zuweilen allzu gut und sogar ein wenig familiär, im nächsten Au-

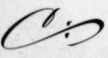

genblick launisch und in deinen Anfällen von
Verstimmung kränkend.

COMTESSE *freundschaftlich:* Du hast Recht! Ich
muss mich ändern! Nun, ich will Félix nicht
verderben, ich schwöre es dir!

MARQUISE: Ah, du hast schon nicht schlecht begonnen! Aber da ist ja Dupeville!

COMTESSE: Und deine Nicole gleichfalls.

Obwohl Nicole drei Schritte hinter ihm ist, wartet Dupeville ganz wie ein Mann des alten Ho-
fes, damit sie als Erste eintreten könne. Allein sie
zögert – Dupeville fasst ihre Hand und lässt sie
zugleich mit sich eintreten.

Nicole schämt sich, vor den Zeugen ihres Ka-
puzinerabenteuers zu erscheinen, und hält sich
abseits, während Dupeville, der, um sie nicht in
Verlegenheit zu setzen, so tut, als kenne er sie
nicht, gleichzeitig die Hand einer jeden der Damen ergreift und sie gleichzeitig an die Lippen
führt.

COMTESSE *mit spaßhaftem Ton zu ihrer Freundin:*
Sie sehen, Madame, man will keine Eifersucht
erregen. *Zu Dupeville.* Wie befindest du dich,
mein armer Invalide?

DUPEVILLE *sich verneigend:* Sie sind außerordentlich gütig! Sehr wohl! *Die Marquise erhebt*

sich; er fügt hinzu. Aber geniere ich hier jemanden?

MARQUISE: Keineswegs, mein Bester! Gestatten Sie mir nur, diesem Mädchen ein Wort sagen zu dürfen.

COMTESSE *leise zu Dupeville:* Das ist die von gestern Abend! *Dupeville antwortet nur durch eine der Sanftheit seines Charakters entsprechende Miene.*

MARQUISE *gütig:* Überlege es dir genau, ob du mich verlassen willst! Ich liebe dich, Nicole; du bist mir ans Herz gewachsen. Das genügt, um alles vergessen sein zu lassen. Nimm dir die Zeit, die du für nötig hältst, um dich von den Erschütterungen einer von mir missfällig bemerkten Mystifikation, deren Opfer du geworden bist, zu erholen. Ich will deine Dienste nicht eher wieder in Anspruch nehmen, bevor du dich nicht imstande fühlst, mir solche, ohne sich mit sich selbst zu viel beschäftigen zu müssen, leisten zu können. Bis dahin lebe du mit den anderen oder für dich, ganz wie dir das gut dünkt. Aber Frieden mit jedermann! Geh jetzt! *Nicole ist bis zu Tränen gerührt, fällt ihrer Herrin zu Füßen und küsst ihr das Knie. – Schweigen.* Geh, liebe Nicole, du tust mir weh … Umarme mich … Geh nur! *Nicole entfernt sich.*

PHILIPPINE *kommt zitternd und aufgeregt zurück:*
Gerechter Gott! Madame! … Ich kann nicht
mehr … Ich kriege keine Luft mehr … Belamour und Monsieur de Rapignac …

MARQUISE *verwirrt:* Was ist?

PHILIPPINE *mit Beklemmung:* Hinten im Garten,
Madame … Degen … sie schneiden sich den
Hals ab! …

COMTESSE *bewegt:* Was sagt sie da?

MARQUISE *aufgeregt:* Dupeville! Rasch, mein
Lieber! Sehen Sie nach, was das bedeutet …

DUPEVILLE: Ich fliege.

*Kaum ist er fort, als man in der Ferne Rapi-
gnac erblickt, den Belamour stützt.*

COMTESSE *mitleidig:* Ach, es ist schon zu spät!

MARQUISE *zitternd:* Allerbarmender Gott! Was
bedeutet das alles?

Der Chevalier de Rapignac und Belamour hatten sich geschlagen. Dieser hatte Ersterem einen
Degenstich versetzt; er führte ihn zu dem Pavillon und presste ein bereits sehr blutiges
Schnupftuch auf die Wunde. Die Damen, Dupeville, die Dienerschaft, kurz, alle Welt läuft
den Feinden mit Ausnahme Philippines entgegen, die im Vorzimmer geblieben ist, um der
beim Anblick Rapignacs, den sie tot oder mindestens dem Tode nahe glaubt und der ihr in-

folge ihres nächtlichen Zeitvertreibes zu teuer
geworden war, um nicht lebhaftesten Anteil an
ihm zu nehmen, fast ohnmächtigen Nicole bei-
zustehen.

BELAMOUR, *der sich mit äußerster Unruhe an jedermann wendet: Zu Hilfe, zu Hilfe! Erbarmen! … Zur Marquise.* Erlauben Sie, Madame, dass Félix unverzüglich Ihr bestes Pferd
nimmt und nach Paris reitet, um Ihren Wundarzt zu holen? *Die Marquise macht ein Zeichen des Einverständnisses; Félix ist bereits im
Stall; Belamour folgt ihm.* Unterdessen bitte
ich, ihm ein Lager zu bereiten; ich meinerseits
laufe zu dem ersten Besten …

MARQUISE *erschrocken zu Belamour:* Unglücklicher, du blutest ja auch!

BELAMOUR: Oh, möge der Himmel es geben,
dass er nicht schlimmer verwundet ist als
ich!

Tatsächlich hat er nur einen unbedeutenden
Stich an der Hand, mit der er den Degen geführt, erhalten. Er eilt zum Wundarzt des Ortes.
Man schafft Rapignac in ein Zimmer des oberen Stockwerkes. Als er samt dem ganzen Ge-
folge vor dem Zimmer, in dem sich die leidende
Nicole befindet, angelangt ist, stürzt diese, die

ihre Gefühle wenig zu bemeistern versteht, zu ihm hin und will ihn in ihre Arme schließen. Man hindert sie daran; indessen hat sie den Trost zu sehen, dass er noch atmet und mithilfe der ihn unterstützenden Arme selber zu gehen vermag.

MARQUISE: In dieser Verwirrung kommt mir alles, was Not tut, aus dem Kopfe.

COMTESSE: Zweifelsohne werden wir Klarheit erhalten.

Der Dorfarzt wohnte ganz nahe beim Schloss und war glücklicherweise zu Hause. Von Belamour geleitet, war er schon nach wenigen Minuten zur Stelle. Dupeville leistete ihm beim Verbinden hilfreiche Hand und säumt nicht, sogleich Bericht zu erstatten, dass der in die Geheimnisse seiner Kunst wenig eingeweihte Biedermann noch nicht habe entscheiden können, ob der Degenstich tödlich sein würde oder nicht. Auf alle Fälle hat man einen starken Aderlass angewandt, währenddessen der arme Rapignac das Bewusstsein völlig verloren hatte. Félix ist schon nach Paris unterwegs und lässt sein Pferd laufen, was es kann. Bezüglich des Siegers sind die Ansichten geteilt. Dupeville und die Comtesse möchten, er solle sich unter allen Um-

ständen aus dem Staube machen; allein er besteht darauf zu bleiben. Die Marquise erwägt die Möglichkeit, ihn verbergen und allen Nachstellungen entziehen zu können. Auf die Frage, was diesen Handel mit Rapignac verursacht habe, antwortet er, der Grund dafür sei in weit zurückliegenden Dingen zu suchen, die er erst in einem weniger kritischen Augenblick würde angeben können. Einstweilen bittet er, man solle ihn bedauern und ihn nicht ohne weiteres verurteilen.

Die Comtesse und Dupeville richteten sich auf dem Gut der Marquise häuslich ein, denn sie mochten sie angesichts der Verwirrung und der Scherereien, die das ärgerliche Abenteuer Belamours verursachte, nicht allein lassen. Einige Tage lang schwebte der Chevalier de Rapignac zwischen Tod und Leben, aber eine unerwartete Besserung ließ schließlich erkennen, dass seine Verwundung nicht tödlich sein würde. Zunächst hatte Belamour sich aus Anhänglichkeit an seine gütige Herrin geweigert, die Flucht zu ergreifen, dann aber auch, weil der sehr einflussreiche Tréfoncier es auf sich genommen hatte, alle üblen Folgen, die den Frisör infolge seines Streiches eventuell bedrohen könnten, abzuwenden. Bekanntlich heilt die Zeit alles, und so waren nach und nach Heiterkeit,

Ruhe und Vergnügen wieder in das Haus eingekehrt. Die kleine Motte-en-feu, die überall in ihrem Element war, wo Männer und Frauen sich zusammen befanden, vertrieb sich die Zeit ganz ausgezeichnet, da sie ja ihre teure Freundin, zwei reizende Zofen, Belamour, Félix und schließlich auch Dupeville zur Verfügung hatte, den, obwohl er zu gar nichts mehr zu gebrauchen war, dies ganz und gar durchtriebene Frauenzimmerchen dennoch zu allen möglichen Diensten anzuhalten wusste. Jeden Morgen verließ diese Liebesvirtuosin sehr frühzeitig ihr Bett, um in das ihrer Freundin zu schlüpfen, sie zu behelligen und ihr hunderterlei Schnurren zu erzählen, die, sobald sie keine Gegenliebe in Bezug auf ihre extravaganten Wünsche fand, schließlich allemal mit irgendeiner Vergewaltigung endeten. Während eines dieser wollüstigen Tête-à-têtes beider Damen fand folgende Unterhaltung statt.

MARQUISE: Weißt du wohl, Liebste, dass Limefort und Rapignac zusammengenommen kein Weib so zu Grunde richten würden wie du, wenn man dich gewähren ließe.

COMTESSE *heiter:* Sei weniger reizend, dann wird man dich nicht zu Grunde richten. *Sie gibt ihr einen Kuss.*

MARQUISE: Der arme Félix ist schon nur noch Haut und Knochen.

COMTESSE: Das macht ihn nur flinker, und umso mehr liebe ich ihn.

MARQUISE: Sehr wohl! Und meine Philippine, die allemal eine reichliche halbe Stunde hustet, sobald sie aus ihrem Zimmer herauskommt?

COMTESSE: Ich rate ihr, sich zu beschweren! Ich mache dieser kleinen Rotznase den Hof. Sie hat wohl Ursache, sich darüber zu beklagen, dass sie das aushalten muss! Hat sie sich beschwert?

MARQUISE: Ganz im Gegenteil, sie vergöttert dich! Allein, du wirst sie mit deiner zärtlichen Aufmerksamkeit umbringen.

COMTESSE *ironisch:* Soll sie mir doch zuvorkommen und eine so gefährliche Freundin, wie ich das für ihre Zimperlichkeit zu sein scheine, doch im selbigen Spiel kaputt machen.

MARQUISE: Viel lieber würde ich dir Nicole überlassen; das ist ein Mädchen wie von Eisen. Das dürfte zu dir passen.

COMTESSE *seufzend:* Oh, zweifelsohne! Aber diese liebe Demoiselle hat einen unangenehmen Fehler.

MARQUISE: Einen Fehler? Was für einen?

COMTESSE: Den der Leidenschaftlichkeit. Ist dieses Mädchen einen Augenblick frei von Liebe, frei von Eifersucht?

MARQUISE: In der Tat, deswegen wasche ich ihr fortwährend den Kopf.

COMTESSE: Augenblicklich ist sie noch so in Rapignac vernarrt, dass sie mich nicht leiden kann. Es ist erst einige Tage her, da wollte ich die Kleine in mein Bett ziehen, wo ich ihr eine angenehme Überraschung mit dem stärksten und am besten gebauten von allen unseren Liebeströstern zu bereiten gedachte. Ja, vergebens! Sie war nicht dazu zu bewegen, sich hinzulegen.

MARQUISE *ironisch:* Schau an!

COMTESSE: Ich konnte bitten, so viel ich wollte. Nichts! Ich ließ meine anziehenden Vorbereitungen sehen. Sie lachte mir ins Gesicht! Ich ging ihr zu Leibe. Sie verteidigte sich, und – Bärenkräfte wie sie hat – machte sie alle meine Anstrengungen zu Schanden. Würdigte sie mich wohl, mir die geringste freundschaftliche Gesinnung zu bezeigen?

MARQUISE *heiter:* Ich bedaure dich von ganzem Herzen und tadle dies übellaunige Geschöpf wirklich ganz außerordentlich.

COMTESSE: Sie hat auch gegen unseren lieben Belamour die heftigste Abneigung.

MARQUISE: Das ist etwas anderes! Er hat in manchen Stücken Unrecht.

COMTESSE: Was meinen kleinen Félix betrifft, nimmt diese fürwitzige Jungfer sich sogar heraus, ihn Kamel zu titulieren, und lässt das Bedientenpack mit Fingern auf ihn zeigen. Aber ich werde der Prinzessin das mit der Spinne und den Flechten unter die Nase reiben.

MARQUISE *lachend:* Oh, das ist ja der allerquälendste Liebesgram, oder ich habe nicht die Ehre, mich in dergleichen Dingen auszukennen. Aber warum kannst du mit Mönchsstreichen nicht ein wenig Nachsicht haben? Entsinne ich mich recht, wolltest du mir eines Tages davon erzählen, du habest dich vor langer Zeit einmal ganz außerordentlich wohl dabei befunden, als du in einen Mönchsschwarm gefallen warst.

COMTESSE: Vor langer, langer Zeit! Sollte man nicht meinen, ich wäre hundert Jahre alt und dies Abenteuer wäre noch aus dem vorigen Jahrhundert? Lassen Sie sich sagen, Madame, das, von dem ich Ihnen sprach, ist höchstens zehn Monate her. Aber, bei Gott, mit Kapuzinern hatte ich nichts zu tun! Ich bin dir diese Geschichte schuldig, und, auf mein Wort, du wirst dich darüber amüsieren …

MARQUISE *geringschätzig:* Erbarme dich meiner, liebes Herz, denn von jeher hatte ich einen Widerwillen gegen das Mönchsgeschmeiß.*

COMTESSE: Das ist sehr albern, Madame, und ich werde Ihnen den Geschmack daran beibringen!

MARQUISE *kühl:* Erzähle bitte!

COMTESSE: Im Alter von sechzehn Jahren hatte ein Zusammentreffen von Umständen, die zu erwähnen sich nicht lohnt, eine Neigung für S. Ehrwürden Monsieur Ribaudin in mir aufkeimen lassen.

MARQUISE *heiter:* Monsieur Ribaudin,** ein sehr passender Name für einen Mönch.

COMTESSE: Zugegeben, und umso mehr als lediglich dieser lächerliche Name den Ausschlag für den Beruf dieses Mannes gegeben hat. Er stammte von ehrenwerten Leuten ab,

---

* Hier hätte die Comtesse Oberwasser bekommen, sofern sie die Geschichte mit der Seelenrettung und deren Folgen wüsste; allein ihr war nur bekannt, dass ihre Freundin schwanger war, und in der Annahme, diese wisse vielleicht selbst nicht, von wem, war sie schon von dem bloßen Verdacht bezüglich der uns bekannten hundert Meilen entfernt. Dieser wäre auch so erniedrigend für die Marquise gewesen, dass weder einer ihrer Vertrauten noch sie selber es gewagt haben würden, davon zu sprechen, zumal nicht vor der Comtesse, die hinlänglich dafür bekannt ist, kein Geheimnis für sich behalten zu können. (Anm. d. Verf.)

** Ribaudin: frz., Hurenbock

die, bis zu ihm herunter, sämtlich im niederen Gerichtsdienst gestanden hatten. Da er Neigung für das Militär besaß, hatte er sich eine Stellung im Milizdienst zu verschaffen gewusst. Ein »Cu-blanc«* sein und Ribaudin heißen, das gab naturgemäß zu vielen Neckereien Anlass. Man zog ihn auf; er wurde wütend, schlug sich und wurde verwundet. Wegen dieses Missgeschicks seinen Namen zu ändern, hätte so viel geheißen, wie Charakterschwäche zeigen; sich weiter so nennen, war gleichbedeutend damit, sich neuen Gefahren auszusetzen. Das Einfachste war daher, den Dienst zu quittieren. Vom Milizsoldaten bis zum Mönch ist nur ein Schritt. Eines schönen Tages vertauschte Ribaudin seine weiße Uniform mit dem Skapulier des heiligen Bernhard und tat gut daran, denn jetzt beglückwünscht er sich außerordentlich zu dieser einsichtsvollen Tat.

MARQUISE: Gut! Ich sehe schon, dass dieser Mönch hoch in Ihrer Achtung steht; lassen Sie mich also wissen, was Sie mit ihm vorgehabt haben!

---

* Cu-blanc: frz., eigtl. Weißschwanz (eine Art Steinschmätzer) war der Spitzname der Milizoffiziere, den diese wegen ihrer weißen Uniform bekommen hatten. Dies gab täglich Anlass zu Händel mit den Offizieren des stehenden Heeres.

COMTESSE: Auf meiner letzten Reise in die Provence kam ich durch die Bourgogne. In einem gewissen Dorf machte mein Gefährt des Pferdewechselns halber vor dem Posthaus halt. Da sah ich eben einen mit zwei dicken, wie Marmor glänzenden Stuten bespannten Wagen in kurzem Trab herankommen. Wer sitzt drin? Ein frommer Geistlicher. Unsere Blicke begegnen sich gerade, als er an mir vorbeikommt. »Was sehe ich!«, ruft er aus, »Mademoiselle de Condor, wenn ich nicht irre!« Du wirst bemerken, dass er mich aus den Augen verloren und absolut nichts davon wusste, dass man mir einen Gatten gegeben, der mich sogar schon zur Witwe gemacht hatte.

MARQUISE: Ich merke es wohl.

COMTESSE: »Jawohl, Monsieur Ribaudin«, antworte ich vergnügt, »aber Minette de Condor ist heute Comtesse de Motte-en-feu.« – »Alle Wetter! Was mich anbelangt, immer noch Ribaudin, Ihnen zu dienen!« Wenn er eine Bosheit damit beabsichtigte, tat er gut daran. Denn mein erster unfreiwilliger Gedanke bei dieser Begegnung war der, ob ich wohl einige neue Dienstleistungen seitens des ehrenwerten Bernhardiners zu gewärtigen haben möchte. In der Zeit meiner stürmischen Jugend hatte er mir sehr gefallen. Ich fand ihn

noch ganz und gar nach meinem Geschmack,
und zudem hatte ich schon seit drei Tagen ge-
fastet.

MARQUISE: Seit drei Tagen! Ich begreife, dass der
Teufel in Person Ihnen nach so langer Enthaltsamkeit sehr großen Appetit gemacht haben
dürfte.

COMTESSE *heiter:* Sie beleidigen mich! Nun gut!
Sie sollen meine Geschichte nicht erfahren.
Ich bin zu Ende.

MARQUISE: Lieber Gott, Sie sterben ja vor Verlangen, sie mir zu erzählen. Ich höre … und ich
bin dir viel zu gut … *ein Kuss* … um mich
nicht auch zum ersten Mal in meinem Leben
für einen Mönch interessieren zu können, zumal da er dir angenehm hat erscheinen können.

COMTESSE *sie streichelnd:* Siehst du, das heißt,
sein Unrecht wieder gutmachen! Ich fahre
also fort. »Sind Sie schon seit langer Zeit
Geistlicher? Und woher? Und wohin?« – »Ich
bin Prior eines zwei Meilen von hier gelegenen Klosters. Ich komme von Citeaux her und
will eben zu meinen Mönchen zurück.« –
»Und ich will meine Großeltern in Aix besuchen.« – »Ach Vergebung, Madame la Comtesse, aber ich hoffe, Sie werden es nicht gar
so eilig mit der Abreise haben. Ihr alter, sehr

ergebener Diener soll doch nicht das Glück gehabt haben, Sie bei seinem gegenwärtigen Aufenthalt hier so unerwartet wieder zu finden, ohne sich schmeicheln zu dürfen, Sie möchten ihn würdigen, ihm einen Augenblick zu verschönern.«

MARQUISE: Wie denn? Aber dieser Mönch hat Lebensart. Ein Weltmann würde sich nicht besser ausdrücken können.

COMTESSE: Es gibt Mönche und Mönche, liebe Freundin! Ein Bettelmönch, ein gemeiner Schnorrer, der aus der Hefe des Volkes stammt, der in der Niedrigkeit seiner Eltern aufgewachsen und von ihr zur Kapuze übergegangen ist, hat nichts mit den Mitgliedern gewisser nobler und reicher Orden gemein. Diese, die gewöhnlich feiner Herkunft sind und eine sorgenfreie Karriere ergriffen haben, die ihnen nichts verbietet und in der sie, falls sie die Natur damit begabt hat, sogar ihre glücklichen Anlagen weiter entwickeln können, solche Mönche pflegen bisweilen sehr liebenswürdig zu sein.

MARQUISE: Und ich begreife, dass S. Ehrwürden Monsieur Ribaudin einer von dieser liebenswürdigen Art war.

COMTESSE: Einer der allerdistinguiertesten sogar. Ohne mich lange bitten zu lassen, willfahre

ich dem mir von ihm bekundeten Wunsch, mich einen Augenblick entführen zu lassen. Ich teile seinen Wagen. Der meine folgt mit unseren Leuten. Wir fahren ab. Unterwegs erzählt mir der Prior, er herrsche mehr als Freund denn als Oberer über acht Mönche, die er selber unter seinen vertrautesten Mitbrüdern ausgewählt hat und von denen der älteste noch nicht vierzig Jahre zählt. Dass sie alle einträchtig und vergnügt miteinander leben und auf jede Art von Vergnügen erpicht sind. Sie leben, sagt er mir, in einem ungeheuer großen Haus, in dem jeder eigene kleine Gelasse bewohnt, in denen er sich nach Belieben aufhält, passt es ihm einmal nicht zu erscheinen, und dass das Haus zudem mehr als reichliche Einkünfte besitzt und die Genossen, die die Last ihrer Pflichten fast auf nichts reduziert haben, Tag und Nacht nur auf Mittel sinnen, ihre eigenen Amusements wie die der sie Besuchenden abwechslungsreich zu gestalten; mit einem Wort, dass sie mehr eine Familie als eine Bruderschaft bilden, zwanglos speisen, Frauen empfangen und sogar logieren, und das alles ohne Indezenz und Stänkerei. Es steht also nur bei mir, dass S. Ehrwürden Monsieur Ribaudin mich in sein irdisches Paradies einführt.

MARQUISE: Also, lass es mich kennen lernen!

COMTESSE: Nun tatsächlich, an der Aufnahme, die man mir zuteil werden ließ, erkannte ich augenblicklich, dass mein Begleiter wirklich von seinen Mönchen geliebt wurde und dass eine unter seinem Schutz stehende hübsche Frau sich bei ihnen wie in einem Reich, worinnen alles ihr untertan ist, betrachten kann. S. Ehrwürden, Monsieur Ribaudin, wie das Äußere seiner ganzen Umgebung mussten imponieren. Alle diese Schoßkinder des heiligen Bernhard sehen gut aus, einige sogar sehr gut, und nicht einer hatte jenes übliche Aussehen, das Weltleute im Allgemeinen mit einem freilich oft übertriebenen Vorurteil gegen einen Mönch erfüllt.

MARQUISE: Ich will wetten, eines Tages wird man aus der Feder meiner lieben Minette einen schönen, »Die Mönchsfreundin« betitelten Band hervorkommen sehen.

COMTESSE *lachend:* Wenn du so gut sein willst, mich fortfahren zu lassen, wirst du sehen, dass ich zum Mindesten sehr freundschaftlich in ihrer Mitte aufgenommen wurde. Man umringt, man feiert mich und schmeichelt mir; ich werde mit Blumen überschüttet und werde beinahe mehr getragen, als dass ich zu gehen brauchte. Endlich naht die Stunde des Diners.

Ein reichliches, nahrhaftes und delikates Mahl
mit ausgezeichneten Weinen ward aufgetragen. Wahrhaftig, ich bin das einzige weibliche
Wesen, aber mehrere Fremde, Militärs und Zi-
vilpersonen sind noch da, sodass wir achtzehn bei Tisch sind. Sie langweilen sich, Madame? Nun, wenn dieser Bericht aus Schlaraf-
fenland Sie nicht unterhält, wird Ihnen
wenigstens der aus Lampsacus bald die Langeweile verscheuchen.

MARQUISE: Also beeilen Sie sich bitte! Sie wissen, dass ich mir aus diesen Tafelfreudenbe-
richten wenig mache.

COMTESSE: Ich werde mich kurz fassen. Alles
trinkt so reichlich, dass wir alle etwas sehr
heiter werden. Ich wenigstens habe mir, das
muss ich zugestehen, bald einen kleinen Spitz
angetrunken. Burgunder, Champagner, St.
Emilion, Malvasier, Madeira, Tokaier, von allem hatte ich gekostet und von jedem wahrscheinlich etwas reichlich, und so war das, alles in allem, etwas zu viel geworden. Ich war
bei Tisch beinahe gassenjungenhaft ausgelassen, was das Barometer der Ehrfurcht, mit der
man mir zunächst begegnen zu müssen geglaubt hatte, etwas fallen ließ, aber ich gewann dadurch wenigstens, hundertmal liebenswürdiger zu erscheinen …

MARQUISE: Madame sind bescheiden.

COMTESSE: Ganz gewiss gab es keinen Einzigen unter den Tischgenossen, der nicht viel darum gegeben hätte, einen Augenblick unter vier Augen mit mir sein zu dürfen, denn ich hatte meine Aufmerksamkeiten, Mienen, Augenzuwerfen, ja selbst meine Zärtlichkeiten so geschickt verteilt, dass jeder annehmen konnte, ein Tête-à-tête mit ihm würde mir gerade besonderes Vergnügen machen. Als wir von Tisch aufstanden, war ich so teufelsmäßig im Zug, dass ich dem Erstbesten, der mir unter die Hände gekommen wäre, hätte Anträge machen können ... und so hatte der ehrwürdige Monsieur Ribaudin es leicht, sich die Verfassung, in der ich mich befand, zu Nutze zu machen ... Mich beiseite nehmend, sagte er: »Es wäre reizend, wollte die anbetungswürdige Minette mir die Gnade erweisen, den Kaffee bei mir zu nehmen.« – »Einverstanden«, antwortete ich ganz aus dem Häuschen, »aber heiß und stark, bitte ich!« – »Zweifeln Sie nicht daran!« Und zu gleicher Zeit fühle ich, wie ein das glühendste Verlangen bekundendes Etwas sich gegen meine Hand drückt. Mein Auge schleudert allsogleich einen Blitz nach der Seite, wo sich die Tür befindet ... Alle Welt wendet sich verwirrt dahin, was es da geben möge. Ohne uns durch diese Bewegung genieren zu lassen, verschwinden wir.

MARQUISE: Ich hätte dich erst zehnmal zappeln lassen … Jetzt also erfahre ich, dass du dich dahin begabst.

COMTESSE: Und sehr mutig sogar. Unter vier Augen und recht eilig trinken wir einen des Mundes der Götter würdigen Kaffee. Der Prior, dem nach diesem unserem Trankopfer noch heißer geworden, sagte mir eine herausfordernde Neckerei; ich gebe sie ihm doppelt zurück; er erlaubt sich eine Freiheit; ich werde noch dreister und finde ihn in einer Weise beschlagen … Ein bequemes Sofa bietet uns seine Kissen dar; das Stroh fliegt der Flamme nicht rascher entgegen, als wir darauf zu. Zwei Wassertropfen vereinigen sich nicht inniger … der brennende Wonneschlauch ist kaum da, wo ich seine Gegenwart ersehnt, da brechen die Ströme unserer befruchtenden Säfte auch schon los und versenken uns in ein Meer von Wonne. Die »Partie« ist ein Blitz, die »Revanche« kaum von Dauer. Erst beim »tout« beginnen wir das Vergnügen ein wenig auszudehnen und genießen infolge dieser Mäßigung ein unsägliches Glück.

MARQUISE: Ich gelange dahin, dir diesen ehrenwerten Prior nachzusehen; er macht seine Sache ganz ausgezeichnet.

COMTESSE: Er hatte dennoch einen Fehler begangen, nämlich den, die Tür offen zu lassen.
Während wir bis zu diesem langsamen und
köstlichen »tout« hinkommen, hat der Pater
Prokurator das Vorzimmer ohne irgendeine
böse Absicht durchschritten, steht in der Tür
desjenigen, in dem wir uns befinden, und
wartet da das Ende unserer heißen Unterhaltung ab. Intime Freunde wie sie sind, genieren Zuschauer und Akteure sich nicht voreinander, schämen sich auch nicht, sondern
brechen, als wir zum Ziel gekommen, vielmehr in helles Lachen aus. Ich, die ich vom
Wein immer noch »etwas« und von Wollust
»völlig« berauscht bin, verliere die Fassung
gleichfalls nicht; ich stimme mit ein und lache wie toll mit. Ohne Zweifel lässt diese
Ausgelassenheit in dem Prokurator die Idee
aufkeimen, auch ein klein bisschen von meiner Liebenswürdigkeit abbekommen zu wollen. Die Frage ist eine recht lebhafte Attacke,
meine Antwort ein freches Mich-Hinwerfen
auf das Kanapee. Mein neuer Athlet ist ein
Schlingel von fünf Fuß acht Zoll, flink,
prompt bei der Sache und ein ehemaliger

Dragoner. Ohne den Besen rauszuziehen, fegt er mich zweimal! ... Ah! *Sie küsst ihre Finger.* ... das lässt sich nicht beschreiben, das muss man erlebt haben!

MARQUISE: Schwindle mir doch nichts vor, du kleines Teufelsding!

COMTESSE *feurig, aber mit ernsthaftem Ton:* Lüge ich, soll mich kein Schwengel mehr pumpen!

MARQUISE: Oh, das genügt! In deinem Mund bedeutet ein solcher Eid so viel wie der der Götter beim Styx. Ich bezweifle nichts mehr, fahre fort!

COMTESSE: Der Prior sitzt neben uns und schaut zu. Was tut dieser famose Kerl, als wir fertig sind? Da er auf eine neue Unterhaltung spitz ist, zieht er mich dicht an sich heran, streckt sich auf der Sofakante aus und schiebt seine Schenkel zwischen die meinen. Wie soll man sich da wehren, auf ihn raufzuklettern? Ich mache das denn auch mit der denkbar größten Bereitwilligkeit und lasse mich aufspießen, ohne nur ein Stück des mehr als mächtigen Wedels zu verlieren. Ohne Zweifel bedauert der Prokurator es, so rasch weggedrängt zu sein, und da ich die Dinge höchst vergnügt weitergehen lasse, beschwert er sich darüber, nunmehr abgesetzt zu sein. Um ihn schadlos zu halten, hebt sein Freund mir die Röcke bis

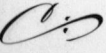

zum Kreuz in die Höhe und lässt ihn mein anziehendes Hinterteil sehen.

MARQUISE: Na, das ist doch beispielsweise eine
Unverschämtheit, die man nur dem schamlosesten Bordellhahn zutrauen sollte!

COMTESSE: Ich gebe zu, dies Benehmen war wenig kavaliermäßig, aber der ehrwürdige Monsieur Ribaudin hatte wohl seine Gründe, sich
das erlauben zu dürfen. Von früherer Zeit her
wusste er, dass mein Glück erst vollkommen
wird, macht jemand, während ich das Portal
schließen lasse, auch die Hintertür zu. Wir
hatten bereits öfter schon ein gemeinsames
Trio gespielt. Also hatte er die Absicht, mich
zu verpflichten, und wollte gleichzeitig seinem
Freunde eine Entschädigung bieten.

MARQUISE: Ich habe nichts weiter zu sagen.

COMTESSE: Anfangs ist der Prokurator ein wenig
zurückhaltend, indessen kommt er doch näher und streichelt meine weißen und festen
Halbkugeln sanft mit der flachen Hand ... mit
einem Finger fährt er sogar verstohlen zwischen Punkt und Komma hin. »He, weg da,
du großer Tölpel!«, ruft der ungeduldige Prior
mit derber Stimme. »He, weg da!«, wiederhole
ich, da ich den Kopf völlig verloren habe, wie
ein Papagei. Aber ich tue, was irgend möglich. Daher unterbreche ich das Spiel mit mei-

nem glückseligen Ribaudin einen Augenblick, halte den Hintern ruhig und biete auf die Art einen bequemen Angriffspunkt. Wie flink ein Mönch das begreift und wie geschickt er in solchen Fällen ist! Pst, pst! Ich bin gepfählt.

MARQUISE *sie nachäffend:* Pst, pst, meine kleine Fliege! Aber wissen Sie wohl, dass das alles eine gräuliche Schweinerei ist!

COMTESSE: Warten Sie das Ende ab, dann können Sie nach Belieben moralisieren! Der Prokurator hatte ebenso wenig wie wir daran gedacht, die Tür zu schließen. Also erschienen der Bruder Kellermeister und der Novizenmeister, die sich während unserer Belustigungen von den übrigen Gästen getrennt, und brachten einige Flaschen ausgezeichneten Likörs herbei. Nichts hinderte sie, bis zu uns vorzudringen. Was für erstaunte Augen sie machten! Und dann, welch pikante Überraschung für den Prior, der allein ihnen das Gesicht zugewandt hatte. »Na, nur rasch, liebe Freunde«, rief er gut gelaunt aus, »kommt herein und macht endlich die Tür zu, denn der Teufel würde sonst nicht verfehlen, uns einen nach dem anderen die ganze Bruderschaft herzuschleppen!« Immer mehr verwirrt, wie ich war, und da ich mich nicht für ein Königreich stören lassen wollte, wiederhole ich wie

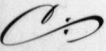

ein Echo. »Na, nur rasch, kommt herein und macht die Tür zu!« Und so fahre ich fort, zwischen meinen beiden Rammlern Trab zu laufen. Die Seltsamkeit des Anblicks verfehlt nicht, die beiden neuen Zeugen stark anzuziehen. Ich unterhalte mich nicht damit, etwas zu ihnen zu sagen, denn meine Zunge hat wieder mit der des Priors zu spielen begonnen, aber ich strecke die Arme aus, und die ungeduldige Bewegung meiner Finger spricht so deutlich, dass man sich nicht darüber täuschen kann; ich fordere nur, meine Gefälligkeiten weiter auszudehnen. Kaum sind sie mir zur Rechten und zur Linken nah genug, um sie herankriegen zu können, da packe ich sie beim Gürtel …

MARQUISE: Wahrhaftig, ein reizendes Benehmen!

COMTESSE: Sobald man den Teufel im Leib hat … Ich ziehe sie näher heran und lasse jeden ein Knie auf das Sofa stellen. Nunmehr bleibt mir nur noch übrig, ihre Mordshobel, die schon ungeduldig auf das Loslegen warten, frei zu machen. Sie sind zu Tage, ich bemächtige mich ihrer und fange mein Spiel an.

MARQUISE: Eine von solchem Eifer beseelte Handarbeiterin wäre unbezahlbar für ein Bordell.

COMTESSE: Obwohl Sie das denken und sagen mögen, hatte ich doch Recht. Ist man einmal beim Nehmen, kann man gar nicht genug nehmen! Dieses Übermaß an Reichtum erregt mich, bringt mich außer mir; ich bin kein bloßes Frauenzimmer mehr, ich bin eine trunkene Besessene, der Bacchus und Priapos das Blut sieden machen. Ich keuche, ich zische wie eine Schlange; ich kreische, beiße. Mit gewaltigen Stößen meines konvulsivisch zuckenden Steißes mache ich meine beiden Reiter mürbe, die, das schwöre ich dir, mir nichts schuldig bleiben. Aber das Spiel meiner Hände ist wesentlich anders. Geschickt und behutsam bringen sie das Lebenselixier bei meinen Opfergenossen zum Schäumen, aber ich hüte mich wohl, es allzu rasch in seine glühenden Kanäle aufsteigen zu lassen … Ich gebe, um mein kluges Manöver vollkommen erscheinen zu lassen, Obacht, dass der Wollusturm überall gleichmäßig losbricht. Ich spüre, wann der Moment da ist. Nun übertreffe ich mich selbst. Alle meine Genossen sind elektrisiert und spritzen los. Vierfach schießt das göttliche Nass zu gleicher Zeit hervor, spritzt hinein und heraus; ich überschwemme den Prior; die volle Salve des Kellermeisters entlädt sich gegen meinen Hals,

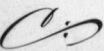

während die des Novizenmeisters wie ein Pfeil mein Gesicht trifft; eines meiner Augen ist ganz voll davon ... »Das ist der Jordan«, sagt er, »der zu seiner Quelle zurückfließt.« Diese mönchische Höflichkeit, über die wir in lautes Lachen ausbrechen, beendet diese stürmische, eben durchlebte Szene auf das Angenehmste.

MARQUISE: Bitte, halte einen Augenblick ein und lass, wenn du kannst, diese armen Mönche Atem schöpfen!

COMTESSE: Sodann leere ich rasch einige Gläser Likör mit ihnen. Ältestes Nusswasser von Abfoux und feinster Maraschino durchduftet die Zelle, die der Schauplatz unserer wollüstigen Beschäftigung gewesen.

MARQUISE: Das »Klosterbordell« dürfte der richtigere Ausdruck sein!

COMTESSE: Das Glas in der Hand setze ich meinen Kämpen noch weiter so heftig zu, wie mir das auf dem Sofa nur irgend möglich war. Dies neue Trankopfer dient nicht dazu, meinen ersten Rausch verfliegen zu lassen, sondern vermehrt ihn im Gegenteil und führt mich dazu ...

MARQUISE *einfallend:* Grundgütiger Himmel, ich zittere für die tapferen Mönche wie für Sie!

COMTESSE: Sehen Sie, jedes Tierchen hat sein

Pläsierchen! Ich bin sicher, alle Sinne sind bei mir nichts als nach dem Sitz der Liebeswonne hinlaufende Fäden! Höre ich gute Musik – empfinde ich Verlangen. Sehe ich ein lüsternes Gemälde – gerät mein Blut in Wallung. Berühre ich eine menschliche Haut, ganz gleich ob die eines Mannes oder die einer Frau – stehe ich in hellen Flammen. Selbst der Duft einer Rose, einer Nelke bringt mich vor Wollust um. Habe ich getrunken – fühle ich mich wie verzehrt. Ich bin nach allem lüstern, was mir nur in die Hand fallen kann, und alsdann ist der Same das einzige Wasser, das ich in meinen Wein zu schütten weiß.

MARQUISE: Wahrhaftig, dies Bekenntnis ist bescheiden!

COMTESSE *heiter:* Um zu Ende zu kommen, will ich dir, mein Zierpüppchen, noch sagen, dass, nachdem ich bei den Mönchen von jedem Likör ein Glas getrunken, mein feuchtes und sich zärtlich auf die Spender dieser stimulierenden Getränke richtendes Auge ihnen zu sagen schien: Ich habe zu wenig für euch getan. Sie seufzen, wie um auszudrücken: Das ist wahr. Ich seufze meinerseits gleichfalls … »Wenn man es wagen könnte!«, sagte der ungestüme Novizenmeister mit leiser

Stimme ... »Wir möchten es wagen!«, fügte der erhitzte Kellermeister hinzu. Ich mache, die Augen auf das famose Sofa gerichtet, zunächst einen Schritt vorwärts. Der Prior begreift als kluger Mann und guter Kamerad sofort, dass der Augenblick gekommen ist, den Prokurator in eine Unterhaltung über einen ... augenscheinlich sehr wichtigen Gegenstand zu ziehen, der es erfordert, sich in ein Seitenkabinett begeben zu müssen. Das Verschwinden der beiden kommt uns außerordentlich gelegen. »Sie, von dem ich was ins Auge bekommen habe«, sage ich lachend, »nehmen Sie da Platz!« Zu gleicher Zeit lasse ich ihn sich auf das Sofa werfen. Zunächst bin ich unentschlossen ... Soll ich ihm das Gesicht zuwenden? Oder soll ich ihm vielleicht den Rücken zukehren und ihm ein Vergnügen nach Berliner Art gewähren? Da bemerke ich eben, der Kellermeister hat weniger schöne Zähne und außerdem einen minder ansehnlichen Wonnezapfen ... Also soll der Novizenmeister den Vorrang haben. Ich setze mich auf ihn und werfe ihm die Arme um den Hals. Er wünscht das so. Diese wohl überlegte Bevorzugung schmeichelt ihm und verdoppelt seine Fähigkeiten. Er bewährt sich mit höchster Tapferkeit in der vorderen Stechbahn; die hintere wird nicht minder stürmisch von dem lüsternen Kellermeister bearbeitet. Dieser hat sein Pensum recht schnell abgearbeitet; ich habe das meine gleichfalls absolviert; der Novizenmeister, augenscheinlich ein Mann von härterer Natur, ist noch recht weit vom Fertigwerden entfernt. Ich will mich keiner Beleidigung aussetzen, daher setze ich den Kerl aufs Teufelholen, um die Möbel zu zerbrechen, die Dielen kaputtzumachen, in Trab. Diese außerordentliche Beweglichkeit hindert den Prior, der, nebenbei gesagt, ein großer Cartesianer ist, nicht daran, zurückzukehren. Heftig über die Leere, die er sieht, erschreckend, rennt er mir flugs sein unermüdliches Stoßeisen in meine erweiterte Gussform, die der Pater Kellermeister soeben freigegeben, ein. Alle Wetter! Könnte man vor Wollust sterben, wäre ich draufgegangen, als mein Pfropfenzieher eben mit seinem verspäteten, aber vierfachen Geschäft zu Ende kam. Welche Gluten, welche Fluten! Das war geradeso wie bei mir. Ein entzückender »Postreiter«, den Ribaudin mir setzte, tat Wunder. Ich – sie – waren im Himmel. Wir zerschmelzen wie Wachs auf der Kohlenschaufel. Wir bleiben, wie die Zeugen hernach sagten, vier Minuten lang, ohne das geringste Lebenszei-

chen zu geben, liegen. Da uns das Bewusstsein geschwunden, bekamen sie Angst, wir
könnten wirklich unseren letzten Seufzer aus-
gehaucht haben.

Als die Comtesse zu sprechen aufhörte, nahm
sie mit großem Erstaunen wahr, dass die Marquise ihre Stellung, die der einer tief im Nachdenken versunkenen oder sehr zerstreuten Person glich, in keiner Weise geändert hatte. Woher
kommt das? Daher, dass die Marquise beim An-
hören der Einzelheiten so vieler Heldentaten ihr
eigenes Blut aufwallen fühlte; und ferner, dass
sie unter der Decke ihre Finger – man kann sich
denken wo – hingesteckt hatte und sich heftig
die »Maus melkte«. Der Fall schien der Comtesse
nicht ganz klar zu sein, sie riss daher die Decke
weg, und nun war die Bescherung da. Allein die
Marquise ist zu sehr im Zuge, um sich durch irgendwelche Scham in ihrer einheizenden Beschäftigung stören zu lassen. Im Gegenteil, noch
schneller arbeitend, kehrt sie ihr lachendes Gesicht ihrer kleinen Freundin zu. Die Motte-en-
feu, die sich durch dies Manöver lebhaft aufgeregt fühlt, schlingt ihren Arm um den Hals der
Marquise und steckt ihr eine glühende Zunge in
den Mund. Zu gleicher Zeit spielt sie die Hand-
orgel ebenfalls auf das Heftigste, um ihre Vor-

gängerin wieder einzuholen. Ihr Hüpfen, ihr Stöhnen, ihre kleinen lauten Ausrufe künden das Herannahen des köstlichen Augenblickes an. Dupeville erscheint.

Als Dupeville die beiden Damen in dieser Pose sieht, überwältigt ihn süßestes Erstaunen; er hemmt den Schritt und hebt, einen tiefen Seufzer ausstoßend, die Hände gen Himmel. Gerade jetzt ist bei der schönen Marquise die Flut übergeschlagen. Nach einem letzten Stöhnen sagt die

MARQUISE *gut gelaunt:* Sie sind recht dreist, Dupeville!
COMTESSE *fortfahrend:* Mein Gott, schilt ihn nicht! Er konnte gar nicht gelegener kommen. *Zu Dupeville.* Näher heran, du Nichtsnutz! Hier einen Zungenschlag!

Während sie sich, einen Schenkel in die Höhe gehoben, Sahne schlägt, nimmt sie ihre unten arbeitende Hand erst weg, als Dupeville mit lebhafter Bereitwilligkeit einen Stuhl ergriffen und sich dicht neben dem Bett hingesetzt hat. Die Stellung der Comtesse setzt ihn auf die denkbar beste Art in die Lage, den verlangten Dienst zu leisten. Im Moment der Ausführung sagt

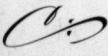

DUPPEVILLE: Ach du köstliches Kleinod! Welch süße und traurige Erinnerung habe ich an deine Güte!

COMTESSE: Sehr gut, aber ans Werk, alter Trübetümpler! *Mit Genuss empfängt sie die wohltuende Zunge an ihrem heißen Damendegen und schüttelt sich mit äußerster Lebhaftigkeit.* Stärker! *Er gehorcht.* Rascher! *Er gehorcht.* Nimm einen Finger zu Hilfe und los dann! *Er gehorcht.*

MARQUISE: Spaßvogel du!

COMTESSE *sehr laut:* Oh, zum Teufel! … Teu … fel …! Es kommt!

MARQUISE: Aber still doch, kleines Ferkel! … Sie schimpft wie ein Droschkenkutscher.

Die Comtesse achtet nicht auf diese Bemerkung. Mit Leidenschaft überlässt sie sich ihrem süßen Zeitvertreib. Durch ihre Lebhaftigkeit macht sie ihrem Wohltäter seine Aufgabe recht schwer. Sie fährt fort.

COMTESSE: Ha … Ha … verdammt! Ich lau … au … fe über! Ich bin zu Ende … ich sterbe!

Keuchen, Seufzer, Zuckungen. Auch Dupeville hat gegen Ende dieser Aktion Zeichen von sehr heftiger Erregung gegeben. Er schnauft, er schwitzt.

MARQUISE: Wie denn? Meiner Seel, man möchte meinen, er hätte auch was davon!

DUPEVILLE *hingerissen:* Ach ja! Auch ich, Madame, und viel sogar!

MARQUISE: Du hast mich also belogen, Comtesse! Er ist doch keine so absolute Null!

COMTESSE: Darauf muss er antworten.

DUPEVILLE *feurig:* O meine Königinnen, gerade um Ihnen das zu vermelden, eilte ich hierher … Sie sehen mich auf dem Gipfel des Entzückens … denn ich fühle mich genesen. Es ist ein Wunder! Ja, ich bin der Glücklichste der Sterblichen!

COMTESSE *zu ihrer Freundin:* Um was, Teufel, handelt es sich?

MARQUISE *kühl:* Ah, ein Traum! …

COMTESSE *zu ihrer Freundin:* Pst! *Zu Dupeville.* Heute Nacht …?

DUPEVILLE: In dieser ewig denkwürdigen Nacht, zum ersten Mal seit meiner schrecklichen Operation …

COMTESSE *lebhaft:* O sprich! Schieß doch endlich los, du ewiger Schwätzer!

DUPEVILLE: Heute Nacht, während eines berückenden Traumes, habe ich meine so lang entbehrte Männlichkeit wieder gefunden. Ich besaß Sie, anbetungswürdige Marquise. Es ist wahr, dass mich im selben Augenblick ein heftiger Schmerz aufweckte. Aber, o Seligkeit! Ich war in Wahrheit Mann, ich … ich … mit einem Wort …

COMTESSE: Du hattest einen Ständer? Willst du das sagen?

DUPEVILLE *sie umarmend:* Ach ja, reizende Traumdeuterin du!

COMTESSE *heiter:* Holla, hierher! *Sie zeigt auf die Marquise.* An diese Adresse müssen Sie Ihre zärtlichen Aufwallungen richten. Diese Heilige hier hat das Wunder bewirkt!

DUPEVILLE *feurig zitierend:*

»O Wunder unverhofft,
    dir dank ich neues Leben!«

COMTESSE: Ein Vers! Mehr kannst du nicht verlangen, Liebste! Er ist begeistert. Na und dann?

DUPEVILLE: Ich hätte an dem Wunder gezweifelt, hätte ich nicht bei vollem Wachsein und länger als eine halbe Stunde die reizende Bestätigung empfangen. Doch eine Pein ist es, denn … *Er schneidet ein Gesicht wie jemand, der schwer leidet.*

COMTESSE: Aber mein armer Dupeville, was für einen Unsinn schwatzen Sie uns da vor! Sie sind kastriert, lieber Freund!

DUPEVILLE: Oh, gestatten Sie! Es ist doch wenigstens noch ein Stückchen übrig geblieben.

Übrigens hat mich ja das Hauptunglück nicht an der Stelle betroffen.

COMTESSE: Eher könnte man verzweifeln, als dass man die Lösung dieses Rätsels durch sein Geständnis erhielte. Lass uns selbst ausprobieren, was an der Sache ist! *Zu Dupeville.* Vorwärts, Verehrtester, das Segel gehisst! Machen Sie rasch!

DUPEVILLE *gehorchend:* Ich brannte darauf, diesen Befehl zu erhalten.

Er steht auf und bringt einen abwärts gekrümmten Spaltpilz zu Tage. Dies seltsame Ding ist nach links gebogen, denn infolge der Narben und sonstiger Unfälle, die es erlitten, ist es nicht imstande, sich geradeaus zu richten. Diese Unförmlichkeit lässt beide Freundinnen in glucksendes Lachen ausbrechen.

DUPEVILLE: Ja, das sieht lächerlich aus … *Er zeigt ihn.* Aber bitte, fassen Sie ihn an! *Mit begeisterter Freude.* Ich bin wieder Mann geworden und spüre die Aufwallung meines Blutes.

COMTESSE *anfassend:* Wahrhaftig, probierte man es, ginge er hinein.

MARQUISE *fasst gleichfalls an:* Ja … unzweifelhaft.

DUPEVILLE: *auf den Knien:* O göttliche Marquise!

Möchten Sie nicht die Gnade haben, den herrlichsten Traum meines Lebens in Erfüllung gehen zu lassen?

COMTESSE: Bravo, Dupeville! *Zur Marquise.* Der Vorschlag, mein Herz, ist allerliebst und kann dir nur schmeicheln.

MARQUISE: Bist du närrisch … Das da ist gräulich …

COMTESSE: Aber es steht, Madame, und scheint mir vollkommen gesund zu sein.

MARQUISE *maulend:* Das heißt einem zusetzen! Man möchte glauben, Sie hätten sich verabredet.

COMTESSE: Ach was! Weniger Ziererei! *Zu Dupeville.* Nimm sie ran, lieber Freund! *Zur Marquise.* Beeilen Sie sich, oder ich haue den Knoten durch!

MARQUISE: Was meinst du damit?

COMTESSE: Dass ich ihn mir … *Zu Dupeville.* Ich mache mich nicht so kostbar.

DUPEVILLE: Sie sind ein Engel.

COMTESSE: Na, wie? Du oder ich?

MARQUISE: Wie du willst.

COMTESSE *zu Dupeville:* Wählen Sie!

DUPEVILLE: In welche Verwirrung belieben Sie mich zu stürzen! Ach, vielleicht wird das gebrechliche Instrument, das mir dafür zur Verfügung steht, über all dies Hin und Her seine

Kraft wieder einbüßen. Ihr seid alle beide göttlich, alle beide anbetungswürdig.

COMTESSE *sanft:* Er rührt mich ... Höre, Herzchen, dich hat er begehrt ... du bist dran, die Probe bei dir vornehmen zu lassen.

MARQUISE: Meinetwegen! Aber wenn er mir eine Ratze schiebt?

DUPEVILLE *stürmisch:* Fürchten Sie nichts, oder ich durchbohre mich vor Ihren Augen!

COMTESSE: Schwatz nicht so dumm! So viele Reize und meine Hilfe dazu – macht dich das nicht sicher? ... Ja, Verehrtester ... meine Unterstützung, denn ich verlange, mit von der Partie sein zu dürfen. Also lassen Sie sich sagen, ist nur ein Funken Temperament in Ihnen, sollen Sie sich ehrenvoll aus der Affäre ziehen.

MARQUISE: Man kann nicht deutlicher werden. *Sie legt sich auf den Rücken, aber die Comtesse entscheidet, auf Hundeart würde es besser gehen. Die Marquise wechselt die Stellung. Ihre Freundin lässt es sich selber angelegen sein, ihr den krummen Spaltpilz hineinzustecken, der auch wirklich ans Ziel kommt. Die Marquise gut gelaunt.* Nicht übel! ... Aber das Gefühl drinnen ist drollig.

DUPEVILLE *begeistert:* O Schicksal, empfange meine glühendsten Dankgebete!

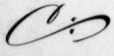

Comtesse: Ach, Monsieur, legen Sie los und deklamieren Sie nicht!

Mit der einen Hand streichelt sie abwechselnd seine Schellen und kitzelt ihn am Hinterhaus, während sie mit der anderen alles noch nicht in ihre Freundin hineingedrungene an der Wurzel erregt. Die Auferstehung Dupevilles ist eine Tatsache, und er fällt nicht wieder ab. Im letzten Moment aber spürt er einen heftigen, durch innerliche Fleischwucherungen, die das Hervorspritzen des Balsams hindern, verursachten Schmerz. Schließlich aber ist die Wollust doch größer als dies Unbehagen. Kaum hat er gemerkt, er sei wieder in seine vollen, natürlichen Rechte eingesetzt, fällt Dupeville in eine tiefe Ohnmacht. Da sein abgespieltes Instrument sowieso eine ebenso lächerliche wie traurige Figur macht, brechen die Freundinnen in helles Lachen aus. Über dies alles kommt Philippine herzu. Als sie den daliegenden und entblößten Dupeville gewahr wird, will sie davonlaufen; die Comtesse hält sie jedoch zurück, und sie an das Bett führend, nimmt sie eine tragische Haltung an und sagt poetisch:

Jetzt lerne, wie man stirbt!«*

---

* Ein Halbvers aus Voltaires »Alzire«.

Der Chevalier de Rapignac hatte sich zusehends erholt und dachte, da er wohl merken musste, dass die Marquise und ihre Freundin sich wenig um ihn kümmerten und ihn fast ausschließlich der Pflege seiner subalternen Eroberung überließen, schon daran, sich nach Paris zurückzubegeben. Belamour benahm sich gegen den besiegten Feind sehr gut; es hatte jedoch den Anschein, als ob ihre Aussöhnung keine vollkommene sei. Die beiden Damen glaubten den Frisör genugsam als einen Menschen von allerbestem Charakter zu kennen und waren daher der Meinung, alles Unrecht liege auf Rapignacs Seite. Sogar die Schwierigkeit, von Belamour Aufschluss darüber zu erhalten, was ihn zu diesem Zweikampf veranlasst, war ein weiterer triftiger Grund für sie, ihren Schützling für viel moralischer als seinen verdächtigen Widersacher zu halten. Eines Tages wurden sie jedoch so dringend und drohten ihm, falls er ihr Verlangen, die Wahrheit zu erfahren, nicht erfülle und ihnen nicht reinen Wein einschenke über das, was sie so gern erfahren wollten, mit ihrer Ungnade, sodass er endlich mit der Sprache herauszurücken beschloss. So gab Belamour ihnen denn treuherzig einen ganzen Abriss seiner Lebensgeschichte. Im Anschluss an das, was wir schon im vierten Teil dieses Werkes kennen gelernt, fuhr er fort.

BELAMOUR: Augenscheinlich kann man jemandem von Herzen gut sein und ihm doch seine Geliebte wegschnappen. Ohne sich viel Kopfschmerzen deswegen zu machen, tat das wenigstens ein junger Offizier, den ich, wie Madame sich vielleicht entsinnen werden, bereits erwähnte, eben der, welcher, als ich bei meinem ungeschickten Chirurgen krank lag, mich in seine Dienste zu treten bat.

MARQUISE: In die Dienste des Offiziers, sagst du?

BELAMOUR: Ja, Madame. Dieser Schelm war der Bruder von Madame la Comtesse.

COMTESSE *zu ihrer Freundin:* Mein armer Baron! *Zu Belamour.* Ich entsinne mich, wir haben uns darüber oft über dich lustig gemacht. *Zur Marquise.* Dieses Plappermaul von Cascaret gestand meinem Bruder alles. Seit der nun wusste, sein Mignon und die schöne Auserwählte des Äskulaps seien im Einverständnis miteinander, fasste er den kühnen Plan, mit der Mamsell anzubandeln.

MARQUISE: So ein kleiner Schuft!

COMTESSE: Nun hatte mein schlauer Bruder herausbekommen, dass sie sich jeden Tag in einer unbenutzten Dachkammer trafen, wo sie sich, im Dunkeln und ohne dass eingeheizt war, miteinander beredeten.

BELAMOUR *sie unterbrechend:* Richtig, dort unter dem Dache. Ein Dichter, der die Kammer gemietet und der nur schlecht bezahlte, verließ sie morgens früh, um sich weder von Schuster noch Wäscherin antreffen zu lassen, und da er den ganzen Tag über im Café neben dem Ofen hockte, kehrte er immer erst spät und heimlich zurück. Seinen Schlüssel stellte ihm Nicole immer wieder zu, die ein gutes Werk damit tat, indem sie ihn ihm aufhob. Obendrein nahm sie ihn noch gegen die Bemerkungen ihrer Mutter in Schutz, die niemals von ihm sprach, ohne nicht ihrer Mietsforderung bissige Erwähnung zu tun und ohne nicht die tagsüber erscheinenden Gläubiger aufzuzählen. Dieser Mensch war weit von irgendwelchem Verdacht entfernt. Im Gegenteil, er war uns verpflichtet.

COMTESSE: Na, um Madame diese traurigen Details zu erzählen, lohnt es sich wirklich nicht, mich zu unterbrechen. Lass mich also reden! Mein Bruder hatte eine feine Witterung dafür, wann die süße Leidenschaft der beiden Neulinge in der Liebe auf den höchsten Punkt angelangt sein würde, und wartete nur darauf, den Helden des Abenteuers auszustechen und seine Stelle einzunehmen. Die Ausführung dieses Planes ging folgendermaßen vor sich:

Man war endlich so weit gekommen, dass der glückliche Liebhaber den Apfel nur noch abzupflücken brauchte, der Tag, der Moment ist festgelegt, die Stunde ist da. Schon hat die zärtliche Nicole sich in die Dichterwohnung begeben; Cascaret will gleichfalls eben hinaufsteigen … Aber da erscheint die Mutter und bittet ihn, ihr irgendetwas zu besorgen. Dieser Zwischenfall war wohlgemerkt nichts als ein Kniff meines Bruders. Cascaret jedoch hatte keinen Arg dabei; in einigen Minuten würde er zu seiner geliebten Nicole zurückkehren können … Keineswegs! Kaum hat er den Fuß auf die Straße gesetzt, so machen sich vier Schnapphähne von den Halbjahresrekruten an ihn heran, halten ihn zurück, necken ihn, schleppen ihn in eine Kneipe und wollen ihn zwingen, Kriegsdienst zu nehmen.

MARQUISE: Und diese Schlingel, wette ich, waren gleichfalls von dem boshaften Baron angeworben.

COMTESSE: Ganz recht! Währenddem ist mein teuerster Bruder, mit einem alten Anzug Cascarets angetan, glücklich in die Dachstube geschlüpft. Es war verabredet, sich da zu treffen. Ohne lange Präliminarien macht der falsche Cascaret sich ans Werk, das er zur großen Zufriedenheit der gefügigen Nicole ausführt, die,

wie die Chronik sagt, damals schon die brillanten Fähigkeiten, die sie seitdem noch so sehr vervollkommnet hat, besaß. Tags darauf will man sich wieder treffen. »Fort – es gilt!« Man trennt sich … man fängt wieder an, und »es ist Zeit, wieder unten zu erscheinen«, sagt die Vernunft. »Noch zwei Minuten!«, sagt das Temperament … der glückliche Usurpator ist der Klügere und geht zuerst hinaus. Die Kleine folgt einen Augenblick später. Aber was heißt das? Kein Cascaret, sondern eine beunruhigte Mutter. »Wo kommst du her, liebe Tochter?« – »Von oben! Da das Mädchen es vergessen, habe ich Monsieur Plantins Bett gemacht.« – »Man sieht seinen Schlüssel nie; allein vor Dieben braucht er sich nicht zu fürchten; aber dieses Cascarets wegen bin ich recht in Sorge.« – »Mama!« – »Allerdings, ich begreife nicht, wo der arme Junge so lange bleiben mag!« – »Mama, ich glaube, er ist bei Monsieur le Baron.« – Die Gans! … Indessen, Nicole ist nicht so dumm. Sie hatte sehr wohl gehört, wie die Tür des Barons sich bei seiner Rückkunft öffnete und schloss. »Oh, das beunruhigt mich!«, fährt die Mutter fort. »Da unten gibt es etwas! Sollte der Bengel, so jung wie er ist, schon an irgendeiner Schürze hängen geblieben sein? –

Ah, da ist er endlich! Du lieber Himmel! Eine ganze Stunde für einen Weg von zweihundert Schritten, um einen Brief auf die Post zu tragen!« – ›Was‹, dachte die eben entblätterte Jungfrau, ›hat das mit dem zu tun, mit dem ich oben zusammen gewesen? …‹ *Zu Belamour.* Danke mir, ich habe dir eben die Schande deines lächerlichsten Abenteuers erspart! *Zu ihrer Freundin.* Nicht wahr, als Stoffel* einen Teppich suchen wollte, war er auch kein größerer Idiot als dieser hier, indem er sein Rendezvous aufgab, um sich nicht mit einem lumpigen Brief zu verspäten.

BELAMOUR: Ja, meine Dummheit kam mir recht teuer zu stehen. Ich war sehr erstaunt, denn statt auf dem Gesicht Nicoles den Ausdruck des Bedauerns oder wenigstens den ihrer gewöhnlichen Gemütsverfassung zu sehen, bemerkte ich dort Unruhe, Verwirrung … Ich erzähle meine ärgerliche Begegnung, meine Widerwärtigkeiten, die Gewalttätigkeiten jener Taugenichtse: Anstatt dass ich Interesse damit erwecke, sehe ich, dass man die Achseln zuckt und mir ein wütendes Gesicht schneidet. Das verdrießt mich; ich fahre die Mutter an, wünsche den Auftrag zum Teufel, den Zwischen-

---

* Bezieht sich auf Nicaise in der Lafontaineschen Erzählung.

fall mit den Werbern ebenso und schließlich auch den Schreiber des verhängnisvollen Briefes. »Immer ruhig Blut, wenn ich bitten darf, Monsieur Cascaret!«, erwidert mir die Mutter, die außerordentlich für ihren lustigen Mieter eingenommen ist. Der Brief war gar nicht von ihm. »Monsieur le Baron wäre sehr ungehalten, wüsste er …« – »Was denn? Um was handelt es sich? Was sagt man hier von mir?« Es war der Baron selber, der plötzlich darüber zukam. »Nichts, Monsieur!«, sagt die Mutter lächelnd. »Nichts«, sagt die Tochter verwirrt. »Nichts«, sage ich gut gelaunt … Und nun halten wir allesamt den Mund und spielen eine recht traurige Figur. Nicole kann nicht länger an sich halten. Als die Mutter uns den Rücken zuwendet, wirft das arme Ding die Arme in die Höhe, legt den Kopf zurück, beißt wütend in ihr Taschentuch und läuft hinaus. Zu gleicher Zeit sehe ich den grausamen Baron boshaft lachen, der, um abzulenken, auf die Mutter zuläuft, sie aufzieht, ihr Witze erzählt, sie neckt, sie zum Lachen bringt und dann, ihre Hände ergreifend, sagt: »Vorwärts, seien wir lustig, meine schöne Gevatterin!« Er hatte die Liebenswürdigkeit gehabt, gemeinsam mit ihr bei einem Kinde Pate zu stehen. »Vorwärts, Cascaret, spiel uns auf deiner Violine eine

Sauteuse* auf!« Ich achte nicht darauf. Ohne sich dadurch irritieren zu lassen, singt er sie, dreht die Mutter herum, fasst sie um die Taille, hebt sie in die Höhe und lässt vor meinen Augen all das erscheinen, was eine Tänzerin ohne Unterhosen in den Armen eines ungeschickten oder boshaften Tänzers notgedrungen sehen lassen muss.

MARQUISE: Na, das war wenigstens doch ein kleiner Trost! Aber das ist ja ein Schlauberger, dieser Baron!

COMTESSE: Ja, das war er. Der reizendste Sausewind von der Welt.

BELAMOUR: Aber ein recht verteufelter Freund.

COMTESSE *zu ihrer Freundin:* Glaube das nicht, Liebste! Er ist ein Undankbarer, und du wirst derselbigen Meinung sein, sobald er dir erzählt hat, welch glückliche Folgen für ihn ein solcher … alles in allem wohl verzeihlicher Streich haben sollte.

MARQUISE: Na, immerhin war die Jungfernschaft seiner Schönen hin!

BELAMOUR: Das ist das richtige Wort, Madame. So etwas findet man zu selten, um sich so leicht darüber zu trösten, das nicht abbekommen zu haben.

---

* Ein Springtanz aus der Bourgogne.

MARQUISE: Nun, wie wurde das alles nach Aussage der Comtesse wieder gutgemacht?

BELAMOUR: »Sie sind mir ein reizender Bursche«, sagte Nicole, als ich nach dem Abendessen die Gelegenheit fand, sie beiseite zu nehmen, zu mir. »Sie sind schuld daran, dass diese schönen Geschichten heut Abend passiert sind.« – »Wieso?« – »Sprechen Sie mir nicht von Ihrem Leben!« – »Wie? Statt, dass ich mich beklagen müsste …! Süße Freundin!« Ich wollte sie umarmen, wurde aber rau zurückgestoßen. »Weg, Monsieur! Das ist zu spät … Hätte ich gewusst, dass Sie fähig wären, die Hand zu so etwas zu bieten …« – »Die Hand geboten? Zu was, bitte? Haben Sie die Güte, mir das zu erklären!« Sie gesteht mir alles; ich stehe wie vom Donner gerührt da, dann gerate ich in Wut. Zum ersten Mal in meinem Leben wird mein Herz von den Qualen des Verdachtes und der Eifersucht erfasst. »Ich fähig, die Hand zu solcher Schändlichkeit zu bieten! Das sind vielmehr Sie, Demoiselle, die sich dazu hergegeben, mich mit einem treulosen Freund zu verraten.« Eine mächtige Maulschelle schneidet mir das Wort ab, und ungezählte Verwünschungen regnen auf mich nieder. Die Mutter hört den Lärm und eilt herbei. Und weil meine Nase blutet, vermutet sie, ich hätte ihre Tochter irgendwie beleidigt, denn diese kochte vor Zorn und war überhaupt nicht imstande, ihr Gesicht, das vor heftigster Erregung glühte, zu beherrschen. *Zur Marquise.* Sagen Sie selber, Madame, ob das, was auf mein neues Missgeschick folgte, etwa ein Glück zu nennen ist.

MARQUISE: Schläge, Beleidigungen, all das konnte nichts anderes als gekränkte Liebe sein. Aber der Baron? Ich brenne vor Ungeduld zu erfahren, was nach seinem glücklichen Erlebnis aus ihm wurde.

BELAMOUR: Er hatte auf der Lauer gelegen, und nach dem durch den Verrat entstandenen Wirrwarr fühlte er augenscheinlich, seine persönliche Intervention sei nötig, um die gestörte Harmonie wiederherzustellen … Da ich, wenn ich zu Bett gehen wollte, an seiner Tür vorüber musste, erwartete er mich. »Auf ein Wort, Cascaret!«, sagte er in freundschaftlichem Tone. Ich wollte weder antworten noch dableiben. Er nimmt meine Hand. »Zum Teufel, lieber Freund, willst du mir nicht eine Minute Gehör schenken? Denk doch nicht, dass ich dich eine ganze Nacht mit diesem schrecklichen Groll schlafen lasse. Du willst mit deinem besten Freund schmollen? Wärest du dazu fähig?« Wäre er meinesgleichen ge-

wesen, hätte ich diese Worte für beleidigenden Spott gehalten. Indessen fährt er fort: »Komm, mein süßer Cascaret!«

COMTESSE: Diese kleinen Herrchen machen sich einander den Hof. Das ist so ihre Art. Sollte man nicht meinen, ein niedliches Frauenzimmer hätte so zu ihrem Liebsten gesprochen? *Belamour lächelt.*

BELAMOUR: Ich bin ein guter Kerl. Unsere Beziehungen waren bis dahin … sehr innige gewesen. In dem Alter, in dem wir standen, folgt man einfach seinen ersten Regungen … Monsieur le Baron besaßen Geist. Er wusste mich zu beschwichtigen, ließ meinen Tadel über sich ergehen und verstand es, meiner Eigenliebe vorzumachen, er habe mich nicht im Geringsten beraubt. Er versprach mir sogar, am nächsten Tage wolle er Frieden zwischen mir und Nicole stiften und dass er künftighin Beschützer unserer Liebe sein werde; sein Zimmer stelle er uns sogar zur Verfügung, und während ich mich für seine Eulenspiegelei in den Armen der Tochter rächen würde, wolle er auf seine Gefahr und sein Risiko hin mit der Mutter anbandeln. Das fand ich übrigens keine allzu große Leistung, denn Madame Culchaud, die kaum neununddreißig Jahre alt war, durfte noch für einen sehr appetitlichen

Happen gelten. »Was hältst du davon«, fragte mein guter Apostel von Baron ausgelassen, »wenn ich, um dich in Zukunft wegen Nicole zu beruhigen, mich als völlig ehrlicher Kerl an die Mutter halte?« – »Nur zu, wenn Ihr Herz Sie dazu treibt!« – »Dies Teufelsweib hat mir schon zwei- oder dreimal vorgekaut, in ihrer Heimat gehöre nicht allzu viel dazu, wenn und dass Gevatter und Gevatterin sich auch sonst noch etwas näher treten. Ich sehe, man darf es daraufhin wagen. Nun denn, morgen aus Liebe zu dir … das ist beschlossene Sache! Apropos heute Abend … bedanke dich dafür bei mir, habe ich dich die Unterseite der Karten sehen lassen. Na, offen heraus, hast du aufgepasst?« – »Mir war der Kopf wohl zu voll, als dass ich darauf hätte achten sollen.« – »Du lügst! Ich habe sehr wohl bemerkt, wie deine Augen sich unter die Röcke meiner frischen Gevatterin hefteten. Vorwärts, gestehe nur ein, dass du ein prächtiges Hinterviertel und einen sehr dichten Hinterwald gesehen hast …« Er brachte mich zum Lachen. Gerührt sahen wir uns in die Augen. Er umarmte mich; ich weinte an seinem Halse … Um die Welt wollte er es nicht leiden, dass ich zu meinem Kämmerchen hinaufstiege. Ich teilte das Bett mit ihm.

COMTESSE: Hoch die guten Charaktere!

MARQUISE: Oder vielmehr ein Hoch den Kindern der Freude! Diese gute Mutter vereinigt alles und tötet jeden Hass. Habe ich dir nicht von der Aussöhnung dieser eben besagten Nicole mit meiner Philippine erzählt, und, weiß Gott, wie heftig die miteinander verknurrt waren. Ja, ja! Ein Augenblick der Zärtlichkeit glitt über alles wie ein Schwamm hin und befestigte die Wiederkehr vollkommenster Freundschaft für alle Zeit … Sie nämlich, Madame, sind es gewesen, die dank dieser Eselaffäre …

COMTESSE *heiter:* Pst, pst! Belamour braucht das nicht alles zu wissen.

MARQUISE *heiter:* So darf ich wenigstens in seiner Gegenwart bemerken, dass das Unfriedenstiften bei euch gewissermaßen ein Familienlaster ist. Die unersättliche Gier eures Blutes …

COMTESSE: Lass dich mit deiner albernen Moral begraben! Fahre fort, lieber Freund!

BELAMOUR: Wirklich hielt der Baron Wort. Am nächsten Tag hatte Madame Culchaud sich ihrer Gewohnheit gemäß beim ersten Morgengrauen von zu Hause fortbegeben, um die Messe zu hören, und auch die Dienstmagd war schon zu Markte gegangen, als mein Mit-

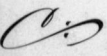

telsmann es für angezeigt hielt, wir sollten beide in das Parterrezimmer gehen, woselbst Nicole in einem dunklen Alkoven in einem Bett lag, in dem vordem ihr Vater an Madame Culchauds Seite geruht hatte. Das gute Kind schlief nicht. Vielleicht dachte sie an das Quiproquo des gestrigen Tages oder an das Unrecht, das sie mir zugefügt hatte. Unser Eintreten regte sie heftig auf und brachte sie sogleich stark in Harnisch. Diese Leidenschaftlichkeit richtet sich indessen gegen zwei; wem soll sie den Vorzug geben, die vollen Schalen ihrer Wut zuerst auszuleeren. Ich bin ein Schafskopf, habe ihre Liebe gekränkt, aber ich bin geliebt; der Baron ist ein Taugenichts, aber sehr interessant und hat ihr tags zuvor Wollust gewährt. Während sie so hin und her überlegt, lässt sie erstaunt und wütend zugleich ihre Blicke über uns hingleiten; der scheinheilige Baron fällt auf die Knie und beginnt … mit theatralischem Schwulst seine mehr demütigen als aufrichtigen Bußübungen, tritt für meine Unschuld ein, beklagt mein Unglück und schließt damit: »Die, die ich vergöttere und die mich liebt, solle mir eine mir bestimmte und von mir verdiente Wohltat erweisen, auf die er selber verzichtet, da er sich als zu unwürdig bewiesen.« Mit einem Wort, er verlangt für sich selber Verzeihung und die doppelte Genugtuung, das rasche und vollständige Glück seines besten Freundes erblühen sehen zu dürfen.

MARQUISE: Wozu sich die kindliche Schamhaftigkeit Nicoles niemals hergegeben haben wird.

BELAMOUR *lächelnd:* Sie sollen sehen. Vielleicht hat die Anwesenheit zweier leidlich hübscher Jungen neben dem Bett eines jungen Mädchens, dessen Blut soeben in Wallung kommt, einen gewissen Reiz. Nicole ist besänftigt, verwirrt und durch des Barons hinreißende Beredsamkeit überzeugt und durch meine Rührung, meine Tränen, meine Zärtlichkeiten gerührt.

COMTESSE: Weiter, du unleidlicher Schwätzer! Sage doch ohne viel Umschweife, dass deine zärtliche Freundin nach nur sehr schwachem Widerstand und nachdem sie nur der Form halber die Entfernung des Barons, der gleichwohl dablieb, gefordert, sich nicht nur küssen ließ, sondern selbst darüber nicht erschrak, dass mein Bruder, um seine Pflicht bis aufs i-Tüpfelchen zu erfüllen, deinen Liebe verlangenden Pint in den glühenden Kanal ihrer Glückseligkeit einführte. *Zur Marquise.* Ich weiß alles … er soll es nur wagen, mich Lügen zu strafen.

BELAMOUR: Er hat kein Wort darauf zu erwidern.

MARQUISE: Sehr gut. Ich bitte dem Baron von ganzem Herzen ab, dass ich ihn anfangs verabscheute. Er ist gewisslich der beste Mensch von der Welt.

COMTESSE: Höre das Ende, und du wirst ihn noch mehr lieben.

BELAMOUR: Unser Helfer zog die Bettvorhänge zu und hatte sich erboten, zu unserem Schutze dazubleiben … Kaum hatten wir die ersten Wonnen vollkommener Glückseligkeit durchkostet, als wir hörten, wie der Baron fortlief und zugleich sagte: »Schau an, da sind Sie ja, Gevatterin! Alle Wetter, Sie überheben mich der Mühe, Ihnen wie den andern nachzulaufen.« – »Warum denn das, Monsieur le Baron? Was ist denn passiert?« – »Ein großer, dürrer Kerl ist angekommen, der, wie er sagte, schleunigst sehr interessante Dinge mit Ihnen zu besprechen hat. Er bleibt höchstens eine Stunde in der Stadt, wo er viel zu tun hat. Er wird wieder vorsprechen. Sieht er Sie diesmal nicht, kann er erst in zwei Monaten wiederkommen. Ihre Tochter ist zu den Cordeliers gelaufen, Cascaret zu den Bernhardinern, ich selber lief zu den Karmelitern, in der Hoffnung, Sie da zu finden … Aber in welcher Kirche waren Sie denn?« – »Gott soll mir beiste-

hen, ich war gar nicht zur Messe. Ich hatte ja das Pech, die Gevatterin Cornu zu treffen.« – »Was, die, die sich das Klistier hat setzen lassen?« – »Ja, die! Sie hat mich aufgehalten, um mir etwas über den armen Cascaret zu erzählen.« – »Gerechter Gott, das alte Klatschmaul, muss sie sich fortwährend den Mund über ihren lieben Nächsten zerreißen!« – »Ja, wie sagten Sie doch, es war ein großer, dürrer Mann?« – »Ja.« – »Ich kann mir ungefähr denken, wer das ist. Etwa vierzig Jahre alt, nicht wahr?« – »Nicht älter.« – »Er kann auch wohl schon fünfzig auf dem Rücken haben, und hässlich?« – »Ordinär.« – »Ja, ja! Nun weiß ich Bescheid. Oh, er mag sich zum Teufel scheren! Ich will nichts von ihm wissen.« – »Wie? Sollte das ein Verehrer sein?« – »O potztausend, glauben Sie, wenn man wollte, könnte man keinen kriegen?« – »Sie möchten wohl, Gevatterin!« Während dieser Unterhaltung waren beide in unser Zimmer hereingekommen. Madame Culchaud legte Mantel und Handschuhe ab und vertauschte ihre Schuhe mit Pantoffeln. »Wahrhaftig, Madame Culchaud ...« – »Madame Culchaud, immer Madame Culchaud! Oh, Monsieur le Baron, das Wort Gevatterin, das ich Sie so gern sagen höre, tut Ihnen wohl im Munde weh?« – »O

Pardon, liebe Gevatterin!« ... Und gleichzeitig hören wir einen derben Schmatz. »... Wissen Sie wohl, dass mir gleich, als ich Sie sah, der Gedanke kam, ich möchte ganz ungezwungen mit Ihnen verkehren.« – »Was meinen Sie damit?« – »Dass ich niemanden kenne, der eine so reizende Fülle wie Sie besitzt, die Ihnen so gut steht, und dass Sie einen Busen wie ein fünfzehnjähriges Mädchen haben.« – »Na, die möchte sich für so einen schön bedanken.« – »Wenn ich sage, wie eine Fünfzehnjährige, ist das wegen seiner Weiße und Festigkeit. Und dieser Hintern! Also ohne falsche Bescheidenheit, geben Sie zu, dass das etwas an sich hat, um ... allen Gevattern den Kopf zu verdrehen ... Ich wette, das ist in einer Weise rund ...« Er streicht augenscheinlich mit der Hand darüber hin. »... und mollig und stramm. Oh! ...« – »Weg da, kleiner Gevatter, Hand von der Butter!« – »Dieser Monsieur Culchaud war ein recht glücklicher Kerl, eine so schöne Frau zu besitzen!« – »Treiben Sie keinen Spott mit mir; das ist schon zehn Jahre her, dass ich so gut wie unsere großen Damen hier aussah.« – »Was sagen Sie da, Gevatterin, Sie hätten so gut ausgesehen? Sie sehen so gut aus, Sie übertreffen sie sogar ...« – »Hören Sie auf, Sie kleiner Schäker, Sie!« – »Luzifer soll mir den

Hals umdrehen, wenn ich scherze! Soll ich die Wahrheit sagen, Gevatterin? Schon längst … aber nein, das würde Sie ärgern!« – »Reden Sie nur frisch von der Leber weg, das wird sich finden.« – »Bedenken Sie wohl, sage ich irgendwelche Dummheiten, sind Sie es, die mich dazu herausfordert!« – »Genug, ein Gevatter hat gewisse Rechte, ich höre!« – »Also, ich dachte daran, wenn Sie die Frau dazu wären, einem eine kleine Gunst zu gewähren, möchte ich Ihr Mann sein!« – »Im Ernst?« – »Na, da hat man's! Sie machen sich über mich lustig, ich wenigstens spreche im Ernst.« – »Und wenn ich Sie beim Wort nähme?« – »Würde ich Sie mir, aufs Wort, nehmen, oder der Teufel soll mich holen!« – Ein »O pfui doch, Gevatter!«, das allsogleich folgte, versicherte uns, dass der Baron in diesem Augenblick einen Rekognoszierungsritt in das mütterliche Unterland unternommen hatte. »Alle Wette«, fuhr er, schmatzend und sich wie der Satan schüttelnd, fort, »ich bin also ein Schelm! Ein Unverschämter, der, ohne wirklich etwas zu fühlen, einer ehrsamen Witwe, einer braven Gevatterin etwas vorgeschwatzt hat, um ihre Tugend auf die Probe zu stellen. O ja, Madame Culchaud, Sie sollen gleich sehen, ob ich ein Ehrenmann bin oder nicht.«

Das durch ein gewisses Hin- und Herzerren verursachte Geräusch verdoppelte sich, die kleinen abwehrenden Worte der Frau wurden weniger energisch, sie lachte … Ein Plumps auf ihr Bett verkündete uns ihre Niederlage, und das laute Krachen des alten Bettgestells, das eine ähnliche Probe schon seit langem nicht mehr erlebt, bestätigte sie. Diese schöne Szene stimmte uns sehr heiter; wir machten es ebenso, und ich gestehe, ich bewunderte während unserer Beschäftigung, die unser Bett nicht weniger als das benachbarte stöhnen ließ, die Geistesgegenwart Nicoles, die, um uns nicht zu verraten, fast Takt mit ihrer Mutter hielt. Dies Bettkonzert war so spaßhaft, dass der Baron sagen zu müssen meinte: »Es gibt in diesem Zimmer ein Echo.« Wir mussten losplatzen und konnten unser Lachen nur bekämpfen, indem wir uns wechselseitig die Hand auf den Mund legten. Was für unser Ernstbleiben, von dem unsere Sicherheit abhing, nicht minder gefährlich war, war die unglaubliche Unterhaltung des anderen Paares, die altbackenen, spießbürgerlichen Zärtlichkeiten, mit denen die dankbare Culchaud ihren teuren Schlittenfahrer bediente, und die bezeichnenden Ausrufe, durch die sie uns überzeugte, dass, bevor sie eine Betschwester geworden, sie zum Mindesten eine Erzfliege gewesen sein müsse. »Hoch, eine Mama!«, fuhr der Baron, ihr auf die Hinterbacken klatschend, fort. »Wie meinen Sie das?« – »Eine Rotznase wie Ihre Tochter – nicht einen Taler würde ich dafür ausgeben, mit der so was zu machen.« – »Man muss etwas Lebenserfahrung haben, Gevatter, das ist wahr! Mein armer Seliger, der sich auf dergleichen verstand, sagte immer, ich verstünde es wie eine Göttin.« – »Ich will die Pest kriegen, wenn ich nicht sage: Wer die höchste Wollust kennen lernen will, muss mit Madame Culchaud gehobelt haben.« Als diese Heldentaten beendet, entsann die kluge Mutter sich, dass Ihre Tochter und Cascaret, die so lange nach ihr gesucht, zurückkehren müssten. »Tausend Dank, Gevatterchen«, sagte sie mit einem letzten Kuss, »ich hatte schon lange Verlangen danach.« – »Mit mir?« – »Mit wem denn sonst, mein Hähnchen! Aber wirst du mir treu sein?« – »Oh, darauf antworte ich dir: Himmel, Erde, Hölle … der Blitz soll mich …« Ein zweiter Kuss war der Lohn für diese Liebesbeteuerungen. Hierauf schlug die hochbeglückte Gevatterin vor, eine Zuckerschnecke zu essen. Der Baron fand das sehr am Platze. »Aber«, sagte er, »nicht zu viel, Mama, denn Ihre Tochter und Cascaret haben sich Euretwegen viel Bewegung gemacht; die müssen auch etwas abbekommen.« Wir konnten hinreichend auf die Gewandtheit unseres Freundes zählen, dass er uns eine Gelegenheit zum Entschlüpfen verschaffen würde. Als es so weit war, gelang uns das auch sehr gut. Da wir wussten, was wir zu sagen hätten, stellten wir alles so dar, dass es mit den offiziellen Lügen unseres improvisierten Schwiegervaters übereinstimmte.

Entschuldige, lieber Leser, wenn der Übersetzer dieses Werkes deine Aufmerksamkeit einen Augenblick in Anspruch nehmen muss.

Vielleicht dass die Geschichte dieses Schlingels von Belamour dich amüsiert hat; vielleicht würdest du es gern sehen, wenn er das Folgende weiter erzählte, wie wir ihn das haben tun sehen; mit dem Originalmanuskript, nach dem ich gearbeitet habe, ist jedoch eine ärgerliche Geschichte passiert; das heißt, eine ganze Flasche voll Tinte ist darüber ausgeschüttet worden, und so kann ich deine Neugier nicht völlig befriedigen. Vierzig mehr oder weniger verdorbene Blätter sind dadurch so unleserlich geworden, dass ich mich arg plagen musste, mich darin zu orientieren. Übrigens verlierst du nicht gerade sehr

viel. Was ich davon zu entziffern vermochte, hat mir nur gezeigt, dass die Geschehnisse, denen, die du kennst, durchaus ähnlich waren. Cascarets Neigungen und Sitten sind uns bekannt. Indessen gebe ich dir doch einen kurz gefasst Auszug alles dessen, was ich selber auszufinden vermochte.

Zunächst ist zu bemerken, dass Nicole, dank ihrer doppelten Liebschaft, obwohl sie von ihren Vorurteilen wie ihrer Liebe geheilt war, sich, um die Wahrheit zu sagen, dauernd weigerte, ihren ihr unsympathischen Verlobten zu heiraten, sich dafür aber einverstanden erklärte, ihren Paten zu besuchen. Sie führte diesen, der sich wirklich einbildete, die köstliche Blume einer Jungfernschaft gebrochen zu haben, gründlich an der Nase. Die zweitausend Taler sind bezahlt, aber statt sie dem habgierigen Äskulap in den Rachen zu werfen, erfreut sie sich lieber selber daran und hält sich ebenso viel auf dem Lande bei ihrem generösen Paten wie in der Stadt auf. Wäre dieser Mann zufälligerweise ein Vater und gäbe er sich bewusst mit seinem Bankert ab, umso schlimmer für ihn; und Madame Culchaud, die dies Verhältnis duldete, träfe die Hauptschuld. Was Nicole anbetraf, so ignorierte sie diese Vaterschaft oder gab sich wenigstens den Anschein, als wisse sie nichts davon. Cascaret, der

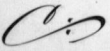

infolge von Nicoles Fernsein seine Geliebte verloren, folgt dem jungen Baron bereitwillig nach Paris, der ihn dort umgehend fast mit seiner Schwester, der Comtesse de Motte-en-feu, vordem bekanntlich Mademoiselle de Condor, zusammenbringt.

Bezüglich dieses Teiles des Berichtes unseres Erzählers ist zu bemerken, dass die Comtesse de Motte-en-feu nicht verfehlte, der Marquise einzugestehen, der Baron habe dem genasführten Cascaret dergestalt eine ebenso angenehme wie ausgiebige Genugtuung zuteil werden lassen, denn, wie wir anderswo gesehen, nahm er als dritter Mann an ihrer blutschänderischen Intimität teil.

Bald entführte ein sehr lasterhafter Kommandeur, ein Onkel der beiden jungen Leute, diesen ihren verwendbaren Genossen. Cascaret machte mit diesem Liebhaber, einem im Übrigen sehr tapferen Manne, eine Campagne zur See mit, führte sich gut auf, legte Proben seines Mutes ab und kam zu Geld. Diese ruhmvolle Epoche seines Erdenwallens absolvierte er unter dem Namen Saint-Amand. Nach Frankreich zurückgekehrt, verschaffte sein Beschützer ihm das Patent als Leutnant in einem Dragonerregiment, dessen Oberst ein intimer Freund des Kommandeurs und wie dieser ein eifriger Hinterputzer war.

Hier versäumte Monsieur de Saint-Amand, sich in die Höhe zu bringen. Er tat, das ist freilich wahr, tadellos seinen Dienst, ist liebenswürdig, und seine Verdienste trugen ihm Erfolg ein, aber da er unfähig dazu ist, seine schlüpfrigen Neigungen wenigstens unter der Maske der Heuchelei zu verbergen, und da er die Gewohnheit beibehalten, sich seine Gefälligkeiten bezahlen zu lassen, wird sein Ruf bei seinem Korps bald ein sehr zweideutiger. Als Rapignac nach einem halben Jahr auf der Bildfläche erscheint, erkennt er in Monsieur de Saint-Amand einen ehemaligen Frisör aus einem Bordell in Dijon. Fürchterlicher Eklat! Der unglückliche Saint-Amand wird weggejagt. Sein grausamer Angeber verweigert ihm unter dem Vorwande, ein Edelmann wie er habe es nicht nötig, sich mit einem Perückenmacherjungen zu schlagen, jede Genugtuung. Man bedauert den reizenden Ausgestoßenen, der jedoch, ohne sich rächen zu können, abziehen muss. Darauf begibt dieser sich nach Deutschland. Hier verläuft sein Leben sehr monoton, und er muss sich allerhand Berufen zuwenden. Ein kleiner Prinz nimmt ihn nach Verlauf einiger Zeit wieder mit nach Paris. Zunächst legt er Frauenkleider an und tritt in den Dienst verschiedener Damen, die sein wahres Geschlecht bald entdecken und, da sie sich diesen Umstand zu Nutze zu machen wissen, ihn nicht verraten. Unter anderem lief er in einem Haus, in dem er gleichzeitig Liebhaber des Hausherrn und der Hausherrin geworden war, große Gefahr, zumal da beide Gatten sich der Meinung hingaben, das reizende Objekt ihrer Zuneigung allein ihr Eigentum nennen zu dürfen. Das Verhältnis Cäsars zu Nicomedes war weniger pikant und vielleicht auch weniger gemein. Von hier aus ging Demoiselle Justine, so nannte Cascaret sich nämlich als Mädchen, in den Dienst einer gewissen Comtesse, die bei sich spielen ließ. Rapignac besuchte diese Spielhölle, aber, wiewohl er den, dessen Sturz er verursacht, absolut nicht wieder erkannte, wurde er sofort erkannt. Der Ruf Monsieur de Rapignacs war nicht der allerreinlichste. Justine ließ es sich sehr angelegen sein, ihn zu beobachten, und merkte bald, dass dieser falsche Würfel bei sich führe. Nun machte sie den Ankläger, infolgedessen man sich auf Rapignac stürzte, ihm die Taschen durchsuchte und, da man ihn schuldig fand, aus dem Fenster warf. Glücklicherweise brach er sich bei dieser Gelegenheit nicht den Hals. So war ihm mit Zinsen heimgezahlt. Da sie sich hierdurch einstweilen befriedigt fühlte, verhielt Justine sich, aus Furcht vor einem öffentlichen Skandal und da sie sich bei ihrer reizenden Comtesse sehr wohl fühlte,

ganz still. Aber der Teufel, der alles gern in Unordnung bringt, stürzt dies Haus des Überflusses und der Wollust in arge Verlegenheiten. Von der Polizei belästigt, sucht die niedliche Dame ihr Heil in der Flucht. Justine entgeht sehr lästigen, sie selbst bedrohenden Scherereien nur dadurch, dass sie gleichfalls auf kurze Zeit verschwindet. Alsdann kehrt sie in Männerkleidern und unter dem Namen Hector wieder nach Paris zurück. Gerade hier hat die vergossene Tinte eine große Verheerung angerichtet … Mit großer Mühe habe ich an zwei Stellen den Titel des Tréfonciers entziffert. Da ich diesen nirgendwo anders in diesem Teile gefunden, vermute ich, dass die Bekanntschaft Hectors mit diesem liebenswürdigen Comte, den wir schon kennen gelernt und noch weiter auftreten sehen werden, eine ziemlich neue war und dass Justine-Cascaret bis dahin noch nicht mit ihm verkehrt hatte. Wir wissen schließlich, dass Hector bei der Präsidentin de Conbanal in Dienst gestanden und dass unser Held sogleich nach deren Tod von der Marquise aufgenommen wurde.

Lieber Leser, nunmehr wirst du sehr wohl begreifen, warum der inzwischen wieder Mann gewordene Belamour, bei abermaliger Begegnung mit seinem Todfeind, seinen ganzen Hass neu erwachen fühlte und sich zu rächen verlangte. Angesichts der Absichten, die ihn zu der Marquise hingeführt, konnte Rapignac, ohne sich nicht zu schaden, sich kein zweites Mal darauf berufen, »dass er Edelmann sei«, was sich ihm, wiewohl er ein Schuft war, ja doch nicht abstreiten ließ. Es lag daher in seinem Interesse, sich unter allen Umständen wie ein Ehrenmann zu benehmen. Was es ihn gekostet, haben wir gesehen.

Aus all diesen Einzelheiten geht hervor, dass Belamour jedenfalls sensibel und offenherzig und ohne die schimpfliche Gewohnheit seiner vielfältigen Liederlichkeit ganz dazu geschaffen war, auf der Bühne der Welt eine hervorragende Rolle zu spielen.

Als er mit der Erzählung seiner Abenteuer zu Ende gekommen war, belobten die Damen ihn außerordentlich, trösteten ihn und verkündeten ihm großes Glück. Sie prophezeiten dies, ohne zu wissen warum, und über das Weitere kannst du dir selber ein Urteil bilden, lieber Leser, da die verdammte Flasche wunderbarerweise das Ende des Romans unseres interessanten Hermaphroditen nicht zerstört hat.

Endlich kann ich wieder nach dem Original arbeiten, und jetzt nimmt der Doktor wieder das Wort.

Die Marquise, die Comtesse und der brave Dupeville gingen miteinander in einer Galerie

auf und ab, an deren Ende sich ein großes offenes Fenster befand, durch das man auf die zum Schloss führende Straße blicken konnte. Dupeville bemerkte zuerst einen mit sechs Pferden bespannten Wagen, der sich im scharfen Trab näherte und dem verschiedene Reiter voraussprengen und folgen.

DUPEVILLE *zur Marquise:* Sehen Sie, Madame, da kommt bestimmt ein vornehmer Besuch für Sie.

Die Damen nähern sich dem Fenster.

COMTESSE *ein Augenglas in der Hand:* Oh, meiner Seel, das ist unser lieber Tréfoncier. Ich erkenne seinen großen Schlingel von Kammerdiener und seinen Pikör Smith. *Zur Marquise.* Das ist der Tréfoncier, Liebste, ja das ist er! *Sie fällt ihrer Freundin mit Ungestüm um den Hals.*

MARQUISE: Kleiner Tollkopf! *Sie nimmt das Augenglas.* Sie hat Recht, der liebe Tréfoncier selber!

Dupeville, der den Tréfoncier wenig kennt, erbietet sich, sehr diskret, wie er ist, die Damen mit ihm allein lassen zu wollen. Die Marquise sagt Dupeville allerhand Artigkeiten, um ihn zu veranlassen, sich nicht zurückzuziehen.

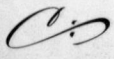

EIN LAKAI *anmeldend:* Monsieur le Comte, Madame!

COMTESSE *fällt ihm zuerst um den Hals:* Ach, Bonjour, göttlicher Ankömmling. *Sie gibt ihm fünf oder sechs Küsse, die er herzlich erwidert.*

MARQUISE *ihn umarmend:* Herzlich willkommen, teuerster Freund! *Nachdem sie ihn umarmt hat.* Monsieur Dupeville ist Ihnen zweifellos bekannt? Jedenfalls, mein Lieber, dürfen Sie sich sehr freuen, seine liebenswürdige und schätzenswerte Bekanntschaft zu machen. *Wechselseitiges Komplimentieren zwischen Dupeville und ihm.*

COMTESSE: Welcher gute Wind führt dich her, mein lieber Schuft?

TRÉFONCIER: Dies Kompliment ist in der Tat neu. *Zu Dupeville.* Monsieur, die Art und Weise unseres lieben Frechdachses ist Ihnen zweifelsohne bekannt, und so werden die Schmeicheleien, mit denen sie mich zu beehren beliebt, Ihnen nicht die Meinung beibringen, dass ich sie verdiene. *Er fährt fort.* Stellen Sie sich vor, meine himmlischen Freundinnen, dass ich hergekommen bin, Sie um eine Zufluchtstätte zu bitten, dass ich für einige Tage wenigstens aus meinem von Verbrechen besudelten Haus geflohen bin und den tödlichen Ärger bei euch vergessen will, dem ausgesetzt zu sein,

meine sonst so glückliche Lage mich eigentlich überheben sollte.

MARQUISE *bestürzt:* Großer Gott, was sagt er da? Was ist passiert, mein hochverehrter Freund?

TRÉFONCIER *nimmt einen Stuhl, alle setzen sich um ihn herum:* Möge Gott ihn damit bestrafen, den verfluchtesten Galgenvogel, den man sich vorstellen kann, von der Hölle verschlingen zu lassen! Dieser Bricon! Ein Nacktarsch, den ich aus purer Nächstenliebe in Westfalen aus dem Dreck gezogen! Ein Verräter! Ein Kerl, den ich mit Wohltaten überhäuft! …

MARQUISE *interessiert:* Na und, und … und!

TRÉFONCIER: Dieser Hund, zum Dank hat er nichts Geringeres vor, als mein Haus plündern und mich ermorden zu wollen! *Allgemeine Bewegung des Unwillens und Erschreckens.* Zunächst wollte er mich zusammen mit diesem Scheusal von Miss Sarah Thompson, der bestgestellten Person meines kleinen Serails, vergiften, mein Geld, mein Silbergeschirr, meine Juwelen rauben und sich mit dieser Furie nach England begeben. Zinga, die gute Zinga, mein Schutzgeist, versteht glücklicherweise ein wenig Englisch. Die Rasenden dachten nicht daran und sprachen unklugerweise vor ihr, die stets auf meine kleinsten Interessen bedacht ist, darüber. Sie hütete sich wohl, sich merken zu lassen, dass sie irgendetwas verstanden hätte. Als sie alles erfahren, beeilte sie sich, mich davon in Kenntnis zu setzen. Ich zweifelte zunächst noch, aber hütete mich dennoch, etwas von einem gewissen Champignonauflauf zu genießen, an dem ich mich tatsächlich zu Tode gegessen haben würde. Ich habe ihn untersuchen lassen. Er enthielt ein furchtbares Gift. Dann habe ich die notwendigen Maßnahmen getroffen. Meine scheußlichen Mörder befinden sich in den Händen der Justiz.

Die Comtesse und die Marquise sind wie zu Eis erstarrt und sehen einander an. Sobald der Tréfoncier schweigt, fällt die eine wie die andere ihrem Freund um den Hals; sie vergießen Tränen der Rührung und geben ihm zahllose Küsse. Der Tréfoncier ist zutiefst bewegt und erwidert ihre Freundschaftsbezeugungen mit Zinsen.

MARQUISE *bewegt:* Comtesse, was nun?

COMTESSE *traurig:* Was nun, Liebste! Es ist doch klar, wir beide haben uns einem verabscheuenswürdigen Scheusal hingegeben und dass man einem unserer Liebhaber die Knochen auf dem Schafott zerbrechen wird.

TRÉFONCIER: Seien Sie unbesorgt, liebe Freun-

dinnen; ich entsinne mich Ihrer Beziehungen zu dem teuflischen Bricon sehr wohl und habe alle nötige Fürsorge getroffen, dass die Verbrecher nicht hingerichtet werden.

MARQUISE: Werden Sie dazu imstande sein?

TRÉFONCIER: Man hat mir das Versprechen gegeben, die Verhandlungen so zu führen, dass die Verbrecher nur mit lebenslänglicher Verbannung aus dem Königreich bestraft werden. Bricon wird auf einem dazu bestimmten Schiff nach Indien gebracht werden. Die barbarische Miss soll, wen sie will, in London mit Champignonaufläufen füttern. Aber werfen wir diese schrecklichen Erinnerungen weit von uns! Ich bin, wie ich Ihnen schon sagte, hergekommen, um, indem ich Ihre Freuden teile, wieder aufzuleben. Sie sollen mich kein Wort mehr über mein furchtbares Abenteuer sagen hören. Liebe, gütige Freundinnen, bitte, helft mir, es mich vergessen zu lassen!

MARQUISE: Sie werden uns ein nicht minder geeigneter Trostspender sein. Auch wir, lieber Freund, sind nicht von kleinen Widerwärtigkeiten verschont geblieben.

TRÉFONCIER: Apropos, ich komme auch deswegen! Endlich haben wir in Erfahrung gebracht, wer dieser Rapignac eigentlich ist. Aber sagen Sie mir zunächst, was war eigentlich der Grund seiner Händel mit meinem guten Belamour!

MARQUISE *erzählt mit kurzen Worten das, was wir in dem diesem Teil vorangesetzten Vorwort gelesen haben:* Na, und was wissen Sie denn über diesen skrupulösen Edelmann?

TRÉFONCIER: Dass er ein Schwindler ist! Ich erinnere mich sehr wohl, ihn mit mehr als zwanzig liederlichen Frauenzimmern des Mittelstandes in floribus leben gesehen zu haben … Aber Pardon, Madame la Marquise! Ich vergaß, dass er auch Ihr berühmter Sechsmal gewesen ist.

MARQUISE: Seien Sie doch still, Sie unausstehlicher Spötter!

TRÉFONCIER *ernsthaft:* Donnerwetter! Wie schade, dass ich nicht früher unterrichtet war. Wenige Tage, bevor er zu Ihnen herauskam, hat dieser Lumpenkerl mich sogar um einige hundert Louis im Spiel geplündert. Durch sein militärisches Äußere düpiert, wollte ich, empört wie ich war, ihn reizen und mich vielleicht in einen Ehrenhandel mit ihm einlassen; irgendein dort anwesender Ehrenmann gab mir ein Zeichen. Ich wusste genug; er begab sich daraufhin zu dem Gauner und flüsterte ihm zwei Worte ins Ohr, worauf der sehr bestürzt einen tiefen Diener machte und so-

gleich mit meinen Vorschlägen und meinen Louisdor verduftete. Ich habe jenen anderen Monsieur erst gestern wiedergesehen. Raten Sie, wer Monsieur de Rapignac eigentlich ist!

COMTESSE: Jetzt heißt es, die Daumen halten! Auch noch irgendein Schuft? *Die Marquise senkt die Augen.*

TRÉFONCIER: Dieser Schlingel, der in Wirklichkeit Rapin heißt, war ehemals Tambour, allerdings Tambourmajor in einem piemontesischen Regiment. Ein verdrehtes Frauenzimmer jenes Landes, die sich mit ihm abgegeben und die hier im Ministerium einen gewissen Einfluss besaß, überschüttete ihn mit ihrer schlecht angewandten Gunst – schlecht angewandt, da wir ihn nach legitimeren Gunstbeweisen haben streben sehen –; diese Intrigantin also setzte es durch, dass ihr Herkules einem Dragonerregiment als Hauptmann aggregiert wird. Allein Mosjö Rapignac verstand es nicht, sich bei seinem Korps zu halten. Er wurde mit Schimpf und Schande weggejagt. Seitdem hat er dauernd vom Schwindel gelebt, den er gelegentlich durch eine falsch angebrachte Bravour und ständig durch die unerschrockenste Frechheit zu unterstützen wusste. Da sehen Sie, was dieser Betreffende eigentlich ist!

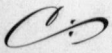

COMTESSE: Na ja, dieser saubere Patron hat Madame die Ehre erweisen wollen, sie zu heiraten.

TRÉFONCIER: Eine ausgezeichnete Partie! Schau an! Liebe Marquise, ohne Umstände – zwei Zeilen auf ein Billet an diesen Chevalier, und er möge dieses Haus, in dem für seinesgleichen nichts zu suchen ist, noch vor Abend verlassen.

COMTESSE *heiter:* Vorsichtig, Monsieur le Comte, man muss dies gefühlvolle Herz ein wenig schonen! *Sie macht ein anzügliches Gesicht.*

TRÉFONCIER: Wessen?

COMTESSE *anzüglich:* Demoiselle Nicole, die mehr oder minder in Liebe zu Ihrem Schnapphahn entbrannt ist.

TRÉFONCIER *lachend:* Nicole und heftig verliebt! Das ist zum Totlachen!

DUPEVILLE: Wenn ich es wagen darf, bezüglich all diesem eine Meinung zu haben, möchte ich darum bitten, sie äußern zu dürfen.

COMTESSE: Nur immer mit der Sprache heraus, lieber Freund! Da die mitfühlende Natur es für gut befunden, dich der Klasse Mensch wieder einzureihen, sollst du hier im Hohen Rat auch eine Stimme haben. Wir hören!

DUPEVILLE: Es ist wohl wahr, dass ein Mensch wie dieser Rapignac, der nur auf seine Unverschämtheit baut, wenig dazu geschaffen er-

scheint, mit den Damen hier unter einem Dach weilen zu dürfen, allein dieser Abenteurer ist unglücklich ... kaum wieder genesen ... man hat ihn aufgenommen. Aus diesem Grund schuldet man ihm außer einiger Schonung auch ein wenig Mitleid ... Außerdem, da er sich geschmeichelt, Madame heiraten zu können ...

TRÉFONCIER: Allein schon für diese Frechheit verdiente er, Spießruten laufen zu müssen.

MARQUISE *lächelnd:* Seien Sie still, Sie boshafter Mensch! Man sollte meinen, der Verlust Ihres Geldes fräße Ihnen noch am Herzen. Fahren Sie fort, Dupeville!

DUPEVILLE: In seinen stolzesten Hoffnungen getäuscht, durch Fügungen der himmlischen Gerechtigkeit verwundet, hat er auf einmal alles, was er ist und war, verloren und befindet sich kaum in der Lage, seinen Aufenthaltsort zu wechseln. Er wäre wirklich allzu sehr zu beklagen, wollte Madame ihn schimpflich davonjagen. Wäre es nicht besser, man suchte die Größe seines Unglücks zu lindern? Ich wollte es ganz bestimmt übernehmen, ihn dahin zu bringen, abzureisen, ohne dass er darüber im Zweifel bliebe, sein Ansehen völlig verloren zu haben, und zumal deswegen, weil er sein Auge bis zu Madame erhoben.

MARQUISE: Recht so, Dupeville! Sie haben ein ausgezeichnetes Herz.

TRÉFONCIER: Und vollkommen Recht; ich bedaure wirklich, nicht gleich selbst daran gedacht zu haben.

COMTESSE *zu Dupeville:* Ja, lieber Freund, du mit deinen löblichen Gefühlen bist wirklich wert, dass deine arme Männlichkeit aufhört, zum Korkenzieher ausgedreht zu sein, sondern sich viermal täglich betätigen möge.

MARQUISE: Dies Lästermaul! Sehen Sie zu, Dupeville, wie sich alles ausgleichen lässt, und befreien Sie uns im Guten von Rapignac!

TRÉFONCIER: Und mein wackerer Hector ... darf man ihn nicht zu seiner siegreichen Degenführung beglückwünschen? Wo steckt er denn?

MARQUISE *klingelnd:* Gleich wird er zu Ihren Befehlen stehen. *Etwas leiser.* Aber bitte, da wir nicht allein sind, vergessen Sie sich wie eines gewissen Tages nicht wieder so weit, Niederträchtigkeiten begehen zu wollen!

TRÉFONCIER *ziemlich leise und lachend:* Oh, die Comtesse würde das nicht leiden! Sie würde den Vorrang haben wollen.

COMTESSE, *die, als Dupeville gegangen, sich gleichfalls einen Augenblick entfernt hatte, kommt zurück und hört, dass man von ihr spricht:* Worum geht es denn?

MARQUISE: Nichts, da du nichts gehört hast; andernfalls möchte ich fürchten, zwei sehr schöne Augen könnten deinen Nägeln zum Opfer fallen.

COMTESSE: Schön, also irgendein Witz auf meine Kosten! Das kränkt mich nicht. Worte treffen nur die Luft. Aber wenn S. Gnaden mir beispielsweise sogleich eine Ratze schieben würden, das wäre schon etwas anderes.

TRÉFONCIER: Eine Ratze schieben?

COMTESSE: Im Gegenteil, mir keine Ratze schieben! Allein, da Sie, mein Verehrtester, dazu ausersehen sind, ihn mir auf der Stelle hineinzustecken, schmeichle ich mir, ich werde mich nur lobend über Sie auszusprechen haben.

MARQUISE *erstaunt zum Tréfoncier:* Diese Mutwilligkeit übersteigt doch alle Begriffe! *Belamour erscheint.*

COMTESSE: Ah, da ist er ja! Er kommt sehr gelegen. Umso besser, nun können wir Quartett spielen. *Da sie sieht, dass Belamour großes Verlangen trägt, seinen Gönner zu begrüßen, stößt sie ihn zu ihm hin.* Holla, macht rasch! Sind Ihre Herzen genug von gegenseitiger Zärtlichkeit übergeflossen, denken Sie auch wieder an uns ... *Der Tréfoncier streckt ihm freundschaftlich die Hand entgegen.*

BELAMOUR *seine Hand küssend:* O mein teurer

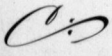

Beschützer, wie freue ich mich, Sie wiederzusehen!

TRÉFONCIER *freundschaftlich:* Auch mir macht es
stets große Freude, dich wiederzusehen. Aber
sieh! *Er macht ihn auf die Comtesse aufmerksam, die ihre Possen hinter ihnen treibt.* Man
macht sich lustig über uns.

COMTESSE *zuckt die Achseln:* Wahrhaftig, auf der
ganzen Welt kenne ich nichts so Albernes als
zwei Schinkenspießer, die miteinander schön
tun. *Zur Marquise.* Wie denkst du über den
Vorschlag, den ich eben gemacht? Mir
scheint, er ist gar nicht zu verachten. Wir waren heute verständig, allzu verständig sogar.
Diesen Augenblick ist mir, als hätte ich – und
ich weiß nicht weshalb –, starken Appetit auf
den Kavalier da … *Sie lacht den Prälaten an.*
Ich werfe ihm den Handschuh hin und hoffe,
er wird ihn mir aufheben. Folge meinem Rat
und mache das Gleiche mit Belamour und hobeln wir hier zu viert um die Wette. *Belamour
hat sogleich seinen Arm um die Hüften der
Marquise geschlungen. Sie lehnt sich zärtlich
an ihn.*

TRÉFONCIER: Zu Ihren Befehlen, Comtesse! Aber
bitte, bedenken Sie Folgendes. Weit entfernt,
an das außerordentliche Glück, das hier meiner wartete, denken zu können, habe ich mei-

ner holden Wohltäterin vor meiner Abreise zärtlich Adieu gesagt und bin, offen heraus, im Moment sehr wenig in Form.

COMTESSE *klingelt:* Schon gut, Monsieur, man wird Sie munter machen! Oh, der große Tölpel! Nimmt sich vor, hier herauszukommen, und begreift nicht, dass es sich nicht schickt, sein Pulver vorher auf Spatzen zu verschießen! *Ein Lakai erscheint; sie zu diesem:* Félix soll auf der Stelle herkommen! *Der Lakai geht.*

MARQUISE *heiter:* Ich durchschaue Sie, Madame … Aber weißt du, du bist von einer …

COMTESSE *läuft auf sie zu und legt ihr die Hand auf den Mund:* Pst, pst! Keine Schelte, keine Moralpauken! *Sehr rasch.* Sieh so! Félix wird kommen, wird ihn verschieben, wird ihn wieder beleben; der Tréfoncier wird einen Ständer kriegen, wird ihn mir hineinstecken, wird abprotzen. Meine liebe Freundin wird das alles mit ansehen, wird sich darüber amüsieren und wird ihre eigene Rechnung dabei finden.

TRÉFONCIER *sie nachäffend:* Wird, wird, wird, wird; was zum Teufel schwätzt sie da! *Félix erscheint.* Ah, ah! Schau mal an, noch ein neues Gesicht!

COMTESSE *heiter:* Das ist der, welcher … *Sie tut, als wolle sie ihn anspritzen.* Das ist eine

brauchbare Hilfe, die ich Ihnen zur Verfügung
stellen will, damit Sie sich bezüglich der Ver-
pflichtung gegen mich ehrenvoll aus der Affäre ziehen können.

TRÉFONCIER *hat die Augen auf Félix gerichtet:* Ein
recht netter Junge!

COMTESSE: Félix, es handelt sich darum, den
Monsieur da zu verschieben.

TRÉFONCIER *fast unwillig:* Madame scherzen augenscheinlich.

Während dieses Gespräches hat Belamour die
Marquise ohne weiteres auf einen Stuhl geworfen und lustig loszuarbeiten begonnen.

COMTESSE *launig:* Sehen Sie, wie viel Zeit wir
alle miteinander mit Ihren dummen Faxen
verlieren! Kommen Sie jetzt her! *Der Tréfoncier zeigt keine große Eile, sie ist sehr ärgerlich, macht sich bereit und sagt:* Sie sind unverschämt, lieber Prälat! Komm, mein kleiner
Félix!

Sie bemächtigt sich des kleinen Jockeys, den die
Öffentlichkeit seiner sonst guten Aussichten arg
in Verlegenheit setzt. Kaum ist er bei der Arbeit,
als der unzüchtige Prälat mit ihm zu schäkern
anfängt, seine niedlichen Rundungen betastet

und bald weitergehen will. Die Comtesse sagt hastig zu ihm: »Oh, wollen Sie uns nicht gefälligst in Frieden lassen!« Der Tréfoncier, der einmal im Zuge ist, geht alsdann zu Belamour hin. Die Marquise zeigt sich seinen männlichen Launen ebenso wenig geneigt und bittet ihn, ihre Unterhaltung nicht zu stören. Der arme, überall schlecht behandelte Prälat kehrt zur Comtesse zurück, packt Félix bei den Schultern, drängt ihn weg und macht sich selbst daran, seinen Nachfolger zu spielen. »Wie, Sie sind anderen Sinnes geworden? Alle Wetter, wenn der Ärger Sie zurückbringt, soll der Ärger Sie auch das, was ich von Ihnen verlange … ausführen lassen.« Sie führt ihn ein. »Vorwärts … vorwärts, und denken Sie ja nicht, dass das bloß ein Spaß sein soll!« Zu gleicher Zeit gibt sie Félix durch ein verstohlenes Augenblinzeln ein Zeichen, dem Prälaten das Hinterhaus auszufegen. Félix gehorcht seiner Gebieterin und fragt den Prälaten: »Würden Monseigneur das wohl gestatten?«

Man antwortet ihm nur damit, über seine Naivität zu lachen. Der arme Kleine beißt in den sauren Apfel, da er sich wohl bewusst ist, dass das, was man jetzt von ihm fordert, nur eine Erfüllung seiner Dienerpflicht ist. Er verdoppelt seine Zärtlichkeiten mit seiner feurigen Partnerin und gewährt und genießt unbeschreibliche Wol-

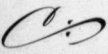

lust. Die Marquise, die seit einigen Augenblicken aufgehört hat, nähert sich, um recht genau zuzusehen, was mit ihrer Freundin geschieht. Belamour, der sich im Allgemeinen nicht mit einem Ritt begnügt und den die Stellung der Marquise reizt, fällt stürmisch auf Hundeart über sie her. Die Marquise kann nur dadurch einen sicheren Halt gewinnen, dass sie sich, ohne ihn indessen bei seinen gewichtigen Verrichtungen zu stören, an das Hinterteil des Prälaten anklammert. Da diese Stellung sie auf zwei Finger Entfernung an das Gesicht Félix', der das Herannahen der Wollust schon zu spüren beginnt, heranbringt, ist sie so gütig, das kleine Kerlchen zu küssen, der durch diese schmeichelhafte Aufmerksamkeit wenigstens einigermaßen für die harte Arbeit, die er dem Prälaten auf Befehl seiner Herrin leisten muss, entschädigt wird. Schließlich endet auch diese kapriziöse Szene. Jedermann macht sich wieder zurecht. Belamour entfernt sich. Die Damen ziehen sich, um sich zu reinigen, in ein Kabinett zurück. Der Prälat bleibt mit dem ängstlichen und verschämten Félix allein.

TRÉFONCIER: Aufgepasst, mein kleiner Freund! *Er gibt ihm zwei Doppellouis.* Da!
FÉLIX *zögert, sie anzunehmen:* Oh, Monseigneur!
TRÉFONCIER *dringender:* Nimm, sage ich dir! Du

hast sie ehrlich verdient! Wahrhaftig, das hast
du ganz allerliebst gemacht!

FÉLIX *nimmt die Goldstücke:* Monseigneur spotten meiner.

TRÉFONCIER: Wer hat dich hierzu angelernt?

FÉLIX: Belamour, Monseigneur.

TRÉFONCIER: Der Großmeister also! Dann überraschen deine Fähigkeiten mich nicht weiter;
und … sag mal, macht dir das Spaß?

FÉLIX: Das zu tun? Ja, wenn das mit jemand anderem als mit Monseigneur geschieht … vor
dem … *Er senkt die Augen.* … ich mich nicht
zu genieren brauche. Ja, bei Belamour beispielsweise, o Wetter! Bei dem macht es mir
ebenso viel Vergnügen, als wenn ich es mit
Madame la Comtesse mache.

TRÉFONCIER: Du willst sagen, wenn du sie …
von vorn, wie eben.

FÉLIX: Pardon, Monseigneur! Erstens geschieht
das, was Sie meinen, kaum, und dann macht
es mir anders auch mehr Pläsier.

TRÉFONCIER *für sich:* Entzückende Unschuld!
Laut. Du hast deine niedliche Herrin also
auch schon auf andere Art gehabt?

FÉLIX *verwirrt:* Aber ja! Das ist doch mein
Dienst bei ihr … Ich glaube, dass nichts
Schlimmes dabei ist, wenn ich das eingestehe.

TRÉFONCIER: Nein, ganz gewiss nicht! *Er nimmt*

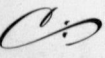

ihn zwischen seine Schenkel. Noch ein Wort. Erweist du deinem Freund Belamour nicht auch die Gefälligkeit, es dir machen zu lassen? *Sein Blick drückt heftiges Begehren aus, und zugleich krabbelt er an ihm herum.*

FÉLIX: Ei ja doch! Aber sonst kenne ich niemanden.

TRÉFONCIER: Schau an! Aber jetzt kennst du mich! Wenn ich nun mal gern … *Ein leichter Druck auf den Zentralpunkt vollendet den Satz.*

FÉLIX: Was soll ich Monseigneur darauf erwidern? … Niemand dürfte doch etwas davon wissen, denn … *Zu gleicher Zeit küsst der Prälat ihn und drückt ihm seinen Lümmel, der die Ohren völlig hängen lässt, in die Hand.*

TRÉFONCIER: Vorwärts, junger Freund, sei mal nett! Versuche das Ding wieder munter zu machen und … *Er zieht drei Doppellouisdor aus der Tasche und legt sie auf den Kaminsims.* Gelingt es dir, ihn so weit zu bringen, dass ich bei dir etwas loswerden kann, ist dies Gold dein. *Sogleich, wiewohl etwas zaghaft, ergreift Félix die Hohlflöte und spielt daran herum.* Keine falsche Scham … *Für sich.* Meiner Seel, seine Hand ist so weich wie die eines Mädchens. *Der Kamerad hebt den Kopf ein wenig in die Höhe.*

FÉLIX *lachend:* Der da will wieder aufwachen, Monseigneur!

TRÉFONCIER *mit blitzenden Augen:* Das ist noch nicht genug, Freundchen; der muss noch steifer werden, sonst geht er nicht hinein.

Da Félix zunächst nicht weniger als der Lüstling an der Sache interessiert ist, gibt er sich die erdenklichste Mühe, die kleine Summe ehrlich zu verdienen; er drückt und reibt den halbsteifen Wonneschlauch mit beiden Händen. Als er ihn weit genug gebracht zu haben glaubt, um ihn hereinbekommen zu können, setzt er sich rittlings auf den Prälaten und sucht den Pfahl des wollüstigen Liebhabers von unten her ans Ziel zu bringen; aber dreimal fällt das allzu schwache Instrument wieder zusammen, da der Ring zu eng ist. Félix meint nun, die En-face-Stellung wäre am Ende nicht günstig, da es für den Prälaten augenscheinlich zu schwierig ist, so trocken einzudringen. Da das Jüngelchen sich das Geld wegen mangelnder Ausdauer nicht entgehen lassen will, kehrt er sich, um alles möglichst leicht zu machen, herum. Wunderbarerweise findet er zu gleicher Zeit in einem Tischchen, gegen das er sich lehnt, ein kleines Tiegelchen mit flüssiger Paste für die Hände. Sofort ist des Prälaten Wonneschlauch mit dieser Salbe eingeschmiert und

erneut an die störrische Eingangspforte herange-
führt. Diesmal glückt es. Der eigensinnige Prälat
ist drinnen. Aber er kann lange schieben, sich
bewegen, seine glühende Einbildungskraft anstrengen, seine leeren Klingelbeutel versagen
den köstlichen Erguss, ohne den jeder Genuss
unvollkommen bleibt. Seine momentane Steifigkeit weicht sogar in dem Zentrum seines glühendsten Verlangens. Die einzige Frucht seiner
Anstrengungen ist die, die Bekanntschaft eines
weiteren Schandjungen gemacht zu haben. Indessen gibt er Félix das ausgesetzte Gold, freilich nur unter der Bedingung, der gefällige Jo-
ckey solle ihm am nächsten Morgen, eine Stunde
vor dem Lever der Comtesse, eine Frühvisite machen.

Ende des siebenten Teiles

Achter Teil

ℬekanntlich sind die Nichtstuer der vornehmen Welt schon in der Stadt auf Neuigkeiten erpicht, allein auf dem Lande sind sie es noch weit mehr. Man hielt auf dem Gut der Marquise daher alle möglichen Zeitungen, Journale und Anzeiger. In einem der Letzteren fand man eines Tages folgenden Artikel:

»Es gilt einem jungen Manne, der in seiner Jugend in einem Waisenhaus erzogen wurde und dann in der Bourgogne das Perückenmachergewerbe lernte, der unter dem Namen Cascaret bekannt war und sich später Hector genannt haben soll, eine hochwichtige Mitteilung zu machen. Bei verschiedenen Personen beiderlei Geschlechts hat er Frisördienste getan, und man vermutet, dass er sich gegenwärtig in Paris aufhält. Nähere Auskunft erteilen Maître Le Franc in St.-Germain-en-Laye und Monsieur

Bonserre, Parlamentsprokurator in Paris, Place Maubert.«

Diese sich zweifellos auf Belamour beziehende Anzeige ließ im Schloss zahlreiche Mutmaßungen entstehen. »Das kann nur irgendetwas Gutes bedeuten!«, meinten die Marquise und die Comtesse. »Man wird sehen!«, sagte der Prälat. Der erfahrene Dupeville äußerte sich dahin: »Ehe er sich meldet, soll Belamour das Terrain vorsichtig sondieren. Sein Leben ist nicht ganz frei von allerhand Störungen geblieben; wer weiß, ob sich nicht vielleicht nur irgendwelche Feinde zu orientieren suchen, um ihm nachher desto sicherer nachstellen zu können.« Dieser Vorschlag überzeugte zwar nicht, fand aber doch eingehende Beachtung; schließlich gelangte man einstimmig zu der Ansicht, es wäre gut, sich Dupevilles Wünschen zu fügen. Er erbot sich, die nötigen Maßregeln selber und mit größter Umsicht treffen zu wollen. Man lobte ihn wegen dieses Anerbietens und sagte sich, bei ihm würde alles in besten Händen sein. Seine Geschicklichkeit hatte sich schon bei Erledigung der Angelegenheit mit Rapignac vollkommen bewährt, der sich, durch diese ehrenwerte Persönlichkeit gedrängt, zu allem dem ehemaligen Saint-Amand zugefügten Unrecht bekannt hatte; ferner hatte er sich bereit erklärt, den Platz zu

räumen und freiwillig in einem de- und wehmü-
tigen Schreiben für seine lächerlichen Prätentio-
nen um Verzeihung gebeten. Er bat, ihn nicht öf-
fentlich bloßzustellen, was ihm auch zugestanden wurde, sofern er sich gut aufführen würde.
Welcher andere Mann mit gesundem Menschenverstand als Dupeville hätte das Vertrauen Belamours und dessen wahrhaft prekärer Situation
mehr verdient!

Lassen wir also den ehrenwerten Unterhändler abreisen und in Paris die Interessen des Be-
siegers Rapignacs verfolgen. Da die Marquise
sich schon im achten Monat ihrer Schwangerschaft befand, traf sie ihre Vorbereitungen für die
bevorstehende Niederkunft. Zunächst enthielt
sie sich tapfer jeglicher galanter Amüsements.
Sie war sogar so standhaft, den starken Massage-
gelüsten der kleinen Comtesse zu widerstehen,
sodass diese sie weder mehr zu provozieren
noch ihr dadurch, dass sie sie ihre eigenen Streiche merken ließ, den Mund wässerig zu machen
wagte. Diese unverbesserliche Lustperson, ange-
wiesen auf den lieben Zamor für ihre handfesten
Befriedigungen und auf Félix für ihre wollüstigen Launen, hatte nur noch selten und zum Zeitvertreib einige Liebesgänge mit Philippine und
Belamour. »Niemals«, so meinte sie unter Seufzen, »hätte sie eine solch mäßige Diät gehalten.«

Aber sie liebte die Marquise und glaubte, ihr nach deren Niederkunft nützlich sein zu können. Das war für sie Grund genug, auf dem Lande zu bleiben und ihrer Freundin Gesellschaft zu leisten und dabei auf die zahllosen Verlustierungen, die sie in Paris inzwischen hätte haben können, zu verzichten.

Bezüglich des Wesens, das aus ihrem vertraulichen Mönchsverkehr entstehen sollte, hatte die Marquise einen Plan gefasst, hatte diesen einstweilen jedoch niemandem mitgeteilt und die daran interessierten Personen bis jetzt noch nicht um ihre Meinung befragt. Die liebenswürdige Marquise hatte sich nämlich ausgedacht, Belamour mit Nicole zu verheiraten. Um ihnen diesen Bissen möglichst schmackhaft zu machen, hatte ihre Herrin sich vorgenommen, ihnen ein hübsches, von ihren Besitzungen abzuzweigendes Gütchen zu Eigen zu geben, wofür sie hinwiederum als Entgelt fordern wollte, jene sollten bei ihrer Verheiratung das von ihr zur Welt zu bringende Kind adoptieren … Bei dem Versuch, Nicole hierüber auszuforschen, erklärte diese jedoch rundheraus, lieber würde sie den Teufel heiraten als den Unverschämten, der sie mit Hilarion zusammengeflochten habe. Allein wie ein Vertrauen das andere weckt, so versicherte Nicole erstens, ihre Zuneigung zu Rapignac sei

vollkommen erloschen, denn während seiner Krankheit habe dieser gemeine Mensch ihr verächtliche und ein undankbares Gemüt verratende Vorschläge zu machen versucht, und zweitens gestand sie, bei einer Festlichkeit im Nachbardorf habe sie eine neue Eroberung gemacht. Ein gewisser Monsieur de Fortbois, in Wahrheit der armseligste Krautjunker zehn Meilen weit in der Runde, ein fünfzig Jahre alter und sehr hässlicher, aber – und das interessiert die Frauen immer – noch der heißesten Liebesgefühle fähiger Kerl, der, wie er sagte, sich durch Nicoles »Tugend« nicht minder als durch ihre unvergleichlichen Reize angezogen fühlte, hatte ihr zehnmal schon angeboten, sie zu den Stufen des Traualtars zu führen. Die Art, wie Nicole dies freimütig gestand, konnte der Marquise keinen Zweifel darüber lassen, der Vorschlag, der Nicole unter der Bedingung einer Verbindung mit Belamour nicht in Versuchung geführt, könne ihr Glück nur erhöhen, handelte es sich für sie darum, Madame de Fortbois zu werden.

»Sag mal, Nicole, würde Monsieur de Fortbois wohl adoptieren?« – »Da müsste ich ihm heute Abend erst auf den Zahn fühlen. Morgen werde ich Ihnen Bescheid sagen, Madame.«

Monsieur de Fortbois war zu verliebt und steckte zu sehr in der Misere, um das ihm von

seinem Glücksstern dreifach angebotene Geschenk auszuschlagen. So viel man weiß, war er überhaupt Philosoph. »Meine holde Nymphe«, sagte er, »da dies Kind nicht von Ihnen ist und Sie mir nebst einem reinen Herzen auch noch so viele unentweihte Reize* mit in die Ehe bringen, weshalb sollte ich wohl erröten zu adoptieren. Was sage ich da, ich muss es sogar, da Ihr eigenes Wohlergehen von einem so einfachen Entschlusse meines, meiner ungeheuren Liebe völlig unterliegenden Willens abhängt.« Und solch vollkommener Biedermann lebte nur sechs Meilen von Paris entfernt! Da soll man angesichts der Tatsache noch sagen, die Verdorbenheit des Menschengeschlechts sei eine Allgemeine.

Noch nie wurde eine Einigung schneller erzielt, noch nie ein Pakt eiliger geschlossen. Nicole hatte zu große Angst, irgendein Böswilliger könne ihrem Zukünftigen ein Licht über das Kapitel »Tugend und unentweihte Reize« anstecken. Fortbois bebte davor, dass Nicole und das Gütchen ihm aus den Fingern schlüpfen möchten. Der Marquise lag es am Herzen, ihr künftiges Kapuzinerchen loszuwerden, und so war denn in weniger als acht Tagen alles verbrieft und besiegelt, und die tugendreiche Nicole ge-

---

* Ein Halbvers aus Voltaires »Alzire«.

noss schon seit drei Wochen die Ehre, den vornehmen Namen einer Madame de Fortbois führen zu dürfen, als ihre ehemalige Herrin mit mehr Schmerzen als Gefahr die Welt … o köstliche Fruchtbarkeit … mit zwei dicken, schweren, sehr lebhaften und zum Erschrecken hässlichen Kindern beglückte. Zwei! … Fortbois kratzte sich hinter den Ohren und war nahe daran, noch ein Gut zu fordern. Dazu kam, dass seine Gattin an seiner Seite einen sehr närrischen Traum hatte, während welchem ihr Worte entfahren waren, die zum Mindesten auf große Erfahrungen in dem Gegenteil von Enthaltsamkeit schließen ließen und ihn in Hinsicht auf Madame de Fortbois etwas stark ernüchtert hatten, aber diese beiden seraphischen Kapuzinerfrüchte waren schon nach acht Tagen wieder gestorben, und dieses unerhoffte Ereignis träufelte Balsam in das Blut des reizbaren Ehegatten. Reich, ohne weitere Lasten auf dem Halse zu haben; von seiner Ehehälfte, die schon darauf zu denken begann, wie sie ihn recht anführen könne, verzogen, fehlte nicht viel, dass er sich selber einredete, er habe das, was ihn anfangs so tief verwundet, selbst geträumt. Wenigstens begann er aus dieser Tonart heraus zu seiner Frau über die Wirren ihrer beiderseitigen Träume zu sprechen. Eine sehr nützliche Lektion für Ma-

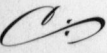

dame de Fortbois, die es sich daraufhin angelegen sein ließ, ihrem abgebrauchten Gatten tagsüber sein schmales Kontingent zuteil werden zu lassen, und Mittel fand, nebenbei sich aufbetten zu lassen.

Und Belamour? Was förderten die Bemühungen des geschäftigen Dupeville zu seinen Gunsten zu Tage? Um Folgendes handelte es sich:

Eine gewisse Mademoiselle Julie, die Tochter eines vordem Militär gewesenen, sehr reichen Bankiers, hatte sich im Kloster ein Kind machen lassen. (Es scheint, dass so etwas möglich sei.) Kurz vor ihrer Entbindung ließ sie sich entführen. Ihr Liebhaber, ein blutarmer, junger Offizier, hoffte hierdurch in Besitz eines leidlichen Vermögens zu gelangen. Aber der Vater, der nicht mit sich spaßen ließ, setzte den Flüchtigen nach und bekam sie hart an der Grenze zu fassen. Der Liebhaber erbot sich nun, in den sauren Apfel zu beißen, das heißt zu heiraten, sofern der Vater Mademoiselle Julie eine ansehnliche Mitgift bewilligte. Der Gauner hatte ja nichts anderes im Sinn gehabt! Unglücklicherweise wollte das dem Vater nicht in den Kopf; ein Kerl, der keinen Sou besaß, war seiner Meinung nach kein Schwiegersohn für ihn. Verstimmung, Heftigkeit, Vorwürfe, eine Forderung! Zum Pech war der Bankier in seiner Jugend ein sehr gewandter

Fechter gewesen; beim ersten Gange rannte er dem armen Teufel von Unterleutnant den Degen durch und durch, worüber der Sieger sich, um die Wahrheit zu sagen, einen Augenblick lang unbändig zu freuen schien. Dann aber, um, so viel in seiner Macht stand, das durch ihn verursachte Unglück wieder gutzumachen, erlaubte er es, dass der Sterbende, der gleichfalls mit reinem Gewissen aus der Welt zu gehen wünschte, seine Ehrenschuld einlöse und sich in extremis mit seiner geliebten Julie trauen ließ. Diese mit der Genehmigung ihres Vaters vermählte junge Frau ward am nächsten Tage Witwe und am übernächsten Mutter eines schönen Knaben, dessen Geburt, wie man sieht, eine völlig legitime war. Trotzdem ließ der wenig mitfühlende Bankier es sich nicht nehmen, irgendeine längst bezüglich seiner Tochter gesagte Absicht aufzugeben. Heimlich schaffte er das Kind in ein Findelhaus und veranlasste die Witwe, sich zwei Jahre lang in ein wenig zugängliches Kloster zurückzuziehen; alsdann führte man ihr eines schönen Tages einen reichen, aber einfältigen Juristen mit dem Bedeuten zu, diesen habe sie zu heiraten. Dies fand sie auch angenehmer als weiter in einem Kloster zu seufzen, in dem ihr die aus Anstand übernommene Büßerinnenrolle schon recht lästig geworden war. Natürlich hatte das ehrenwerte Magistratsmitglied weder von der geheimen Entführung noch von dem Kinde, über dessen Verbleib allein der Großvater orientiert war, die geringste Ahnung.

Durch ihre Heirat war Mademoiselle Julie Präsidentin geworden. Ihr zu Ehren hatte ihr Gatte seinen Namen Jobin den von einer ihm gehörigen Besitzung hergeleiteten Namen de Conbanal hinzugefügt.

Madame de Conbanal ist die gleiche Dame, der im ersten Teile unserer Geschichte Erwähnung getan worden ist und die mit unserer Marquise Halbpart bei der vorteilhaften Wette mit dem gascognischen »Sechsmal« hatte machen wollen. Und es ist auch die gleiche Dame, der Hector die Ehre hatte zu dienen, als sie starb. Die süße Frucht, die sie aus ihrem ersten Bett hatte, war … unser Belamour. Man muss zugestehen, dass Madame la Presidente während ihres mehr als vergnüglichen Lebens gar nicht mehr an das Kind ihres ersten Gatten gedacht hatte. Der zweite war nicht auf den Gedanken verfallen, ihr eines zu machen; oder besser gesagt, kein anderer hatte diesen guten Gedanken gehabt. So war Madame de Conbanal, die keine Blutsverwandten besaß und mit der Familie des verstorbenen Präsidenten nicht gut stand, als es zum Sterben mit ihr kam, wegen ihres Vermö-

gens in großer Sorge. Furcht vor den Gluten der
Hölle ließ sie alle Einzelheiten ihres sündhaften
Lebens noch einmal Revue passieren, und da fiel
ihr ein, dass sie irgendwo auf dem Erdenrunde
doch vielleicht einen legitimen Erben besitze. Fa-
milienpapiere, die sie nie eines Blickes gewürdigt, wurden durchstöbert. In diesen fand man
eine von der Hand des Bankiers herrührende
Notiz, die angab, wo und wie sein Enkel eines
schönen Tages wieder aufgefunden werden
könnte.

Infolgedessen wurde ein Testament aufge-
setzt, doch geschah dies so heimlich, dass der
damals noch in Diensten der Kranken stehende
Hector nicht das Geringste von diesen Bestimmungen ahnen konnte.

Die Anzeige, die wir weiter oben gelesen, hat
den Leser davon in Kenntnis gesetzt, dass der
ehrenwerte Notar nach dem Heimgang der Madame de Conbanal alles getan, um die Spuren
des unbekannten Erben zu entdecken. Nach einer Besprechung mit Monsieur Le Franc hatte
Dupeville das Weitere veranlasst, und dank ihrer
wohl getroffenen Maßnahmen stand nach Ablauf eines Monats nichts mehr im Wege, dass Bo-
naventure Lebeau – dies war der Name des Vaters gewesen – Cascaret – Saint-Amand – Hector
– Belamour –, sich im Besitze eines Kapitals von

etwa 6.000 Livres Rente – Madame de Conbanal hatte das Übrige verschwendet – und eines beträchtlichen Mobiliarvermögens sah, welchen Besitz ihm nicht Gott, nicht Teufel mehr streitig machen konnten.

Reich und vornehm, wie unser guter Belamour jetzt geworden, nahm er freiwillig den Namen de Conbanal an, den zu tragen er angesichts der Eigenschaften, die wir an ihm kennen gelernt, keineswegs unwürdig war.

Nachdem er eine entsprechende Trauerzeit hatte verstreichen lassen, dachte Monsieur de Conbanal bald daran, einen löblichen Gebrauch von seinem Vermögen zu machen. Er liebte die uns bekannte Zofe Philippine ganz unaussprechlich; ganz plötzlich war ihm die Neigung für dieses reizende Geschöpf gekommen, und mit schuld daran war vielleicht ein wenig Ärger über die so hochfahrende und höhnisch-stolze Nicole, die es so außerordentlich eilig gehabt, Madame de Fortbois zu werden. Mit einem Wort, Monsieur de Conbanal bot Philippine seine Hand an, und hatte diese in ihm schon früher einen reizenden Jungen gefunden, wollte sie ihn seiner sonstigen Vorzüge wegen jetzt doppelt gern heiraten.

Die Marquise sah freilich mit Bedauern drei Personen, die sie liebte und mit denen sie so

sehr zufrieden gewesen, auf diese Weise aus ihrem Dienste scheiden, allein das Glück gewährte ihr Trost. Es wurden neue Kammerzofen und ein neuer Frisör engagiert, jedoch nur in der Absicht, sie absolut nur als Dienstboten gelten und ihnen keinesfalls diese gefährliche Vertraulichkeit zuteil werden zu lassen, die ihre Vorgänger wunderbarerweise niemals missbraucht hatten.

Wie die Marquise unter einem guten Stern geboren war, besaß sie auch natürliche Würde; ihr stürmisches Temperament, die schlechte Gesellschaft, in die ihr verstorbener Gatte sie hineingebracht, hatten sie wohl über die Grenzen gewöhnlicher und entschuldbarer Ausschweifung hinausreißen können, aber seit sie frei geworden und gelegentlich dazu gekommen war, Einkehr bei sich zu halten, hatte sie sich zweifelsohne bedeutend gebessert und war ihr Kopf schon zur Hälfte genesen, während das Übrige allerdings noch, als wäre diese Frau tatsächlich unverbesserlich, immer mit ihr durchging. Sie bei einer Orgie, der wir uns nicht enthalten können, sofort einige Worte zu verlieren, beiwohnen zu sehen, könnte alle Welt in den Glauben versetzen, dass unser eben erfolgtes Lob ein schlechter Scherz sein müsse. Wenn man dennoch bis zum Ende weiterliest, wird man nicht umhinkönnen, unserer liebenswürdigen Marquise mehr Gerechtigkeit zuzubilligen.

Obwohl auch die kleine Comtesse ein vortreffliches Herz besitzt, sieht sie die liebenswürdigen Geschöpfe, die wir eben ihr Glück haben machen sehen, doch nur höchst ungern scheiden. Bei einem eines Abends nach Sonnenuntergang unternommenen Spaziergang begeben die beiden Freundinnen sich in eine am Ende des Parkes gelegene Lustlaube, und nun äußert die Comtesse sich über die Ereignisse ungefähr folgendermaßen:

COMTESSE: Ja, nun sag einmal, liebes Herz, wann eigentlich willst du auch noch deine beiden Lakaien, deinen Koch, deinen Kutscher und deinen Schweizer verheiraten? Das sind ja die einzigen alten Gesichter, die man noch bei dir sieht.

MARQUISE: Ich denke nicht mehr daran, irgendwen zu verheiraten.

COMTESSE: Na, das ist ein Glück! Aber was soll das denn heißen, dass du zwei so altfränkische Mädchen genommen hast?

MARQUISE: Wahrhaftig, es freut mich, sollten sie dir nicht gefallen.

COMTESSE *ihren Ton nachäffend:* Wahrhaftig, ich bin Ihnen sehr verbunden. *Natürlich.* Hören

Sie, Marquise, ich sage es Ihnen frei heraus, Sie mögen mich nicht mehr.

MARQUISE *ironisch:* Sicherlich! Weil ich bei der Wahl meiner Leute scheinbar nicht daran gedacht habe, ein Serail zu bilden, nur um die Wünsche von Madame zu befriedigen.

COMTESSE: Das ist es nicht allein, was mich stutzig macht. Aber Sie selber, Liebste, sind mir gegenüber wie zu Eis geworden. Kann man nicht wieder was von Ihnen haben? Lass uns jetzt doch wieder so miteinander leben wie in jenen schönen Zeiten …! Als wir ganz ein Herz und eine Seele waren, als wir uns so freundschaftlich die trefflichsten Bespringer teilten, die uns unter die Finger kamen, als …

MARQUISE *nimmt ihre Hand:* Höre, liebe Freundin! Dir gegenüber bin und werde ich immer die Gleiche bleiben. Aber kann man nicht glücklich miteinander sein, ohne diesen stürmischen Verkehr, dessen du soeben Erwähnung tust und der ein schimpflicher Vorwurf für uns beide ist! Die Exzesse …

COMTESSE: Da ich nicht wüsste, Marquise! Wollust genießt man nie genug.

MARQUISE: Der Ansicht bin ich nicht. Auch davon kann es zu viel werden, und man kann darüber den Reiz des Verlangens, der köstlicher als die Wollust selbst ist, einbüßen. Was mich anlangt, so bin ich unfähig dazu, meine Neigungen zu ändern; die Wonnen, die ich liebe, werden mir immer unendlich teuer sein, aber ohne meine Gewohnheiten wirklich aufzugeben, will ich mir doch vornehmen, ihre Ausführung wesentlich einzuschränken. Mit einem Wort, hinfort will ich klug Maß halten lernen.

COMTESSE: Sehr gut! Das heißt, sich verstellen, sich zieren, heucheln! Erbarmen, Sie sind eine ruinierte Person, liebe Marquise!

MARQUISE: Du wirst das Gegenteil erleben. Versuche selber, weniger extravagant zu sein, und in kurzer Zeit wirst du mich für meinen Rat segnen.

COMTESSE: Die Trauben sind wohl sauer, Liebste? Habe deine Schrullen, solange es dir beliebt, ich hindere dich nicht daran. Was mich anbetrifft, erkläre ich hiermit, ich will, wenn das möglich, meine früheren Heldentaten noch überbieten. Ich will es noch besser machen oder, wenn du willst, es noch schlimmer treiben als sonst. Männer, Frauen, Mädchen, vornehme Welt und Volk, Herren und Diener, schöne und hässliche Leute, ja Greise sogar, alles soll mein unersättliches Temperament sich unterjochen, und reicht Frankreich nicht aus, sollen Europa, sollen die vier anderen Weltteile ihm Futter liefern. Ich würde

mich des Gedankens schämen, es jemals an dem hohen Mut fehlen zu lassen, ausprobieren zu wollen, wie hoch der Ruhm einer Frau meines Schlages aufzusteigen vermag und wie viel Lustschläuche sie schlapp, leer und kaputtmachen kann. Ja, zehn-, zwanzig-, dreißigmal täglich will ich, wenn es geht, befingert, abgeschlürft, gehobelt, von hinten vorgenommen und …

MARQUISE: Aber, aber, halt ein! Bist du von Sinnen? Weißt du wohl, dass du nicht mehr bloß geil bist, nein, dass du vielmehr besessen, nymphomanisch geworden bist! Oh, ich zittere davor, dein Zustand ist eine gefährliche Krankheit!

COMTESSE *außer sich:* Krank! Ich! *Mit Emphase.*
»Kommt Navareser, Mauren, Kastilianer!«, und ihr sollt sehen, dass ich gesund genug bin, euch das Mark aus den Knochen zu ziehen! … Aber an dich mache ich mich zuerst heran … *Sie beginnt dreist zu werden.* An dich, die es sich, statt mir Wollust zu gewähren, herausnimmt, mir was vorzupredigen. Du sollst mir für alle, die mir durch die Lappen gegangen sind, bezahlen, und so erfahre denn zum Dank für deine alberne Zimperlichkeit, es gibt hier nur noch ein menschliches Wesen, um den Heißhunger meiner Brunst zu stillen.

Sie ist schon dabei, sie mit heftigem Ungestüm anzugehen. Die Marquise, die sich über die Großtuerei ihrer närrischen Freundin wider Willen sehr belustigt hat, ist kaum imstande, sich ihrer zu erwehren. Der Anfang ihrer Besserung ist einer so heftigen Versuchung wie die, in die ihre überaus geschickte Verführerin sie stürzt, nicht gewachsen. Diese geht mit wahrer Wut daran, sie aufzuzäumen. Das Hochgefühl, das jedes Mal mit dem Herannahen der höchsten Wollust verbunden ist, löst die Heiterkeit bei der Marquise schließlich ab; sie fügt sich, fängt Feuer, ein Taumel ergreift sie, der Genuss ist da. Nach dieser köstlichen Krise umarmt sie ihre Freundin zärtlich und sagt:

MARQUISE: Was soll man dagegen machen, wenn du meine schwankende Philosophie mit solchen Waffen bekämpfst. Mach dich bereit, Herzchen, damit ich dir die unaussprechliche Wohltat, die du mir eben gewährt, vergelte.

COMTESSE *lächelnd:* O nein, Madame ist zu verständig dazu.

MARQUISE: Spotte nicht! Komm, Liebste, lass mich dir Wollust gewähren!

COMTESSE *sie umarmend:* Ja doch, ja! Aber dann mach mir das, was ich haben möchte! *Sie zieht einen unmenschlich großen Witwentrös-*

ter aus der Tasche. Da, lass dir diesen Zinken umbinden und verbolze mich damit, dass mir die Luft ausgeht!

Als die Marquise sich mit diesem riesigen Instrument dekoriert sieht, an dem zwei dicke, eiförmige und sogar behaarte Ampullen hängen, muss sie unwillkürlich lachen.

COMTESSE: Worüber lachst du? Lass dir sagen, dies ansehnliche Spielzeug ist genau nach den Maßen, die ich an dem sehr ehrenwürdigen Monsieur Ribaudin genommen, gearbeitet. *Sie legt sich zurecht und singt, die Schenkel spreizend, mit übermütigem Ton*
   »Er war da, da, da, da, da!«
            (Aus: »La laitière et les chasseurs«)
MARQUISE *den Witwentröster ansetzend:* War er da?
COMTESSE: Ganz recht!
MARQUISE: Messalina!
   Beide lachen wie toll. Mit aller Gewandtheit eines Liebhabers schiebt die Marquise ihrer Freundin das formidable Ding hinein und erweist ihr die zärtlichsten Aufmerksamkeiten.
COMTESSE *gefühlvoll:* Oh, du belebst ihn durch deine entzückende Kunst! Er lebt! ... Das ist ein Engel, der mich geigt ... *Sie schließt die*

Augen. Götter, ist es möglich, so glücklich zu sein, wie ich mich fühle!

Zu gleicher Zeit drückt sie mit der Hand auf die mit einer Art Sprungfeder versehenen Testikel, die, wenn man sie berührt, etwa wie ein Spritzkolben wirken und durch den Schaft des Witwentrösters eine Portion Milch in die glühende Lustwunde der Comtesse schnellen. Bei jedem Strahl entfährt ihr ein leidenschaftlicher Seufzer. Auf dem Höhepunkt der Lust stößt sie zwei- oder dreimal Kraftworte aus, die wir von ihr aus ähnlichen Situationen schon kennen. Durch ihre Küsse sucht die Marquise die Täuschung dieser künstlichen Liebesszene vollkommen zu machen. Als beide ganz abgemattet daliegen, lässt sich hinter dem Laubwerk das Lachen eines Mannes vernehmen; die dadurch ein wenig verwirrte Marquise reißt sich los und wirft sich, immer noch bewaffnet, auf die gegenüberliegende Rasenbank. Die Comtesse, die die Stimme des Tréfoncier sehr wohl erkannt hat, ist nicht weiter erschrocken und hat kaum ihre Stellung geändert.

COMTESSE: Wie, dieser Teufelskerl ist da!
TRÉFONCIER *eintretend:* Ihnen zu dienen! *Als er die Marquise sich abmühen sieht, sich des Witwentrösters zu entledigen.* Oh, nicht doch!

Gestatten Sie das Abbild des schätzenswerten Weihwedels Sr. Ehrwürden Monsieur Ribaudin an Ort und Stelle und recht genau betrachten zu dürfen?

MARQUISE *lässt ihn herankommen:* Verdienen Sie Spion es denn eigentlich, dass man Ihnen diese Gefälligkeit erweist? *Sie ist dennoch so gefällig, es ihn in Augenschein nehmen zu lassen, so weit es die Abenddämmerung möglich macht.* Na, was sagen Sie dazu?

TRÉFONCIER *mit einer bewundernden Handbewegung:* Bacco, was für eine Nudel!

MARQUISE: Die Madame la Comtesse jedoch, ohne ihr nur ein Stück zu schenken, unterbringen konnte.

TRÉFONCIER *indem er jede der beiden Kojen der Comtesse mit dem Finger berührt, singt:* Er war da! Er war da! *Sie gibt ihm lachend einen kleinen Klaps mit dem Finger. Zur Marquise gewandt, fährt er fort.* Teufel auch, erst seit jetzt fange ich an, die Möglichkeit ihres Verhältnisses mit ihrem langohrigen Liebhaber zu glauben.

COMTESSE *zu ihrer Freundin:* Der gute Prälat bildet sich ein, mich aufziehen zu können. Wie er will! Ich bin zu allem bereit; ich spüre noch die Nachwirkungen der Wollust in mir. Man kann mich nicht in schlechte Laune bringen.

TRÉFONCIER *zur Marquise:* Nun, das muss man eingestehen, unsere närrische Freundin ist sehr liebenswürdig.

MARQUISE: Man kann keinen besseren Charakter haben.

COMTESSE *heiter:* Es wäre sehr schön, wenn das Herz dem guten Prälaten dasselbe sagte … *Sie nimmt eine sehr herausfordernde Stellung ein.*

TRÉFONCIER: Wer dürfte so kühn sein, ohne Unterbrechung mit dem Ebenbild des ehrwürdigen Monsieur Ribaudin rivalisieren zu wollen!

COMTESSE: Nur zu, Sie Spötter! Diese Ehrenerklärung sind Sie mir für Ihre Unverschämtheiten schuldig.

MARQUISE *hat die Hand schon am Hosenlatz des Prälaten:* Ich versichere dir, Liebste, er brennt schon darauf, und er ist eben hergekommen, ohne seiner kleinen Ebenholznase Adieu gesagt zu haben.

TRÉFONCIER *nähert sich, nachdem er sich erst etwas gesperrt, der kleinen Comtesse und pflanzt ihr seine Genusswurzel ein:* Entschuldigen Sie, dass so wenig da ist …

COMTESSE: Wieso? Sie sind heute in prächtiger Verfassung. *Zur Marquise.* Du, hör mal … *Sie lacht.* Da kommt mir eine brillante Idee …

Zum Prälaten. Halte einen Augenblick an, Schatz! *Er gehorcht. Zur Marquise.* Vorwärts, hier, mein Herz!

Sie macht die Lustprothese, deren eines Band aufgegangen ist, vollends los, hält sie dem Prälaten vors Gesicht und bindet ihm das schlüpfrige Abbild unter ausgelassenem Gelächter als Maske vor. Nur die Nase lässt sie zum Atemholen frei; der Mund ist ihm geschlossen, und an seiner Stelle sitzt nun ein unförmiger Rüssel, mit dem, wie die Comtesse sich in den Kopf gesetzt, er die Marquise befriedigen soll, die auch wirklich die Bereitwilligkeit besitzt, sich mit gespreizten Schenkeln über dem Gesicht ihrer Freundin auf die Knie niederzulassen, sodass ihr Hintern sich dem Gesicht des Prälaten gegenüber befindet. Während die Comtesse ihre Absichten auseinander setzt, bindet sie dem gefügigen Prälaten die Schnüre seines neuartigen Maulkorbes im Nacken zusammen. Und schließlich findet dieser, eine so extravagante Kombination habe wirklich einen pikanten Reiz. Wie schön das alles ist! Welch reizenden Anblick bietet das niedliche, von zwei alabasterweißen Schenkeln eingerahmte und von dem prachtvollen Hintern ihrer Freundin überragte Gesicht der Comtesse nicht dar! Die braunen

Löckchen der einen, die sich mit dem Goldhaar der anderen vermischen, bilden einen schönen Gegensatz. Nachdem alles vorbereitet, nimmt der Prälat seine untere und wirkliche Arbeit wieder auf und stößt der Marquise mit dem Kinn die fürchterliche Rubbelprothese, die nicht ohne eine gewisse Schwierigkeit hineingeht, mithilfe einer leichten Kopfbewegung wie die einer Pagode ins Ziel. Alsdann arbeitet jeder los und unterstützt sich gegenseitig. Das ist für die ausschweifende Comtesse ein gefundenes Fressen, die mit den Augen das Rein und Raus des stolzen Instruments in der Korallenmuschel der Marquise verfolgt. Auch der Prälat fühlt sich durch den Anblick dieser hellrosigen Halbkugeln, die ihm bei jeder Bewegung so nahe kommen, dass er ihre wollüstige Wärme spürt, reich belohnt. Was die Marquise anbetrifft, so regt sie sich stark auf und ruft sich die Klosterszene, bei der ihre kleine Freundin so stürmisch gefeiert worden, ins Gedächtnis zurück. Noch nie hatte die Comtesse ihrem erfahrungsreichen Flötisten so viel Vergnügen zu kosten gegeben. Niemals war sie selber annähernd so zufrieden mit ihm gewesen. Sie bekam den vollen Beweis, dass er sie diesmal nicht bemogelte und ihre befruchtenden Säfte sich wirklich vermischten. Die gleichfalls vollkommen zufriedengestellte Marquise konnte sich beim Hervorspritzen eines gewissen Elixiers, von dem zwei Tropfen die Stirn ihrer Freundin benetzten, nicht enthalten auszurufen: »O du glücklicher Ribaudin! Wie liebenswürdig du sein musst!«

Als man von dieser angenehmen Promenade zurückkehrte, entsann der Tréfoncier sich eines Briefes, den er, ohne ihn zu lesen, in die Tasche gesteckt hatte. »Ah ja«, sagte er, ihn öffnend, »das ist ja die vortreffliche Mama Couplet, die mir da schreibt! Was mag sie von mir wollen?« – »Oh, rasch, lesen Sie!«, rief die Comtesse ungeduldig.

TRÉFONCIER *liest das Folgende:* »Monseigneur haben vielleicht Lust, gleichfalls einem … vielleicht völlig neuartigen Fest, das ich, so Gott will, nächsten Freitag in dem Ihnen bekannten, nahe bei Choisy gelegenen Pavillon geben werde, beizuwohnen, ein Fest, das mehrere ganz ausgezeichnete Liebeskünstler, die gegenwärtig die Zierden meiner zahlreichen Kundschaft sind, besuchen werden. Wenn Monseigneur Neigung dafür haben, haben Sie die Güte, mich spätestens bis morgen Mittag wissen zu lassen und Ihrer Antwort gütigst eine Anweisung auf zwanzig Louis beifügen zu wollen. Ich sehe Sie schon bei dieser Summe zurückweichen und ausrufen: ›Was, zwanzig Louis! Die gute Couplet will sich wohl über mich lustig machen!‹ Sagen Sie mir zu, werden Sie dafür Vergnügen für tausend haben. Erinnern Sie sich hinsichtlich dieses Punktes, bitte, der peinlichen Redlichkeit derjenigen, die Sie noch nie betrogen hat und die sich die Freiheit nimmt, sich in tiefster Ergebenheit zu nennen Ew. Gnaden … etc. etc.« Nun, was denken Sie darüber, schöne Freundinnen?

MARQUISE: Ehe man zahlt, müsste man wissen, was für dies Fest beabsichtigt ist und welche Leute wir da antreffen werden.

TRÉFONCIER: Sie haben Recht; bei ähnlichen Anlässen sollte eigentlich jedem Unterzeichner eine Art Prospekt vorgelegt werden, damit man die Katze nicht im Sack kauft … *Er schellt.* Ich werde mich nach Paris begeben. *Ein Lakai erscheint.* Sage meinen Leuten, mein Wagen solle in zehn Minuten vorfahren. *Lakai geht.* Ich werde die Couplet ausfragen und Ihnen morgen beim Diner über das, was ich erfahren werde, Aufschluss geben.

MARQUISE: Sie werden, dessen können Sie versichert sein, ungeduldig erwartet.

COMTESSE: Glauben Sie mir, dass, wenn es sich um wollüstige Großtaten handelt, wie es ganz den Anschein hat, ich nicht fehlen werde. Was die Marquise anbetrifft, so bin ich mir nicht so sicher. Sie will sich wohl ändern. *Sie lächelt.*

MARQUISE: Madame belieben zu spötteln …

Der Wagen des Prälaten war bald zur Stelle. Er befahl, scharfen Trab zu fahren und in der Rue des Dechargeurs zu halten. Hier wohnte die Couplet. Tags darauf kehrte er um zwei Uhr zurück. Die Damen begrüßend, sagt der

TRÉFONCIER *lebhaft:* Es lebe die bewundernswerte, die unvergleichliche, die prächtige Couplet! Meiner Seel, der Plan ihres Festes ist geradezu genial, und allein für die Idee, die sie mir mitgeteilt hat, hätte ich ihr gern zehn Louis mehr gegeben.

COMTESSE: Liebster Freund, erzählen Sie, erzählen Sie uns das!

TRÉFONCIER: O nein! Über das meiste könnte ich Sie doch nur so obenhin unterrichten. Sie sollen das Vergnügen haben, sich überraschen zu lassen.

MARQUISE *feurig:* Wir machen also doch mit?

TRÉFONCIER: Wenn Sie so gut sein wollen.

COMTESSE: Ich atme auf. Ihre Frage lässt mich hoffen, dass sie doch noch zur Fahne der Wollust hält.

TRÉFONCIER: Freitag werden wir deutliche Beweise dafür bekommen.

MARQUISE: Das Fest, das Fest! Was ist damit?

TRÉFONCIER: Eine entzückende, mir bekannte Stätte, zwanzig Kavaliere, zwanzig Damen; zu zweit, zu viert, paarig; kurz, alles wie im Schloss zu Cutendre. Zuerst, während man das Eintreffen der Gäste erwartet, Promenade; darauf Konzert und Feuerwerk; ausgezeichnetes und opulentes Souper alsdann; die ganze Nacht über Tanz, Spiel, Scherz; bei Tagesanbruch wird jeder sich ohne Aufsehen davonmachen.

MARQUISE: Das ist ja himmlisch! Und die Gesellschaft?

TRÉFONCIER: Ich habe die Liste gesehen. Die Kavaliere sind fast alle vornehme Fremde oder wenigstens doch dezent und reich; von den Damen kenne ich ein halbes Dutzend. Da man nur paarweise eintreten darf, so war ich so frei, auch das schon zu ordnen. Eine von Ihnen muss in Begleitung des Palatins Morawiski, meines besten Freundes aus Polen, und den ich dank der Liste soeben wieder gefunden, erscheinen. Die andere muss so gütig sein, sich durch ihren ergebensten Diener einführen zu lassen.

COMTESSE: Das möchte ich sein, lieber Prälat.

Ich habe kein Verlangen, diesen Palatin kennen zu lernen. Überlassen wir den der Marquise als Chaperon und seien Sie der meine.

TRÉFONCIER: Dann werden Sie nicht zum Allerbesten fahren, liebe Comtesse. Ich schwöre Ihnen, Morawiski ist einer der schönsten und liebenswürdigsten Kavaliere, die seine Nation hervorgebracht hat, und wie Sie wissen, steht ihr Adel zu Recht in dem besten Ruf, was Höflichkeit, Galanterie und Pracht anlangt; übrigens handelt es sich nur darum, den Fuß in den Eden gesetzt zu haben. Ist man erst drinnen, darf jeder sich ganz nach Gefallen mit … Aber nein, jetzt überschreite ich die Grenzen der mir empfohlenen Diskretion. Aber Sie sagen ja gar nichts mehr!

COMTESSE: Wir wissen zu schweigen.

TRÉFONCIER: Wohlan denn! Zum letzten Ende soll alles darauf hinauslaufen: Jede Dame ist für alle da wie jeder Kavalier gleichfalls für alle.

COMTESSE: Jeder für jeden! Wie ich diesen stolzen Kriegsruf liebe! Ein schreckliches Wunder soll mir alle Öffnungen der Lust vermauern, wenn ich nicht nach diesem Ruf handle! Entweder meine Reize und meine Koketterie verfehlen ihren Zweck, oder ich werde die Kampfbahn nicht eher verlassen, ohne dass nicht ein jeder der Kämpen mit mir seinen Schlagabtausch hatte.

TRÉFONCIER *küsst ihr die Hand:* Reizende Besorgnisse! Aber jetzt wollen wir rasch essen, denn es ist durchaus notwendig, dass wir alle in Paris schlafen, da unsere Anwesenheit dort verschiedentlicher Vorbereitungen halber nötig sein dürfte.

Die Marquise schellt und gibt den Auftrag, rasch anzurichten; der Prälat fährt fort. Apropos! Ich vergaß, Ihnen einen ärgerlichen Unfall, der einem Ihnen mehr oder minder bekannten Kavalier zugestoßen ist, mitzuteilen.

COMTESSE: Wem denn?

TRÉFONCIER: Dem Vicomte de Molengin. Ein geistvoller, sehr liebenswürdiger …

MARQUISE: Wir kennen ihn. Was ist mit ihm?

TRÉFONCIER: Er ist tot.

MARQUISE: Tot?

COMTESSE *lächelnd:* Ganz und gar tot.

TRÉFONCIER: Die Geschichte ist die: Dieser arme Kerl, den es sehr verdross, von einem der hervorragendsten Ladestöcke, den die Natur jemals geformt, nicht den gewünschten Gebrauch machen zu können, hatte sich einem italienischen Arzt, einem abgefeimten Scharlatan, anvertraut, der den Vicomte jedoch zunächst so gut behandelt hatte, dass er sich im

Ernst schmeicheln durfte, alles, was ihm so lange Zeit schon abging, wieder gefunden zu haben. Kaum dass der arme Teufel seine Kraft auf künstlichem Wege wiederbekommen, trieb er Missbrauch mit seiner glücklichen Verfassung. Trotzdem der Arzt unaufhörlich »piano« sagte, stürzte er sich alle Tage in irgendein galantes Abenteuer, kurzum, vorgestern ... was, Teufel auch, musste er sich darauf einlassen ... hatte er sich eine kleine Schauspielerin vom Italienischen Theater geleistet ... und als es ihm zum zweiten Mal bei der gekommen, hat er den Geist aufgegeben.

COMTESSE: Donner, wie sehr er sich dabei angestrengt haben mag! Zweimal! *Sie zuckt die Achseln.*

TRÉFONCIER: Die Heldin dieser Tragödie ist eine der eifrigsten Arbeiterinnen im Weinberge des Herrn und gehört zu den Mädchen der Couplet, von der ich einige Einzelheiten erfahren habe. Nachdem beim ersten Mal alles aufs Beste besorgt war, meinte die Dirne, nun sei es genug und sie dürfe sich von den Anstrengungen eines sehr stark besetzten Tages ausruhen. Kaum dass sie die Augen geschlossen, fühlt sie sich durch eine mäßig starke Berührung wieder aufgeweckt. Da sie Lebensart genug besitzt, einen Mann, der bezahlt, nicht

verletzen zu wollen, glaubt sie, sich nicht ablehnend verhalten zu dürfen. Er kommt auch
hinein; alles scheint im Zuge. Da die Geschichte aber nach Ablauf von etwa zehn Minuten noch nicht weiter gediehen ist, hört die
Schöne auf mitzuarbeiten; der Schlaf überwältigt sie, und zwar so sehr, dass sie bis zum Erscheinen ihres Mädchens, das hereinkommt,
um die Fensterläden aufzumachen, bis gegen
neun Uhr morgens durchschläft. Wie groß ist
ihre Überraschung, als sie beim Erwachen bemerkt, dass sie immer noch angebohrt ist. Zuerst will sie lachen und dem unermüdlichen,
standhaften Kerl ein Kompliment sagen. Aber
nein, das ist kein Vicomte mehr, ein kalter und
schon steifer Leichnam gibt nicht der geringsten Bewegung mehr nach. Tiefes Grauen hat
die Vorstellung der Wollust abgelöst; Herrin
und Dienerin sind gleichermaßen entsetzt,
stoßen laute Schreie aus und verlieren den
Kopf. Man eilt hinzu; ihre Unschuld kann
nicht bezweifelt werden, aber es gelingt nicht,
sie zu beruhigen. Die unglückliche Sängerin
bekommt Krämpfe und verliert alsbald die
Besinnung ... Zum Glück für sie kommt ihr
Korrepetitor, ein flinker und für mehr als eine
Sache brauchbarer Kerl, mitten in all dem
Wirrwarr herbei ... Er hebt die Ohnmächtige

auf, trägt sie in ein benachbartes Zimmer, und, ohne eine Sekunde zu verlieren, wendet er ein-, zwei-, dreimal eine sehr gelungene elektrische Kur bei ihr an. Diese kräftige Hilfe ermuntert sie schließlich wieder; sie holt Atem, öffnet die Augen, erkennt ihren Wohltäter, redet ihn an und umarmt ihn … sie ist gerettet! Während dieser Kur sind die sterblichen Überreste des armen Molengin in sein Haus geschafft worden. Kaum hat die Chornymphe den scheußlichen Gegenstand ihres Entsetzens nicht mehr vor Augen, so wird sie seelenvergnügt. Ein nettes Frühstück wird aufgetragen. Dies neue Heilmittel stellt sie völlig wieder her. Zum Schluss leeren der Arzt und die Kranke eine Flasche Madeira auf die Gesundheit des Verblichenen und, noch besser, im Übermaß ihrer gemeinsamen Rührung über sein tragisches Geschick, kehren sie in das Kabinett zurück und reiten für die Ruhe seiner Seele eine vierte Tour.

COMTESSE: Wahrhaftig, das heißt, diesem lappigen Schlappschwanz zu viel Ehre antun! Aber das muss man sagen, sein Leben lang hatte der schöne Molengin Glück. Beim Lieben zu sterben! O Schicksal, wenn ich dir etwas gelte, würdige mich eines Tages auch solch ersehnenswerten Endes!

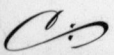

Man hatte angerichtet. Die Damen und der Prälat vergessen schnell beim köstlichen Mahl die traurige Anekdote über Molengin. Der Prälat ist wie gewöhnlich charmant und erzählt die lustigsten Dinge. Die dem Bacchus geweihten Opfer haben die drei dahin gebracht, dass sie einen kleinen Spitz sich angetrunken hatten, als es an der Zeit ist aufzubrechen. Die Fahrt nach Paris verläuft in der kurzweiligsten Art der Welt, und nicht ohne dass dies den Lakaien zu allerhand spöttischen Bemerkungen über das, was in dem Wagen geschah, Anlass gab.

Der ungeduldig erwartete Moment, sich in diese Campagne, von der man sich so großes Vergnügen versprach, einzulassen, stand dicht bevor. Der Palatin Morawiski war von dem Tréfoncier bei der Marquise eingeführt und hatte dort gespeist. Dieser Pole war wirklich eine prachtvolle Erscheinung, allein der Eindruck, den er nach Meinung des Tréfonciers bei der Marquise auf diese machen sollte, blieb aus. Kaum, als der Champagner serviert wurde, dass der Fremde aufzutauen schien; aber dieser Übergang war so gesucht, so schroff, dass es den drei Tischgenossen klar ward, dieser Mann sage nur so zu sich: »Jetzt muss ich notwendigerweise lebhaft und heiter werden.« Das Ende der Mahlzeit wäre nicht sehr heiter gewesen, hätte nicht der Prälat,

der die Liste der Teilnehmer an dem bevorstehenden Fest, die die geschäftige Couplet obendrein noch mit schnell hingeworfenen Randbemerkungen versehen, hervorgezogen und sich erboten, sie vorzulesen. Die Damen versicherten, dass ihnen das sehr viel Vergnügen machen würde. Alsdann begann der Tréfoncier wie folgt:

TRÉFONCIER *liest:* »Die Kavaliere und Damen, die mein kleines Fest heute Abend mit ihrer Gegenwart beehren werden, sind dahin übereingekommen, sich zwanglos und paarweise bei mir einzufinden, und ich habe das Arrangement festgesetzt, in dem das geschehen soll. Daraus geht hervor, dass man die nachstehend verzeichneten Personen sich um … folgendermaßen einfinden sehen wird. Erstes Paar: Monsieur le Comte …« *Gesprochen.* Das bin ich. *Liest.* »Mit Madame la Comtesse de Motte-enfeu.« *Spricht.* Anmerkungen hat man uns geschenkt. *Liest.* »Zweites Paar: Monsieur le Palatin Morawiski und Madame la Marquise …«

MARQUISE: Das sind wir. Augenscheinlich gleichfalls ohne Nebenbemerkungen.

TRÉFONCIER: Ohne solche. *Er fährt fort zu lesen.* »Drittes Paar: der Conte Chiavaculi und Lady Womanwill.«

COMTESSE: Und was steht daneben?

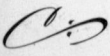

Tréfoncier *liest:* Der Conte Chiavaculi ist ein neapolitanischer Edelmann, dem die Hälfte eines jeden Beines fehlt. Man wird das Vergnügen haben, aus dem Munde von Monseigneur selber die Geschichte dieses Unfalls* zu hören. Dieser Neapolitaner besitzt die Niederträchtigkeit, an den Damen das Alleranziehendste zu verabscheuen und nur das an ihrem Geschlechte zu lieben, was sie mit dem männlichen gemeinsam haben und das er geradezu vergöttert. Gleichwohl ist er sehr reich und verschwenderisch, und deswegen habe

---

* Schön wie ein Engel und im Alter von zwanzig Jahren, hatte er das Malheur, sich in eine Zierliese zu verschießen. Da er nicht imstande war, diese Tugendschwester zu verführen, nahm der feurige junge Mann sich vor, sie zu notzüchtigen, zu welchem Zwecke eine bestochene Zofe gefälligerweise ein Fenster ihres Schlafzimmers hatte halb offen stehen lassen müssen. Als der mutmaßliche Tarquinius seine grausame Schöne eingeschlafen wähnte, versuchte er einzusteigen, allein sie erwacht beim ersten Geräusch, schnellt aus dem Bett heraus und sieht einen Mann, der sich gerade auf das Fensterbrett schwingen will. In ihrer Erregung und Verwirrung stößt sie ihn, zum Unglück für ihn, derartig heftig zurück, dass er mit der Leiter umkippt und mit beiden, unterhalb der Waden gebrochenen Beinen liegen bleibt. Ehe man, sobald man drinnen Lärm geschlagen, sehen konnte, was sich draußen begeben haben mochte, nahen sich zwei Spitzbuben. Über ihn stolpernd, erkennen sie in ihm einen ohnmächtig daliegenden Mann, heben ihn auf und tragen ihn, nicht um ihm zu helfen, sondern ihn bequemer ausplündern zu können, in eine nahe gelegene Sackgasse. Hier muss der arme, obendrein noch sei-

ich ihn umso lieber in die Zahl meiner Besucher für heute Abend eingereiht, da er der Gesellschaft für sein Teil jedenfalls den Anblick eines sehr seltsamen Schauspiels gewähren wird. Mylady, die vielleicht nicht ganz hasenrein ist, ist zum wenigsten sehr reich. An Lüsternheit und Entgegenkommen übertrifft sie meine unermüdlichsten Kunden. Sie ist sehr auf dem Posten, trinkt, flucht und prügelt sich je nach Bedarf mit ihren Liebhabern oder Dienstboten ...«

MARQUISE: In der Tat, eine reizende kleine Person und eine wirklich recht nette Gesellschafterin! Schenken Sie sich das Ende des sie betreffenden Artikels.

---

ner Kleider beraubte Teufel eine lange kalte Nacht daliegen und hat hinreichend Zeit, seine verhängnisvolle Leidenschaft zu beklagen und seiner barbarischen Geliebten zu fluchen. Er fühlt, dass er in Lebensgefahr sei, und tut das Gelübde, falls er dem Tod entrinne, sich nie wieder mit Frauen einzulassen. Endlich aber, zu spät fast, kommt ihm am Tage Hilfe. Man kann ihn nur dadurch retten, indem man ihm seine zerschmetterten Beine abnimmt. Nach seiner Heilung wird der Conte ein eifriger Betbruder. Nach Ablauf von zwei Jahren empört sich jedoch die Natur, der er zu lange Gewalt angetan, und bekommt ihn unter. Aus Scheu, das Gelübde, dessen wir oben Erwähnung getan, zu brechen, bekommt er anscheinend Geschmack für die Freudenjungen; und das wird schließlich eine Passion, geradezu ein Wahnsinn für ihn. Nicht alle, die dem Conte gleichen, haben eine so gute Entschuldigung für ihre Abartigkeit. (Anm. d. Verf.)

Tréfoncier *liest:* »Viertes Paar: Sir John Kindlow und Mademoiselle d'Angemain.« Daneben steht: »Sir John ist ein Bruder der Lady und einer der brutalsten Seeleute, aber dabei schön wie Mars. In Indien, wo die Frauen sehr frühreif sind, hat ihn die Leidenschaft für Kinder erfasst. In Paris nimmt er nur solche von höchstens elf bis dreizehn Jahren. Dieser Engländer wird der zweite Hauptakteur des von mir angedeuteten Schauspiels sein. Mademoiselle d'Angemain stammt von armen Eltern ab, ist aber ausgezeichnet erzogen und, obwohl sie noch jung ist, schon ein wenig verblüht. Sie gefällt nicht sehr, für alles, was das Glück zu würzen vermag, besitzt sie jedoch so seltene Fähigkeiten, dass ihr meine unsichersten Kandidaten niemals in die Hände geraten, ohne nicht in die Lage zu kommen, irgendeines meiner Mädchen ihren Lohn ehrlich verdienen zu lassen …«

Comtesse: Mir kommt eine Idee, mein Bester, nämlich diese Magikerin mit Dupeville zusammenzubringen, das wäre ein verdienstliches Werk. Schade, solch ein Talent im Bordell zu lassen.

Marquise: Sie hat Recht; Dupeville braucht eine Gefährtin. Er hat ein ausgezeichnetes Herz;

wir werden das Glück dieser Mademoiselle
begründen. Und weiter?

TRÉFONCIER *liest:* »Fünftes Paar: Der Baron Im-
mersteiff und die Vicomtesse Chaudpertuis.«
Spricht. Ohne Bemerkungen. Ich kenne jedoch alle beide. Der Baron ist ein großer, starker, dicker Bayer, der gut trinkt und allzeit gut
stemmt. Pardon, das ist mir so entschlüpft.
Aber potztausend, die gute Vicomtesse, der
ich gelegentlich mal meine Aufwartung habe
machen dürfen, wird dem Namen des armen
Teufels bald ein »N« hinzugefügt haben.

COMTESSE: Unsertwegen! Weiter!

TRÉFONCIER *liest:* »Sechstes Paar: Monsieur Le-
cker.« *Spricht.* Den kenne ich gleichfalls; er ist
der Sohn eines reichen Dresdener Bankiers.
Liest. »Und Madame Condouillet. Anmerkung: Sie ist etwas eng gebaut und gibt vor,
sie ließe keinen stark beschlagenen Mann heran. Allein sie liegt zehn Stunden pro Tag auf
dem Rücken und lässt sich von drei Hunden,
ihrem Lakai, ihrem Frisör und ihrem Musik-
lehrer abschöpfen.

MARQUISE: Die Couplet will sich wohl lustig machen, wenn sie uns mit dem Gelichter zusammenbringen will!

COMTESSE: Murren Sie nicht, Madame! Um was
handelt es sich schließlich denn? Um den Teu-

fel am Schwanz zu kitzeln. Können wir dazu die Gesellschaft von Vestalinnen und Zierliesen, die mit ihrer Sittsamkeit kokettieren, brauchen? Lassen Sie sie reden und lesen Sie weiter, Monsieur le Comte!

TRÉFONCIER: Sapperlot, das ist was Vornehmes! *Liest.* »Siebentes Paar: Der Prinz von Löwenkraft und die Prinzessin von Stolzinskoff.« Daneben. »Der Prinz ist ein dänischer Grande, steht in Wien im diplomatischen Dienst, ist ein Feinschmecker wie der Comte de Tufière[*] und ein Bramarbas, wenn die Rede auf seine Stärke kommt. In seiner Eigenschaft als hochvornehmer Mann und Herkules zugleich wollte er sich mit der in Frage stehenden Prinzessin messen, aber da fiel er ab wie ein wurmstichiger Apfel … Aus dem arroganten Sieger ist ein lächerlicher Sklave geworden, der zehnmal täglich durch die keineswegs geheimen Dienstleistungen dreier riesiger Diener beschämt wird, mit denen die unersättliche Prinzessin sich täglich amüsiert. Überdies ist diese Dame wegen ihres hohen Wuchses, ihrer vollendeten Formen, der Weiße und Feinheit ihrer Haut ein wahres Unikum; ge-

---

[*] Der Held des Romans »Le Glorieux« von Philippe Destouches (1680–1754).

gen sich hat sie jedoch ihren mehr als ab-
stoßenden Hochmut, und ihr egoistisches
Temperament stimmt so wenig mit den Cha-
rakteren, wie unser schönes Vaterland sie im
Allgemeinen hervorbringt, überein, dass sie
ernüchternd auf alle unsere Liebhaber wirkt.«

MARQUISE: Na, wie ist es denn damit, Comtesse?
Diese Dame, Kindchen, sticht Sie aus.

COMTESSE: Ich bin nicht versessen darauf, ein
Wehrdamm für die Wollust zu sein, an dem
alles Verlangen zerschellen muss. Ich liebe es,
sie zu wecken, sie zu nähren, zu befriedigen
und neu erstehen zu lassen. Darauf bin ich
stolz! Noch keiner ist gedemütigt von mir gegangen, noch keiner ist so undankbar gewesen, nicht wiederzukommen. Somit möchte
ich mir vor der, die man mir entgegenhält,
den Vorzug geben. Schließlich werde ich sie
heute Abend sehen, ich werde ihr auf den
Zahn fühlen und, falls ich sie meines Zornes
für würdig befinde, nicht verabsäumen, sie herauszufordern. Man mag dann erfahren, wer
von uns beiden mehr Talent und Unerschro-
ckenheit besitzt.

TRÉFONCIER *einfallend:* Na, das ist ja sehr schön,
aber werden wir immer so weit abschweifen,
werden wir mit unserer Lektüre nie zu Ende
kommen.

MARQUISE: Wir hören.

TRÉFONCIER *liest:* »Achtes Paar: Der Marquis Dietrini und Mademoiselle de Nimmernein.« Daneben. »Der Marquis ist ein schöner, reicher junger Florentiner, der die Damen a posteriori bedient, ohne sie indessen hinsichtlich der gewöhnlichen Art zu vernachlässigen. Mademoiselle de Nimmernein …« *Spricht.* Die kenne ich durch und durch. Was da wohl in der Anmerkung steht? *Liest.* »Vollendet schöne Blondine, die das Entsetzen davor, einen stinkenden, buckeligen Greis heiraten zu sollen, aus Deutschland entfliehen ließ.« *Spricht.* Das stimmt. *Liest.* »Sie ist sonst wie ein Lamm und wird ohnmächtig, sobald man sie anrührt, und lässt sich notzüchtigen, sooft man will. Wird infolge eines physischen wie moralischen Konstitutionsfehlers das Opfer aller Launen. Geistreiches, gebildetes und talentvolles Mädchen. Jeder passt ihr, wie sie für jeden passt.« *Spricht.* Dies Porträt ist sprechend ähnlich. Aber in den entscheidenden Momenten mischt sie sich in nichts herein und arbeitet auch nicht mit; manche Leute dürften daher an ihrer gleichgültigen Art keinen Gefallen finden. Ich war der erste in Paris, der dies germanische Meisterwerk gehabt hat. Bei meinem Tête-à-tête mit Mademoiselle de Nimmernein in meinem Lusthaus auf dem Boulevard zog ich sie nackend aus … Trunken vor Verlangen werfe ich sie halb auf die Kante eines großen Bettes; bei meiner Annäherung wird sie von Kopf bis zu den Füßen rot; unbeweglich erwartet und empfängt sie mich und lässt mich machen, was ich will. Ihre Eingeweide knurren … ich fühle, wie es kommt, da schließt meine Nymphe ihre beiden großen blauen Augen, wird bewusstlos und lässt die kochende Flüssigkeit, mit der ich eben überschüttet war, nach meinem Rückzug herausträufeln … Indessen entsinne ich mich, dass ein sehr wichtiger Geschäftsbrief meinerseits eine umgehende Antwort erheischt, ich schreibe drei Seiten und kehre dann zu meiner Schönen zurück. Sie befindet sich noch in derselben Stellung. »Welche Reize!«, rufe ich, von Bewunderung hingerissen und ihr meine inbrünstigen Küsse auf alle Stellen des Körpers aufdrückend, aus. »Aber wie, soll ich nicht den entzückenden Anblick alles dessen, was mir ihre momentane Stellung raubt, sehen dürfen?« Ich bin noch nicht zu Ende, als die reizende Nimmernein sich auf dem Bauche herumwälzt, die Beine hängen lässt und den Hintern aufrichtet. Neues Wunder der Vollkommenheit! Ein alabasterner Hintern,

wie sollte man den nicht mit den Augen verschlingen! Ich kose ihn wie die schönsten
Wangen, wie den niedlichsten Mund ... Soll
ich Ihnen alles eingestehen? Von so viel unwi-
derstehlichem Reiz hingerissen, mache ich
mich, ohne einen Laut zu sagen, über diesen
Götterhügel her und breche mit meinem Pflug
die Furche. »Nun«, begnügt sie sich mit flöten-
süßer Stimme zu sagen, »mach rasch, mein
Herz, es tut mir weh!«

MARQUISE *lächelnd:* Wie wunderbar! Aber wenn
wir immer so weit abschweifen, werden wir
niemals mit unserer Lektüre zu Ende kommen.

TRÉFONCIER *küsst ihr die Hand:* Ich hatte Unrecht. *Liest.* »Neuntes Paar: Monsieur le Bailli
de Foutsept und Madame la Comtesse de
Ogreval. Der Oberamtmann, obwohl in den
Fünfzigern, kann noch immer. Aber nur einmal in der Woche. Heute hat er seinen Tag.
Madame d'Ogreval, die er aushält, befolgt
nicht das gleiche Prinzip. Der Arbeitstag ihres
Freundes ist ein Ruhetag für sie. – Zehntes
Paar: Der Chevalier de Saint-Bernard und Madame Durut. Cousin und Kusine. Der Chevalier, unter uns gesagt, ist ein geistlicher Wür-
denträger, der inkognito erscheint. Seine Ver-
wandte, das Meisterwerk einer Venus von

Milo, ist die Witwe eines millionenreichen gei-
zigen Kaufmannes. Da sie alles anders macht
als ihr Mann, sucht sie die Schätze des Geiz-
halses ebenso eifrig unter die Leute zu bringen, wie er sie aufzuhäufen trachtete. Sie hält
zwei Schöngeister von Abbés aus, einen Violo-
nisten der Oper, einen Maler, der galante Sachen malt, und unterstützt jahraus, jahrein in
Paris vier oder fünf der Gardes-du-corps.«

MARQUISE: Diese Frau wird noch einmal im Ar-
menhaus sterben.

TRÉFONCIER *liest:* »Elftes Paar: Signor Cazzoforte
und Madame de Brisamants.« Dabei ist bemerkt. »Dies Arrangement ist erst gestern getroffen. Der Italiener besitzt die Tugenden
und Allüren eines Lastträgers; ich habe ihm
diese Bacchantin zugeteilt, um ihn matt zu
machen.«

COMTESSE: Man wird ihm heute Abend eine
kleine Lektion erteilen können.

TRÉFONCIER *liest:* »Zwölftes Paar: der Oberst
Pottamico und Mademoiselle de Penamour.
Bemerkung. Gleichfalls neu Zusammenge-
brachte. Zartsinnige Leute, geringe Bedürfnisse, geringes Wollustverlangen, enthaltsam
und sonderbar …«

MARQUISE: Diese Leute dürften heute Abend fehl
am Platze sein; sie widern mich an. Weiter!

TRÉFONCIER *liest:* »Dreizehntes Paar: Mijnheer Vanhuren und Madame de Foutencour.« *Spricht.* Auch noch Bekannte von mir. Daneben steht. »Vanhuren ist ein hässlicher, klobiger Holländer, der durch drei fette Pleiten reich geworden ist; sein Geschmack geht eigentlich nur auf Schnepfen allerniedrigster Sorte, aber da er es sich in den Kopf gesetzt hat, mithilfe unserer Verwaltung irgendwelche Manufakturen einzurichten, trägt er Verlangen danach, irgendeine Intrigantin kennen zu lernen, die seine Pläne unterstützen kann. Aus diesem Grunde habe ich ihm diese scharfe Henne, die Foutencour, mit ihren affektierten Manieren und ihrem riesigen Mundwerk gegeben, die, weil sie hie und da einige junge, bei Hofe präsentierte Leute genotzüchtigt hat, zu allem imstande zu sein glaubt. Ihr tatsächlicher Einfluss erstreckt sich jedoch nur auf die niederen Beamten und die Kammerdiener in Versailles, von denen es keinen gibt, der sie nicht von Grund auf kennt.«

MARQUISE: Aha, Madame Couplet gefällt sich darin zu lästern! Das überschreitet die Grenzen einer bloßen Instruktion ein wenig.

TRÉFONCIER *lächelnd:* Wir werden mit dem Lesen niemals fertig werden. *Liest.* »Vierzehntes Paar: Monsieur de Bout-à-fond und Madame de Forgésie.« Daneben steht geschrieben. »Bout-à-fond, ein Edelmann aus der Provinz, der es auf Pfefferbüchsen von Weibern abgesehen hat. Er wünscht, irgendeine Position zu bekommen oder eine Heirat zu machen. Madame de Forgésie, eine niedliche, leidlich bemittelte Witwe, dürfte zu ihm passen. Sie hat mir jedoch im Vertrauen gesagt, sie wolle ihn erst sechs Monate lang ausprobieren, um ganz sicher zu gehen, keinen Schnitzer zu machen, indem sie einen Mann ehelicht, mit dem hinterher nichts los sei.«

COMTESSE: Alle Wetter, welche Vorsicht!

TRÉFONCIER *liest:* »Fünfzehntes Paar: der Vicomte de Phalhardi und Madame la Baronne de Matevits.« *Spricht.* Mir gleichfalls bekannt. *Liest.* Daneben. »Der Vicomte hat, wie ich sicher weiß, im Verlauf von zwölf Jahren mehr als viertausend menschliche Wesen aufgebügelt. Er nimmt nichts zweimal, er wechselt alle Tage und hat eher zwei als eine. Dieser Draufgänger hat sich, seit das Wasser eines gewissen Arztes in Aufnahme gekommen ist, auf die niedrigste Klasse der Prostituierten verlegt. Die Kornhalle, die Rue Saint-Honoré, den Boulevard selbst, alles hat er abgeschäumt. Es ist eigentlich erstaunlich, dass dieser reizende Kerl auf die gute Gesellschaft zurückgekommen ist. Man findet nirgendwo mehr Verbindlichkeit, mehr Rücksicht auf anständige Frauen, mehr von dem, was alle Welt bezaubert. Die Matevits, die ich ihm zugeteilt und die er auch nicht mehr als einmal zu bewegen den Ehrgeiz haben wird, ist eine fünf Fuß, drei Zoll hohe Brünette, die sich dessen rühmt, ihre Kunden zu mumifizieren.«

COMTESSE: Eine schätzenswerte Bekanntschaft. Mit der will ich Freundschaft schließen.

TRÉFONCIER *liest:* »Sechzehntes Paar: Der Chevalier de Pinnefière und Mademoiselle des Ecarts.« Dabei. »Dem Chevalier steht er wie ein Karmeliter; er fegt ohne Pausen und kommt niemals zu Ende. Seine Gesellschafterin, eine Dame der großen Welt, ist übertriebener Leidenschaften fähig, glühend wie ein Vulkan und zählt in ihrem Roman – kaum glaublich, aber wahr – sechs Entführungen und drei Verhaftungen. Drei Liebhabern, die mit ihrem Benehmen unzufrieden waren und die beglücktere Rivalen schwer verwundeten, hat sie das Leben gekostet. Einer, der ihr untreu geworden, hat von dieser Heldin selber im Duell einen tödlichen Degenstich erhalten.

MARQUISE: Ich weiß wahrhaftig nicht, ob ich es wagen soll, mit von der Partie zu sein. Was für eine zusammengewürfelte Gesellschaft!

COMTESSE: Lass dich mit deinen Skrupeln begraben! Weiter, lieber Freund!

TRÉFONCIER *liest:* »Siebzehntes Paar: Der Vidame de Pillemotte und Madame de l'Enginière.« Anmerkung. »Einer der schön gebautesten, der unterhaltendsten, eitelsten und ärmsten Gascogner. Madame de l'Enginière hält ihn aus.« *Spricht.* Dies Teufelsweib kenne ich ebenfalls. Eines Nachts verlasse ich ein Spielhaus mit ihr, und da ich meinen Wagen nicht beordert, nehme ich ihr Anerbieten, mich nach Hause zu bringen, an. Nun benützte sie – absichtlich, glaube ich – als Gefährt eine Désobligeante. Man lässt mich im Fond Platz nehmen und zwingt mich dadurch, die Dame auf meinen Knien zu halten. Sie hatte die Vorsicht gebraucht, sich die Röcke bis zu den Hüften aufzuheben. Einen Augenblick darauf meint sie, meine Berlocken drückten sie. Um dem abzuhelfen, hatte sie Gnade, mich völlig aufzuknöpfen. Als Mann von Welt begriff ich, was das heißen sollte und … biss in den sauren Apfel. Als Madame de l'Enginière jenseits der Brücken merkte, dass wir uns meinem Haus näherten, sagte sie, »es wird Zeit, an uns zu denken«, und zu gleicher Zeit fängt dies Teufelsbiest an, derartig auf mir herumzuarbeiten, dass

ich Angst bekomme, der Wagen gehe zu
Bruch. Die feurige Glut dieser Messalina
reißt mich mit fort; ich werde fertig. »Ach«,
flüstert sie mir ins Ohr, »sobald der Wagen
hält und Sie mich vom Schoße nehmen, geben Sie Acht, sich nicht vor den Augen der
Dienerschaft zu zeigen, ohne sich nicht recht
fest in Ihren Mantel einzuwickeln ...« Ich
wusste nicht gleich, was dieser Rat sollte.
Aber zufälligerweise befolgte ich ihn doch,
und als ich mich bei Lichte besah, fand ich
mich von oben bis unten von einer roten
Überschwemmung befleckt.

MARQUISE: Na, sag doch einer, die allerge-
meinste Vettel ...

TRÉFONCIER: Umso mehr, da sie, als wir uns
trennten, Tränen lachte ... Denken wir nicht
mehr daran. *Liest.* »Achtzehntes Paar: Dom
Plantados und Madame de Curival.« *Daneben.* »Diese Dame ist die Gattin eines alten,
schweizerischen Obersts, zu dem ins Haus zu
gehen Dom Plantados – zwar ein sehr vornehmer Mann, aber ... –, obwohl Portugiese,
ein Hasenfuß, zu vorsichtig ist. Sie treffen sich
nur bei mir. Diese Frau bringt mir viel Geld
ein. Der argwöhnische Gatte befindet sich für
einige Tage in Versailles, was denn eben für
heute Abend Spielraum gibt.

MARQUISE: Die armen Ehemänner! Wie werden sie hintergangen!

TRÉFONCIER *liest:* »Neunzehntes Paar: Monsieur Eselsgunst und Mademoiselle de Caverny.« *Daneben.* »Monsieur Eselsgunst ist ein Deutscher, der, ich weiß nicht wie, zum diplomatischen Corps gehört.« *Spricht.* Er ist Geschäftsträger zweier oder dreier deutscher Potentaten. *Liest.* »Dieser Mann ist monströs beschlagen. Elf Zoll in der Länge bei sieben Zoll, sechs Linien Umfang.«

COMTESSE: Himmlisch! Potztausend!

TRÉFONCIER *liest:* »Madame de Caverny ist ein ganz allerliebstes Frauenzimmer, voll viel Gefühl, die bei mir aber trotzdem mehr als hundert Leuten ihre Gunst geschenkt hat. Sie muss sehen, wie sie was verdient. Eselsgunsts Unterstützungen sind recht mager, sodass sie statt des Nützlichen nur das Angenehme bei ihm findet; aber darauf sieht die empfindsame Caverny noch mehr als auf Geld. Eine recht selten anzutreffende Übereinstimmung ihres Körperbaus macht, dass diese beiden Wesen sich sehr lieben. Die Dame hat sich nicht sehr gern dazu bestimmen lassen, heute Abend zu erscheinen. Aber angesichts des einwandfreien Arguments, ihr Liebhaber wolle hier etwas für einen mit dem nächsten

Kurier an seinen Hof abzusendenden Bericht zu erfahren suchen, hat sie nachgegeben, und das wird Ihnen das Vergnügen verschaffen, sie zu sehen.«

MARQUISE: Diese Details fangen an, mich zu langweilen. Ist das alles?

TRÉFONCIER: Noch ein Abschnitt. *Liest.* »Zwanzigstes Paar: der Chevalier de Pasimou und Madame des Clapiers.« *Spricht.* Allen beiden habe ich mein Frettchen schon in den Karnickelbau hineingejagt. Ich kenne wenige, die so wohnlich sind.

MARQUISE: Schweigen Sie, Sie Taugenichts! *Zur Comtesse.* Gleich wird er uns noch irgendeinen abgeschmackten Kommentar geben.

TRÉFONCIER: Sie fordern mich heraus; gut denn! Ich glaube, diesen Pasimou habe ich mir schon geleistet, als er noch die Soutane trug. Sehen wir mal zu, was die Anmerkung darüber sagt. *Liest.* »Der schönste und vielleicht auch liebenswürdigste junge Mann, den man nur sehen kann. Früher Abbé.« *Spricht.* Das ist der Gleiche! *Liest.* »Jetzt ist er ein ausgezeichneter Offizier.« *Spricht.* Das freut mich sehr. *Liest.* »Er besitzt einige Fehler ...« *Spricht.* Ich kannte den an ihm, dass er früher Freudenjunge war; aber wie viel ehrenwerte Leute sind das nicht gewesen! *Liest.* »Die

Frauen nehmen sich seiner an, aber er ist auch
so galant, so gefällig und weiß ihrem Entgegenkommen so viel Ehre anzutun, dass keine
unzufrieden ist. Mit einem Wort, er ist als
Don Juan einzig in seiner Art.« *Spricht.* Das
ist alles.

COMTESSE: Ich bin närrisch in Pasimou verliebt.
So wie er sollten heute Abend unsere Kavaliere sein.

MORAWISKI: Und alle Damen wie Sie. *Gleichzeitig ergreift er der Marquise Hand und küsst sie
zärtlich.*

TRÉFONCIER *ihn mit der Comtesse parodierend:*
Oder wie Sie.

COMTESSE *lächelnd:* Tod und Teufel! So bin ich
auch. *Zu Morawiski.* Hören Sie, lieber Palatin,
Sie haben sehr gut daran getan, endlich etwas
zu sagen; ich dachte schon, Sie wären eingeschlafen.

MORAWISKI: Haben Sie die Gnade, mir zu verzeihen, aber große und mir sehr am Herzen liegende Interessen machen mich manchmal so
zerstreut, dass ich darüber die Dummheit be-
gehe, meinen Geist nach Polen hinüber-
schweifen zu lassen, während mein Körper
da, wo ich sichtbar bin, bleibt.

COMTESSE: À la bonne heure! Aber da Ihre
Zunge dann mit auf Reisen geht und die uns

nette, kleine Dinge zu sagen wissen soll, lassen Sie uns, bitte, da.

MARQUISE: Während wir hier schwätzen, verstreicht die Zeit. *Sieht auf ihre Uhr.* Schon fünf vorüber, und ich weiß gar nicht, wie viele Dinge ich vor der Abfahrt noch zu erledigen habe. *Zum Tréfoncier.* Was denken Sie sich denn, Sie boshafter Mensch, uns mit Ihrem skandalösen Klatsch so lange aufzuhalten.

Sie erhebt sich und erledigt die kleinen Besorgungen, von denen sie eben gesprochen. Einstweilen begeben die Comtesse und die beiden Kavaliere sich, um frische Luft zu schöpfen, auf die Terrasse. Bald darauf steigt man in einen mit sechs Pferden bespannten Wagen und fliegt zu dem Orte des Festes.

Ende des achten Teiles

Neunter Teil

*G*eliebter Leser, hast du nicht gelegentlich schon bemerkt, dass irgend, ich weiß nicht was für eine Schicksalsfügung, die Ausführung allzu lange geplanter und mit allzu großer Sorgfalt vorbereiteter Vergnügungen zu vereiteln pflegt? Die außerordentliche Orgie, die die fruchtbare Fantasie der Couplet ersonnen, fand nicht statt. Wie schade!

Alle Welt war beinahe versammelt. Köche und Hausbesorger hatten sich angestrengt. Eine hufeisenförmige Tafel für vierzig Personen war gedeckt und mit nicht minder reichem wie raffiniert ausgedachtem Tafelschmuck versehen. Lascive, von Meisterhand geformte Gruppen waren da und dort zwischen Kristall und Blumen aufgestellt. Weiter entfernt prangte eine hundert Fuß lange und entsprechend breite Galerie im Glanz von Girandolen und Kronleuchtern, de-

ren Licht die herrlichsten Spiegel verdoppelten.
Im Hintergrund dieses »Tempels« schien eine Venus, ein Meisterwerk der Kunst, von ihrem Piedestal herab dazu aufzufordern, ihr das denk-
würdigste Opfer darzubringen. Um sie herum
standen Ruhebetten in den verschiedensten Formen und Bequemlichkeiten, die Altäre schienen,
auf denen die Vergnügungen und Launen Weihrauch geatmet hätten.

Blickte man durch die Fenster, sah man den
Kunstfeuerwerker und seine Leute, wie sie eifrigst die Gerüste für Beleuchtung und Feuerwerk
aufschlugen. Die leichtfertige, von der Illumina-
tion geblendete, von den Düften der erlesensten
Parfüms benommene, durch den Vorgeschmack
der zu erwartenden Freuden erregte Gesellschaft
begann die Zurückhaltung abzulegen, von der
Leute, die zum ersten Mal zusammentreffen, gewöhnlich befangen sind. Die, die sich früher
schon gesehen, erneuerten ihre Bekanntschaft
und überschütteten sich mit ausgelassenen Neckereien. Die kleine Comtesse war schon vor
Entzücken außer sich darüber geraten, in dem
angeblichen Chevalier de St.-Bernard ihren alten
und standhaften Freund Ribaudin wieder zu erkennen. Andererseits war auch der Prälat, üppig
und kokett wie er nun einmal war, hocherfreut,
hier mehrere seiner alten Lieben wieder zu fin-

den, unter die er Lob und Spötterei gleichmäßig austeilte, außer zu der anbetungswürdigen Mademoiselle de Nimmernein, die er mit den galantesten Redensarten bedachte, weil sie alle Grazie verband, die ein längerer Aufenthalt in Paris ihren natürlichen Reizen hinzufügte.

Um kurz zu sein, ein verstecktes Orchester erwartete nur ein gewisses Zeichen, um mit dem ersten Bogenstrich zu beginnen, als eine unerwartete Nachricht, die die schon in ihrem Triumph schwelgende Festordnerin empfing, die Flamme ihres Erfindungsgeistes plötzlich verlöschte und die freudige Hoffnung der Festteilnehmer zerstörte. Ein seitens des ersten Polizeibeamten abgefasstes Schreiben hatte folgenden Inhalt:

»Madame! Ein dringendes und in starken Ausdrücken gehaltenes Memorial, das ich meinem Vorgesetzten nicht vermeiden konnte, vor wenigen Stunden vorzulegen, gibt mir von einer Orgie, der Sie heute Abend zu präsidieren gedenken, Kenntnis. Man gibt sogar den Ort der Zusammenkunft sowie die Namen der meisten Teilnehmer an, unter denen sich eine junge Dame* befinden soll, deren geringfügigste Handlungen, ohne dass sie darum weiß, von ei-

---

* Man hat vermutet, dass es sich bei der jungen Dame um Madame de Gurival handelt und bei dem Ankläger um ihren Mann. (Anm. d. Verf.)

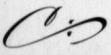

nem Eifersüchtigen überwacht werden. Er ist es, der das Einschreiten der Behörden erbittet. Sie sind zeitig genug benachrichtigt, um alle zu deutlichen Vorbereitungen zu unterdrücken. Das Erscheinen der Polizei wird nicht vor zehn oder elf Uhr stattfinden, und auf alle Fälle wird ein wenig in die Augen der Untersuchungsbeamten zu streuender Goldstaub diese derartig blenden, dass sie nicht imstande sein werden, Dinge zu sehen, die Sie unbedingt kompromittieren müssten. Der wichtigste Punkt ist allerdings der, die Versammlung gänzlich aufzuheben. Wenn Sie sich hiervon überzeugen lassen können, werden wir dem Lumpen, der es versucht hat, die beste Frau von der Welt so zu schikanieren, an den Kragen gehen. Die Mühe, Madame, die ich mir nehme, ist für mein Gefühl, welches, wie ich Ihnen versichere, in steter Steigerung dauernder und erkenntlicher Freundschaft begriffen ist, bezeichnend. Handeln Sie schnell, umsichtig und verschwiegen! Ganz der Ihrige. Adieu.«

Madame Couplet hatte diesen zwar fatalen, aber sehr verbindlich gehaltenen Brief zunächst ganz oberflächlich überflogen und wäre darauf fast in Ohnmacht gefallen. Indessen schützte sie ihre Geistesgegenwart davor, indem sie schnell ein Glas starken Likörs verlangte. Man bemühte sich um sie. »Was gibt es denn? Was für ein Unglück ist denn geschehen? Darf man nicht wissen?« Kurzum, man musste Farbe bekennen.

Hierauf waren die meisten Gäste ganz konsterniert und halb starr vor Schrecken. Fast die Hälfte dachte, ohne sich auch nur eine Minute zu besinnen, sofort an schleunigen Aufbruch. Andere, die sich besser zu beherrschen wussten und besonders an die ihnen nun entgehenden Freuden dachten, überlegten und meinten, man solle lieber beraten, wie man der Polizei ein Schnippchen schlagen könne. Indessen schien die Sache doch nicht so leicht. Die Couplet, die, als sie merkte, dass man sich drücken wollte, sofort an die Tür gestürzt war, schrie sich die Lunge aus: »Ich bitte tausendmal um Verzeihung! Es ist nicht meine Schuld! Übrigens soll niemand etwas verlieren! Lieber will ich mich ruinieren, als dass so viel geehrte Kunden sich über mich zu beklagen haben sollten!« Nur wenige der Deserteure antworteten aber in tröstlicher Weise. Fast alle murrten, und einige suchten sie durch den Vorwurf, sie stecke mit der Polizei unter einer Decke, zu beschimpfen.

Inzwischen verhandelten zwei von denen, die nicht im Entferntesten an Weggehen dachten, lärmend eine verzwickte Frage, nämlich Sir John Kindlove und der Conte Chiavaculi. »Was wird nun aus unserer Wette?«, fragte dieser. – »Ich bin

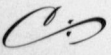

nicht der Ansicht, dass sie hinfällig sei«, erwiderte der andere. »Natürlich Remis.« – »Wie denken Sie sich denn die Geschichte!«, antwortete der hitzige Italiener. »Das sollte doch heute vor sich gehen!« – »Na, ja, heute Abend! Aber wo denn nur?« – »Zum Teufel, das ist mir ganz einerlei! Meinetwegen auf offener Straße.« Bis dahin hatte noch niemand begriffen, worüber die beiden so heftig aneinander geraten waren. »Ruhe doch, Messieurs!«, unterbrach die zu ihnen zurückeilende Puffmutter sie. »Weshalb denn solch Geschrei wegen nichts! Es ist ja erst acht Uhr! Entweder seid ihr toll gewordene Bramarbasse, oder ihr habt für den Austrag eurer Wette noch reichlich Zeit. Der Spaß bei der Sache ist nur der, wie jeder von euch zehnmal in zwei Stunden fertig werden will.« – »Das erklären Sie uns einmal genauer!«, sagte lebhaft interessiert jetzt unser Prälat. »Also, Monseigneur, diese beiden Kavaliere haben sich neulich herausgefordert, wer zuerst dazu imstande sei, seine zehn Stößchen zu machen. Nun rüsselt der Monsieur Engländer aber nur junge Mädchen nieder*, die obendrein noch Jungfern sein müssen, der Italiener aber nur junge Burschen. Damit die Wette nun aber auf gleicher Basis ausgetragen

---

* Man verzeihe uns diese Sprache von Madame Couplet, aber diese Person muss man wahrheitsgetreu darstellen. (Anm. d. Verf.)

werden könne, habe ich ihm natürlich auch zehn noch nicht angebohrte Burschen besorgen müssen. Diese Schar da hinten sind die Opferlämmer beiderlei Geschlechts, die, nachdem sie bei Tische bedient haben, von den geehrten Wettenden gerammelt oder angestochen werden sollen. Sie alle, das schwöre ich, sind noch so unberührt, wie sie aus dem Mutterleib hervorgegangen sind. Nun dürfte es den geehrten Anwesenden einleuchten, dass ich eine derartige Schar nicht ohne große Mühe und Kosten zusammengebracht habe. Um auf meine Rechnung zu kommen, ist es daher unbedingt nötig, dass alle aufgebügelt werden.« – »Wie hoch beläuft sich die Wette?«, fragte der Prälat neugierig. »Auf fünfhundert Guineen«, antwortete Sir John, »nicht eingerechnet, dass meine Mädchen extra bezahlt werden.« – »Schockschwerenot!«, unterbrach die Couplet ihn. »Von Ihrem Wetteinsatz ist aber auch kein Sou in meine Tasche gerutscht. Haben Sie das gehört, Sie Italiener, Sie! Die Ware wird extra bezahlt!« – »An mir soll es nicht liegen«, versetzte der Italiener. »Also dann bitte, meine Verehrtesten, ohne Säumen ans Werk! Nur keine Zeit verloren, der verdammten Polizei zum Trotz! Haben wir erst mal angefangen, soll uns kein Teufel mehr stören, und wenn man mich mitsamt meinem ganzen Serail fiedelte!«

»Was mich anbetrifft«, unterbrach Chiavaculi
sie schroff, »bin ich sofort bereit! Wo sind die
Bengels?« Ton und Haltung sowie die Zurschau-
stellung seines riesigen, ihm gegen den Bauch
hämmernden dritten Beines entfesselten stürmische Heiterkeit, die sich noch verdoppelte, als
nun auch Sir John mit einem lauten »Goddam!«
den Beweis gleichen Mutes erbrachte und, seinen
Gegner parodierend, ausrief: »Ich bin sofort bereit! Wo sind die Mädchen?« – »Wackere Kämpfer«, rief ihnen der liebenswürdige Tréfoncier heiter zu, »haltet einen Augenblick noch mit euren
Heldentaten ein und hört mich an! Es wäre un-
ziemlich, sollte ein so großartiges Lustballett
durch Überstürzung an Reiz verlieren. Nein, um
voll und ganz zu wirken, muss es auf einem ruhigen und sicheren Kampfplatz vorgenommen
werden. Ich biete Ihnen zu diesem Zwecke Folgendes an, was ich Sie anzunehmen bitte. Wir
sind hier unserer achtzehn – die Übrigen hatten
das Hasenpanier ergriffen –, also begeben wir
uns allesamt zu einem auf dem Boulevard gelegenen, mir gehörenden Lusthäuschen. Die gute
Couplet, die es kennt, wird Sorge dafür tragen,
alles, was die Umstände erfordern, dorthin
schaffen zu lassen, und da dies Lokal ihrer hier
nicht mehr bedarf, uns selbst dorthin zu folgen.
Wir werden von den Überresten des Banketts

zur Nacht speisen. Wir werden dort allerdings weder Lampions, Fackeln noch Musik zur Verfügung haben, aber wir werden uns schon ohne das zu behelfen wissen.« Sich an die beiden Wettenden wendend. »Messieurs, Ihr erhabener Wettstreit wird ausgefochten werden! Sie haben nur einen Teil Ihrer Bewunderer verloren!«

Ein allgemeiner Applaus bewies, dass man durchweg mit diesem Vorschlag einverstanden war. »Wer mir gut ist, folge mir!«, sagte der Prälat, den Arm der kleinen Comtesse ergreifend. In allerfröhlichster Stimmung brach die ausgelassene Gesellschaft auf, verstaute sich, um die Karawane weniger auffällig zu machen, in nur fünf Wagen und fuhr so eiligst auf Paris zu.

Lassen wir die Ausreißer laufen und bleiben wir noch einen Augenblick da, wo wir sind. Es ist interessant, sich hier hundert Hände geschäftig, aber ohne Überstürzung in Bewegung setzen, die Lichter auslöschen, alles fortnehmen und zerstören zu sehen. Überdies muss man die hochherzige Couplet bewundern, wie sie den ihr am Herzen fressenden Ärger heldenmütig herunterschluckt und voll Geistesgegenwart ihre neuen Befehle erteilt, die ihre Angestellten täuschen und ihnen den geringsten Verdacht einer bevorstehenden Katastrophe benehmen. Die Musikanten werden reichlich abgelohnt und mit einer

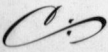

dem unstillbaren Durst ihrer Profession entsprechenden Extraprovision an Wein nach Hause geschickt. Porzellan, Silbergeschirr, Weine, Liköre, alles wird ordnungsgemäß verpackt. Das Küchen- und Hauspersonal schafft alles Nötige in das Haus des Prälaten. Gleichzeitig werden die in zwei alten Kutschen verstauten jungen Mädchen und Burschen unter sicherem Geleit zu ihm hindirigiert. Kaum ist eine Stunde verstrichen, so ist das Lokal allen Schmuckes entkleidet, und nichts lässt mehr auf eine Orgie schließen. Mutter Couplet atmet endlich auf und freut sich des Triumphes ihrer Kaltblütigkeit und Umsicht. Keine Polizei und kein Skandal ist mehr zu befürchten. Alles ist auf Nummer sicher; die Bedienung da und da untergebracht und soll dann morgen zur Stadt zurückkehren. Man braucht also den anderen nur noch nachzukommen.

Nach so viel Widerwärtigkeiten und Unruhe hat die arme Frau es natürlich nötig, sich einen Augenblick auszuruhen und zu erholen. Dieserhalb fordert die Kuppelmutter einen gewissen Hausfreund, der allerdings nicht bei dem verfehlten Fest erscheinen sollte, der ihr aber bei allen Vorbereitungen für diesen anstrengenden Tag hilfreiche Hand geleistet, auf, unter vier Augen mit ihr eine exquisite Flasche Bordeaux auspicheln zu wollen. »Warum nicht zwei, mein

Püppchen? Anders, Gott verdamm' mich, wird
es nicht gehen!« Auf diese galante Art bedankte
Meister Tapageau, ein wegen kleiner Witzchen,
die man ihm nicht hatte durchgehen lassen,
weggejagter Sergeant der Gardes-Françaises,
sich für die an ihn ergangene Einladung; übrigens ein sonst sehr brauchbarer Kerl, der ihr das
Wild, mit dem sie handelte, zutrieb, Dumme
aufgabelte, Schiefgegangenes wieder einrenkte,
manchen guten Kniff kannte und obendrein
noch Haupteigentümer aller übrig gebliebenen
Reize der vierzigjährigen Lustmutter war, die
diese in jungen Jahren äußerst begehrenswert gemacht hatten.

Schweigend hatte man schon zwei Schlucke
genommen, als sie endlich ihren Becher auf den
Tisch stieß und ausrief: »O verdammt! Schenk
mir ein! Was lohnt es sich, wegen eines Malheurs, das sich doch jetzt nicht wieder gutmachen lässt, die Nase hängen zu lassen. Komm
ran, alter Strolch,* und fege mir den Keller aus,

---

* Tapageau war bei solchen Gelegenheiten nicht präsentabel.
  Der in der Liste unter Nr. 17 aufgeführte Pillemotte spielte für
  Rechnung der beiden, die sich hier eben unterhalten, und bekam ein Sechstel des Gewinns. Und unser ehrenwerter Prälat
  war so naïv zu glauben, man brauche nicht zu glauben, sich
  lediglich in schlechter Gesellschaft zu befinden. Wo spielt
  man denn Hasard, ohne dass solche Gauner nicht dabei wären. (Anm. d. Verf.)

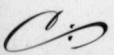

um mir diese beschissene Geschichte, über die sich kein Wort mehr zu verlieren lohnt, aus dem Kopf zu bringen.«

TAPAGEAU: Kreuzbombenelement! Du hast gut reden, so wie du in der Wolle sitzt; aber wer entschädigt mich armen Teufel für meinen Verlust! Ja, ja, Schätzchen, dreimal hätten wir die Pharaobank heute Abend aufgelegt; meine Vorahnung sagte mir das.

DIE COUPLET: Oh, das glaub ich schon! So wie dein Pillemotte, der besser täte, bliebe er bei seinem richtigen Metier, spielt.*

TAPAGEAU: Mag einer noch so tüchtig beim Bohren sein, er gerät doch bald auf Sand. Uns anderen reißt nie der Faden ab. Je älter man wird …

DIE COUPLET *einschenkend:* Runter damit und lass mal vernünftig mit dir reden!

TAPAGEAU *anstoßend:* Ich höre schon. *Sie trinken.*

DIE COUPLET *drückt ihm die Hand:* Mein Verehrtester, das sage ich dir voraus: Ich werde die Schande erleben, dich samt deinem Galgenstrick von Amtmann, über dessen falschen Ti-

---

* Bei einem gewissen, gleichfalls gestörten Feste musste eine ähnliche Lotterie herhalten, um die Spitzbübereien der Unternehmer zu verbergen. (Anm. d. Verf.)

tel die Harmlosesten die Achseln zucken, aus dem Fenster fliegen zu sehen. Ihr seid ausgemachte Halunken, zieht den Leuten das Fell über die Ohren und nehmt euch nicht mal die Mühe, eure Kunstgriffe im Geheimen anzuwenden. *Sie wird ärgerlich.* Ich will von Spielen nichts mehr wissen, verstehst du! Bloß meine dämliche Verschossenheit in dich bringt mich in Todesängste … Genug also! Hier wird nicht mehr gespielt! Ich betreibe mit Erfolg zwei ehrsame Gewerbe …

TAPAGEAU *verdrossen:* Bomben und Granaten, ja! Heute Abend lieferst du zehn Pupenjungens und verkuppelst vierzig Stück geile Biester. Pah! Wahrhaftig, 'ne schöne Ehrsamkeit! Du, glaub mir, wir erzürnen uns nicht.

DIE COUPLET *anstoßend:* Wenigstens nicht gleich, denn du sollst mich noch ausraspeln … Prost!

TAPAGEAU *nachdem er getrunken:* Und unsere Schmucksachenlotterie, die auch völlig in die Binsen gegangen ist!

DIE COUPLET: Das … das ist was anderes!

TAPAGEAU: Oh, wie ich das gefingert hätte! Du hättest mal sehen sollen, wie all diese Gimpel den Köder angebissen und sich nach den ersten sieben Fehlschlägen abgemüht und abgehetzt hätten, etwas von den schönen Sachen zu erangeln! Denn schließlich gab es kein anderes Mittel, seine vierhundert Louis Einsatz wiederzukriegen. Wie hätten diese Lumpen sich für zwanzig Louis pro Kopf jetzt wohl nicht amüsiert! Wie dich jetzt aus der Affäre ziehen? Während der auf das Doppelte gebrachte Wert unserer Schmucksachen nicht bloß alle Kosten gedeckt, sondern auch noch den Anschein erweckt hätte, als wäre das Risiko auf unserer Seite gewesen. Die Gewinner hätten sich wie die Schneekönige gefreut, die Verlierer den Schwanz eingekniffen und kein Wort weiter verlauten lassen. Potzwetter …! Hätte ich den Hundsfott, der uns so angeschmiert, beim Genick, welchen Spaß mir das machen würde, dem seine Gaunerei anzustreichen! *Er entkorkte eine zweite Flasche.*

DIE COUPLET: Was willst du? Ich verliere mehr wie du bei dem ganzen Handel … Aber man muss sich trösten.

TAPAGEAU *schmerzlich:* Eh, wie denn zum Deibel?

DIE COUPLET: Indem man erst säuft und sich dann über den Bauch rutscht.

TAPAGEAU: Das wäre sehr schön, wenn mir der Kopf nicht brummte … Trink doch! *Er will einschenken.*

DIE COUPLET *ablehnend:* Holla! Ich habe meinen Kopf für da draußen nötig! *Zärtlich.* Aber, mein Junge, es handelt sich um Hiebe, die nicht zählen. *Tapageau trinkt allein; er tut so, als höre er nicht. Sie fügt launisch hinzu.* Na, Kerlchen, wird's nun oder wird's nicht? Bitte! *Sie hebt die Röcke in die Höhe.*

TAPAGEAU: Hol mich dieser oder jener, wenn ich jetzt 'nen harten Knochen kriegen soll! Also, wenn ich dir 'ne Ratze schiebe, halt das dem Ärger zugute, der mir am Herzen frisst.

DIE COUPLET: Los, los! Mein alter Bengel, ich will den Trumpf in die Hand nehmen …

Sie hält nicht Wort, aber es geschieht ihr Wille, und er verrichtet seine Arbeit so gut, dass sie sich gedrungen fühlt, dem gefälligen Freunde einen Louis als Belohnung zu geben. Um sich zu restaurieren, trinkt er die Flasche, ohne sie an die Lippen zu führen, auf einen Zug leer. Darauf besteigt er mit der Couplet sein Cabriolet, haut drauflos und kommt, so rasch die steifen Beine seines alten normannischen Schinders das zulassen, in Paris an.

Bald steigt die illustre Matrone vor dem auf dem Boulevard gelegenen Hause ab. Dort hatte man sie schon mit Ungeduld erwartet. Alles, was sie für dieses improvisierte Fest bestimmt hatte,

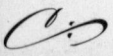

war schon eingetroffen. Nun gab es neu zu tun, wobei Meister Tapageau mit Hand anlegen sollte, falls es notwendig war.

Die erfindungsreiche Couplet sollte nicht die Ehre haben, das Zeremoniell zu regeln, das hatte man schon vor ihrem Eintreffen besorgt. Das Gebrechen des Conte Chiavaculi erlaubte ihm, wenn er sich amüsieren wollte, nicht, seine beiden sehr schönen, aus einer Art von Beinröhren bestehenden künstlichen Füße, die, wenn er sie angeschnallt, die Missbildung seiner halb abgeschnittenen Beine vollständig verbargen, anzubehalten. Dies Original also, sage ich, hüllte sich daher in eine Kniehose aus prachtvollem Bärenfell, die in vollkommen schön modellierte Satyrsfüße auslief. Das Beinkleid war so zugeschnitten, dass der verstümmelte Italiener, ob er nun saß oder kniete, immer einen weichen und festen Halt hatte. Außerdem stand sie vorne offen und besaß nicht den mindesten Ehrgeiz, die männlichen Schätze ihres Herrn zu verhüllen. Zudem vervollständigte er, trotz seiner für einen Satyr zu angenehmen Gesichtszüge, seine Ähnlichkeit mit Pan oder Priapos obendrein noch dadurch, dass er sich mit einer gewissen malerischen Mütze aus kurzem und gebräuntem Haar schmückte, die auch mit zwei kunstvoll gemachten, gekrümmten Hörnern

versehen war, hinter denen auf jeder Seite ein kurzes spitzes Ohr hervorlugte.

Die Maskerade Chiavaculis konnte nicht verfehlen, zunächst Heiterkeit zu erwecken, bald aber fand man, er passe vollkommen für den Aufputz, den er gewählt. »Liebe Freunde«, sagte der Prälat, »es steht nichts im Wege, und auch zu verkleiden, falls man nicht dem schönsten aller Kostüme, der völligen Nacktheit, den Vorzug gibt.« Die ausgelassene Gesellschaft hatte sich, kaum einen Augenblick überlegend, angesehen, als die meisten Stimmen sich für die Verkleidung entschieden. Einige Damen, das ist wahr, wie einige Kavaliere stimmten heimlich für das Nacktsein, so zum Beispiel die prächtige und stolze Prinzessin, die herrlich gebaute Nimmernein, Ribaudin, Pasimou und noch andere. Aber der Stolz der Mehrheit wollte sich nicht bloßstellen. »Gut denn«, sagte der höfliche Wirt, »ich habe, ohne dass man einen Schritt zu machen braucht, reichlich Material hier, um achtzehn Personen kostümieren zu können. Wer will Gott, Göttin, Heros, Amerikaner, Inder, Mönch oder Kardinal, wer ein Grande, wer ein Handwerker oder Schauspieler sein? Ich habe die ganze Welt in meinem Theatermagazin. Man braucht nur zu wählen. Sie Göttlichste …«, sich an die Prinzessin wendend, »… möchte ich in eine Juno ver-

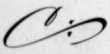

wandeln! Das müsste Ihnen wunderbar stehen!«
Die stolze Frau war damit einverstanden. »Im
Übrigen«, fuhr er fort, »bitte ich jeden, sich nach
eigener Wahl zu bedienen.« – »Aber ich«, unterbrach die Comtesse ihn, »möchte nur als Kneipenwirtin erscheinen.« – »Schön! Jede Dame
möge sagen, was sie und was ihr Kavalier vorstellen will und soll. Schöne Juno, was soll der
Ihre sein?« – »Invalide.« – »Sehr gut«, sagte der
spitzfindige Löwenkraft, sich auf die Lippen beißend, »ich gehorche; allein vor vierzehn Tagen
wäre Ew. Göttlichkeit nicht auf diese Idee verfallen.« – »Was mich anbetrifft«, sagte der Neapolitaner, »kann ich meine Uniform nicht wechseln;
Mylady möge die Gnade haben, für sich allein
zu optieren.« – »Bacchantin«, rief diese, eine un-
anständige Bewegung machend, wodurch sie bewies, sie sei ganz das Weib, eine solche Rolle zu
spielen.

»Und nun zu Ihnen, reizende Angemain.« Es
ist immer noch der Tréfoncier, der spricht. »Ich«,
entgegnete sie, »wünsche Sir John in einen Matrosen verwandelt zu sehen.« Das war sehr gut
und fein ausgedacht, da der ganz ungehobelte
Engländer dann seine alten Gewohnheiten beibehalten konnte. »Und ich«, fuhr das liebenswürdige Mädchen fort, »werde mich als Graue
Schwester kostümieren.«

Als man die schöne Nimmernein fragte, wusste die nicht, was sie wählen sollte. »Seien Sie«, sagte der feurige Tréfoncier, sich vor ihr verneigend, »seien Sie die Wahrheit und gestatten Sie mir, Ihnen dies Kostüm anlegen zu dürfen.« Mit einem Lächeln und einem leichten Neigen des Hauptes gab sie zu erkennen, dass sie damit einverstanden sei. Ihre Naivität verschönte sie noch. »Und was soll Ihr Marquis darstellen?« – »Einen Apotheker!« und zu ihm gewandt, »da ich die Wahrheit bin, mein Lieber, muss ich ohne Frage wissen, was sich für Sie am besten schickt.« – »Apotheker, um Ihnen zu dienen, erhabene Wahrheit, wäre ich von ganzem Herzen geworden!«

Man hatte rundherum gefragt und machte bei Madame Durut den Beschluss. Sie wollte Fischweib und S. Ehrwürden Monsieur Ribaudin sollte ein Held der Halle, Lastträger, sein.

Mademoiselle des Ecarts entschied sich für eine Bellona und bestimmte ihren Partner, die Rolle eines Schwertfegerjungen zu übernehmen. Sie fügte hinzu: »Er passt ausgezeichnet dafür, Scheiden herzurichten; er wird die Vorarbeit machen und die Meister sie polieren.«

»Ich habe keinen Kavalier«, sagte Madame de Caverny, als die Frage an sie gerichtet wurde, etwas verwirrt. »Und ich keine Dame«, rief der Palatin Morawiski überrascht, die Marquise überall, ohne sie jedoch finden zu können, mit den Augen suchend. »Mir scheint aber doch, als wären wir hier achtzehn im Zimmer gewesen«, entgegnete der Prälat.

Er hatte kaum geendet, als die schöne Marquise und der reizende Pasimou mit geröteten Wangen, hochatmend und mit in Unordnung gebrachter Toilette, die das, was sie soeben getan, hinreichend erklärte, wieder erschienen. Als man sie damit aufzog, dachten sie gar nicht daran, sich zu rechtfertigen. »Ja«, sagte die Marquise, ihrem neuen Medor vor allen einen feurigen Kuss gebend, »alle Mächte des Himmels und der Erde hätten mich nicht davon abgehalten, mir die Befriedigung eines meiner sehnlichsten Wünsche, die ich, solange ich atme, gehegt, zu versagen. Ich habe ihn Ihnen geraubt; hier bringe ich ihn wieder. Möchten alle doch in seinen Armen ein solches Glück genießen wie ich!«

Lieber Leser, um das Rätsel dieser flüchtigen Liebschaft besser erklären zu können, ist es nötig, zurückzugreifen, zu bedenken, dass die schon durch die vorerwähnte Notiz stark für Pasimou eingenommene Marquise, kaum dass er ihr vor Augen getreten, von dem heftigsten und verzehrendsten Verlangen nach ihm ergriffen wurde. Infolgedessen hatte sie eiligst auf eine

Karte geschrieben: »Mögen Sie das wie immer aufnehmen, allein ich wünsche Sie unverzüglich zu besitzen. Ich entferne mich, folgen Sie mir so rasch als möglich! Hüten Sie sich, sich meinen Zorn zuzuziehen, denn ich brenne darauf, Ihnen etwas Liebes zu erweisen.« Diese ebenso deutliche wie eilige Liebeserklärung befand sich kaum in den Händen des Kavaliers, als er die oben beschriebene, ärgerliche Szene, die die Gesellschaft auflöste, unverzüglich verließ. Bei der Couplet hatte Pasimou seiner neuen Angelique nur im Vorübergehen die Hand drücken können; ihren Wünschen zu genügen, war an einem Ort, den man sich zu verlassen beeilte und sogar verlassen musste, nicht möglich. Pasimou konnte sich daher nur in der Menge verlieren, indem er Madame des Ciapiers unter irgendeinem Vorwand stehen ließ. Über sein Nichtwiedererscheinen beunruhigt, harrte diese seiner im Vestibül. Hier wartete auch jemand, der sein Gesicht in einem weiten Mantel verbarg. »Pasimou, bist du's? Antworte doch! … Genug des Scherzes … alle, denen die Situation nicht mehr behagt, brechen auf, es wird Zeit, auch an uns zu denken.« Der geheimnisvoll Eingewickelte sagte nichts und wollte sein Gesicht auch nicht sehen lassen. Aber Pasimou hatte schon das Weite, versteckt in einem Wagen, gesucht, der ihn mit der anbetungswürdigen Marquise, in die er sehr verliebt war, davontrug.

Madame des Ciapiers wurde ungeduldig. »Wenn Sie es sind, Pasimou«, sagte sie zu dem Mann im Mantel, »sind Sie wenig höflich!« – »Pst, pst, Madame!« Es war Eselsgunst, der, ohne ein vorheriges Warnzeichen zu geben, Madame de Caverny versetzt hatte. Madame des Ciapiers fährt fort: »Kehren Sie nach Paris zurück?« – »Ja, Madame! Pst, pst!« – »Ein kleiner Schafskopf lässt mich hier eine Ewigkeit auf sich warten, aber ich glaube, ich kann nicht mehr auf ihn rechnen. Würden Sie so liebenswürdig sein, mir einen Platz zur Verfügung zu stellen?« – »Gewiss, Madame, aber still!« – Dieser Schattengesandte benützte schließlich einen Augenblick, in dem just niemand vorüberging, und schlich leise auf Zehen und Madame des Ciapiers an der Hand haltend in seine armselige Karosse hinein. War Madame de Caverny, die erste Begleiterin des umsichtigen Bevollmächtigten infolge dieses Streiches aufs Trockne gesetzt, fehlte es ihr doch gleichfalls nicht an Gelegenheit zu einer kleinen Intrige.

Als Eselsgunst entwischt, hatte sie Pasimou, der, um der Aufforderung der Marquise nachzukommen, Madame des Ciapiers loszuwerden suchte, heimlich beobachtet. »Vielleicht ge-

schieht das um meinetwillen«, dachte sie, »und um die Stelle meines Deutschen einzunehmen, dass dieser schöne, junge Mensch auszukneifen sucht.« Jedoch keineswegs, wie man weiß. Da es damit nichts war, meinte sie, es sei am besten, die erste Gelegenheit wahrzunehmen, die sich finden würde. »Gut, Madame«, sagte der Palatin höflich, »wir sind beide von einem ähnlichen Missgeschick betroffen; trösten wir uns beide darüber, und gestatten Sie mir, Ihr Cicisbeo zu sein, und tragen Sie es mir nicht nach, haben Sie bei dem Wechsel verloren.« Ganz im Gegenteil, Madame de Caverny war entzückt. Sie verlangte ein Zigeunerkostüm und um den Polen nicht sehr zu genieren, sagte sie, er möge sich als Pferdeknecht maskieren.

Als Letzte nahm die Marquise das Wort. »Was mich anlangt, will ich mich nicht selbst verleugnen; für mich passt es, als Gassenhure aufzutreten, und um nicht schutzlos zu sein, mache ich aus Pasimou einen Polizeikommissar.« Endlich, da die kleine, als Kneipenwirtin herausgeputzte Comtesse nichts darüber bestimmt hatte, was der Prälat anziehen solle, wählte er, um, wie er sagte, ganz in seinem Element zu bleiben, einen Hanswurstkittel.

Alle Arrangements waren getroffen und die Kostüme angelegt, als die Couplet gemeldet wurde. Sie war höchst angenehm überrascht, ihre also verwandelten Kunden, trotzdem diese das Gesicht frei trugen, kaum wieder erkennen zu können. Der Hanswurst als Majordomus, der sich mindestens ebenso gut darauf verstand, eine Orgie zu arrangieren, hatte nicht gezögert, das Souper anzuordnen. Kleine Tische für zwei oder höchstens vier Personen waren in dem Gemach, in dem gewöhnlich die Konzerte stattfanden, aufgestellt. Jeder trug eine Anzahl köstlicher Gerichte, die, sobald der Tisch verlassen war, die ganze Nacht hindurch immer wieder erneuert wurden. Weine und Liköre hatte der Prälat gespendet und das … sagte wohl genug.

Ohne einen Augenblick zu verlieren, waren in der Mitte dieses mondänen Refektoriums zwei Gondeln, wie sie als Stechbahnen für die ehrgeizigen Heldentaten des weltlustigen Matrosen und Priapos nötig waren, aufgestellt. Außerdem war noch der früher schon von uns beschriebene Salon geöffnet, und alles für die, die sich weder von den Tafelfreuden fesseln ließen, noch sich für die Wettszene interessierten, sorgfältig darin vorbereitet, um sich am Spenden und Empfangen von Wollust zu ergötzen.

Während der ungestüme Chiavaculi schon lange darauf brannte, sich an seinen zehn Freudenjungen, die allesamt bildhübsch waren, er-

götzen zu können, war auch Sir John schon nicht weniger lüstern geworden und zeigte die selbige Ungeduld, um mit dem Massaker seiner zehn Jungfernschaften zu beginnen. »Es wird himmlisch sein, das beim Souper ansehen zu können«, sagte Hanswurst, seine unternehmungslustige Kneipenwirtin an einen besonders vorteilhaft platzierten Tisch führend. »Auf, wackere Kämpen, ans Werk! Das Glas in den Händen, wollen wir euch bewundern.« Jedermann nahm Platz, und die Gaben des Comus waren bald mit dem lebhaftesten Appetit verzehrt. Nur die Wettgegner und die beiden ihnen zugeteilten Schildträgerinnen, die Graue Schwester Angemain und die Bacchantin Mylady, taten dem Mahl sehr wenig Ehre an. In der Zwischenzeit losten die jungen Burschen und Mädchen darum, wer der Reihe nach darankommen sollte, den Ritterschlag zu erhalten. Die Unterintendantin Couplet, welche diese Auslosung leitete, war auch damit betraut, das Sitzen jeden Hiebes festzustellen und jedes Hindernis, das die stürmische Geschäftigkeit beider Rivalen aufhalten könne, zu beseitigen.

Nein, liebe Leser, mit den minuziösen Einzelheiten, wie dieser Kampf ausgefochten wurde, will ich euch nicht behelligen. Zweifelsohne wäre das Bild originell, aber auch monoton und

würde in den Augen der Mehrzahl von euch eines pikanten Reizes entbehren. Die brutale Tollheit, um seine Stärke dadurch zu erweisen, einen egoistischen Akt vielmals zu wiederholen, kann nicht interessieren und noch weniger erregen.

Viel belustigender und viel interessanter zugleich dürfte für euch die Beschreibung all der kleinen, netten Liebesszenen sein, die sich parallel mit der ernsthaften und lang dauernden der beiden Wettgegner abspielten. Ja, diese Episoden möchten ihre Tätigkeit, die augenblicklich jedoch die Wichtigste ist, in Schatten stellen. Gleich würdet ihr das alles vergessen, könntet ihr sehen, wie die kleine gräfliche Kneipenwirtin so tut, als wäre sie auf einen leichten Zärtlichkeitsbeweis, den ihr Hanswurst den Brüsten der Wahrheit spendet, eifersüchtig, und sie sich ihrerseits nun beeilt, jener ihren Apotheker wegzunehmen und im Saal der Lüste einen doppelten Beweis seiner Tüchtigkeit zu verlangen; wenn eure Augen diesen Gegenstand nunmehr verlassen und sich auf unsere Gassenhure von Marquise geheftet hätten, die ihrem Lastträger Ribaudin nur eben zwei Worte ins Ohr geflüstert hat und dadurch davor bewahrt wird, mitansehen zu müssen, wie Madame Durut sich, ohne sich auch nur die Mühe zu nehmen, ihn an einen ruhigeren Ort zu führen, rittlings auf den Polizei-

kommissar hinaufsetzt; allerseits folgt man diesem unanständigen Beispiel. Bald hört man in dem Salon nichts als das Kommen und Gehen an den Tischen, Gesang, Gläserklingen, tolle Wetten, Gelächter, Küsse, das Klopfen auf Hintern, das Ächzen der Stühle und jene durcheinander schwirrenden Laute begehrenden oder gestillten Verlangens.

Ich glaube, mich nicht zu täuschen, liebe Leser, wenn ich vermute, dass euch wie den anderen Akteuren das gräuliche Schauspiel entgehen möchte, das sich auf den zwei Gondeln abspielt. Dennoch will ich euch in groben Zügen schildern, was dort geschieht.

Kaum waren zwanzig Minuten verstrichen, so hatte der Gott Priapos schon drei von seinen Burschen angebohrt, während Sir John ebenso viele Jüngferchen vorgenommen hatte. Ohne Atem zu holen, wollte dieser in seiner Tätigkeit fortfahren, aber der andere nahm sich Zeit, Luft zu schöpfen und sich zu stärken … Die vierte Jungfernschaft war eben geraubt, als Priapos gerade mit seinem vierten Stößchen begann. Nach der fünften Nummer fühlte der Engländer jedoch gleichfalls ein momentanes Ruhebedürfnis und nahm trotz des weisen Rates der Schwester eine ziemlich starke Portion von Kognakfrüchten zu sich. Inzwischen hatte Priapos nichtswürdig lachend die Güte, auf seinen Partner zu warten, indem er, wie ein Liebhaber das mit seiner Geliebten zu tun pflegt, allerhand Vorspiele an seiner Nummer sechs vorzunehmen begann. Übergehen wir das! Nummer sechs. Nummer sieben. Schon hat Chiavaculi bei letzterer Nummer eine Minute gewonnen. Er schlingt einige dieser stärkenden Diabolini hinunter, lässt sich kalt waschen und attackiert darauf den Achten, während der Matrose ganz und gar nicht mehr imstande ist, die achte Jungfernschaft zu pflücken. Vergebens legt die Graue Schwester sich mit aller nur denkbaren Geschicklichkeit ins Mittel; der geschäftige Bolzen droht, seine unumgänglich notwendige Steifheit zu verlieren. Trotzdem glückt es dem Matrosen zum achten und gar zum neunten Mal, seine Bogensehne zu spannen. Allein der würdigen Couplet gelingt es, wie sie vordem immer getan, diesmal nur knapp, die letzte Beweisträne auf einem Stückchen Kartenpapier aufzufangen und dem erstaunten Publikum vorzuzeigen. Der sterbliche Priapos dagegen, der dem Gotte mit seiner Göttergestalt zugleich seine unsterbliche Essenz geraubt zu haben scheint, verschwendet soeben zum neunten Mal das, wozu sein Rivale nicht mehr imstande ist.

Dieser partielle Sieg versetzt den Matrosen in schlechte Laune. Ein Engländer möchte überall

der Erste sein. Wütend knirscht er einen See-
mannsfluch zwischen den Zähnen hervor und
verabsäumt nicht, selbst auf das Risiko hin, sich
hernach sehr übel zu befinden, einen guten
Schluck mit Kanthariden versetzten Rums zu
sich zu nehmen. Zweifelt die gefühlvolle Angemain jetzt nicht bloß am Ausgang der Wette, zittert sie auch noch für das Leben des Wettenden.
Indessen sieht sie wohl ein, die von Sir John in
diesem wichtigen Augenblick seines Lebens an-
gewandte Vorsichtsmaßregel sei die einzige, die
die Möglichkeit gewährt, um sich doch noch mit
Ehren aus der Affäre zu ziehen. Aber wird er
zum Ziel gelangen? Wird die Wirkung des vulka-
nischen Reizmittels zuverlässig sein?

O weh! Schon drückt der Italiener, frisch wie
beim Anbeginn des Kampfes, sich sein zehntes
Opfer gegen die Lenden, und der bedauerns-
werte Engländer ist trotz aller Kunst der magischen Angemain, trotz der seltenen Schönheit
seines Mädchens, das auf ihn zählt und ihn aufzureizen würdigt, nicht imstande, den letzten
Angriff zu wagen. Wiewohl die gute Graue
Schwester durch kluges und gewandtes Dazwi-
schenschieben ihres Leibes ihm den Anblick des
Erfolges, der die Wette zugunsten seines gehörn-
ten Rivalen entscheiden muss, entzieht. Obwohl
sie den schon unnütz werdenden Mitteln, dem

Postreitersetzen und den Geißelhieben aus übergroßer Güte noch ein neues hinzufügt, nämlich Nachhilfe mit der Zunge, ein Mittel, das jeder Frau, da Leidenschaft dabei nicht in Frage kommt, so unendlich schwer fällt, vollendet und sonnt Chiavaculi sich ohne große Anstrengungen in seinem letzten Triumph. »E tutto?«,* fragte er mit sardonischem Lächeln, als ob er selber nicht ganz sicher wäre, richtig gezählt zu haben. Diese Bemerkung und die Haltung seines immer noch schäumenden Wonneschlauches trugen ihm lärmenden und allgemeinen Applaus ein. Das ist ein Donnerschlag für seinen nachhinkenden Widersacher, umso mehr als er, um der Wahrheit die Ehre zu geben, soeben die Korallenlippen seiner zehnten Liebesgrotte berührt; ja, die äußerst eifrige Graue Schwester versuchte sogar, wiewohl vergeblich, ihm heimlich schnell noch ein ziemlich großes Elfenbeinbüchschen einzuführen, da sie hoffte, kraft dieser Unterstützung werde der Matrose ohne Schwierigkeit hineinkommen. Vollkommen vergeblich gewagter Betrug! Die purpurne Öffnung gibt den gewaltsamen Anstrengungen der abgespielten Flöte nicht mehr nach. Der künstlich bewirkte Halbstand versagt, seit die Hilfen aufgehört. O

---

* »E tutto?«: it., »Ist das alles?«

Schmach! O Schande! Vor dem begehrenswertesten, frischesten und entgegenkommendsten der zehn jungen Mädchen ist er abgefallen.

Es war ganz sicher ein Verstoß gegen sein göttliches Kostüm und ein Missbrauch seiner Vorzüge, als sich der glückliche Priapos über den beschämten Sir John lustig machte. Wie kann ich mich, liebe Leser, des schwarzen Stiftes enthalten, den zu benutzen ich verabscheue! Aber ich muss in meinem Berichte getreu alles schildern und muss ein Wort sagen über die fast tragische Szene, die das wenig umsichtige Verhalten des Conte Chiavaculi verursachte.

Als Sir John dies mokante Lächeln sah, geriet er in Zorn, und die Lady Bacchantin, die ihren Bruder tödlich hasste* und sich nur deswegen auf die Seite seines Gegners gestellt hatte, spie ihm Beleidigungen ins Gesicht. Der körperliche Zustand des Italieners wie sein hinderliches Kostüm gestatteten ihm nicht, sich mit dem wütend auf ihn losgehenden Sir John zu boxen.

---

* Sie hatte ihn allzu sehr und allzu unglücklich geliebt; hartnäckig hatte er ihr seine Gunst verweigert. Eines Nachts hatte sie sich in sein Bett geschlichen, aber war von ihm durchgeprügelt worden. Dafür darf man doch wohl mindestens hassen! Aber da sie gemeinsamer Geschäftsinteressen halber hatten nach Paris gehen müssen, logierten sie im gleichen Hotel und betranken sich auch manchmal gemeinsam. (Anm. d. Verf.)

Mylady wirft sich zwischen beide. Unglücklicherweise erhält sie unterhalb der Kehle einen
so fürchterlichen Boxhieb, der, wenn er etwas
höher gesessen, unfehlbar tödlich gewesen
wäre. Zurückweichend stürzt sie drei Schritte
weiter fast ohnmächtig zu Boden. Blitzschnell
reißt der wutschnaubende Italiener ein Messer
vom nächsten Tische; der Engländer tut das
Gleiche. Der Schauplatz der Wollust würde unfehlbar zu einem solchen des Gemetzels geworden sein, wenn die tapfere Madame des Ecarts,
deren männlichen Mutes und kriegerischen Kos-
tüms man sich noch entsinnen wird, nicht so geschickt gewesen wäre, den Stoß, den Sir John als
wahrhaftiger Matrose nach seines Gegners Brust
geführt, auf ihrem Stahlblechpanzer aufzufangen. Die Klinge zerbrach in Stücke. Dienstfer-
tige Zuschauer entwaffnen den vor Wut außer
sich geratenen Italiener. Gleichzeitig packt Bellona den wütenden Seemann, der bei den leibli-
chen, von uns beschriebenen Spielen drei Viertel
seiner Kräfte eingebüßt, während sie die ihrigen
durch Wein und ähnlichen Zeitvertreib wahrscheinlich verdoppelt hat, bei den Haaren. So
sehen wir sie, Sir Johns Geliebte, ihn denn nie-
derreißen und ihm mit ihrem Schilde so heftige
Stöße auf den Rücken versetzen, dass er platt
am Boden liegt. Alsdann, ohne auch nur die

Haare, die sie im Gegenteil aus Furcht, er könne sich im Fallen das Gesicht aufschlagen, in der Hand behalten, loszulassen, setzt die fürchterliche Rächerin stolz einen Fuß auf die Schenkel des niedergeworfenen Matrosen und lässt einen kriegerischen Blick, der zu fragen scheint, ob man den brutalen Wicht für sein schamloses Benehmen genügend bestraft halte, in der Runde umherschweifen.

Laut schreiend hatten alle Frauen sich in den Salon geflüchtet. Hanswurst empfand diesen Wirrwarr als sehr störend. Der Fall und die schimpfliche Stellung des Besiegten, der sich obendrein noch sehr unanständig aufführte, verdrossen ihn ganz und ungemein. Man übergab ihn den Bedienten, die ihn hinausschaffen mussten. Der Saal wurde gesäubert, die Gondeln entfernt. Kurzum, alles wurde wieder in Ordnung gebracht. Die Gemüter beruhigten sich, und nach einigen Minuten war man wieder zur Tagesordnung übergegangen.

Chiavaculi, der sich durch das letzte Ereignis mehr als durch die voraufgegangenen Scherze ermattet fühlte, lehnte es durchaus nicht ab, sich, wie man ihm anbot, eine Weile niederzulegen. Er versprach jedoch, alsbald wieder erscheinen zu wollen, und bat, man möge bei den ferneren Vergnügungen des Festes auf ihn zählen.

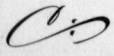

Sogleich, als der Wettkampf der beiden begonnen, hatte die weitblickende Kneipenwirtin sich über die die Damen zweier der tüchtigsten Kavaliere beraubende Wendung der Dinge sehr aufgeregt. Warum denn in aller Welt wollten die beiden sich so erschöpfen? Hierüber zurate gezogen, meinte die kluge Couplet, dem Übel sei leicht abzuhelfen, wenn man zum Beispiel, ganz wie gefällig, drei der stämmigsten Boulevardspringer herbeihole. Sie habe deren mindestens drei zur Verfügung. »Großartige Idee«, versetzte die Comtesse, »aber die müssten dann ganz allein zu meiner Verfügung stehen.« – »Ganz wie Sie wünschen.« – »Was könnte das kosten?« – »Hundert Taler?« – »Hier sind sie! Und wie oft würden die Kerle können?« – »Jeder mindestens achtmal.« – »Ausgezeichnet! Rechne ich das hinzu, was mir hier noch werden kann! Lassen Sie sie schleunigst antreten!« Ein Wort an Meister Tapageau genügte, denn all diese Dauerreiter waren dicht bei der Hand, und in ganz kurzer Zeit wurde der Comtesse gemeldet: »Madame, es ist angerichtet.«

Auf der anderen Seite hatte Prinzessin Juno den Hanswurstprälaten am Ärmel gezupft und ihm zugeraunt: »Wissen Sie, Ihre männlichen Akteure sind grässlich lächerlich. Was soll eine Frau wie ich mit diesen Myrmidonen anfangen?

Sie müssen schon gestatten, dass ich vorziehe, mich meiner gewöhnlichen Schlitzhusaren zu bedienen.« – »Ew. Hoheit haben nur zu befehlen.« Und schon sah man drei riesenhafte Kerle eintreten, deren kleinster, der höchst elegante Leibjägerlivree trug, mindestens sechs Fuß französisch maß.

Man stelle sich diese Schlingel mit turmbreiten Schultern nur einmal vor! Kerle, muskulös wie antike Karyatiden und wie Herzkirschen so rot. »Das ist noch gar nichts, so wie sie da in Kleidern stecken«, sagte die Prinzessin, »gleich sollen Sie sie besser beurteilen können.« Und mit einer majestätischen Neigung des Hauptes machte sie ein Zeichen, und im Nu standen die drei Schlingel nackt da. »Was sagen Sie nun, lieber Prälat?« – »Gerechter Gott«, schrie der Hanswurst auf, »was für Säbel! Warum sind solche Leute aus dem Volk so verschwenderisch von der Natur ausgestattet, während so viele Grandseigneurs so kläglich bedacht sind!« Selbst S. Ehrwürden Monsieur Ribaudin konnte vor diesen Kolossen nur einpacken. Unterdessen hatte Juno einen beim Wickel genommen, setzte ihren Fuß auf den stolzen, aus dem Haarwuchs dieses Kerls hervorstarrenden Mastbaum, hebt sich an, befindet sich oben. »Marsch!«, kommandiert sie. Man trägt sie umher. »Richtung alle drei!« Man gehorcht. Alle drei stellen sich in Reih und Glied auf. Juno klettert von einem zum anderen, ohne dass auch nur einer von ihnen unter dem beträchtlichen Gewicht der Göttin um eine viertel Linie aus der Richtung gekommen wäre. Bewundernd klatschen die Anwesenden Beifall, obwohl die Herrin dieser brauchbaren Diener hochfahrend sagt: »Zweifellos ist keiner von euch imstande, derartige Stützpunkte zu bieten.«

Derweilen zogen unserer Gassenhure von Marquise viel zartere Gedanken durch den Sinn. Der Taumel der Orgie hatte sie keineswegs daran gehindert, sich ihrer daheim bezüglich Dupevilles und Mademoiselle d'Angemains gefassten Pläne zu erinnern. Sie hatte die Züge dieses Mädchens nämlich nach ihrem Geschmack gefunden und sich gleich gelobt, sich dieselbe zu verpflichten. Mittels ihres Wagens hatte sie daher unverzüglich ein Billet an Dupeville gesandt und ihn gebeten, sich zu maskieren und schleunigst zum Hause des Prälaten zu kommen. Dupeville war, als er diese Botschaft erhielt, schon zu Bette gegangen. Jedoch den Wünschen jeder Dame gehorsam, erhob er sich sofort und erschien so rechtzeitig zu dem Rendezvous, dass er, zunächst von der Marquise über die Brauchbarkeit einer Person wie Mademoiselle d'Angemain verständigt, sich noch selber überzeugen konnte,

mit welchem Eifer, moralischem Zartgefühl und
persönlicher Geschicklichkeit dies vortreffliche
Mädchen Sir John bei seiner Wette unterstützte.
Auch ist Dupeville noch Zeuge, welch zartes Interesse die Graue Schwester den Streitigkeiten,
in die der Engländer sich eingelassen, bekundet.
Dies löbliche Benehmen hat den gefühlvollen
Dupeville aufs Tiefste beeindruckt. Mit dem ihm
eigentümlichen Enthusiasmus hat er den Zeit-
punkt, in dem die Graue Schwester außer Funktion tritt, benutzt. Er demaskiert sich, sinkt ihr
zu Füßen, schwört, er sei ihr Sklave, und macht
ihr, von Lobsprüchen begleitet, sehr verführerische Vorschläge. Die Angemain weiß zunächst
nicht, was diese stürmische Erklärung bedeuten
soll. Indessen ist die Marquise zur Hand, um ihr
das Rätsel sofort zu lösen. »Wir haben«, sagt sie,
auf den Hanswurst und die Kneipenwirtin deutend, »das im Voraus arrangiert, da wir vollkommen überzeugt waren, auf diese Weise das Glück
von zwei augenscheinlich vorzüglich zueinander
passenden Personen zu begründen.«

Der glühende, liebeheischende Dupeville befand sich, unter uns gesagt, in einer für die Anwesenden höchst lächerlichen Verfassung. Alles
interessierte sich lebhaft für diese Szene, und als
die reizende Angemain Miene machte, sich mit
ihrem gegenwärtigen Anbeter etwas näher ein-

zulassen, klatschte man wie bei einer schönen Stelle im Schauspiel Beifall. Da man zum Scherzen aufgelegt, improvisierte man eine Scheinvermählung. Dupeville steckte der Grauen Schwester einen kostbaren Ring an. »Vorwärts jetzt, lieber Dupeville«, rief die ausgelassene kleine Kneipenwirtin ihm zu, »jetzt hol dir auch deinen Ring! Glaubst du, dass du sie mit Erfolg vorkriegen kannst?« Man drängte sie in den Saal der Freuden.

Kaum war diese mehr als seltsame Allianz geschlossen, so sah man drei auf Wunsch der gierigen Kneipenwirtin herbeigeholte Springer auch schon mit mächtigen Sätzen herauskommen. Durch das Beispiel der Prinzessin ermutigt, hatte sie als Hilfstruppen auch noch ihren Neger Zamor und Félix herkommen lassen. Von diesen fünf Burschen umringt, nähert unser Tollkopf sich stolzen Schrittes der Juno, und ihr mit edler Kühnheit in die Augen blickend, wagt sie, sie folgendermaßen anzureden: »Prinzessin, hast du Mut?« – »Nur eine Übergeschnappte kann in diesem Augenblick so fragen«, antwortete die erstaunte Göttin, die nicht recht wusste, was sie davon halten sollte, »aber um was handelt es sich denn?« – »Darum, um festzustellen, welche von uns beiden bei den Kämpfen der Venus die Mutigste sei! Bei diesem goldenen Vließ ...«, sie hebt

die Röcke in die Höhe, »schwöre ich dir, ich will
nicht mit Stößeln aufhören, ehe ich diese fünf
Schlingel nicht untergekriegt habe«, sie zeigt auf
die fünf, »sondern«, schüttelt ihr Hemd, »auch
noch jeden anderen, der noch Lust hat, unter
diesem Banner zu kämpfen.« – »Wahnsinnige«,
entgegnete stolz die Gottheit, »wollte ich deinen
Tod, würde ich diese Herausforderung annehmen; allein ein Einziger von meinen Leuten vermag mehr ...« – »Nimm die meinen und ich
nehme deine Patagonier an! Willst du noch ein
Karmeliterkloster? Die hundert Schweizer? Nehmen wir jede es mit einer Legion von Schlitzrei-
tern auf und lass uns sehen, wer von uns zuerst
um Gnade bittet oder das Leben lässt.« Bei diesen Worten kommt Juno, die imstande dazu ist,
diesen erhabenen Mut würdigen zu können, auf
die kleine Comtesse zu, hebt sie empor und setzt
sie auf den unbeugsamen Stoßdegen eines ihrer
Heiducken auf ... und – »Lass dich anbeten, du
weiblicher Alexander! Herrlich, deine Rivalin
sein zu dürfen, und ich würde stolz darauf sein,
wäre mir das Los des Porus beschieden!«

Die beredte Aufforderung gab das Signal zu
einem stürmischen und allgemeinen Angriff. Die
kecken Nebenbuhlerinnen teilten sich in die beiden Heiducken. Die übrigen, untätig gebliebenen Athleten sahen zu. Alle anderen waren bei

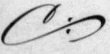

der Arbeit. Jeder hatte sich auf die erstbeste, ihm unter die Hände kommende Schöne gestürzt. Ribaudin, der die reizende Gassenhure dreimal und Madame Durut um des lieben Friedens willen einmal »erkannt« und die herrliche Wahrheit auf des Hanswursts Empfehlung gleichfalls einmal abgebürstet, hatte sich, um sich keine Blöße zu geben, mit der niedlichen, aber weit gebauten Madame de Caverny eingelassen. Wie erstaunte der Lastträger, der den Damen gewöhnlich ein wenig Schmerz verursachte, hier wie ein Stein in die Tiefen eines Brunnens zu versinken. Als guter Mönch verstand er es jedoch, die kleine Enttäuschung, die ihm diese Eigentümlichkeit bereitet, zu verbergen. Sehr bald war er von der Kunst, mit der die ausgetragene Zigeunerin ihn dies Malheur vergessen machte, entzückt. Ein abwechslungsreiches Schenkelspiel, die feurige Glut des magnetischen Kraters, Liebesworte, himmlische Küsse, ließen ihn bereuen, auch nur einen Augenblick an der Größe dieses außerordentlichen Glückes gezweifelt zu haben. Also fühlte er sich, um jeden Verdacht, durch den er sie ernstlich gekränkt haben könnte, zu beseitigen, gewissermaßen verpflichtet, seine Dienstleistungen zu verdoppeln.

Inzwischen waren Juno und die Kneipenwirtin aus den Armen der beiden dreimal ausgekos-

teten Heiducken in die des Jägers und Zamors geglitten; Letzterer hatte die Ehre, Ihrer Hoheit aufwarten zu dürfen, während die Kneipenwirtin sich mit dem schönen Jäger einließ. Für alle vier Beteiligte eine durchaus pikante Neuheit! Da diese Schlingel sich durch das erhabene Beispiel ihrer Vorgänger nicht in den Schatten stellen lassen wollten, ließen sie ihrem Mute ebenso fröhlich die Zügel schießen. Zwei von den Boulevardspringern folgten ihnen auf der Stelle.

Die beiden Seite an Seite kämpfenden Heldinnen boten, sich wechselseitig neugierig betrachtend und sich verdiente Lobsprüche spendend, einen reizenden Anblick. »Niemals«, sagte Juno, »hätte ich geglaubt, dass eine Französin ein so unvergleichliches Temperament besäße.« – »Ganz im Gegenteil«, klang es gleichmütig zurück, »ich muss mich wundern, dass es in den Eiswüsten des Nordens*, dass man … dass … man … so … so … verflucht«, schrie sie, statt ihren Satz zu vollenden, auf, »ha … ha … mir kommt's … meine Königin, ich … vergehe!« In diesem Moment hatte der saftige Springer ihr nämlich einen feurigen Strom in den Leib gejagt. Dies freudige Ereignis lenkte ihre volle Auf-

---

* Die Fürstin war nämlich Russin.

merksamkeit wieder auf ihren Reiter. Ein mehr-
maliges Rucksen hatte genügt, ihn erneut he-
reinzubekommen, sodass sie noch einen köstlichen Augenblick innigsten Vereintseins mit
ihm erlebte. Ein gleiches Glück blühte der Göttin. Die Genossen der sich durch das Plaudern
der Damen ein wenig gekränkt fühlenden Kameraden verdoppelten ihre Anstrengungen auf
der Stelle und warteten ihnen so gut auf, dass
man sagen musste, sie erschienen des Glückes
würdig, dass man sich so lange mit ihnen be-
schäftigte.

Nach Beendigung des zweiten Aktes sprangen
diese beiden munteren Gesellen, ohne um Erlaubnis zu fragen, einer über den andern weg
und vertauschten ihre Rollen so rasch und so geschickt, dass die Freundinnen wie toll lachten.
Man braucht nicht erst zu fragen, ob sie gern
empfangen wurden.

Darauf gönnte man sich eine Ruhepause. Sich
innig umschlungen haltend, begaben die neuen
Freundinnen sich dahin, wohin ihr Wunsch, sich
zu reinigen, sie rief, und nahmen eine Kleinigkeit
zu ihrer Stärkung zu sich. Wieder auf den
Kampfplatz zurückgekehrt, sprach die erfindungsreiche Kneipenwirtin, statt das Taschentuch hinzuwerfen, Juno folgendermaßen an: »Ich
halte es nicht länger aus, Anbetungswürdige,

auch ich muss dir Beweise des heftigen Verlangens erbringen, mit dem du jeden, der das Glück hat, deine Anlagen und Reize kennen zu lernen, durchtränkst. Ergib dich mir ganz! Lass mich an deinem Springbrunnen berauschen, lass ihn mich ausschöpfen!« Kaum hatte sie das gesagt, als sie sich schon an dem Gegenstand ihres sapphischen Wahnsinns festsaugte, ihr den Zungentriller versetzte und ihr mit lüsterner Hand die atlasglänzenden Schenkel und die hinteren Rundungen betastete. Mit einem mutwilligen Finger der anderen Hand schlüpfte sie in eine noch ganz unentweihte Öffnung, die infolgedessen auch noch ganz besonders empfindlich war. So berührt, bäumte Juno sich dermaßen heftig auf, dass sie die niedliche Nase ihrer Saugfee hoch in die Luft stieß.

Der Apotheker Dietrini, der zuerst die Absicht gehabt, einer dieser Damen seine geringfügigen Dienste anzubieten, und sah, dass man ihm zuvorgekommen war, starrte mit ziemlich betretener Miene auf dies weibliche Liebesspiel; plötzlich jedoch ward ihm völlig klar, was er zu tun habe, und nahm sich vor, sich an diesem Freudenfest zu beteiligen. Schon allein durch ihre Stellung bot die Saugfee das herrlichste Terrain. Dietrini kniete nieder und zögerte nur noch bezüglich der Wahl der beiden Wollustpfade, aber

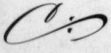

er schwankte nur einen Augenblick. Ohne zu wissen, wer da hinten sei, führte die schelmische Kneipenwirtin ihn an und in die insgeheim zumeist von ihm begehrte Stelle. Augenscheinlich hatte die Dame den Wunsch, ihren anderen Reizen einen Augenblick der Ruhe zu gönnen, eine Wahl, die Juno auf das Höchste überraschte. Auf die natürliche Art nicht müde zu bekommen, hatte sie kein Verständnis für derartige Absonderlichkeiten. Denn unter allen Sonnen gedeihen diese interessanten Dinge nicht. Obgleich ihr die Aufmerksamkeit der Comtesse durchaus nicht neu war, fand sie die Sache diesmal doch so reizvoll, dass sie sich vornahm, diese angenehme Methode künftig öfters in Anwendung bringen zu lassen. »Aber«, sagte sie, »an der Sauerei, die dies Schwein von Italiener sich jetzt bei Ihnen erlaubt, können wir Frauen doch keinen Geschmack finden?« – »Welchen Geschmack? Ist es denn möglich, Sie, dic ich als mir absolut ebenbürtig ansah, oder vielmehr noch für mich weit übertreffend hielt, Sie sind in manchen Dingen noch Schülerin! ... Lege dich dahin!«, sagte sie gebieterisch zu einem der bislang noch unbeschäftigt gebliebenen Springer. »Sie, Madame ...«, zur Prinzessin gewandt, »... werden sich seiner annehmen! Bügeln Sie Madame!« Alles das geschieht.

Ein stummer Wink ruft alsdann Félix herbei, und man setzt ihm auseinander, was er zu tun habe. Der kleine Schlingel errötet – allerdings mehr vor Vergnügen als aus Ängstlichkeit. In dem Moment, als er die köstliche Stelle berührt, bestätigt ihm ein Blick den Befehl, die allerdurchlauchtigste Jungfernschaft zu rauben … Aber das war nicht so einfach; denn, sei es aus Stolz, Furcht oder Ziererei, Juno drehte das Hinterteil hin und her und schien die unreine Vermischung vermeiden zu wollen. Aber der kräftige Possenreißer hat die Göttin von unterwärts so trefflich festgenagelt und drückt sie so fest in seine Arme, dass der einsichtige Félix ihr ihn bis an seinen sprießenden Flaum hineinstößt und seinen Saft nach Belieben in den vielleicht schönsten Hintern des Weltalls ergießt.

O du allzuglücklicher Schlingel! … Nachdem er fertig, wandelt die Hoheit die Lust an, den, der sie eben derartig eingeweiht, zu sehen. Der kleine, noch von den süßesten Empfindungen durchbebte, rot gewordene Kerl mit seinen noch halb geschlossenen Augen erscheint ihr wie ein Engel. Sie würdigt ihn, ihn auf den Mund zu küssen, und drückt ihm gleichzeitig eine Börse in die Hand. Hätte er diese Wohltat bemerkt, möchte den anderen Stemmer wohl die heftigste Eifersucht erfasst haben; aber in dem Augen-

blick, als er eben bei der Göttin zu Ende gekommen, bemächtigt die geschäftige Kneipenwirtin sich seiner und gibt ihm solche Nüsse zu knacken, dass er an sonst nichts« denken kann.

Lieber Leser, wir werden niemals zu Ende kommen, wenn wir unsere Aufgabe darin erblicken, dir alles zu sagen. Du wirst aber nicht böse sein, zeige ich dir noch einige kleine Bilder. Warte ab und erlaube mir doch noch, das Wichtigste dieser ausgelassenen Orgie, von der ich soeben einiges skizziert, ausführen zu dürfen.

Im Verlauf von sieben Stunden hatten Juno und die Kneipenwirtin nicht einen einzigen Augenblick verloren und sich jede – kleine Nebensächlichkeiten nicht mitgerechnet – zweiunddreißigmal auf »natürliche Art« vornehmen lassen. Außer den Heldentaten der drei Riesen, der drei Springer und Zamors hatten diese beiden Damen, während die von ihnen zu Arbeit Herangezogenen Luft schöpften, sich noch leichte, episodische Scherze wie die Aufwartung, die Dietrini der Comtesse gemacht, und viele andere außerdem geleistet. Die Damen, die sich nächst ihnen am meisten ausgezeichnet, waren immerhin auf viel niederer Ruhmesstaffel stehen geblieben.

Die erhabene Wahrheit hatte der verliebte Hanswurst nur einmal besessen; S. Ehrwürden Monsieur Ribaudin bekanntlich zweimal; der

Stallknecht Morawiski dreimal und aus purer Gefälligkeit gegen ihn der Prälat einmal auf florentinische Art. Und während sein lüsterner Beschützer sich mit Félix abgab, hatte dieser allzuglückliche Schlingel dieselbe Erlaubnis erhalten.

Lady Womanwill, die sich durch einen Rausch, den sie sich angetrunken, über die Rohheit ihres Bruders zu trösten gewusst, hatte den maschinenmäßigen Phalhardi beiseite genommen und sich, ohne was Weiteres zu machen, als sich hin und her zu wenden, und als wahre Bacchantin die originellsten Stellungen einzunehmen, auf der Stelle von ihm abbürsten lassen. Kein Mensch hatte es der Mühe wert gehalten, dem Chevalier eine Eroberung abspenstig zu machen, die er um so hitziger verteidigt haben würde, als eine Rolle von fünfzig Louis als Preis für seine unerschütterliche Treue ausgesetzt war. Er gewann ihn.

Die dicke Durut hatte es auf sechsmal gebracht.

Bellona war von dem Prinzen zwei-, von dem Apotheker ein- und dreimal von dem Stallknecht verschoben. Der Apotheker, der gemeint, dieser kriegerischen Göttin ohne Erlaubnis ein Klistier setzen zu dürfen, hatte eine furchtbare Ohrfeige bekommen; indessen war der Frieden mithilfe ei-

nes tief ergebenen Zungentrillers wiederhergestellt, und der Italiener hatte den so gut ausgeführt, dass Bellona ihm höchstselbst nunmehr
das gestattete, was sie zuvor so unliebenswürdig
abgeschlagen; etc. etc.

Gegen Morgen war die feurige Glut all dieser
heldenmütigen Kämpfer recht matt geworden.
Hörte man einen Moment auf, die Klingen zu
kreuzen, überraschte jeden der Schlummer. Kavaliere, die noch von Damen herausgefordert
wurden, vermochten solch schmeichelhaftem
Ansinnen nicht mehr entsprechen oder ließen
die Arbeit halb getan liegen. Da lag irgendeine
und wurde vorgenommen und wusste nicht von
wem, war auch nicht mehr imstande oder neugierig genug, die Augen zu öffnen. Der Saal
hatte das Aussehen eines Schlachtfeldes, auf
dem Waffen und Wunden gleichmäßig von dem
bei einem solchen Blutbade verspritzten Blut
trieften.

Indessen erwachte der scharfsinnige Hanswurst, nachdem er einige Stunden auf dem
prächtigen Venusberg der Wahrheit geruht, und
verfiel auf einen Schwank, der gleichsam eine
Nachmahd der Unzucht war und jedem seine
Müdigkeit nahm. »Wäre es nicht reizend«, sagte
er, »die zwanzig von unseren verteufelten Wett-
bolden genotzüchtigten Liebesgötter jetzt eine

kleine Schlacht liefern zu sehen? Diese Armen haben eine schwere Fron leisten müssen, gewähren wir uns und ihnen einen frohen Augenblick!« – »Quatsch«, rief die Couplet, der eine solche Einleitung nicht recht gefiel, »Monsieur sind sehr auf Ihr eigenes Interesse bedacht, aber meines, zum Teufel, kommt dabei absolut nicht auf seine Rechnung. Wenn Ew. Herrlichkeit …« – »Meine Herrlichkeit!« Er macht eine komische, seinem Kostüm entsprechende Verbeugung. »Wie denken Sie darüber, lieber Freund?« Man konnte sich nicht enthalten, über diese seitens der Alten so wohl angebrachte Devotionalie zu lachen. »Also, zum Kuckuck, wenn ich reden soll, wie mir der Schnabel gewachsen ist, glaubst du, verdammter Hanswurst, ich lasse hier so mir nichts dir nichts zehn junge Dinger, die ich wieder zurechtschustern* und deren Jungfernschaft ich heute nochmals zu verhandeln gedenke, fliegen! Das wäre was Schönes! Solche Leckerbissen zehn Grünschnäbeln zur Beute fallen zu lassen.« – »Grünschnäbel, nenne sie meinetwegen so! Das Schicksal hat sich vergriffen, die Natur wollte Engel daraus machen.« – »Na ja, das ist wohl die Ansicht des abgefeimtesten Kisten-

---

* Ich glaube nicht, dass dies Wort ein klassisches ist. (Anm. d. Verf.)

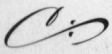

schiebers, den ich zu bedienen die Ehre habe …
aber …« Sie lacht. »… ich bin ein gutes Frauenzimmer und will eine gute Kundschaft nicht vor
den Kopf stoßen. Sie sollen gleich antreten. Ich
nehme indessen bloß die eine aus, bei der dem
Engländer sein Ding nichts mehr genutzt hat …
Das ist eine ganz Unberührte!« – »Wie dein Pan-
toffel, Mutter Couplet! Während du da unten
mit deinem Saufaus picheltest, habe ich die
Kleine in mein Badezimmer geführt und …« –
»Wie kreuzdumm ich auch bin! Alle Wetter –
nein, nein! Das gibt's nicht! Die von meinen
Jungfernschaften, die am schwierigsten auszufli-
cken ist! Holla, Jeannette! Lucile, Fanchon,
George, Brelingot, kommt mal her!«

Sie eilen herbei. Wie ein eine Parade aufstel-
lender Platzmajor ordnet die Alte den Schwarm
zunächst in zwei Gruppen. Die Burschen stehen
den Mädchen gegenüber. Mit zwei Worten verständigt ihre Anführerin sie, was sie zu tun hätten. »Aufgepasst, wenn ich Abmarsch komman-
diere! Los!« Im Nu stürzt jeder Bursche sich auf
jedes ihm vis-à-vis stehende Mädchen; alle Röcke werden aufgehoben, zerknüllt und bald darauf alles gebügelt, denn diese jugendliche Miliz
hat es nicht nötig, sich lange einexerzieren zu
lassen, um zu wissen, wie man ähnliche Dinge
bestens besorgt.

Während dieses interessanten Durcheinanders entzündete sich fast alles Verlangen wieder aufs Neue, wie man die Asche verbrannten Papieres tausend neue Funken sprühen sieht, sobald ein neues in Brand geratenes Blatt sie berührt. Die Damen mussten sich abermals eine sanfte Plünderung gefallen lassen, einige wurden auch auf solidere Art unterhalten.

Die Zigeunerin Caverny befand sich zwischen Zamor und Sr. Ehrwürden Monsieur Ribaudin. Sie hatte sich wie in Zerstreutheit ihrer Wonneschläuche bemächtigt, die unter ihrer zauberischen Hand alsbald wieder aufgewacht waren. Sie schienen der Dame von fast gleichen Verhältnissen zu sein. Ihr Blick glitt mit einer Neugierde von einem zum anderen, die nach und nach den Ausdruck heftigsten Verlangens annahm. »Um sie besser vergleichen zu können«, äußerte sie sich, »möchte ich sie beide gegeneinander gehalten sehen.« Man war so freundlich, ihr dies Vergnügen zu gewähren. Sieh nur einer an, wie die beiden Kerle Leib an Leib, Knie an Knie, Schenkel an Schenkel mit hochaufgerichteten, sich in ihrer ganzen Länge berührenden Schwänze dastanden! Ihre Oberkörper nur waren ein wenig voneinander entfernt, da die Gegner keinerlei Lust hatten, einander zu umarmen. Man muss toll sein, um auf das, was die zügellose Madame de Caverny jetzt versuchte, zu kommen. Mit einer Hand, die ihre Absicht kaum zu unterstützen vermag, bemächtigte sie sich unverzüglich der beiden Wonneschläuche, schlägt ein Bein über, klettert in Reitsitz und presst sie gegen die Öffnung ihrer glühenden Spieldose. Alle beide dringen ein und bemerken, dass sie sie wohl zu beherbergen vermag. Nachdem dies festgestellt, umschlingt die außer Rand und Band geratene Zigeunerin Zamor, dem sie das Gesicht zugewandt, und küsst ihn leidenschaftlich. »Rammelt mich alle beide!«, jauchzt sie. »Stoßt tüchtig zu!« – »Himmel, Gott und Teufel, was für ein Weib!«, unterbricht sie der von diesem neuen Erlebnis begeisterte Mönch und beginnt aus Leibeskräften zu schieben. »Bravo, Jungens! Wie sie hineingehen … da … schön so … Orgelt im Kontratempo so, dass der eine immer in die Höhe geht, während der andere heruntersteigt!« Sie ihrerseits schüttelt sich wie eine Besessene. Trotz der Schwierigkeit der Stellung und trotz der Unerfahrenheit in solcher Arbeit führen die beiden Instrumente ihre bizarre Laune wirklich recht anerkennenswert aus. Sie bekommt eine unbeschreibliche Entladung und … überschwemmt sie derartig, dass sie kaum mehr zwei zu sein meinen und einen Augenblick die Befürchtung entsteht, sie möchte sich allen Ernstes bei die-

sem monströsen Exzess der Ausschweifung den Tod geholt haben. »Umarmen wir uns, so wie wir in dem Feuerofen stecken!«, sagt der Lastträger darauf lachend zu dem Neger. »Wir dürfen uns schmeicheln, eine Heldentat verrichtet zu haben, die vor uns sicherlich noch kein einziger Ritter gewagt hat.«

Die Szene mit den zwanzig jungen Leuten nahte ihrem Ende, aber die mit der geilen Zigeunerin war noch im vollen Gange, als der noch immer in seinem Priaposkostüm steckende Chiavaculi, seinen stolzen Wurfspeer, der ihm den Sieg über Sir John verschafft und ihn um fünfhundert Guineen bereichert, in der Faust haltend, in den Saal der Lüste wieder hereinkam.

Der ebenso malerische wie interessante Anblick dieser wirr durcheinander liegenden Jugendschar sowie der sich mit ihren beiden zusammengeschweißten Rackern abarbeitenden Zigeunerin und schließlich noch der ganzen übrigen sich samt und sonders in lasziven Stellungen präsentierende Gesellschaft, dies Bild, sage ich, ließ Priapos eine Minute lang in unbeweglicher Bewunderung verharren. »Ed io auche sono que«, sagt er faunisch lächelnd und einen vor Geilheit sprühenden Blick über die anwesenden Männer schweifen lassend … Seine besondere

Aufmerksamkeit wird indessen durch Félix in Anspruch genommen, der aufrecht sitzend, eingeschlafen gegen die Rückwand einer Chaiselongue lehnt, auf der seine im Halbschlummer liegende Herrin sich von einem der drei Springer Minette machen lässt. Den Körper auf die Hände gestützt und die Beine in der Luft, bot dieser wie von selbst die Spitze seines schlappen Zapfens zum Ablutschen dar. Der allzu ungestüme Priapos will geradewegs auf Félix losgehen, tritt jedoch im Vorübergehen dem behänden Maulhelden ungeschickterweise mit seinem Klauenfuß auf den kleinen Finger. Ein stechender Schmerz entlockt dem armen Teufel einen gellenden Schrei; er wendet sich augenblicklich um und steht auf den Füßen. Der Verletzte fängt an, sie zu schimpfen; die gestörte Kneipenwirtin wird sehr verdrießlich. Indessen entgeht Félix der großen Gefahr, vergewaltigt zu werden, nur mit knapper Not. »Holla, Priapos«, sagt die Kneipenwirtin, die sich wie wild auf seinen Schweif stürzt und ihn zurückschiebt, »dies kleine Kerlchen gehört mir!« – »Pardon, Madame«, antwortete er, den Angriff aufgebend, »ich glaubte, dieser schöne Schlingel hier stehe jedermann zur Verfügung.«

Indessen schielt der Erzschinkenspießer Chiavaculi heimlich immer noch nach seiner appetit-

lichen Beute, küsst deren Besitzerin die Hand
und scheint sie zu beschwören, ihm verstatten zu
wollen, ihr reizendes Eigentum einen Augenblick
betatscheln zu können. »Sie wollen mich wohl
erweichen?« – »Was muss ich tun, anbetungswürdige Schankwirtin?« – »Zunächst einmal mit
mir.« – »Oh, von Herzen gern!« – »Also bitte!«
Sie hat sich bereits in die tiefe Bergère geworfen,
stützt Leib und Kopf auf die Kissen, hält die
Beine in die Luft und zeigt wahrhaftig beide
Wege, besonders deutlich aber den, den Chiavaculi infolge seines Gelübdes nie betritt. Beim Anblick der purpurnen Stechbahn weicht der einge-
schworene Spinatstecher drei Schritte zurück.
»Fürchten Sie nichts!«, sagt das schlaue Weib,
seine Gedanken erratend, und bedeckt den verabscheuten Gegenstand zu gleicher Zeit mit der
Hand. »Kommen Sie, das Übrige steht zu Ihrer
Verfügung!« – »Diese Art, es mir anzubieten,
macht jede Vorsicht unnötig.« – »Jeder nach seiner Art! Ich liebe es, den Leuten, die ich mit meiner Huld beglücke, ins Gesicht zu sehen. Aber
nur heran!« Nicht ohne ein gewisses Misstrauen
beugt der gehörnte Italiener zunächst ein und
darauf das andere Knie und lässt sich durch rührend entgegenkommende Finger an das Ziel
bringen. Er berührt es; schon fühlt er seinen
glücklichen Wonneschlauch eindringen. Lieber

Chiavaculi, hüte dich vor dieser spitzbübischen Hand, die deinen Speer noch immer umfasst hält. Du tappst in eine Falle. Was deinem Geschmack, was deinem Eid zumeist zuwiderläuft, wird dich die Kühnheit, mit der du gewagt, dich deinem ewigen Feinde grade vor der Nase belustigen zu wollen, bereuen lassen.

Kaum hat der vor Begierde zitternde Priapos seine Arme um den Hals seines weiblichen Ganymeds geschlungen, als der kleine Satan das, was sich eben an die andere Stelle heranmachen will, mittels einer blitzschnellen Bewegung in ihre Lustgrotte hineinzwängt. »Ohimé!«, schrie der verratene Gott auf, indem er zugleich die heftigsten, wenngleich vergeblichen Anstrengungen, wieder loszukommen, machte, denn sobald er in diese Charybdis gestürzt ist, hat die flinke Kneipenwirtin sich mit beiden Händen in das lange und buschige Haar der priapischen Kniehose gekrallt. Chiavaculi würde aufstehen und zurückweichen können, aber er würde die Verräterin mit fortziehen und doch nicht dazu gelangen, sich von ihr zu befreien. Welch Missgeschick! »Cibo signora! … quanto basta … l'aitro? Per pietà!« Vergebliches Flehen. Der Trotzkopf bearbeitet ihn unter stürmischen und heftigen Bewegungen, indem sie die Beine um ihn schlingt. »Troppo burlato … sapete dunque

… un guiramento sacrato … ascoltate.« – »No signor …« Sie verstand Italienisch. »… cosi voglio; cosi sara.« – »Perfida!« – »Su, su, cornuto amante.« – »Culo, per grazia!« – »Prio cio chi pretendo, dopo forse …« – »Dio, qual tradimento! Impio Chiavaculi!«

Trotz dieser Unterhaltung und trotz der Klagerufe des verzweifelten Priapos, deren Albernheit alle so zum Lachen reizte, dass sie sich die Seiten halten mussten, arbeitete die Comtesse drauflos, und die Sache kam erstaunlich viel weiter; selbst Chiavaculi schien anzufangen, Takt zu halten … »Pero dolce linganno«, sagte er endlich und entschloss sich, den ihn keck anlachenden Mund zu küssen. Er spürt das Herannahen der höchsten Wollust. »Ha! … Ha! … Ha!« Auf der Stelle werden seine Bewegungen in genauester Übereinstimmung mit denen seiner Bezwingerin ausgeführt. Er schreit auf: »Ha! … Ha! Potta tyranna! Che tu mi fa … a …!«

Diese letzte Heldentat war die nicht zum wenigsten Glorreiche, deren die erhabene Liebesvirtuosin sich rühmen konnte. Sie triumphierte über den lasterhaftesten und starrköpfigsten aller Männer. Zugunsten der natürlichen Venus hatte sie ihn soeben zu einem Akt der Anbetung genötigt, die der Pervertierte ihr ewig zu verweigern geschworen. In einem Augenblick hatte sie die Blumen der wahren Wollust im Lichte einer Sonne, unter der ihre Saaten seit jeher sorgfältig ausgerissen waren, zum Blühen gebracht. Wie stolz unsere kleine Zauberin war, als sie aus dem feuchten Weihwedel, der dem Gegenstand seiner gewöhnlichen Verehrung auch nicht mehr hätte spenden können, die letzte ihm gewaltsam entlockte Flüssigkeit herauspresste. »Geschehen ist es nun einmal!«, rief der Italiener, der sich glücklicher fühlte, als er es einzugestehen wagte, in seiner Sprache aus. »Ich war ein Esel, ich werde aufhören, einer zu sein, und den Weihrauch, den ein einziger Altar dank meiner albernen Dickköpfigkeit empfangen, werde ich fortan mit dem teilen, dessen wohltuende Gottheit ich so lange gelästert!« – »Wohlan«, antwortete die triumphierende Bekehrerin an ihrer statt, »wenn Sie Ihre aufrichtige Reue noch deutlicher bekunden und den Schwur Ihres neuen Glaubensbekenntnisses in meinem Sinne besiegeln wollen, so geben Sie jeder hier im Saal Befindlichen, ohne eine Miene zu verziehen, auf die Liebesmuschel und auf den Mund einen Kuss.« Der gehörnte Proselyt ließ sich das nicht zweimal auftragen. Er begann, wohlbemerkt, mit der, in der sich das Wunder seiner Bekehrung so wollüstig vollzogen, dann einer jeden der Reihe nach. Die geringste Muschel genoss die Ehre, den gedemütig-

ten Priapos, der alle übrigens herzlich bereitwillig küsste, vor ihr im Staube liegen zu sehen. Selbst die weite und viel besuchte Höhle der Alterspräsidentin Couplet ließ ihn nicht zurückschaudern, auch sie empfing wie jede andere ihren rühmlichen Anteil des allgemeinen Ehrerbietungsbeweises.

Ich habe die Arbeit des Doktors zu Ende geführt; um bei der Wahrheit zu bleiben, er hat noch einige weitere Notizen hinterlassen, aber ich glaubte, den Versuch, nach seinem Entwurf fortzufahren, umso weniger wagen zu dürfen, da das Werk mir gegen Ende hin zu eintönig zu werden und zu viele Wiederholungen aufzuweisen schien. Indessen nahm ich an, der Leser würde gern einige summarische Aufschlüsse über verschiedene der ihn interessierenden Hauptpersonen, die zu beschaffen ich mir die Mühe genommen, haben wollen.

Man wird sich erinnern, dass Philippine Belamour geheiratet, nachdem dieser Monsieur de Conbanal geworden. Diese liebenswürdigen Leute leben in Paris, das sie zu ihrem Wohnort erwählt, wie man dort zu leben pflegt. Ihren früheren Neigungen sind sie treu geblieben, vergessen aber weder ihre gegenseitige Zuneigung noch die Rücksichten, die sie sich jetzt schuldig sind. Mit einem Wort, sie sind glücklich.

Nicole hat ihren jähzornigen, versoffenen Fortbois, einen der berüchtigsten und verspottetsten Hahnreie seines Bezirkes, rasend gemacht. Seine aufgeblasene Gattin hatte nicht so viel Einsicht, sich klar zu machen, dass, wenn sie ihren Gatten erniedrige, das nicht nur sein Ansehen schmälere, sondern auch das ihrige. Der arme Teufel ist tot. Madame de Fortbois hat seitdem ein weniger anstößiges Leben geführt, das heißt, sie hatte mehr Freiheit. Indessen verdient der erste Gebrauch, den sie von dieser machte, Lob. Sogleich entsann sie sich des Paters Hilarion, dessen Unglück sie mitverschuldet. Er befand sich noch immer »in pace«. Madame de Fortbois schwänzelte so lange vor dem blauen Bande des seraphischen Gesindels herum, bis es ihr gelungen, den unkeuschen Pater freizubekommen. Mit einer Obedienz bestraft, hatte er sich an das äußerste Ende des Königreiches begeben, um dort seine nützlichen Nachforschungen und zweifelsohne auch seine prophetischen Heldentaten weiter fortzusetzen.

Wenn man Joujou, den niedlichen Kammerhusaren unserer Marquise, noch nicht ganz vergessen hat, wird man gern erfahren, dass, nachdem er die Vapeurs seiner Äbtissin hinreichend kuriert und der humane Direktor es sich hatte angelegen sein lassen, seine Kenntnisse zu berei-

chern, dies liebenswürdige Zwitterwesen, um ein einfaches Benefizium von fünfzehnhundert Livres zu verdienen, die Tonsur nahm.

Der schreckliche Bricon, der dank der unendlichen Güte des Prälaten aus dem Gefängnis entlassen, geriet, da er tags darauf wieder festgenommen wurde, wieder in Polizeigewahrsam. Man nimmt an, dass er dann nach den Kolonien abgeschoben worden ist.

Gern hätte ich das der kleinen Comtesse widerfahrene Unglück mit Stillschweigen übergehen mögen, aber man könnte meinen, ich täte das in schlechter Absicht. Am Tage nach ihrer fürchterlichen Ausschweifung verfiel sie in Krankheit; lange Zeit fürchtete man um ihr Leben. Nach Ablauf einiger Monate befand sie sich besser; allein ein widerwärtiges Leiden quält und vernichtet langsam denjenigen ihrer Körperteile, der, wie man weiß, ihr so teuer ist. Zamor, der treue Zamor allein hat den Mut, dem Gestank dieser Reize zu trotzen, die ein geschickter Arzt sich wohl wiederherzustellen schmeicheln dürfte, wenn dieser Wildfang seine Gewohnheiten einschränken und sich Enthaltsamkeit auferlegen könnte. Sie besitzt nichts mehr als ihre Haut; ihre herrlichen Haare sind fast alle ausgefallen, mit einem Wort, sie ist furchtbar hässlich, aber immer noch außerordentlich liebenswürdig und trotz ihres lästigen Zustandes heiter. Sourillac ist verstorben und hat sie zur Erbin eingesetzt.

Die glückliche Marquise, die es auch, um die Wahrheit zu sagen, weniger verdient hätte, von der Natur bestraft zu werden, bewahrt oder vermehrt vielmehr noch den Schatz ihrer Reize. Seit dem letzten Exzess, den wir sie haben begehen sehen, gestattet sie sich keinen mehr. Sie lebt mit Pasimou, betrügt ihn und wird von ihm betrogen, allein sie lieben sich so, dass sie nicht lange voneinander lassen können. Sehr verständig in gewisser Hinsicht, haben die Liebenden sich gegenseitig geschworen, sich nicht zu heiraten.

Mit Genehmigung seiner Herrin hatte Félix den Posten eines Unterstallmeisters bei einem Edelmann angenommen, der, weil er über Nacht reich geworden, sich für einen großen Herrn hielt, deshalb auf großem Fuß lebte und sich unter irgendwelchen schönen Titeln ein Dutzend »Leibdiener« hielt. Trotz seines Titels ist er bei seinem neuen Herrn das geblieben, was er bei der Comtesse gewesen: ein Diener und Geliebter zugleich.

Man könnte versucht sein zu glauben, der Tréfoncier habe sich bekehrt, wenn er seit der Umgestaltung seines Serails sich nicht eine Nichte und einen sehr hübschen Geheimsekretär zugelegt hätte. Erstere ist die schöne Nimmernein,

die, wie sich seltsamerweise plötzlich herausstellte, verwandt mit ihm war und infolgedessen
zu ihrem Verwandten zog, dessen Haus sie unter
dem Namen einer Comtesse de Chanciel vor-
stand. Der Sekretär ist ein ehemaliger Gesangs-
virtuose, aber, damit man keine falschen
Schlüsse ziehe, kein Sopran. Dieser schöne junge
Mann, gegen den die neue Nichte angeblich
große Verpflichtungen hatte, wurde von dem
Prälaten umso bereitwilliger engagiert, da er ein
netter Kerl war und außerdem sehr angenehme
Talente besaß und Madame la Comtesse auch erklärt hatte, wenn dieser Handel nicht abgeschlossen würde, verzichte sie auf den neuen Titel und alle sonstigen Vorteile, die S. Exzellenz
ihr anböten.

Nachdem Dupeville mit Mademoiselle d'Angemain acht Tage lang verhandelt, behauptete er,
dass er mit dieser anbetungswürdigen Person zu-
sammengetroffen, sei für ihn eine besonders
günstige Fügung des Himmels. So beeilte er sich
denn, sie durch einen sehr günstigen Vertrag
ohne Nebenklauseln an sich zu fesseln. Sie fühlen sich bei ihrem Zusammenleben sehr glücklich. Man nimmt an, dass der gefühlvolle Finanz-
mann sie eines schönes Tages heiraten wird.

Das, lieber Leser, ist alles, was ich dir mitzuteilen vermochte. Alles in allem siehst du, unsere

Freunde sind nicht unglücklich, und da man ihnen ihre außerordentliche und skandalöse, in dieser erotischen Rhapsodie geschilderte Aufführung nicht mehr vorrücken kann ... haben sie augenscheinlich aufgehört, den »Teufel im Leibe« zu haben.